北漂小人物

宋广阔　著

北京出版集团

北京出版社

图书在版编目（CIP）数据

北漂小人物 / 宋广阔著 . — 北京：北京出版社，
2024.6

ISBN 978-7-200-18447-1

Ⅰ . ①北… Ⅱ . ①宋… Ⅲ . ①长篇小说 — 中国 — 当代
Ⅳ . ① I247.5

中国国家版本馆 CIP 数据核字（2024）第 029908 号

出版策划：乐编乐读　　　责任编辑：占　琴　陈业莹
封面设计：葛佳玉　　　　　责任印制：张鹏冲

北漂小人物
BEIPIAO XIAORENWU

宋广阔　著

出　版　北京出版集团
　　　　北京出版社
地　址　北京北三环中路 6 号
邮　编　100120
网　址　www.bph.com.cn
总发行　北京出版集团
经　销　新华书店
印　刷　河北赛文印刷有限公司
开　本　710 毫米 × 1000 毫米　1/16
印　张　27.375
字　数　438 千字
版印次　2024 年 6 月第 1 版第 1 次印刷
书　号　ISBN 978-7-200-18447-1
定　价　98.00 元

如有印装质量问题，由本社负责调换
质量监督电话　　010-58572772　　010-58572393

鸿鹄之志，逐梦京华

兄弟齐心，其利断金

生命不息，奋斗不止

图：河南省洛阳市关林留念（2020年夏）

序

人生如逆旅，你我皆行人！

致敬每一位拼搏的北漂人，我们共同推动了社会和经济的发展！

四十不惑的年纪，还在北漂，还要奋斗，每天都在生存和发展中挣扎。20世纪90年代不屑于知识改变命运，2000年错过了房地产造富的神话，却有幸抓住2014年国家大众创业、万众创新的新历史机遇。一路披荆斩棘，逢山开路，遇水架桥，生离死别，复杂的人生经历，"羽化"后的心境无法用言语表达。于是在2022年的特殊时期的最后3个多月的时间里，闭关静心创作了小说《北漂小人物》，希望可以和职场的白领、创业路上艰辛的创业者一起探讨交流，人生真正的意义到底是什么？同时也希望这本小说可以作为一份文化传承的礼物送给自己的女儿果果，希望她在人生成长过程中，相信这个世界真的会有机遇，但要想抓住机遇则需要保持自己的初心、专注、坚持、永不放弃！尽管在成长的路上一定会碰到各种困难，希望她可以从这本书中找到从容应对的方法。

笔者也是怀揣北漂梦想从社会底层通过二十多年锲而不舍的拼搏，才在北京这片神奇的土地上幸福地生存下来。如今父母健康、妻子体贴、女儿懂事、兄弟情深、朋友遍山河，可以说是有人爱、有事做、有希望。笔者希望果果在以后的成长过程中，理解苦是人生的常态，甜是拼搏后的苦尽甘来，最终一切仍会归于平淡。这尽管不太符合逻辑，但却非常符合人性。或许果果现在还不太了解爸爸佛系的原因，实则佛系的背后是有所可为，有所不为，因为人这一生最难做到的就是有说"不"的能力和底气。当然，笔者更希望果果可以无忧无虑地过完这一生，尽可能地让自己这一生过得快乐，让身边的人因你而快乐加倍。因为人从一生下来就开始奔向死亡，所以健健康康、快快乐乐地活好每一天，不负自己，不负爱你的人和你爱的人，并把这份快乐继续传承下去，你才配说，这一生，我值得！

笔者大多时候是自卑的，偶尔却是十分自信的！正是这种双重性格，让笔者在北京这个没有硝烟的战场，在拼搏的过程中，总会有一种无形的力量不断由内向外激发。这成就了笔者独有的心境，也慢慢将笔者在北漂路上的修行从"我执"转变为无我、无常、无时。有人说人生没有意义，还有人说把事做成就是人生的意义，其实人生哪有那么多意义，正所谓千山暮雪、海棠依旧，明心见性，见性成佛，奋斗可以成就你，奋斗也可以消灭你。人生的意义就藏在每位努力奋斗的修行人的心境里！

最后我想再次声明，本书故事纯属虚构，各位读者切勿对号入座。

目　录

启蒙篇
QIMENG PIAN

起势篇
QISHI PIAN

未捷篇
WEIJIE PIAN

蓄力篇
XULI PIAN

腾飞篇
TENGFEI PIAN

启蒙篇

QIMENG PIAN

...

第一桶金助创业

北京是奋斗者喜欢的城市，因为这里可以实现梦想；北京也是奋斗者特别无奈的城市。春天，不时光临的沙尘暴和漫天飞舞的杨柳絮让人睁不开眼睛；夏天，太阳炙烤着钢筋水泥让人闷热难忍；冬天，浓重的雾霾侵扰着本就压抑的人们。

北京的马路上，人们面无表情，行色匆匆。或是为了梦想，或是为了生活，或是为了家人，抑或是为了自己。无论目的是什么，他们一代代的付出和努力，成就了今天的北京：五朝古都、双奥之城、文化中心、政治中心、国际交流中心。

从汉民族的历史来看北京，明朝依地势阻隔匈奴的侵扰而迁都北京。而现在通过全国经济、文化和政治中心的地位，来拉平沿海和内陆之间的经济差距。在这座古老与文明交融的城市里，常住人口约2200万，他们中大部分人来自农村或者县城，因为梦想或者生计草率地来到这里，无论这些人做何种工作，有何种社会地位，他们心里的根一直都停留在生养他们的故乡。如果这些人有幸被这座包容的城市留下，无论是凭借运气还是自身能力，每个人其实都可以写就一本精彩的人生奋斗故事，同时这些人也有一个共同的名字——北漂小人物。

2014年12月的北京冬天相较往年格外寒冷，凌晨4点在北京城北一个叫龙城的小区，牧云目光极度困倦地望着窗外，因为媳妇汪红在医院难产加大出血，折腾了两天两夜，好在最终母女平安。女儿果果的出生，让牧云多了一个爸爸的头衔，同样也多了一份责任。此时他只想舒舒服服地睡上一觉，次日中午12点，牧云一觉醒来，晃晃荡荡、迷迷糊糊地拉开窗帘，刺眼的阳光使他睁不开眼，他伸手挡住阳光，揉了揉昏昏沉沉的头，慢悠悠地重新坐回床上。打开手机，想看看媳妇有没有需要的东西。刚解除手机飞行模式，突然手机里弹出了两条未接电话记录和一条短信：

"牧云，方便时给哥回个电话。"发短信的是塘城海交所的龙哥。

牧云不知道许久没联系的龙哥找自己啥事，便直接拨了过去："龙哥，您好，怎么想起我来啦，有啥指示？"严重缺觉让牧云的声音洪亮中夹杂着些许疲惫。

"牧云，你忙啥呢，都几点了手机还不开机？咋了，看来这是昨晚又跟哪个姑娘喝酒熬夜去啦，哈哈……"调侃完没等牧云回复，便正色说道："我们单位年底有个49万的预算，我不管你找谁做，怎么做，也不管你做成啥样，方便的话起草个合同，12月底之前我们要把这笔预算花掉，否则就被收回去啦。"龙哥没有客套，一如既往霸气地给牧云安排着工作。

牧云听到这儿，此时已经困意全无，心里想："我的个乖乖！看来人家说刚生完孩子会有好运气，这事靠谱啊！"但此时的他浑然不知这张49万的单子，是他开始经历人生浮沉的开始，这次的人生选择，在日后差点要了他的命，而多年的风雨打拼，见识了太多的人心和人性，也让牧云更真切地知道了人生的意义到底是什么。

"龙哥，您对我这么好，我跟您说，如果哪天我开上劳斯莱斯，您要负最大的责任的！哥哥，您说仔细一点，我着实还有点蒙呀，具体是什么项目呀？"牧云急切地问道。

"之前我们不是集中从MDI以套餐模式采购了价值1300万元的软件吗，其中有一个软件好像叫'业务一致性管理'。现在软件已经买了，交付还没有做。你找家公司把这个软件的实施给做了吧。"龙哥简单地说。

"龙哥，我明白啦。跟您商量一下，我用我自己的公司融技做可以吗？技术这块你尽管放心。"

"牧云，你看着安排就行，一会你和我们单位的李工联系一下。之前你见过他，抓紧把合同签了吧。"

"好的，放心。"就这样，牧云给自己创立的皮包公司融技接到了第一张单子——49万元的软件服务合同。

此时牧云刚因企业高层间内斗而被动从MDI离职。融技也是注册时间不长的皮包

公司，就在几天前牧云还在迷茫自己的人生之路到底该如何走下去呢！而此时的这份软件合同，似乎为牧云指明了奋斗的方向。

突破思维开公司

幸福来得过于突然，让牧云一时间不知所措，他不禁回想起了5个月前。

2014年7月，牧云还是MDI大中华区在北方区的软件部Pillar级别产品线销售，管理着逐鹿、北河、东山、塘城三省一市的金融、政府和企业客户的monitor（监测）软件产品线销售。牧云在入职MDI前有着扎实的技术，在外企的三年多时间，积累了一定的客户群体和众多合作伙伴。他将谈下来的很多生意交给了合作伙伴去实施。因为外资厂商更喜欢直接卖标品软件，实施这种苦活累活交给各省市当地企业来做，让生态健康发展，大家各取所需。近三十年来中国软件市场一直以这种模式良性运行着，外企像手握印钞机一样挣着人民币，很多本土企业借着中国经济高速发展的势头，不断承揽着各种信息化生意。很多公司也从几个人的小规模企业迅速成长为几十人、几百人、几千人的大规模高科技企业。

这些企业可以分为几类：一类纯靠政商或客群关系获得巨大商业利润，而后很多年享受这种唾手可得的生存和壮大，并慢慢随着时代向前发展或慢慢消亡；另一类前期先靠关系或者VC（风险投资）积累创业资本金，然后依托情怀或国家发展需要而转型为技术型、产品型企业，也是大家比较尊敬的贸—工—技类型企业；还有一个特别的存在就是很多央企、国企，因为自身体量规模巨大，为了更好地服务自身海内外企业，全面实现技术可监、可管、可控、可感知，组建了很多科技类三产公司，如一汽启明（共和国长子中国一汽旗下的科技服务提供商）、中油瑞飞（中国石油旗下的科技服务商）、石化盈科（中国石化旗下）、中粮信科（中粮集团旗下）等。

在这样的背景下，牧云依托MDI厂商在科技领域绝对引领的平台级优势，将很多客户指定采购的软件后续实施的订单直接给了各地有服务能力的合作伙伴。合作伙伴大都会从合同额里面拿出一定比例的利润给牧云，喝酒、唱歌、夜总会或者打牌故意输掉。一开始牧云是享受这种小恩小惠的，后来发现，每年四五十万的税后收益虽然可以让自己和家庭在北京这个城市活下来，但是活得并不精彩。出差住五星级酒店，但那是公司的福利和差旅标准，并不是自己的生活差旅标准。虽然可以几千上万吃一顿山珍海味，但那是合作伙伴的老板买单，不是自己消费得起的。吃完饭后，老板们开着路虎回公司，而他只能坐出租车赶往下一个城市，洽谈下一个客户。工资和工作就像北京地铁一样，一圈一圈日复一日，永远也开不上路虎，永远也住不上别墅，于是他萌生了自己开公司的想法。

此时的他并不知道，那是自己内心不甘心一辈子当一个"工具人"，如尘土一样轻轻地来最终轻轻地走。他想要作为一个"人"：既可以像徐霞客一样朝游碧海暮苍梧，又可以如泰戈尔所描述的那样，浮世三千，吾爱有三，只在意日月与卿；哪怕生死，也可以由自己决定。

牧云在打拼多年后，认为读书改变命运这句话是不够严谨的。那是儒家思想的产物。读书或接受培训的目标只是让一个曾经有过梦想的人慢慢从"初级工具人（例：农民工）"变成"高级工具人（例：写字楼白领）"。对于这些工具人来说，无论你手里是拿着钳子，还是拿着键盘，都不重要！结果都不过是这个世界向前滚动的工具。

牧云是那种做事前并未想清楚谋略，但是敢想敢干的人。他没办法洞察市场，但是他对自己还是非常清楚的。牧云整理了一下自身的综合情况：第一，技术出身，做了6年软件系统工程师，干过网络工程师，系统工程师，实施过几十个软件项目。客户涵盖银行、政府和央企。曾被公司要求承担过项目经理、咨询顾问、架构师、售前经理等，拥有丰富全面的技术功底。擅长为客户提供一揽子解决方案。如果创业不需要售前支持了，自己可以一个人承担多个部门角色。第二，牧云在MDI工作三年多的时间都是做销售工作，大大小小签了几十个单子，知道客户在哪儿，如何破局，如何

搞定客户，如何挣到钱。唯一短板是不可以再干实施工作了。所以此时的融技迫切需要一位技术合伙人。自己在客户面前说的大话，得有技术大牛含泪在后落地、交付实施。这是中国目前软件项目在需求、预算、技术等多方角力后的通病。分析至此，一位技术大牛——刘一航出现在了牧云的脑海中。

刘一航和牧云做过同事。二人均具备优秀的技术功底和项目经验，二人先后从MDI代理商科技公司被挖到外企MDI。刘一航做了技术，牧云做了销售。两个人知根知底，再度同事，在工作中正好相互配合。牧云对刘一航的认可是源于2009年国内大型民企电器的项目。当时牧云是项目经理，实施中碰到难题。刘一航被公司安排过去协助牧云处理。那次是两人的第一次正式打交道。面对众多棘手的难题，刘一航表现得异常镇定。他登录到牧云实施的Linux操作系统中，熟练地敲着一行行命令，转过头对牧云说：

"你放心吧。既然我来了，不搞定我是不会走的。"

这句话给了牧云极大的信心和安慰。同时认为此人很靠谱。

此时，牧云拨打了刘一航的手机，希望刘一航可以加入公司，一块干出一番成就。

"刘一航，有个事情我想跟你商量一下，咱们是自己人，我就不绕弯子啦。我想自己做一家公司，每年可以把一些项目用自己的公司来实施，这样就可以每年多挣个百八十万。利润咱俩按比例分，既不影响工作，还可以更好地照顾家。要是将来公司做大了，咱们也可以全职出来经营。这样就不用一直打工，自己做老板了。你想不想一起来干？"牧云电话里对着刘一航聊着自己的黄粱美梦。

"牧云呀，有这好事？这事能行吗？我看网上有段子是这样说创业的：打工的尽头是卷铺盖，创业的尽头是负债，老板的尽头是老赖，科技的尽头是放贷，现实的尽头是无奈。论人生豪迈，就是不知道还能不能从头再来。哈哈，要不见面细聊一下吧。"刘一航电话里答复。

一个星期后，两人约着共同去德州见太阳能企业客户，德州号称中国光谷，集结了很多太阳能企业。在德州凤冠酒店的咖啡厅，牧云把自己想创业做老板的构想向刘一航和盘托出。

"咱俩是在企业里上班，这又不是什么铁饭碗，而且这几年BAT互联网企业势头越来越猛，外企的日子越来越难，说不准哪天咱俩就得下岗找工作，生活没个安定。我觉得吧，做人，选择比勤奋重要，方向比选择重要。当然如果没有咱们当初的勤奋和努力，也不会有选择的机会。我现在想抓住这次机会，自己做老板。首先我有大量TOB（金融、政府和企业统称）的客户资源，咱俩也不用立刻辞掉工作，要是生意做得好了就另立门户，做不好每年以我的销售能力签回来的单子，最差也可以分个百八十万。基本没啥损失，你觉得呢？"牧云滔滔不绝地开始了创业路上的第一次"忽悠"。

"嗯，你说的情况我明白。咱俩认识这么多年啦。我的情况你也了解，做生意不是我的强项。我擅长monitor产品线的软件技术。你信任我，我就帮你做实施。但是有一点必须跟你讲明白：我得优先保证公司的安排，其次才是咱们的项目事宜。"刘一航说道。

"行，没问题！这是必须的。咱俩先给公司起个名字吧。嗯，叫啥名字好呢？"牧云一边问一边陷入沉思。

刘一航的心此时被牧云说动了，也畅想着日后分钱的喜悦，直接抢话说："牧云，我觉得做生意呀，技术落地很重要，要么咱们就叫'融技'，融合天下优秀技术大牛。让客户感觉技术可落地，服务可依靠，大家共同成就客户价值。你觉得咋样？"

"融技，融合技术、人才，服务客户。嗯，好，就叫融技吧，北京融技科技有限公司。"牧云点头道。其实他心里也有一个名字。但是他深知合伙人的重要性，认可对方就是认可自己，放下即是得到。牧云也不太愿意直接否了刘一航的想法，担心打消他的积极性。

接下来，牧云制订开公司的计划。二人各出5000元，合计1万元作为注册资金，通过一家线上注册公司，办好了北京融技科技有限公司的营业执照。国家当时扶持创业，虚拟地址也可以注册公司，所以融技并没有实际经营场所，属于小微企业，在国税那里算是小规模纳税企业。

牧云觉得公司开业了，至少得有个公司网站。虽然现在人们较少看网站，但是有它不重要，没它就很减分。创始人的名片上面不能没有网址、公司邮箱和办公地址等基本信息。他将工作安排给了刘一航，让他两周内搞定，刘一航领了任务马上去做了，但是两周后什么都没有搞出来。牧云心里很不高兴，觉得刘一航除了monitor软

件产品线可以开发实施交付，其他技术并不怎么样。但他没有批评刘一航，只是淡淡地说那我自己想办法吧。

互联网在中国从2000年兴起，技术发展日新月异。牧云在网上搜索网站建设资料，突然发现可以自助建设网站。不用写代码，一天搭建电脑版和手机版网站，还可以免费试用。于是他用手机注册了账号，通过拖、拉、拽和上传图文就可以建设差不多的网站，牧云后来知道这实际上就是一种无代码开发技术提供的建站引擎。

他在自助建站网上数百个公司模板里找到自己喜欢的模板，定义好网站主要呈现的模块内容，很快就做出了网站雏形。LOGO也难不倒他，做技术多年，自学了Photoshop软件，直接画了一个球形的圆，在里面居中写了一个大写的字母R，用斑马线合成R，这样LOGO就产生了，R代表了融技的拼音，也是英文REVERT的首字母。REVERT一词其中一个含义就是重新考虑，恢复原来信仰。牧云希望通过融技公司重新考虑自己未来的生活方式，恢复心中不甘于寂寞的信仰。至于网站上的解决方案和产品介绍也很快搞定了——将多年积累的解决方案和技术方案脱敏后上传。他还在万网上注册了一个域名和域名后缀的邮箱。就这样，融技科技公司就在线上线下悄无声息地开张了。之所以无声无息是因为二人还在MDI上班，如果这家公司曝光可能会让二人直接下岗。

2014年7—12月，BAT互联网企业发展如日中天，反观MDI，生意就像搭上了夕阳中的战斗机——一落千丈，牧云和刘一航两人通过不断努力，也未能给融技签成一张单子。

12月初，牧云突然接到刘一航的电话：

"牧云，我要在两个月内交接完工作跳槽去华盛。但是华盛那边背调发现我有注册公司。现在需要赶快把我的名字去掉，否则就无法去华盛了。合伙创业这事你自己弄吧，我退出了，前面的5000元我也不要了。"华盛是国产科技之光，且是头部企业，生意遍布全球。刘一航很珍惜这个机会，他甚至觉得"净身出户"很洒脱。

牧云听完后直接愣在了原地，真是出师未捷身先死。这还一单没签呢，合伙人就要离开了。牧云不知道，这次的合伙人离开只是日后多次经历的其中一次，想要掌控很多人的命运并不是一件容易的事情。

"好吧，你想清楚就行。我这就找会计公司帮忙办理股权和股东变更事宜。"虽然通过前面网站的建设事宜，牧云觉得刘一航的技术能力还是太过于单一，且没有那种拼搏不放弃的精神。他的离开并不让自己觉得多少失落。他打电话给会计公司的高会计——日后也变成了牧云的创业合伙人及多年的好友，妥善办理了变更事宜。

　　小半年的时间过去了，融技科技财务上一直是亏损状态，没有任何进账，当然也没有大额支出，就是一家皮包科技公司。龙哥的软件订单让牧云重新燃起了创业的激情，也坚定了坚持下去的动力。2014年11月，牧云和MDI的HR约定12月17日离职。当然牧云不是自愿离开的。他是外企领导间派系斗争的牺牲品。离开MDI后是继续找工作还是如何，牧云心里很迷茫。打了十几年的工，拿了十几年的工资，家庭生活的一切都靠工资或透支工资来过活，突然没有了收入，心里的忐忑不安可想而知。龙哥这张49万元的单子给了牧云拼搏的机会。

　　牧云开启了艰辛的创业之路。

草签合同埋隐患

　　牧云在MDI做了三年多的软件销售，每天都在跟人跟生意打交道，但是MDI是世界500强企业，工作细分程度高和规章制度严谨规范、健全。在工作中，牧云只需要负责搞定客户，用尽方法PK掉竞争对手。剩余的事情一个电话或者一个邮件甩给公司或者合作伙伴的后台工作人员即可。但现在不同了，面对海交所的第一笔订单，一切都要他亲力亲为。起草合同是第一件事情。

　　牧云一直认为，国家和企业都应该只抓重要的事情，无关的事情不用花费太多精

力。例如古代国家只关注两件事情，祭祀与戎。在牧云看来，融技公司最重要的两件事情，就是人和钱，只要有人有钱，什么事情都可以解决。人指的是技术人员，钱指的是客户订单。只要有了订单，人自然而然可以找到。至于其他，诸如财务、法律、商务等都是小Case（事情）。正是因为这天真的想法，让牧云吃了大苦头。

"合同！这个合同到底该怎么弄呢？"牧云对合同的具体内容和格式着实是一头雾水。他的脑海灵光一现："可以找朋友要合同模板，自己再照着改一下呀？客户是我的朋友，自己人，合同只是走个流程，后面肯定也不会出现什么问题。"牧云在心里快速筛选可以拿到合同模板的人选。Q城晓聪公司的汤程是第一人选。牧云打开手机，拨通了汤程的电话。

"汤程，忙吗？"牧云客气地说。

"云总，您好呀。没事，您说。"汤程答道。

"兄弟，我这边在塘城中了一个标，你发我两个软件合同的模板吧。我照着改一下，做一份正式的合同。唉，让你见笑啦，我没搞过这个东西，哈哈。"牧云调侃道。

"云总，恭喜您。啥时候有项目也照顾一下我们。合同模板没问题，马上给您发过去。"汤程回答说。

"对了，汤程，我正愁找谁来实施呢。塘城这个项目是软件一致性的落地实施。你要是能干我就包给你个人来干吧，1个月2万元，咱们就别走公司合同啦，还得交税。走你个人账户，这样你还可以多挣点补贴家用。"牧云突然想起来合同签下来没人干，汤程是不二人选。因为过去在MDI的时候就把很多合同直接外包给汤程的公司做。汤程的人品和技术也是可以信赖的。更重要的是，汤程还是晓聪公司的技术合伙人和技术总监，能力没得说，权限也大得很。

"云总，谢谢您。我倒是想帮您的忙，外地项目不走公司我估计不行啊，长期出差没法跟公司交代。只有周六日的时间可以。"汤程直白地回复。

汤程这样说，牧云觉得有戏。

"嗯。"牧云快速思考着解决办法，看来得和客户商量一下，尽量周六日让技术人员进场实施，只能这么办了。牧云认为以龙哥在单位的强势地位，客户那边应该能够同意。大不了到时让客户把上班时间的IT访问权限打开。牧云自己就是从工程师做起来的，理解工程师的心态，给点好处，领导施压，基本都会用心尽职配合工作。

"好吧，汤程，就听你的，那就周六日实施吧。我跟客户那边协商一下，应该问题不大，你等我消息。这个项目是我自己的公司融技签的第一个项目，质量和交付时间等事宜，一切就拜托你啦。"

拿到合同，牧云在乙方位置写入了北京融技科技有限公司，并盖了合同章和法人章。但是合同里面的交付内容、交付里程碑、验收签字、违约责任等细节都用的汤程的合同内容。牧云自认为有龙哥的关系，都没有仔细看合同里面的细节，仅把款项处仔细地计算清楚了。殊不知，草签的这份合同，为日后埋下了隐患。

龙哥要求合同和发票一并邮寄，发票还要专票。因为融技刚成立不到半年，是小规模纳税人，营业执照上的办公地址是虚拟的，申请不了税控机，无法打印发票。合同签约又陷入了僵局。创业开始第一单，热情正浓，怎么可以让到手的鸭子飞了，牧云立刻找会计高哥来协商。

高哥说："国税这边只要有实际办公地址就可以提供税控机，现在国家大力支持创业，地址这块审核没那么严格。要是有自住房的话，直接做个假租房合同，剩下的事情我就可以帮你办下来，只需要2天就可以拿到税控机，再买个针式打印机打印发票即可，不过这个要收费2000元。"

牧云听完后，大脑快速梳理了一下重点，没有犹豫，直接微信转了2000元给高哥。并按照高哥的意思做了一个租房的假合同，并将办理公章、营业执照等手续一并交给高哥处理。

当年在相关政策的指导下，工商税务全面简化审批流程。高哥对流程非常熟悉，仅仅过了3天，牧云就拿到了税控机。牧云不会用，高哥说只要融技每个月支付50元，打印发票、发票快递等事宜全部由他们负责搞定，但是需要将发票专用章放到会计公司。牧云觉得高会计收的这些钱都是小钱，想也没想就同意了。日后牧云才知道高会计就是靠这些细碎的小钱，带领着几个女会计一年做大几百万的销售额，年年毛利润超过四百多万的。就这样，牧云轻松打印了24.5万的企业专票，按照合同要求，合同一共分成两笔付款方式，签合同收取24.5万首付款，验收后融技再收取尾款24.5万。拿着发票和合同，牧云想着龙哥要求12月底前把合同签完，海交所也可以完成首笔付

款，于是做事雷厉风行的牧云直接开着自己2011年更换的蒙迪欧轿车，上了京津唐高速，不到三小时的车程，就从北京来到了塘城海交所龙哥的办公室。

首付款坚定创业心

"龙哥，您好，我过来看看您，顺便把合同和发票拿过来……"牧云说着，从双肩背包里拿出在苹果专卖店买的最新款iPad，连着合同一并给龙哥递了过去。

龙哥接过合同和发票，扫了一眼牧云递过来的iPad，用一种半训斥的语气说道："牧云，你这是干啥？咱们的关系，你别这么客气。快拿回去，听哥话。"龙哥客气道。

"龙哥，这是给您儿子学习用的。用这个学习方便些。晚上您要是没安排，一块喝点？我知道附近有一条异域文化小镇，晚上喝杯啤酒原浆凉快凉快。顺便看看风情美女，哈哈。"

"成，晚上正好我也没啥事。牧云呀，每次见面你都把美女挂在嘴上，你到底有没有姑娘呀？哈哈。"龙哥没有再推托，任凭牧云轻轻地将iPad放在桌上，眯着小眼睛笑呵呵着看向牧云。

其实龙哥只是觉得好玩。以前牧云在MDI时，龙哥也经常这样调侃牧云。他觉得外企男女关系随便已是公开的秘密了。以前他俩在一块喝酒时，酒到酣处，牧云经常讲黄段子，每次龙哥都听得津津有味并捧腹大笑，然后痛饮一大杯啤酒强压着心中的骚动，并不断地问牧云：

"你说的这事是真的还是杜撰的？那个慎之美女有没有啥八卦？快给哥说说，最近慎之总要约我见面。"

龙哥直接将合同和发票给了属下，让他交给财务部门，并交代尽快给融技付款。他让牧云把车扔在单位楼下，俩人一起开着他的红色宝马X6风驰电掣地驶向了异域文化小镇。

海交所的合同不到一周就走完了所有流程，足见龙哥在单位的地位。汤程也于每个周六日从Q城坐高铁到塘城做软件实施。但是刚实施就碰到了很多问题。第二次到塘城时他打电话给牧云：

"云总，您方便吗？给您汇报个事情。咱们这个一致性项目，软件要想正常运行需要License授权，您能否找个许可认证码？不然软件运行不起来，项目没法推进实施。"汤程说。

"只是需要License吗？还有什么需要吗？"牧云觉得License是小事，以自己在MDI的人脉关系，拿个License免费授权So easy。

"另外还得给您说一下，这个软件我实施肯定没问题。但是我看了客户需求，要和其他业务系统有对接。有近20个不同的业务系统以及数据库、中间件和linux操作系统等，二次开发接口最好有原厂的文档或者专家支持，项目Close（结束）才会更快一些。否则这些工作我一个人周六日做，估计最少得3个月。"汤程把情况详细介绍给牧云，希望得到一些支持。

"兄弟，我知道啦，这样，我先帮你解决License事宜，你一会发个E-mail地址给我。我安排人尽快转给你。另外实施周期你放心，要是干3个月我就付你3个月的钱，哥不会让你为难的。放心吧。这样，我挂了电话马上联系一下刘一航，你们在之前的项目上也见过，他要是时间方便就跟你一块干，不就可以加快交付时间了吗？"牧云回答说。

刘一航和汤程一样，都在各自的公司上班，只有周六日的时间属于自己。基于对刘一航的全面了解，牧云每月也给刘一航两万，请他配合此项工作。就这样，刘一航和汤程两人共同协作，开始项目实施。项目刚启动时，牧云特意到塘城，晚上请他们俩找了一个烧烤摊喝起了小酒。因为临近中秋节，牧云在网上还给他们每个人买

了一箱红葡萄酒。对他们二位来说，能够用周末休息时间接私活挣外快，同时都在过节前收到牧云的红酒，回家在媳妇面前也有面子。

三个人彼此都很熟悉，喝酒比较放松和开心。但牧云还是发现刘一航的眼神里有那么一丝丝的忧虑。借着酒意询问原因，得知答案后牧云和汤程都哈哈大笑。

刘一航29岁，比牧云小2岁，典型的技术宅男，腼腆胆小，为人也算正直。有一个刚上小学的儿子，媳妇不上班，主要工作就是照顾孩子。因为工作，经常要到各地出差，和媳妇只能算是周末夫妻，周一到周五基本都是在不同城市的酒店里度过。当然大部分时间都在酒店或者客户现场处理各种技术问题、写各种技术文档、做各种技术交流。但是时间就像海绵里的水，挤挤还是有的。MDI公司的差旅标准是五星级酒店，刘一航和牧云早已是优越会、IHG、香格里拉翡翠会里面的高级会员。所以淡季时，酒店为了服务这些VIP客人，会免费升房到总统套房。

你想想，一个拿着两三万月薪的人，平时根本住不起五星级酒店的总统套房，老婆孩子不在身边，突然住在了一间包含卧室、会客厅、微型小酒吧、开放式厨房、落地窗浴缸、三个卫生间的总统套房，难免睡不着觉。可以说是激动的心、颤抖的手，于是乎，半夜12点，刘一航忙完了手头上的工作，轻轻地合上电脑，拿起手机，用微信摇一摇附近的人，居然摇到了一个午夜女孩。经过工程师那单纯炙热的话语攻势，午夜女孩也打算寻求一下刺激，满足一下生理需求，于是刘一航就和这个陌生的女孩发生了关系。刘一航虽然使用了保险套，仍然担心会感染上性病，为此还背着媳妇偷偷去医院做了检查，虽然结果没有任何问题。但是刘一航天生胆小，这次的偷情就像一棵小草一样，伴随着惭愧和不安，始终让刘一航踏实不下来。每当忙完了手里的工作，就会不自觉地忧虑。

牧云虽然嘴上安慰刘一航，心里却笑得前仰后合。哪有猫不吃腥的，就算如刘一航这般老实本分的技术宅男，在物欲横流的社会也会偷腥。看来这个世界的男人都是用下半身思考的动物。在夫妻忠诚度上，男人的话就像老太太的牙齿，没有几颗是真的。

第二天，牧云买了塘城到Q城的高铁票。牧云当年在MDI时主要负责北山省，而且在Q城西巷住了两年多，对北山省的众多客户关系比较熟。牧云以为，要把公司业务做大，把北山省作为起点在时间上、效率上、效果上最佳。他给强哥、文哥和小学

（人名）分别发了微信，开玩笑说请他们做好接待，晚上大家一起喝酒。

这里简单介绍一下，强哥、文哥和牧云是MDI同时期入职的同事，也都属于Pillar级别的销售，就是负责产品线销售。因为同期入职，业务上又互不干预，所以平时关系还算不错。小学一直被牧云及强哥和文哥当成小兄弟，是MDI战略合作总代公司的一线销售。刚毕业没两年，手里没啥钱，但是给客户和朋友花钱却十分大方。因为MDI和总代业务上往来频繁，所以小学经常请几位哥哥喝酒，要些单子，好完成公司的任务额。

"云哥，您啥时候到Q城？我去接您吧。"小学收到微信后，直接电话就打了过来，并执意要去接站。

强哥和文哥也陆续回复了微信，欢迎牧总来Q城，晚上见，一块喝点。

下了高铁，牧云把行李放到后备厢，坐上了小学的比亚迪轿车。简单聊了一会，订了八一立交桥附近的一家餐厅的小包房，然后和小学去楼下烟酒店买了两瓶西凤52度的白酒。对于刚刚创业的牧云来说，光买酒就花了400元，也算是不小的开支。拎着两瓶西凤，小学开车拉着牧云便直奔餐厅。

牧云点了小米辽参、九转大肠、黄河鲤鱼，又点了几个下酒的素菜和凉菜，打算好好请兄弟们吃一顿，也是希望以后在这片土地上做生意可以得到他们多一些帮助。点完了菜，牧云便和小学在饭店门口点了一根烟，等待强哥和文哥。

不一会，强哥开着他的黑色大众迈腾，文哥开着他的黑色雪铁龙C5来到了饭店。这时手机一条短信点亮了牧云那略显疲惫的双眸：招商银行到账提醒，24.5万元人民币，汇款方：塘城海交所。牧云不是没见过单笔这样大额的钱，而是这笔钱的意义重大。这是牧云创业的第一笔收入，让牧云仿佛看到了不久的将来，自己的公司就可以租明亮的办公室，招聘员工，大展拳脚。多年后牧云回忆那一刻的内心变化和天马行空的想法，觉得很可笑，那不是自信，而是一种小人得志后的意淫，也是做人无知膨胀的萌芽。可是这何尝不是人创富过程中普遍存在的心路历程，无论是历史还是当下的社会名流、商贾、儒士，又有几人能逃脱呢？

强哥和文哥停好车，迈着自信的步伐微笑着向牧云走来，三个人用拳头和脏话彼此问候着对方，这代表了男人间亲密的友情。强哥调侃道："云sir来北山给我们指导

工作啦，欢迎欢迎呀。"此时牧云用余光看着小学不自然的表情，一丝丝不易察觉的卑微跟着陪笑。世事总是难料，又如此合理。许多年以后，强哥和文哥快奔五十的人啦，还是打工仔，仍然在一线干着销售，每天主要做两件事情，找项目，找不到项目就找工作。小学经过多年努力，从以前的些许卑微或者说是迫切渴望成功的职场新人，成长并超过了这些前辈。

而牧云此刻的骄傲，是从打工者转型为老板的骄傲。多年以后牧云经历了人生的荣辱、公司的兴衰，才知道所有的骄傲都是阶段性无知，或者称为认知不足或心境还处于比较LOW的位置。那天晚上，4个人喝光了两瓶高度西凤酒，又喝了不知多少瓶啤酒，放松且肆意地调侃着彼此，说着各自的大话，每个人都醉得很开心。因为那是牧云在被迫离开MDI后，第一次以公司老板的身份回到北山省，一个月前还是以同事的身份一块推杯换盏。但是牧云心里认为，自己很快就会和他们拉开差距，哪怕自己现在还只是一家皮包公司的老板。

因外企经历获创业果

如果把人的格局分为三个层次：最初级是生意人，其次是商人，那么最高级就应该是企业家。生意人唯利是图，商人以盈利为目的，适当可以牺牲一点利润，但一定是为了更大、更长久的生意合作。但是挣钱对于企业家来说更是一份社会责任。能力越大，责任就越大，挣得自然会越多。企业家绝不是单纯以企业规模和盈利多少来评价，因为这两个因素取决于机缘巧合。真正的企业家应该具备洞察未来的目光，领导众多精英向着目标持续不断地火力全开，同时可以融洽地处理政商关系，并最终做到家国情怀，世界担当，心系天下。

此时牧云还只是一个初级的生意人，想着比上班打工多挣几毛钱就很知足啦。多年后融技逐梦交通，也不是一开始就谋划清楚的，而是在经历了一次次项目的成功或失败，一个个合伙人的加入或离开，一个个官司的胜利或失败……每一次的经历，都在慢慢磨炼牧云的心境。此时牧云的心里只想着让融技这家初创公司活下去，不断思考着融技的下一个合同在哪里。

牧云在MDI签约了上百个To B合同，但是海交所和融技的合同是融技的第一张数十万的订单，这个单子的签约让牧云心里还是感到那么一丝丝的魔幻，他认为这是老天在帮助自己，甚至认为自己很快就可以从一个皮包公司的生意人，转型成为一个成功的商人。

前一晚的酒精放纵，让清晨醒来的牧云有些头痛。多年外企工作养成了习惯，无论几点睡觉，无论喝多少酒，早上7点钟一定会醒。在外企销售人员脑海中印下了做生意一定要职业和专业的信条。牧云刚加入MDI时上属领导北京女老板巫芸，在去产房生孩子的路上还在接电话处理工作，这就是外企销售人员的敬业。当然多年以后牧云才明白更深层次原因不过是每个人要保住那份在当时高薪光鲜的工作。无论如何，这种习惯根植于牧云内心，让牧云不敢错过上午9点钟以后的任何一个电话，无论是来自客户，还是来自老板或同事。

他昏昏沉沉地从床上爬起来，无精打采地走到镜子前看了一会酒后憔悴的脸，发了一会呆，便径直走进卫生间，用冷水清醒自己，开启新一天的客户拜访。牧云深知，自己已经改变了命运的轨迹，再也无法像以前一样，找个旅游城市泡几天户外温泉，然后给老板编个故事，说为某某项目商机，在陪客户在外面开会或者商务洽谈。如今自己做了老板，多待一天，就要多一天的差旅费，想到这里，牧云加快了行动速度。

洗漱完毕，穿上2011年结婚时的报喜鸟西服，把皮鞋擦亮，戴上谈恋爱时买的雪铁纳手表，虽然都不是什么高级品牌，这身行头还是立刻让身高1.8米，体格健壮的他变得商务范十足。牧云再次回到镜子前审视一下自己，送给自己一个淡淡的微笑。他

突然想起一个以前MDI的同事——王磊。那哥们家里是做洗煤生意的，属于那种仅次于煤老板的暴发户。但是因为个子不高又很爱健身，看着有些粗壮，有一次那哥们穿了一件2万块的皮大衣，同事们笑他硬是给穿出了一种农村大集上很廉价的感觉，这可能就是人们常说的衣架子的作用。

在餐厅，牧云边吃早饭边在脑子里快速盘算今天打算拜访的客户。这时突然电话响了起来，牧云一看是房产局的宋处长，立刻清了清嗓子，认真将电话接了起来。

"喂，宋处长，您好。"

"牧总，早上好，不好意思刚上班就给你打电话。是这样的，去年不是交流过咱们的监控运维软件吗，预算报上去也批了。但是因为你们的份额太小，我们内部商议整体包到业务系统开发的大包里面。目前那个大项目招标工作已经结束，你抓紧和总集公司周总沟通，尽快推荐专业的软件服务商进场实施吧。但是有一点，一定要做好，还要出亮点，别辜负当初我们信任你的方案。"宋处长在电话里严肃地说。

"嗯，宋处长，您放心，之前也跟您介绍了，我是技术出身，我介绍的方案不但可以落地，还可以做出亮点，更好地支持您工作。"牧云高亢地回答着，引起了其他人的观望。从眼神中可以看出，牧云接电话的声音过大，引起了个别人的不满。不过牧云扫了一眼没当回事，这个时候天外飞单带来的愉悦感比什么都重要。

"好，先把这次项目的做好，要是局里满意，我们可以推动二期建设。行啦，那是后话。你抓紧和周总联系吧，有啥问题随时打电话。"说完，宋处长就挂了电话。

牧云把盛粥的小勺放下，心中一阵狂喜。心里想到了刚出生不久的女儿果果，一定是女儿给自己带来的好运。海交所的生意刚签完合同没多久，这又来了一张单子，看来今年已经可以稳稳当当地给自己开工资啦。

牧云之前就认识中标的总集公司的周总，虽然没有合作过，但是作为Q城当地重要的合作伙伴，曾经打过很多交道。周总是程序员出身，经过多年打拼自己开公司也做了老板，其开发的软件产品在地产行业应用较多，口碑非常好，因为技术出身，言行合一，人品在圈内也是出了名的厚道和靠谱。牧云和周总也是彼此欣赏，可能因为大家都是技术出身，骨子里的基因是相同的。

牧云在大脑中快速整理了思路，梳理出要点后，就拨通了周总的电话。

"周总，恭喜您，刚才宋处长说您中了他们单位的业务系统开发大单。我们的监控运维小项目也在您的总包里面。您看什么时候您方便，咱俩见个面？我带两瓶好酒，一块喝点儿？"牧云客气地说。

电话那边传来周总一直以来的平和语调："牧总，宋处长跟我交代过了。你们的监控运维有60万的份额，包含了软件产品和实施交付。您看您推荐哪家公司来实施，我们把分包合同给签了，抓紧进场，把活干好就行，我这边没啥问题。"

"周总，跟您汇报一下，这个您放心，项目实施我们肯定干得漂漂亮亮的。实施公司这块就用我自己的公司北京融技，我给配最好的技术专家。不过实施过程中涉及客户环境的协调，得麻烦您多费费心。"牧云直接步入正题询问了周总会不会介意由融技公司来负责实施。毕竟融技只是一家皮包公司，更别提业内名气啦。

"牧总，没问题，你们那块我也不懂。我认可您的技术，宋处长也嘱咐过，合同上咱们背靠背签就行，只要你们项目交付没问题，客户给签字，我们就都有钱赚。"周总虽然不懂牧云这块的技术领域，但是通过合同商务条款来限定技术交付，只加了一条"每阶段付款方式，需由客户签字方可支付，实施过程中产生的问题则由实施方全面负责"，就助其公司逾越了所有潜在的风险，同时保证了他和客户签订的内容，跟和牧云公司要实施的内容一点不变。

"好的，一切听您的。周总，技术交付这块我心里有数，您就放心吧。"牧云其实在和周总交流时，就已经想到了这个项目的实施人选——汤程。塘城的项目有汤程和刘一航，应该一个月左右就可以完成，这还是只利用周六日两天时间，并且他们还要坐高铁过去。但是Q城的地产项目就在汤程生活的城市，汤程又是其公司的技术合伙人，技术总监，手底下管着十几号人，也不用天天坐班，而且监控运维的技术汤程自己做了五六年，所有技术他一个人就可以全部搞定，唯一的问题是多少钱他可以再次接牧云这个活？另外一个问题摆在牧云的面前，融技需要找一个技术合伙人。这样牧云在前面开疆扩土，后面有技术专家可以搞定一切，公司才可以发展壮大，光靠牧云自己一个人折腾，如果再有机会承接外地的项目，谁能帮着搞定后面的技术交付呀？

金钱工具闯心关

　　为了以后公司的稳定发展，牧云决定尝试拉汤程入伙融技，但是他心里也没底，因为他觉得汤程在Q城所在的公司里面做得不错，他的老板也很赏识他，不但给了他10％的股份，还把公司的技术部门全部交给了他，后期甚至把公司所有的事项也都交给了他，做了甩手掌柜，其间还送了汤程一块很贵重的玉挂，玉器按名贵级别分为白金碧玉石，汤程老板送给汤程的属于碧玉里面的上品，所以汤程总是用一根红绳挂在胸口，这些都是汤程和牧云在一起聊天时知道的，所以牧云并没有十足的把握能拉汤程加入融技。但是，有些事情总得争取一下，光靠分析是永远不会有结果的。于是牧云再次拨打了汤程的手机，一如既往，牧云在每次拨通别人电话之前，都会高度抽象总结出几个主要沟通点，然后通过开放式聊天，封闭式问话，很自然地达成想要达成的目标。

　　"汤程，塘城那边的项目还顺利吧？有啥需要我支持的吗？"牧云电话里温和地问道。

　　"云总，没啥问题，客户也十分配合，项目一切都很顺利，放心吧。估计这个月项目就能够验收啦。"汤程用一种北山特有的口音回答。不知是不是把子肉和馍吃多了才会产生这种方言，北山省的高个子再加上个别字的音有些重，让人很容易和北山大汉这四个字联系到一起。

"那就好，我这边又接了一个项目，这个项目比较省心和方便，客户就在Q城，你看你还有时间接吗？这次我多分一些钱给你。"牧云打算用钱和股权来吸引汤程。

"牧总，可以呀，这没两个月又签了一张软件合同，佩服佩服！Q城没啥问题，只要不出差我的时间都可控。具体要做哪几块内容？"汤程更想知道自己是否可以搞得定这个项目，这也是一个技术人员的基本素养。

"没问题，对你来说小Case，我都跟客户谈好了，就是基本的网络监控，包含线路和网络设备的监测。另外还有几十台服务器以及运行的数据库、中间件、操作系统等的监测。唯一产品以外的部分，就是需要把不同产品最终实现的监测指标KPI界面统一到一个主界面，别让客户二次登录系统。另外前期我给客户介绍方案时，说提供一张完整的业务端到端可视化监测视图，你到时候画一个业务逻辑视图，把警告事件和相关性能信息关联到业务视图上即可。报表这块你就用产品自带的REPORTOR做基础实现就行。"牧云因为技术出身对项目有全面细致的了解，再加上前期跟客户达成的共识，便把技术需求深入浅出地和汤程描述了一下。

"噢，这样呀，那没啥问题，这个简单，应该三周就可以全部交付，只要客户那边配合就行。"汤程回答着，因为这类型项目自己带着技术团队已经做过近百个，很多产品以外的需求都有现成的软件开发包，只需要改一下名称等基础信息，就可以交付客户，相当于把一个全手工的产品，通过不断的二次开发和交付，变成了一个半自动化的产品，这在当时的技术时代已经是行之有效的方案啦。

"汤程，这次这个项目和塘城的项目不一样，这个项目对我来说很重要，技术交付我心里也很清楚，实施就在Q城对你也方便，我会跟你一块参与这个项目实施。但是你也知道，这些年我在外企做销售，技术实施工作基本不做了，但是我也没有丢，我可以配合你做些简单的事情，主体工作还是得你来做。另外我在客户处扮演项目经理的角色，也是让客户感觉对他们单位的重视，所以这次这个项目我给你合同额的30%，含税。你看有问题吗？"牧云希望通过金钱作为工具（分配比例只是股权的一种形式），来拉拢汤程，做一个初步的尝试，看看汤程的想法如何。

"牧云，万分感谢！没问题，你定就行，我肯定全力帮助你把项目实施完。另外如果我自己公司这边要是有事安排，我得应付一下，其他时间我都没有问题，放心

吧。"汤程认为牧云拿项目的确很厉害，这才没多久，又给了自己一个项目，这次挣得比塘城还多，感觉牧云是一位有潜力的老板，起码比现在的老板年轻，能干事，想干事，很务实。

汤程山东大学一毕业就加入的现公司老板，经历了人生的浮沉，看透了俗世，对生意也已经达到了佛性，没那么强的功利之心。但汤程他们几个年轻人，大学毕业就加入了当时意气风发的王姓老板公司，王老板在汤程他们几位年轻人这张白纸上挥毫泼墨，点燃了年轻人追求名利的火种。如今突然佛系，汤程们走了一半肯定傻了眼。当然，这些事情此时牧云并不知道。他除了以30%的项目合同额来引诱，还口头承诺，只要加入融技，把技术团队培养起来，自己还会拿30%的股权给他。

因为过去的合作，沟通变得相当简单。汤程是一位懂得先予后取的人，项目中很多工作无论是否跟汤程相关，他都会根据自己的综合能力，把技术本身及之外的工作搞定。几乎所有的公司对技术总监的要求都很高，不但是技术全才，还要能说会干。这里说的干指的是写代码，而不是写PPT，关键时刻还得有能力含泪把项目之初老板吹的牛给落地交付。牧云在后期的合作中，充分感受到了汤程的厉害之处。汤程不但技术全面，而且知识渊博，好像这个世界上就没有他不知道的事情，各个朝代的历史，汽车，新技术，用人之术，公司治理，股权结构，法律等，都能讲得头头是道。

牧云初步安排好了后续Q城房产局的项目，又在Q城待了两天，分别见了商业集团的昌部长和当地的银行客户，并和商业集团信息中心的CIO昌部长一块吃了饭。牧云此前并没见过昌部长。昌部长快60岁了，今年就要退休，一般人很难约出来。但是牧云用以前在MDI工作时获得的手机号码，直接以北京融技科技公司董事长的身份打了过去，并在电话里简单介绍了一下公司可以帮助商业集团提升工作效率，保障业务系统7×24小时稳定运行，让信息中心不再成为背锅侠等，通过一套业务层面的引导，来让对方了解自己。在不清楚对方需求的情况下，用一套组合拳直接从对方关心的痛、痒、卡、难等层面入手，而不是像其他公司的销售一样介绍自己是卖数据库的或者卖虚拟化软件的。但这并不足以让昌部长出来一块吃饭。所以牧云最后说晚上金总也会一块参加，结果昌部长就同意来了。牧云本来也要和金总一块吃饭，因为他对自己有知遇之恩，所以每次来Q城牧云都会看望一下金总。在Q城牧云没有车，就打电话给兄弟小学，让他晚上一块来吃饭，路上顺便带两瓶洋河的天之蓝白酒。于是一场既会了好友，又见了客户，表面上谈天说地聊时事，实际上牧云在贩卖自己，只要昌部长认可了牧云，后面的潜在项目就多了一线机会。当然并不是每次饭局一定有明确目的，也不是客户出来陪牧云喝酒一定可以谈成生意，但是中国这个人情社会，生意有一半是在饭桌上谈成的。

忙活完Q城这边，牧云便起身回北京。牧云在高铁站候车时拨通了龙哥的电话。

"龙哥，明天在北京吗？最近一直出差在外，我今晚回京，明天您要是有空我想过去看看您。"

"你小子咋想起我了？我正在搬家，你要是没事就过来喝杯咖啡吧。"龙哥说着便把地址发给了牧云。龙哥的背景很神秘，他的家在北京，有几套房子，工作在塘城，有时会开着他的宝马X6往返京津上下班，在塘城也有一处联排别墅，但平时龙哥都开着号称平民版宾利的捷尼赛期G80，行事可谓低调。

牧云找了一张平时不用的卡，修改成最简单的密码，在里面存了8万元，算是感谢龙哥在项目上的帮助。

第二天牧云拿着8万元的银行卡，来到了和龙哥约定的地方，龙哥并没有要和牧云吃饭喝酒的意思，说道：

"牧云，哥今天不陪你喝酒啦，咱俩喝杯咖啡吧。说说你找哥有啥事？"

"龙哥，我这不前段时间一直出差，上次带着技术团队进场实施，您也没在单位，这不是过来感谢一下您吗。"说着，牧云拿出银行卡，要塞给龙哥。

"你什么情况，咱们兄弟之间不需要这个，拿回去。"龙哥并没有伸手接卡，继续稳稳地坐在那里盘他的核桃，一对上品官帽。

"龙哥，牧云做事懂得感恩，我也不知道您缺啥，昨天打电话才知道您搬家换了一个学区房，这8万元就当弟弟随乔迁礼啦。"牧云坚定地要把卡给龙哥。

"牧云，哥真不缺这个。你刚开始创业，不容易，后面用钱的地方多着呢，你挣到大钱请哥喝酒就行，不说这事啦。你找我还有别的事吗？"龙哥笑着说。

牧云最终还是没能把卡送给龙哥，这让他确信龙哥的确不想要这笔钱，于是二人便闲聊了一会，各自离开了。以后每年牧云都会找一个别有洞天的地方请龙哥一块把

酒言欢，顺便准备精美的礼物。

其实牧云在见龙哥之前心里是非常纠结的，因为现在和在MDI打工时不一样，以前承诺给别人的钱，都是羊毛出在羊身上。但现在自己做老板，当初的承诺只是轻飘飘动了一下嘴皮子，但是当最终真金白银把钱拿出来时，心还是滴血的，心里也会想，项目都已经拿下来了，钱为啥一定要给？或者可以少给一点？但是牧云还是把钱拿出来，兑现了当初的口头承诺。因为牧云知道，钱只是工具，如果把钱当成钱，那么朋友会越来越少，生意也会越做越窄。但是怎么能够在心里把钱当成工具呢？牧云之前在喜马拉雅上听过罗博士讲老子的《道德经》，感同身受。"如天之道，圣贤道，心之道"，当然老子不会教人送回扣。但是老子的《道德经》告诉人们在碰到问题无法找明方向时，要相信自然规律，要用圣人的想法去做事，要用内心觉得对的方式做事。所以在和龙哥喝咖啡的这一刻，牧云没有从自身那点小市民的心思做事，而是把自己作为第三者，这件事情应该怎么做。就这样，钱就变成了一个工具，心里也就不会有心疼的感觉啦。所以说，钱这东西用好了可以指挥千军万马，调配四方，用不好就会变成孤家寡人的守财奴，越存越难挣，越省越多花。

爷爷过世返家乡

牧云跟龙哥分开后，赶紧处理Q城房产局项目的合同事宜。创业阶段什么事情都是自己一个人，牧云基本上也没有什么休息时间，就像"一直在路上奔跑的老司机"，永远没有停歇，精力也是无穷无尽，哪怕身体累了，牧云单纯地认为喝点酒就可以解解乏，然后睡一觉就会再次满血复活，但是殊不知正是这种无知的想法，让后面创业中期时牧云的身体有三个月出现了严重的健康警告。

Q城项目的合同，不需要牧云来准备，合同的内容和模板都由客户和总集团公司提供。牧云看了一下，就把付款方式由首付款30%，验收60%，尾款10%模式，改成了签合同60%，验收40%的模式，并向周总解释了原因：需要花费签订合同额近一半的费用去购买监控软件，剩余的部分是实施费用和利润。但是软件费用真实花费多少，只有牧云自己知道，因为外企软件，尤其是超大型外企软件销售都是以Paper License模式，就是法律自律限制使用产品模块和数量，但是一些To B客户都会适当偷用一点License。不过这些大企业每年还是会象征性地购买一些原厂的许可或者服务。这是厂商和企业级客户间心照不宣的微妙的平衡。外企并不像国内软件企业在模块和数量上采用捆绑MAC地址（注：计算机或网络设备上的一个数字标识，有十进制、十六进制等，类似于人的身份证号，可以作为IT设备的唯一身份标识）和设备节点数来进行限制。国内软件企业的做法其实是一种双标，一方面这些企业大量使用盗版软件和操作系统进行生产研发工作，研发出来的软件卖给国内客户。为了追求利润最大化，就通过严格的License许可授权的方式进行销售。甚至还有一些企业总是拿一些国外开源的软件，学习并包装它，然后摇身一变就成了企业的核心技术产品。

在这片土壤上，自20世纪80年代，全民逐利的思想深入人心，知识产权意识淡薄，甲乙双方只愿意为能够触摸到的硬件，如服务器、交换机、路由器、电视机、汽车等付费，对于无形资产，如软件、知识产权、设计等这类看得见、摸不着的智力脑力劳动成果，是不愿意付费的。最终的结果就是这些企业在生存和逐利的道路上，规模不断发展壮大，却始终无法走出国门被欧美等发达国家认可和使用。不过牧云相信，东方雄狮已经觉醒，中国自清朝开始落后于欧美的第一次工业革命，在新中国成立后一穷二白的条件下，经过党和国家的正确指导，科技、军事、教育等全面走的是学习、发展、创新、引领和共荣的道路。我们不要因为一个时间段的失败而贬低自己，而是要埋头苦干，砥砺前行，现在的中国已经在诸多领域从原来的学习阶段，进

入了发展至创新阶段，个别领域甚至遥遥领先，这些成就的取得，跨越了百年，也许再过百年，勤劳和智慧的合力，会让这个古老的国度再次出现万朝来贺的场面。那时牧云或许看不到啦，不过牧云相信果果一定可以看得到！

在Q城地产软件项目上，牧云为了追求利润最大化，按照MDI的最低下单规则，只下了7万元的License，这样就有了较大的利润空间以及和总集周总谈判合同付款比例的筹码。因为和宋处长提前有过沟通，周总并没有在付款比例上做太多讨论，直接同意了牧云的比例，主要还是觉得牧云这60万的合同额，也就是他们十分之一的业务系统开发费用，实在不值得花费太多沟通成本，唯一的要求就是，周总要求牧云把活干好。

一切都按照牧云的计划执行。牧云跟汤程说这个项目自己会亲自做PM（项目经理）来管理项目，所以牧云为了给客户一个专业的、好的开始，亲自写了一个项目启动的PPT资料，又用Project软件做了一个项目甘特图，把项目时间、人员、工作、风险、配合等全部拆解开来，除了放入PPT里面外，还用Photoshop做了一张美观的图片，页头配上融技的LOGO，页尾留了项目所有成员的联系方式，其实就是汤程和牧云，为了让项目成员看上去有层次感及人数众多，牧云又把汤程公司三个技术人员的名字放在了上面，中间部分则是项目甘特图，以及清晰的项目里程碑，同时把这张项目彩图在外面的图文社彩打塑封，等到项目进场那天给与会人员人手一张，方便大家共识和共管项目。牧云完成了这一切，满意地笑了笑，一个声音不断在脑海回荡——专业！自己给自己打工，这主观能动性就是强。牧云满意自己的多才多艺，什么商务谈判、合同签订、技术需求、软件应用、Office办公软件、平面作图工具、人员协调等全部一人一机就可以有条不紊地统筹和执行。

当牧云完成了这一切，刚直起身子伸个懒腰，做了一个大大的深呼吸，揉搓了一下颈椎，缓解久坐带来的轻微身体不适。突然电话响了起来，牧云拿起手机，发现是爸爸的号码，便懒懒地接起了电话：

"爸，咋啦？"没等牧云把话说完就听他爸说：

"牧云，你北京那边要是没有紧急的事情，赶紧回趟老家吧。你爷爷快不行啦。"牧云爸爸急促地说，同时告诉牧云，他堂弟冬生也会回来。他先坐飞机到北京，与牧云会合。

牧云听到爷爷病重的消息，眼角立刻就涌出了泪水，说："爸，我知道了，我马上安排一下这边的事情，然后和冬生联系，尽快赶回去。"牧云挂了电话，从书房走到主卧室，一下被汪红看出了问题，牧云把电话里的情况说了一下。这个时候牧云的女儿才刚过满月没几天，汪红白天晚上带孩子，人看着也有些憔悴。但家里的事情汪红基本没让牧云操心。除了开车需要牧云跑腿外，其他工作全部让自己的爸妈和月嫂给办了，让牧云可以全身心地忙活着自己的公司事宜。

汪红简单想了一下，跟牧云说："爷爷病重，你回去看看吧，你是长孙，这个时候理应在身边，家里这边没啥事，放心吧。"

牧云感激地看着汪红眼睛湿润了，他忍住泪说："我先回去看看，有啥事你随时电话我吧。"说完就去储物间拿了点换洗衣物便下楼准备开车回家。

车子刚开出龙城小区，牧云想起了回老家的堂弟要先借道北京一起回老家红山农村，便打电话问了冬生到京时间。冬生说他也刚知道爷爷的消息，机票卖光了，最早的航班也得明天才能到北京。牧云直接跟冬生说，爷爷那边病危不等人，我现在就开车回老家，你到京自己坐大巴回去吧，到了县城提前打电话我，我再去接你。说完，牧云就一路疾驰上了五环直奔京承高速。

冬日的北方，虽然山川俊美，但到处都是灰茫茫一片，没有一点生气。高速路上，牧云想到了小时候一到寒暑假就在爷爷家的小土坯房子里玩耍，炕上除了打铁的（脏的意思）被褥，还有一个做大酱的缸。牧云经常在缸里用手抓豆粉，一边吃一边吹着粉雾。爷爷还承包了一座果树山，夏天，爷爷会让还没结婚成家的叔叔们带着牧云在果树山上只有一间土炕的小土屋里面住。大家一块儿看山，防止有人晚上来偷水灌梨和苹果梨。农村晚上蚊虫多，叔叔们就用晒干的艾蒿熏小屋，牧云和两个叔叔挤在刚够三个人平躺的小土炕上，听着虫鸣蛙叫慢慢进入梦乡。爷爷做农活很是勤劳，在果树山上的小土屋旁边，还开垦了一小块田地，种上了黄瓜和豆角。印象最深的是，好几次牧云见爷爷从家里挑水浇黄瓜，浇完了瓜地，简单洗洗手，从黄瓜秧子上面找一根大黄瓜，用满是老茧的手搓光黄瓜上面的毛刺，掰开两段，大孙子牧云一段，爷爷一段。爷爷亲手种的黄瓜那甘甜脆爽的味道，则一直留在牧云的心里。自从

在小学五年级时从农村进了县城，之后因为求学和工作到北京，牧云再也没吃过那么好吃的黄瓜。儿时的记忆碎片不断像电影一样在脑海中放映，不知不觉中，380公里的路程，不停歇开了4个半小时，终于到了儿时出生的村子——大刘丈子村。

爷爷家早在20世纪90年代初期就已经推翻了三间小土房，盖了正房四间大平房，侧房两间杂货屋，还有一个漂亮的大铁门，铁门旁边有一个狗窝，用来给看家护院的狗住。这是20世纪90年代东北大部分农村人过上幸福生活的一个缩影。

牧云下了车，发现院里院外足足有几十号人，大都是十里八村的亲戚听到消息赶过来的。在这些人当中，外地赶回来的除了牧云外，还有在赤峰早已混成有头有脸的人物的景叔也在。

亲戚邻居们来回走动忙活着手里的活计，院子里面也已经搭起了灵棚，灵棚下放了一口很大的黄柏木的棺材，棺材前面有一个铝制的平时用来洗衣服的大盆，现如今则用来烧纸。此时爷爷还有最后一口气在，牧云问了人群爷爷现在在哪个屋子里面，便径直走到偏房的两间小屋里，这是原来配套为四间大平房而盖的储物间。此时爷爷基本已经失去了意识，圆瞪着眼睛看着房顶但是说不出话来，身体也动弹不得。牧云仔细地看着已经瘦得皮包骨头的爷爷，走上前伸手紧紧地握住爷爷的手，在耳边小声地喊着：

"爷爷，爷爷，我是您大孙子宝子。我从北京回来看您啦。"说完后牧云便不知道再说些什么。宝子是牧云的乳名，东北也叫小名，牧云的爷爷一共有五个儿子，这五个儿子成家后又给爷爷奶奶带来了六个孙男孙女，虽然牧云是长房长孙，但是如果牧云说大名估计爷爷也未必知道。东北农村家里亲戚和邻居平时都喊彼此的小名，大名只有填写文件时才会用到。从小爷爷就喊宝子宝子的，宝子是爷爷最熟悉的名字，好像是声音里的名字起了作用，爷爷的头轻轻动了动，眼睛直直地看向牧云，眼角滴下泪水，但仍然说不出话来。

"爸，我是山，您大孙子宝子回来看您啦。"牧云的爸爸也哽咽着喊着，生怕爷爷闭上眼睛一睡不醒。

牧云紧紧握着爷爷的手，仔细看着一生要强的爷爷的脸，心中被悲伤填满，不知道该说些什么，只是默默地看着爷爷，眼角的泪水一遍遍强压了回去，突然外面响起来悲惨的哭声："大哥呀，你怎么走了呀，你怎么也不说一声呀，你让我这个妹妹后面可怎么办呀？"外面哭喊的是爷爷的妹妹。牧云得叫一声姑奶，这种哭丧是农村的一种习俗，用一种近乎唱歌的形式来表达对故人的思念，而且是随想随唱随哭，大体就是回忆一下故人生前跟自己相关的一些事情，边哭边唱来表达。如果一时心伤想不出什么词来，就会凄惨地哭丧，有词了就会继续哭唱。牧云想不明白，农村大部分人都是含蓄的，尤其在人多时，更是不愿意表达。但是哭丧就像刻在每个农村老年人的骨子里一样。无论身边人多人少，无论彼此生疏远近，都会大声哀号地表达出来。甚至在东北二人转这种民间艺术形式里面，还专门有"哭活"这一种艺术，这种艺术的最高境界就是哭的人撕心裂肺，听的人也会眼圈含泪，心伤不已。

牧云到农村老家的第二天下午，爷爷咽下了最后一口气，也许在他心里应该是认为见了所有想见的人最后一面，也算是知足啦，平静地离开了人世。那一刻，牧云并没有哭，但是当所有现场的人得知爷爷的死讯，男人们尤其是五个儿子都默默地流下了泪水，五个儿媳妇都放声哀号了起来，有的流出了眼泪，有的人只听哭声不见眼泪，大都哭声震天，农村的人情复杂，牧云多年在外不是太懂，但是牧云的妈妈哭得最痛苦，因为爷爷临死也没给牧云的妈妈一句抱歉。爷爷当年不太同意牧云爸爸和妈妈的婚事，差点逼死了自己的长子和长媳。牧云妈妈遵守着农村传统的礼仪尊卑，默默地咽下了所有来自公公婆婆欺辱的苦水，从死神边上走过一遭儿后，坚强地活着。正是这种坚强和持久的努力，反而让牧云爸爸妈妈的生活越过越好。但是心底那份疼还是难以磨灭。如果那一刻爷爷的一句抱歉，相信可以让牧云的妈妈心里半辈子的痛一下子释然，但是爷爷走了，没有留下一句话，所以牧云的妈妈在人群中哭得最是厉害，悲惨的、无助的、渴望的、懊恼的、悔恨的心声全部融在了哭声中。

农村死人的习俗规矩特别多，儿子们晚上要守夜不能睡觉，儿媳们要半夜起来哭丧几次。牧云开了几小时的车从北京回到农村老家，跟着里里外外忙活到大半夜，在四叔的大平房里面与其他亲戚和衣睡在土炕上，刚迷迷糊糊地睡着，便被哭丧给吵醒了，导致一夜也基本没咋睡觉。

按照农村的习俗，牧云的爸爸作为长子长兄，主导一切丧事，风水先生看好了

墓地，爷爷的整个家族在第二天举行了盛大的出殡仪式，最前面的是牧云的四叔托着出殡的幡，后面是乡亲们抬着爷爷的棺木，牧云的爸爸和其他几位叔叔则穿着白色孝服孝帽，守在爷爷的棺木两边，大家迈着沉重的脚步向墓地方向走着，不时地撒着纸钱。人群中的女性大都边走边哭，牧云跟着出殡的人群，默默地一步一步地送着爷爷的棺木到风水先生提前选好的墓地。牧云跟着家族里上百号亲戚，心里突然想，爷爷奶奶开枝散叶，打造了好大一个家族，儿孙这么多。爷爷临走也没太遭罪，在农村算是喜丧。牧云突然想如果自己有一天离开人世，到底会以哪种形式离开，如今牧云只有一个女儿，将来谁会来为自己送丧？这个世上又会有多少人来看离世的自己？牧云也陷入了一种莫名的忧伤。出殡的队伍里面男男女女不断发出悲伤的哭声，牧云时不时地就会被这种氛围感染得喉咙哽咽，但均被硬生生地压了回去。

当爷爷的棺木下葬之后，牧云作为长孙长兄带着堂弟堂妹们磕头，但是心中默默祈祷，希望爷爷的在天之灵可以保佑孙子在北京闯出一番成就，为老牧家出人头地，光宗耀祖。

同时牧云内心也有一种想法，即自己百年之后也要安葬在老家这座果树山，正所谓落叶归根，可以再次陪着爷爷一块骑着毛驴，跟着叔叔们守卫那片压满枝的瓜果山，种上黄瓜和豆角，24小时听着虫鸣鸟叫，享受着这人世间的宁静美好。

牧云这次回家安葬爷爷之后，更加坚定了一个想法，那就是果果长大懂事，牧云完成了做爸爸的责任，要用余生做自己喜欢做的事情。找一个山清水秀的地方，种菜、遛狗、打牌、写小说、喝茶、放空发呆，享受自由自在、闲云野鹤般的生活，并在无憾的百年之后，落叶归根，回到红山市大刘丈子村。

爷爷葬于半山之中。山下大刘丈子村西头第二户人家烟火缭绕。那是大年三十的早晨，牧云的妈妈正在厨房烧柴做饭，牧云的爸爸正在贴着各式新年的福字，那时的牧云还未记事，既是爸爸的跟屁虫，也是小小的捣蛋鬼。牧云爸爸在前面贴的福字，牧云会在后面一个个地给揭下来。

首桶金还清房贷

在老家的几天里，牧云陪同爸妈送了爷爷最后一程，并和堂弟堂妹们拍了一张合影，在饭桌上要求老牧家的子孙要团结互助。那一刻牧云看到爸爸的脸上露出了欣慰的笑容。虽然北京离红山老家距离不远，但是因为工作繁忙，平时较少回来。现在既然回来了，牧云索性在家里多住了一些时日，陪陪父母。

牧云的大部分亲戚都在农村，以大棚种植果蔬作为主要生活来源。牧云一家在20世纪90年代初期就来到了红山县城，经过多年打拼，已在县城买了一套120平方米的楼房。房子在市中心，楼下就是市政府广场。每天晚上都会有各种健身活动，人们在廉价音响的嘈杂声中享受着属于自己的快乐。晚饭后牧云陪着爸妈在楼下广场遛弯，看着大批人群自发组织跳鬼步舞、高跷舞、交谊舞，还有踢毽子的，在路灯下打牌的……牧云看着这些人群，看着他们的脸上都洋溢着平和、快乐的神情。牧云突然想，国家的确富强了，人们收入也提高了，老百姓的快乐其实如此简单。自己在北京过着忙碌、焦虑、迷茫的日子，自己到底想要的是什么？难道只是钱吗？如果留在东北老家会做什么呢？一系列的问题，牧云想不明白，起码此时此刻想不明白，但这个问题在8年以后，在创业的道路上经历了腥风血雨后他终将明白。

很多北漂其实都挺焦虑的，因为很多人经过多年努力一不小心就掉进了"中产陷阱"，即不断消费并背负债务。不断为自己、为家人去购买别人定义的代表富足和

幸福的物品，例如车子、房子、名牌衣物等。这种陷阱的好处是可以不断促进社会发展。但当经济下行、资产贬值或自己掉队后，中产再怎么努力也是在逆潮流，结果就是自磨自伤，出现负债，甚至破产。相信每个北漂客内心都想过逃离，但是为了所谓的发展不得不牺牲心中的自由、身体的健康、家人的陪伴、朋友的相聚……这就是现实。

牧云陪着父母围绕着这些快乐的人群漫无目的地溜达着，身心得到了少有的放松。他想起了爱人汪红，想起了第三次买房子的贷款还未还清。最近签了两张单子，首付款也收到近60万，当年用360万在龙城小区买三室一厅的房子，不如这几天把剩余的房贷还清了。这样就不用交银行利息了，汪红肯定高兴。牧云立即跟汪红打电话。

"媳妇，孩子咋样，家里都没事吧？"

"没事，还行，就是屋子里面特别潮湿，好几个屋里的墙角都起了黑斑，你回来看看咋回事。"汪红打了个哈欠说，看来带娃晚上没少熬夜。

"好，我知道了。回去我找物业看看。有个事跟你商量下，最近公司进账60来万，咱们还有50万的贷款，我想着公司目前用钱的地方不多，不如把贷款先还了，省得多交利息。"牧云找了一处僻静的地方，和汪红商量着。

"嗯，当时从建行贷款时是10年，提前还倒是也没啥违约金。你要是觉得公司不用钱，提前还当然好了。"汪红开心地说道。

"成，那明天我从公司账户上给你打35万，公司还得留一些周转费用，剩余的用咱俩的存款凑一下，把贷款还清。放心吧，你老公将来一定可以挣大钱，到时再给你买大别墅。"牧云开心地说。

"行啦行啦，你能不能正经点，买大房子干啥，够住就行，你买个别墅想累死我呀，就现在这个房子，没孩子时我周末打扫卫生就花了一天时间，要是买别墅，你自己打扫，我可干不动。"汪红假装生气地说。

"哈哈，行，你真是的，我能买大别墅，那还不得请个保姆呀。"说完了正事两人就开始进入规律性的相互调侃。

第二天一早，牧云就打电话给高会计，询问如何把公司账户的钱转到个人账户。

高会计说，现在是小规模公司，这点钱根本不在国税的监控范围之内，可以直接以备用金或者借款的方式转出来，账他会帮着做好。于是牧云就按高会计的方法把钱转到了汪红的银行卡上。钱汇给汪红的那一刻，牧云心里特别的踏实、舒服。用东北话来说，就是爷们挣到了钱，不就是给父母和老婆孩子花的吗！

记忆中的儿时味道

红山县城虽然繁华，但是很小。市区人口不到30万，开车半个小时就可以绕城一圈。牧云每天早上在大凌河两岸跑步，中间路过红山公园便进去逛一圈，回味一下青少年时期的反叛岁月。当年那个染着黄头发、戴耳钉的男孩已经换成了一个为了生存和梦想在北京打拼的中年油腻男了。想到这里，牧云自顾自微笑着摇了摇头，岁月是一把杀猪刀，刀刀催人老。不知不觉间穿过公园，就来到了早市。牧云尽情感受着这人间烟火气息，菜农吆喝着自家的果蔬，小饭馆老板们忙活着制作热腾腾的早餐，认识的人相遇热情地打招呼，车来人往，好不热闹！

红山县地处冀辽蒙三省交界处。这座小城很普通，历史上没什么名人，本地也没什么特产，外地人很少知道这座北方小城。牧云在给别人介绍时都说自己的家乡是一座老城，县城被中国五大监狱包围着，里面关着携带枪支、贩毒的重刑犯。小的时候学校经常组织全校师生来监狱参观，犯人介绍完自己的犯罪史，然后动情地演唱《铁门》《铁窗》《铁索链》。但是碰到一些严肃的场合牧云会说，我的家乡拥有举世闻

名的牛河梁文化遗址，红山女神和玉猪龙的出土，让中国的历史提前了1000多年，我的家乡是中国著名的化石之乡，亿万年前的蓝麒鱼、始祖鸟等化石就出自这里。这听上去高大上，但是听过这段历史的人少之又少，所以介绍完后人们基本鸦雀无声。

红山县的冬天虽然冷，但是和林北省、龙江省比起来还是小巫见大巫。牧云连走带跑了一个小时，身体微微有些细汗，肚子也有些饿了，便在早市上找到了红山著名小吃——赵家豆腐脑，又点了一碗羊杂汤和一个烧饼。豆腐脑虽然是很普通的早餐，但却是红山民间三宝之一——油条、烧饼和豆腐脑。豆腐脑属赵家最好。红山的豆腐脑不同于北京，北京是黏稠的卤，而红山则是用东北山上特有的蘑菇熬制的清汤，味道极鲜，再配上果冻一样的豆腐脑，放在嘴里就像化了一样进入肠胃；野生蘑菇特有的香气一直回荡在味蕾周边，让人舒服极了。烧饼也是中国独有的传统芝麻挂炉千层烧饼，表皮的脆，芝麻的香，层层的酥软，再配上一碗刚出锅的热羊汤或者豆腐脑，神仙的生活也不过如此。

牧云慢慢地品尝着儿时记忆中的味道，享受着片刻的宁静。电话却不合时宜地响了起来。

"喂，你好，请问哪位？"牧云问道。

"是牧总吧，您好，我是您MDI的同事许丽，负责逐鹿省的金融行业。您叫我Lily就行，是咱们同事王浩把您介绍给我的。"第一次通电话，许丽客气地说。

"噢，您好Lily，有啥我可以效力的吗？"牧云和王浩在MDI工作时，有一年多时间两人都是负责逐鹿省和河北省的客户。王浩负责办公类软件条线，牧云负责监控运维软件条线。大家工作上没有冲突，又经常被北区老板拉到一起团建喝酒泡温泉，所以私下里很熟悉。牧云离开MDI后跟王浩说过自己开了一家公司，后面有啥项目或者需要过个单啥的随时吱声，没想到这么快就有回响啦。

"牧总，您客气啦。咱们都是MDI的同事，虽然以前不认识，但是基本诚信背书是有的，我就直接说了。我这里有个问鼎银行的监控运维项目。180万预算，中间价中标，客户关系我这边可以搞定。我在卖咱们MDI的产品，但是逐鹿省这边没有做这块交付实施的公司。王浩说您公司能做，而且又是同事关系，我觉得心里踏实，就问问您能做吗？"许丽直奔主题，这也是外企人一贯的干净利落的做事风格。

"监控运维的项目能做，我自己就是做这个领域的技术出身，在MDI时也是负责这块业务的销售，团队做这块已经十来年啦。我公司最近刚中了两个同类项目。现在公司是我自己的，很多费用处理起来也方便。大家都在一个战壕里面共事过，钱和事上肯定不会出差错的。"牧云开心地介绍着，想当初和刘一航在MDI打工时折腾几个月都颗粒无收。如今自己出来单干，单子却是接二连三呀。

"嗯，项目的确有些客户费用需要处理，外人我也不放心，您收几个点大约？"许丽因为同事的关系，直接询问决定项目是否合作的重点。

"你大概要处理多少费用？给厂商下单要下多少钱？"牧云也和许丽沟通起了细节，但是牧云并没有这方面的经验。没经验但不能直说，只好先转移话题，快速把从高会计那里学到的财务知识在大脑里过一遍。

"现在没有准数，得看中标价格，商务费用大约在50万，产品下单估计得20万左右吧。实施的活交给你来干，这样商务费用这块你收多少个点？"许丽基于客户的关系较好，直接把心里大概的盘算和盘跟牧云说了。

"嗯，50万商务费用不是小数，我这边因为是小规模纳税人，合同额国税会扣3.5%，所得税部分正常会扣利润的25%。但是我们肯定会找票补税，不过找票多少要花一些成本费用，所得税这块我就收9%吧，你看这样行吗？"牧云有模有样地说着，但他心里也没有数。正是因为这个原因，后来牧云陷入了麻烦。

"行，就按你说的吧，没问题。"许丽斩钉截铁地答道。许丽认为牧云并没有多要，毕竟不是第一次处理这些费用。许丽知道市场行情，就爽快地答应了："那你尽快报名买标书吧，然后准备投标。对了，这个项目有个讲标的环节，记得准备一份讲标的PPT，不过讲标时间每家只有15分钟，你看到时你安排谁来讲标？"

"老同事的项目，我带着我的技术专家亲自来讲标吧，确保客户那边任何问题都可以现场回答，放心吧。"牧云又开启了忽悠模式，哪有什么技术专家。公司就自己一个人，汤程那边也还只是在项目上以私人名义和牧云合作，但是销售的基本素质就是要因地制宜，快速造势。任何小公司在成为大公司之前，都是有原罪的。比如华盛当年是靠走私路由器起家的，千科是靠关系拿批文做贸易挣到的第一桶金，就连比尔·盖茨都是靠老妈在IBM的便利开发出来的Windows操作系统。

"嗯，我先把内部的招标文件发给你。你先准备投标的详细方案和公司的商务资料吧。"许丽要了牧云的电子邮箱，说一会就发过去，就这样挂了电话。

此时碗里的羊汤已经凉了，但是牧云的心里却是暖暖的。他开心地大喊："老板，加汤和香菜。"红山羊杂汤可以不断加热乎的羊汤，这是每个喝羊汤人的习惯，就算你不喊，老板也会拿着热汤问每位客人要不要续点。

吃过早饭，牧云拿了一根牙签走出早餐店，边走边盘算着这个项目怎么安排。此刻的他已经无暇看这个自己青少年时期成长的城市。写标书、封标书、写PPT、讲PPT、出差逐鹿省、人员如何安排，这些事情虽然琐碎，但是却难不倒牧云。"手机在手，天下我有"。这是牧云的其中一个座右铭。

筑好巢穴凤自来

牧云回到家，刚开门就被老妈微笑着训了一顿："你回来，天天不着家，天天在外面吃，外面的饭就那么好吃咋地？"这边还没训完，紧接着又气呼呼地问牧云："中午吃啥，妈给你做，咯折汤（东北特色，用绿豆做成煎饼状然后做汤喝，鲜糯可口）和小米煎饼行不行？还是烙千层饼卷菜蘸酱？"妈妈生怕牧云在家待几天，吃不到自己的拿手好饭。这是母爱最直接的表达方式，外人都关心牧云飞得高不高，只有老妈永远关心他累不累、饿不饿、冷不冷。

爸爸看着妈妈训牧云，慈爱地说："你就别管孩子啦。他爱吃啥就吃啥呗！中午别烙饼啦，你的腿也不好，做那个要站很久，就简单炖个白菜粉条，多放点粉，再放点五花肉就行啦。"牧云都已经是孩子的爹，但在父母眼里仍然还是个孩子。

"孩子回来炖啥破粉条子，不做！就是你想吃，不做！你赶紧去把地扫了，我下楼去买点菜。"妈妈一边生着爸爸的气，一边换着衣服准备下楼买菜。每次回家他们俩都会因为吃啥和做菜问题争吵半天，最后都以妈妈不断絮叨，爸爸用微笑和沉默表达抗议结束。

这个时候的牧云基本没啥发言权，只能让妈妈少做点菜，告诉她其实自己吃不了多少。因为孩子归来而变得热闹忙碌，这或许就是家的意义吧。

牧云开心地看着父母忙碌又幸福地争吵着，和他们说生意上有急事要处理，赶紧逃离老妈气场掌控下的客厅，回到卧室打开电脑准备投标文件。

写技术方案对于牧云来说并不难。加入MDI之前，牧云就是这个领域的工程师，而且还是行业里小有名气的资深工程师。他做过几十个类似的软件项目，从初级工程师到高级工程师，从项目经理到咨询顾问，各类文档积累了不少。但是这次投标的文件得按照客户的要求写，牧云从电子邮箱中下载了许丽发来的邀标文件，整体看了一下技术、商务等需求，基本全在自己的综合能力掌控范围内，于是便开始胸有成竹地整理资料。弄完方案，开始做报价和投标中要求的各类证明文件，如社保证明、资质证书、保证函、授权书、廉洁承诺等，这些资料都有以前自行整理过的电子版。因为有收集整理资料的好习惯，此时的工作就变得十分简单，不到一小时就全部完成了。至于投标现场需要讲解的PPT，他根据客户技术需求，按照痛点明确、架构清晰、技术前沿、细节亮点突出的原则利用晚上的时间完成了。花了整整一天时间，所有的Paper work（电脑纸质工作）的草稿就全部完成了。

为了让妈妈开心，牧云跟爸妈坐在电视机旁边看电视边聊了一会天。快睡觉时才跟爸妈说明天就得回北京了，因为又要签大单子了，以后有时间再回来多陪陪父母等。话刚说完就被老母亲一顿担忧的说教，大体意思就是上班多稳定，自己创业哪那么容易云云。老母亲想的永远是孩子少受一些苦。牧云全程也没有任何反驳，因为他知道，此时在母亲面前所有的反驳都是无效的。牧云的妈妈年轻时种地，忍受牧云爷爷奶奶初期的欺辱，面对生活的艰难，生意上的波澜，却很少流泪。如今一天天变老，内心

变得越来越脆弱。牧云也学着老爸那样，笑嘻嘻地接受母亲的批评。

　　第二天天刚亮，妈妈就硬拉着还打着鼾的老爸，去早市上采购松蘑、地皮菜、野山榛子和柴鸡蛋等。因为是自驾回京，时间上也不需要太多顾虑。牧云睡到自然醒，晃晃荡荡起来才发现屋子门口老爸正在打包物品，用报纸将柴鸡蛋一个个包裹起来放入纸箱，而老妈则在厨房做羊杂汤。香气在屋子里飘荡，牧云在家里吃了妈妈做的羊杂汤和油脂萝卜馅的大蒸饺。喝着羊汤听着妈妈各种嘱咐和唠叨，然后爸妈一如既往地下楼将在早市上采买的山珍特产装满后备厢，站在原地看着牧云，直到车子不见了才转身……

　　牧云回京缓了一天后，开始安排去逐鹿省了解问鼎银行投标的事情。经过简单思索后，他决定让汤程带着一位技术人员跟自己一起去问鼎银行现场，有他们在比较放心。为了让汤程心甘情愿地过去，牧云给汤程发了一个1000元的红包，汤程承诺肯定过去。

　　投标前一天，牧云带着汤程和韩晓丰（汤程的手下技术大牛之一）去了逐鹿省原平市。下午到了地方后，没入住酒店，牧云直接找当地的图文打印室打印标书和盖章等封标书工作，标书要求一式六份，每本标书300多页，牧云拿着公章和法人章，按着标书要求一顿咔咔每页盖章，那个感觉让牧云很舒服，公章在牧云的心中代表公家，在牧云的手中代表自己掌控着公家的一切。牧云这时体会到了权力的滋味。现在用公章不像以前了，走各种流程，等各种人签字后才盖章的日子，一去不复返了……汤程帮着进行标书校验，确认没问题后，全部密封并放进一个大纸箱子。在牧云心里，这一箱子"纸"马上就可以换成人民币了。

　　第二天下午3点正式开标。参与投标的基本都是外资品牌厂商，每家厂商授权一家国内的科技企业参与具体的投标公司。在问鼎银行投标会议室门外签到处，牧云看到了竞争对手MBC公司，全球第二大专业做监控运维类的主流厂商，也算是MDI的主要竞争对手，另外还有CAB公司和Solar厂商。2014年、2015年，国内的监控运维软件悄然兴起，正在慢慢渗透各领域的头部企业，外企的日子处于夕阳刚开始的一个阶段。像问鼎银行这种省级规模的银行，还是会参考国内大行和股份制银行的成功经验，选择成熟稳定的厂商和国外品牌。其原因，用银行业内人士的话说是："我们买了世界上最好的软件，如果系统出现问题我们没有发现，导致柜台用户办理存取款等业务受到影响，领导也无法对我们进行追责，世界上最牛的软件都没发现，你能怪谁。"当然这只是信息中心用户内心隐秘的声音，肯定无法对他的上级领导这么说。但这也算金融行业的共识吧。

唱标环节，四家厂商和各自的代理商共同进入会议室，问鼎银行采购部门的一位年轻的女士当着大家的面用裁纸刀依次打开投标文件纸箱，找到投标一览表那页纸，分别报出总价：

"北京融技科技有限公司，投标总价150万元整，提供1年免费售后服务，其他无。"

"逐鹿省矩头网络技术有限公司，投标总价132万元整，提供1年免费售后服务，其他无。"

"北京万象网络技术有限公司，投标总价176万元整，提供1年免费售后服务，其他无。"

"北京优马网络技术有限公司，投标总价166万元整，提供1年免费售后服务，其他无。"

牧云看着美女宣读报价，心里窃喜，中间价满分看来是搞定了。接下来美女说，按照递交标书的顺序，请融技、矩头、万象和优马四家公司准备接下来的方案PPT介绍，融技先讲，其他三家先在门外等候。

等会议室只剩下问鼎银行信息中心运维部门的领导和技术人员以及那位采购部门的女士时，牧云熟练地打开电脑，连接上投影仪，点开PPT，询问那位女士和各位领导是否可以开始，看到坐在会议桌中间位置的高个子领导点头默许，便先站起来向各位领导鞠了一躬，落落大方地开始了方案介绍。

"各位领导好，我是融技公司的销售总监牧云，我们是MDI厂商在北方区的重要合作伙伴。公司主营业务集中在监控运维领域，目前服务的用户包含金融、政府和上市企业，银行业的案例有中信银行、华夏银行、光大银行等，也包括咱们逐鹿省的农信社、市级银行等都是我们的客户。"牧云花了3分钟快速介绍着融技的综合实力，实际上那些客户都是MDI的客户，但是现在有MDI的支持，同时自己以前也是MDI的人，这一

切说得牧云自己都差点信了。

牧云环顾了一下现场的客户，他们均在聚精会神地听着，接下来开始介绍总体方案，"首先我们的方案是一个保护历史投资，解决当下痛点，同时满足未来技术发展的一个全面的方案。我们的方案总结为三个字：监、管、控。我先介绍'监'这部分银行的信息中心尤其运维部门，如果系统没问题，对于行里的领导来说，会觉得我们部门存在的意义不大；如果有问题又会认为我们部门的工作做得不到位。很多时候我们的业务系统出现了故障，在座的工程技术人员都像救火队员一样去找寻问题。而我们的方案就是帮助各位实现主动预警。这样领导和柜台用户没有投诉时，我们就已经发现了问题，并定位故障根源，等他们的电话打过来，我们已经处理完了，并告诉领导和柜员是什么原因造成的，后面如何规避此类问题。那我们具体采用的技术就是……以上所有监控的源，最终会统一格式化通过我们的内存数据库进行即时处理，也就是说我们可以做到秒级发现、分钟级通知相关人员及时处理，而且每天可以处理数十亿量级的预警信息，并根据海量的预警信息以及离散的故障根源定位。刚才介绍了我们的'监'的部分。如果各位领导有什么问题，可以随时打断我，我和我旁边的技术总监汤程会给各位做详尽的解答，如果没有问题，那我继续介绍我们的'管'和'控'……"牧云介绍完成，刚好用时15分钟。大家听得津津有味，并给予了热烈的掌声，这时那位中间的大个子领导带头说：

"嗯，融技公司对吧：你们介绍得很全面，很细致，特点也很突出，证明你们在金融行业还是积累了很多经验的。挺好，我就有一个问题，你们是北京的公司，如果系统将来出现问题，你如何保证能快速解决？"

牧云听完后，脱口而出："我们将问题对业务的影响分成4个等级，1级最为严重，这类问题我们4小时内到达现场，4级最轻，我们远程电话支持即可，同时我们提供7×12小时的电话、邮箱和远程技术人员支持和重大维保节日现场支持。"牧云之所以回答得这么快，完全是因为标书里面有这块内容，而这块内容是牧云借用的以前打工的公司售后服务标准。他心里对如何保证北京到逐鹿省原平市4小时内到达现场完全没有概念。他想着反正许丽已经搞定客户，这只是一个过场。只要自己把这些形式工作做充分即可。

大个子领导听完牧云的回答，说："好，你说的没问题，但如果你们中标，将来是要把这块写在合同里的。"

"没问题，我们敢于承诺就说明有能力可以做到。"牧云坚定地说着大话。

这时主持的女士又问，其他人还有没有什么问题，大家示意她没有，她又对着牧云说："好的，你们先出去吧，顺便把下一家万象公司的投标人员喊进来吧。"

牧云和汤程等人走出会议室，许丽跟着一块出来，高兴地竖着大拇指对牧云说："哥们，可以呀，介绍得不错，总—分—总的思路，连我这不懂技术的听完都觉得懂啦。哈哈，走吧，一块吃个俺们这儿的特色火锅巴奴。"

牧云是个吃货，一听说有好吃的，立刻两眼放光地咽了一下口水，说："好，我来请，你带路。"因为讲完标接下来就是等通知了，不会立刻出结果，大家就开心地去吃这个据说世界上最好吃的火锅了。

财税不精埋隐患

忙完了逐鹿省问鼎银行的投标，牧云打算再去北山省溜达溜达，拜访一下客户。之所以去北山省，也是因为原MDI一个部门的同事李超群的一个电话，本来李超群在MDI只负责东三省的客户，但外企不断裁员导致人手不够，李超群被安排再加上北山省，但李超群对北山省的客户情况两眼一抹黑。他想到了一起醉过酒、唱过歌、骂过老板的好友牧云。

"牧云，我现在被老板安排负责北山省。但那里的情况我一点也不熟悉，你要是有空来北山跟我一块跑几天客户呗。"

"行啊，正好我也要见见Q城的一些客户，咱们一块吧。我现在创业，得勒紧裤腰带过日子，住不起五星级酒店了。正好就跟你混啦。"牧云快速思考并回答道，有了李超群，既可以住五星酒店，又不用有开销，还可以一块见见客户，完美！

"小事情，我换个标间就行，你要是找姑娘我就把房间给你腾出来。"李超群又开起了玩笑。

牧云现在全身心投入创业，但是没有明确的目标，就是一直在找项目，搞定客户，和厂商谈合作。每天的工作就是白天拜访客户，晚上喝酒、唱歌。做销售本来压力就大，如今做老板压力更大，不但要自己从0到1去布局，还要独立去完成客户拜访、商机挖掘和生意推动，过程中还要控制各项经费、财务学习、方案产品构建、公司品牌宣传等，个中滋味，难以言表。这些工作没有人安排，自己安排的能不能从1走到100最终达成目标又存在诸多变数。生意在发现或者运作过程中，有来自最终用户的神仙内斗，也有来自厂商的利益分配，还有自己在执行过程中心态、心境的变化。曾经有人比喻，这样的工作就好像开飞机上天，飞行员要一边开飞机一边修飞机。高强度、高密度的工作对身体、心理、精神等都是巨大折磨。晚上喝酒是可以暂时忘掉一切，将脑海中的内容和身体的疲惫清零，睡醒后满血复活迎接新的未知和挑战。

汤程和韩晓丰当天晚上就回Q城了。牧云喝了些酒，完成了问鼎银行的后续事情。他拖着疲惫的身体回到酒店，慵懒地躺在床上，又联系了当地的几个做销售的朋友，把融技公司夸耀了一番，其实就是希望这些地头蛇销售伙计可以多关照一下牧云的生意。创业维艰，说完了融技的优势，然后开始各种诉苦。睡觉前定好了第二天去北山省Q城的高铁票。

中午牧云还未下车，便收到许丽的微信：中标。简单的两个字，代表了这个女人做事一贯的简单与高效。高铁上信号时断时续，牧云下了高铁，还未出站便及时拨打了许丽的电话："Lily，恭喜你。一切尽在你的掌控。有啥指示？"

"牧总，咱们中标了，尽快签合同吧。对了，行里有专门的合同模板，咱们改不了。但你放心，不会有问题的。另外之前咱们沟通好了，现在一共是55万的商务费用，你留75万实施费，20万下单，其中那55万你一共扣3.5%加上9%，合计扣12.5个点，剩余款项直接转账给我。"

"没问题，放心吧。"牧云回复道。但他心里还是忐忑。这么快就要签合同，自己从来没有公转私这么多钱给别人，对财务知识的了解又很粗浅……一会得赶紧问问高哥，别有自己没算到的税费，工商税务无小事……

"好的，我让客户马上跟你联系签合同，那先这样啦。"许丽认为和牧云沟通清楚了，便挂了电话。

虽然中标，但是第一次签超过百万元的大合同，牧云心里有些不踏实。挂了电话马上打电话给会计高哥，询问税点等细节。

"喂，高哥，方便吗？"牧云问。

"牧总，方便，您说。"高哥热情地说道。

"高哥，逐鹿省有个项目，150万中标，20万外采厂商软件，75万是自己的软件实施费用，其中包含自己的收益，额外有55万要帮朋友作为商务处理出去，我一共收了他12.5%的手续费。你看有啥问题吗？"牧云同时开启了电话录音模式，因为担心听不清楚，或者记不住，有了录音哪怕挂了电话还可以回放学习，确保自己不会吃亏。

"牧总，你这样会有点问题。3.5%是150万的税点，你只收了55万的3.5个点，这是其一；其二55万的9个点太少了，你想想，55万+75万都是你的所得税，从税务上来看，超过20万所得税务要收25%的税费，你只有20万的进项票。正常你要交合计大约20多万的税款，这还是建立在你买票补所得税的基础之上。你赶紧多做点人员工资账吧，再多找点发票。不然发票一开，下个月国税就要扣。"高哥是20多年的老会计，还运营一家代理记账公司，服务近400家企业的工商和记账业务。牧云只说了一遍，高哥就把大体费用给列了一张单子，并且告诉牧云如何合规合法地少交税款。

"就算自己找票还要交20万的税款。"牧云头一次感受到税款金额不菲呀，开始只以为55万的12.5个点也就六七万元交税。按高哥这样算里里外外得这么多税，20多万可以在老家买个一室一厅了。他心想得赶紧和许丽沟通一下，但是又一想，先别急，尽快把合同签了，再沟通，避免节外生枝。打定主意，他把这个事情给暂时放下了，叫了出租车去高新区的喜来登酒店找李超群。

老友相聚情谊浓

"兄弟，你在哪个房间？我到大堂啦。"牧云用手机微信语音李超群。

李超群秒回了牧云的信息："牧老板，您大驾光临，我们已经在21楼行政酒廊等候您多时啦。您让服务人员给您刷下电梯，直接上来就行。"

牧云到了行政酒廊，老远就看到李超群几个人在那里打牌，旁边还有一些用过的红酒杯，走到跟前一看，居然都认识。有从香港过来的Macle，主要负责MDI大中华区的渠道合作伙伴，还有北山省当地的售前总监沈大官人。沈大官人，岁数很大，长相很普通，但是博学多才，情商极高，很会说话和接话，还有一手按摩的好本事，一度把他的女老板服侍得舒舒服服。有几年的时间沈大官人在北山省整天打酱油，基本不干什么正事，但是升职加薪一样没落下。这就是职场的游戏规则，无论你是否看得惯，它就在那里。在场的还有眼睛总是盯着天上看的郭飞杨。此人任何时候说话都让人感觉盛气凌人，大哥范儿十足。他性格中兼具了武侠中的侠义和帅气。这三人正在打牌，郭飞杨在旁边指导，他和沈大官人平时关系就非常好，经常一块打麻将、玩钩机（北山省的一种扑克牌游戏，也叫J机）。

牧云走了过去，顺手跟行政酒廊的服务员要了一瓶巴黎水。

"你们不好好工作，工作时间在这喝酒打牌，我要跟你们老板汇报一下情况呀。"牧云走过去，跟大家开着玩笑。

"牧云兄,好久不见了,听说你自己单干啦,恭喜。一会咱俩聊聊,我这边有一些渠道政策,看看如何支持一下你的生意,大家一块挣钱。"Macle一边打牌一边主动和牧云聊着天。在Macle看来,公司是美国人管理的,利润是股东的,大家都是打工的。厂商是生意链条的顶级分配者,如果某些政策可以利好代理商、渠道商和服务商,那肯定优先关照熟悉的兄弟和朋友,后期好分钱呀。

"那敢情好呀,我现在底子薄,但是有着一票能够干活的技术兄弟。如果有Macle大哥支持,那大家肯定可以挣到钱。我就负责给大家当会计,定期分钱,搞好服务。"牧云玩笑着回复Macle,同时也是说给大家听。说完后牧云内心也不由得苦笑了一下,心想:"昨天还跟这帮家伙是同事,推杯换盏,今天就变成了下游代理商,说话立刻就有了奴性,原来自己也是这么现实。"

打牌打到4点多的时候,便商量着晚上吃啥,牧云主动订了高新区的一家关东人家大包房,邀请大家晚上一块喝酒,同时又叫来了强哥、文哥、小学等一块,除了兄弟们聚聚,其实也是为后面的潜在生意机会铺路,毕竟身边这些曾经的同事,每年手里转几个项目给牧云,起码是几百万的生意,50%左右的毛利。下午5点多,大家简单收拾了一下,就组团去了关东人家开始喝酒。小学是MDI其中之一的总代销售。在生意这个江湖中,总代相对于MDI厂商是买单的角色,而且还是那种抢着买单的角色,稍有不主动对于MDI这些人来说,连买单的机会都不会给你。毕竟MDI的销售手里的单子,可以直接关系到各个总代销售人员的业绩。所以小学依旧很谦卑地挨个敬酒,并且非常感谢牧云给他提供这样一个难得的认识众多销售财神的机会。不一会大家就喝了两箱青岛啤酒,牧云让服务员又上了两箱,这个时候大家已经满是酒意。

突然喝得满脸通红的Macle说:"牧老板,这边生意你看了好几年,各方面你最熟悉,一会给兄弟们找个地方唱歌去吧,让我这个香港人也体验一下北山省的特色。"说完爽朗地笑了笑。

牧云喊服务员过来结账,小学站起来跟牧云说:"哥,我刚才结完了。"

牧云借着酒意,说:"哎呀,哥喊你过来喝酒,不是让你过来结账的。多少钱?哥马上微信转给你,而且今天说好我请的,就得我请。"

"哥,真不用,一顿饭没多少钱,您就别寒碜我啦,走吧,走吧。"小学语气坚

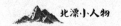

定，执意必须得他结，说着便走过来硬拉着牧云，打算一块离开酒店。

牧云晃晃荡荡地拿出手机，找到小学的微信，转了1000元过去，让小学赶紧收下。小学应付式地说一会就收，实际并未收下。牧云几次拉着小学一块喝酒，顺便带他认识众多MDI的销售精英，从来没有把他当成小弟，或者喊过来买单。小学是由衷地将牧云认作大哥，并在后面的生意中给了牧云诸多的帮助和支持。

想想也挺有意思的，生意链条的顶端是客户。客户总会选择最好的科技产品。MDI无疑是当时的最优选择，它占据了几乎中国一半的高端市场。这个平台的资源优势导致哪怕一块木头干销售，只要老板开心就可以让它完成销售业绩。这种垄断就滋生了腐败和灰色交易。总代作为大资金方，在牧云的代理商和MDI厂商间又充当着十分重要的下单角色，无法逾越。表面上看，在这条生意链条里面，融技处于最底端，但变量是客户。谁将客户关系抓在手里，谁就是链条上的王者。在融技的中后期，MDI厂商和小学代表的总代，皆沦为了替牧云的融技鞠躬服务的一方，就是因为牧云拥有极强的客户关系，尤其是搞定高层关系的能力。客户站在融技这一边，命运的天平也自然发生了变化。

智者说过，选择比勤奋重要，方向比选择重要。回顾过往，牧云的心里感慨万千。在打工生涯里，他曾服务数十个国内头部客户项目，不断被公司超前消费做其不擅长的工作，如在做工程师前便因项目人手不够而临时担任售前、架构师、咨询顾问等。这让他有了更多机会接触行业的金字塔厂商和客户。而这些勤奋积蓄开出的花朵，给了牧云一次人生选择的机会：继续做工程师还是转型去头部外企做销售。因为得到了MDI老板金总的赏识，牧云才决定从一名屌丝技术转型成为外企厂商销售，从此便由技术的黑白世界进入了销售的花花世界。外企魔鬼般的销售培训和实战，又将牧云推向了今天这未知的创业之路。哪有什么命运安排，但一切又好像是冥冥之中的注定！很难说，到底是世界在改变着我们，还是我们在改变着世界。牧云觉得自己好渺小，孤独的心变得无处安放，创业这才刚刚开始，便开始有了一种莫名的孤寂感，而这孤寂感只是刚刚开始。

逆商完美解隐患

牧云在北山省陪李超群待了一周多，中间又一块去了烟台，找了距离海边只有200米远的五星海景独立沙滩酒店。白天见客户运作项目，晚上喝酒打牌，过得好不快乐。因为公章随身携带，这期间牧云也把问鼎银行的合同签了下来，大银行客户就是不一样，签的合同都是制作精美譬美书籍，共计7本。牧云看着合同，心想这下可以跟许丽沟通下公转私税点的问题了，便拨了许丽的手机：

"喂，Lily，好久不见。多亏你的协调，合同签得很快，我这边也尽快安排技术人员进场实施。"

"好的，牧总，咱们不用客气。一定把活干好了，明年再一起做项目二期，客户关系这块没问题的。"许丽回答着。

这时牧云觉得有必要跟许丽再商量一下税的事。但是心里却没底，毕竟出尔反尔多少觉得有点不地道，但是一想到二十多万的税要被扣掉，心头一紧，大脑快速组织了一下语言，便对许丽说："Lily，有个事情还得跟你商量一下。因为我这边也是刚创业时间不长，财税问题我不是很明白。后来我和会计沟通了一下，发现之前我只算了增值税、所得税成本，但是没有算买票税、公转私税点等成本。会计算完之后会多出十几万的税费。你看这块能否咱们各自分担一下？"牧云客气地表述着。

"牧总，咱们之前沟通好的，怎么能说变就变呢？而且我已经跟客户沟通好了。

你现在突然说多了十几万的税，出尔反尔，我没法接受。"许丽生气地说。

"Lily，这事我承认是我不对，但是这税费你不能全让我承担吧？钱不是我要恶意扣你的，是国税要收走的。咱们协调好了这次，承诺你的钱我也一定会给你。"牧云其实并没有想吞占许丽的钱，只想让许丽一块分担这多出来的十几万税费。

但是许丽可不这么想，她认为是牧云签了合同后想"黑吃黑"，于是两个人在电话里来来回回争吵了40多分钟，仍然无法达成一致。李超群坐在饭店门口抽了好几根烟，见牧云这家伙一直没有挂电话的意思，就直接进了老烟台砂锅居饭店，点了几个菜自顾自地吃了起来。

而牧云和Lily这边，双方谁也不肯让步，许丽积蓄的怒火已经无法控制，电话里失控地喊道："牧云，你就是一个骗子，流氓。"

牧云铁了心要和许丽共同分担这多出来的十几万税费，再加上盖章签字的客户合同已经在自己手里，反而很平静。他不断重复着希望各自承担一定比例税费的话语。

"牧云，你不要说了，我这就跟客户联系，把项目废标。重新找公司中标。"说完许丽就挂断了电话。

牧云觉得招投标无小事，是甲方单位多个部门配合的结果，中标结果怎么可能被一个外企的销售左右，于是对许丽的话并没有当回事，心想以后在财税上面谨慎些，不然自己的确很被动。这样不但影响了融技和自己的江湖信誉。初入创业阵营，要做的事情千头万绪，要学的知识包罗万象，自己除了骨子里的韧性和旺盛的精力，实在是一穷二白。牧云无奈地摇了摇头，快步走进饭店找李超群一起吃起了饭，顺便点了几瓶啤酒缓解一下复杂的思绪。

这些天，牧云带李超群见了一些曾经很熟悉的客户，如万桦集团、银行和地产客户后，双方觉得这边也谈得差不多了，于是决定回到各自的城市。

牧云回到北京两周后，获悉了问鼎银行那边传来的坏消息。他催客户按合同要求付首付款，结果客户告知此项目已暂停，行里决定重新招标。牧云这才意识到许丽不是吹牛，但此刻他也没有什么解决办法。毕竟客户资源在Lily手里，牧云只是依托Lily和MDI厂商的平台资源才中得此标。这个项目被客户正式"判死刑"，很多人或许就此认命了。这一次不但没有挣到钱，还得罪了客户和逐鹿省的一个女销售，甚至在MDI的小圈子里也会对融技长远的生意造成些许影响，真是典型的鸡飞蛋打。但是牧云最大的特点就是逆商高，碰到困难反而激发了小宇宙，逢山开路，遇水架桥，绝不轻言放弃。

接下来的日子除了日常约见各种客户挖掘新的商机，牧云见到他认为人脉资源广阔的朋友，便顺嘴提了一下问鼎银行合同的事情。结果有一位在MDI干了十几年的老销售听到是逐鹿省的项目，便说他认识一位老板。此人在逐鹿省政府的关系很硬，路子很广，可以介绍牧云跟他见见，没准能成。牧云对老销售承诺事情如果真能成，一定会表达感谢！

老销售很靠谱，第二天上午便帮牧云约好了去那位老板的公司见面。牧云开车来到京西一处科技园。园区不大，办公楼不超过三层，距离附近玉泉仙山较近，周边的绿化极好，马路两旁不是公园就是果园，要么就是一些私有园林和高档别墅区。这些别墅主人的身份非富即贵，连周边的马路都是三步一岗，五步一哨。到了晚上，路上基本没有什么行人和车辆，会让你有种错乱的感觉，怀疑自己是不是身处车水马龙的北京。

牧云按着地址开车导航找到后，在这家公司——北京刚之门科技有限公司——牧云并不知道，踏进这家公司大门不久后便会经历起起落落，人生仿佛坐上了过山车。但此时牧云没想那么多，他对问鼎银行中标的项目还抱着一丝幻想——继续履约合同。

刚之门公司其实并不大，300多平方米。公司布局让人看着很舒服。牧云拨通了王总的电话："王总，您好，我是MDI同事介绍的牧云，我到您公司前台这里啦。"公司前台并没有人，也没有人坐在工位上。上班时间居然没人，这让牧云有些疑惑，但他并没多想。

"牧总，您好，我这就出来接您。"王总一边拿着电话，一边从总经理办公室走了出来。

王总中等身材，眼睛有神，衣着得体，腰间的LV皮带让他显得气场十足。牧云主

动伸手上前："王总，您好，很荣幸认识您。"

"牧总好，这个地方还好找吧。"王总很客气，引着牧云来到会议室，亲自给牧云倒了一杯热茶。

初次见面，双方天南海北地闲扯了一会儿。这一方面是为了寻找深入交流了解彼此的话题和兴趣，另一方面也为了试探彼此的生意规模，判断对方的段位、能力大小。扯了半天，王总始终不谈正题，牧云便诚恳地把事情经过给王总介绍了一下。

王总沉思了一会说："这个事情我还真可以帮上忙。首先咱们是依照问鼎银行的招标流程合规中标，客户没理由废标。但是这事一定得找到上面的领导推动才能成功。这样，你编一个微信，把前因后果简明扼要地说明白，把诉求也表达清楚，发给我。剩下的事情您就听我消息吧。"

牧云听完，心凉了一半，150万的生意，一条微信搞定，简直有点天方夜谭。但此刻也没有其他办法，便强装诚恳地说道："没问题，王总。那就麻烦您啦，我马上整理完就给您发过去。要是我能够把款收回来，您真是帮了我大忙了。牧云懂得感恩，这事一定会表达感谢。"

王总很有信心地说："到时你不用感谢我。我也是找领导帮忙。要是办成了，咱们给领导买两箱茅台送过去，领导也开心。这事领导也是正常过问底下员工的工作。底下员工做事不规矩，居然欺骗上面的领导，对领导的管理工作也很不利。"

牧云技术出身，听王总说话总是站在高层领导的角度，用领导的口吻来表达想法，一时很不习惯，但也不好表达出不悦。毕竟初次见面，人家到底有啥实力牧云的确不太清楚。不如死马当活马医，任由王总来试试，静观结果吧。

沟通完正事，牧云谢过王总就回家去了。这件事情也没有太放在心上。但是神奇的事情还就是发生了。三天后，问鼎银行信息中心的工作人员主动给牧云打来电话，表达愿意尽快支付款项，且不是按照合同的付款比例，而是直接将首付款提高到90%。牧云被这突如其来的幸福一下子打得缓不过神来。突然想到前几天见了王总，看来是那条微信内容发酵产生了作用。大约一年后牧云和王总两家公司合并，王总才告诉牧云，那条微信内容他转发给了一位大领导，那位领导和问鼎银行的董事长关系不错，董事长直接把分管科技的张行长找来询问情况。张行长被董事长训了一番，丈二和尚摸不到头脑，便质问信息中心怎么搞的，信息中心主任便问运维部，运维部客户一看这个项目被融技公司捅到了"天上"，吓得赶紧联系牧云。这就有了融技人还没进场，就收到了90%的款的一幕。这件事情让牧云意识到大哥的力量无穷大。牧云觉得，只要认识更多的大哥，便没有搞不定的生意。这便有了日后在创业期间，还时不时地投简历应聘企业总经理，董秘，销售VP等高端职位的操作。主要目的就是通过此举认识一些高层人士。虽然刚开始面试时总被一些企业董、监、高一顿羞辱，但是牧云本身也不是真的要找工作，只是想要积累经验，让视野和格局变得更大。

牧云收到了首付的135万，许丽也没有打电话要钱，估计是觉得牧云直接搞定了银行董事长一把手，这是他们无法企及的高度，便认栽了。牧云白白得到了一笔可观的收入，对公司的未来发展也有了更多的期待，他加快了让公司正规化的步伐。

牧云对王总和MDI老销售人员分别表示了感谢，环节中的每个人都很满意。牧云不知道许丽此时的心情什么样，估计杀了牧云的心思都有。但事已至此，很多事情做了就已经没有回头路啦。

大哥要求赢官司

创业伊始，牧云就接二连三签合同，这得益于MDI这个全球头部IT厂商中国经济引擎高速增长的红利。牧云并不很清晰公司的中长期目标，单纯地只是希望能够多挣点儿钱。在没有充分认识创业的基本内核时，稀里糊涂地走上了创业之路。但是牧云骨子里干一行爱一行，执着不放弃。在IT领域，他具备独立处理技术、商务、公司运营、厂商资源协调、行业合作、公司老板对接等全部事宜的能力，加之前期积累的人脉资源，让创业公司得以中标几个不错的项目，有了创业基础运营资金。有了项目和钱，牧云就有了信心。这种信心无形中支撑了后面的"刀光剑影"的生意和生活，让他在战斗中学习，最终构建了一个巨大的科技商业帝国。

时间如流沙，2014年稀里糊涂地就已经结束。2015年的新年牧云也没有什么特别值得庆祝的事情，每天都是忙忙碌碌，没有时间静下心来思考未来的方向。

正月里的时间每一天都过得很快。突然没有了事情做，牧云内心有一种空虚、孤寂感，总在屋子里面待着也烦躁，于是牧云独自在小区中漫无目的地散步，边走边想明年过年一定带全家出去旅游，在家里闷着真是难受。一边漫无目的地走着，一边在心中思考融技公司接下来如何做大做强。

牧云有时回忆起当时的雄心会觉得好笑：做大做强，到底要把融技公司做到多大、多强？没有量化的数字，没有清晰的主营业务方向、核心产品等。就像幼儿园的孩子给老师表达梦想一样，我长大后要挣很多很多钱——多少钱？我以后要成为科学家——什么领域的科学家？但是不明确又怎么样呢！牧云是个"笨蛋"，想了就做，失败了也不回头，记住伤痛寻找方法再出发。正是这种韧性让这个执着的笨蛋走得很远。

过完新年，很多客户也开始陆陆续续回归工作。上班后牧云接到的第一个生意上的电话，是Q城的强哥打来的："牧老板，新年好呀！公司啥时候上市呀，提前给哥哥咱弄点原始股，也让哥哥跟着老弟一起抽雪茄、喝拉菲呀。"强哥开心地调侃着。

"强哥，新年好呀。上市，没问题。必须得上市，我一会就去菜市场买柿子去，强哥您喜欢吃酸的还是甜的？"牧云装着听不懂的样子，开心地笑着，过一会，一本正经地问："强哥，有啥指示，您说？"

强哥笑嘻嘻地寒暄了几句，说道："兄弟，事情是这样，我这边省高校有个大数据补签合同的项目，需要用你公司帮我过个单子，合同额不大，就27万，你看你收多少个点，剩余钱转给我个人就行。哎，也是帮客户处理点费用。没办法，公司这边一心想上市，财务不愿意干这样的事，所以才让我想办法。"强哥内心并不情愿，因为这是公司和客户的事情。但是他后来跳槽的这家大数据公司一直在为上市做准备，公司法务和财务等非常看重企业健全、合规，不愿上市路上有任何潜在的风险。而客户恰巧又在强哥的地头上，实在推不掉。强哥便找到了牧云，自己的兄弟在钱上肯定不会有问题。

"哥哥，没问题，不过我也没帮别人单纯地过过单子，你看我收你15个点行吗？到时钱到账后我当天就转到你银行卡里，我挣哥哥3个点，其他的税费咱们都正常缴纳，确保后期大家都没问题，行吗？哥哥。"牧云不久前刚吃过亏，所以恶补一通财税知识。他和强哥关系不错，并没想挣强哥的钱，便直白地表述着。

"没问题，都是公司的事，你多挣些哥哥我才开心呢，只要财务那边不提意见，我马上让公司和客户准备合同。谢啦兄弟，你来Q城请你喝酒。"强哥和牧云聊完正事，又调侃了几句，便挂了电话。

处理完了强哥的事情，牧云也想着塘城海交所的项目年前汤程跟自己说做得差不多了，因为过年客户耽误了验收，还有一半尾款没有收回来。他拨通海交所的电话沟通验收事宜。因为这些都是小事，就没有直接给龙哥打电话，而是和客户端项目经理沟通。

"喂，辛经理，新年好呀，近期您方便吗？我去塘城看看您？"牧云客气道。

"牧总呀，您好您好。您别客气，有啥事您说。"辛经理也很客气。

在辛经理看来牧云现在是一家软件公司老板，自己作为工程师，二人在级别上已经有了细微的不同。电话里牧云也感受到了。官大一级压死人，职场和商场里面表面上看是市场化公平竞争，实际上并不一定是那么回事。

"辛经理，年前我的技术人员跟我说，咱们项目快做完了。我想着近期组织双方的技术团队把项目验收了。您确定好时间，我到时也过去，请大家去异域文化小镇BBQ，哈哈。"牧云自顾自地尴尬笑道。

"牧总，您这边活干得挺好的，现场配合也不错。但是有个事情得跟您说一下，您不知道龙哥离开海交所了吗？龙哥的一位朋友现在是我们部门的新任经理，现在上面把龙哥之前批的项目都给停啦。这个事情龙哥没跟你说吗？"辛经理很坦率地跟牧

云说。

牧云听到"但是"这个词后一惊，立刻觉得事情很严重。如果马上就可以到手的尾款打了水漂，那创业真是出师未捷身先死了。想到这儿牧云的心头一紧，赶紧小心仔细地询问细节。但是辛经理作为技术人员，只是执行领导命令，再多的信息他也不知道了。牧云只知道项目中止，尾款没戏了。

牧云快速梳理了一下信息后，赶紧打电话跟龙哥询问情况："龙哥，有个重要的事情得跟您汇报下。海交所项目客户暂停了，尾款也不想给了，这个事您看我该怎么办？"因为和龙哥关系不错，牧云直奔主题。

"牧云呀，我现在从那边出来啦，我安排我的兄弟去接替我的位置，现在海交所高层发生了一些变动。因为交易所这两年太能挣钱了，所以海交所被国内的财团给收购啦，原来的董事长被空降的人给排挤走了，那也是我跟着的老大。我们现在在内蒙古那边搞矿产交易所的事情。海交所的事情我没法帮你跟那边打招呼。但是有一点，钱你必须要回来，也算帮哥哥争一口气。不行就跟他们打官司，赢了哥再给你一张单子，输了你也别再找哥啦。"龙哥还是他那一贯的风格，说话不是没头没尾，就是直接布置任务，就像当初给牧云这张单子一样。

不过牧云从电话中知道龙哥应该是那位董事长的小弟，大哥带小弟去内蒙古又新开交易所挣大钱去了，大哥和财团闹得比较僵，龙哥让自己打官司也是希望帮他的大哥出口气。龙哥交代的事情牧云得听，无论是为了龙哥口头承诺的那一张新单子，还是当下单子要把小几十万的尾款收回来，斗争是牧云唯一的出路。

"龙哥，您放心，我知道该怎么做了，有啥进展我随时跟您汇报。"牧云挂了电话，心想，项目快做完了，一切都有邮件和微信跟客户的沟通记录，客户凭啥不给我们钱。基于普通人的思维逻辑，再加上龙哥说打不赢官司就别再找他了的话，牧云心里想，那就和海交所先礼后兵吧。他决定给海交所信息中心的领导打电话，如果他们确定不给尾款，那就打官司。牧云把电话打给了信息中心的钱主任，钱主任听完牧云快速描述的情况后，直接说问问情况后，再跟牧云联系，并没有给牧云任何有价值的帮助，主打一个"拖"字。

然而仅仅隔了几天之后，牧云突然接到海交所的快递文件，打开一看，是终止合同盖章文件，注明尾款不再支付。牧云看完后很恼火，心想我干完活了，凭啥不付我款项，直接终止合同。他想也没想，连合同都没看，便直接开车去了塘城滨海法院，想通过法院下发的文书吓唬一下海交所。牧云并不想真打官司，只是想吓唬一下把钱要回来。结果一个月后法院那边又给牧云用邮政特快专递发来一封法院传票。这下牧云傻眼啦，自己干完活了却由原告变成了被告！仔细看传票的内容，对方的权利、理由、事实等还很充分！他赶紧回家从储物间找到当时签的合同，逐字逐句查看。当看到交付里程碑和违约条款时，一下子傻了眼，根据合同约定，牧云不但要把前期的首付款原数归还，还要承担项目未获客户签字结项的罚款和违约金，最终承担的损失可能会超过合同额。牧云一下子蒙啦，尾款拿不回来，到手的首付款还要如数归还，项目违约还要进行赔偿，这个项目直接可能把融技公司干破产。此时牧云想起了诸葛亮北伐中原，马谡的自大失街亭。不仅错失了入主中原的机会，还导致蜀中处于危险之中。牧云现在就是那个自大不细心的马谡，同时还是那个前途尽毁的诸葛亮。

又能怎么办呢？没有别的办法，此时只有硬刚，走一步算一步。尽管忧心忡忡，公检法是国家机器，海交所是资本大鳄，融技在他们面前连孙猴子都算不上。被迫应诉的牧云赶紧在脑海中寻找认识的律师，抓紧沟通案情，判断胜败的概率，尽管败局已定，但是仗不得不打。

双方握手喜言合

牧云通过朋友找到了一位律师，支付了7000元律师费，律师仔细看完合同及牧云

整理的邮件、微信、终止合同文件以及对方的反诉书，告诉牧云这个官司基本上没有胜算。其实不花这7000元，牧云也知道自己必输无疑。只是专业律师的答复让牧云意识到问题的严重性。但是牧云就是牧云，逆商这二字支撑他在绝路上继续向前奔跑。经过仔细思考后，牧云拨通了龙哥的电话，打算最后一搏。

"龙哥，您不是跟我说海交所新换了一位董事长吗？您有他手机号码吗？那个官司的事情我想跟一把手谈谈。不过您放心，我不会提您的。"

"嗯，一会哥发给你。"基于兄弟般的信任，龙哥便将号码发给了牧云。龙哥心里认为找海交所董事长谈无异于天方夜谭。一个掌管几百亿现金的老板，会跟一位皮包公司的牧云面对面沟通？开什么国际玩笑！但是奇迹就是建立在不可能、不现实的基础之上。

牧云拿到电话号码之后，在心里简单组织了一下思路，带着忐忑紧张的心情，拨通了海交所的一把手马董事长的电话。

马董事长是国内财团派过去的一把手，上任时间不是太久。牧云认为，擒贼先擒王，晓之以理，动之以情，诱之以利，尝试一下，总比坐以待毙强。大部分聪明人都不会用此方法，会觉得此路简直就是死路一条。而此时牧云脑海中只有一个想法，10秒内不让马董事长挂电话，30秒内让他有兴趣听自己说下去，剩余时间则是请求他提供支持，双方各让一步，没必要闹到打官司的地步。

"马董事长，您好，很抱歉冒昧地给您打电话。是这样的，我是融技公司的总经理牧云。我们公司跟贵公司有一个软件合作项目。目前因为贵公司科技转型，所以项目要终止。我完全理解和支持您的科技转型，所以我这才来麻烦您。"

"噢，牧总您好，首先感谢你对我们单位的工作支持，细节我不清楚。我问问情况，看看是怎么回事。"马董事长电话里非常客气，在他看来，这位牧总声音清晰简洁有穿透力，而且也是一家企业的总经理，便没有当成骚扰电话给挂了。

牧云用30秒描述事情经过，确保马董事长没有挂掉电话，接下来便开始打感情牌，确切地说是诉苦牌："马董事长，我们融技虽然公司规模比不上海交所，成立时间也不是太久，但也是一家在细分领域靠技术吃饭的公司。服务过很多金融、政府客户。我自己就是技术工程师出身，之所以冒昧耽误您的时间，也是希望您能费心和下属多沟通一下，大事化小，另外中央最近也提出大众创业，万众创新。牧云经营科技企业着实不容易。正所谓创业维艰。这次咱们两家单位的误会，我还是希望通过沟通来化解。毕竟打官司对双方的企业形象都不好。如果我们输掉官司，会让我在刚开始创业的路上，出师未捷身先死。"

"好的，我知道了，我会跟下面的人沟通此事的，请放心吧。"马董事长挂了电话，心想，融技这家公司的牧总不错，言语清晰，格局也还可以，还能用杜甫《蜀相》中悲悯诸葛亮的诗句，对我老马的脾气。马董事长跟企业副总裁，也是信息中心的钱主任沟通了此事。在听取了钱主任的汇报后，觉得此事不值得大动干戈，便指示钱主任大事化小，小事化无。钱主任得到了马董事长的授意后，立刻安排企业法律部门约牧云来塘城面谈。

几天后牧云接到了海交所法务部门的电话，双方约好了时间在海交所会议室见面沟通和解事宜，法务部的意思就是项目终止，不再支付任何尾款。牧云心里肯定不同意，但是此时嘴上却也不敢太过强硬，于是又跟法务部讲起了自己创业过程的艰辛，自己如何不容易，未来发展的思路等。经过两个多小时的沟通，最后法务部人员突然站起来说：

"牧总，我过来跟您谈，其实我们部门的领导已经把调子定了，就是合同终止，款项不再支付。但是听您讲述创业路上的心酸和付出，我确实被您的创业情怀触动。我决定冒着被领导批评的风险，同意再支付你们10万块。剩余的款项您就不要再要求了，你要是没意见我们就可以走签字流程。"

这位法务部的小伙子居然被牧云动情的言语给征服了，完全超出牧云的意料，牧云的本意是这次谈判双方握手言和，彼此均在法院撤诉，对要回尾款根本没有抱任何希望。只是不甘心20多万说没就没了，才打出悲情牌试探一下。没想到打动了法务部的小伙子。真正打动人心的故事不是故事本身有多悲情或者精彩，也不是讲故事的人

的语言有多华丽，而是故事是真实的，讲故事的人用真情实感在讲述发生在自己身上的事情时，它有血有肉，不需要专业的表演，就足够精彩。

就这样，牧云和法务在会议室快速起草了一页纸的文件，双方签字，事情就这样轻松地和解啦。在牧云走出海交所大楼时，平时不抽烟的他，此时此刻特别想抽一根烟，通过烟雾的吞吐来表达一下内心的波澜，这个官司的成功和失败可能直接关系到创业是继续还是终止以及不确定的赔款。牧云心里的石头落下，发了一个只有自己看得懂的微信朋友圈，配图是一支点燃的香烟，在深邃的黑暗中亮着烟火，飘着烟雾，像是在动，却只是一张静图。

回京后，牧云立刻安排会计高哥开发票邮寄给海交所，半个月后收到10万元的尾款，至此海交所项目全部结束。

龙哥与牧云后来也谈过几次项目，但最终或因预算不够或因其他原因不了了之。无论如何，牧云感激龙哥的这个海交所单子，为创业提供了启动资金，让自己可以在商海乘风破浪。

三十分钟买豪车

警报解除，牧云觉得现在账上有钱了。问鼎银行的一百多万，海交所回款10万，还有Q城地产项目的首付款几十万……目前没有什么太大的开支，是时候考虑租个像样的办公室了，把公司门面搞起来。还得换个像样的车，再买几件一线大牌服饰包装一下自己。

此时的牧云跟很多刚挣到钱的土鳖老板一样，想着怎么花钱来享受，一雪这些年作为穷人生活在底层的"屈辱"。或许这就是人性，你让一个没有钱的人，突然有钱了立刻做到心态平静如水，同时眼光高远，具备企业家的精神去探索科技，回馈社会，振兴中华，这不太现实。

俗话说，饭得一口口吃，事得一件件做，路得一步步走，如果步子迈得太大，绝对会栽跟头。

任何事情都有因果的，牧云想买车的"因"大体可以追溯到几年前。当时在MDI工作，每次出差去烟台，要么坐于老板的路虎，要么坐刘老板的奥迪A8。那时刚成家，钱都用在了买房装修上，福特蒙迪欧对于当时31岁还在职场打工的牧云来说面子上也算过得去。对于豪华车，牧云只是偶尔想想罢了。如今钱包里的Money在短时间内突然数倍于从前，买一辆豪车的想法就这样萌芽了。Money真是一个神奇的东西！

有了这个想法，再加上时间自由，牧云有空就去4S店看车。一方面激励自己更加努力，另一方面也是了解一下价格和配置。牧云发现网上的报价不是真实的，那么多同型号车但是配置不同价格差距又很大，不懂汽车的牧云在网上看得云里雾里，只有去4S店才可以知道答案，就这样断断续续看了一个多月，奔驰、宝马、丰田、林肯等品牌4S店都跑了不止一次，对车有了全面的认识。

自认为了解清楚的牧云晚上回到家，便跟汪红商量买车的事，并想好了买车的各种理由，就怕汪红不同意。公司虽然是牧云的，但是法律上和情感上是夫妻共有财产。

"媳妇，跟你商量个事呗？"牧云满脸堆笑地看向汪红，谨慎地说。

"说吧，你又咋了？"汪红正给孩子换尿布，头也没抬。

"媳妇，你看，我这刚创业一年，咱们房贷就给还清啦，现在公司业务已经起来了，暂时没有太多开销。但是因为生意，平时总要见一些客户，尤其是一些高级别领导或者大公司老板。做生意讲究排面，排面不够客户或者厂商都觉得公司实力不行，可能就不会跟你合作，所以我想买辆好一点的车。但是你放心，媳妇，我买车真不是

为了虚荣，就是单纯为了生意。"牧云小心翼翼地说着自己的买车理由，并且在最后很严肃地跟媳妇保证，公司挣的钱只要不是项目款，财务处理完都会上缴给家里。

汪红给果果换完尿布，抱起孩子边拍边轻轻摇晃着，希望果果可以多睡一会。她内心虽稍有不悦，但估计丈夫也就是有这么个想法，便小声帮着牧云分析，希望说服他放弃换新车的想法："咱家这车买了有4年多了吧，基本没怎么开。当时买完你就去北山干销售，车就在北京扔着。这车卖了赔钱。你现在的公司刚接了两个单子，但一切都还没稳定下来呢。你要买那么贵的车，养车每年还得费那么多钱，而且车跟你的生意真的能有啥关系呀！我不同意。现在咱们有孩子啦，没两年孩子要上学，你不得给孩子弄个海淀或者西城的学区房呀。现在有钱多攒点，那边学区房10多万一平，没个千八百万根本买不下来。"

汪红本来是要劝一下牧云，结果越说越生气，越说逻辑越严谨，这是汪红一贯的风格，或者说是中国所有已婚女人的通用能力。汪红那话像海浪一样，一波接一波，根本停不下来。不知是产后脾气暴躁还是真不同意牧云买车，汪红居然梨花带雨地哭诉起来。牧云仍旧满脸堆笑地看着媳妇，这也是牧云在媳妇面前一贯的表达方式。媳妇漂亮、睿智，很多事情都考虑得全面，最重要的是在分析事情和逻辑表达方面，牧云甘拜下风，他觉得媳妇说的每句话都对，自己的确不应该乱花钱。但男人至死是少年，在汽车这个大玩具面前，哪怕媳妇说得再对，他还是要买。这就是典型的被欲望俘虏了。

"生意上的事情你不懂，我这次换车真是为了生意，我认为非常有必要，再说孩子还小，上学的时候，我肯定可以挣下一个学区房。"牧云跟汪红保证着，说出了挣钱买学区房这种连自己都不确定的话。为了把车买回家，他也开启了满嘴跑火车的模式。

"我不同意，你说啥也没用。"汪红语气坚决，她以为自己不同意，牧云应该就买不成。

但是牧云可不是那种听劝的人，这件事情在后来得到充分证实，牧云只要认准了做一件事情，谁劝都不行，他的虚心倾听，也只限于倾听，听完觉得有用的后面自己就会注意，没用的直接丢弃。这种做事不计后果的执着，也是后来牧云在一次次挫折中不断壮大和成长的基石。

牧云见和媳妇沟通无果，便回到书房想着后续的事情。媳妇的话还是起到了一定作用，牧云觉得奥迪A8和路虎都要100万左右才可以拿到手，反正只要公司的面子够了就行，没必要一定要这么豪华，而且公司万事刚开头，到处都用钱，节省一点还是有必要的。这时牧云想起了逛4S店时看到的沃尔沃XC90新款，也是全车进口，面子有了，价格70万就可以全搞定，还是7座，既可以满足生意上的需要，还可以满足家庭出游的需求。它被国内车企吉利收购，配件和服务更加到位了。这车最大的特色就是安全，沃尔沃XC90本来是对标宝马X5、奥迪Q7等车型的，但根植于人们心中的豪华车品牌烙印还是让沃尔沃XC90无形中低了半格。但其配置、性能、材料、做工、价格等各个方面，都不输前两者。经过系统的比较分析，牧云打定主意要入手一辆沃尔沃XC90。等公司做大了，再去考虑路虎、凯迪拉克总统一号、林肯导航者等那些几百万的超大型豪华SUV吧。

第二天牧云便去4S店，打算把车提回来，不管媳妇同不同意，反正钱在公司账上，牧云完全可以自由支配，不用跟汪红要钱了。牧云主意已定，十头牛都拉不回来了。

牧云背着汪红独自去了北京清河花虎沟沃尔沃4S店。由于前期已经在网上和其他4S店做了大量功课，牧云径直走进了这家离家近的4S店。刚进门一位年轻精干的销售便迎了上来。

"先生，您好，请问您是看车吗？"这位小伙子干净、整洁、职业。

牧云看了一眼小伙子，面相看起来很正，不像那种满嘴跑火车的销售人员，便问："兄弟，买那个XC90高配版，如果今天订多少钱可以提车？"

小伙子快速打量了一番牧云，优衣库的格子裤，空军服皮衣，里边是一件深绿色的体恤，头发稍有一点油腻，估计有几天没有洗头啦，这一身行头、外表和状态让小伙子心里断定牧云不太像有钱人。XC90是店里最贵的车，进店连车都没看就要提车，到底有没有这个资金实力呀？但是他也不敢怠慢，毕竟北京是个神奇的地方，啥人都有："先生，怎么称呼您？来这边咱们先看一下车。"说着便引牧云往XC90的样车走去。

"不用看了，我都了解清楚啦。你就说多少钱吧？"牧云打断小伙子直入主题，

告诉他如果价格合适立刻就订。

小伙子见无须多说，便直接报了价格，牧云说："这样，你去问一下你们领导，今天订车能优惠吗？要是优惠我就买一辆。"

小伙子根本就不想找领导，心想，这客户刚进来没几分钟，屁股都没坐下，啥情况都不了解，就让自己找领导申请价格，自己这么做肯定会被领导批评的，便辩解说："我们是国企，价格都是集团统一定的，实在没法优惠。"

牧云不依不饶，坚持让小伙子去找领导申请一下。小伙子没办法，觉得这个主儿没准真是要买车，便说："我去找下领导，能否申请下来我不敢说。但是我一定会跟领导申请。您稍等。"

他对着同事喊："丽丽，给这位老板倒杯水。"

并对着牧云说："先生您先在那边沙发上休息，或者看看车子，我这就去找领导申请。"说完便跑着去了领导办公室。

大约10分钟后，小伙子回来跟牧云说："领导那边说，只要今天订车，给您优惠2000元。"

牧云说："才2000元？这样你再跟领导商量一下，2000元太少了，1万块吧，我立刻订。"牧云像在菜市场买菜一样讨价还价。

小伙子突然感觉一阵眩晕，心想，大哥，这是汽车，不是菜市场，开口就降一万，但是职业素养要求小伙子专业地回答说："先生，现在汽车价格都透明，我们主要是靠销量从厂家拿返点，售后挣点辛苦钱，您一句话就降一万，别说我的领导做不了主，就是集团领导也没有这个权限。"

牧云也知道不太可能。但是牧云习惯买什么东西都讲价。哪怕去明码标价的商场买东西也会软磨硬泡，硬生生地让人家打个98折。规则都是人定的，你只要多说一句，多提一句，能便宜下来就是省的，不能便宜就算了，多说两句又累不死人，或许在部分有钱人看来这很丢人，但是为自己省钱为啥要关心第三者的感受呢？就这样，销售来回跟领导请示最终给优惠了5000元。牧云终于拍板，对销售说："我言说必果。来吧，签合同吧。"

小伙子一脸蒙，心想，这个主儿从进来到现在还不到半小时，车没看，申请完价格就签合同，要是客户都这样，自己绝对要当销冠。就这样，牧云像去商场买件衣服一样，溜达着就买了一辆70万的SUV商务款轿车。

其中有一个小插曲，就是牧云要求全款提现车，销售死活不同意，非要求牧云办分期，说是单位的要求，苦口婆心讲了一大堆，牧云知道是因为分期可以让基本没啥利润的汽车销售环节多出来一块利润。具体缘由大家可以咨询搞金融的朋友。

就这样，牧云30分钟内花了69万多买了一辆沃尔沃XC90。旧车牌换到了XC90上，老蒙迪欧也让老家来人开回去。牧云爸爸爱喝酒，又不会开车，也不喜欢开车，就喜欢骑自行车在县城溜达。结果最后那辆蒙迪欧汽车被老父亲以4万多元的价格卖给了当地车虫（二手汽车贩子）。

事后汪红极为震惊，有两周的时间夫妻二人都是不舒服的（心里别扭）。但是毕竟老公挣了钱，换车也是给家里的物件升级换代，汪红也被迫接受了这件事情。她向牧云郑重说明，如果以后再发生类似的事情，背着自己高消费，直接离婚。在牧云嬉皮笑脸和保证的言语下，这次的买车风波就这样过去了。

人生没有对错，只是一种选择，每个人的每种选择，都会随机地匹配接下来的结果，人生很难规划，就像生死、苦乐、利害一样，但人生又可以在随机中自主规划，这种规划的结果也是每个人都要承担或享受的。

若干年后，牧云回想在买车这件事情上，庆幸自己和汪红都保持了平常心。如果汪红过不去心里的那道坎，也许夫妻二人的人生就是另一番模样。所以说哪有规划好的人生，只有向规划的人生不断接近。人生如戏，自己是导演，每个人都是主角，也都是配角和龙套，关键看每个人在每个阶段的心境和感受，境由心生，心境会在那时那日指引你去做你认为对的那件事情，无关对错，如果非要有对错，那就是人要学会控制自己的情绪，这样才不会因为情绪失控而去做很多无法挽回的事情。

奥特莱斯购物爽

过了半个多月，牧云的旧车牌终于换到了沃尔沃XC90车上。开着新车，牧云感觉自己已经接近成功人士了，头脑一热直奔昌平的奥特莱斯——买买买。

当时在4S店买车时，销售小伙子上下打量他的眼神让牧云很不舒服。俗话说人靠衣装，马靠鞍，牧云认为非常有必要买几件一线大牌，包装一下自己，省得让别人看不起。当然多年后，经历了人生的浮沉，牧云会更看重自己内心的想法，顺便关注一下物质，而不再为了名牌和虚荣去交智商税，也不再追求那些外在的东西。但是现在，牧云要做的事情就是让身边的人通过车子、牌子等一切外在的符号高看一眼。而这些外在的东西，无形中增加了牧云的优越感和自信心。

牧云到了奥特莱斯购物小镇，俗话说财大气粗，手里有大把现金的牧云，走起路来那都是气势十足，虎虎生风。停车场有很多做仿货或者A货的销售，眼见牧云开着沃尔沃XC90，迈着自信满满的四方步，认定一定是一位大老板。毕竟开沃尔沃XC90的人都比较低调和有文化，不像那些路虎车主，大金链子小手表，一天三顿小烧烤，主打一个又土又豪。很快就有一些名牌的黄牛走上前来拦着牧云："老板，需要大牌吗？我们这里GUCCI、菲拉格慕、LV、FENDI、DIOR、阿玛尼啥都有，价格便宜得很，质量一点问题都没有。"一边说着一边从斜挎包里面掏出带有LOGO的A货商品。

这些家伙哪懂现在牧云的心思，现在的他买完了汽车，账上还趴着几十万"闲置资金"，哪会买个赝品？这种事情在牧云看来太跌份啦！万一这些赝品将来在生意场上被人家发现，那得多丢人呀！所以牧云根本没有正眼看他们，径直往奥特莱斯商业街区里面走去，边走边想，A货、仿品都是赝品，哥是差那几个钱的人吗？

其实以前牧云和老婆来过这里，但是当时是工薪一族，哪怕是在外企大厂拿着高工资。一双鞋子7000多，一套西服上万块起步，根本就不是自己可以消费的。虽然MDI的很多同事经常一身名牌，但那也多是中低端的牌子，而且大多是公差出国时跑到免税店采购的。

今时不同往日，牧云仅不到半年时间，就签了近200万元人民币的软件合同，接近于70%的毛利率，50%的纯利润，相当于在MDI两年并且是完成业绩的两年的收入。现在的他，轻轻松松就还清了房贷，无债一身轻！他打算全面包装一下自己，为了融技更好的未来继续奋斗。

人人都喜爱金钱，金钱也的确给了牧云自信。牧云想到十几年前一位老板语重心长地对牧云"晓之以理，动之以情，诱之以利，趋之以势"。尤其最后这四个字——"趋之以势"，牧云以前一直不知道。如何做到"趋之以势"？站在名品街上，牧云这一刻突然觉得当下的自己完全领悟了什么叫"趋之以势"。

牧云心想，那些年在MDI外企开阔了视野，见了世面。现如今开了公司，做了老板，还挣到了钱，气势由内而外。此时的牧云自己都感觉到，金钱带给了自己小人得志、不可一世、虚无的成就感。创业维艰，牧云在创业这条荣辱与共的路上，慢慢才发现，其实这只是趋之以势的第一个阶段——依靠外在改变内在。第二阶段现在的牧云还领悟不到，不过没关系，时间会让他逐渐到达。那时他会明白，当一个人的内心变得足够强大，所有外在的"形"的表演都相形见绌。用16个字总结就是：王者伐道、政者伐交、兵者伐谋、工者伐术。这是心境的转变，从打工者为他人服务，转变成老板排兵布阵一切皆为自己服务。

无论如何，这一天在奥特莱斯买买买的确给牧云带来了巨大的幸福感，或者说是一种成就感。为了在生意场上、别人的眼中更加体面，牧云"斥巨资"购买了BOSS西服，菲拉格慕腰带，FENDI皮鞋和手包，给汪红买了PRADA包、周大福金手镯、SK-Ⅱ化妆品礼盒。一共花了6万多元，这笔钱在牧云老家农村相当于没日没夜辛苦

劳作一年种植蔬菜的收入！农村出身的牧云此刻心里也觉得有些小贵。但是牧云觉得这东西又不常买，现如今自己凭本事挣到了钱，而这些钱完全受自己支配，谁敢阻拦：一方面这些"门面"是为了提升融技的公司形象，另一方面也让媳妇体会一下有福同享这句结婚誓言不是嘴上说说而已。买车这事一直在媳妇内心是个结，大家都说"包"治百病，牧云想看看PRADA和SK-Ⅱ是否具备中药温补的效用。

带着在奥特莱斯买买买的战果，牧云拎着大包小包欢欣雀跃地回到家，本来想从汪红那里讨要一些夸赞，结果却被节俭的媳妇狠狠埋怨了一番。当然这次汪红没有生气，而是语气温柔地批评牧云乱花钱，说："PRADA包这么贵，我一个普通公务员，我都不好意思背它上班，太招摇。这个金手镯太重啦，要是天天戴，就我这纤瘦的胳膊都得得关节炎。"说完嘿嘿地笑着，一个难得服软的女人，突然从她的嘴里说出谢谢老公，并轻轻地亲了一口牧云。天底下哪个女人能够抵挡亲爱的老公为自己用心呢？

牧云此时觉得"钞能力"的确很强大。如果男人挣到了钱，女人就再也看不到这个男人的缺点啦，"钞能力"有时会蒙住女人们的眼，但汪红除外。牧云想着想着就微笑了起来，汪红问他笑啥，牧云说我笑了吗？没有呀，结果牧云又被汪红的小碎拳头一顿雨点袭击。城北的龙城小区上空飘荡着一家人幸福的欢笑声。

牧云拗不过汪红，第二天中午跑了一趟奥特莱斯把PRADA包退了，换了一个COCAH的。汪红说这个包2000多元，不会那么高调，汪红也很开心。而那个SK-Ⅱ的化妆品，汪红用了几天脸上总起痘痘，已经打开用了没法退换，给了丈母娘。一个老太太，天天擦着SK-Ⅱ的高级化妆品。一周后，丈母娘跟汪红说，用了这么贵的化妆品，自己的脸看着水嫩多啦。当牧云听到这句话时，差点没把饭喷在桌子上，强忍着笑，憋得眼睛通红。

汪红非常善于察言观色，在桌子底下狠狠地踢了牧云一脚，眼神里面写满了："又淘气，天天拿你丈母娘寻开心，再淘气看我怎么收拾你。"

复合能力启项目

Q城地产项目2014年年底中的标，合同也是年底签完的，本来计划年底前进场实施，但是因为过年和客户年底会议、年终总结特别多，就暂时搁置了。过完了春节，也按照当时跟客户和总集公司周总的承诺，牧云亲自参与项目管理确保项目高质量交付。

牧云之前就整理好了项目进场启动的PPT，并用Office project软件制定了一张精美的项目甘特图卡片，主要目的是让客户一页纸就可以概览项目各个里程碑事件及主要拆分工作，同时配有融技的LOGO以及项目成员的联系方式及投诉方式。多年项目经验，牧云知道很多公司不做这些不起眼的小事。但是自己这样做了，并且认为这件小事会给客户心理上带来不一样的感受：可信任、可托付、可联系、可查观。这种主观能动性也是很多打工人不具备的。但给自己打工和给他人打工，"因"和"果"是完全不一样的。同时牧云心里还有一点点小傲娇，因为这些事情他一个人就可以搞定，一张小小的卡片，不是单纯地把甘特图等项目信息放在上面，而是用Photoshop作图软件制作了一些商务风格的图片，通过滤镜渐变等效果让卡片具备信息传递的同时，增加了美学效果。

项目启动那天，Q城弥漫着严重的雾霾，但这并不影响牧云愉快的心情。他和汤程提前20分钟到了现场，周总也带着项目经理一块参加，主要目的是便于项目实施过程

中双方环境和资源的配合。截至当时，除了技术实施外，项目的其他全部工作销售、商务、项目经理、美工、实施工程师、售前PPT讲解、资金操作等都是牧云一个人亲力亲为，这次项目启动的PPT介绍也是牧云亲自讲解。

会议室的门打开了，宋处长带着两位技术科长走了进来，大家依次落座，笑着看向牧云，说："牧总亲自来启动项目了。我看你微信朋友圈，天南海北地四处游逛喝酒，还有空关心我们的事情，感谢感谢。"宋处长客气地开着玩笑，同时也打破了会议室里面沉寂的氛围。

"宋处长，我这也是讨生活呀。让您见笑了，不过这次项目我的确非常重视，前面电话里说过，我带着我们的技术总监汤程以及相关技术人员一块来现场实施此项目，希望可以做成行业亮点，更好地支持您的工作。"牧云恰到好处地回应宋处长的问话，并通过政府部门领导们普遍关心的"政绩、标杆"来升华项目的意义，起到了点睛的作用，牧云顺势将谈话拉回到项目主题上，也是让宋处长踏实放心。

"好好，那咱们开始吧。"宋处长和周总私交不错，不然周总也不可能作为总集中标方。当然周总也是凭技术实力中标，商务关系只是简化了一些前期的工作。宋处长走进会议室只是和周总微微点了个头，并没有说话，但这一切都被牧云捕捉到了，牧云邪恶地认为他们之间在商业上应该有"事"，不然这么大的软件开发项目怎么可能会落到一个本土规模并不太大的软件公司周总身上。

"好，宋处长，那我就开始了。"说着，牧云把电脑中精心准备好的项目启动PPT以及相关材料切换到投影墙上，便开始了介绍。

"各位领导好，我是融技公司的销售总监。我自己是技术出身，所以希望把咱们本次实施的项目能够打造成地产行业的标杆，我会全职做这个项目的PM（项目经理），对项目进行整体把关。那我接下来会占用大家约30分钟时间，把项目的背景、需求痛点、我们的整体落地解决方案以及需要双方配合的工作一一介绍，最后也会把项目进度和团队成员详细汇报一下，介绍完之后，我会发给各位每人一张项目卡片以及一个U盘，U盘里包含了本次项目合同交付的目标和相关电子类文档，方便项目实施过程中大家随时查看和相互联系，或者针对项目节点里程碑随时沟通……"

牧云娓娓而谈汇报着，大家都把头转向屏幕，聚精会神地听着。这是牧云独特的讲话能力，无论是正式工作还是朋友聊天，总是能够让大家全神贯注地倾听。各种监控运维运营类的客户需求讲演对于现在的牧云来说，可谓信手拈来。无论是刚学会的新技术理论知识，还是刚从网上了解到的权威机构发布的科技资讯，他都可以秒级融会贯通梳理为自己的一套逻辑知识体系，并通过总—分—总的层次结构系统且详尽地呈现给客户。可是如果你要是知道，牧云以前也是有社交恐惧症的。

几年前做工程师时，牧云在台上给客户培训或者介绍，声音颤抖，脑海一片空白，紧张到手心冒汗，跟今天侃侃而谈的他判若两人。细究原因，可能是因为他内心深处是有大哥情怀的，他不愿意一辈子做跟班小弟，他幻想站在聚光灯下成为焦点。正是这种渴望内生成了不断挑战自己的原动力，让明明胆怯的牧云每次人前讲演失败后复盘分析，擦净那无形的伤口，告诫自己，让过去的过去，接下来要以全新的自己面对新的机遇和挑战。他在孤独的一次次复盘中铸就了强大的自信心。现在的他，已经脱胎换骨，每次见客户都从容不迫，以自信和专业赢得客户的赏识，再加上多年实战经验的加持，每句话都可以说到客户的心坎上。

牧云觉得人就是这样，缺啥补啥，曾经的自己没有自信心、不擅长演讲，就会刻意关注类似的励志电影，如《国王的演讲》《当幸福来敲门》《追梦赤子心》《基督山伯爵》等。这类电影其实都在表述同样的词汇：梦想、坚持、刻苦，一旦机会到来，便是逆袭之时。

牧云抑扬顿挫、慷慨激昂地用PPT为大家描绘了未来美好的技术交付效果，正好花费了半小时。至此项目启动完成，宋处长、周总和牧云三方协调好了各自对接人员，会议结束，牧云和汤程便到客户预先提供的临时项目开发办公室开始各项技术准备工作。

牧云之前跟汤程说过，技术实施主要以汤程为主，牧云只做一些文档类、资源协调类等辅助工作，简单的技术实施工作也可以干一点。这点牧云还是有自知之明的，毕竟已有四年多不做具体技术实施工作，什么开发语言、函数、工具和UNIX系统命令等都还给了老师。

牧云和汤程来到宋处长给安排好的专门用于此次项目的开发、实施和交付的独立办公室。汤程找个位置坐下，打开电脑，便有条不紊地处理着各种项目实施的准备工

作，包含文档创建、客户具体配合的详细内容、软件介质安装包、补丁包和网络环境准备等。

牧云用手机看着房产局这个项目的首笔产品款和服务款，便走到汤程面前说："兄弟，之前我跟你说过，这个项目和海交所不一样。一方面我比较重视，所以亲自参与实施；另一方面这个项目我给你实施费用的30%，项目交付后会有10来万元的收入。另外前段时间咱们一块去的那个问鼎银行也中标啦。我既然出来自己单干，还是想成就一番事业，可是独木难成林。我的销售资源还不错，你是技术大牛，大家合作这么久了，又知根知底，你愿不愿意来跟我一块干？我拿出公司30%的股份分给你。"牧云诚恳地对汤程说。

"牧总，感谢感谢，费用这块您看着安排就行，我都没问题，项目你放心，我肯定会做得漂亮的。至于合伙这事，我也跟您说实话，我现在的老板离了两次婚，挣过钱也赔过钱，现在年纪大了，看淡人生，也没有拼劲了。但是我还年轻……您这么说，我倒是愿意跟着您干，不过，我没法立刻出来，因为公司还有两个项目现在处于Close结项的状态。俗话说，做人留一线，日后好相见，我得帮着公司把项目彻底结项，这样我再出来，也算对得起当年老王的知遇和提携之恩。这样再来您这里我也可以安心做事。"汤程看到了融技未来发展的机会，对比现在公司的生意日落西山，聪明的汤程，毫无保留地道出了自己的内心想法。

牧云听完很受鼓舞，心想一旦有汤程加入融技，那相当于是商务+技术紧密配合，融技的未来就可以所向披靡了。他爽快地答应，说："没问题，融技的技术总监的位置给你留着，你处理好那边的事情随时过来，咱们一起做一家在业内领先的公司。晚上我请你去Q城八大怪餐厅，听说那里生蚝比脸大，再烤点宁夏滩羊，咱哥俩喝点冰凉的小啤酒庆祝一下。正好今天晚上8点在体育场有鲁能对恒大的足球比赛，吃完饭咱们一起去现场支持一下山东鲁能。虽然我喜欢恒大，但要是在主场支持恒大，估计会被鲁能的球迷打死，哈哈。"牧云开心地笑着，愉快地打开电脑登录网银，将汤程那部分50%实施费先支付给他。金钱和梦想真的是最佳CP，如果这对CP配合默契是完全可以改变世界的。

接下来的几天牧云一直在现场陪着汤程实施，太久不搞技术实操的牧云也一个头两个大，无奈之下，只能整理一张Excel表格，记录安装了哪些服务器，哪些服务器及应用安装有问题，留给汤程一并解决。所以在现场的一段时间里，牧云做得更多的是陪伴汤程，协调一下客户沟通方面的事情，写个周报发个邮件，做好两个人的后勤工作。

项目实施过程中，技术工作让牧云很是挠头，但因为有汤程来搞定，牧云心里倒也踏实。有时还会陷入回忆当中，看到汤程现在专注地敲击代码，回想当年自己做工程师时也和汤程一样，不像现在有这么复杂的人际关系，需要如此劳心费神。有时候，过一种单纯的技术人生也是一种幸事。

不知是命运的眷顾，还是自身综合能力的加持，抑或是努力的回报，牧云的融技公司，在没有任何后台，没有任何背景，没有启动资金，没有技术人员，甚至连办公室都没有的情况下，居然慢慢有了起色。所以在实践中牧云越来越倾向于承认，人生其实就是一种选择，选择舒服人生大概率会挣得少。但如果心中有梦想，选择爱折腾的人生有可能提前退休，当然也有可能一夜回到解放前。命运完全掌握在每个人自己手心里。

中关村尴尬喝茶

牧云一个人，一部手机，一台电脑，每天几十个电话，在遥控着这个世界，或者被这个世界遥控。不断地认识新客户，维护老客户，同时和一些IT大厂的销售保持沟

通。哪怕只有一分机会，也要付出百倍努力。

机会青睐有准备的人。由于牧云在MDI打工时和格尔股份的关系处理得很好，客户主动打来电话，说集团批了预算，打算把全球的工厂车间的组网设备监控起来。因为前期客户比较认可牧云的综合能力，也认可MDI的软件产品，客户有意让牧云接手此项目。但是为了招投标顺利，客户表达因为集团要招标，需要3家以上的投标公司才能开标。为了让集团审计人员心里踏实，最好找4家来参与。这种操作在外界看来是暗箱操作、内外勾结，但是如果客户想要做好项目，控制好厂商、产品、服务和质量，不让外面未知的厂商来捣乱，确实需要这样做。

牧云在详细复盘了客户的想法，琢磨技术交付肯定没问题。近几个月都已经交付了三个项目，项目经验成熟。文档和二次开发的成果大部分可以直接应用于格尔股份集团内部。当务之急是再找三家公司配合，他拨通了MDI的老销售的电话，老销售二话没说，便推荐了几家公司，说都是哥们，直接提他就行。

牧云由此开启了以融技老板身份开始跟其他科技类公司老板对接合作的道路，角色的转变直接影响着沟通方式以及合作思路。牧云先拨通了一位中关村老牌创业者格云公司徐老板的电话，并约好了时间当面拜访。

开春了，但并不暖和，空气干燥，寒风不时光顾，体感还是有些冷，好在阳光明媚，没有雾霾，天空能见度很高。每年这个时候牧云的鼻炎就会犯，鼻涕直流，他只能不断用纸巾擦着鼻涕，鼻子都被揉得发红了。

牧云也是第一次见徐老板。为表示尊重，他外面穿着羊绒大衣，里面搭配BOSS西装和菲拉格慕腰带，还拎了一盒茶叶作为随手礼。徐老板的办公室在海淀新中关，5A级写字楼，底商是新中关商场。牧云心想，这个地方租金应该不会便宜，哪天融技要是能租上这么个办公室，那绝对是发展好了。到了徐总的公司，前台直接引他到徐总办公室。牧云快速扫了一眼，约莫30平方米，除了老板班台、沙发外，还有一套茶台，屋子的一角放了两箱茅台酒以及汾酒30年，班台侧墙上挂了"宁静致远"的书法作品。办公室装饰中规中矩，只有茶台和茶宠的存在才让人略感惬意。

徐总看到牧云，赶紧从黑色真皮班椅上站起来，热情地和牧云握手，并示意牧云坐到茶台旁一起喝茶。

"欢迎欢迎呀，牧云。"徐总客气道。

牧云把福鼎白茶放到徐总班台旁边，说："徐总估计您平时应酬也不少，这个白茶刮油刮脂，还能去'三高'，煮着喝效果最佳。这是我一个福建朋友家里的自营茶园，不打农药，质量上没问题。我自己每天也喝这个茶，希望您喜欢。您要是喝着感觉好，下次我再多给您带点过来。"

双方简单客套了一会，徐总一边摆弄着茶道，一边询问着融技的主营业务。牧云一一作答，但是心里还是有些忐忑不安，因为自己是皮包公司，徐总的公司经营得如此有规模。他担心被徐总笑话，在IT老炮、前辈面前，内心的落差一时间让牧云全无自信。他只是腼腆机械地做着应答。瞎聊了一会，徐总说："牧云，我这边有个服务器厂商大区销售总监一会过来找我，您要是不介意就一块喝茶聊会天，正好给您介绍认识一下。"

此时的牧云还停留在腼腆的心境当中，脑子转得有些慢，不知是回避好还是留下好，只能听由徐总安排。不一会，徐总的客人就来了，大家开始聊天。听到他们的聊天内容，牧云恨不得找个地缝钻进去。只听徐总对厂商的销售总监说："最近软件公司的大哥给我一个国家一号工程，资金有30个亿。你看看你想不想参与，服务器我可以用你们的。其他软件主要是一些基础软件，如数据库、中间件和操作系统等。"

牧云转头看向那位刚进来的厂商销售总监，悠然放下手中的茶碗，思索了良久，不紧不慢地说："老徐，没问题。我们可以根据需求定制服务器，把硬件等的一些指标写死，这样其他厂商就不好参与或者无法交付。这个项目咱们就可以控标，有钱一块挣呀。"

牧云，完全插不上话觉得无地自容，他现在刚开始创业，做的项目都是几十万的软件项目，现在签约的最大项目是问鼎银行150万的，和徐总的"国家一号工程"完全不在一个层面上。

牧云听着徐总他们互相吹捧了半天，找了个机会适时打断，说不耽误他们谈大生意，说了自己近期有个项目，请徐总多支持，帮忙围个标。在得到徐总爽快的答应后，便灰溜溜地告辞了。出来后牧云觉得自己的生意还是太小，在这些老板面前都不好意思搭话。但时间不会辜负每一个努力的人，几年后，牧云也变得张口闭口都是部里统筹规划，拿某个省搞一下试点标杆，成功后全国推广的新技术、大项目、大规划。哪怕后期跟一些厅级领导见面沟通，谈的也都是惠民、优政、兴业、强国，格局和高度一下子上来了。

生意有时候就是虚虚实实，关键是说的人自己得信，哪怕暂时没有，一旦自己信了，那么对方或多或少也会选择相信。前沿的技术或可落地的科技人才，辅以商务层面的楼宇、豪车、会所和秘书等，几千万上亿元的大项目可能实现闭环。智商税是谁都要交的，大学教授、海归博士、政府高官都难幸免，更别说那些生活在底层的人啦。做生意就像演戏，要想把戏演好，演员得把自己当成疯子，才能入戏；入了戏，才能跟着演员一起哭、一起笑、一起悲。

草台班子抓风口

创业和打工在心境与执行上完全不一样。牧云在MDI打工的时候，每天就是想着怎么给老板讲故事，来混过每一个季度。因为外企销售季度末追数（业绩）非常严厉，完不成任务会被问责。销售活过一个季度，会爽两个月，再为下一个季度末的数字发愁，周而复始，就像地铁，一圈接着一圈，永远没有尽头。

创业就不一样了，凡事都得自己操心。尤其创业初期，没人没钱没资源没背景，要想活下去，老板就得同时兼任多个部门的事情，财务税费法务、合同工商客户、技术攻关、文档交付、项目验收等，创业者具备快速学习、调配资源、抓关键点、强执行力等诸多技能。

经过近半年独立创业，牧云终于发现原来自己最擅长的是做老板！很多人听了会以为牧云在讲笑话，其实不是。因为大公司会把一件事情打碎，让多个部门流程化、精细化分工处理，类似工厂流水线，这样确保事情在执行过程基本不会出错。流程复杂降低了事务处理的时间效率。要想加快速度，提升效率，就得依靠行政压迫支付加班工资，如此这样一波操作，表面看后续利润是上来了，实际上利润被前置工作给提前消耗掉了。

反观创业者，是完全没有休息时间的，尤其是在初期，牧云在大公司工作的历练，让他在自己的创业公司一个人高效、完美地搞定一切工作，也就是说可以为自己提供一条龙服务。比如初次拜访客户，不需要带技术人员，自己直接就可以跟客户沟通需求，了解了需求后当场就可以介绍技术方案，介绍的时候可以迅速抓住客户关注的重点，交流完后可以直接邀请客户喝酒，构建客户关系的同时顺便把商务细节谈了。后期的投标文件、合同审批、人员协调、项目管理、实施交付、技术攻关、资源协调、尾款追讨、税务计算、工商业务办理、二期项目预埋等一系列工作全部一人搞定。还有什么Office办公，Photoshop作图，Mindmanager思路梳理，Visio架构图设计，Project项目甘特图制作，视频剪辑等全都一人搞定。在这里没有部门概念，只有一个目标：把项目签下来，把钱收回来。宏观规划工作任务里程碑，结合自身综合技能一件事情接着一件事情高效工作。在一次次实践中锻炼、成长。牧云奠定了融技公司初期的江湖地位。当时还没有天眼查、企查查等互联网企业信息查询平台，外界一直认为融技公司是一家"麻雀虽小，五脏俱全"的新兴小公司，而老板牧云是一个拥有外企背景、专业技术、销售技巧、执行高效的复合型人才。

不过牧云毕竟是人，不是神，也要吃饭睡觉，牧云也知道当前公司规模小，项目少，经营的也是自己擅长的领域，所以很多工作还算得心应手。但是为了融技公司的

长远发展，必须招兵买马。汤程如果加入绝对是如虎添翼。牧云对汤程展开了长时间的项目、金钱和梦想攻势，汤程终于决定加入融技，助力融技跨越式发展。

有了汤程，牧云去客户那里介绍方案更加有信心了。汤程技术全面深入，客户接受度、认可度非常高，现在牧云在做任何事情时，心理上感觉多了一个人的陪伴，不再是孤军奋战了。其实这种感觉也是一种依赖，而过度的依赖有时未必是件好事。

无论如何，汤程以技术入股融技，帮牧云分担了大部分工作，他任劳任怨地把牧云在客户那里说过的大话一点点写成代码落地。但是在公司不断壮大，未来可期的情况下，牧云和汤程都觉得这种压力和挑战是一种幸福，也许这也是打工和做老板的本质区别吧。

时间过得很快，一晃进入5月，这半年来牧云没少麻烦高哥。他想着再有一个月就要过端午节了，自己最近在北京没啥事，就打算带点礼物过去看看高哥，请他喝顿酒，表示一下感谢。因为财税是直接和工商税务部门对接，马虎不得，自己在这方面毕竟不专业，希望有着20年会计从业经验的高哥在这方面多费点心，报税、做账别出差错。牧云开着沃尔沃XC90去了高哥公司。

"高哥，好久不见了，过来看看你。"牧云推开高哥办公室的门，笑呵呵地打招呼。会计公司狭小的办公室里，6个人局促地坐在电脑前，忙活着手头的工作。北京数以万计的会计公司大多都是这样的规模。高哥坐在最里面，圆而光还微胖，戴着一副一看就度数可观的眼镜，辨识度非常高，亲和力十足。

"哎呀，牧总来了，咋没提前打个电话？快来，坐。张会计，给牧总倒一杯水。"高哥见到牧总很开心，热情邀请牧云坐。

"高哥，给你儿子带了个书包。另外这两瓶红酒是给你的。"说着话，牧云坐在了高哥旁边的椅子上，两个人开始聊天，恭维了一下彼此的生意都做得不错。

"牧总，咱们不用客气。不用带东西，谢谢。"高哥客气道，没有推辞牧云递过来的礼物。

"高哥，咱们合作也是缘分。当初我注册公司，是在律狗网上交费办理的，想着他们的办理方式新颖，像注册公司这种业务都可以足不出户在网上办理，但没想到他们只是一家线上收款的平台中介公司，工商税务线下办理都是你们来服务。我觉得你们特别专业，服务也及时，我心里特别踏实。"牧云对高哥及时专业又贴心的服务表示感谢。

"我呀，近一年从律狗那里接了近300个户的工商会计记账业务。平均每个会计处理50个户，超过的部分有额外奖金。为了把你们服务好，我现在在学习Java开发。因为我的很多想法，用财友财务软件或者金蝴蝶等做不出来，他们的财税系统和ERP是为大企业服务的，我这边小公司不是他们的客户。唉，我们如果自己不求变，那么工作效率永远提不上去，过程留痕度不够，预警提醒也会不到位。来来来，我给你看看我这边的开发成果，正好你是搞IT的，给我提点建议。"

高哥来回倒腾的都是工商和记账业务方面的操作，而且是用他自己开发的软件无缝串联起来的。一堆表格和系统不断自动对接，从整体上实现了无须人工重复录入，也不需要人工在表格和系统间反复查找搜索，提高了效率，还减少了错误率。术业有专攻，这话真的一点不假。牧云看着高哥操作，心里充满了佩服。

高哥边介绍边说："牧总，那个律狗网就是抓到了'互联网+创业'的风口。因为当时没有把注册公司、工商财税这些只能线下做的业务搬到了线上的企业，它是国内第一个。只用几个月时间，它就服务了几千个户，还获得了风险投资。确实厉害呀！牧总您知道吗？通过线下办理工商记账的小型公司，积累几百户的业务量，至少也得需要五年左右时间呢。律狗的老板我也见了，是位漂亮的女士，但她不是专业搞财税的。会计记账和工商税务等方面肯定没咱们专业，到现在跟我们合作的几百个户的账还没处于核算中呢。呵呵。"

牧云在这点上是认可高哥的，但是互联网创业很多公司不都是外行打内行，内行跨领域引领吗？便回答道："是的，我当时没那么多时间去线下了解，而且担心线下小公司前面收费低，后面工商税务办理业务时各种忽悠。毕竟我不懂细节，到时各种收费，没有上限，我就麻烦大了。所以当时看了律狗公司是线上办理，价格透明，还有真格基金投资，觉得公司规模较大，心里相对踏实，就在他们家办理。他们的成功一方面是因为成千上万家线下工商财税公司不道德伤了创业者的心，另一方面也是踩到了大众创业、万众创新这千载难逢的风口。用雷布斯的话说那真是猪都能飞起来。不过我在办理的过程中发现，他们的业务模式属于模式创新，并非技术创新，而且这个业务真没啥技术门槛，就是把原来一对一面对面沟通的工作，流程化放在网站上，变成一机对多人的自助化操作。其实咱们也可以干。快速打开市场，获得海量用户才是关键，否则光靠一张单子万儿八千的流水，真没啥利润。"

"牧总，是的，我跟律狗合作前，好几年才积累了不到200个企业户，合作半年就超过400个户了。他们应该是同时跟很多城市的工商财税公司合作。现在这种'互联网+'模式的确在革传统企业的命。我做了20年会计，也有一套自己的方法，但我自己不懂计算机软件开发，找外包又太贵，我们现在的资金实力也支付不起，而且长年运维依靠外包团队也不靠谱，所以我就自己自学Java开发，想着把这块做好做精，一旦做出来成型配套软件，将来既可以卖版权，也可以通过引入风投往大了搞。"牧云听着高哥滔滔不绝地介绍着自己的抱负，也陷入了深深的沉思。

创业领域灯塔式人物，也是草根出身。比如腾讯的马化腾、阿里巴巴的马云。他们的公司一个解决了人与人之间的沟通，利用QQ、微信吸引了超10亿用户群体，另一个解决了人与商品之间的流通，通过天猫、淘宝、飞猪、盒马、阿里妈妈、阿里巴巴等，服务了全球超10亿用户。这些互联网帝国的存在，让牧云这些普通人深切感受到历史总是由人创造的，王侯将相宁有种乎？还有小米的雷军，当时在互联网时期用一个米聊软件异军突起，快速积累海量"米粉"，再通过全新商业逻辑吊打传统手机厂商。传统手机厂商都是通过卖手机来实现利润，而雷布斯采用的策略是硬件不追求利润，在手机的软件里面挣钱，并且通过互联网服务做大来实现资本化。快速在国内占领了低端用户市场，还在印度成为销量第一的手机厂商。雷军玩明白了手机，挣到了钱，又投资1000亿去造车，说汽车不过是在手机上面安装了四个轮子。大佬们说话都是如此云淡风轻，吉利的李书福也说过类似的话语。20世纪90年代在进口车全面覆盖中国市场的时候，名不见经传的民营企业家李书福就说，现在的汽车不过是在两套沙发上装了四个轮子。这些互联网灯塔前辈，无论成功或失败，注定将在历史长河中流下痕迹，告诉这个世界，他们曾经来过。这也正是牧云所期望的，不折腾一下，怎么对得起生命的意义。

牧云认为，当今社会大家耳熟能详的企业家如马云、雷军、任正非等，他们在创业的路上也会茫然、会无助，但是他们坚信企业的愿景和个人的使命：让天下没有难做的生意！让实用低价的现代化产品走入千家万户！让城市与乡村、人与人之间的沟通更加便捷！这就是他们此生为之奋斗的意义，也正是这些意义，驱动他们追求科技的星辰大海！哪怕死亡也无法阻挡他们的使命，只为达到心中的愿景！

起势篇

QISHI PIAN

· · ·

互联网创业启蒙

牧云听着高哥的诉说，联想到了一辈子辛劳的父母、多年北漂却无较大成就的自己，陷入了沉思。

时代的洪流一旦经过，任何人都会被裹挟其中，只是有些人顺势而为，有些人随波逐流，有些人苦苦挣扎，有些人破罐破摔，还有些人看过了世界之后选择了平淡无争的生活。当然，也有些人在奋斗的过程中离开了家庭，甚至消耗了生命。

2014年，达沃斯论坛上提出"大众创业，万众创新"，神州大地上立刻刮起了全民创业的热潮，政府搭台、资本看多、企业创新、民众创业，人间热闹非凡。

牧云每天在电视上、微信朋友圈、各种公众号上不断地被动或者主动看到哪家公司又拿到了风险投资，进入了A轮或A+轮，企业创始人之前是哪家公司的，现在已经是行业的大佬，等等。很多草根在创业路上一夜创富，昨天还在为买不起房发愁，一两年时间就摇身一变，别墅、豪车应有尽有，牧云被这股浪潮裹挟着，热血沸腾，心动不已。

牧云发现，现在每个中国人的衣食住行、吃喝玩乐几乎都被互联网企业给控制了，打车、订餐、购物、看视频等都被BAT（百度、阿里、腾讯）这些巨头给垄断了，媒体几乎每天都在报道阿里的马云、腾讯的马化腾在做啥，布局哪块业务，收购哪些公司，动辄就是几个亿、几十个亿，甚至上百亿的收购合并。这些人十几年前也是草根呀，并不是什么官二代，也不是什么富二代。牧云觉得他们能做到，自己也能，只要有想法、有干劲。一旦拿到资本的投资，上了快车道，凭借自己的能力，肯定也可以实现创富梦想。牧云从小受老爸做生意熏陶，无意之中已经播下了爱折腾的种子。在国家扶持草根创业的时代，一定要抓住机会，成为时代的弄潮儿。正所谓时势造英雄，同时英雄也在创造时势。

牧云总结自己过去打工和现在创业做的传统ToB的业务，深知很多项目运作周期短则半年，多则两年，前期投入高，风险和不确定性很大，虽然利润高。这些年国家IT战略也从IOE（IBM、Oracle、EMC）转向了BAT，单纯依靠MDI的尾单，将来未必能够把融技公司做大。要想挣大钱，还得做ToC或者ToB（小微企业）业务，量大才会带来质变。牧云听着高哥滔滔不绝地讲述未来前景，心想："高哥有20年工商会计经验，自己在IT领域的技术和销售能力也很强，要是和高哥合作，他做精业务技术，自己来搞IT、市场和运营，肯定可行。"牧云前期注册公司时了解到，北京每个月就有近10万家新注册的公司。假设平均每家公司客单价1万元，每个月就有10亿元的市场份额，这还只是北京市场，虽然客单价和利润没法跟融技现在做的项目比。但是在海量的中小微企业的数据放在数据库里，就算不挣这些小微公司的钱，单纯依靠这些数据产生的额外价值就可以挣到大钱，对风险投资绝对有非常大的吸引力。资本一旦加持，A轮B轮C轮，很快就可以上市。牧云天马行空地给自己脑补着未来的发展潜力。

他打断高哥，说："高哥，我觉得你得把有限的时间和专业精力放在刀刃上，软件这块你花那么多时间自己去学，等你学会了估计黄花菜都凉了。Java开发没个三五年实战，开发的产品根本用不起来。你的专长在财税方面，IT和市场营销这块是你的短板。我在想，不如咱们一块合伙来干，各取所长。要是做好了，很快就可以超过律狗网、快法屋等这些公司了。你说呢？"牧云真心认为这事靠谱，便跟高哥商量合作。

高哥通过帮融技公司开发票就能发现，牧云服务的都是金融、政府和企业的大客户，生意不错。牧云对IT技术熟悉，要是能够和自己一块干，那当然好，他略加思考便说："牧总，要是咱们一块干，那这事绝对有戏。这样牧总，马上就要下班了，咱俩找个店，喝两杯，边喝边细聊一下。"

于是两个人下楼找了一家新疆馆子，热烈地讨论起来，结果酒喝了不少，大肉串几乎没怎么吃，但这就是创业者当时的状态，无知又激情。

牧云呷了一口扎啤说："高哥，融技现有的业务没法停，那是我的现金奶牛，如果不做那块业务我的家庭生活就会受到影响。我这边现在有技术大牛，他各方面技术都没问题，我可以安排他来北京，让他跟你一起吃住，咱们也学美团和阿里，他们创业初期合伙人一起吃住，除了睡觉全是工作，这样才能做成事。另外咱们要做这事，就得快，小步快跑，产品不断迭代，边做边完善。不要想得太大太全，追求完美估计产品还没做出来就已经被市场淘汰了。"

"牧总，你说得对。我现在住的地方还有一间卧室，可以让你的那位合伙人带着行李来我这里住，我们天天在一块讨论。因为很多想法都在我大脑里，我来说，他来干，你帮我们把对外市场这块搞起来。"四十多岁的高哥很是兴奋，感觉人生又有了机会，频频和牧云干杯，很快两人就喝得脸红脖子粗。

"高哥，你得把你脑子里的东西写出一个框架来，做软件和对外服务的线上平台，不可能边聊边干。框架出来，先选择重要的部分开发和上线，次要的部分可以后面慢慢完善，哪有边想边干的呀？"其实这时候牧云和高哥还未正式合伙，就在这件事情上已经有了一些分歧，但是毕竟双方的目标是一致的。现在才刚开始，二人还相互谦让着，讨论后续的事宜。

因为要合伙，就得讨论大家如何出资的问题，两人决定各出2万块，来作为前期的基本资金，生活的支出均自费自理，后面按照实际情况再追加资金，比例这块牧云占60%，高哥占40%。接下来又讨论了很多细节，牧云并不关心高哥说的那些细节，财税和工商外勤等，既然高哥专业，那就让他统筹负责。他只要把高哥大脑里的思路变成产品和线上对外服务平台就行了。线上服务平台是当下最重要的事情，因为这个可以直接获得客户及收入。就这样，两个人边喝边聊，敲定了这次合伙的事情。

二人分开时已是10点，牧云叫代驾开车回家，路上便忍不住直接给汤程打了电话。此时的汤程已正式加入了融技。IT人基本都是12点左右才睡觉，有句话是这样说的，珍爱生命，远离IT。电话响了两声汤程就接通了。

牧云兴奋地说："汤程，有个事情我得跟你商量下。你呀，安排一下手头的事情，带着行李来北京住一段时间吧。是这样的，我和高会计有个好的新项目计划。中国有7000万家中小微企业，这些企业有大量的工商、税务、社保、报销、专利、商标等业务需要办理。很多初创企业因为资金等问题刚开始并不像大公司一样配备这些部门和人员，所以如果咱们通过线上宣传和透明便宜收费，线下集中安排人去办理，既可以帮企业省钱减少人员开支，自己也可以有收入。现在北京每月有10万家新注册公司，每家注册公司客单价也有不少，光注册公司这块业务就有很大的盘子，这还不算国内其他一线城市的业务量，而且一旦和这些公司建立了服务联系，那公司里其他的跑腿业务咱们都可以办理。首先办业务这块咱们就可以挣到钱，虽然钱不多但是可以维持基本运营成本，另外如果用户量通过PR和市场营销不断增加，那前景就更可观了。你想想，咱们手里拥有这些小微企业的运营成长数据。这些数据本身就是钱呀，用这些数据做统计分析和新业务开拓，那拓展空间有多大我现在说不清楚，但是我知道数据就像地下未被开采的石油，数据价值又高于石油，是清洁能源，可以重复使用。到时候一旦有了风险投资进场，他们都会帮咱们想如何把这些数据深度挖掘和应用。"牧云喝了很多酒，比较兴奋，但思路还是很清晰，他完全不给汤程说话的机会，自顾自说个没完。

汤程心里非常尊敬牧云，仔细地听着，等牧云说完他才表态说："牧云，这事我觉得可行，现在ToC业务基本上已经被BAT垄断，To小B这块业务目前还是空白。你说的这事的确可以做。我和高会计也通过几次电话，财税方面他的确专业。这事没问题，我安排好Q城这边的事情，周末就可以过去。"汤程也被牧云点燃了新的希望，创业的确有毒，大家都在飞蛾扑火。但是牧云不知道的是，自己想的是模式创新，希望通过贸—工—技路线快速占领市场，而汤程因为是技术出身，觉得这事得从技—工—贸路线来走。这在后来见投资人介绍自己的BP（商业计划书）时才被牧云发现，同时认为汤程的方案的确牛，也更加符合风投的口味，但是这也让牧云在后面浪费了近数百万的研发经费。

多年后牧云回忆起这段互联网创业插曲，发现自己虽然倾注了全部的心血和精力去做，但却认为做了一件自己日后鄙夷的事情。仅仅是模式创新的事情，有时不过

是浪费钱、时间和生命。互联网创新本身就比较扯淡，有些公司创始人也不过是泥腿子出身，但是因为第一个吃螃蟹，所以得到了资本和权力的扶持，当有了巨量的钱之后，开始大量吸引IOE外企精英、权力部门的领导及其子女高薪加入，打通各个领域和关系的大门，从ToC开始转型做ToB业务。当时用的很多技术都是国外开源的，他们简单封装后变成自己的产品，当然，后来马爸爸有了钱，由生意人变成商人，又变成企业家，有了社会责任，开始为中华崛起而科技创业，研发了一系列的前沿科技，如云计算，大数据，芯片等。

汤程电话里听完牧云对于ToB蓝海市场的分析，安顿好Q城的事宜，便带着行李和梦想来到了北京，和会计高哥住在了一起。牧云、汤程和高哥三人经常在一块讨论市场定位、目标客户、主营业务、人员配备、线上对外服务平台等工作，由汤程来负责具体开发。核心目标就是要把一些人工做的工作流程标准化，标准服务化，服务产品化，产品多样化，简称"四化"。牧云坚持顶层设计，然后按主次有序开展工作，但高哥说想法全在他脑子里面，坚持一边说一边让汤程来开发实现，二人僵持了半个多月，还是因为分歧太大，最终矛盾激化合作夭折。牧云认为创业就像盖房子，要先有图纸再来建房，各项工作按部就班。而高哥认为想象的房子并无参考价值，建房的经验全部存在于自己的头脑中，需要摸索着边想边干，再边干边想，如此往复。两个人各持己见，互不相让，最终不欢而散。牧云创业出师即碰壁。但这股创业之火，却在心中熊熊燃烧，并大有燎原之势。

没有高哥支持，牧云仍然决定继续做此创业项目。正是这种看不到全貌又一心认为自己可以做成并梦想做成后豪车别墅在手的梦幻，让牧云像打了鸡血一样。他仔细分析了一下高哥的业务，发现工商税务就是个跑腿的活，财务会计里面的现金、出纳和管理三件事说白了就是数字表格的工作。招一个这样的人并让他按照牧云的"四化"来执行不就全都解决了。顶层设计、市场营销、搞定客户这些工作，适合的人雇不起，不如摸索着自己干吧。说干就干，这是牧云一贯的做事风格，有个大体的思路框架就往前冲，碰到南墙也不回头，用尽一切办法也要冲过去。牧云辛苦劳作多年后发现，不过是消耗生命和浪费资金的一个过程。

牧云决定自己带着汤程来做这个创业项目。那首先确定创业项目的名字很重要。

项目目标定位是服务全中国7000万家中小微企业，牧云想来想去，觉得"企服大管家"这个名字不错，展开就是企业服务大管家，别人一听就知道企业是做什么的。他还想好了口号："天下企业服务一站式平台"，并在万网申请了一个域名，用.XIN作为域名的后缀，希望企业以"信"为基石。抱着破釜沉舟的信念牧云就正式开启了互联网创业。

红木家具办公室

有了名称、口号及域名，牧云就在家里的书房整整坐了一周，每天平均睡4小时，全部的时间、精力都在马不停蹄地工作：用Photoshop处理各种图片、用网页三剑客编排网站，梳理工商财税业务流程，了解工信部ICP备案。最后居然凭借一己之力就把乍一看觉得有模有样的企服大管家网站第一个版本给弄上线了。他还抽空配合汤程在历史项目以及新的售前ToB项目上提供一些非技术类的工作安排和支持。当牧云把这个网站全部弄完上线后，不断通过微信朋友圈、视频网站以及各种创业汇的线上平台发布，很多以前的老同事看牧云折腾出新的东西，纷纷点赞，也有人开玩笑讥讽牧云："兄弟，企业宣传你怎么把自己的结婚照艺术照片贴上了，有些不太符合'企业高管'形象啊。"牧云顾不上回应，仅仅轻微地脸红了一下就投入了无止境的工作。平时不怎么关注牧云工作事宜的汪红，偶尔和牧云聊天也觉得老公还真挺厉害的。坐在电脑旁边一声不发，居然一周时间就凭一己之力实现了专业新网站上线。网站除了有常规的企业介绍，联系方式，新闻关注等板块，主营的业务介绍还包含了他不擅长

的工商办理、税务办理、会计计账、社保公积金代办、知识产权申请五大业务板块，还有数十个注册公司、股权变更、股东法人变更、虚拟地址、税控器办理、记账业务等业务子项。甚至具备了微信和支付宝线上对公支付功能，一些促销服务产品低至1元。汪红在网上下了一单，居然还完成了交易。手机浏览网站也实现了自适应功能。汪红心里默默地念道："我的个乖乖，老公威武。"

牧云根据顶层设计依次完成了对外服务网站的各项工作，也进行了简单的网上宣传，很快就过了刚开始有的成就感阶段。他静下心来，发现和其他竞品网站对比，企服大管家网站只是一个静态页面的宣传平台，没有办法实现用户互动和流程递进等。无法获得潜在用户的信任，又无法和那些竞品平台正面PK。这些工作全部自己一个人来完成，汤程要负责融技公司已经签约ToB的项目维保工作无法给自己形成助力。万一真有人办理企服大管家业务，也没有人去跑腿。不可能为了只有一两千的利润万儿八千元的注册公司小单子，自己要开着沃尔沃XC90跑腿，那点利润都不够来回的油钱。所以牧云决定招聘一个人来辅助自己，把对外服务的网站做得更专业、更具有信服力。他把业务子项一个个梳理成精细的流程节点，在不同的流程节点配以合适的角色，这样对外服务的网站就变成了交互式的，一旦有人下单，或者在办理不同节点时的过程中各相关人也可以及时收到短信提醒，并根据提醒执行下一步工作。可是这个网站牧云不想再自己弄了。HTML专业知识搞不定这个交互式专业网站，除了平面美工，交互的网站需要用到很多技术人员，比如前端、PHP或JSP或Java等。正所谓术业有专攻，在和汤程商量后，两人一致决定从公司拿出几万元找专业网站公司来承接此项目，这么多年一直做乙方，忍气吞声四处求人，现在也舒舒服服地做一回甲方，感受一下属于甲方的乐趣和权力。

为了找个助手兼跑腿兼会计工作的复合型人才协助自己，牧云开始网上招人。以前都是以求职者身份免费使用中华英华网、猎聘网、51Job等招聘平台，现在招人才发现如果不购买阅读求职者简历的套餐就无法招人。突然要花费最低几千元去招人，牧云心中还是有些许不舍，这和他后来给入职融技公司的部分员工提供带底薪外派3个月培训形成了有意思的反差。牧云在58同城的免费招聘栏目里筛选简历，但是又碰到了一个新的问题：如何判断这个招聘的人就是合适的人？这时汤程给了牧云一些思路，他说可以把人分成三类：钢、铁、锈。"钢"的人，哪怕能力差，但是善良，可以长期重点培养。因为他们碰到问题都会从对方角度思考。能力差但是努力做事情结果和成果也不会太差。"铁"的人能力强，业务专，但是这种人大多数时候已经碰到瓶颈，不愿意脱离自己擅长的舒适区，又很容易被是"锈"的人腐蚀，进而影响公司团队的整体作战力量。"锈"的人是公司里面的猪八戒，干活不行，娱乐八卦第一名，负能量多且极易传染身边的同事。坚决不能录用，即便看走眼录用了发现后一定要立刻想办法解除劳动关系。

这套理论估计也是汤程原来的老板教的，牧云听完很钦佩，他发现，职场上真正有能力的人大都因为沉默寡言而不易被挖掘和重用，那些上来就引经据典，想法清奇善于表达的人更容易获得领导的认可，进而官运恒通，财源广进。

俗话说，纵有家财万贯，仍需精打细算。现在牧云创业伊始，能省则省，他在免费的58同城网站上搜索简历，面试了十来个女孩。面试地点多选在一些五星级酒店一楼的大堂。牧云忽悠应聘人说自己在此接待个来京的朋友，以掩饰暂无体面办公室的尴尬。面试过程十分简单，一半时间询问专业能力，同时看看外貌，估计这是很多老板心里想但不能说的小心思。剩余的时间就是牧云自以为精彩的演讲，他向应聘者描述公司未来的远大前程。这也给应聘者一种错觉："我的天呀，到底我是来应聘的还是来招聘的？"很多次牧云说着说着也发现自己脱离了面试的核心主题。功夫不负有心人，牧云终于招到了第一位女员工，一个在牧云的苛责中后来不断成长，不断提升工资，被视为心腹的员工。熟悉后，牧云喊她小兰。

小兰大专学历，学的是财会专业，懂些公司记账等基本知识，但是并没有实操过这类工作，加入融技前是一家三星级酒店的前台服务员。这份工作对于小兰来讲，是非常有意义的一次人生转型。后来公司聚会牧云总会对大家开玩笑说，这个小兰呀，作为公司的第一号员工，当时真是一个敢招聘，一个敢加入呀。

确认录用后，牧云并没有立刻让小兰来上班，因为牧云还没有自己的办公室。但是这时格尔马上要投标，牧云就先给小兰安排了一些文档类工作，并告知她近期要去北山省一块参与投标的事宜。小兰听后既激动又紧张，小兰以为自己终于可以在写字楼里面有份体面的工作了。但是很快她就陷入了艰难的选择困境。

牧云不断在百度上搜索专业做网站的公司，粗略了解觉得可以的，开车去实地面谈，前前后后去了十几家，基本没有超过50人以上规模的，大多数十几个人。这些公司开出了8万—30万不等的开发费用，让牧云再一次心疼人民币。但一想到网站必须做，这钱必须得花，只能费功夫继续找性价比更合适的。功夫不负多跑腿的人，牧云最后找到了一家中意的公司——康网公司。

这家公司在这处商住两用的写字楼珠江摩尔里办公。这种LOFT近些年比较流行，牧云依网站标注的房间号找到这家公司，门外和屋内都没有康网公司LOGO和任何公司名称，一位头发半花白但极年轻的小伙子接待了牧云，并引牧云到楼上会议室沟通。牧云快速扫了一眼，发现员工的桌面混乱，会议室的椅子目测也就几十元一把，心里对接下来的交流合作并不抱期望。但是意外就这样硬生生地发生了。经过深入的技术需求讨论，双方达成了项目合作，这家公司的老板后来和牧云成了把兄弟。他是牧云生活中的酒友，"战场"上的过命兄弟，也是日后融技生死相依的合伙人。

牧云把项目需求介绍完后，要求一个月就要上线。因为觉得合作希望不大，便把条件都说得很苛刻。最后还问了个关键问题："林夕林总，这个网站你们做需要多少钱？"

"牧总，您是我见到的众多客户里面非常专业的一位。别人都是给个参考网站示例，然后大体和我们说一下。您不但给了参考案例，还把网站的每个模块，每个板块，板块里每个流程流转的交互方式，甚至连内容都以目录的方式整理到了Word文档里，这对我们设计和开发工作非常有帮助。您的前期工作大大节省了沟通、开发、交付的时间，我们基本不需要来来回回地返工调整。这样的话，我们只需要一个半月就可以上线。但是刚才您说要求一个月上线，为了能够和您合作成功，我可以要求公司的员工为咱们的项目加班加点干，保证满足您的要求。价格这块我大体评估了一下，需要4万块含税，里面很多功能我们都有现成的类似模块，只要改改以前的代码程序就行。您梳理的这些流程我们要花些时间一个个定制开发，这些流程相对简单，所以交付时间我们是有保证的。"

行家交流就是节省时间，牧云本来打算离开这家公司后再继续找寻外包公司，但是突然被价格和交付时间打动了，确切地说是价格！相比之前谈的几家公司，这家太有吸引力了，牧云直接说："模块和内容都齐全，你们只要照着开发，交付的确可以很快。另外你也挺专业的，一看就明白，这样，钱上我也不和你争了，咱们签个合同，Word文档作为SOW交付说明书附在合同中，费用我先付40%，交付后我付剩余的60%，同时关于线上支付和京ICP备案等工作你们得一并帮我办理。"牧云一贯雷厉风行，只要觉得价格合适，就不会计较对方挣得多少。如此优惠的实施开发费用，文档需求之前也跟汤程有过沟通，既然谈好了牧云自己就做主了，他相信汤程也会同意。果然，高情商的汤程在电话里只回复了两个字"同意"。

林夕很开心，觉得这个客户太爽快了，第一次见面聊了半个多小时就同意签订合同，便说："牧总，您放心，我就是这家公司的老板，我也是技术出身，网站和App我们做过几百个了。我承诺的事情，肯定会办到！另外我们公司的几位合伙人都是技术出身，我们也没想挣太多钱，就是希望和像您这样的客户建立长期合作关系，这样我们公司的发展才更加稳定，利润虽然少些，但是长久可持续是我们公司更加看重的。"

这小子如此年轻，但已满头白发，牧云心想他要么是经历了什么难事，要么就是家族遗传了。当然此时牧云并不想知道具体原因，只是觉得这小子挺对自己脾气，便愉快地确认合作了。他第一时间把信息同步给了汤程，合伙人之间信息及时同步，避免产生嫌隙。为了让汤程有参与感和了解项目具体细节，他还让汤程来北京待了三四天，和林夕一块处理网站的工作细节。

这期间牧云经常来康网公司讨论页面设计等细节问题，发现这家公司没有LOGO，所有员工都在一楼办公。二楼两间，一间是会议室，一间是老板室，经常空着。他突然想到，不如跟林夕谈谈，借租老板办公室先用一下，这样既可以节省房租，同时融技公司还无形中多出来一些"演员"员工。起码有人来融技找牧云，会觉得牧云刚出来半年左右，就租了办公室，还招了十几名员工，还是挺有实力的。牧云喜欢把工作放到酒桌上谈。那天他带着汤程和林夕一块下楼喝啤酒吃烤串。喝酒前，牧云询问了林夕二楼老板室的情况，表达了想租用的意思。林夕最近两周和牧云的沟通，发现眼前这位大自己9岁的哥哥，学识渊博，见多识广，生意做得也不错，喝酒又豪爽，便直白地说：

"哥哥，您年长我几岁，我叫您一声大哥，我们二楼主要就是接待客户用，平时

基本空着。您要是不嫌弃，我非常愿意借您用。不过就不要提钱了，您用就行。正好我们的客户来了，也有一位像您这样的老板坐镇。"其实林夕的意思牧云明白。林夕认为他们都太年轻，有些像大学生。尽管技术很专业，但是气质上缺乏老板的那种稳重踏实劲儿。牧云多年外企历练，长得面老，举手投足间看起来就是老板，有牧云在二楼坐镇，对康网的业务还会有些许帮助。

"那不行，钱我肯定要给，不然我用着也不舒服，你看看多少钱合适，加上水电网什么的，折合一个价格，省得麻烦，我每季度付给你。来，喝酒。"牧云、汤程和林夕几个人大口地喝着啤酒。

于是牧云的融技就有了第一个办公室。他撤掉了原有的板式组装会议桌。为了提升融技公司的品位，牧云在回龙观家具城购买了明清风格的伪缅甸花梨红木家具，一个官帽椅，一张红木班台，两个圈椅，两个红木多宝槅，并从家里拿了一些茶具、陶瓷、摆件，简单装点了一下。二楼老板室，再结合楼下康网的员工，形成了一个有模有样的小型科技公司。虽然仍是寄人篱下，但这就是创业的热情，和环境无关。牧云坚信这一切只是开始，更大、更漂亮的办公室一定会在后面等着他。

宜家偶遇前女友

林夕觉得二楼两个房间康网基本也用不上，便都给了牧云使用。牧云正常支付了一半租金给林夕并说好按季度预先支付，其实双方都不是很在意这笔钱。对于牧云来讲一个月花费几千块就可以拥有近二十人规模的科技公司办公环境，少喝几顿酒就出来了。林夕也觉得突然多了个镇场的老大哥，可以跟着多学习学习，收到了租金正好可以用作酒钱。

牧云心想，如果有朋友或者客户、厂商来公司谈合作，会让对方觉得融技已经初具规模了。一楼康网公司的十几名员工，只要牧云不去解释外人一定会误解为融技的员工，二楼的红木办公室就是牧云的老板间，技术合伙人汤程人在Q城，可以帮助解决一切技术问题。后续再把二楼隔壁弄个助理秘书办公区，基本就齐活了。

接下来无论是融技的互联网创业To小B项目企服大管家，还是融技擅长的To大B监控运维类业务，汤程和牧云两个人忙活太费精力，经常熬夜加班。如今融技账上也有了一定的资金，不如招聘一名女助理来帮着分担一些琐碎的事情。急性子的牧云，在大脑中快速盘算和勾画着，完成思考后，便决定立刻招人。但是招到了人不能安排她去康网公司员工堆中坐着，得给001号新员工弄个工位。为了省钱、省事和确保无异味，他决定去北四环的宜家看看。牧云没有购买办公家具的经验，以前单身时去宜家发现什么家具都有，而且质量也不错。

牧云到了宜家家居，径直走到办公家具区域，很快就选择了样式简单的白色工作桌和白色升降椅，从样品旁找了一次性纸笔记录下型号，就去库房自己找物品。宜家的设计很有意思，楼上楼下共计5层，所有的道路都被预先设计好，这样的效果就是大多数人只能按照规划好的路线走或者逛，没有什么捷径可以直达目的地。牧云从三楼走一大圈到二楼，想着仓库在地下一层，因为选好了桌椅便走得很快，这也是牧云多年来在北京的走路风格。很多年前牧云还是工程师的时候，在北京接待过一位山西省过来的女性朋友郎宁。那时她还是市教育电视台的外场主持人，阳光漂亮。确切地说是郎宁和牧云在火车软卧车厢相遇后，彼此心生情愫，便有意谈谈儿女情长。2005年，牧云月薪不到4000元，没车没钱，仅有的存款大部分用来还房贷，所以带这位女性朋友去哪里玩基本都是坐地铁和公交，但是走着走着牧云就发现把这位女性朋友给走丢了，回头一看相隔约50米。山西省来京的郎宁赶地铁居然像逛街一样慢悠悠地走着，和北京地铁里的人比起来显得十分另类。这也从侧面体现了三、四线城市生活的慢节奏，北、上、广、深的人都像上了发条一样，在有限的时间里拼命地奔跑，有太

多人跑了很久结果却忘了为什么而出发。

牧云的思绪回到了许多年前。他俩的爱情故事类似《第一次的亲密接触》。牧云和郎宁认识后也经常煲电话粥到深夜，QQ视频天南海北肆意聊天。有时谈理想，有时讨论爱情，有时互诉彼此工作中碰到的不开心的事，这样远程恋爱将近两年时间，偶尔郎宁来京才会见上一面。

不知为何，牧云还在脑海中回味那些年与郎宁的网络爱情故事时，突然又碰到多年前已经飘落的"桃花"——自信阳光，新潮又艺术的北京女孩王楠。牧云当时正疾步如风地向地下一层仓库走，在二楼的一个转角处猛然与一位女士相撞。出于礼貌牧云抬头表达了歉意。

"对不起。"牧云快速抬头向女士说道，可是话刚说了一半，空气突然静止了。

"是你！"那位女士说道。

"这么巧，你也来买家具呀？"牧云略带尴尬地说着，不自然地用手捋了捋头发。

"嗯，不是，我没事来这里逛逛。你忘了我是学艺术的了？我是来看看瑞典的艺术设计，学习学习。"女士打破尴尬，强笑着说，然后问牧云："你来这里买什么呀？"

"我刚成立了一家科技公司，给新员工买点简单的办公家具。我只知道这里，当年还是你带我来的这地方。"牧云指了指手中记录产品型号的纸和铅笔，感觉好像哪里说错了话，有些不好意思地，又用手挠了挠头。

"哎呀，几年不见，你都开公司了，现在得叫你牧老板了吧？哈哈，你要不急我请你喝杯咖啡吧。"王楠好奇这些年牧云是怎么过来的，客气地邀请。

"啥公司呀，我刚从MDI辞职，响应国家创业创新号召。哈哈。公司刚成立不久，规模还很小，见笑了。咖啡我现在是真喝不了了，呵呵。不过可以喝杯别的，果汁或者巴黎水都行，我请你。不过得你带路，这里我来过几次但是总走不明白，嘿嘿。"牧云一边走一边在路上向王楠讲述自己在外企没日没夜工作，被折磨了几年后，一喝咖啡就心跳加速，所以现在很少喝。

"原来如此，几年不见，你倒是变化很大呀，脸上的痘痘没了，帅气了很多。"王楠的思绪也一下子被带回到了2004年的夏天，那时正是俩人的热恋时间。

"你也变得更漂亮了。"牧云慢慢地平复情绪，但仍有些不自在，嘴笨地恭维着。

二人聊了一下这几年都在忙啥，结婚了吗，有孩子了吗，在哪工作，公司主要做啥业务之类的，确切地说是牧云被眼前的王楠，曾经的前女友问询着。这可能是女生天生爱八卦的基因决定的。

王楠是牧云刚来北京时认识的第一位北京女孩。当时的牧云站在北京站的广场上，看着滚滚车流，无知无畏地立下梦想，希望通过努力，有一天在北京可以买套房子，买辆车子，再娶一位北京女孩当老婆。牧云看着王楠，思绪一下子被带回到了十几年前。那时牧云真是个一穷二白的小伙子，年轻，帅气，爱拼搏，领着2000元月薪在浙江某大型房地产开发公司做网络管理员。工资微薄，在寸土寸金的金融街国际大厦上班，中午连KFC都吃不起，日子过得十分窘迫。

那时的牧云总是被同事呼来喝去地安排，处理各种电脑系统和软件问题。这家地产开发商与法国ESMOD在中国成立了一家服装设计学校，学费在2000年时就要10万之多，那时三环边上的房子才不过几十万。学校的宗旨是希望帮助中国的服装企业培养更多的大师级人物。刚从北京服装学院毕业的王楠被招聘到这家服装学校来上班。牧云和她经常在公司碰面，年龄相仿，慢慢彼此心生暧昧。

那时的牧云年轻、有朝气，在公司的人缘超好，确切地说女人缘超好。很多女孩有事没事都愿意跟牧云聊天，王楠经常请牧云吃KFC。周末牧云就邀请王楠到出租房做一桌子好吃的，渐渐地两人感情升温，王楠决定嫁给这个北漂穷小子，甚至邀请牧云去家里见了父母。

但是命运很神奇。牧云很喜欢王楠，觉得这个北京大妞儿真诚，不做作，有啥说啥，敢爱敢恨，不介意自己没车没房没存款。牧云过年回老家王楠还往家里打电话问候，搞得牧云很是尴尬。但牧云很清醒，明白自己给不了王楠好的物质条件，而那些又是学艺术的王楠，必须要有的。她追时尚，赶时髦，穿名牌，喝咖啡，逛商场。牧云每次一听说出去玩就很痛苦。作为男人不能让女孩花钱，爱面子的牧云每次被王楠拉着出去玩完之后，生活就会受到一些限制。有半年多时间，牧云总是月光，靠找身边的朋友借钱度日。王楠也知道这些，很多时候都不让牧云花钱，还告诉牧云如何省钱，也经常送牧云一些她设计的服装和服饰。那时牧云才知道，原来北服培养的裁缝

和老家的裁缝区别这么大：北服的一般国内学习两年都要花费近百万，而出国留学则更多，学成后99%是成不了大师级人物的。而老家的不需要花费太多钱学习，靠着从师傅那里学来的或无师自通的手艺来养家糊口，大多数人一辈子挣的钱都不足别人一年的学费。真是没有对比就没有伤害。

王楠和牧云度过了一段开心的时光，二人一起去三里屯蹦迪、西土城河道滑船、人大校园轮滑、后海溜冰、参观艺术馆、逛母校北京服装学院、去超市买菜做饭。甚至还有一次王楠父母出差，她说一个人害怕，要求牧云去家里陪她。但最后还是分手了，分手时王楠把牧云送给她的Mp3等物品全数归还。王楠说两个人在一起太累，感觉牧云特别不自信。男人在女人面前如果没有钱，的确不太自信。牧云也没有挽留，这也符合东北纯爷们的性格，不低三下四，不乞求，于是这场持续近一年的北京恋爱故事就这样收场了。

当他一个人落寞地回到出租屋时，泪水在眼中打转。他对着一角出现裂痕的镜子恨恨地指着自己说："你给我记住，以后你要牛×，要给我在北京混出个样子来。不然没人看得起你，你自己都看不起你自己！"立完誓言后，牧云狠狠地抽了自己几个大嘴巴子，这段感情就这样悄无声息地成了过去时。谁也没想到十几年后两个人会在宜家再次碰面，王楠已为人妻，在服装设计行业做高级白领，虽然没有成为知名设计大师，但是身上的每一件衣服和配饰，都体现着美和唯一，大师已然在她心中。而牧云也已从一个穷小子，经历了多次角色的转变，从路边发报纸、酒店刷盘子，一路努力打拼不断成长，从公司网管一步步转型为网络工程师、系统工程师、项目经理、售前工程师、咨询顾问、外企销售精英，然后再一次地蜕变，跟打工说再见，成立了融技公司，自己做了老板。

二人互留了微信，那号码只是如同僵尸一样存于彼此手机。牧云闲来无事时会打开王楠的微信朋友圈，看看她的动态。但从来不点赞也不问候，只是偶尔畅想，如果那段恋情能够修成正果，今天的她会是什么样，而牧云自己又会是什么样。人生的每一次坚持或者放弃，都决定了不同的人生走向。牧云坚信当时的分手是正确的，因为当一个人在本应打拼的年纪，不去打拼，不劳而获突然拥有很多，做一个赘婿，相信谁都不会幸福，只有自己拼出来的成果，无论多少，在品尝时才会有一种平淡但后劲浓烈的幸福感。

一号员工要离职

　　牧云和前女友聊了半个多小时，心想给彼此留下一个青葱岁月美好的恋爱回忆更加珍贵，再聊下去可能会出事情。便道别王楠去宜家地下仓库找选好的员工桌椅，然后租了一辆送货车回到公司，并通知小兰来公司共同组装桌椅。

　　小兰应牧云要求提前到了公司，在一楼被康网公司的人热情接待。小兰对融技的最初印象就非常好。公司虽然不大，但是人气很旺，大家在电脑前忙工作，同事很热情，像朋友一样沟通。小兰感觉自己和公司的人年龄都差不多，心想日后一块工作应该会很开心，便对后面的工作充满了期待。

　　不一会牧云领着货运公司小哥来到公司，看见小兰后，简单打了招呼，便对小兰说从今天开始正式上班，后面大家一块努力把公司经营好。说完便邀请小兰一块上二楼配合货运小哥把桌椅安装上。在牧云看来，宜家的家居都是根据图纸自行组装的，牧云心底里认为自己能干的别人也一定可以干，这种想法日后没少让小兰受委屈。

　　小兰很开心地跟随牧云上楼。小兰以为一楼是公司员工的工位和前台，二楼肯定是老板的办公室，牧云让自己上去，说明自己也会在二楼办公。每天和老板在一块，进步一定会比一楼那些家伙快。小兰心中窃喜着，嘴角不由得微微上扬。事实上小兰的确经常和牧云在一起，也的确每天都在进步，但是和一楼那些康网公司的人没啥关系，只是小兰一厢情愿地认为一楼的工程师们也是融技的员工而已。

　　家具不到一小时就组装完成了，牧云喊小兰到老板房间，跟小兰说马上要出差北

山省，让她配合准备格尔的投标事宜。牧云把公司的情况简单介绍了一下，说："融技公司刚成立不到一年，真正营业也就半年多，就已经签了200多万的软件合同，这些客户覆盖了金融、高校和企业等客户。"

牧云说的是事实，也是融技公司当下的全部。但对于小兰来说，她认为听到的只是公司的一角。对于一个月挣4000块工资的员工来讲，几百万简直就是天文数字，所以她认为公司发展潜力巨大。

牧云继续介绍说："公司有两块业务，一块做ToB的软件类项目，以监控运维项目为主，主要面向金融、政府和大企业客户；另一块业务就是企服大管家平台，这可以称为B—B—C业务模式。以后你主要负责企服大管家平台事宜，兼职做我的助理，处理一些软件项目的杂事，如合同、文档、行政等。"

从始至终，牧云没有提楼下是康网公司的，他担心好不容易招聘的一个人，因为公司只有老板牧云和技术汤程离职而去。天真实诚的小兰听完，觉得自己肩上的担子很重，心底暗暗发誓要努力工作，要抓住这来之不易的成长机会。

交代好工作后，牧云把不用的ThinkPad x200笔记本电脑很随意地甩给了小兰，并发了一些公司介绍资料PPT和格尔项目的招标文件给她，让她快速浏览，熟悉业务快速参与进去。

牧云因为下午还约了投资人见面，中午便没跟小兰一块吃饭。小兰倒也实在，中午时下楼主动找康网公司的人一块吃午饭，也是想和同事处好关系。结果吃饭时和康网公司员工聊了半天，小兰才突然发现大家不是同一家公司的人，融技公司其实只有牧云一个人，办公室也是从康网刚分租来的。小兰当时的心情可以用一首歌的名字来形容——凉凉。小兰吃饭的心思瞬间没了，思索了很久下午拨通了牧云的电话。

"喂，牧总，我不想干了。"小兰小声地说着，底气并不足，还是有些纠结。

"嗯？为什么呀？是因为公司规模太小吗？"牧云猜应该是这个原因，按理说第一天上班，除了这个实在没有其他理由让小兰做出这样的决定。

"嗯。"小兰支支吾吾了半天，也没说出任何话语。

"小兰，是这样的，我之所以没告诉你公司规模，就是怕你有太多顾虑。但是今天也和你说了，咱们公司成立时间不长，就已经签了200多万的软件合同，而且马上咱们就要中标格尔的项目。公司是创始公司，虽然目前规模小，但是咱们做的事情和大企业做的事情差不多，业绩基本上每个季度都在翻番。你可以先干一个月，如果一个月你觉得不行，你再拿钱走人。我也会好好培养你，只要你进步快，能够承担公司交给的各项工作和压力，日后我也会将你纳入公司合伙人，你可是融技的001号创始员工。你仔细考虑考虑，无论如何我都尊重你的选择，好吧？"牧云知道办公室这件事情早晚都会露馅，只是自己不愿意主动面对，既然被发现了，那就坦诚一些，把利弊同小兰说清楚，让其自由选择。其实牧云心里还是希望小兰留下来。

电话突然安静了近一分钟，牧云等得有些不耐烦，刚准备说话时，小兰说话了："牧总，谢谢您的坦诚。今天第一天上班，我也感觉跟着您会有成长。我愿意跟着您干，也希望您后面能够多教教我。"小兰斩钉截铁的回复，着实让牧云心头一惊！当今社会，一个23岁的小姑娘，在做一些涉及自己短期不确定未来的选择题时很少有这么干练的。之所以会如此，其实是因为小兰的亲生父母重男轻女，小兰刚出生就被抛弃了。她被一对农村夫妻在路边捡到并养大，青少年时期的小兰得知真相后，一夜之间便比同龄人变得成熟，也多了独自面对困难的勇气。小兰加入公司很久后，一次小范围聚会，借着酒意聊起自己的身世才被牧云知道。这也印证了牧云的判断：小兰比其他人性格更坚毅。这在后面的工作中也表现出来了，经历过生活洗礼的小兰的抗击打能力比其他人强很多。哪怕因为一些事情做得不好被牧云训得抹眼泪，但是哭过之后会更加坚强地继续学习和处理工作。

"好的，小兰，放心吧。随着融技公司业务扩大，很快就会有更多新同事加入，咱们到时也会租更豪华的办公室。对了，咱们还有一位同事在Q城，他叫汤程，是公司的技术总监，绝对的技术大牛，也是咱们融技的合伙人。这次去北山省出差投标，你也会碰到他。不过我提前打个招呼，这哥们长得很难看，但是技术非常厉害，之前签的几个项目都是他负责的。"牧云开心地介绍着汤程。

"好的，牧总，那我先看看公司PPT资料和投标资料，提前做些准备，有不懂的您多指导我一下。"小兰的心情豁然开朗，立刻把精力投入到了工作当中。融技软件项目接二连三的签单，公司处于人少事多的状态，小兰飞快地学习着，除了负责日常的财务记账工作，还要处理其他各项琐事。例如，配置无线路由器、设置打印机、跑工商税务、打扫卫生等，她真正把融技当成了家。牧云下班后和康网公司的林夕一块喝酒，也会拉着小兰。长时间的相处和沟通了解，让林夕动了挖小兰的念头，他在酒

桌上当着牧云的面对小兰开玩笑地表示，如果在牧总那边干得不开心，可以随时来康网。小兰也机智地回答道："没问题，等牧总带着我把融技做大，收购了康网，咱们就是一家人啦。"牧云听完后也爽朗地笑了起来，端起酒杯，喊道："来来来，喝酒，喝酒，一块干了这杯。"

初见资方被训斥

牧云那天挂了小兰的电话，便去见人生的第一位风险投资人，苹果创投。

牧云知道，监控运维软件属于夕阳生意，汤程和牧云两人多年积累的全链条项目经验完全可以搞定，但是企服大管家创业项目才是将来可能做大做强的朝阳产业。只有引入风险投资加速服务产品研发、快速开拓市场，才可能在日新月异的企业服务类市场中占有一席之地。目前融技依靠软件项目挣到的钱，根本不可能快速发展业务并获得海量用户，所以牧云每天也会抽时间花精力去网上投BP（Business Plan，简称商业计划书），结果还真获得了反馈，对方邀请牧云去现场汇报创业项目。

牧云将车停在泰山饭店停车场，心想这家投资公司难不成在酒店里面办公？带着这个疑问，他打通了联系人的电话，确实是这里。上了楼，牧云发现这家公司租了两间客房和一间会议室，看到这些牧云也并不意外，20世纪90年代初期MDI在北山省刚设立分公司时，由于业务未来发展无法推断，也是在Q城五星级酒店长租办公室，20世纪90年代到2008年之间，业务以每年800%的销售额增长，办公室才由两间客房扩大为2000平方米核心地段的整层写字楼，员工也由初创时期的4个人扩展到200人。牧云安慰自己说，没事，管它公司大小，只要能投资融技就行。

这次牧云被投资人主动约见，应该是之前他参加车酷咖啡、中关村创投等路演学习活动，有空就在百度搜索风投类网站积极投BP起了成效。牧云签了200多万的合同，有了技术合伙人，租了办公室，还有了小助理，马上就会又中一个软件项目——格尔自动化企业的项目，此时可以说是意气风发。他信心满满，觉得自己的项目赛道这么好，一定可以拿到投资。想想很快就会把公司做大做强，别墅豪车近在眼前，心里不由得美滋滋的。不由得迈着六亲不认的步伐走到了苹果创投的会议室。

"你好，请问你就是融技公司的牧总吧？企服大管家是你们公司的互联网创业项目吧？"会议室对面坐了三个人，一位女士，两位男士，六只眼睛盯着牧云，这种陌生人释放的电磁力让牧云多少有些不舒服。

"是的，我是融技公司的创始人，牧云。感谢各位投资人的约见。企服大管家是我特别想做好的互联网创业项目。"牧云声音洪亮地回答。

但是没等牧云讲完，便被对面的一位男士打断了，他说："你的网站我们看了，只是个静态页面的展示，没有在线客服和售后。当然了，你刚开始做，所以我们也想听听这个项目你的团队组成是什么？你有什么优势？相对于同业竞品你有什么独门武器？"这位男士直接来了个项目基本三连问。

牧云第一次见投资人，被这三连问拍得脑瓜子直嗡嗡，心想，我这可是上万亿的ToB市场机会，你不直接问我需要多少钱？用这些钱干啥？上来就问我这些问题，我哪知道呀？牧云一时间竟然语塞，但还是强硬地回怼道：

"融技公司是去年我在律狗网上注册并办理的，整个公司的工商和财税流程我都走了一遍，我觉得律狗只是把线下办理的业务搬到了线上，并没有把这些业务梳理成标准化服务产品。我们融技把很多业务都梳理清楚后，实现了标准化，这样节省了大量时间，大大提升了效率。成本降了下来，利润自然上去了。我们拿到海量ToB用户数据后，还可以做小微企业大数据分析。例如哪些区域的小微公司成长迅速、小微公司的股东年龄段区间分析、小微公司的营业流水分析等，这些都可以做成大数据分析

报告。既可以与工商税务部门合作，也可以与第三方企业进行合作，总之数据就是价值，是一种全新的可持续的清洁能源。"牧云骄傲但强硬地答复着，但是明显没有直接回答投资人的问题。从对方的脸色也可以看出他们并不是很满意。

双方又来回进行了几个回合的问答，三位投资人一看整个交流如同鸡同鸭讲，两位男投资人连招呼都没打就走了。会议室里因为只有牧云和这位女士，气氛缓和了一些，谈话也变得相对随意。这位女士态度和蔼，但是语气就像老师训学生一样，句句穿透牧云的心。牧云觉得这三个人没有基本的礼貌，两位不辞而别，留下来的则像训儿子一样训自己，心中的怒气在不断累积。

女士说："我们是FA（对接资本的中介）。其实我们仔细看了你的网站，不但有电脑版，还有手机版，这点不错。但是如刚才我同事所说，全是静态界面，这东西都是2000年年初时才用到的技术，没有任何用户交互功能以及售后。服务业最重要的就是售后，你如何将售后标准流程化，这是其一。其二就是刚才我的同事问你的三个问题你没有正面回应。我们知道中小微企业服务是很不错的赛道，所以我们才会关注到你。你要知道，目前除了律狗、快法屋、省心办这些拿到了投资的公司在用互联网模式做之外，连老牌的金蝴蝶、用财友等企业也在布局这块业务，可见这块市场蛋糕足够大，但是之所以现在没有一家头部独角兽公司也是因为这个领域非常杂，也非常难。你们刚开始做，如果不能在细分领域有独到之处，你拿什么跟这些企业竞争？"这位女士先是肯定了牧云选择了正确的创业赛道并做了基本的对外服务网站，然后就是暴风骤雨般地抨击，其实见FA、投资人都是修正自己BP项目的很好机会。毕竟他们见得多听得多，善于高度抽象总结，指出问题一针见血，PK对手绝对一剑封喉。但此时牧云哪里听得进去这些，他在心里已经问候这家公司所有人的祖宗N遍了。

牧云此刻那是一百个不服气，心想，你只要投资，我就一定行，什么这个狗那个狗的公司，我们很快就可以超过他们。但是为啥行，如何做，牧云也不知道。他就像愤青一样在内心咆哮着。会议在这位女士的训斥中结束，牧云不服气但也说不出个所以然来，出于职业素养只能礼貌地走出会议室。

在电梯里牧云还是愤愤不平，心里默默地骂道："这娘们儿真是啥也不懂！这可是上万亿的赛道，啥也不懂，不珍惜机会。哎，白来一趟，还被训了一顿。"

电梯只有五层，牧云很快就到了一楼，往停车场走的时候，他仔细回味了一下刚才投资人的问题，忽然觉得人家说得很对。换位思考，如果自己是投资人，那凭什么把钱投给你？为什么要相信你可以做成这件事情？你跟竞争对手到底有什么不同？想到这里，牧云立刻没有了刚才的怨气，反而很开心。开心是因为没拿到钱，但是知道投资人关注什么，也算是积累了经验。经验就是宝贵的财富。从FA、天使投资到VC风险投资再到PE，有数万家机构，这才刚刚开始。如此一想，反而让牧云信心倍增。这以后，牧云又见了数十个投资人，来来回回修改了80多个版本的BP PPT。将团队构成，业务板块分类，服务产品标准化流程，售后服务方案，财务报表，融资诉求，资金开销，预期收支平衡点等均做了详尽的图文并茂的梳理，还通过邮件、微信等方式投了几千份BP，主动或被动地和几十家风投见面，或参加数百人的投融资对接会，在风雨洗礼中历练、成长、蜕变。

客户认可喜中标

从苹果创投出来，牧云带着复杂的心情开车回到公司，准备投标事宜，顺便看看小兰入职第一天感受咋样，有啥问题。

快下班的时候，牧云决定给小兰来一个入职晚餐。这也是MDI的传统。他觉得融技公司也应该坚持这种文化，让员工感觉被重视，觉得公司有人情味儿。这种人情味

儿会直接映射到日常工作中，人与人之间的沟通也会更加顺畅。同时牧云也着急格尔的投标事宜。这个项目不出意外一定是融技中标。

回到公司，小兰正吃力地看着牧云给的一堆资料。通过表情牧云可以看出小兰几乎是在看天书。年轻的小兰眉角间硬生生地挤出一个"川"字。牧云笑了笑，说："小兰，你有啥忌口吗？晚上一块吃个饭吧？"

"牧总，晚上要吃饭吗？我是农村出来的，哪有什么忌口？"小兰倒也实在，并没有推托，或许是不敢违抗老板的命令，以为吃饭或许是有工作安排。

"好，那一会下班我带你去九十九顶毡房吃羊肉去。对了，你下楼跟康网公司的林总说一下，一起去。他人不错，后面大家没事可以多交流。"牧云想着林夕在，可以陪自己喝酒畅聊，舒缓一下被FA投资中介羞辱的脆弱的内心。

三个人开心地喝着酒，聊着天，就像多年不见的老朋友一样。小兰大大方方，林夕爱喝酒，几杯酒下肚话也多了起来，三个人聊着喝着居然到了晚上10点多。牧云让小兰打车回家，回头拿票报销。

因为醉酒，第二天，牧云头有些轻微不适。但他仍然着急处理格尔投标事宜的人员和工作安排。首先让前段时间拜访的中关村徐总的公司帮忙。牧云给中关村徐总打电话要了银行账号，汇了1万元过去，由徐总帮忙支付投标保证金。又让汤程找了两家公司，由牧云垫付保证金，额度不大，投标结束后款原路退还也没影响，因有汤程和原公司的关系，问题不大。后来退还的保证金，牧云居然主动打电话给中关村徐总，说那1万元不要了，感谢他帮忙，交个朋友，希望后面生意上多带带自己。当时搞得徐总一脸蒙，心想这个牧云生意做得这么好，1万元保证金说不要就不要了，自己的企业做得这么大也没这么浪费过人民币，暗自感叹自己老了，不如年轻人挣钱快了。多年后牧云也觉得当时过于单纯，但想想也蛮有意思，正是牧云这种不走寻常路的操作，经常让很多大佬一时间看不透面前这个后辈到底什么路子。其实牧云的路子就是爱卖弄，这种卖弄也让牧云吃了大亏。

牧云处理好了保证金和投标公司事宜，便拿起手机协调接下来投标的"演员"事宜。

"喂，强哥，好久不见，你也不想我？"牧云调侃着强哥。

"臭小子，有话快说，有屁快放，找哥有啥事？"强哥笑着问道。

"我在格尔有个标要投，你也知道，我刚创业，人手不够，你能不能下周三下午帮我个忙，代表其中一家公司去现场投标。当然了，车费住宿费我来报销，再给哥哥包个1000元的红包，估计就在现场待1小时就可以完事。"牧云知道虽然和强哥关系不错，但是强哥毕竟在别的公司上着班，所以很客气地请求着。之所以找强哥，主要是牧云知道销售人员不用坐办公室，出差是家常便饭，时间相对自由，公司只对销售的业绩进行考核。同时为了解除强哥的顾虑，在得到强哥同意后，立刻微信给强哥转了2000元，包含辛苦费和差旅等费用，以及红包。

搞定了其中一家投标公司的工作人员的事宜，牧云想了想又拨通了小学的手机，同样的话语和操作，也给小学转了2000元，但是强哥和小学到最后也没收牧云的红包，还把牧云训了一通，兄弟之间帮个忙，哪用得到钱，提钱太伤感情，还让牧云深刻反思，写份检讨，"骂"得牧云心里倍儿舒服。至此，投标的事情基本准备好了。牧云和小兰代表一家，让小兰参与其中，亲身感受融技做的事情是很高大上的，日后好踏实工作。汤程代表一家，强哥和小学代表一家，中关村徐总一家。四家公司的标书文件部分由牧云和汤程负责，打印和材料准备以及盖章由小兰完成。就这样，几个电话远程遥控，几笔转账用好金钱工具，所有人员、标书、保证金、PPT都如期准备充分了。

在投标当天下午1点，分别代表四家公司的工作人员站在了格尔公司会议室的外面。

牧云带着小兰，与强哥、小学、汤程形同陌路。

评标现场，首先是报价环节，融技价格最为合适，是中间价，也是最高分，这也是牧云根据招标规则事先设计好的价格。其次在讲标环节，格尔倾听每家公司讲解技术方案。牧云排第一，强哥和小学因为完全不懂技术，临阵磨刀效果大家可想而知。但是现场居然出了黑天鹅事件。汤程代表的那家公司排名第二，融技第一，因为价格相差不大，但是格尔内部部分跟牧云有过私下交流的人认为汤程的方案也很优秀，且价格只高出融技公司2万元。唱完价格标，各家讲完PPT，便陆续离开了现场回到酒店。投标过程和投标后的结果，牧云实时掌控着信息。

回到酒店，汤程一脸蒙地看着牧云说："这和我之前讲技术的PPT都没法相比。我完全是胡乱讲的，根本就没用心介绍。怎么还能把主中标公司给干掉呢？"说完自己忍不住哈哈大笑。

牧云知道汤程是技术大牛，语言和逻辑表达都很出色，所以投标前专门跟他强调只用一成功力，千万别发力。结果就这一成功力，就收获了部分客户的芳心。因为事先和投标过程中一直在跟格尔保持互动，牧云心中有底，便安慰汤程说："没事，跟客户都谈好了，主要是客户里面有人认为你代表的公司和融技价差不大。你的技术方案你认为没好好讲，但是他们听得很仔细，说明客户里面还是有人很用心负责做事的，这不会影响结果，小波澜，不用惊慌。"

快下班时，格尔分别打电话给汤程和牧云，问可不可以降一下价格，如果降价就可以确定中标。估计那位打电话的格尔工作人员不知道这两家公司其实是同一家公司的合伙人，而且二人就在酒店房间里面对面坐着聊天。结果很明显，60万元的软件项目标的，牧云在56万元的投标价基础上降了5000元表达了诚意，汤程代表的公司则跟客户讲各种成本高的故事，说破天就是无法降价。最后融技顺利中标。各方努力工作，在牧云看来就像一场表演，自己承担了编剧、导演、主演、剧务、后勤、财务等多个部门的工作。

格尔项目中标，汤程跟牧云沟通了项目实施细节，牧云同意汤程把汤程原公司培养的一位优秀的Java开发工程师曹伟业，和一位产品实施工程师王剑挖来，并给每人涨了1000元工资。同时为了融技有更多项目实施人才储备，再招聘两个刚毕业的大学生，形成技术梯队。小兰也因为此次跟着出差参与投标，增长了诸多见识，确信未来会有不错的前途，决定死心塌地地跟着这位牧老板。

牧云在收到格尔的第一笔款项后，便坐高铁去北山见格尔的那位主管，兑现了当初的口头承诺，提着现金跟主管一块在小螺号吃着海鲜，喝酒。喝到半夜，牧云又送了主管一张5000元VIP消费卡。牧云的想法很简单，除了兑现承诺外，还要超额赠送，提高客户的满意度，相信跟自己合作是非常愉悦的。5000元并不算多，但是在这个消费不高的三线城市，应该可以让这位客户满意吧。

安排好客户，牧云独自一人在空旷的北山省纸鸢大街上，像打了胜仗的将军。此时牧云心中有一种感觉，自己正在不断地增加对这个世界的掌控力，但这种权力的掌控也让牧云感觉特别的孤独，既有尽在掌握的快感又有无法言语的空寂，这种内心剧烈对冲的感觉十分奇怪。

和客户喝完酒的第二天，牧云去现场检查了一下汤程带领下的技术团队的项目进度，通过和驻场团队沟通，发现大学生刘洋进步非常快，技术底子也不错，语言表达简单清晰，现场工作完成得也很专业。为了激励大家努力工作，也为了将这么专业的毕业生留在融技好好培养，为后续公司发展助力，牧云想以刘洋作为优秀示范，给他每个月涨500块工资，但是涨工资不能由自己这个老板提出来。为了防止公司其他员工心理不平衡，造成严重后果，牧云便简单地做了一个局。牧云先跟汤程电话沟通了一下刘洋的表现，也得到了汤程的认可。之后又跟客户通了个电话，请其从客户角度给牧云发一封表扬刘洋的邮件。牧云直接在融技内部邮件中转发了客户的表扬信，激励大家在项目实战中精益求精，睿智沟通，相互合作，邮件结尾宣布给予刘洋每月增加500元工资的激励，同时抄送给公司全体员工。事后刘洋单独打电话给牧云表示感谢，称后面一定会继续努力工作。牧云很是享受这种掌控钱、人、事的感觉，这或许就是权力的力量吧。不知道在创办融技之前，牧云打工的那些公司的上司、老板，是不是也像玩弄棋子一样将他玩弄于股掌之间？

草根VS高富帅

北山省格尔项目的具体实施工作全交给了汤程，牧云相信汤程一定可以顺利完成项目验收。自从有了汤程的全力协助，牧云就有了充沛的精力持续开疆拓土。牧云回

到北京便马不停蹄地去为"企服大管家"的融资事宜奔波，整个人就像打了鸡血，干劲十足，想法既天马行空，又与时俱进，内心自信且目标笃定，所做的一切就是希望实现屌丝逆袭，做一个成功人士。但是到底如何才算成功，其实自己也不清楚！

风险投资这个词起源于美国。持有大量现金的个人或者组织向初创公司或被认为具有长期增长潜力的小型企业提供融资，以高投资、高风险带来高回报，大多与创始团队以股权交换的形式协商完成交换，并形成法律约束的合同。比较著名的风险投资机构有Lightspeed Venture Partners（光速创投），其投资了黑湖科技、拼多多、美团等公司。还比如ACCEL风投机构，投资了Facebook（纳斯达克：FB）、Animoca Brands和网络安全技术公司Crowdstrike（纳斯达克：CRWD）等。

风险投资不断造就创富神话，20世纪90年代大量境外资本的风险投资机构涌入中国，像大家耳熟能详的高盛、软银等投资了阿里巴巴；德丰杰投资了百度；IDG和电讯盈科投资了腾讯等。

纵观中国五千年商业史，在王、侯、将、相、士、农、工、商不断更替的历史长河中，2010—2020年应该算是迄今为止中国商业化进程和法治环境的历史中的最佳时期。这期间，权力执政为民，商业有法可依，资本投资未来，百姓安居乐业，国家富足强大。

今天的互联网创业浪潮相对于改革开放之初的创业，从某种程度来说变得容易很多，现在800元就可以注册一家公司，融资渠道也更加便捷和规范，政府积极引导，保驾护航。但纵观中国数以万计的创业大军，很少有初创企业能够存活3—5年时间，总体来说创业者成功概率比较低。牧云认为这可能跟深层次的土壤有一定的关联。欧美国家，大家愿意支持、投资一家企业助其勇冠行业，成为翘楚。而在中国，投资机构和创业者人数众多，各方资源极度内耗，风气上正下歪，初衷是好的，但是末梢执行层太多欺小惧大，从中渔利。更主要的还是国人的创业类型大多是模式创新，而非技术创新，因此导致创业门槛太低，所以创业一派虚假繁荣的背后是残酷的优胜劣汰，甚至批量死亡。但不管如何，大浪淘沙，还是沉淀出很多优秀的企业。这些企业都有一个共同的特性，就是创始人可以洞察未来，专注研发，不被外界干扰，坚定信念，所以风险投资的核心是投资人！

　　牧云专注准备接下来的商业计划书汇报材料时，中间格尔项目还出现了一个小插曲，牧云不得不抽身变成救火队员去灭火。这也跟牧云和汤程在融技里的分工有关：牧云主要负责发现商机并想尽一切办法搞定客户以及处理融技公司的一些棘手问题，汤程则带着团队用最快的时间把项目实施完成并顺利验收，从而实现融技公司的利润最大化。汤程带领技术团队通过高强度的项目拉练，融技公司技术人员的水平快速提升，实现梯队成长。那到底如何快速把项目Close呢？其中汤程的能力起到了十分重要的作用：首先是要提前做好顶层规划，建立数据规范、文档规范、实施规范、分解任务、对实施团队先行培训，然后在项目实施过程中按照统一框架标准遵循产品化思路来进行开发，这样可以不断叠加产品功能并在后续快速部署新客户；其次是凭借全面技术能力和抽象语言的逻辑引导能力，以优秀PM的担当高效引导合理需求并屏蔽不合理的需求，大大节省项目实施过程的需求变更风险和延期成本。如果以上两点汤程在技术层面搞不定，则由牧云出马通过商务手段来搞定。所以融技在两位优势互补的CP合伙人的带领下，无论是历史签约的合同还是未来即将签下来的项目，在中国MDI原厂产品实施的所有监控运维公司中，快速崭露头角，并在监控运维运营这条细分领域跑道上快速在圈内打出了融技的招牌。

　　牧云为了节省融技公司在格尔项目上的差旅成本，让技术团队在当地租了个两居室，但却碰到了黑房东，发生了一件小插曲。三个月左右团队项目实施将近结束，准备撤场退租时，房东欺负公司这些外地的年轻小伙子，不退押金，汤程和技术人员也没办法，便给远在北京的牧云打电话。牧云听完后觉得黑房东认为这帮工程师是外地人，又是公司给交的租金，觉得公司也不会差这点钱，便想吞掉押金，便吓唬这些年轻单纯的工程师。牧云从技术人员那里拿到房东的手机号，想都没想便拨了过去。

　　"你好，我是融技公司的老板，我们租了您的房子住了3个月。听说现在押金不给退。请问是什么原因呢？"牧云在电话里直接问道。

　　"噢，你好，不是我不退你们押金，我这个人最讲道理了。我去验房时发现那个木地板已经翘了，很大一块被破坏了，我要重新铺地板，估计你们的押金都不够，要换地板就得整体全换，不然颜色什么的都对不上。"房东电话里讲着他的道理，摆明了就不想退租，碍于对方是老板，电话里假装客气着。

"房东呀，当时租房时咱们见过的，我也看了你的房子。你那个房子就是用最便宜的装修材料做了最简单的装修，专门用于出租的，而且我们只租了3个月，所以给你的租金也比市场价高很多，就你那破木地板，表面就像一层纸，一碰就坏。如果你们装修是自己家用的那种材料，我公司员工把你的地板碰坏了我肯定赔给你，但是你用世界上最便宜的破地板，现在想把押金吞了不给，也可以，没问题！这样，我再续租3个月，反正我是做企业的，我公司也不差这点钱，我拿锤子给你把房子砸了，到时押金我也不要了，你看着办吧。"牧云没有和房东过多争论，心里想着，既然你流氓，那我牧云就比你还流氓，看你怎么办。

房东见牧云一眼看穿了他房屋的装修材料，说明牧云看穿了他的小九九，语言立刻来了一百八十度的大转弯，笑着说："哈哈，老板呀，你都这么说了，我就不说啥了。你给我个账号，我马上把押金给你转过去。"

不一会牧云就收到了房东退来的押金短信通知，并告知了技术团队事情已经解决，公司小伙子们觉得老板就是厉害，他们还没从房东的恐吓中缓过神来，房东就乖乖地把押金给退了，心中不由得默默念道："牧总威武！"

牧云挂了房东的电话，思索近期也没有新的软件项目机会，便全身心投入企服大管家互联网平台事宜。刚开始基本上每周带着小兰去一次中关村的车酷咖啡，寄希望于见到投资人并获得投资。车库咖啡每天下午3点有1小时的自由路演环节，牧云为了锻炼自己，听完了别人的项目介绍后，便冲上台去介绍自己的创业项目。介绍完后，并没有什么投资人，倒是加了一堆乱七八糟的人的微信，有做媒体的，有做软件开发的，有的就是单纯想加个好友的，这些微信日后都成了彼此的僵尸号，除了一位做媒体的微友。但是车库咖啡给牧云带来的最大帮助就是克服了上台演讲的紧张，积累了宝贵的上台经验。

或许是牧云几次在车库咖啡介绍创业项目，表达时逻辑严谨，有独特的亮点，博得了媒体朋友的认可，企服大管家项目居然被这位专做投资媒体行业的朋友推荐到了北京大学的一场投资路演现场。牧云表达了感谢，表示会珍惜这次路演机会，但是心里觉得估计规模也就比车库路演大一些，台下大几十号人。结果当天过去后，在北京大学的汇报礼堂，现场有500人左右，礼堂最后还有各个媒体的各种摄像机对着舞台中央，在礼堂第一排，则是十几家风险投资人。牧云看到这一切后，顿时紧张了起来，再加上连日来熬夜工作以及出差，在入秋时节北京忽冷忽热的天气下，有些轻微感冒，心想这下糟了，没经历过这么大的阵势。心里一直在想，不紧张，不紧张，像平常一样，别紧张，别紧张，但是仍止不住地紧张。

"怎么办？怎么办？"牧云心里一直默默地念叨着，紧张得脑门直出汗！

还好，美女主持人上台先把今天路演的项目做了一一介绍后，牧云不是第一个，是第二位，他长长地松了一口气。

第一位上台的创业者上台后先是给大家深深地鞠了一躬，然后很是自然地，他一手拿着话筒，一手指着背后的大屏幕上事先准备好的PPT资料做着讲演。

"大家好，我叫Jackle，毕业于美国哥伦比亚大学，获得生物学博士学位。我在美国时研究的人体蛋白质电镜技术，获得了1000万美元的投资，经过两年的科学研发，我们的科研成果最终被默沙东收购，算是获得了第一桶金。因为我们国家生物医药这块起步相对较晚，技术也很落后，我了解我国投资200亿的国家蛋白质科学研究中心里面使用的电镜技术，基本全部从英国购买，3000万元一台。所以我希望我能够将自己在这一领域的最新研究成果带回国内，为国人的身体健康、癌症预防等贡献一份力量。OK，接下来我给大家播放一个2分钟的小短片，方便大家快速了解我的创业项目。"Jackle一边介绍一边示意会务组播放视频。

视频刚开始，是牧云熟知的天使投资人徐晓平给Jackle站台，并赞扬了Jackle的科研成果以及未来的市场潜力，后面就是牧云听不懂的如何通过研究人体蛋白质来发现潜伏的癌症以及治疗方法。

牧云看着台上的Jackle身上众多的金色标签：成功创业者、知名投资大佬徐晓平站台、美国名校生物学博士、蛋白质领域的科学家。牧云反而没有那么紧张了。大约过了30分钟之后，Jackle介绍完自己的项目，底下的投资人表达了强烈的投资意愿。美女主持人介绍道：

"下面有请融技公司的创始人，牧云牧总，上台来为我们介绍他带来的创业项目——企服大管家，他们的slogan是'一站式服务天下中小微企业'。好的，接下来，让我们有请牧总上台介绍。"

牧云此时的心态突然被Jackle的鲜明对比击溃后，反而变得轻松自如，他大步地走向讲台。

首先牧云也像Jackle一样向与会人员深深地鞠了一躬，然后便气息平和地介绍自己的项目："大家好，刚才听完Jackle做完介绍，我觉得非常棒！我呢，没有他那么光鲜的履历，但是我代表了中国草根大众，如果我的创业项目最后成功了，其实更能代表中国草根创业者的成功，也只有更多像我这样的草根创业成功，才会带动行业的成功。"

牧云刚说完，台下便响起了雷鸣般的掌声，牧云觉得应该是大家在草根这个字眼上产生了共鸣。然后牧云把之前在不同场合介绍了数十次的项目给与会人员介绍了一下。因为放下了心理包袱，反而身心放松，逻辑清晰，项目阐述得也十分明白。介绍完后，投资人问了很多问题，牧云都不卑不亢地应答着。最后投资人对牧云的项目进行了点评，说：

"牧总，你的这个项目赛道肯定可以挣到钱。但按照你的介绍，这个项目无法做大，和政策也有较大的关联性，你还是想想如何把你的创业项目最后落实到有技术壁垒的产品研发上面吧。不然单纯依靠资本打下的江山，是没有护城河的，竞争对手可以很快用同样的方法追上你。"久鼎投资人很客气地对牧云进行点评。

牧云也非常虚心地接受，并一一记在心里，同时也非常感激这次路演的机会。事后牧云也在想，到底是什么让自己变得不紧张了呢？不仅不紧张，后面还越来越放松，越放松语言表达越清楚，逻辑越严谨，思路越清晰。想想，其实主要是牧云在听了Jackle的介绍后，选择了接地气的介绍，这便与Jackle的光鲜形成了鲜明的对比，而这种对比又正好抓住了与会观众的同理心，再加上观众的掌声又给了牧云在信心上的正向反馈，所以这对牧云来讲是一次非常成功的讲演，牧云从此把"紧张"二字从字典中彻底剔除。通过这次讲演牧云知道，没有人也没有书籍可以告诉你解决问题的方法，方法就是在战斗中学习。

这次路演结束后，网上就可以搜到关于牧云创业项目的图文信息。这也是牧云第一次在新浪等主流媒体上，看到自己在舞台上的照片和项目的宣传信息，这让牧云很是得意了一段时间。同时也开启了新的幻想，要是能够上电视，那就更厉害了，既宣传了融技公司，还有机会出名。牧云瞬时陷入了自我意淫之中。

电视报纸助推广

第二天一大早，牧云刚到办公室，便把昨天新浪创业板块上的融技创业项目信息的链接发到了公司内部群里，大家纷纷点赞，夸老板威武。这时汤程单独发消息说：

"牧总，北山省这边马上要举办一个中小微企业的博览会。我觉得咱们有必要参加一下，正好我媳妇是负责会议组织的，我让她给咱们留个最佳展位，象征性给个2000元就行。我媳妇说还有北山省中小企业局局长来现场视察，应该对咱们也是一次很好的宣传。"

牧云此时完全不过大脑，任何对融技的互联网创业项目有宣传作用的，都全力支持，便秒回说："好事呀，可以，既能宣传融技，又能支持你老婆的工作，成，你把详细的会议资料发我一下，我们好好琢磨一下怎么弄。"

参加展会，怎么才能够脱颖而出呢？牧云陷入了思考。还得用最少的钱实现眼球效应最大化。突然，有个主意进入了牧云的脑海，现场人来人往，如果弄两个比基尼模特到展位站台，就像在车展上那样，绝对会热闹起来；另外要是能够跟北山省电视台的人对接上，现场采访一下，争取上个电视报道，那就更厉害了。这样既能够起到宣传作用，没准就会增加客户量，也有可能被投资人看到。牧云想到这儿，便直接打电话给汤程：

"兄弟，这个会咱们参加，但是不能光是简单的展板介绍，得在现场整点活动，

吸引一下眼球，创造热点，这样才能增加宣传的效果。我想找两个模特，穿着比基尼在现场宣传，你觉得如何？"

"嗯，我看行，现在很多大学生个子高点，长得过得去的，思想开放的，一天花不了多少钱，估计也就500—1000元之间，价格多少主要看这些女学生的样貌和衣服穿得有多少，我这边有渠道，可以联系要点照片，咱俩看看。"提到美女，技术专家汤程在电话里表现得十分开心。

"成，那你联系一下，两天的展会，咱们就找两位美女模特，租一天就行，一定得穿比基尼。"牧云把需求安排给了汤程，便打电话给强哥，询问一下电视台是否有关系。

"强哥，方便吗？"

"咋啦，你要请我喝酒吗？"强哥笑着问道。

"喝酒没问题，你来北京我随时请。哥哥，有个事跟你请教下，你认识北山省电视台的人吗？我在你们北山省参加一个中小微企业的展会，想着要是请电视台可以给我们增加点曝光率不是更好吗？当然了，我可以出费用。"牧云询问着强哥。

"电视台的人我倒是不直接认识。不过我有一个家长群，里面有几个人是电视台和报社的，我可以把你拉到群里，你自己跟他们沟通一下。"强哥快速从大脑中找可以帮上牧云的途径。

强哥把牧云拉到群里，并做了一个简单介绍后，牧云便向大家客气地报了山门，随后连续发了两个200元的红包。牧云介绍完自己群里反馈并不大，但是红包一出，情况就不大一样了。400元大红包儿一发，群里一下炸了锅，很多人抢到红包，发了各种感谢老板的卡通图片。牧云把群给搞热了之后，便表明了来意，期望可以和报社及电视台的朋友沟通一下，有项目需要合作。很快便有人单独加了牧云的微信，在牧云私信说明了情况后，那人便说可以约到北山省电视台新闻版块的主任出来谈谈。

第二天牧云便出差去Q城，晚上订了城南往事饭店的包房，与北山省电视台新闻版块的主任见面。那位微信朋友也来了，还拉来了T城晚报的人。牧云知道北山省的喝酒文化便把强哥也叫上了，确保在酒桌上和新认识的朋友拼酒，不会被他们群殴。

"董主任，您好，我是融技的牧云，叫我老牧就行。"牧云初次见董主任，也不了解人家什么套路，便十分客气地介绍，希望气氛能够轻松一些。

董主任轻轻吸了一口烟，单手接过牧云递过去的名片，没有任何面部表情，只是看着名片淡淡地说了一句："嗯，融技科技的总裁。牧云，牧总，你好，昨天小高已经给我介绍过了。"小高就是单独加了牧云的微信并约了董主任和报社的人。

牧云感觉董主任十分傲娇，但想想求人家办事，便笑呵呵地邀请董主任和大家落座。依照北山省的规矩，牧云坐主位，强哥做副陪位置，牧云邀请董主任左边落座后，便邀请报社的张老师坐在右侧，小学和小高坐在强哥的两边，这样的安排完全按照北山省的酒桌规矩，符合了今天出席饭局的人的地位。牧云安排完座位后，看到董主任脸上微微地笑了一下，说明董主任认可了牧云的落座安排。

四个凉菜上完，牧云便端起了酒杯。按照北山省的规矩，主陪需要先提三杯，并且提的每一杯还要做个定义，向大家说明为何要喝这杯酒。

"各位老师，我先提一杯酒。首先感谢各位老师的到来，北山省是我的第二故乡，我在MDI时在这边待了近4年时间，感情颇深。今天非常荣幸认识各位老师，后面有不明白的地方少不了向各位老师多请教。"说完将杯中的啤酒一饮而尽。初次见面，牧云只能说一些虚话、空话。

"来，干。"强哥也烘托着气氛。

"牧总，您客气，相互学习。"报社的朋友和小高也附和着一并干了。

董主任没有说话，但是和牧云轻轻地碰了一下酒杯，也干了杯中的酒。大家彼此间不认识的较多，酒不到位，牧云认为还不是谈正事的时候，牧云提完三杯后，强哥也紧跟着提了三杯，然后就是各自分别打圈沟通着。此时的董主任也喝得脸有些微红，便跟牧云说："兄弟，小高跟我说了，你的事没问题，展会那天，我让记者和摄像过去，到时他们怎么说你就怎么配合就行，小事小事。"

牧云一听董主任也不是什么高冷，喝了酒也非常随和，便说："董主任，感谢！来，我再敬您一杯，感谢感谢！"说着两人又一饮而尽杯中的酒。这时牧云从兜里拿出一个1000元的红包悄悄地递给董主任，并说："董哥，我之前没接触过咱们这个行业，也不知道规矩，这个红包是兄弟的一点心意，您收下，以后到北京随时打电话我亲自去接您。"

董主任叼着烟看着牧云，说："兄弟，这你就见外了，这对我来说是小事，你用不着这样，赶紧收回去，你到时给记者和摄像包个辛苦费就行，我这你不用考虑，来

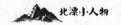

来，喝酒。"

牧云心里很是感激，觉得上电视这事基本没啥问题了，便把红包硬塞给董主任，但还是被董主任坚决给推了回来，就这样来来回回三四次，董主任也没有收，牧云这才作罢，便又和董主任多喝了几杯，天南海北地神聊了起来。

牧云跟董主任喝完，又敬旁边的报社的朋友。那一晚牧云着实喝了不少，很是开心，觉得很多事情只要稍稍花点心思，就可以有明确的推进，内心多少有些扬扬得意。

第二天汤程把模特的照片发了过来，搞完了这些事情，牧云自己打开电脑，根据展位尺寸开始用Photoshop自行设计宣传物料，并把设计好的易拉宝等图片发给汤程，让他安排人去印刷。一切准备就绪，就等展会开启。所有工作基本由牧云和汤程一起内部消化，减少了和外面设计公司或个人的沟通成本和设计交付成本，牧云的技能积累已经做到了随需调用，妥妥的一个"人工智能"。

展会当天，一切按照牧云的计划进行，比基尼模特的确给展位带来了客流，吸引了大量参观者。接近10点多，北山省电视台的记者和摄像来了，牧云按照准备好的腹稿对着摄像机慷慨激昂地介绍着融技的互联网创业项目——企服大管家。仅隔了不到2小时，北山省电视台午间新闻半小时节目，便把在中小微企业博览会上采访的牧云介绍项目的片段播了出去，虽然只有一两分钟的时间，但是需要展示的信息基本展示清楚了。牧云也头一次看到了自己上电视的模样，脑海中竟有一种不真实感。创业这段时间，做了很多自己以前想都不敢想的事情，真的是日日新呀。展会下午4点以后基本就没人了，但是模特的工作时间是到五点半。牧云和汤程便拉着两位比基尼模特打起了扑克，这些大专院校的女学生没有丝毫扭捏，穿着比基尼一直陪着牧云打到五点半后才收钱离开，并留了微信希望后续有活可以继续找她们。

牧云也比较辛苦，推掉了强哥和小学的酒局应酬，很早就休息了。第二天一早起来，打开手机，发现微信里强哥发的信息。

"兄弟，你赶紧买一份T城晚报，你上报纸了。"

牧云心想，不会吧，昨天上电视，今天上报纸，这次的活动还真是办得很成功。他下楼买了一份T城晚报，在财经版块看到了介绍博览会的整版内容，在右上角配发电视台采访的照片，并配上标题"北山博览会迎来北京客"。牧云一开心就买了10份，以备后用。

走街串巷刷广告

不得不说，媒体的力量就是有帮助。牧云把这些视频和平面报道素材进行剪辑加工，制作出媒体报道精选，第一时间发到了新上线的企服大管家网站、各类创业平台及在线媒体进行二次宣传。他自己的微信朋友圈也是不间断更新。无论何种形式的广告宣传，目标都是获得企服大管家用户。

牧云简单评估了一下，参加展会、参会费、宴请、红包、模特、差旅、喷绘等全部投入不到1万元，但是各类官方、非官方和个人自媒体的宣传，的确起到了不错的推广效应。这两年外企的日子不好过，牧云的前同事有些选择了创业，他们看到牧云的朋友圈各类活动搞得有声有色，一些人便很放心把注册公司、代理记账、办公地址租赁等业务交给了牧云。虽然客单价都是几千块到两万块之间，但这也是成功的第一步，说明投入时间精力搞广告宣传还是很有意义的。所以牧云坚信当下最重要的就是把这两件事情做好：第一，想办法拿到融资；第二，在融资没有到位前，尽可能地多做广告宣传，增加业务量，好看的报表在投资人面前胜过千言万语。

为此牧云又设计了十几款易拉宝和海报，很大一部分投放在中关村创业大街的一些孵化器的橱窗或者走廊里面，当然也交了一些租金。之所以重金投放在中关村创业大街，因为这个不到1000米长的商业街，已经成了中国草根大众创业、万众创新的圣地，全国各省科技局领导来学习，知名的产业园区老总也来过。这条街每个月都会涌

现出新的创业明星公司，比如BOSS直聘、三个爸爸空气净化器、手绘历史等项目，大都是草根发起，得到了资本加持后以火箭速度冲击着市场。牧云选择此地重金投入广告也是一个快速获客的方式。牧云用数学公式测算过获客成本，差不多高达1000元才获得1个小微企业客户。当然这个比例在用户数少的时候显得很高，但如果用户量达到每月过百或者以上的话，这个获客成本基本可以忽略，投资人甚至还会激励你加大公共营销投入。

除了在中关村创业大街外，牧云想哪里还有潜在的目标用户呢？孵化器？对，孵化器。政府投入大量资金和政策支持那些有技术没资金的草根创业者，一时间神州大地大江南北孵化器遍地开花。各地的孵化器里面主要以工位和小房间以及共享会议室等模式吸引创业者，最便宜的孵化器每个月每工位只要几百元，这对于创业者来说相当于不花钱就有了自己的SOHO办公室，确切地说是办公工位。牧云认为孵化器也是一个企服大管家挖掘潜在客户的聚集地，于是在百度地图上搜索所有孵化器清单及位置，并带着小兰拿着易拉宝挨个去谈合作。

2015年，创业是中国最火的词，学生都加入创业大军。当时有大学生因为天天在宿舍打游戏，懒得去食堂或者出校园吃饭，便创造了生活半径线上线下一体化外卖服务平台，甚至公司名字就叫生活半径，希望打通外卖最后一公里，将美食快餐直接送达宿舍门口。此项目获得了红杉资本等上亿资金。大学生还未毕业，就已经成了身家上亿的互联网公司老板。所以牧云认为高校也是很好的广告投放地。这次除了易拉宝外，牧云新设计了创业海报，把大学生特别喜欢的一些热点电影图片和创业元素合成在一起，并自然地将融技的企服大管家服务的业务展示在海报上。海报上除了业务介绍外，还配有网址、微信号、公众号、400电话、客户案例等信息，如果不是对融技公司知根知底，单纯看到海报大家都会认为这是一家业务范围覆盖广、有实力的互联网创业公司。接下来的几天牧云天天开车拉着小兰，带着胶水和刷子，两个人在校园里、公交站牌等地找各种广告展览橱窗贴融技的业务海报，连大学里面的银行ATM机旁都不放过。当然这也导致了校园保安拿着电棍满校园地追赶，把小兰吓得快哭了。但她看牧云像是参加综艺节目似的陪保安玩捉迷藏，心里仿佛也有了底气，便没那么害怕了，心想，天塌了反正有老板顶着。牧云带着小兰，左手胶水桶，右手海报，小碎步跑着，趁保安不注意便钻进沃尔沃XC90的车里扬长而去。只留下保安四处迷茫地搜寻着刚才贴海报的一对男女。

牧云一次性印刷了1000张海报，就两个人贴，手里还剩余几百张。牧云便把目标放在了地铁站旁边以及地铁站那些营运的摩托车上面。他开车拉着小兰在城铁13号线周边的地铁站，比如龙泽、回龙观、霍营等，跟车主沟通，100元一个月，把海报贴于车两侧进行展示，车主一个个愉快地同意，并且还要求牧云月底前早点过来贴下个月的，来晚了广告位就不能给牧云留了。

经过多日的奔波宣传，短短两个多月时间，企服大管家项目有了近50万元人民币的业务量，近50张单子。牧云很满意，说明付出就有收获。但是现在也面临着新的问题：一方面，小兰的专业能力无法很好地支撑这块业务，导致了一些客户的不满和投诉；另一方面，牧云发现虽然上线了新网站，但是业务基本全部是线下下单，没有任何客户从刚上线的企服大管家平台上下单。这让牧云很苦恼。牧云很清楚网站虽然比之前美观很多，各项功能也都基本完备，但是如果没有资本投资，线上平台只是一个无足轻重的窗口。只有在网站上展示有分量的资方或者大型企业客户，潜在用户才敢通过线上下单而不用担心被骗。互联网创业浪潮这两年，很多技术或模式创新的企业都拿到了融资，每年一次估值甚至一年内几次估值。在牧云看来，融资是最主要的工作，也是创业能否做大做强的关键。

牧云经过仔细分析发现，小兰的知识和能力已经快招架不住已经下单的用户。他以提升工资的条件鼓励她加倍努力并快速掌握这些工商税务的知识，并教小兰一个学习捷径，那就是直接电话快法屋、律狗网等公司，以办业务的名义让他们教你怎么做。牧云自己也花时间精力快速学习这些知识，帮小兰分担一些，毕竟这些业务没啥门槛。二人持续努力，勉强把一些投诉的客户完美解决。与此同时，牧云加大了见投资人的力度，并拉汤程来北京，他约了原MDI的同事，现在是做FA投资中介的朋友，太元资本的李马华，希望他能帮助自己梳理创业项目，更快地获得风险投资。牧云和汤程两个人轮番把项目详细介绍给李马华，在这个过程中牧云才知道同样的企业服务，自己的想法属于模式创新，汤程的想法那才是技术创新，更容易获得风险投资。

技术创新展未来

　　牧云觉得企服大管家如果在年底前得不到融资，业务量上不去，不但挣不到钱，还会影响融技的传统软件项目的开拓，那么互联网创业这件事情就基本可以放弃了。牧云之所以有这个想法，是因为他发现自己和小兰两个人即便将休息以外的全部时间都投入工作上面，也不可能干完所有的工作。而且如此辛苦，最后挣的钱还不够车子的油钱。如今上律免网、快法屋等已经拿到风险投资，产品、技术、服务、营销、客户等全面布局，短时间内都已经获得数万小微企业用户业务以及这些用户的数据，直接流水就已经超过几个亿，潜在收益和资本市场估值至少超过10倍。牧云觉得融资刻不容缓，便直接拨通了李马华的电话：

　　"李兄，你好。好久不见，我看你天天朋友圈晒培训和创业项目考察，哪天有空咱们见个面，我请你喝酒吧？咱俩从MDI离开后，也好久没见面啦。"

　　"牧云，我从MDI出来后，这不全职搞起了FA，时间比较自由。因为过去在MDI搞销售培训，总有华盛、浪潮这些企业找我过去给他们的销售讲课，我就去讲讲挣个喝酒的钱。不像你活得潇洒，我看你天天各地飞，酒山肉海的。"李马华和牧云在MDI时是一个部门的。李马华从MDI出来自我转型做了销售培训，而且做得还不错。有人演而优则导，李马华这是"售而优则培"呀。电话里李马华和牧云相互客气地聊着。

　　"李兄，我得多向你学习，要不断地革自己的命，这样才能成长。我从MDI出来后，除了继续弄咱们公司以前的那种软件项目外，还搞了一个互联网创业项目——企服大管家。希望为中国的中小微企业提供一站式企业服务平台，就是把线下的服务搬到线上，价格透明，服务全程标准化，可视化，积累大量企业数据后进行企业数据分析，并找寻数据价值。我也搞了一段时间，现在觉得融资是这个项目能否继续搞下去的关键。看你现在搞FA，想着请你帮帮忙搞点融资，如果这事搞成了，我肯定不会让你白帮忙。"牧云继续用着传统的销售三板斧，承诺好处、使劲承诺好处、最大化承诺好处。

"牧云，咱们兄弟不用说这个。这样，你把BP先发给我，我约一下我的老大，咱们一块见面碰一下，要是能帮上忙，我肯定全力支持。"李马华指的老大，就是太元资本的创始人，也是李马华的好朋友兼合伙人。

牧云和李马华及其老大约定了见面时间、地点。他把汤程也叫到北京，简单说了一下情况后，让汤程也准备一下，争取这次把融资的事情搞定。牧云现在虽然有办公室，但只拥有LOFT的一半使用权，自己用或见见客户没问题，但是见朋友档次还不够，多少有点丢人。另外，公司在北清路旁的珠江摩尔，离市区也比较远，牧云便在望京找了一间有投影仪环境较好的茶室，和汤程、小兰早早地到茶馆等候。

李马华也提前10分钟到了茶馆，在门口停下了他的橘黄色沃尔沃S90轿车，他的老大也从副驾驶一并下车。两人来到茶馆，和牧云简单寒暄了一会，便打开投影仪，步入正题。牧云先把为什么启动这个项目、过程如何做的、三个月左右的业务收益、未来预期、融资需求、资金分配、项目特色等做了近一小时的汇报。牧云激情四射唾沫横飞地介绍完，李马华和他的老大两人并不感冒，他们很直白地说出了自己的看法：

"牧总，你这个项目To小B跑道挺好，也是当下的投资热点，但是我们听上去，你现在已经交付的网站、App、手机版等没有什么技术壁垒，虽然你说把线下搬到线上让一切透明化了，可是你知道吗？你的竞争对手在公司注册这块的业务是免费的，你怎么和人家竞争？另外你说你把服务给流程化和标准化了，可是这块只是看上去不错，但是大家都在往这个方向做，而且对于客户来讲，他们只关心费用、结果和服务，你的所有标准化并没让你的客户有获得感，只是提高了你们内部做事的效率而已；还有你说的小微企业大数据分析这块，这块的确是一个很好的点，无论对你们的生意模式、项目跑道和未来的想象空间都非常大。但是这块的基础是：第一，你得有

海量并持续服务的企业用户；第二，现在这块只是想象，在你的网站上这块技术并没有落地，我们没有看到明确的数据治理、数据分析、数据画像和标签等技术实现。所以你还是得好好梳理一下这块项目，我们才好帮你分析和包装，因为我们知道投资人到底看重的点是哪些。"两个人你一嘴我一嘴地点评着。

因为是前同事又是好朋友，牧云认真听，虚心记，觉得李马华和他老大评价得很到位。他把脸转向汤程，汤程瞬间明白了牧云的心思，他放下手里的茶杯，将事先准备好的PPT切换到大屏幕上。这个PPT牧云也是第一次见。

"各位领导好。"汤程用一如既往的平稳的口吻介绍着自己的技术理念。

"刚才牧总介绍了我们要做的事情，这块我就不再重复了，我就介绍一下我们的技术壁垒。首先我们采用的是docker容器的新技术，其实就是微应用，这样的技术框架的好处就是，将企服大管家部署在云上，用户在云上可以来调用我们的微应用，如果使用哪些应用，资源就会秒级启动服务用户。如果用户下线了，应用进程就会停止，各种计算资源也会即刻释放。这样做的好处就不会造成资源浪费，可以实现弹性计算，降低投资开销，提升用户满意度，这是平台框架的技术部分。我们拥有了大量用户后，我们会为这些用户提供一系列具体的企业小应用。因为很多小企业觉得没必要为了一个应用如OA、邮件等，花大力气部署服务器及软件，他们的资金实力有时也不允许。所以我们先在平台上推出几个小微企业常用的应用，如发票报销、车票购买、酒店预订等，拴住客户。同时我们这个平台是对外开放的，也就是说是一个open的开发框架。我们一家公司的能力毕竟有限，所以我们提供一个开发生态，让更多的开发者加入我们这个平台，他们可以开发各类中小微企业应用，这样这个平台就可以满足中国所有中小微企业的线上办公需求。比如刚才提到的发票报销，小微企业每个人都身兼数职，时间精力有限，差旅产生的各类发票，如果采用手工报销方式，时间和工作量巨大，还容易出错，我们这个应用可以通过AI算法，在用户拍完发票照片后，直接用算法提取酒店、出租车等各类发票的信息，并自动录入到报销系统，精准便捷快速，可以形成较好的客户黏性。另外从商业的角度来说，我们可以提供云端租用服务，用户可以月租、年租，这部分收益就会非常稳定，投资人关注的公司每月收入也会更加稳定，这个时候就可以实现牧总刚才说的企业大数据分析。你想，企业的报销所有数据全部在我们后台，我们就可以洞察服务业、餐饮连锁业等各个中小微行业的企业经营情况，同时还可以根据分析后的数据实现精准投放，例如酒店推荐、车辆推荐、商圈推荐等。"汤程介绍了近一小时，所有人聚精会神地听着。既有前沿技术使用构成了技术壁垒，还能保证用户黏性，构建中小微企业服务的生态平台，最后实现大数据分析，这个方案满足了投资人全方位的关注点和诉求。李马华和他的老大听完后，也是十分开心，说：

"牧总，汤程刚才的分析，才是投资人想要的，非常不错，很棒。你们要是能够尽快把这块技术点先做出一部分来，而不是靠PPT讲故事来融资，那么我这边随时可以对接中国前30的头部风投公司，而且你们的项目应该可以很容易拿到融资。"李马华兴奋地说，因为对他们来说，如果一旦帮助融技完成融资，就可以获得3%—5%的融资资金的额度作为中介费。对于FA来讲，基本上无本万利呀。房产中介还得租个门店用于生意招揽，FA只要手里有足够的投资人资源，连办公室都不用租，再用综合知识帮助创业者做个项目分析、改改PPT、梳理一下财报，几十万、几百万的中介费就到手了。

牧云本以为创业项目死翘翘了，没想到汤程用心的准备，居然可以绝境逢生，心里也是乐开了花，并盘算着接下来如何按照李马华说的，先做出点技术壁垒层面的东西来，而不是单纯搞更多的用户。

东北美女谈合作

通过这次和李马华的交流，牧云觉得要想获得融资，把生意做大，必须招人并抓

紧产品研发了。要想把汤程吹的牛变成现实，就得多招聘一些技术牛人加入，光靠汤程一个人精力肯定不够。这些都需要资金。牧云认为眼下最可行的办法就是尽量多搞一些软件项目，利用这些项目收入来反哺企服大管家新产品开发的资金缺口。在牧云和汤程沟通后，双方达成了一致意见，即两条腿同时走：一方面由牧云去开拓更多的商机进而积累资金；另一方面由汤程开始做前期企服大管家平台新产品的规划和设计工作。

运气来的时候，从来不会跟你打招呼，那真是想什么就来什么！之前牧云和李超群在北山省一块喝酒唱歌，李超群非常认可牧云这个兄弟，也用实际行动来支持兄弟创业。李超群把自己在东三省的资源都介绍给了牧云，确切地说是东三省MDI的同事资源。其中一位就是美女许桃。许桃是MDI在东三省的关系型销售，大家可能不知道什么叫关系型销售。这里简单介绍一下。销售基本分为五种：小白型销售、技术型销售、顾问型销售、关系型销售、特种兵型销售。很多技术人员转型做销售，会走技术型销售路线，他们较容易获得客户的信任。因其懂技术，也节省和客户的沟通成本。关系型销售其实就是客户型销售，主要特点就是有较强的客户关系或者具备较强的搞定客户的能力。这个能力不是单纯地喝酒、打麻将、行贿和泡夜总会，这些"术"级层面的伎俩也只是关系型销售技能的基本组成部分。顾问型销售则非常稀缺，很多时候这类人群来自头部大学里面的教授或者博士，他们博学多才，熟悉前沿技术，擅长站在客户的角度从"痛、痒、卡、难"出发，构建融会贯通的科技创新一揽子解决方案。他们具备高超的总结能力。这类销售当然也有的是多年在企业里很多部门历练成长，凭借出色的成绩与转型成功的。特种兵销售是在顾问式销售的基础之上，通常解决别人搞不定的人和项目。比如巨大额度和各个维度均十分复杂的项目，或者是项目关键人。这种销售少之又少。

许桃就是关系型销售。她人长得漂亮，个子高挑儿，外企职业范十足，就像她的名字里面的"桃"字一样，很讨人喜欢。MDI在中国处于科技前沿地位，很多客户都非常愿意接触MDI的工作人员，一方面可以了解世界前沿技术，另一方面也可以亲自领略多才多艺的外企美女销售的风采。客户也愿意向上社交多认识一些优秀的人，让自己也变得更优秀，何况是认识许桃这样的知性大美女。

说实话，号称共和国长子的东三省，这些年在信息化道路上一直相对落后，内部还面临着严重人才外流问题。所以黑土地的很多企业迫切希望可以通过科技创新或者新技术应用摆脱"没文化"的帽子。正所谓，天时、地利、人和一块拜了把子，命运的安排让许桃成了东三省的软件销售一姐，也是MDI厂商软件部的Top Sales（销冠）。

许桃虽然没有见过牧云，但是MDI的同事间有天然的诚信背书。这点就有点像打高尔夫球的人，哪怕彼此不认识，只要被分到一组PK，也会很自然地认为大家属于同一类人（有钱、有时间、有本事、有资源、有人脉）。所以李超群把牧云介绍给许桃后，许桃并没有过多的思考，直接就打电话给牧云开始沟通项目。

"喂，是牧云牧总吧，我是许桃。MDI东三省软件部的同事。"许桃在电话里直爽地说道。

"您好，许总。李超群刚才在电话里跟我说过您，您看看有啥我这边可以效力的。"因为初次通话，牧云很客气地回答。

"是这样，我这边有个汽车制造厂的二期项目，他们已经买了咱们MDI的网络运维监控，网络以外的软件他们买的是MBC的，License这个月我已经下完单了，但是网络运维监控实施这块的工作暂时还没有合适的服务商。一期的时候是阿财公司做的，但是后来了解到他那边是皮包公司，就两个人，客户觉得后期售后服务不是太满意，所以二期我想问问你这边能做好吗？"许桃倒也实在，几句话就把项目的前世今生介绍了一遍。

牧云听完后，心里满是感激地说："阿财那边的情况我知道，那个兄弟还不错，一个人苦苦支撑公司很多年，也不容易。我这边的技术肯定没问题，我自己就是做实施工程师出身，公司网罗了一批这个领域的技术专家，而且咱们又曾经是MDI一个战壕的同事，彼此间有诚信。项目实施工作我们不但要做好，还会努力做成精品。您放心。"

许桃因为李超群的多年同事关系，又因为和牧云同为MDI的同事，听牧云如此一说，心里也十分踏实，便说道："牧总，这个项目预算比较紧张，而且MBC那边也有很深的客户关系，所以项目资金的大头儿都在MBC那边，咱们这边只是一小块。而且MDI还要下单软件许可，所以这个项目只剩30万元的实施费用。当然了，实施内容也

相对比较简单，一共500多台路由器和交换机需要监控管理起来。"许桃担心牧云嫌弃项目金额太小，便快速把项目大体细节说了一下，以证明30万元实施费用还是有利润空间的。

牧云干了多年技术，听许桃说完项目大体情况，心中便已经有了数，便说："没问题，许总。您照顾我生意，大家又是第一次合作，虽然利润空间不大，但是我们愿意承接这个单子，并保证把项目做好。没问题！"其实这个项目除了人员实施成本、差旅和税费，基本没有任何其他费用，足有近20万的毛利，但是牧云并没有如实相告。生意场上就是这样，说话永远留三分，噢，不对，牧云这家伙足足留了七分。

"好的，牧总，那就这样，我会让一家东北的公司跟你签外包实施合同。这个项目你一定要帮我干好，如果干好了我手里马上还有一个银行的备份项目。那个项目我也可以介绍给你来做。"为了让牧云好好干，许桃也开始给牧云画起了大饼。

"您放心吧，许总，我一会把我助理小兰的电话发给您，您让东北的公司直接跟她对接商务事宜就行。等项目进场时，我会亲自过去启动，到时约您方便的时间，我拉着李超群一起，请您吃好吃的。"牧云一听做好了后面还有银行项目，变得更加客气起来。

"好的，没事，你过来我请你呀，来了咱们东北黑土地，我请你吃野山参炖溜达鸡。"许桃见和牧云敲定合同，也十分高兴，在简单寒暄后双方便挂了电话。

牧云在后期有相当长一段失败的岁月里也仔细思考过，为啥刚开始创业就可以快速签下很多合同，让融技大步向前快跑？人在得意的时候满面春风，看不到危险也听不进别人的声音。只有在遭受挫折时才会静下心来思考，到底为什么会成功？又为什么会失败？成功和失败只是一个点，无数个点构成了人的这一生，或精彩，或颓废，或平淡。但是大多数人经历失败后会选择认命躺平，然而牧云和很多认命的人不太一样。他有一种大多数人不具备的能力——逆商，他快速打造一家公司，突然倒塌后，忍耐多年触底反弹，正是这种触底反弹的能力，铸就了他辉煌的人生，同时也赢得了家人和朋友的尊敬。

其实牧云不断签下合同的原因不外乎这三点：第一，MDI在科技行业的头部江湖地位。基本上政府、金融、保险、央企、国企、上市企业或多或少地采购了MDI的信息化产品，这是Install Base的客户基础，牧云多年在MDI的工作经历相当于拥有了一张获得项目的"VIP通行证"。第二，监控运维运营这块业务，国内已有的那些公司牧云在做技术、做销售的岁月时都比较熟识或者合作过。行业发展的周期性经济规律导致这些公司人员成本越来越高，利润越来越少，项目越来越不好做，许多和融技同类型的公司大多转型或者被收购或者破产。MDI要想找家实施公司可选择的范围并不大，有MDI诚信背书的牧云又多了一张"优先权"证。第三，牧云拥有汤程这样的技术大牛。他在这个领域做过数十个项目，经验丰富。两个一身能力的人在一起搭班子ALL IN去做事，所以很多项目都是快进快出。虽然合同额不大，但是对于初创企业来说利润仍然很可观。这相当于给牧云在创业初期提供了一台现金奶牛。无论是招人、租办公室、搞客户关系、研发新产品等，都可以在项目里提取现金。

移动迪厅遇流氓

许桃那边办事效率很高。小兰当天就开心地打电话给牧云，说东北有一家公司找融技签一个长远汽车的项目合同。牧云云淡风轻地在电话里安排了小兰的工作，主要为了显示老板的神通，同时在电话里教小兰如何审合同，叮嘱她仔细看付款方式、交付里程碑、违约责任条款等。海交所的官司让牧云长了心眼，他让小兰初审完后在Word上做好标注，然后用钉钉发给汤程。由汤程在技术上把好关，确保各方面都没问题，再转给牧云审终稿，然后再签合同盖章。正所谓一朝被蛇咬，十年怕井绳。

　　小兰每天的工作忙不过来，但是牧云并没有在小兰的脸上看到疲惫，反而看到年轻人那种通过做事不断成长的快乐。牧云看着要强的小兰努力地工作着，心里也是美滋滋的。牧云用实际行动证明自己从来都没有给小兰画大饼。

　　合同流程同步在进行，牧云和汤程商量派谁去现场实施。简单沟通后，融技决定汤程初期带着王剑先过去，把环境和工作都部署好，后续再安排两位刚招聘到的大学毕业生一块参与项目实施。汤程和牧云希望小伙子们可以在项目中快速历练出来。因为在牧云看来，这些孩子在大学里学的多是理论基础，参与项目实战对他们来说是最难得的成长机会。

　　长远汽车项目启动当天，牧云、汤程和王剑三人兵分两路到达林北省。

　　出了机场，牧云打了一个寒战，和汤程、王剑直接坐上一辆出租车，直奔酒店。但是东北的出租车，那不是一般人可以坐的！牧云上车后发现，这辆红旗轿车改装了内饰，中控台也改装成小电视，里面放着disco热舞的曲子，各种荧红小灯随着disco舞曲有节奏地闪烁，手动挡把手也改成了透明激光灯。正当牧云还在欣赏这移动的disco舞厅时，司机小哥被无线电那头的同行紧急呼唤：

　　"大牛，大牛，听得到吗？"司机同行在无线电里面问道。

　　"听得到，听得到，咋啦？"司机小哥回复道，并把无线电的声音调到最大，故意让牧云等人听到。

　　"前面高速有一段路面结冰出车祸啦，现在交警都在那边，堵了几公里，车动不了，你别上高速了，绕一下吧。"司机同行在无线电那头大声说。

　　"收到收到，感谢！"司机小哥说完，便对着后车镜里面的牧云说：

　　"大哥，刚才你也听到了，高速车祸大堵车，咱们得绕一下路，我知道怎么走，会稍微远一点，没问题吧大哥？"司机小哥问牧云。

　　"行，咱们安全第一。"牧云并没有理会这件小事，觉得不走高速就是慢点，绕远也多不了几个钱。以前牧云也来这边出过差，基本上就是90到110元的车费。牧云有些疲惫，又是半夜落地，回复完司机的问题便在后座上休息起来。谁知到酒店时，司机小哥打表打了450多元。

　　"兄弟，你逗我呢吗？平时100元左右的车费，就算是下大雪，半夜车费调高一些，绕了一点远，你这450多元，你是带我们去了一趟长白山吗？"牧云突然意识到刚才的无线电里面的对话是他们商量好的话术。司机小哥不知道牧云也是东北人。要知道，东北人见面基本上就是那几句经典的台词。你瞅啥？瞅你咋地？然后进入战斗状态。

司机小哥忙解释："哥，你看高速堵车，雪天路滑跟我也没关系，我绕路也是征得你同意的，咱不能不认呀？"

牧云心想，这都后半夜了，也很疲惫，不愿意纠缠，便假装强硬地说："兄弟，大家都是明白人，这种路子就不要跟哥玩了。这样，你也不容易，我就给你200元，你收了咱们啥事也没有？你要是不收这事就没完。"

司机小哥看牧云脸上阴云密布，又衡量了一下牧云一米八的个子，以及身边的人，觉得这大半夜真搞起来难免会吃亏，便又请求牧云多给加点，牧云扔下两张毛爷爷，便头也不回地直奔酒店大堂。牧云当时的想法就是，就算打架，也得在酒店有摄像头的地方，也好有个记录，既然这哥们敢诈骗，说明一定有后手。不过还好，司机小哥综合衡量后，拿起200元无奈地消失在深夜的雪雾当中。这个小插曲让牧云看到，东北还是曾经的东北，哪怕高楼林立，但是东北的民风依然彪悍。

项目的具体启动和技术工作牧云直接交由汤程和王剑来弄。他这次过来一方面是认识一下客户，避免后面验收有阻碍让牧云没有抓手；另一方面也是见见许桃，看看能否在东北再找点其他项目，稍作休整他便打电话约许桃：

"许总，您好。您看这两天您啥时候方便？我请您吃个饭吧。"牧云电话里道。

"啊，牧总，你来东北了？咋不提前说一下？"许桃职业性地以一种让人极为舒服的怪罪方式"质问"着牧云。

"许总，谢谢您支持我生意。我带着技术团队过来，先把您的客户服务好，开完了项目启动会后，第一时间给您汇报工作呢。"牧云十分客气地说道。

"牧总，咱们自己人，就不用客气了。对了，我下午去东北亚银行。他们刚在香港上市，各方面审计都开始严格起来。之前我不是和你说过吗，他们行里要采购一套备份软件。我这正在内部协调售前工程师陪我一块去呢。你下午要是有空跟我一块过去吧，我直接把你引荐给客户。这样后面中标也方便一些。"许桃经过沟通合同事宜，发现牧云说话办事比较靠谱，又一想东北亚银行的项目总得找个实施的合作伙

伴，东三省这个地方大部分的科技公司都是客户领导的关系户，只会搬个箱子，拿麻袋分钱，没啥真正的技术实施能力。既然和融技建立了合作，不如趁热打铁再送融技一单，毕竟自己人好办事好沟通。

"啊，许总，您太支持我啦，感谢感谢！中午您看要没啥事，我请您吃三只羊火锅吧。"牧云诚心诚意地邀请许桃，并在许桃的地界请许桃吃当地最好吃的回民火锅。

"牧总，你来这边应该我请。你也知道，东北室内外温差特别大，室外保暖三件套，进屋就得穿背心。我这几天中招了，感冒流鼻涕，你要是在东北待几天过两天我请，咱们今天就不用客气了。但是下午见客户是约好了的。"

外企人无论自己和家庭发生了什么样的事情，都尽量不影响工作。虽然达不到德艺双馨的标准——戏比天大，但是外企优越的薪资和社会地位，大家基本不太敢得罪客户和自己的老板，因为外企的"钞能力"让很多人学会了忍气吞声，哪怕老板问候你的母亲，骂你脑残，你还得满脸堆笑，嘴上跟老板说下次一定改。而有些会来事的销售在精神和肉体上服务好了老板，被老板安排个业绩肥的区域，就算天天吃着火锅唱着歌，喝着小酒盘着手串，天天都有人在他屁股后面求着下单。所以说职场是残酷的。

巧遇"陌生"老同事

下午2点，牧云提前10分钟来到许桃东北亚银行总部大楼楼下。不一会就看到一辆宝马5系开了过来，牧云也终于见到了许桃本人。的确是个美女，脸上的皮肤特别水嫩，一身职业女装被貂皮大衣包裹着，显得高贵又特别有气质。牧云咽了一下口水，心想，怪不得李超群之前提醒自己，见到许桃时状态自然些，别像花痴一样。牧云心想，这种美女哪个男人不会花痴？如果有，说明那个男人性取向不正常。

东北亚银行是地方性银行，规模和地方农信以及股份制银行比起来不算大，连核心业务系统都用的是省农信的平台。但就是这么一家小银行，经过日本海归博士接任行长后大刀阔斧的改革，仅几年的时间，就把银行整体打包登陆港交所，市值过千亿。但因为是地方性银行，只服务东三省区域性客户，所以很多人没听说过这家银行的名字。许桃带着牧云和MDI的售前工程师一行来到信息中心副主任的办公室，这是牧云第一次见这个人。副主任看起来不到四十，估计也就比牧云大个两三岁，不高不瘦身材匀称。副主任一开口，牧云差点产生错觉，面前这个人的声线和模样都太像自己的表弟亮子了，立马从内心里增加了几分好感。

牧云还在观察副主任以及办公室的布局时，许桃便跟主任说道：

"王主任，恭喜咱们行港股发行成功，这也是家乡的一件大喜事呀。我今天上午看了一下咱们的股票，已经涨到5块多了，咱们行有了钱，得多支持一下桃子的工作呀。"许桃来之前还做了一些基本的功课，通过东北亚银行里最近内部很热的上市话题切入，另外"桃子"二字的使用让牧云觉得许桃和王副主任之间的关系应该很熟悉。

"桃子，那是单位的事，和我们个人也没啥关系，我们天天该干啥还干啥。唯一不同的是，事比以前更多了。以前在乙方双联科技集团的时候，也不过偶尔加个班，这几年来甲方，现在信息化是三年一小变，五年一大变，加班熬夜都成了家常便饭了。"王副主任诉着苦。

牧云听到"双联科技集团"几个字突然愣住，难不成王副主任以前在双联科技集团上班？牧云在那家公司干过两年，从junior工程师经过两个省级人行项目的磨炼，变成senior工程师，为在MDI一路成长以及现在创业打下了坚实的基础。

20世纪90年代，中国大陆做企业级业务的科技公司有四家特别有名。业内称为两联两天，其中一家就是双联集团。哈哈，真是老乡见老乡，两眼泪汪汪。牧云适时地接过话来，问道："王主任，您之前在双联集团工作吗？那我们以前是同事呀。"牧云笑着说道。

王主任见牧云提及双联集团，便笑道："怎么，你也在双联集团工作过，你在哪个

部门呀？"

"我在系统实施部，我的领导就是雄哥。这哥哥现在开公司了，听说最近做得还不错。"牧云简短地回答。

"是的，雄哥也来我这里交流过几次。他们东西还可以，就是太贵，干啥事最低都得百万起，我们是地方性小行，买不起呀。"王副主任说道。

牧云心想，看来"百万雄哥"的江湖绰号不是白来的，很多客户都说雄哥的产品和解决方案特别贵。2007年牧云在双联集团雄哥的手下做工程师时，雄哥一单湘江银行全国软件试点项目，就卖了500万元人民币，一下子在MDI合作伙伴运维运营软件领域占据了头把交椅。近期更是听说雄哥在四大国有银行里一张软件单子就卖了2000多万元人民币。牧云羡慕雄哥的时候也坚信有一天自己也可以做到。

这时许桃一看王副主任很开心地和牧云聊着双联公司，也打趣道："原来你们是老同事呀，真是太巧了。对了王主任，牧总是咱们MDI在东北的实施合作伙伴，融技公司的老板，他们公司技术实力不错，项目经验丰富。咱们这边的长远汽车项目就是他们在做实施。哎，王主任，你们是同事怎么没有见过呀？"许桃想牧云和王副主任两个人提起了老同事情谊，便疑惑地问道。

"哈哈，桃子，你太年轻可能不知道，双联科技集团是和记黄埔旗下的科技企业，20世纪90年代那也是国内大型科技企业，几乎垄断了中国一半以上的小型机生意。很多银行的核心业务系统也是他们开发的，各地都有分公司和研发中心，人数大几千人，大家不认识也正常。"提起老东家王副主任还是很自豪的。

牧云笑呵呵地对大家说："我那个时候还是工程师，天天抱着笔记本各地出差。湘江那边一出差就待了一年，平时很少回公司。因为单身，只有报销的时候才会两三个月回去一次，我和主任没见过也是正常的。"

王副主任因为和牧云是老同事，心绪一下子被拽回到了双联科技集团的日子，心中也突然开始喜欢上这个陌生的老同事了。

大家扯了一会闲话便步入正题，许桃安排旁边的售前工程师给王副主任介绍一下MDI的备份软件方案，王副主任也打电话叫来几位工程师，大家一块在会议室里讨论了一个多小时。

会后王副主任单独拉着桃子说："你们MDI的产品和实力行里是清楚的，大家也比较认可。但是现在这个项目预算不大，我们行备份的数据量不大，核心数据都交给了省农信处理，产品加实施只有20万。另外按照行里的规矩，招标不能指定一家厂家，必须得三家或以上厂商才可以。"

许桃被这么点预算给惊到，本来就很大的眼睛此时睁得更大，却也让人觉得更加喜欢，说道："主任，20万太少了吧，连产品下单License的费用都不够，更别说实施了。再说了，这么少的预算，交付质量也无法保证，而且我们做不到，我相信其他厂商也做不到呀，最后影响的还是行里的数据安全呀。"

许桃和主任来回沟通了半天，最后主任说道："我们行你也知道，刚上市，审计会越来越严，不过最近行领导给了所有项目两个月窗口期，咱们尽快按照流程推动，争取两个月内把这个标发出来，预算的事情我跟行里再申请一下，行里也知道预算不多。对了，你们尽快把适合我们行的方案和报价用邮件发给我。"

拉菲美女夜光杯

许桃和王副主任商量好后，王副主任就在行内走起了提升预算的流程，最后申请了产品加实施合计50万，并且很快就挂网发了标。许桃让牧云的融技来参与直接投标，一切进展都十分顺利。王副主任虽然心里支持MDI和许桃，但是在工作上还是很严谨，并没有说这个项目直接让MDI和融技中标。但是王副主任却安排了一件小事，

对许桃和牧云的中标工作帮助非常大。

赛亚门公司是企业级备份行业里的老大，听到东北亚银行有此需求，销售也盯得很紧，是MDI在备份条线产品的主要竞争对手。按照行里的规矩，需要三家以上厂商选型才可以符合招标要求，客户也跟赛亚门公司的人员交流了两轮，但是第二轮交流时，因为行里的存储硬件是采购的是MDI厂商的，所以王副主任特意安排了MDI的驻场工程师一并听取了赛亚门公司的现场交流方案。这也符合客户正常安排的技术交流，因为数据备份最终都会通过SAN网络备份到磁盘和存储阵列上，那存储设备都是MDI厂家的产品，所以技术可行性和接口对接在投标前就得赛亚门公司的技术人员和MDI的技术团队沟通好，然后确认产品模块和实施方案，客户自然会问到价格，所以赛亚门的初步价格就已经被MDI的工程师拿到并告知了销售许桃。

客户也会要求赛亚门公司同样把方案和前期咨询报价发给客户。为了凑第三家厂商，客户又主动联了康芙备份厂商。至此，客户收集了三家公司的方案和报价，既了解了各家公司的报价规则，又了解了每家方案的优劣势，为后面招标工作做足了准备。

牧云第一次见面时发现王副主任喊许桃为桃子，觉得两人私交应该不错。事实也如牧云猜想，许桃通过驻场工程师的便利拿到了另外两家的方案和报价。牧云认为如果不是王副主任给许桃提供的便利，光凭一位驻场工程师不可能拿得到这些资料。有了报价和方案许桃和牧云就可以以夷制夷啦。

许桃和牧云看完各厂家的方案和报价后，许桃又跟王副主任沟通了项目两个关键点：

第一个就是跟主任要求项目最好是中间价中标，如果是低价中标，厂商和服务商拼价格，最后伤的还是东北亚银行。王副主任也支持许桃的观点，说行里采购硬件的规矩一定是低价中标，但软件和实施项目可以选择中间价最高分。这一条可以保证竞争对手不会杀低价，而且赛亚门作为行业老大，专业只做这一款软件的外资公司，License就是这家公司的生存基石。历史诸多项目也证明赛亚门的价格相对会贵一些，而且不允许偷用License。

这点解释一下，软件都是以License许可作为销售凭证。比如Windows，中国个人用户不花钱就可以用Windows操作系统，但是企业用户就得花钱买。如果企业据实购买，例如宇宙第一大行把微软的Windows和Office许可数量买全，估计宇宙第一大行光这块花销每年就得近十数亿，还不算其他数据库、中间件等软件采购。所以一些规模企业每年都会象征性地买点License许可。这样厂商和客户间也实现了一种微妙的平衡。当然了，很多大型企业也可以无底线地偷用外资厂商的License。如果厂商通过工程师定期巡检获得证据，起诉盗用许可，用户也没有办法。为啥说两者之间很微妙呢，就是外企不敢轻易起诉规模用户，规模用户代表行业生意生态。外企敢起诉，规模企业就敢永不采购。当然回到商战本身，还是看谁的拳头硬，如果软件厂商的某一款产品市场覆盖超过90%，那么客户还是要花费更多，比如Oracle数据库、VMWARE虚拟化软件。当然这些厂商也只是在某一时期可以强硬，时代发展变化的车轮会把这些强者逐渐弱化甚至替代，有技术变革因素、有政治原因，也可能是经济原因，总之一切皆有可能。当然时间久了，中国的规模用户也会耍流氓。有这样一个真实的故事：甲壳文数据库厂商去北山省运营商打假，发现其盗用License的许可，北山省的客户说，东北那边的运营商也在盗用，你为啥不打那边的假？如果他们补上许可，我们也补上。结果甲壳文数据库厂商被踢皮球似的两边来回跑，最后什么也没收到。随着时代的发展，中美贸易战，国内去IOE的步伐加快，甲壳文的数据库销售和install base用户都在以指数级下降。抛开政治因素，随着这些年互联网新技术兴起和海量用户的实时需求压力，新型数据库如阿猫的Ocean云数据库，以及Ping OAP云数据库也在兴起，不断蚕食着传统外资数据库的市场份额。

第二个就是招标需求写清楚。备份数据的类型，如文件类、图片类、视频类、数据库类等写全面，数据备份的压缩比例写清楚，还有备份的数据精确到具体的容量写精确，例如每个月备份数据不低于2TB大小。这样就保证了赛亚门的模块和许可数量不能太少，不能太少就意味着价格不会太低。而康芙公司市场份额占有较小，为了扩大市场基本每个项目都要低很多。技术方案上也必须是满分，因为存储硬件是MDI的，MDI的数据备份软件较其他厂商存在天然的优势，无论在备份速率上还是接口性能上都优于其他对手。

就这样，开标当天，融技没有悬念地拿下价格最高分，技术满分，以46.8万的价格中标。拿到了又一个银行项目。东北亚银行客户也非常满意这次的中标结果。

牧云为了感谢许桃的帮助，在收到首付款后，特意飞过去请许桃在香格里拉吃了

顿海鲜大餐，开了一瓶拉菲，又给了许桃2万元表达感谢，相当于拿出了实施费用的10%作为感谢，因为中标价中的20万按照许桃的意思下了License给MDI公司。

许桃举着天然水晶石做的红酒杯与牧云轻轻地碰了一下，她白皙的脸上有了一抹淡淡的绯红，开心地说："谢谢牧老板请我吃海鲜大餐，还这么破费开这么贵的拉菲红酒。"然后一饮而尽。

牧云也十分开心，半开玩笑地用一口广东腔说："哎呀，为了跟美女吃饭，我这也是放下'双十一'一天价值上千亿的生意，专程打飞机过来啦。来，靓女，我们再干一杯啦。"在牧云看来，有些东西不一定非要得到，在这寒冷的冬夜，就这样安静地坐在五星级酒店行政餐厅共进海鲜晚餐，也是人生一大乐事。

蒙古包里令狐冲

转眼牧云创业已经一年出头，2015年北京的冬天有些微冷，但是牧云的心却是暖暖的，甚至有一点点小自豪。他在心里盘点了一下过去一年：互联网创业企服大管家从零到壹还签了近50万的小单子，上了电视，登了报纸，明确了接下来的方向和目标；融技公司ToB软件业务也签下了好几个项目，加起来有300多万的合同额；公司也有了基本的技术团队，大家都干劲十足；个人和家庭方面，还清了房贷，新买了7座顶配的沃尔沃。牧云在心中暗暗发誓，后面要继续努力，把公司做大做强，起码这辈子要住上别墅，开个W12缸的豪车，否则枉来人世一遭。

牧云心里回顾了过去一年的刀光剑影，又意淫了一下风光无限的未来，他想着快过年了，年前召集大家庆祝一下。正在天马行空地思考如何庆祝时，康网公司的林总从楼下上来了。

"牧哥，好久没看到你了。难得在公司碰到你。在微信朋友圈看你各地出差，不是啤酒小龙虾，就是五星级海鲜大餐，太让我们羡慕了。"林夕笑着说。

"来来来，兄弟，好久不见了，坐下喝茶，聊会天儿。"牧云也没啥事，便拉着林夕天南海北地闲聊。

"兄弟，再有半个多月就要过年了，哥哥感谢你能够把办公室租一半给我，让我有个地方办公。下周过年火车票估计不好买，我想着让汤程他们这周来北京，大家年前一块聚个餐，我想邀请你和你媳妇一块，看你哪天时间方便？"经过一年的相处，牧云觉得林夕为人非常不错，便想拉着一块喝顿大酒。一方面庆祝今年圆满收官，另一方面也是感谢林夕给自己的各方面支持。

"哥哥，咱俩想到一块了。我这边十几个员工下周也基本提前回老家过年，我想着这周一块儿聚餐，这不上来邀请你跟我们一块呢。要是汤程哥他们来北京，那就一起，我来请，之前喝酒都是让你破费。"林夕开心地邀请牧云。

牧云觉得人多热闹，想也没想就答应了林夕："成，那就定明晚，正好后天是周末，大家多喝点。晚饭你请，二场我请大家唱歌去。"

牧云开心地跟小兰交代："小兰，小兰，你现在就打电话，在麦乐迪订个最大的包房。明晚咱们聚餐，你赶紧让汤程他们订票来北京，哥请你们腐败去。"自从有了小兰这个助理，牧云着实省了不少心。

第二天晚上，融技的全体员工5个人，加上康网公司的十几个人，一块在九十九顶毡房订了一个容纳20多人的蒙古包。

每个人的脸上都洋溢着开心的笑容。大家相互敬着酒，互祝新年快乐。烤全羊还没上来，每个人都已经醉意满满。这时，伴着一阵蒙古族特有的低沉呼麦声音，穿着蒙古传统服饰的美女走进帐篷，后面跟着四位蒙古大汉扛着整只烤全羊。走在前面的美女先用蒙语问候了一下大家，然后用汉语说：

"大家好，欢迎各位贵客来到我们九十九顶毡房。今晚这里有香喷喷的苏尼特烤全羊，还有甜到心里的爽脆萝卜，以及美丽的蒙古姑娘。希望大家玩得尽兴，不醉不归。接下来请各位贵客接受我们蒙古姑娘送上的哈达，并欣赏姑娘们带来的舞蹈。"

随着音乐响起，献完哈达的姑娘们翩翩起舞，先前说话的美女也跟着音乐动情地唱了起来：套马的汉子你威武雄壮，飞驰的骏马像疾风一样，一望无际的原野随你去流浪……

此时喝酒活动达到高潮，大家一边吃着烤全羊，一边欣赏着舞蹈和音乐，每个人都沉浸在这幸福当中。音乐结束后，牧云红着脸，豪爽地拿起一瓶啤酒，喊道：

"兄弟姐妹们，大家都辛苦了！这一年我们在一起对内相互帮助，对外拼尽全力服务好客户。大家都不容易，明年我们再接再厉，争取让公司再上一个台阶。来，能喝的我们一起干了这瓶酒，喝白的得干了杯中的酒，女士随意，来，干。"

大家之前就已经喝了不少，看着眼前的美食、美酒和美女，在牧云的号召和感染下，也都纷纷举起酒杯，小兰等女孩子们也把杯中的啤酒倒满，大家起身，个别年轻人兴奋地叫嚣着："干，干，干，牧总威武，林总威武。"蒙古包的上空飘荡着愉快的声音，大家频频举杯。不一会，个别不胜酒力，但是酒胆膨胀的小伙子们，就已经钻到了桌子底下了，还有的则瘫坐在椅子上打起了呼噜。牧云和林夕虽然也喝了不少，但是毕竟久经沙场，再加上公司挣了钱都心情愉悦，只是走路有些晃晃荡荡。大家吃喝听曲，十分尽兴。

林夕借着酒意，高声地喊道："兄弟姐妹们，牧总订好了麦乐迪KTV，咱们转到下一场，继续战斗，走，走，走。"

二十多个人，三三两两地搀扶着来到了麦乐迪，牧云让服务生上了100瓶铝罐百威，随便点了一些果盘。大家继续喝酒唱歌。论年龄，牧云是这些人里面最年长的，大家一方面尊敬他，另一方面确实看到了牧云公司在这一年的火箭式成长。大家都亲切地称呼他为"牧哥"，频频过来敬酒，牧云是来者不拒，举杯就干，怎一豪爽了得。

酒到兴头，牧云点了一首他最擅长的歌曲《开心的马骝》。伴随着音乐的欢快节奏，牧云在酒精的作用下，扯着脖子，对着包房的天花板，用蹩脚的粤语使劲吼着："大雨落在七彩雨楼，两点似菊豆，十只着上七彩雨楼的湿水马骝，夜里荡在尖东去追，刺激快感受……ANDY GO ANDY GO GO，ANDY GO ANDY GO GO。"

一曲唱完，兴奋的牧云拿着麦克风对着大家说："今天非常高兴，我给大家搞个小福利，兄弟们凭本事赚哈。现在台子上还有啤酒，吹一瓶200块，现场转账，小兰，你来做会计记账，女士喝一杯算一瓶。"

林夕一听，大笑着对牧云说："哥，你不能这样，真不能这样，你不了解我这帮兄弟，这样搞，你会破产的。"

年轻的小伙子们，还有那些在饭店已经喝多了的，在KTV里睡了半天酒意已经挥发得差不多了，一听有牧老板发福利，纷纷扮演起了吹瓶小哥。后来牧云一看真心拉不住，赶紧补充道："喝不下去'趵突泉'（指喝多吐了的）的不给红包。"这帮小子太能喝了，牧云心里暗道，看来又要出一笔血了。

大家不断地喝酒、唱歌，时间已经到了后半夜，牧云基本上过了12点就没有力气了，但是也不想离开扫大家的兴，便静静地坐在包房的沙发上。无论包房的音乐声音多么震撼，牧云都像听不见一样，心情忽然低落下去，从不抽烟的他，从茶台上随便拿了一根烟，静静地吸着。在微弱的灯光下，看着烟雾向上飘散，回想过去这一年，内心突然变得伤感。伤感过去一年自己付出了那么多，那么辛苦，但是所有的过程甘苦只有自己知道，别人无法体会；伤感融技的未来到底会怎么样，做完一个项目下一个项目又在哪里；伤感自己的梦想到底是什么，是挣更多的钱，是有学问，是田园生活，还是获得别人的尊敬，到底自己想要的是什么……

恒威华洽谈合作

牧云跟着大家Happy到凌晨2点钟，因为醉酒走起路来也是摇摇晃晃，到了后半夜生物钟实在扛不住了，便要离开。大家也都熬得差不多了，见牧云要撤，也都嚷嚷着回去。牧云虽然喝了很多酒，但还是迷迷糊糊地听见林夕他们公司的员工大部分还要

回公司。他心想，至于这么拼吗？搞了两场还要回公司加班？后来断断续续听他们嚷嚷，原来是回公司继续打游戏。牧云无语地摇了摇头，心里却着实佩服，20多岁的小伙子身体就是牛呀。牧云服气地摇了摇头便打车把小兰送回出租房，自己回到家时已经半夜三点。汤程他们在附近找了个酒店，睡好了第二天回Q城。

牧云在回到家后，倒头便沉沉地睡下了。忙了一年到年底很多事情也都收尾了，一些需要维护的客户也都订了茶叶和茶具让小兰分别邮寄了，牧云心中难得没有要操心的事情，这一觉居然破天荒地睡到上午10点，要不是女儿果果在客厅哭闹，估计他还会继续做美梦。他醒来揉了揉昏沉的头，昨夜的欢愉现在则由微微的头痛取代。因为下午要见恒威华公司的负责人。以前都是他们主动求着牧云多给点生意机会。如今离开MDI，变成了牧云求着恒威华希望获得订单。生活轮流转，真是三十年河东，三十年河西呀。

恒威华公司是入选华盛列表里的技术服务商之一。据说能够进入华盛供应商列表的公司，都是通过了层层严格考核，其技术实力、财务实力、产品实力等都不可小觑。当然入选后华盛提供的机会也十分诱人。但这个诱人的蛋糕不是谁都有本事吃得下的。华盛依托自己的全球科技领导地位，所有非华盛主线产品，都会从供应商列表里选一家分包出去。因为每年华盛可提供的外包人天[①]数量巨大，少则几千个人天，多则数万个人天，每个人天的市场价在1200—3000元，光这一块就可以养活很多个上市公司。又因为华盛的全球综合诚信和主导地位，华盛分包项目的付款方式大都为1：9模式，即签合同支付10%，验收之日起1年后再支付90%。也就是说分包公司要垫资一年多才可以收回90%的尾款。尽管这样很多公司还是愿意垫资，哪怕垫几千万资金也要参与海外项目实施。例如海浪花公司，作为北山省地方性最大的科技企业，为了打开海外市场，狠心承受了数以千万的垫资和人才外派。当然了，谁也不是活雷锋。海浪花的小算盘就是在集团内部筛选一些英语好、做事活络的工程师担任项目经理参与项目。刚开始跟华盛合作，因为垫资、账期、项目延期等一系列原因肯定会赔钱，但是好处是项目经理长时间和海外客户泡在一起做商务工作，一旦跟老外建立信任后，

---

① 编者注：项目管理、财务管理领域使用的概念。一般指一个工作人员一天完成的任务量。

就可以独立承接海外用户的科技订单。牧云听说亚非拉发展比较落后，他们的信息化才刚起步，采购一套OA办公自动化系统是以美元结算，在国内合同规模虽然差不多，但是却换成了人民币。这就是海浪花愿意巨额垫资下单华盛订单的原因。因为一旦独立和海外客户签单，每张单子的利润非常可观，牧云曾记得MDI的高管曾经在公开场合说过，世界上没有什么生意的利润可以媲美软件，看来这话一点不假。

恒威华这家公司过去10年在资产科技管理领域没少挣钱，老板早年是MDI销售，后来创办了恒威华公司，属于中国最早开始专业做重资产科技管理的企业，又加入了华盛供应商列表，早年那真是日进斗金。企业上市后恒威华的创始人兼董事长便在澳洲买了一个葡萄酒庄园，过起了快活的世外生活。随着信息化在中国快速发展迭代，各行各业都涌现出大量竞争对手。一方面行业开始内卷，业务利润和数量大不如从前；另一方面董事长已经财富自由，没了继续向上的动力，也不想再像以前那样打拼，便把公司交给了刘女士等联合创始人管理。公司的灵魂人物离开，业务逐渐萎缩，又无其他新兴业务支撑，人员也不断被其他科技企业高薪挖走，公司经营大不如前了，所以才会主动找牧云洽谈项目合作事宜。

牧云在MDI时就和刘女士以及销售总监梁经理合作过。梁经理也是技术出身，参与了很多华盛在海外科技项目的建设，英语很棒。因为同频，牧云和梁经理很聊得来，偶尔双方有些问题时也会电话沟通一下。梁经理知道牧云创业具体做的事情还是和MDI的软件实施相关。恒威华在国内和海外的项目人手不够，梁经理想通过见面实地考察看看牧云这边的公司实力和人才配备情况，做到心中有数，确定接下来双方是否可以合作。华盛对用户交付质量有很高的要求，外包人员不但要技术过硬，还要做到英语流利，可以用英语直接和老外沟通。

下午2点钟，牧云提前到达融技在珠江摩尔的办公室，打开一桶农夫山泉，拿出了珍藏的福建福鼎野生12年的白茶，就等梁经理的到来。不一会，门铃响起，梁经理到了，牧云觉得这哪里是梁经理，这就是送财童子呀，他哼着北京小调《探清水河》便下楼去迎接梁经理："桃叶儿尖上尖，柳叶儿就遮满了天，在其位的这个明阿公，细听我来言哪……"

"牧总，噢，不对，得叫您牧老板了，牧老板生意做得可以呀！"梁经理笑呵呵

地跟牧云打着招呼，顺便环顾了一圈融技公司。

牧云从LOFT的一层入口把梁经理带到二楼办公室，边走边笑着说："哥哥，你就别笑话我了，泉水好茶都已经备好。你说要给我送生意，我这昨天一晚都没回家，就等你来了。"牧云爽朗地开着玩笑，其实因为宿醉头还是有些不舒服。

"兄弟，一年不见，你变了，开始满嘴跑起了火车，啊？"梁经理假意训着牧云。

"怎么样，我看你微信朋友圈天天酒山肉海的，日子过得不错，这刚创业一年，公司也弄得有声有色，我看楼下得有近20个工位吧。"梁经理表面上瞎聊，实际上已经开始摸牧云的底啦。

"嗯，哥哥见笑啦。楼上楼下工位是有20多个，Q城那边还有几个人，但是全加起来包括我还不到20，就十几个人。今年创业是第一年，主要都是靠客户和朋友照顾，签了几百万的软件实施的活，不敢养太多人。不然就变成我给这帮工程师打工啦。"牧云顺着梁经理的话往下走。毕竟心虚，就说不到20人，只是这不到20人跟融技的全体员工5个人差距有点大。但是这话说的却是一点毛病也没有，牧云自顾自地笑了笑。

"你刚创业一年，这样不错了，挺好的。我这次来找你，是想看看咱们两家公司能否在后续项目实施上深度合作一下。"梁经理说完，端起茶杯轻轻地抿了一口茶汤。

"感谢哥哥支持，我现在这边主要还是做MDI的软件实施。今年也签了一些单子，有问鼎银行、东北亚银行、东山格尔、Q城地产等，技术团队这块主要以ITIL流程管理、Monitor监控、ASSET资产管理为主。"牧云底气十足地快速介绍着这些生意和公司的技术实力，毕竟这些客户都是拿得出手的企业级大客户。

梁经理听着牧云不打草稿的介绍，觉得虽然融技公司规模不大，但是牧云有在MDI的经历，现在已有这些客户合同，应该问题不大，便说："兄弟，咱们也认识好几年了，之前你在MDI时咱们也合作过，我认你！这样，我这边有很多海外的项目，国内也有几个项目，现在人手都不够，你把人员简历发一下，我这边先拿两个项目让你试试手。要是技术没问题，国内项目每人每月3.5万，海外项目每人每月5万。"

"哥哥，每人每月外包费用市场上基本也就是这样，成。但是每人每月的费用钱你得先付，对于我们来讲员工的差旅费都是先期要产生的，我们刚创业，就别让我们垫付了吧？"牧云笑呵呵地请求着。

"牧云，没问题，这样，我看到简历后，电话跟你的人沟通一下，没问题的话，先派一位ITIL的流程工程师去深圳地产项目担任项目经理，一方面跟客户沟通，另一方面也是带着我们的人现场实施交付完成。"梁经理觉得牧云说得在理，就爽快地答应了，但是强调技术人员这块一定要他亲自验证才成。

"真金不怕火炼，欢迎哥哥随时随地检查我的人。"牧云云淡风轻地说，因为牧云手里有汤程这个经验丰富的人才，而且梁经理对技术细节的要求完全在融技的可控范围之内。牧云不知道的是，接下来的工作脑力劳动和知识投入远远超出了自己的想象范围。

签约豪单遇障碍

恒威华和融技在客户面前都是乙方。融技以每人每月3.5万元的方式分包恒威华深圳物业的ITIL项目，为了让恒威华满意进而拿下其后面的订单，牧云安排汤程把长远汽车的项目交给王剑和有了基本项目经验的大学生来做，然后尽快飞到深圳支持ITIL项目。只要汤程本人过去，恒威华的合作基本就不会有任何问题。

一切如牧云的设想，汤程过去后，对外引导客户控制需求，对内快速推动恒威华项目前行，加快了项目进度，提升了项目质量，得到了恒威华和客户的双重满意。恒威华的刘女士看汤程无论技术水平、沟通能力、项目管理能力都很强，便特意约汤程吃了一次广式早茶，直截了当地开出了不菲的年薪。承诺只要汤程愿意加入恒威华，50万以内的薪水随便填。汤程在融技每个月只有5000元的基础薪水，30%的股权收益还只是个数字。融技第一年公司盈利并没有给汤程分红，因为汤程全职加入也只有半年左右时间。融技第一年的项目合同额300多万，回款也没有全部到账，未分红汤程也是认可的。恒威华公司的刘女士挖汤程未成，也明白了一个道理，那就是：永远不要拿高薪去诱惑一个心中有梦想的人。在梦想面前金钱是没有任何吸引力和说服力的。虽然用金钱去挖拿工资的打工人来说是必杀技。这些插曲开电话会议时汤程主动告诉了牧云，牧云听后也是非常感动。

通过深圳物业的项目合作，恒威华的刘女士、梁经理两位公司主要管理者，对融技公司的技术团队做事比较放心，便有意拓展合作范围。梁经理打电话给牧云。

"牧云，深圳物业的项目一切顺利，感谢你们帮忙，让我们节省了很多的时间成本和投入。"梁经理在电话里客气地说。

"哥哥客气了，我们融技就是吃技术这碗饭的，只要我敢承诺，就一定会做好，放心吧。"牧云信心十足地回答。

"牧云，是这样，我这边跟华盛在石油国有个电网的项目。之前这个项目是通兴达的，后来通兴达跟华盛谈崩啦，客户也非常不满意，项目拖了很久，通兴达也没能交付，所以华盛把这个项目转包给我们了。这是一个OPS的综合监控项目。你也知道，我们公司主要做资产管理，虽然也算是泛监控类，但是真正的监控我们毕竟不专业，我一会把那边的客户需求和SOW（项目交付内容）发给你，你看看你们能做吗？"梁经理电话里毫不避讳地说。

"哥哥，感谢你支持。没问题，你发过来吧，我们内部评估一下。"牧云说道。

"我大体扫了一眼，项目需求比较复杂，我给你们3天时间仔细了解清楚，然后我们再沟通。"梁经理认为客户需求文档和SOW交付手册两个文档加起来400多页，而且还是英文文档，便给了牧云3天时间来了解和消化。

"好的，没问题，我们评估完第一时间跟您沟通。"牧云请梁经理把文档直接发邮件到公司邮箱。

当天晚上8点，牧云便把梁经理发的英文文档邮件转给了汤程，两个人电话约定先快速看一下，了解清楚工作内容和融技的技术交付能力后，到夜里10点再通个电话，安排下一步工作。创业者来活就干，加班熬夜毫无怨言，这是他们的常态。很多年后经历了诸多成功与失败，牧云最终转变了这种做法。因为他明白，如果做的事情不是朝着朝阳方向，那么凭着一股激情工作，消耗身体其实就是在浪费生命。

牧云看石油国电网项目的需求手册，汤程看SOW交付手册。虽然两个手册全是英文，并且掺杂着各种专业术语和缩略词，但并不影响牧云和汤程的快速浏览。两个人有着强大的技术底子和项目实施经验，而所有的MDI软件产品，实施的环境无论是操作系统、软件二次开发、数据库、产品交付界面等也都是英文。因为经验丰富，石油国项目的需求和SOW交付内容尽管合计400多页，两个人一目十行，4小时不停歇地了解并做笔记，对客户要做的内容和总集方华盛期望的交付内容清单已经了然于胸了。

夜里10点，为了不影响老婆孩子休息，牧云在书房跟汤程通过视频电话讨论，这个事情需要的时间、成本、技术难点、谁去交付、中东国家是否会有战乱影响出行以及人身安全等问题。综合评估后决定报320万的软件总实施费用，并预计此项目可以有近120万的纯利润。讨论完，已是凌晨2点钟，牧云心里十分满意地挂断视频，准备睡觉。他心想，梁经理给了融技3天时间用于分析和评估，融技只用了不到6小时就完成了全部分析和评估工作。明天一早就可以打电话给梁经理，绝对可以震撼到他，让他感受融技强大的技术实力和认真的做事态度，到时说不定可以直接谈付款方式了，带着这种美好的想象，牧云直接在书房的罗汉床上和衣进入了梦乡。

第二天上午刚过了9点，牧云打开昨夜梳理好的文档资料，拨通了梁经理的电话：

"哥哥，早上好，方便吗现在？"牧云问道。

"10点钟有个会，现在还行，啥事？你说。"梁经理说道。

"哥哥，是这样的，昨晚我和公司的主要技术合伙人一块看了您发过来的文档，并做了详细评估。石油国电网客户那边需要交付的全部技术内容并不难，基本就是主机监控、网络监控、线路监控和机房环境监控，并把这些不同的监控源统一到事件和性能中心，然后做几个大屏即可。唯一有点复杂的就是报表，客户对报表这块比较重视，要求出100多张，这个开发工作量比较大，毕竟MDI的软件产品只提供了报表平

台，报表本身还得二次开发。另外就是工作流程这块，网络设备和服务器的数据加起来有近5000多台，而且部分还分散在石油国国内不同的州和省，会有一些差旅费用。当然这块到了现场，可以跟客户沟通远程操作，不但实施更快，还可以减少差旅成本。"牧云快速地把客户交付内容做了一个简单的总结。

"牧云，我给你3天时间，你们一个晚上就看明白了？牛，那这个事情你们接的话要多少钱？"梁经理没想到牧云那边如此专业、如此迅速，震惊之余便问了能否决定双方合作的重要事宜——合同金额。

"我们这边需要出5个人去石油国现场。国内远端配合3个人，国外的项目，我们正常给每个员工每月1万元额外补助，再加员工往返机票，以及税务局的税费等，一共需要320万元人民币。这里面还包括……"牧云为了把价格加上去，不让梁经理砍价，说了很多理由。其实他心里还在想，如果项目真的签成了，还得尽快招人，现有的人手肯定不够。他们现在海外项目的经验也不足……牧云多少还有些忧心忡忡。

"太贵了，太贵了，这肯定不行。华盛那边给我们都是每人每天2200元，最后打包加起来还没你报的价格贵呢。这肯定不行，签不下来。你再降降，咱们也合作了深圳物业的项目，争取把这个海外项目也合作成功。"梁经理想都没想就让牧云降价，其实也是在试探着砍价。

"这样，梁经理，海外的项目我们经验不多，我们也非常愿意咱们之间的长久合作，为了表达诚意，我这边再降20万，只要我们签了合同，无论后期多么困难，我保证项目可以顺利交付。你看行吧？"牧云考虑了一下利润，便主动减了20万，这也是牧云的底线。

双方又来来回回讨价还价半天，最后就定在了300万。牧云也非常兴奋，但是这种兴奋劲仅持续了不到2周。到手的鸭子就飞了。

真正签合同时，牧云看到合同条款有三点是无法接受的：第一，项目要跟恒威华香港的公司签约；第二，项目要用美金结算；第三，付款比例采用背靠背签约，即华盛与恒威华是1：9的付款，那么恒威华与融技付款也是1：9。牧云看到合同后跟汤程商量，他也觉得，万一后期项目真有问题，打官司还得飞到香港去打。美金结算涉及汇率问题，一年之内汇率上下波动谁也无法确定，万一汇率降低合同额就会大幅缩水。最无法接受的就是背靠背签约，融技要垫资1年帮助恒威华和华盛实施石油国的电网项目，如果实施过程客户不验收，那么垫的资金打水漂，尾款又收不上来，还要面临诉讼。二人商议，将付款比例变成7∶3，至少保证先把成本收回来。如果对方同意就签合同，否则就不干。

恒威华因为自身经营也面临着压力，在付款方式上也没妥协，300万的合同就此灰飞烟灭。牧云心里觉得挺惋惜，想着要是融技公司资金上有这个实力垫资接下来就好了，接下来干好了对融技的全球生意开拓应该会有较大的帮助。未知总是如此诱人。

没几天，恒威华这边又抛出了海外电信和迪卡移动的项目，每月5万包1个人包半年，利润不多，但为了打开海外市场，牧云答应并签了此合同。为了解决融技内部的人手问题，牧云和汤程商议后，决定把汤程前同事韩晓丰挖过来，送到海外电信的项目上。所谓知己知彼，百战不殆。牧云了解到韩晓丰刚结婚，房子有贷款，想给媳妇买一辆奇瑞瑞虎的SUV，但是当前囊中羞涩。他游说韩晓丰说只要去海外项目待半年，每个月收入3.5万。半年收入20多万，回国后就可以去4S店把车提出来带着媳妇去旅游。对于每个月拿着1万出头工资的韩晓丰来说，这很有吸引力，他很快就爽快地答应了。就这样，融技和恒威华的第一个海外项目便顺利推进了。

当然，项目实施绝非易事，华盛海外现场的项目经理对于客户交流、文档交付、实施落地等工作都非常严格，而且全程英语交流，技术不行文化不够还真接不了海外订单。做这个项目不单单韩晓丰经常熬夜，连汤程和牧云也经常半夜被拉着开电话会议。海外项目全部使用最前沿的技术，经常需要MDI原厂文档资料、接口开发等支持。没办法，只能由牧云消费曾经的MDI同事的关系。请他们从内网下载最新内部文档和软件介质，让汤程用最新的软件搭环境测试验证。有时实在搞不定又会再转给牧云，最后由他直接找LAB实验室专家求救解决。在大家的共同配合下，顺利满足了华盛的高标准要求，融技也收回了全部款项，大家一致认为华盛海外项目的钱真心不是那么好挣的。

几年后，牧云发现了一个怪事。不爱言谈，曾经连奇瑞瑞虎都买不起的韩晓丰，居然是区块链技术的早期粉丝、比特币国内第一批拥有者，星星币的联合创始人。他

当时只花了几千元就拥有了60多个比特币，身家一度达到上千万人民币。但令牧云佩服的是，在比特币价格达到3万美金的时候，韩晓丰也只是卖了2个比特币，把房贷还清，并没有全都套现享受生活。用他的话说，真正玩区块链比特币的人，玩的是一种精神，一种去中心化试图改变世界的情怀。在比特币跌跌涨涨的过程中，他根本不关注盈利还是赔钱，宛如世外高人。

无心插柳柳成荫

当韩晓丰还在海外没日没夜写代码，牧云也从恒威华公司获得了一些零零碎碎的技术外包合同。尽管合同收益都非常少，但是牧云并没放弃合作。一方面是为了维持融技和恒威华的合作关系，保证公司的技术人员有事做；另一方面也是希望能够再有类似石油国电网那样大型的项目，只要付款方式合理，牧云就想去尝试，毕竟未知的世界总是让人神往。创业一年多还没有签过二三百万一张单子的大合同，这样的合同是融技发展的重要里程碑。

2015年，牧云基本没有什么娱乐时间，也很少陪伴家人。为了融技的发展，牧云就这样拖着疲惫的身体长时间劳作着。牧云一直盘算着，等忙过这段时间，找个地方旅旅游，好好休息一下。许多年以后牧云回想这段往事，很庆幸自己的身体底子是真不错，不然持续一年多熬夜、醉酒、频繁出差、高强度工作、不断见各类人群劳心劳神、一个人承受家庭和公司的多重压力，没有"永垂不朽"牺牲在工作岗位，真是要感谢父母给了自己一个强健的身体基因。

　　过了腊月，2016年春节期间，没有了任何工作和客户要见的牧云突然变得不知所措，有人说这是忙碌后的清闲空虚症。牧云为了缓解这种内心的"孤独"，每天在家坚持看中国历史《兴衰五千年》。用知识为自己充电，让自己在与客户交流的时候变得有文化。就这样每天浑浑噩噩地到了正月十五。过了正月十五，果然又开始像平日一样，电话、微信慢慢多了起来。2016年开年，最值得记录的就是MDI前同事姜涛的一个微信。

　　姜涛比牧云年长几岁，人长得非常帅气，在MDI时被称为北山省四大才子之一，在MDI那些年钱没少挣。钱多了他就买房子和股票，结果他买的房子开发商说要延期1年交房。姜涛就又买了一套房子，结果那几年正好赶上房价疯狂上涨，他狠狠地赚了一笔。股票市场，他也跟着大丰收。为了规划养老和打高尔夫，他又在雪野湖买了一个小别墅，别墅里面有个高尔夫球场，当时说业主可以终身享受会员价打高尔夫。结果赶上国家恢复绿水青山，别墅被推倒，政府按照当时的市价给了姜涛一笔补偿。姜涛平时的开销MDI大部分可以报销，幸运的涛哥十来年就积累了上千万的流动资金和几套房产。

　　当然，这也是他凭上海复旦大学的高学历和个人本事在MDI外企刚进入中国时经过层层筛选摘得的机会，也可以说是赶上了中国经济高速发展的时代红利。不过，这个世界没有完美的人。姜涛挣了钱，世界各地没少去，酒山肉海，得了一个奇怪的病，就是平时总是手抖，如果有什么激动的事情就抖得更厉害。大家一起打麻将，这哥们儿如果手里的牌上听，抓牌时手就抖得厉害。大家也就都知道姜涛要听牌了。而且可以根据手抖动的幅度判断和牌的大小。这个事情成了MDI同事们的小笑话。

　　涛哥实现了财务自由，运气好得谁都拦不住。MDI的生意被互联网时代冲击得有点下滑，涛哥又赶上MDI的硬件被某企收购，涛哥不出意外地又拿到了一笔补偿金。但是他去某企后工作并不适应，和新东家相处得也不是很开心，便请了年假出国旅游了十几天。他偶尔没事时看微信朋友圈，发现牧云生意做得风生水起。便想起有一次带领北山省硬件部全体销售人员在沂蒙山搞团建初见牧云时的情景。那时的牧云还是一个腼腆甚至有些惊慌不知所措的销售小白，如今短短四五年时间，牧云上电视，登报纸，签合同，开公司，变化之快让人目不暇接。

　　姜涛从澳大利亚回国，因为没有直达北山省的航班，便在北京落地，在国茂酒店

休息一晚。他想着不如顺便约牧云见面，喝喝茶，聊会天，再坐高铁回北山省。于是便给牧云发了微信约见面。

"牧云，我今天落地北京。明天下午晚点回北山省，明天方便见个面吗？"

牧云打开手机看到姜涛的微信，心想，这哥哥好几年不见，突然约我见面，难不成是有啥事？但是又实在想不出会有啥事，想着这几天也没啥安排，便回复到："涛哥，没问题，北京欢迎你。"

"牧云，我住在国贸酒店。明天中午我们就在国贸楼上的餐厅见吧。"姜涛直接告知见面地点和时间。

"好的，涛哥，明天见。"牧云想着姜涛在北山省带销售团队十来年，人脉资源丰富，如今再次联系，深度交流一下对融技后面在北山省的生意也没啥坏处。于是带着这种轻松的心情第二天如期赴约。

国贸曾经是北京的地标建筑，也是外企的聚集地。明媚的阳光阻挡不了冬日的寒风。在国贸这里，你总能看到一些人，穿着羊绒大衣，左手拿杯卡布奇诺，右手抱着苹果笔记本，一口标准的普通话时不时地蹦出几个单词。"Jackle，这个月你的commit能实现吗？记得一会参加北区的review会议哈，那个Focus用户一定要follow住，有困难一定要及时report，我这边会协调technical团队及时响应"……很多外企的销售都是从知名学府毕业，干着最简单的沟通工作，拿着几万元的月收入。这真是让那些拿着几千元工资的打工仔羡慕得口水直流。

牧云如约来到国贸酒店，离开MDI一年多，不能像以前一样几乎每周入住五星级酒店了。牧云进入酒店大堂，仍然被气派的装修感染着。和以前不同的是，心态发生了彻底的变化。牧云心想，虽然现在自己出差只能住如家，但将来融技做大，用自己挣的钱住五星级酒店，那才是真的牛×。牧云自信地来到二楼餐厅，被美女服务员引领着走进就餐大厅，很快就看见了姜涛，他拎着茶叶礼盒快步地走了过去。

"涛哥，好久不见，给你带盒茶叶。这个白茶是我在福建的一个朋友自己家茶园的，没经过任何机器加工，纯手工天然晒干，并储藏了超过5年，非常适合咱们这些爱喝酒吃肉的人，比较养生。"牧云很自然地介绍自己从茶城老板那里学来的茶叶知识。

"牧云，咱们老同事啦，你还这么客气，谢谢，谢谢。"姜涛客气地接过茶叶，说："我刚回来，坐下午晚点的高铁回北山省。看你最近搞得风生水起，就想着跟你见个面，聊会天。"

姜涛曾经是MDI硬件部门的领导，跟牧云直线老板关系非常好。牧云觉得姜涛找自己没啥事，便轻松地闲聊了起来，说："涛哥，你别信微信朋友圈呀。那些虽然是真实发生的事情，但是事情的背后日子不好过呀。我跟你就实话实说，不怕你笑话，客户可能以为我的融技成长得有多快，但实际上我现在就是一个皮包公司，全公司加上我才5个人。年前本来有一个300万的恒威华在石油国的海外外包项目，但是因为公司创业刚一年，底子薄，恒威华要我先垫资我没敢接。哎，错过了一张利润过百万的单子。"牧云编着瞎话，实际上明明是石油国那个项目付款方式太差不能接，但在姜涛面前却说是资金实力不够不敢接。

"啊，那是挺可惜的！你现在公司主要做什么业务呀？"姜涛继续问着。

"我创办的公司叫融技，虽然公司规模小，人也少，但是过去一年靠朋友和客户的照顾，也签了300多万的合同额，比在MDI打工时挣得多一点。但是真操心呀，中间还和海交所打了一场官司，不过后来双方讲和啦。目前融技这边主要做两块业务：一块是接MDI的尾单生意；另一块是互联网创业项目企服大管家，打算为中国7000万家中小微企业提供一站式企业服务。其中企服大管家这块我也见了很多投资人，他们非常认可我们的想法和赛道，但是认为我们的产品现在还没啥技术壁垒，所以我这边也让我的技术合伙人汤程做开发准备呢。但就是现在项目回款有时间周期，融资这块又没有途径，所以有种金戈铁马踏梦来，长使英雄泪满襟的感觉。"牧云滔滔不绝没有任何避讳跟姜涛说着。

"噢，那你们做这个事情要多少资金呀？"姜涛询问牧云的梦想需要多少钱。

"汤程跟我算过，要想把产品研发出来推向市场，同时展示给投资人，差不多200万就够啦。要是有了这笔钱，我们就可以快速招研发人员，而且我们想好了。研发人员就在北山省招聘，那边办公室和员工工资便宜很多。一个大学毕业生，有3年Java开发经验，北京这边敢要一个月3万元的工资，被这些互联网公司给惯的。但是北山省就不一样了，有10年Java经验的人才，你给2万元每个月，都给你拼命地干。"牧云把汤程以前给他说的信息全部如实地说与姜涛。

此时的姜涛心里已经被牧云的真诚打动。他觉得多年不见，牧云能够如此坦诚地

介绍融技的真实情况，说明把自己当成朋友。融技想研发的产品听上去好像很快可以进入风险投资的A轮及以上，现在只要200万资金并不太多。而且融技的账上还有应收账款。正好自己也不想在某企继续上班啦，不如做个投资人，挑战一下自己。万一牧云这小子真牛×，把融技做大，走上资本车道，那自己也可以高位套现离场。想到这儿，姜涛说：

"牧云，感谢你这么信任我，要不这样吧，我来给你投资200万，咱们一块搞。你整理一下公司的资料，带着你的合伙人，咱们在北山见面，详细聊聊？要是没问题，这个钱我来出，怎么样？"

牧云一下子被姜涛搞蒙了，心想不是过来闲聊吗？怎么还聊出一个天使投资人？这真是踏破铁鞋无觅处，得来全不费工夫。

双方又聊了一下下次见面的大体时间，简单吃了个午餐。牧云结账，尽地主之谊，便送姜涛去了高铁站。

资本无情埋隐患

送走姜涛后，牧云就迫不及待地一边开车一边打电话给汤程："兄弟，有个特大的好消息，哥哥我给咱们公司搞到了200万投资，哈哈。"他把和姜涛的谈话内容大体复述了一遍。

汤程听了之后也十分开心，心想，放弃老王那边公司的职位和期权，跟着牧云看来是跟对了，便说："好事呀，没问题。我这边也做些准备，到时谈判主要把股权分配谈好，其他方面咱们随机应变吧。"

牧云说："股权那东西就是个数字，现在也没啥意义。融技是我创办的，只要我一直是融技的大股东就没问题。别融了钱公司被别人掌控，那我肯定不干。最主要的是用这笔钱把咱们要做的事情做好。"

"成，那你看什么时候过来？融资到位后，咱们可以在Q城租个办公室，正式设立融技在Q城的研发中心。咱们在Q城连个像样的办公室都没有，那两个新招聘的大学生一旦没有项目干，我担心他们会随时离职。那样咱们就白培养了。"汤程说。

就这样，牧云和汤程约定正月二十一到Q城和姜涛面谈。为了增加信服力，牧云让小兰把融技签的所有合同原件都打包好，到时一块带到Q城，让姜涛亲眼看到这些合同，他的心里肯定会更踏实些。这种重要时刻让一号员工一块参与一下也很好。小兰这一年进步非常快，真正体会到了什么叫痛并快乐着。当听到公司搞到了200万融资，小兰也跟着乐开了花，再次坚信当初选择留在融技是一个正确的选择。

牧云领着小兰来到Q城，其实心中是带着大大的问号的。怎样才可以顺利地获得这200万天使投资？到底如何谈判？拿到钱了又如何达成产品研发的目标？牧云内心全无头绪，还好有汤程助力，让融资这件看起来复杂的事情得以简单、清晰、专业的处理。

为了方便和姜涛面谈，牧云在Q城找了一位开公司的朋友借了一间会议室，汤程和姜涛也都在下午2点准时到达，牧云和小兰则早早地在会议室准备着PPT。见姜涛进来，忙起身打招呼。

"涛哥，我来介绍一下。这位是汤程，之前我跟你说过的咱们公司的技术大牛。"牧云刻意拉近与姜涛之间的关系或者说是进行心理铺垫，"咱们公司过去一年签的诸多软件项目，基本都是汤程带人搞定的。这位是小兰，咱们公司的一号员工，这一年被我折磨得各方面进步也非常快。目前主要负责融技的行政、财务和企服大管家的工作，算是咱们公司真正的大管家。"牧云介绍完，便指着姜涛对汤程和小兰说，"涛哥是我以前在MDI时的同事，也是老领导。"

做事一向严谨的姜涛听到牧云介绍，赶紧纠正："大家好，你们别听牧云说，我和牧云是同事，但他的直接领导是金总，金总对牧云当年那绝对是真心照顾呀。"

"对对，涛哥说得对，金总的确是个好领导，也是非常让人尊敬的好大哥。你们俩当时各自分管软件部和硬件部，关系又那么好，北山省四大才子你们俩就占了两个名额。记得有一次年底金总带我们去澳门团建时玩了几天，中间涛哥也去澳门嘛，我还见你和金总一块喝茶。"牧云在汤程和小兰面前炫耀着曾经在MDI打工时的辉煌。

"大家别站着了。没外人，随便坐吧，这家公司是我朋友开的，这间会议室到今天晚上不会有人打扰。天也不早了，咱们开始吧。"牧云笑呵呵地招呼大家坐下。

牧云将公司的股权结构、人员组成、业务条线、业务发展规模、营业收入、利润率、商务支出、应收账款、潜在商机、公司发展规划、资金缺口、经营风险等全面地做了一下介绍。这些工作都是过去一年的日常，全都装在了牧云的脑子里。现在就像讲故事，层次分明自然流畅地说出来。这之前经历过的无数次的技术方案介绍、售前交流、面对投资人的商业计划书BP路演、项目启动宣讲、项目验收汇报；还有那无数次的框架制定、内容谱写、平面美工、数据统计分析、总—分—总语言介绍训练等，为今天的行云流水的介绍，做了最好的准备。厚积才能薄发，这一切的聚合让牧云的这一次PPT介绍已经达到了一种较高的境界。如果说各类电脑工具的应用是"术"的层面，那思路逻辑就是"法"的存在，最后不通过任何展现媒介，仅通过一张嘴就可以为听众在大脑中勾勒出一张张图像，说明已经达到了"道"的高度。多年的历练，让牧云无论是有PPT还是空对空交流，都可以做到"术法道"的融合。

姜涛听着介绍，并不时细心地做着笔记。小兰适时地把所有项目合同放到姜涛面前。姜涛仔细地翻看着这些合同，又现场看了一下用U-Key登录的银行公户，查看资金流水。可谓是有图有真相，他非常满意地点了点头，心中已经下定决心投资融技，并计划尽快办理在某企的离职手续。便对牧云说："嗯，牧云，我这边没啥问题，咱们商量一下股权占比吧。你们是怎么想的？"

"涛哥，其实来之前我们内部大体做了一个计算公式，我这儿还有一张图表，大家一块看看吧。目前融技我占股70%，汤程占股30%，小兰有3%的期权，最多三年9%的期权。过去一年我们一共签了300多万的合同，软件的毛利润比较高，有近200万，去除商务成本、实施成本、各项税费，纯利润123万，当然还有部分尾款未收回。这算是公司的实际资产。按照资本市场通用的10倍市盈率和公司未来不断向好发展来算，资本市场公司市值相当于1230万。除了这块，公司现在还有一些无形资产，比如我和汤程的人力、智力投入，以1年市场价工资计算为70万。其他的，比如公司目前在MDI软件尾单这块市场占用率越来越高、融技的品牌广受认可等这些目前还不值钱，也没法估价。所以我们认为资本市场价值应该为1300万，您投资200万，通过两者相除，计算结果您的股权占比为15.38%。您看您有什么疑问吗？"牧云根据事先讨论的结果把股权占比详细地介绍给姜涛。这些都是汤程把一件看似虚无缥缈的事情给具象化、数字化的结果，牧云当时听汤程大体介绍了一下思路，就忍不住竖起大拇指。汤程真牛人也！

"嗯，1300万的估值从公式上来看似乎没啥问题，但是你们一分钱也没有对融技投资，融技的工商显示目前还是认缴状态。只有我真金白银出了200万现金，当然我也认可你们过去一年的营业收入，可是未来的收益我们也只是乐观预测，能否达成还是未知数。这样吧，我呢，要个吉利的数字，18%，200万现金入股，入股后我要求控制银行审批的U-key。"姜涛爽快地开出了18%的股权要求。

牧云看了看汤程，见汤程没有任何面部表情，又觉得这些股权现在就是个数字，如果将来做不起来，屁都不是。当下要是能够获得200万的投资，那公司的未来就有希望，而且涛哥要18%的股权也实在不多，便开口说道："同意，我没问题，汤程你有问题吗？"

汤程说："我也没有问题。"在汤程看来这股权也同样是数字，目前没什么意义。

"那成，大家对股权都没意见，这个事情就定下来了。我出让10%股权，汤程你

出让8%。最终结果是我持股60%，汤程持股22%，涛哥持股18%，小兰的期权不变。"牧云做着股权的总结。因为除了姜涛认为融技的股权值钱外，其他人都认为股权、期权就是个数字，所以都没有提任何反对意见，融技董事会成员首次全票一致通过。

就这样两个多小时已经过去了，接下来姜涛又说："股权谈完了，咱们得重新做一下工商变更和公司章程吧？"

"好，没问题，汤程可以配合现场改，改完了小兰回京后直接去工商局做变更处理。"牧云觉得这些paper work已经不再需要自己，便在一旁休息，一旦没事了他总是处于疲惫的状态。

"牧云，这么重要的事情你还是一块参与一下吧？"姜涛认为公司章程是一个公司的话语权或者权力制约的重要法律文件，要求牧云参与商定。

牧云此时并不清楚公司章程的重要程度，觉得只要自己是公司大股东，那些纸上的文字游戏都已经无足轻重，便对姜涛和汤程说："那东西你们定就行，我没啥问题。"不过牧云坐在旁边休息时，还是听见了姜涛和汤程的讨论，大体意思就是，姜涛作为公司的监事，对于公司总经理在公司经营上存疑问或者重大失误时可以提议罢免等。公司财务大权由姜涛掌握，银行的U-key姜涛要拥有最终审批权。

牧云吃过项目合同上法律官司的亏，但他不知道公司章程是可以轻轻松松架空大股东的法律文件。因为无知当时没太当回事。只有待日后吃了不懂公司法的亏才知道利害。

通过重新修订公司章程，牧云发现姜涛考虑事情非常细致，也非常长远，文件条款里面都讨论到如果姜涛发生意外事故，其所持股权和每年的分红收益，都由其妻女接管等。汤程细心地配合着姜涛整理着公司章程，几乎是逐字逐句地查验。多年后牧云才知道，汤程此时的细心不是为了完成工作，也不是为了帮牧云把关，而是确保自己在公司出现风险后不承担任何法律责任。只不过此时的牧云全然不知，单纯地享受着自己作为老板安排一切、其他人具体执行的快乐。

不知不觉间，大家从下午2点讨论到晚上6点。公司章程修改完毕，姜涛让牧云再看看，牧云摇手说："不用看，只要大家认可了，我就没问题。走吧，天黑了，咱们找个地方吃点饭，庆祝一下？"

姜涛说："好，我来请大家去吃日料铁板烧吧。正好我这边还有三石铁板烧家的会员卡。"

牧云知道三石铁板烧不便宜，四个人最便宜也得上千块，便对大家说："走吧，今晚跟地主涛哥吃顿好的。"

说着，大家简单地收拾了一下会议室和电脑，牧云和小兰坐姜涛的丰田陆地巡洋舰，汤程开着他的标致307在后面跟着。那一晚，大家都很开心，牧云喝了很多清酒，他打心底里觉得自己特别厉害，一盒茶叶一顿真诚无目的的聊天，就获得了200万的投资。晚上姜涛的代驾先把牧云和小兰送回酒店，在回酒店的途中，牧云迷离地看着Q城的夜色，突然心绪变得十分复杂，真的是选择比勤奋重要，方向比选择重要。当年从草根技术转型做外企销售，外企打工不到4年，再次跳离舒适区，创立了融技科技公司，在无人无钱无资源的背景下，依靠自己的逆商活了下来，还养活了几名员工，服务好了一些客户，如今又搞到了200万的投资。过去的一年，对于牧云来说，就像把三年要做的事情在一年内集中做完一样，疲惫、憔悴、充实、富足、激动、沮丧……所有这些周而复始循环往复。此刻牧云多么希望身边有个人可以分享，确切地说是一个女人——媳妇汪红。可是一年多的打拼，牧云几乎没有时间照顾家庭和老婆孩子，不是出差，就是喝得醉醺醺地回到家里倒头大睡。和媳妇的关系慢慢地变得疏远了很多。俩人还经常因为家庭琐事争吵，还在吃奶的孩子基本从来不找爸爸，更不会叫爸爸。牧云被清酒的后劲给麻痹了，内心也迷茫了，心想，自己努力打拼不就是为了让父母、老婆、孩子生活好一点吗？到底哪里出了问题，带着这个没有答案的问题，牧云回到酒店也没有洗漱，直接扑在床上，灯都没有关，迷迷糊糊地睡了过去，直到后半夜酒劲过去，浑身干热，起来找水喝，才发现再有两个小时天就要亮了。他揉了揉昏昏沉沉的头再次睡着了。

雪野湖团建醉酒

姜涛跟牧云约好，4月1日是姜涛在某企那边的Last working day，他会在2月底把200万一次性打到融技的账上。同时为了让自己有一份基本工资和社保，要求融技给他开5000元基薪。姜涛嫌牧云之前每月拿5000元太少了，和牧云商量后给调到每个月1万，商务报销上不封顶。也给汤程调到一个月8000元。小兰因为过去一年很努力，也从4000元调到5500元，这里面包含了电话补贴、车补等费用。大学生的工资待遇不变。人生头一次自己给自己发工资、涨工资，那种愉悦是打工者无法理解的。调整完公司员工的工资之后，按照股东间的分工，牧云继续四处找项目，汤程负责当时跟李马华路演时讲的PPT推进产品研发，用以打造融技的技术壁垒，寄希望于日后获得真正的风投，并走上资本快车道。姜涛负责公司的财务管理工作，小兰负责具体会计财务工作以及企服大管家等事宜。

既然有了融资，牧云在花钱上的一些做法偶尔也让姜涛很是不爽，比如事先没有跟姜涛沟通，就把北京的红木班台换了一个更大更气派的。姜涛说啥也没同意用公款报销。牧云当时的想法认为公司都是我的，花钱也是为了公司的门面，凭啥公司不给报销，但是财务环节终审姜涛就是不批，搞得两人刚合伙就吵了一架，还是汤程从中调和双方才化解矛盾。挥霍投资人的钱，牧云的确犯了大多数创业者都会犯的错误。没钱时穷得要死，融资到账后乱花钱。很多风投机构在投资过程中更看重创业者的个人品质，认为同样的项目只有真正做事、不被金钱迷惑的创业者才会更容易成功。牧云在花钱这件事上的确跟姜涛多花了很多口舌沟通，他心里觉得姜涛带资入股，好处是融技有钱可以大干一场了，坏处则是公司多了一个管自己的人。当然，经过创业洗礼后他逐渐明白：曾经以为的好未必是真好，曾经以为的坏反而是真的好。创过业才会深刻理解财务晴雨表的管理和做事情的严谨在企业经营中有多重要。但在创业初期，严谨约束反而激发了创业者的情绪对抗，从而引发冲突。

牧云在Q城设立了一个研发中心，具体租写字楼看房事宜交给汤程和姜涛两人执行。最后大家决定在瞬态广场租一个自认为风水极佳的场地。300多个平方，一间老板办公室，外加一个大开间作为员工工作区，还有一个能容纳十几个人的会议室。姜涛为了让公司更加有排面，自费11万元买了一张紫檀的实木班台和普通花梨木的茶桌。员工办公家具则是汤程在网上订购的，20个人的桌椅工位全部下来才1万多点，和姜涛的实木大班台形成了鲜明对比。汤程选择与员工坐在一块方便技术交流。他自费在小商品市场批发了很多可乐和小零食放在公司，这种操作完全是copy谷歌、亚马逊等公司的风格。好像全世界的程序员都特别爱喝可口可乐、吃膨化食品，程序员大多掉头发并且虚胖，这些东西也应该占一半"功劳"。

为了让公司看起来更像个公司，汤程和姜涛建议把公司LOGO重新设计一下。于是在高校找了一位学设计的大四学生，重新设计了一套企业VI标识，只花了1000元。又花了2000元在公司进门的地方弄了一个LOGO墙。

牧云去Q城出差，看着他们俩把公司搞得有模有样，也打心底认为公司的确看起来更专业。牧云意识到，自己一个人的能力和想象力的确是有限的。牧云这次过来主要是配合汤程把产品研发的人员面试到位，主体面试工作由汤程把关，牧云过来只是从人品和人才长远性方面考察并拍板终面。汤程做事考虑周全，这点牧云很放心，这种放心换来的是更加信任，便赋予了汤程更多的权力。

Q城高校林立，大学生毕业要么考公务员，要么跑到北、上、广、深、杭挣大钱了。普通研发人才很容易招聘到，真正可以独当一面的技术大牛却不多见。但这也难不倒汤程和牧云，兜里有钱心里不慌。在了解情况后，牧云授意汤程通过猎头进行人才招聘。花了几万块后，很快就招到了两位均有着10年Java研发经验且懂算法的程序员，日后他们俩的技术也的确没让汤程和牧云失望，而且工资一个2.2万元，一个2万

元。这种水平的人才要是在北京起码得提高到4万，但哪怕是4万月薪，那些打工者仍然不可能愿意长久待下去，更别提对公司的忠诚度了。牧云再一次坚定了在Q城设立研发中心的决心。

为了形成公司的技术梯队，汤程又在中华英才网上买了个会员，很快就又招到了几个初级、中级的码农。汤程又跟牧云建议再招聘两个研究生刚毕业的美工，并让他们带薪去北京学习三个月。具体技术牧云已经不太关心，有些新技术、新术语也是偶尔听说，汤程讲的什么区块链、容器、数据湖等新名词，牧云也是听得云里雾里，但是心里认为汤程做的肯定是对的，只要是汤程想招的人，他就全盘批准，这也给了汤程十足的信心，决意要带领新组建的人马在这互联网创业大潮中干出点成绩来。

汤程一心为公地做着各类事情，姜涛却因为汤程钱花得太快，不断打电话给牧云，说什么咱们这么小的公司，还要带薪去北京培训，学费也是公司来出很不合理。牧云认为汤程做的事情是正确的，便在电话里劝涛哥，姜涛也只能无奈同意。

人马配齐，正常流程得搞个公司誓师大会，确立公司的愿景和目标，凝聚一下融技的新团队。牧云便和姜涛商量公司所有员工团建一下，培养一下感情。这个想法得到了姜涛的双手赞成。姜涛说正好他新买的雪野湖别墅有个业主回馈日活动——沙滩篝火BBQ。业主免费，业主也可以带朋友，每人只收100元成本费。

周六下午，北京、Q城两地员工早早到Q城办公室聚齐，然后大家开了几辆车去了雪野湖别墅。姜涛已经提前给大家开好了酒店，大家办理完入住，牧云便让小兰在微信群里喊大家一块开个会，这也是外企给牧云留下的传统，喝酒前先开会。会议室就是姜涛的别墅会议室，大家坐酒店的摆渡车到达姜涛的别墅大门。下车后，牧云也被眼前的奢华给震惊了。三层欧式小楼，院子里碧绿色的草坪旁有一个儿童秋千，秋千旁边靠近屋子的地方有一个小型的游泳池，泳池正对着雪野湖的湖面，别墅背后是不太高的小山。开发商还是比较注重风水格局的，姜涛的别墅前朝后靠，左右环绕，中间池水聚财之气。姜涛把大家带到别墅的地下一层，一个多功能厅，欧式装修的房间正中有一个会议桌，有投影和音响设备，可以看电影、唱歌。

牧云头一次见到如此之大的山水别墅，着实大开眼界，忍不住不断夸赞姜涛："哥哥，你说还跟我们苦哈哈地创啥业，天天炒炒股票，打打高尔夫多好。唉，你们有钱人的想法我是真想不明白。"

"这边离Q城高速两小时，离周边县城也远，房子看着大，其实不贵。咱们努力把融技做起来，将来挣到钱，一人买一套都不是问题。"姜涛蛮有信心地说。

"好，等咱们挣到钱了，我也买一套跟你做邻居。"牧云觉得吹牛又不收税，便豪迈地接话。

闲聊了一会后，大家抓紧时间在会议室里简单开了一个会。牧云作为大老板先讲了一下公司的愿景、目标和人员分工，汤程作为二股东也把融技未来技术的发展方向详细介绍了一下，最后姜涛的发言最为简单，就一句话，晚上大家尽情Happy。姜涛不善言辞，汤程讲的技术太过枯燥。不得不说，牧云的讲话感染激励着在场的每一个人。大家都觉得，刚成立的融技虽然目前不大，但几位股东老板都有独当一面的能力，跟着这样年轻的老板们可以进步很快，也坚信公司会越来越好。就这样，融技成立一年半后第一次正式的全员大会，就在雪野湖别墅地下一层会议室完成了。

开完了全员大会，接下来是所有人都期待的沙滩篝火BBQ了。那一夜，牧云一杯接一杯被员工们敬酒，因为开心酒也喝得十分豪爽。员工们也被牧云的豪气感染大口地喝酒，并拍着胸脯对牧云保证，一定会以公司为家，跟融技共成长。在酒会进入高潮时，绚丽的烟花点亮了夜空，留下了人间最美的瞬间，之后便是熊熊燃烧的篝火，牧云借着酒劲，带领大家围绕着篝火纵情地挥舞着双手。

那一夜牧云永远也不会忘记，虽然融技还没有做大做强，但是自己已经由一名打工者转型成了一名真正的老板，并且养活了16名员工。这16名员工背后是16个家庭。融技帮助他们缴纳了五险一金，也可能在帮他们还着房贷月供，还有可能在为他们养家糊口敬老爱幼。总之全无背景的牧云通过自己的努力创办的融技已经帮助这个社会创造了少量的就业，也算是帮助国家分担了实际困难。醉酒后的牧云用迷离的眼神看着熊熊燃烧的篝火，突然陷入了长远的回忆，一张张画面快速地在脑海中闪过：一个东北农村出来的穷孩子，当时就带着1500元来到北京，睡过潮湿的地下室，吃过最廉价却美味的路边摊，坐过最拥挤的公交车、地铁，经过十数年的顽强打拼，一次次或主动或被动的人生转型……如今到底该如何评价现在的自己？牧云想了很久很久，突然觉得现在的自己特别像一个英雄，一个在和平年代努力打拼的草根英雄！

未来定位陷两难

雪野湖的宿醉，大家短暂放松了身心，员工间沟通也相较之前更加融洽，接下来的日子牧云本以为一切都会按照原来的设想——企服大管家开发出同业中有技术壁垒的竞品。然而事实给了牧云最沉重的打击，这次打击也让牧云决定关闭企服大管家。多年后有记者采访牧云如何看待自己创业初期走过的弯路，他回答说这段经历很宝贵，虽然犯了很多创业者会经常犯的错误。创业者在造富梦的社会背景推动下会想象出很多生意模式，这些模式产生的到底是真实存在的需求还是伪需求？开发的到底是实用的产品还是无人问津的垃圾？只有在执行的过程中才会明辨真伪，在这个过程中会有很多创业型公司死掉，而那些投资人的钱则被动地打散进行了财富再分配。只有极少数的创业公司脱颖而出。虽然听上去整体比较悲观，但是换个角度想想，这不就是另外一种"劫富济贫"运动吗？

牧云记得一个恶心但是经典的经济学"理论"：张三和李四看到地上有一堆屎。张三跟李四说，你要是把地上的屎吃了我给你500元，李四虽然觉得屎难吃，但是为了挣这500元，还是捏着鼻子吃了一口，感觉极度恶心，心里超级不平衡，便对张三说，你只要也吃一口，我就把这500元还给你，张三知道难吃，但是自己损失了500元，为了止损收回那500元，他也吃了一口，双方都遵守游戏规则，谁也没有损失金钱，但是地上的屎少了两口。这个故事告诉我们，张三和李四两个人用实际行动创造了1000元的GDP，推动了社会的发展。

创业近两年，真正一直给融技带来收益的是企业级软件项目。而企服大管家在业务量上完全产生不了势能，还在消耗融技的公司资源。本以为靠开发产品提升企服大管家的行业壁垒，但是产品却迟迟不见交付。公司一下子招聘了十几个人，每个月工资、社保等各项支出超过了15万，账上的钱也就够支撑一年了。紧要关头，汤程却跟牧云说，Q城研发中心要花一个月来学习容器理论和技术，再派两个人去建材城小商户那里调研半个月，结果折腾了两个多月，产品的影子都不见，账上的钱却已经花了几十万。这让牧云有些焦虑，公司无法做到每个月都有几十万的软件生意大额进账，可是每个月的固定工资、水费、电费必须花，就算汤程他们一年后把企服大管家的产品研发出来，还要市场营销、推广，这些都需要钱。最后的结果可能是花光了姜涛的200万投资，产品研发出来资金链断裂而把融技推向倒闭的深渊。这还是往好处打算，如果汤程他们研发失败，最后梦想还在，钱却没了，估计牧云和姜涛会更痛苦。想到这儿，牧云惊出了一身冷汗，创业近两年，一路奔跑，路上一直想的是挣钱、融资、发展，从来没想过这家公司会倒闭。虽然现在账上的资金还够存活一年，但是一想到未来的不确定性，牧云特意订了早班高铁到Q城和姜涛、汤程开了一个闭门会议。

"汤程，情况我们电话里也都有过沟通，做人做企业都要居安思危，你把产品研发的时间计划跟我和涛哥说一下。"牧云在姜涛的茶桌面前直接问向汤程。

汤程手指着移动白板说："牧云，我这边做的计划是10个月时间，从现在算持续到明年4月份。产品研发跟孕妇生孩子一样，必须得经历十月怀胎，不是人多就可以加速孩子出生的进程。"汤程从技术角度理直气壮地解释。

"汤程，技术我多少也懂一些。你说的我能够明白，但是现在是融技的钱包未必明白，每个月15万左右的开销，到明年4月份，产品还没研发出来，钱可能就已经没了。软件项目这边就算我ALL IN去搞，合同付款周期也不可能保证每个月都有资金进账。"牧云直接把融技的资金情况和业务情况摆给汤程，好让汤程知道现在技术团队只是花钱部门，不是造血部门。

"是呀，汤程。牧云说得有道理，咱们得想想办法，未雨绸缪。"姜涛适时补充

到，所有能少花的钱，或者不花钱的事情，姜涛都会非常认真地对待，真正做到帮融技公平公正公开地把好了钱袋子。

牧云不等汤程开口，便抢着说道："这样吧，产品研发得加快，你想办法把时间缩短到今年10月底吧。同时别让现有的技术团队待着，我尽量给大家找一些外包的活，补充公司的现金流，你们要是有渠道也都多拉点活。"

"牧云，时间上我尽量加快，兄弟们加班加点努力吧。但是技术团队这块的方向不要有变化。有几个员工也是因为看好这个技术方向才愿意加入咱们这家小公司，如果方向发生变化，可能会动摇军心。"汤程从技术人员的视角把问题抛给了牧云和姜涛。

"嗯，明白。但是两害相权取其轻，如果公司都不存在了，还要这些技术有啥用？如果你发现个别人有问题，我来跟他沟通。"牧云从大局观出发，汤程也不好反驳，姜涛一看后面可以及时止损，脸上又露出了久违的笑容。

大家按照会议基调，分头行动，加速前进。

牧云回到北京，小兰主动找到他说："牧总，融技现在是小规模纳税人。最近的几笔交易让公司交了不少的增值税和所得税，我们现有的发票也无法抵税。现在咱们的客户和业务规模可以考虑升级一下，升级为一般纳税人，这样进项和出项发票相抵，可以节省很多钱。"

"嗯，是的，我每个月看着报表上要扣的税，的确心疼。行，按你说的抓紧办吧。"牧云同意了小兰的提议，并发邮件给姜涛和汤程通报此想法。

"对了，小兰，之前有的标咱们资质不够，找外面资质全的公司帮忙，咱们支付给人家5—8个点的手续费，客户的项目款还得放在人家账上，拿自己的钱还得天天跟人家催。你这样，趁着公司现在有人有钱，去申请几个资质，比如ISO9001、ISO27001、国家高新技术企业、中关村高新技术企业、系统集成和CMMI软件能力认证等。统计下需要花多少钱、多少时间，跟一般纳税人一块办吧。把那个'国高新'办下来的话，公司投入的人员研发成本也可以抵一些税费。"牧云继续安排着小兰的工作。

"好的，牧总，我这就去了解清楚。"小兰一边做着笔记一边答应着离开了。

第二天，小兰就找牧云当面汇报了资质的事情："牧总，你方便的话我把几个事情给您汇报一下。"

"嗯，你说吧。"牧云刚准备打电话给睿信雅达的刘总——曾经MDI的同事，现在他的企业做得非常大，短短两年多就有近千人的规模。

"牧总，三个事情给您汇报：第一，工商那边已经把姜涛加进来了，也跟涛哥说过了；第二，融技变更一般纳税人已经提交国税了，顺利的话应该两周后就可以办下来，到时我把现在的发票拿过去换一下就行，目前发票基本都是10万一张的额度，近期开的票应该可以换；第三，昨天您跟我说的资质认证的事情，我这里有一张单子你看一下。"说着便把单子递给了牧云。

牧云接过单子，看了一下：

认证清单

认证事项	时间	花费（元）	备注
ISO9001	3—5个月	1.5万	无
ISO27001	1年多	5万	无
国家高新技术企业	14个月	2万	需要5名研发员工的社保
中关村高新技术企业	1个月	0.2万	无
系统集成	\	\	国家已经停办此认证
CMMI软件能力认证	\	\	目前公司还不具备条件
计算机软件著作权	5个月	1.5万	代办公司可代写

看完单子后，牧云觉得小兰做事越来越靠谱了，简单清晰，一目了然。便对小兰说："ISO27001这个先不申请了，有点小贵，给公司省点钱。既然系统集成现在停止办理了，也算了。其他的都正常办吧，发个邮件给我并抄送给涛哥，抓紧时间办。"

"好的，牧总。"小兰领了任务便又回到座位上忙了起来。

纸醉金迷流会馆

交代完杂事，牧云便拨通了睿信雅达刘老板的电话，结果电话响了几声后被挂断了。

刘老板一条短信立刻推送了过来："牧云，我在国外，暂时不方便接听。"

牧云客气回复道："刘总，我想着这两天过去拜访您。看看我这边的技术团队有啥可以配合您工作的，那等您回国再联系，祝好，牧云。"

刘老板立刻回复到："你可以先找兰总沟通。他可以代表我，电话196××××××××。"

"好的，感谢！在外注意安全。"牧云回复完短信，纠结要不要打电话给兰总。因为他并不认识这位兰总。约见睿信雅达刘老板也是想看看有没有项目可以包过来，给融技创收。睿信雅达公司在国内做监控运维，曾经处于龙头地位，跟融技在监控领域既是竞争对手也是合作伙伴。前两年它拿到了蓝星1个亿的投资，走上了资本快车道，飞速扩充产品线和业务线。牧云想着凭借以前MDI同事的老交情，随便给融技两个单子，就可以让Q城的技术团队多创造些收益。

简单考虑后，牧云还是拨通了兰总的电话："喂，您好，是兰总吗？"

"您是？"因为是陌生电话，兰总客气地问。

"噢，兰总，您好，我是牧云。您的电话是刘总给我的，他说他在国外，让我跟您联系。"牧云说明了缘由。

"噢，明白了。有啥我这边可以配合的吗？"兰总一听是自己的老板刘总介绍过来的朋友，不敢怠慢，立刻换了口气。

兰总对刘总的朋友之所以重视，主要因为刘老板的"钞能力"。兰总自从跟刘老板一起创业，由于自身技术过硬，便成了睿信雅达的高管，主理技术，收入和待遇火箭式提升。睿信雅达甚至给他单独配车和司机，所以刘老板在他心中那就是毛爷爷。

牧云快速判断刘老板在兰总心中的地位，便客气道："兰总，您看明天您有时间吗？我过去拜访您，跟您喝个茶？"

"嗯，牧总您别客气。我看看我这边的时间，嗯，明天下午3点以后吧，您方便吗？"兰总也是客气地回复牧云。

"好的，那明天下午3点以后见，您先忙。"约好了时间牧云就挂了电话。

第二天，牧云如约来到了睿信雅达公司，前台小姑娘和兰总电话确认后，便把牧云送到挂着"技术总监"牌子的办公室。她给牧云倒了一杯茶后便轻轻地离开了。兰总看面相感觉也就比牧云年长几岁，稍微有点胖。但是应该经常健身，这种胖不是虚胖，而是很结实的那种微胖，或者用壮这个词更合适。

牧云快速走上前，把茶叶放到兰总班台侧下方，然后伸出双手，热情地说："兰总，您好您好，抱歉过来给您添麻烦了。给您带了一盒养生白茶。"

"牧总好，咱们不用这么客气。在沟通别的事情时刘总也跟我提起您了，我听刘总说您之前也是MDI的？那咱们也是同事呀。"兰总做人做事十分严谨，见牧云前先和刘老板请示过，主要就是担心不了解情况，给刘老板惹出麻烦。

"啊，是吗？那太好了，我是软件部的，您在哪个部门？"牧云开心地问，因为MDI老同事互相哪怕不认识，也会立刻变得特别亲。

"我也是软件部的，不过我在LAB实验室那边，是负责数据软件的中国区技术经理。"兰总云淡风轻地介绍着自己。

牧云一听是大中华区的细分条线技术经理，心中肃然起敬。能在MDI做到那个层级，技术自然厉害得很，难怪可以在睿信雅达做技术总监。同时也在内心感慨，刘老板这些年也是真厉害。公司起起落落，从几个人迅速扩张到80多人，然后又破产背负债务，卖掉房子离了婚，隐忍了几年。如今东山再起，公司做得如此大，还把MDI条线的中华区技术经理给挖了过来，能量不是一般的大呀。这可能就是人们常说的在低谷反弹之后的牛人吧。

牧云直接跟兰总介绍了融技的业务范围，并坦诚地说此次拜访主要是想看看睿信雅达这边有没有项目可以分包给融技。

初次见牧云，兰总觉得他不让人讨厌，他根据自己手里掌握的资源，很直接地说："牧总，我们睿信雅达这两年产品条线和业务条线发展都很快，但现在人员成本这几年被互联网公司给抬得越来越高。你那边员工的技术水平要是行，我这块还真有一些软件模块开发可以外包出去。这样我们还可以节省人员入职培训和员工社保等成本。"

"嗯，太好了，我这边的人员技术水平没问题。无论是MDI软件的实施，还是新技术应用的开发，都没问题，我们专门在Q城成立了一个研发中心，有几十个人，很多都有十年以上Java的研发经验。"牧云见真有项目机会，便在融技真实的基础之上，虚夸了一下，也是为了把这个外包生意给揽下来。

"好呀，你稍等。我马上让人评估一下模块数量、技术要求和工期，然后你安排Q城的技术人员过来和我这边的技术团队面谈一下。要是没问题，可以走个小合同先干一单，双方看看效果。"兰总说完，便直接通知相关工作人员进行模块外包评估。

牧云心里乐开了花，见个面喝个茶，就又搞定了一个项目。

兰总在电脑上安排好工作后，起身要给牧云的茶杯再续点热水。

牧云忙起身护着杯子，说："兰总，不用麻烦，不用麻烦。您晚上要是没别的安排，我知道一个不错的地方，我请您喝两杯吧，也让我有机会向您多学习学习。跟优秀的人在一起，让我也变得更优秀一些。"牧云笑着说。

"牧总，咱们都是老同事，不用客气，相互学习。你帮我们做模块开发，也是帮我们分担开发压力。晚上没问题，我请您。不过得稍微晚点，我这边5点还有个智慧城市项目的线上会议，不确定几点开完。"兰总觉得牧云这小子挺不错的，又是老同事，再加上天天一个会接着一个会没完没了，想喝两杯放松一下也不错，便同意了牧云的邀请。

牧云心想，兰总是真会说话呀。刚才谈的项目开发人员外包，明明是融技挣睿信雅达的钱，兰总硬是说成了融技帮睿信雅达分担开发压力，做技术经理能有这样的高情商，真的是技术人才里面的商务天花板了。牧云大脑上空快速闪过一万头奔腾的牛，连忙说："兰总，没事，多晚我都等您。晚上一块喝点小酒，聊聊风花雪月，阳春白雪，放松放松，做IT这行一天天太辛苦了。"

牧云和兰总套着近乎，也想慢慢地把这种比较正式的氛围给调节到轻松的状态。兰总一听牧云如此说，便说："那行，咱们晚上见，随时微信联系。"

"好嘞，兰总。您先忙正事，我就不打扰您了，一会我把饭店名称给您发过来。"说着，牧云便离开了兰总的办公室。

牧云刚离开兰总的办公室来到停车场，突然接到老胡的电话："牧云，你刚才来睿信雅达啦？"

"是呀，你也在公司呀？"牧云知道老胡在这家公司上班，而且和刘老板的私交也不错。刚才上楼之所以没先找老胡，主要怕不清楚兰总的情况，怕自己在睿信雅达熟人太多不利于和兰总的沟通。

"刚才兰总那边把你们融技给推了过来，说是让底下的人评估一下开发模块啥的，要外包给你们，正好我这边也有点需求，你安排个技术跟我对接。创业不容易，我一并给你加到合同里，增加点合同额。"老胡电话里简单直接地说。

牧云听完，心里感激涕零，心想，今天人品爆发到这种程度了吗？碰上客户主动给自己追加合同额的好事。其实这主要是因为好多年前就和老胡做过同事，后来去MDI时双方也偶尔喝过酒，又都是技术出身，惺惺相惜吧。牧云知道老胡的技术在业

界十分厉害，也知道老胡内心也有创业的想法，但是北京的开销不同于别的地方，他媳妇不上班全职带娃，老胡担心"创业三更穷"，怕等不到五更富，一旦没有稳定收入就会影响家庭质量，所以迟迟不敢付诸实践。牧云敢想敢干，不管是无知无畏还是初生牛犊不怕虎，反正一只脚踏上了创业路不断向前冲，也是让老胡由衷佩服。作为多年的老朋友，如今老胡在睿信雅达也有足够的话语权，和刘老板又是多年打拼的好兄弟，顺带给牧云增加点合同额，在睿信雅达内部不会有阻力。这对于牧云来说，既是锦上添花，也是雪中送炭。

牧云电话里连连道谢，但是考虑到目前不清楚老胡和兰总之间的关系，便在电话里说，自己已经离开了睿信雅达，过几天单独请他喝酒，表达感谢！

当晚快7点的时候，兰总如约来到牧云订好的望京玉流会馆。他刚走进大厅，便被异域风情吸引了，确切地说是被玉流会馆的美女服务员惊艳了。玉流会馆是朝鲜为了创汇在中国开的一家高端歌舞餐厅。和其他朝鲜餐厅不同，玉流会馆的服务员都是朝鲜一线艺术类本科院校毕业的学生。她们不但人长得漂亮，而且多才多艺。之所以愿意来中国做服务员，也是因为有出国工作实践经验，两年后回国可以直接进入公职队伍。

兰总单独坐电梯到二楼，而朝鲜美女服务员则穿着高跟鞋快步跑到二楼，并在电梯前等候。之所以这样，据说是因为朝鲜管理严格，不允许这些美女服务员和中国人有私下交流。哪怕后来牧云经常光顾玉流会馆，每次指定金秀香来服务，和金秀香已经非常熟悉，仍然无法要到金秀香的联系方式，更别提约出去吃饭了。唯独有一次，金秀香用蹩脚的汉语说，牧云如果去朝鲜出差，想找她，到平壤就可以找到她。牧云这才意识到，在平壤不用手机号不用地址就可以找到，说明她的家族应该也是名门望族。金秀香还说要想约她出去吃饭，按照内部规定，需要把玉流会馆所有人全部邀请获批后才可以共同外出，这个要求直接让牧云打消了想法。不过因为很多次指定金秀香在包房服务，她有时会很给面子地偷偷在房间角落里陪着牧云喝上一小杯酒，或者陪客人一同唱一些她会的中文歌曲。

兰总进了包房，见牧云已经点好了菜，大都是朝鲜特色菜品，如各种韩式烤肉，朝鲜米肠，辣白菜，辣萝卜，炖牛尾，还有常规的盐焗大虾，小米辽参等，桌子上还放了一瓶梦之蓝M6。他感受到了牧云满满的诚意，便开心地说："牧总，让您久等了。公司的会议拖堂，抱歉抱歉。"

"兰总，咱们客气啥。理解理解。下班啦，没啥事，今天这儿有酒有肉有美女，一会咱们还可以唱两首。"牧云豪爽地笑着邀请兰总入座。

"来，兰总，您喝白的还是啤的？这儿有白的。要是喝啤酒咱们可以品尝一下朝鲜的朝日啤酒。"牧云自己喝啥都行，主要是看兰总爱喝什么酒。

"这个就行，就喝这个吧。咱俩少喝点，别喝太多，明天还一堆事呢。"兰总指着梦之蓝M6白酒说。

"好，来，兰总，我给您倒满。"牧云拿着分酒器便要倒酒，这时旁边的金秀香赶紧过来倒酒，异国美女服侍，让牧云感觉倍有面子。

金秀香慢慢地倒完酒出去了，牧云见房间里只有兰总和自己，便对兰总说："兰哥，感谢您照顾我生意。牧云是懂得感恩的人，我收到项目首付款后，会第一时间表达感谢。"

兰总没有接牧云的话，只说："你们好好干，有问题及时沟通。"

牧云听明白了兰总的意思，双方都心领神会，便不再提此事。牧云接下来便和兰总推杯换盏，你来我往，很快就喝了半斤多，时间也到了8点半。这时金秀香走过来跟牧云和兰总用蹩脚的汉语说："老板，我要把灯调一下，接下来请欣赏我们朝鲜的民族舞蹈和歌曲。"

牧云和兰总二人此时已经微醺。他们半靠在座位上，先欣赏了朝鲜的民族舞蹈长鼓舞，帽子舞，还有激情四射的手风琴演奏，随后又欣赏了类似于中国古筝的朝鲜伽倻琴，这琴特别像中国的古筝，没准就是盛唐时传入朝鲜的乐器。他俩在美女们的舞蹈和音乐带动下，也忍不住手舞足蹈，尤其是伽倻琴这种类似中国古筝的声音，如同中国名曲高山流水，时而婉转，时而急促，让人听得心旷神怡，如痴如醉。表演结

束，牧云借着酒意，非要跟金秀香合唱一曲，金秀香欣然同意。但最后还是金秀香照顾牧云，因为牧云会唱的合唱曲目还不如金秀香的多。二人共同合唱了一曲《广岛之恋》。唱到开心之处，牧云又拉着兰总，年长牧云几岁的兰总被牧云折腾得没办法，再加上酒精的作用，便笨拙地跟着一起欢快地扭动着老腰，脸上洋溢着快乐的神情。

后来，融技和睿信雅达顺利完成了技术交流，签订了外包合同。牧云也兑现了承诺，单独感谢了兰总。兰总后来也成了牧云的好朋友，并就公司经营上向他提供了一些长远的规划建议。

未捷篇

WEIJIE PIAN

· · ·

红山忽悠北漂客

牧云自从2014年年底离开MDI创业至今，生意上基本是十战九胜。这激发了他做事、见人的信心。其实他在做工程师甚至在MDI做销售的多年里患上了严重的社恐——社交恐惧症。如今实现转变，只因内心不甘于永远做个底层打工仔，被呼来喝去。他在打工和创业的路上不断自我折磨，在一次次的工作实战中历练、学习，做到晓之以理，动之以情，诱之以利和趋之以势。无论是商界大佬，还是政界领导，都可以做到与之坦然交流，说话有理、有力、有节，活成自己希望的样子。因为活得洒脱，通透，舒服，他身边的人也感觉特别舒服，甚至会让一众老前辈另眼相看。

牧云爱折腾与家庭的熏陶有关系。对子女最好的教育就是言传身教。牧云奋斗的路上接触过众多企业家，与他们沟通如何给予子女更好的教育，这些成功的企业家谈及子女教育，无不认为榜样的力量无穷大。所以当牧云偶尔时间自由看护果果时，会带着果果参加各种公司对外会议、滑雪、晚宴等，虽然这些不是还在上幼儿园时期的果果所喜欢的活动，但是牧云相信这类活动会种下梦想的种子，慢慢在果果的心里发芽。

牧云能够取得这些成绩，离不开父亲的影响。牧云的父亲是做伊豆六方石生意的，主要出口日本、新加坡等亚洲经济发达的国家。这些国家经济达到富足和资源匮乏的平衡点之间，喜欢从中国进口这些天然园林装饰品。20世纪90年代是伊豆六方石进出口贸易的高峰时期，2000年之后伊豆六方石的进出口贸易开始逐年下滑。不过牧云的父亲每年还是可以发几个车皮的货物，发货量大不如前。因为父亲做六方石生意，和一些外贸企业有所接触。在红山六方石矿山企业招商，牧云的父亲也被当地委以重任，负责对外贸易销售和矿山生产管理。矿山的投资方经过多方了解和观察，对牧云的父亲十分信任，只委派了一位已经退休多年的曹主任来整体监管矿山。这位曹主任可以说是六方石矿山的直接老板。

这位曹主任年近七十，但身子骨十分硬朗，每顿饭喝个半斤高度白酒啥事没有。这体质可能跟他当过兵有关系。牧云喜欢叫他老曹头。有一次老曹头和牧云单独喝酒聊天时他自述当年上过战场，还杀过十几个敌人。因为战斗有功，退伍后被安排在台儿市市政府上班。因为人长得英气，能喝酒，会说话又会来事，后来被派到北京做起了台儿市驻京办的主任，负责来京人员接待，以及在京走动。那些年，老曹头没少结交京城部委厅局的人脉资源，钱也挣了不少。退休后在家没事干。他有个当年一块战斗的队友，下海做生意挣了大钱，成立了一个矿产集团，在各地投资矿山。战友请老曹头负责代管新投资的红山伊豆六方石矿。老曹头退休了、年纪也大了，但大家还像以前一样亲切地称呼他曹主任。只有牧云这个后生跟他熟识后，在喝酒时敢直呼他老曹头。对此老曹头只是觉得又气又笑，但也拿牧云没办法，因为在他看来，眼前的牧云比自己那个不争气的儿子要能干太多了。

曹主任虽年近花甲，但身体健朗，依托当年在北京打通的各种关系，自己单独在北京成立了一家公司，继续商务服务生意，四处帮人接缝（关系中介）。牧云的爸爸每次来京见曹主任，都会让牧云带着好酒去陪曹主任喝两杯，一来二去，曹主任和牧云也就很熟悉了，后来二人又单约喝过几次酒，彼此也成了忘年交，主要也是双方都想着做点事挣大钱。

曹主任任红山六方石矿的矿长，经常有机会和红山市市政府的人员接触。当时红山市和兄弟市哈左市争一个30亿汽车生产线招商引资项目。据说当时外地的财团已经都决定把钱投到哈左市了，因为哈左临近海岸线，陆路交通也便利，就差把资金划拨到位了。结果红山市开发区的周主任和曹主任一块喝酒，大家闲聊这个市政府招商引资的项目。周主任说红山市很重视这次的招商引资，内部会上表示，红山市地处冀蒙辽三省交界，交通路网发达，又有历史悠久的大凌河汽车生产线基础，硬件条件并不比哈左市差，称谁要是能够将30亿引资到红山市，那他就是红山市的恩人，市里愿意重赏。曹主任一听有巨额奖金，便放下手里的酒杯，仔细了解哪个财团投资等细节。结果世界就是如此之巧，财团中这个项目的重要负责人，居然是和曹主任一块扛过枪的战友。接下来的事情简单得让人难以置信！在哈左市领导信心十足地认为30亿引资成功准备开庆功会时，财团突然把钱打到了红山市。曹主任不但拿到了招商引资的巨额奖金，那个开发区的周主任也因为招商引资有功，被破格提为副市长，分管农业。周副市长非常感激曹主任的拔刀相助，每次曹主任来红山市都给予最高礼仪接待，同时也是想继续吸收曹主任的人脉资源。这也符合自古以来的通例：官商勾结，榨干对方资源。

牧云在北京期间有一天下午没啥事，便打电话约曹主任一块喝酒，曹主任在酒桌上跟牧云说红山的周副市长最近跟他见面，叨咕了两次要搞智慧农业。这东西都是高科技，他也搞不懂，问牧云会不会。牧云一听就来了精神。他觉得所谓的智慧农业，其实就是用一堆风火水电的传感器实时采集数据，然后通过自动化控制技术实现智能机器操作，再弄几个数字化大屏实时查看宏观数据，再统计分析出几个报表而已。在他看来没啥技术含量，只是加上了"智慧"二字，变成了几百万或者上千万的项目机会。于是当晚牧云不断敬曹主任酒，表示愿意参与这个项目，曹主任因为和周副市长有着深厚的合作关系，便应下了牧云，说明天跟周副市长约时间，俩人到时一块回红山当面聊聊。但是有一个要求，牧云不能介绍自己是红山人，要以北京市高科技公司客商的身份出现。牧云赶忙答应说没有问题，一切听老曹头的安排。老曹很不喜欢牧云这么叫他，便硬生生地让这个气人的晚辈多喝了两杯酒算是惩罚。

红山是中国黄瓜之乡，60万人口有近20万人种植大棚温室蔬菜和花卉，已经形成了地区性规模效应，产品基本覆盖了中国北方的大部分城市。这点牧云从小就知道。一想到可以用高科技技术赋能家乡农业，还能挣到钱，牧云就忍不住内心的狂喜。要是成功了，融技就可以尝试全职布局农业了，毕竟越是传统的产业生意机会越多呀。

第二天曹主任上午就早早地打电话给牧云，说周副市长周六、周日的时间都可以，他们随时可以过去。牧云一听这么快，赶紧拉着汤程攒了一个智慧农业的PPT，又做了一个智慧农业的视频。从视频上可以看到智慧农业系统可以通过传感器实时采集天气、温度等数据，傍晚会自动通过卷轴实现温室卷帘遮盖。如果棚内温度过高系统会自动打开温室通风口。土壤的养分、湿度等数据也都会实时上传到中控大屏。乍一看，安装了智慧农业系统后温室种植还真就实现了蔬菜"智慧"生长，全生命周期实时可观测。牧云把PPT彩打出来，把视频复制到U盘里，便于政府领导观看。牧云考虑到周副市长虽然只是副处级，但手里的权力在当地还是很大，觉得开自己的沃尔沃XC90回去多少差点意思，不太像真正大企业的老板，于是就找中关村徐老板借了他的奥迪A8。低调中带着高贵，回去相当有面子。在牧云看来，中国人做生意讲究排场，排场够大，对方才会相信你有实力承接一定规模的生意。

路上牧云开着奥迪A8稳稳地行驶在京承高速上。人家都说"操控看宝马，舒服开奥迪"，奥迪A8在京承高速上跑个120迈真是又稳又轻松。牧云开着车一边享受车窗外秀丽的风光，一边听曹主任吹嘘着他年轻时的故事，不知不觉就到了红山市。牧云把曹主任送到当地最好的宾馆入住，一起吃完饭，请曹主任先休息，自己回家看看父母。下午3点又准时过来接上曹主任，一块去周副市长办公室。

红山市这些年发展很快，市区高楼林立，远看像一座现代化城市，近看会发现这些楼基本都是豆腐渣工程。小区规划混乱，房子墙皮脱落，估计一个4级地震就可以顷刻间让城市变成废墟。市政府大楼还是20世纪90年代兴建的红砖5层小楼，没有电梯，很是复古。牧云把车停在地下停车场，曹主任带着牧云直接进了三楼周副市长的办公室。

"周市长，辛苦呀。周六放假了还在为人民服务。"曹主任笑着对周副市长说。

"哎，现在哪还有休息时间呀。只要不睡觉，就都是工作时间。你们这是什么时候到的呀？"周副市长客气地询问曹主任什么时候到的红山市，路上顺不顺利，都是一些客套话。

曹主任和周副市长寒暄了几句后，便指着旁边的牧云向周副市长介绍："周市长，这是北京融技科技有限公司的老板，牧云牧总。前两天不是听你说你要搞智慧农业吗，正好牧总是专业做这块的，你们聊聊看吧。"曹主任直接奔主题。

牧云见曹主任介绍完自己，赶紧把事先准备好的名片递给周副市长，并说："周市

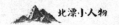

长，您好，很荣幸见到您。希望我们融技公司可以用我们多年积累的数智化能力，助您一臂之力。智慧农业，科技兴农。"牧云现场也是表现得十分镇定。老曹头看在眼里，是喜在心里。

周副市长接过牧云递过来的拉丝金属名片，仔细看着名片上的信息，嘴里念叨着："北京融技科技有限公司，牧云牧总，总裁。牧总您好，欢迎您来我们红山市考察投资合作呀。"

"周市长，您客气啦。我们融技是一家科技企业，之前做过很多代表性的项目，比如问鼎银行、东北亚银行、深圳物业、Q城地产等。在智慧农业这块我们也有大量的技术积累，这是我们来之前准备的资料以及视频。"牧云心知融技没做过农业类项目，想着说一些银行项目也能表明公司的实力。估计周副市长也听不明白，说完便把事先彩打的纸制资料和U盘递给了周副市长。

周副市长接过资料，快速地翻看了一下纸制文件，同时对着现如今是"北京过来的大老板"，其实是从小在红山市长大的牧云介绍起了红山市以及农业宏观情况："红山市这几年刚摘了贫穷的帽子。现在是县级市，年均GDP12亿元。市区和农村共计60万人口，其中一半人口还生活在农村。农业是我们这里的支柱性产业，几乎家家户户都有大棚，主要种植花卉和蔬菜。蔬菜以反季黄瓜为主，花卉在中国市场的地位领先，号称'小云南'。花卉和蔬菜种植现在已经形成了一定的规模，有独立的大型交易市场。反季黄瓜产量每年可达90万吨，最远出口到俄罗斯，你们北京的新发地也是我市主要的产销渠道。红山地理位置独特，这里年日照时长2748.1小时，10月底天气转凉，来年2月才解冻，特别适合大棚种植。"

牧云认真听周副市长介绍着自己的家乡，有着多年销售素养的他不断地点头，示意周副市长他在仔细地听着。但是心里已经捧腹大笑，心想："大哥，我就是红山人呀。你说的这些除了具体数据我不清楚，其他都门清。"

牧云听周副市长介绍完，表现出了很吃惊的样子，说："噢，咱们这边的蔬菜种植规模这么大呀。北京的新发地的确是一个很重要的渠道。那咱们这边的黄瓜有没有有机品种，这样我在北京也可以帮忙对接一些五星级酒店。"牧云顺着周副市长的描述也开启了商业讨论模式。

"牧总一看也是很懂蔬菜呀。我们红山市这些年的确把黄瓜的市场打开了，但是品牌这块相对滞后，也是这两年我们努力的目标，这也是我们要启动智慧农业的项目初衷。现代人越来越认有机食品，绿色果蔬。但是农民分散种植，他们使用农药化肥我们也的确控制不住。所以我们市提供一定比例的资金扶持，在几个乡镇划出上千亩优质地块，打算进行科学化、绿色种植，以此来打造红山市黄瓜精品品牌，把价格提上去。同时也可以实现示范效用，种植户看到有机食品的收益，也会主动改变，从而实现红山市蔬菜行业由规模化向有机化迈进。"

牧云听着周副市长对红山进行介绍，突然感觉这位周副市长为了做事，还真是花了心思做了一些工作，很多数据说得非常精准，牧云对他有些刮目相看了。他觉得周副市长并不是那种只会说假大空的人，的确是想做事，也多少有些想法。

周副市长看牧云听得聚精会神，便开始进入此次交流的重点——资金，说："我们市财政主要以农业为主，真正可以拉动GDP的钢铁企业财政又归上一级城市管，厂区在红山市但是资金并不留存在当地。我们的财政也是年年吃紧，这次启动的智慧农业项目，主要也是想看看，能不能跟你们这样的企业合作，我们出土地、人才和优良育种，你们出资金和设备，收益后的农产品由我们站台打造IP品牌，推向高端市场，然后我们共同分享收益。"

牧云听了半天，发现原来这位周副市长不是给牧云送项目的，是来拉投资的，心里顿时凉了半截，但又不好直接说明，只好问道："咱们这边计划总投资多少钱呀？政府出多少？企业是要求出资金还是用技术和产品代替投资？"

"我跟上面汇报过此事，市里计划投资500万来，但是这500万主要用于地块租金、种子、温室和工人支出，至于我看您刚才文件里面的科技设备、网络等需要你们来投资。当然了，我们可以先找几十亩优质地块进行样板实验。"

牧云听完后完全没了兴趣，便说："好的，周市长，我大体了解了情况。我回去和股东商议一下，我们非常愿意与红山市进行合资尝试，但是具体企业这边的投资金额我得让公司技术团队评估一下才能给您答复。"

此时曹主任一听也觉得项目没啥戏啦，便插话道："牧总，你回去尽快安排技术团队评估，出个详细的方案。这样，你先去车里，我这边再跟周副市长沟通个其他的

事情。"

"嗯，好，没问题。那你们聊，周市长，幸会。我公司的团队出了方案后，再跟您联系。另外，您要是去北京出差，随时打电话给我，我亲自去接您。"客气完，牧云便下楼回到了车里。

过了半个多小时，曹主任被周副市长送到楼下，一直送到牧云的车子旁，并说一会还有事要处理，晚上务必请曹主任和牧总一块去当地的回民街吃特色的牛头宴。晚上牧云没有和曹主任一块去，主要原因是项目没戏，这饭吃得也没啥意思，另外怕酒桌上说漏嘴暴露自己是红山人，那就尴尬了。曹主任也帮牧云编了个理由，跟周副市长说牧云北京那边有急事着急处理。

晚上牧云并没有回家，而是直接给儿时的朋友——老段打电话约见面。老段是牧云拜过把子的兄弟。老段年轻时混社会没有正经工作，现在干起了灰色生意——挖沙，并把沙子卖给各大建筑工地。懂行的都知道这是当地混社会的人才干得了的偏门生意。老段一听牧云回老家了，十分开心，安排工人给四条狼狗弄点晚饭，便让牧云先去自己的一个小弟开的烧烤店，自己也马上过去。结果那一晚牧云跟老段以及老段带的几个兄弟一块喝了很多酒。牧云的酒量在北京酒场上还能应付，回到老家，跟这些人根本不在一个量级，喝着喝着就喝哭了。牧云控制不住自己的情绪，他心里也想不明白，这么多年了，当北漂再难再苦都不曾流过眼泪，为啥今天喝了几杯酒就哭得如此伤心？

也许是因为想到了多年北漂所受的委屈，终于可以在知根知底的兄弟面前哭个痛快；也许是与儿时的朋友好几年不见，借着杯中的酒，回忆起过去一块打架泡妞的时光；也许是回到了曾经如此熟悉如今又十分陌生的城市触景生情，想到自己无处安放的内心，只有哭出来才能得到些许的慰藉……无论什么原因，和儿时的朋友一块喝酒喝的是兄弟情谊，如果当晚和老曹头以及周副市长等人喝酒，那喝的应该是人情世故，生意场上的打打杀杀。

天外有人山外山

因为红山市的智慧农业项目在牧云心里已经判了死刑，周一上午还要把奥迪A8给徐总送回去，这次回老家牧云并没有陪父母，周日晚上便独自一人开车回了北京。

回京后，牧云仍然每天琢磨着见哪些客户，希望尽可能地给融技增加一些商机和单子。每当想起融技每个月15万左右的开支，内心就变得沉重，总担心一直这样入不敷出，融技迟早会关门。牧云打开北山省的客户清单，挨个打电话约见面，希望可以洽谈出业务单子来。功夫不负有心人，他与东山矿源集团的张经理简单聊了一会后，从张经理口中得到一个跟融技业务相关的商机。

张经理说矿源集团这些年在国内外大手笔布局矿山，又和北山省上市矿业进行了合并，现在资金已经有数千亿之巨，成了国资委的重点企业。随着集团收购、并购和重组，信息化系统也在不断整合更新。为了保证集团各信息系统高效稳定运行，集团批了100万的预算，来保障集团科技系统正常运维，而且很快就要招标。张经理正好是负责这个事的项目经理。

牧云在MDI时因为业务上有合作和张经理喝过几次酒，还曾安排张经理去海滨城市以开会的名义玩了几天，两个人关系还可以。得知商机后，牧云第二天就去Q城面见张经理。到了Q城后，他先带着汤程去东山矿源当面跟张经理详细了解了一下技术

需求，然后便按照张经理的要求由汤程带着技术团队抓紧做POC测试①，张经理说测试结果也会作为招标评分的一个重要部分。

见完张经理的当天下午，牧云下楼立刻打电话给张经理："张哥，刚才在您办公室谈正事，也不好意思邀请您。晚上您别安排其他事情，我知道一个日料店不错，咱们一起喝两杯。您爱喝干白，我这儿有一瓶波尔多酒庄的好酒。"

"牧总，不用了吧。你按照刚才我们沟通的，让测试人员把测试效果做好，就没有啥问题。"张经理电话里推辞着，出于项目原因多少有些犹豫。

"张哥，测试这块您放心，我会安排最专业的人去负责，我人都来Q城了。晚上咱们不聊工作，咱哥俩就是聊聊天，拉拉呱（北山省方言），听说您最近在学习MBA企业管理，我这边做企业正想向您请教请教，如何把企业管理好呀。您就给我指导指导。"知己知彼，百战不殆，牧云根据对张经理的了解，努力地说服张经理晚上一块吃饭，只有这样才可以判断接下来的项目融技是否有机会。

"嗯，那好吧。你把地址发给我，下班后我自己过去。"张经理很谨慎，不希望在项目交流期间与参与公司的人员吃饭，怕被同事看到。

"好的，一会给您发到微信上，一会见。"牧云见搞定了邀约，心里觉得这个项目起码又多了一成胜算。

为了让张经理感受到合作的诚意，晚上牧云订的是698元一位的套餐，相比平时298一位的套餐，多了帝王蟹、敖虾、雪蟹腿、上等和牛、海胆和鹿肉等一些珍贵的食材，还开了一瓶张经理爱喝的法国波尔多干白葡萄酒。牧云东聊一句，西扯一句，频频举杯，就是希望把气氛调和到双方都感觉舒服的状态。这种场合对于牧云来讲，是小菜一碟。气氛如果总是调和不到期望的状态，牧云就会讲两个真实发生过的小段子。牧云坚信，老爷们儿之间，小段子一定可以瞬间在酒桌上将气氛推向高潮。如果酒局中有一些老领导，小段子同样适用，只是不能太过于露骨，需要用博大精深的中国文字处理得艺术一些，让领导有那种回味感。既触动大家的兴奋点，又要在领导面

---

① 编者注：POC，Proof of Concept 的缩写，即概念验证。它是一种针对客户具体应用的试验性测试。

前表现得特别有文化。

几杯酒喝下来，牧云见气氛烘托到一种彼此都很舒服的状态，便对张经理说："张哥，我们融技监控运维这块领域目前在国内处于前三的位置，只要交给我们做肯定可以做好，也一定会给您的工作加分，这个项目就拜托您多帮帮忙。"牧云端起高脚杯与张经理轻轻地碰了一下。其实行业前三的位置是牧云自己做的排名。这份底气源自多年的技术积累、人脉资源和行业的洞察，只是目前融技规模稍显太小而已。

张经理借着微微的酒意说："牧总，你们的技术实力我知道，这个项目虽然是我负责，但是我的领导应该也有自己支持的厂商。咱们也认识几年了，我会尽我的能力来支持你们，目前你们先把这个POC测试做好，在效果呈现上让大家说不出什么来，后面的工作我也好帮咱们说话。"

牧云见张经理话已经说到这了，赶紧说："张哥，技术这块你放心吧。我明天再叮嘱一下技术团队。这个项目要是我们能做，我给您留10个点作为兄弟的感谢。"牧云说的10个点是合同额的10%。

"你不用考虑我，先把事做好。"张经理嘴上说着不用不用，但是头并没有摇动，同时提起高脚杯与牧云又碰了一杯。

牧云见要表达的意思都已经表达清楚。为了让张经理尽兴，便不再提项目的事情，继续拉着张经理喝酒，不一会，又开了一瓶干白，一边倒酒一边对张经理说："张哥，鹿肉可是个好东西，您现在平时上班忙，周末又要去上MBA的课，还要照顾嫂子，真是太辛苦啦，这东西您多吃点，想当年这可是大清皇帝光绪爷的最爱呀。"

"兄弟，你又拿哥哥开涮。臭小子，来，哥哥罚你一杯。"张经理也喜欢历史，一听牧云又开起了小黄车，便开心地和牧云继续喝了起来。

那一晚两人一人一瓶干白，刚开始跟喝糖水一样，但是这酒后劲很大，最后两个人晃晃荡荡地离开贵和酒店的日料馆。

第二天，牧云赶紧跟汤程打电话强调了一下POC测试的重要性，同时准备好投标事宜。但是天下没有不透风的墙，牧云跟张经理交好的事情不知为何传到了另外一家公司的耳朵里。

这天上午牧云还在Q城办公室跟姜涛喝茶闲聊，突然接到了一个陌生的电话：

"喂，您好，哪位？"

"是融技的牧总吗？"陌生人在电话里问。

"我是。您是？"牧云问。

"牧总，您好呀，我是Q城鲁智源公司的张明。抱歉冒昧打扰您，我们也在参与矿源集团的项目，客户方领导也非常支持我们，您看今天方便见个面吗？"张明电话里表明了来意。

"嗯，张总，见面没必要吧，我们都是直接跟客户对接，咱们见面聊啥呀？合作？"牧云谨慎但火药味很浓地问。

"牧总，您想呀，如果客户不支持我们，我也不可能有您的电话，是不？我知道您还在Q城，您要是方便，我们见个面聊，电话里说不方便。"张明继续要求见面。

"嗯，那好吧，你来我这边的公司吧。"说完，牧云发了地址短信，便陷入了沉思，这哥们是从哪个客户那里拿到我的电话号码的呢？肯定不会是张经理给的……看来这家公司对融技的情况还是有些了解的。

下午张明早早地来到公司，牧云邀请他坐下喝茶，想慢慢试探一下他在客户那边的关系深度，便问："张总，请问我的电话是谁给你的呀？"

"牧总，这个我不能说。但是你们在客户那里进场做POC测试，而且客户对你们的技术也很认可，这些客户的高层领导都跟我说了。我跟您实话实说，我们不做这块业务。竞标这个项目是因为客户的高层领导跟我们公司老板关系很好，希望我们公司中标。我们也就是要个案例，为后续其他项目做铺垫。我今天来，就是想说我们中标后产品实施可以外包给你们。你们退出这个项目竞争，活儿还是你们来做，只是利润会少一些，我可以保证我们鲁智源一定可以中标。"张明信誓旦旦地说。

牧云眼睛直勾勾地看着张明说话，觉得对方应该还是有些底气的，便说："张总，我们也愿意合作，利润少点没关系，只要中标，大家都有钱挣，多交个朋友也不是什么坏事。可是你怎么保证你一定可以中标呢？"

"这个我们肯定有信心，但是现在我不能跟你直说。"张明回复道。

"你这样无凭无据地要我们跟你配合，如果你中了标不外包给我们，我们到时候找谁去？"牧云质疑道。

"牧总，您的顾虑我理解。要不这样，我们签个私下合作协议。"张明想着协议可以作为担保的一种。

"协议肯定不靠谱，这种串通投标的协议，到时候就算你们毁约，我们也不能拿此协议跟你们要钱，更不敢用此协议打官司，而且也犯不上为这么个项目打官司。"牧云说完觉得没有什么可以合作的契机了。

"牧总，那你们觉得怎么样才可以合作？"张明反问牧云。

"如果你们真有高级别客户关系，又确保自己可以中标，最后技术实施外包给我们，我们也愿意跟你合作。你要是真想合作，就拿出诚意来，先转我们10万元现金做担保，有了彩头，合作才可信。如果你们中不了标，钱我们不退。"牧云不认为对方会出这个钱，但是对方要是想合作这是唯一的途径。

"嗯，这样，我问一下我的老板吧。"张明说着拿起电话打给了他所谓的老板，简短沟通后，对牧云说："老板那边愿意拿5万元做担保，如果我们中不了标，或者中标不外包给你们融技，这5万元我们就不要了。"

牧云想了想，觉得100万的预算，项目中标给到自己的额度也就大几十万，如果合作，先收这5万元，无论结果怎样，融技都不吃亏，便说道："行，你安排人汇款吧，我们起草协议，同时你安排人跟我们配合，我们帮你写标书，报价最后我们商量着定。"

"牧总爽快。没问题，我这就安排。"张明说完，又喝了一会茶，便离开了。

事后牧云还打电话给张经理，问他是否认识这个鲁智源的张明，张经理答复说完全没听过，这从侧面印证了牧云的猜想，对方可能走的是高层路线。

投标当天，牧云的确见识到了鲁智源公司客户关系的深度。因为融技和鲁智源两家公司合作投标，用的又是MDI的软件，成本自然上去了，价格就比较高。结果国产运维厂商直接报了一个低于50万的报价，导致价格分差过大，鲁智源没能中标。牧云想既然没中标，也不全是鲁智源的问题，有搅局者是谁也控制不了的事情，但是投个标挣5万元也不亏。因为投标现场并没有立刻公布结果，只是大家都认为鲁智源中不了标，结果过了几天后，矿源集团宣布所有公司投标作废，重新竞标。

就这样，过了一个月，再次开标。牧云以为这次一定可以中标，结果事情再次发生逆转，鲁智源又没有中标，北山省本土的一家公司，鲁东公司中标，而且是高价中

标。就这样，融技收了5万元担保金，鲁智源公司因为丢标也没有再跟牧云联系，如同消失了一般。当然，也有一种可能是张明的老板花钱买融技的底，确保融技无法中标。这个谜牧云永远不知道，或许只有张明和他背后的老板才可以说清楚吧。

通过这个项目的投标，牧云又一次见识到天外有天，人外有人，一个不到100万的项目，水都已经深到了这种程度。牧云心里仍然不服气，在汤程的怂恿下，通过邮件和电话双重投诉评估过程有失公证，结果客户那边不予理会，事情就这样不了了之了。事后牧云打电话给张经理，询问到底哪里出了问题。张经理支支吾吾地说，上面的压力较大，没办法，以后再找机会合作。牧云心里虽然不爽，但嘴上还是客气地说，没事没事，项目成与不成都不影响大家的兄弟情谊，改天没事一块喝酒。

东北之行收获丰

时间过得真快，折腾两个多月的矿源集团项目，本来双重保险板上钉钉，结果到手的鸭子又飞了。自从红山市的智慧农业未果，矿源集团的项目失败，牧云的融技也开始慢慢走下坡路。这一方面是因为"去IOE浪潮"一浪高过一浪，企事业单位逐渐在摆脱美国的前沿科技布局，导致融技的外企尾单生意越来越少；另一方面汤程那边的企服大管家产品研发不断延后，10月底没有交付，延到11月还是没啥起色。牧云果断决定放弃企服大管家的业务线，不再研发任何产品。正是这次决定，为后面融技合伙人分手提供了导火索。幸好在睿信雅达刘老板那边还有50多万的外包开发项目，让Q城研发团队不至于每天闲着白拿工资。牧云在北山省待了一周，陆续见了钢铁集团的副总裁、信息中心总经理等，但是眼下都没有靠谱的生意。东三省那边的项目也陆续面临验收，牧云就想着去东北溜达一圈，跟这些已经在实施的客户搞搞关系，争取明年搞个二期啥的，便直接从Q城去了林北省。

落地林北省后直接到项目现场看了看王剑这边准备验收的条件是否充分，并和客户的项目经理以及部门领导都打了照面。领导说每年都是10月底前上报下一年度的预算，现在11月份基本上已经报批完。牧云一看白跑一趟。他不甘心坐以待毙，想着自己当年的同事海瑞在H城松花江银行信息中心做运维主管，便打电话沟通一下。

"瑞哥，好久不见。你现在到了甲方也不理曾经这帮兄弟了。"牧云跟海瑞开着玩笑。

"哎呀，牧老板呀。你这天天歌舞升平的，怎么有空想起我了？"海瑞是地道的龙江省人，也是被IT耽误的二人转搞笑段子手。以前和牧云同事几年，牧云见识过海瑞的口才，骂人不带脏字，讽刺人更是一绝。

"瑞哥，我这不是响应国家号召，艰苦创业，自力更生嘛。但是现在兄弟日子过得苦，想找你讨碗饭吃。"牧云和瑞哥好多年不见，但是重新联系还是能感觉到对方的热情。毕竟当年曾一块在湘江省做人行的项目。一年之久，两个人同睡一张床，也算是结下了战友情谊。

"别，我们这小门小庙的。你牧老板看不上呀。行啦，别跟哥贫啦，说吧，啥事？"海瑞也不跟牧云见外，直奔主题。

"哥哥，我真没啥事，正好这两天在林北省有个项目验收。这边离H城这么近，我就想着过去看看你，请你吃顿饭。另外说实话，创业维艰，也是想着去你们行里参观参观，看看有啥活我们能干的。"牧云也在电话里表明了来意。

"你来没问题，不过我们这边跟你相关的项目大都给雄哥的公司了。你也知道雄哥和这边信息中心老大的关系。不过你可以过来，我也看看你们有啥新东西，跟雄哥有差异化的，我可以帮你在内部推推，能不能成我不敢保证。"海瑞心里非常佩服牧云勇敢地迈出创业这一步。当下诚恳地表示有能够支持牧云的地方，一定尽力。

"嗯，感谢瑞哥。那我订明天下午的高铁票，咱们见面聊聊，晚上你别安排别的事了，下班后咱哥俩喝点。"牧云见海瑞这边有戏，便在电话里敲定了见面的大

体时间。

"行，你过来打电话给我吧。出了高铁站后直接打车来松花江银行总部大楼就行，出租车都知道，你来了我先带你参观一下我们做的成果，比当年咱们给人行做的东西高级多了。"海瑞作为运维部的主管，对这几年在松花江银行运维上面打造的成果很自豪。

牧云第二天下午早早地来到了松花江银行总部大楼，海瑞直接带着他来到了信息中心大屏指挥中心，把牧云当成重要领导一样，一点点详细地介绍着松花江银行在运维方面这几年的成果。他先用PPT介绍了行里在运维运营方面的总体思路，然后又让底下的技术人员一个个大屏切换进行演示，最后掏出手机用微信进入移动端界面，无比自豪地说："牧云，你看，现在我们无论是在家里还是出差的路上，都可以通过微信直接进入内网，随时查看。你看，前几天双十一的实时交易数据，我们现在都可以随时查看，不用领导特意来指挥中心。另外如果有啥问题，底下的人可以直接用手机拍个照片或者截图就可以派发工单。咱们行可以说是完全实现了无纸化移动办公。我刚来时，行里六十几个部门，运维部每年考核都是垫底，经过哥们这几年的努力，这两年我们部门年年在行里排前三，厉害吧？"

"瑞哥，厉害呀，现在你们做的这一套系统，的确比当年咱们做的东西强多了。"牧云也由衷地夸着海瑞。

"现在这套系统是我带着团队一点点开发出来的。我还拿着这套东西去其他行讲过课。你要是觉得好，也帮哥推推。我有原码，你改改就能用，挣了钱咱俩分。"海瑞觉得这套系统可以很好地帮助信息中心解决运维问题，其他客户肯定也有需要。

牧云听完后虽然嘴上答应着，但是心里却不觉得这东西能够向外推广，但他还是大体记下了海瑞弄的这套系统主要解决了什么问题。没想到，一年后这套系统还真被他卖给了海航移动运维管理中心。

牧云听着海瑞如数家珍地介绍着松花江行的运维情况。天渐渐黑了。牧云对海瑞说："走吧，瑞哥，晚上咱哥俩喝点，好几年不见了。"

"没问题，不过不用你买单。有个做日志的厂商女销售约我好久了，今天给她个买单的机会，请咱哥俩喝酒。这销售也有孩子，但是长得很漂亮，你见了就知道了。"海瑞笑着跟牧云说。

"哈哈，哥哥，你不是不好色吗？怎么，这几年也换口味了？"牧云调侃着。

牧云到了饭店第一眼看到那个女销售，就被她的美貌迷住啦。心想："这姐妹儿长得可以呀。虽然个子不算高，但是小模样真水灵，一身黑貂里面穿着低胸装，哪像孩子的母亲呀。貂皮一脱，就是一个美少女呀。"

牧云愣了半天，被海瑞调侃道："牧云，瞧你那没出息的样子。不好意思，玲玲，让你见笑了。"

"哥哥，你说啥呢。我刚才是腿抽筋啦。不过这位玲玲小姐的确很美，嘿嘿。"牧云挠着头傻笑道。

"您好，牧总，我叫王玲，叫我玲玲就行。刚才海瑞经理发微信跟我提过您了。"王玲客气地递着名片。

"你好，玲玲，海瑞没说我坏话吧？"牧云说话间接过王玲的名片，也从包里拿出名片递给王玲，并说："你们是做日志的厂商呀。回头咱们聊聊，看看我们融技能否做你们的代理商，咱们一块合作。"

"没问题，牧总，欢迎呀，来咱们加个微信，我晚点把资料给您发过去，您先看看。"王玲客气道。

加完了微信，大家落座，边吃边聊了起来。席间，王玲知道了牧云主要做的业务，并说："我跟盛京的一家三甲医院的科主任关系不错。前几天找主任聊日志监控的项目，主任还说他们医院要升级一下监控系统。现在医院的核心HIS系统总是出问题，厂商也找不到原因。现有的监控也无法定位，我可以把融技推荐给主任，要是成了您得请我吃饭。"

"太好了，吃饭都是小事。我请你去泡户外汤泉，这大冬天泡个天然温泉，再吃吃火锅多得劲呀。"牧云笑道。

"以前我没发现呀，你小子现在见了姑娘要请人家泡温泉，居心叵测呀。来，玲玲，喝酒，这小子以前跟我做技术时，真不这样。"海瑞笑着说道。

"瑞哥，瞧你说的，人家玲玲照顾我生意，我表达一下感谢而已。东北人不是都爱泡温泉吗？泡温泉对皮肤好，吸收矿物质，增加新陈代谢，有益健康。"牧云

继续狡辩着。

玲玲也是老销售，又是孩他妈，见海瑞如此关照牧云，便说："瑞总，放心吧，真要一块跟牧老板泡温泉，还不一定谁吃亏呢？"

玲玲说完，三个人都哈哈大笑起来。但是牧云几杯白酒下肚，看着玲玲白皙的皮肤，漂亮的模样，又想到最近和媳妇闹得很僵，心里很苦，身体也苦，便开始不断敬玲玲酒，试探着这位美女老销售的底线，当然言行上还是十分绅士。玲玲对牧云并没有任何反感，轻轻松松地就化解了牧云的一次次进攻。晚饭因为多了玲玲，吃得非常愉快，大家时不时地被牧云点到为止的荤段子逗得哈哈大笑，晚饭就这样愉快地结束了。没过多少天，玲玲就带着牧云去了盛京101医院拜访。经过几个月的努力，后来还真让融技中了监控运维升级的标，只是世间事变化太快，这个中标的项目和姜涛、汤程都没有关系了。

年底新项目不多，老项目陆续验收和回款，除了见客户以外，牧云基本上没啥事，坐飞机、高铁出差的路上为了打发碎片化时间，看了很多书。例如杨焕亭的汉武大帝三部曲《君临天下》《汉武执鞭》《天汉雄风》。从中明白了人这一生既要横刀立马做个英雄，也要清楚人生如同草木枯荣，所有的努力，最后都是尘归尘，土归土。人既要有雄心壮志，也要接受平淡如水。他还看了《褚橙时代》，这本书讲述了褚时建从高处跌入谷底二次创业并获得巨大成功的传奇一生。他还看了刘晓庆的《人生不怕从头再来》，才知道名人不是那么容易当的，需要心境足够强大，才能背负起那么多的荣誉，也可以消化掉那么多屈辱。自己的遭遇不过是小事，暴风雨还可以来得更猛烈些……这些书籍为处在创业迷茫时期的牧云提供了诸多智慧。

除了把碎片时间用于看书外，牧云还买了10万多的股票。无限的精力，就需要无限的事情来填满。主板有3000多只股票，牧云选股也是看得云里雾里不得章法，最后确定选股票的原则就是买做过项目的客户，例如东山格尔。牧云成功签下这家客户后，发现这家公司企业治理非常严格，小到一位保安，都十分敬岗敬业。估计小保安做梦都想不到，自己严谨的工作态度，让牧云在东山格尔的股票上收益了20%。

俄罗斯风情小镇

牧云的龙江省之行虽然没有取得实质性项目收获，但是海瑞的款待还是让牧云心里感觉暖暖的。大家都还记着曾经艰苦但快乐的湘江银行、关中人行等项目实施的岁月。那时他们一块儿喝酒聊梦想到天亮，一块儿游黄鹤楼调戏女导游，一块儿打羽毛球被体校老师拿网球拍完虐，一块儿加班到半夜再在马路边吃麻辣烫，大家在项目中结下了深厚的革命情谊，也在项目中共同实现了技能进步，为日后的各自精彩打下了坚实的基础。

牧云一直跟王玲保持着微信联系，跟进着盛京101医院的项目。

分开没多久，王玲就发微信给牧云："牧总，我跟101医院的主任说了你们公司的情况。主任说这两天时间都方便，你要是方便我带你过去跟他见一面吧，你们聊聊看。"

"美女这么靠谱！厉害！我马上订车票过去，感谢感谢。"牧云知道，王玲之所以帮助自己，是因为这家医院的确要升级此系统，而牧云正好是专业做软件实施的。牧云的融技要是承接了，王玲也可以从中拿几个点的好处费。做销售的并不一定非得挣自己公司经营范围以内的钱。

北京到盛京的高铁车次很多，牧云坐下午的高铁，到盛京站后天快要黑了。12月的盛京已是冰天雪地，比北京至少冷了十几摄氏度。牧云订了车站不远处的如家酒

店，因为坐了3个多小时，浑身僵硬，出了站后，便拖着行李溜溜达达走过去，顺便看看盛京繁华的兴隆街商圈。结果发现虽然路上车水马龙，这条街底商关门的关门，转租的转租，好不冷清。虽然离酒店不远，但是牧云并不熟悉路，便用高德地图导航到酒店，结果刚走不一会，手机莫名其妙地关机了。以前从来没碰到过这种情况，仔细一想，原来是这零下20多摄氏度的天气把手机给冻关机了。

不一会就到了酒店，赶紧跟王玲微信联系看明天怎么安排。王玲说晚上先见面聊一下，为明天见主任做做准备。于是牧云就订了酒店旁边的烧烤店，刚才拖着行李路过时看这家烧烤店装修有很重的工业风，牌子上写着"一切皆可烧烤"，心里想着不妨看看有啥烧烤是我牧云没吃过的。不一会，王玲就开着保时捷MACAN到了饭店门口。她还是穿着上次的那身貂皮，小步快跑到店里，边搓手边张望牧云坐在哪里，看见牧云朝她挥手，便笑盈盈地走了过来。

"哈喽，几天不见，又变漂亮了。想吃点啥，随便点，别给哥省钱。"牧云最近一看到美女人就变得兴奋，说话也变得特别爽朗。

"哎哟，牧老板请客呀，那我可得吃点贵的。"王玲微笑着，并看向菜单。

"牧总，你没啥忌口吧，我一块给点了吧？"王玲抬头看向牧云。

"我也是东北人好不好，能有啥忌口，你吃啥我吃啥，没问题。"牧云笑呵呵地说道。

"那行，那我就点了。服务员，给我来4串蚕蛹，一个烤鸡架，两个烤全翅，一个锡纸猪脑，10个羊眼，4个牛舌，4个猪大肠，一串白腰花，一份酸菜，再加一份狗肉干白菜汤。行，先这些吧，抓紧上。"王玲点完便将菜单还给了服务员，服务员又和王玲确认了一遍便下单给后厨。

"我说，你这口味可以呀！我也自称是烧烤小王子，但是羊眼和猪脑我都没敢尝试过，佩服，佩服。"牧云的确被王玲的重口味给惊到了。

"这家店是我们这儿的连锁店，干净，味道也很好。我们这儿的人都这样吃，一会儿上来你就知道了。"王玲看牧云没见过世面的样子，笑着用东北方言说。

"好吧。"牧云心里还在脑补羊眼和猪脑的模样。以前光听过，没吃过，既期待，又觉得有些恶心。

王玲开车不饮酒，牧云自己要了两瓶啤酒解解旅途乏累。烤串慢慢地上来，牧云和王玲也谈起了正事。其实王玲之所以大晚上过来见牧云，主要是想提前和牧云商量好，这个项目要是融技中标，会拿多少中介费给王玲，这样她明天才会带着牧云见主任。因为这个项目对于牧云来讲前期商务成本很低，所以双方很快便商量好了。在牧云看来，朋友多了路好走。大家如果都在自己的生意链条里挣到了钱，哪怕融技挣得少一些，但是可以一直有项目做，并且依托项目不断和客户接触，布局长远，不愁未来没发展。接下来王玲又把主任的情况和信息中心具体负责的两位技术主管背景做了详细介绍，牧云心中也有了一个大概。

第二天上午王玲跟牧云一块到了主任办公室，并将牧云介绍给主任。牧云虽然猜不到王玲跟主任到底是什么关系，但是从主任对牧云的态度可以看出对其很信任。

还没等牧云开口，主任便说："牧总，你好。我们这儿前两年用MDI的软件上了一套监控系统。但是这两年这个系统的负责人去援藏啦，院里的HIS系统在患者挂号和交费时经常出问题，导致业务偶尔瘫痪。这事院长也很重视，所以今年又报了一笔预算，也已经批了，打算过完年就招标把监控系统给升级一下。"

"明白。我们融技就是专门做这块业务的。公司的工程师做MDI软件很多年，经验非常丰富，技术上没有问题。我需要了解一下咱们这边的业务情况和需要监控的节点数量，评估一下大约需要多少时间可以做完，再看看如何做出咱们院的特色来。"牧云亲耳听到主任说关于这个项目的预算已经批下来了，便赶紧向主任介绍融技的技术实力，期望说服主任把这单生意交给融技来做。

"具体情况我一会安排我们这边的技术王文和姚伟跟你详细说一下。你只要帮我们实施好，可以快速定位并解决故障就行。原来这套监控系统是另一家公司给做的一期，但是这家公司现在转型，不做这块业务了。不过历史的实施文档我们这块都有，全在王文他们手里。"主任因为王玲的关系，也没做任何隐瞒，在主任看来这是一个不起眼的小项目，几十万对于医院信息化工程来讲并不算多。

"主任，如果有历史实施文档，我们接过来肯定会很快。如果没有，我们推倒重建也很快。我们在东三省实施的项目案例比较多，像长远汽车、东北亚银行、松花江银行等都是我们做的，要是您有时间，我可以安排您去H城的松花江银行参观一下。我们在那边通过几期的项目实施，已经帮助运维部门在每年行内部门评比中从末尾给提升到前三。行长也非常认可运维部的工作。以前行里可是一直认为运维部门是花钱的部门，有事解决不了，现在彻底改观看法了。"牧云撒起谎来也是底气十足，把之前参观松花江银行时海瑞给牧云介绍的情况，全部偷梁换柱说成是融技做的。其实底层技术大家都差不多，只是具体实施是雄哥的公司做的。基于对松花江银行的了解，以及海瑞作为自家兄弟，牧云认为瑞哥一定会给自己提供参观便利。同时也想约主任外出参观顺便做做主任的私人关系，增加项目中标的砝码。

"这样，我马上交代一下王文和姚伟，一会儿王玲你带牧总过去跟他们对接一下。那个参观的事情我就不去啦，院里事情多，最近还忙着等级保护的事，国家卫生健康委员会（原卫生部）发文要求在12月底前必须完成。让王文和姚伟陪着过去参观一下。"主任给牧云和王玲交代完，又在电话里跟王文说了一下情况。

之后的事情就变得很顺畅，牧云和王文、姚伟沟通完项目实施的细节需求后，便邀请二位一同去H城松花江银行参观，顺便说陪二位找个景区旅旅游，主任也已经同意了。接下来的事情就变得更顺利了，牧云承担了所有的差旅费用，海瑞也给王文和姚伟详细介绍了行里的实施效果，双方在技术上深入地讨论和互相学习借鉴。参观完银行，牧云就带着王文和姚伟去了H城郊区著名的俄罗斯风情小镇，并在园区租了一个俄罗斯风格独栋别墅酒店，大家住了一晚。姚伟是个狂热的摄影爱好者，将冰天雪地的风情小镇拍了上百张照片。牧云和王文则是在房间里就着俄罗斯酸黄瓜吃着大列巴，喝着老毛子啤酒，王文像虔诚的小学生一样，听牧云讲如何从技术思维转向销售思维，以及从销售思维转向老板思维。

牧云呷了一口啤酒，把大列巴给顺下肚，然后说："技术思维就是把代码变成产品，销售思维就是把产品变成钱，老板思维就是要学会把钱变成工具，来驱动人去做各种事。一个优秀的老板，需要具备三个因素：第一是杀手特质，杀手就是枪拔出来就可以干掉任何对手，老板也要具备一种解决别人解决不了的事情的能力；第二就是传教士，就是说老板得会忽悠，忽悠普通人容易，但是老板要能忽悠一帮优秀的人跟你一块干，这就是本事；最后也是最重要的一点，胸怀，这个我就不做过多解释了，你也懂。总之，大家都可以做到胸怀宽广，但是真到了利益抉择的时候，就开始考验人的胸怀了。例如把利益是分给兄弟还是独享？分给兄弟，那路就会越走越宽。"

王文膜拜地听，牧云口若悬河地说，和王文平时跟技术同行聊天听到的完全不一样，王文崇拜地端起酒杯，说："牧哥，跟您聊天受益匪浅，我敬您一杯，干。"

牧云陪王文和姚伟连参观带旅游玩了整整两天，结束后给牧云订好车票自己回北京了，这个项目接下来就是等待医院挂网招标了。

盒饭茅台呈价值

牧云回到北京，如果不见客户或者不出差，基本上每天都会早早地来到办公室办公。如果在公司碰到林夕那大概率晚上会一块喝点小酒聊聊天，彼此沟通着如何把生意做大。随着又一年年根的接近，姜涛有些坐不住了，汤程的产品研发不断拖延还是没能交付，牧云这边的软件合同虽然也有签单，但是项目款不会立刻到账，但每个月固定15万左右的开支是必须的。因为看不到融技的未来，姜涛和牧云之间多少有了一点分歧。

从年初2月份姜涛的200万投资进账，到12月份，10个月过去了，光员工开支就消耗了150多万。这让牧云十分心疼，多少有点后悔当初头脑发热相信汤程招了那么多人搞产品研发。牧云心里多少有些难过。细数姜涛带资入股这一年，新签订单的合同额总共也就200多万，待签约的合同约有300多万。如果融技还是当初牧云和汤程两个

人，不引入姜涛的天使投资，不招聘人员，没有那么多成本，两个人将合同盈利按照股权7∶3一分，虽然会辛苦一些，但是牧云个人也可以妥妥地进账100多万。

正当牧云站在窗边看着远方正在拆迁作业的工地心烦意乱时，小兰敲了门后走了进来："牧总，您现在有空吗？我把近期的工作给您汇报一下吧。最近您出差总也见不到您。"

牧云转过身，淡淡地说："嗯，来，坐下说吧。"

"牧总，之前融技办理的认证证书事宜，目前已经下来了4个证，中关村高新，软件著作权6个，ISO9001这些都办下来也拿到了纸质认证文件，还有之前您申请的企服大管家的商标也办下来了。国高新的证因为需要一年以上的时间才能够颁发，所以得过完年之后才能拿证。"

"嗯，挺好。"牧云喝着茶水，淡淡地说。

"另外现在到12月了，公司的审计报告也可以考虑找会计师事务所出一份新的了。这样接下来有新项目招标就不用着急准备这个了。"小兰因为加入融技也快两年了，很多事情也以公司主人翁的视角主动去思考，这让牧云多少有些欣慰。

"嗯，办吧，这个在招标中大多数时候是必须项，也没多少钱，还用以前的东审就行。"牧云交代完又说："小兰，公司现在不再做企服大管家这块业务了。你整理一下之前帮助代办的工商、税务、计账的资料，把这块整体转包出去吧，咱们已经收费的就留在融技，没收费的直接由新承接的会计公司来收，那些会计公司一下多了几十个户，肯定乐意。这块业务不挣钱，还牵扯你太多精力，你就把融技的账好好记记就行了，别有错误让税务部门找麻烦。"

"嗯，太好了，牧总。那些业务的确很花精力，因为都是一些刚出来创业的个人，很多公司的基本信息都不清楚，所以客户咨询的电话也非常频繁，有时候半夜还会给我打电话。"小兰一听牧云停止企服大管家的业务，心里非常高兴，因为后面的工作会轻松很多。

"牧总，还有个事，可能比较麻烦，最近国税打电话，让咱们3月底前把国税和工商地址转到一个区，否则可能会被管制。"小兰说。

"嗯？为什么呀？"牧云不解地问。

"牧总，是这样的。当时因为融技是小规模，所以工商地址和国税都在海淀。但是变更为一般纳税人需要实际办公地址，所以咱们把工商转到了昌平这边的实际办公地址。可是税务账目也要和工商地址相同。国税转到了昌平就会比较麻烦，因为融技不在海淀纳税了，国税审查就会更加严格。虽然咱们大块没问题，但也保不准被他们找出问题来！这事当时给您汇报了，您说国税那边先不变地址。"小兰解释着。

牧云已经记不得小兰啥时候汇报过，愤愤地说："海淀和昌平不都归北京管吗？工商和国税不在一个区有什么问题？哎，真是理解不了这些衙门老爷，一天天就知道瞎折腾。创业维艰，他们得多一些理解，提供多一些便利，不能光喊口号！"牧云听完没好气地说着，但是心里知道，这个事情无论如何还得按照税务部门的要求去办。既然是要求明年3月底前办完就行，牧云就暂时把这个事忘在了脑后。哪知道后面这个地址的小事，为融技埋下了一个大雷。

听完了小兰的汇报，已经上午9点多了。突然牧云的电话响了起来："你好，请问是牧云吗？"

"您好，我是，您哪位？"牧云对着电话客气地说。

"你好，我是中奥达的HR（人力招聘顾问），我们收到您投了我们公司的销售总监的职位，不知您现在时间方便吗？"HR说。

"噢，方便，方便，您说。"牧云十分客气地说，并把办公室的门关上，避免被其他人听到。

其实牧云并不是真的找工作，因为之前问鼎银行的项目让牧云尝到了认识大哥或者高管的甜头，所以有空就会修改一下简历，挂在招聘网站上，投一些企业的高管或者销售VP之类的工作。虽然刚开始被一些企业在初次面试时就淘汰，但是随着这两年阅历的增加以及面试经验的丰富，还真有一些企业许以几十万上百万的年薪。这点薪水牧云根本看不上，他面试真正的目的也不是找工作，只是想认识一些精英人士、老板，向优秀的人学习，争取交朋友。这和打高尔夫球是一个道理，核心诉求都是向上社交。

"是这样，我们公司看了你的简历，觉得和我们要找的销售总监的职位非常匹配，所以我们的董事长想约你这周来公司面谈一下，不知你哪天时间方便？"HR继

续说。

"嗯，我这周时间都方便。今天的时间也没问题，主要看董事长时间。"牧云客气地说。

"好的，这样，我马上问下我们杨董事长的时间，尽快给你回复。另外你手机号是微信吗？我加你一下，这样沟通方便一些。"HR了解了牧云的时间后说。

"对，那我等您那边时间，谢谢。"牧云十分客气地挂了电话。

不一会儿，HR那边在微信上跟牧云商定下午3点在公司面试。

下午牧云提前十分钟来到中奥达公司，位于生命科学园里一座豪华写字楼的7层。进去向前台说明来意后直接被领到董事长办公室。HR没有离开，也坐在旁边跟着听着。

牧云进入董事长办公室后，被办公室的豪华和宽敞给震惊了，房间足足有100多个平方，班台近4米长，班台旁边还有一个2米长的大鱼缸，里面一条半米多长的银龙鱼悠闲地来回游动。班台对面是黑色真皮商务沙发、茶几，靠近窗子处还有健身设施。在班台的后面还有一个暗门，董事长的私人储物间或者休息室。

一位个子不是很高，但是眼神十分凌厉的中年男人坐在大班台的后面。一边抽着烟，一边客气地站起身来，邀请牧云说："坐，坐，别客气，小李，给倒杯水。哎呀，这种事情以后不要再让我提醒你。"声音中带着对HR的训斥，让杨董事长的气场显得十分强大。

"杨总，您好，您不用客气。我叫牧云，您叫我小牧就行。"牧云多少还是被这位杨总的气场以及豪华的办公室给震惊了，声音不自觉柔软了些。

"牧总好呀，小李把你的简历给我看了，我对你非常感兴趣，懂技术，在外企干过销售，自己也创过业，绝对是复合型人才呀。要不这样，你先介绍一下你自己？"杨董事长说。

"好，那我就简单介绍一下我自己的情况，您看哪段经历您感兴趣，我再着重介绍一下。我从象牙塔步入社会后，主要有三段工作经历，第一段经历是技术工程师，做了6年；第二段是外企软件销售，做了近4年；第三段是创业，目前创业两年多，不算成功，也不算失败，算是失败里面的成功典型吧。"

牧云看杨董事长没有打断，便继续介绍着自己的经历："6年工程师生涯里，我从技术小白做到架构师，其间被动做过项目经理、售前工程师、咨询顾问、架构师。为啥说是被动呢？因为当时我做的技术产品在中国只有不超过100个人在做。我刚入门，公司中标了一个500万的人行标杆项目，就把我放在项目上，然后让公司赶紧招人，结果招了一年也没招到，我在那个项目上硬生生由技术小白变成了技术专家。后来公司签新项目或者有招投标的项目，我就被拉过去做项目经理去管理项目。这期间我也作为售前工程师参与投标讲标，作为咨询顾问来解决客户在技术领域的疑难杂症，最后一个技术岗位是架构师，当时带十来个人做了中央电视台项目，以上是6年的技术经历。因为电视台的标杆项目和支持北山省柴机集团项目后来被MDI发现，就做了销售。其实当时刚转型，自己也很迷茫，因为做技术是0和1的黑白世界，办公室关系很简单。但是做了销售后，天天跟钱跟人打交道，世界也变得多姿多彩。刚开始时都不知道是该把老板伺候好还是该把客户伺候好。但是我个人的逆商很厉害，及时发现自身销售能力的不足，我积极参加MDI的全球销售课程学习进行魔鬼培训，另一方面也快速调整自己的销售能力。从刚开始去见C-LEVEL领导讲技术，立刻调整给C-LEVEL讲解决方案。虽然领导很满意，但是对生意没有啥帮助，然后又快速调整如何学习运作生意，在用户内部危机中发现生意，以及如何同对手竞争PK等。这些转型配合自己的技术功底和多年项目实战经验，节省了大量跟客户沟通的时间，提高了效率，无论在技术和商务层面都获得了客户的高度认可。我在MDI从刚开始负责一个省，到后来负责中国北方三省一市的业务，4年共计16个季度的软件销售，其中有14个季度超额完成了公司的销售指标。我得到了公司对应的奖金，和同事的关系也处理得非常融洽。因为当时负责北方区，除了客户，还跟很多合作伙伴有合作，有几个合作伙伴靠我倾斜的生意没少挣钱，但是我只能拿死工资和提成，所以后面就选择出来创业了。也算是无知者无畏，刚出来创业，因为技术精专，懂销售，又有客户和渠道资源，很快就挣到了钱。可是好景不长，国内去IOE浪潮的步伐加快，生意也开始举步维艰，现在看来，还是德财不配呀，当年凭运气挣的钱，今年全都凭本事赔光了。所以现在还想踏踏实实地找份工作，这些年融合的技术经验、销售经验、管理经验希望能够在新的公司平台上，再次努力一把，既是为公司开拓新行业，也是为了自己再努力打拼一

次。因为我个人比较喜欢做单子，搞客户，或者说很享受搞定客户的过程，所以还是希望可以继续在一线开拓客户，用单子和数字说话，有了成绩后再往公司管理层发展。"

牧云凭借清晰的逻辑，洪亮且快速的语言表达能力，介绍了近20分钟。杨董事长在商场多年，也见过和面试过很多销售，其自身就是一个超级大销售，中奥达每年3亿的销售额大部分是杨董事长一个人签下来的。之前面试的那些销售大都只是枯燥地说自己跟哪个客户熟悉，做过哪些项目或者熟悉哪个行业的客户，杨董事长并没被打动。今天听了牧云的自我介绍，全方位立体化，真是不可多得的人才。他一边津津有味地听着，一边乐呵呵地笑着。这牧云不光把自己的历史经历介绍清楚了，还具有一定的文采，刚才自我介绍的有些词说不上有多高级，但是听着就让人特别舒服。

杨董事长很满意，又问了很多问题，如：销售团队是怎么带的、做过最大的一单合同额有多少、认识最高级别的领导是什么职位、酒量怎么样，能喝多少、甚至问为啥应聘我们公司、个人的梦想是什么……总之问了很多问题，牧云都对答如流，时间就这么一分一秒地过去将近1个多小时。杨董事长和牧云越聊越兴奋，中间又把公司其他三位合伙股东中正好在公司的两位，也一并拉过来聊。另外两位股东刚开始对公司摆这么大的阵势面试多少有些不屑，但是随着牧云四两拨千斤用独特的视角来阐述他们提出的问题，便也来了兴趣。就这样，双方一直聊到五点半仍意犹未尽。杨董事长让HR小李给大家订了吉野家的盒饭。因为高兴，还开了一瓶飞天茅台就着盒饭，边吃边喝边聊。三位股东一位HR和面试者牧云，一直聊到晚上八点多，面试才结束。牧云也是说得酣畅淋漓，由于大脑持续高速运转，脸上也是油光锃亮。

最后杨董事长说："很好，很好。这样，今天先这样，我们内部得好好讨论讨论你过来怎么把你用好，放在什么位置上。这样，咱们下周六下午，你再辛苦过来一下，正好我从新疆出差回来，咱们最终敲定一下，好吧。"

也许是因为没有找工作的压力，面试就像跟朋友聊天一样，让牧云身心十分放松，又或许是牧云过去的经验的确有其价值，让杨董事长及另两位股东认为牧云是不可多得的人才。一场面试花了5个小时，但这对于牧云来说并不算什么，因为后面他还专程坐飞机去Z城、M城被一众老板和股东车轮面试，均全胜而归。他最后还是潇洒地放弃HR发来的入职Offer，专心创业。后期牧云创业最困难，公司就只有自己一个人的时候，他不得不找份工作养家糊口。他很快得到了一家国内前10产业地产企业的全国科技BU的Leader职位以及阿猫GMO的高级职位，但却因为背调没能通过，被拉进了绿公司联盟的面试黑名单。这种操作彻底断送了牧云去国内上千家一线大公司工作拿高薪的机会。

跟随大哥长见识

人生如戏，牧云很满意在面试中的表现，它证明了自身的价值。开车离去时，他循环播放着李克勤的《红日》："命运就算颠沛流离，命运就算曲折离奇，命运就算恐吓着你，做人没趣味，别流泪，心酸，更不应舍弃，我愿能一生永远陪伴你……"这首歌唱出了他的心声。

一周的时间很快过去，牧云收到了中奥达再次见面的通知。这次牧云有了更充足的心理准备，并穿上了之前在奥特莱斯购买的名牌西服，唯一的缺憾就是这一身穿着气派实则不保暖。到了中奥达办公楼的楼下，寒冷的天气逼迫他停好车赶紧跑进大楼。由于是周六，大楼里基本没人上班，他坐电梯到了中奥达，按了半天门铃，才有人给他开门，并把牧云领到了杨董事长的办公室。

"杨总，您好，新疆之行一切还顺利吧？"牧云主动找话谈。

"来了，牧总，来，坐坐。周六员工正常休息，我没有休息时间。刚把一位领导

送到机场，回公司就是想跟你再深度聊聊。"杨董事长乐呵呵地说道。

"杨总，我得跟您说实话，您别生气。"牧云觉得如果面试再像上次一样，会出问题，不如及早说明来意，避免后面尴尬。

"怎么啦？牧总，你说吧。"杨董事长用一口湘江方言示意牧云。

"杨总，是这样的，我的融技公司并没有倒闭，还在正常经营。这两年来基本做的全是软件生意，我在咱们公司的网站大体了解了一下，中奥达基本是以做硬件、系统集成、智慧城市类的项目为主，正好和融技在技术团队上是互补的。我以面试的名义来见您，是想跟您交朋友，希望杨大哥往后可以带带小弟多做点生意。但是我保证，上周面试所说的人生经历都是真的，您可以随时派人背调。"牧云表达了心中所想，至于杨董事长怎么决断，牧云也只能听天由命。

杨董事长听牧云说完，深吸了两口烟，思考半晌后慢慢说："牧总呀，我当时就觉得有问题，像你这么优秀的人才，怎么可能会跑去找工作，甘愿当一线销售？原来是这样。"说完，杨董事长继续抽着烟思考着，一时间并没有说话。

"杨总，您别生气，我没有恶意。我是从农村出来的，当初创业也是无知者无畏，在没人、没钱、没资源的情况下走了两年多，也的确是身心疲惫。想着能够认识像您这样的大哥，跟着您一块做点有成就的事情，照顾好家人。我又没有其他途径认识大哥，便走了投简历应聘高级职位的野路子。"牧云坦诚地解释着。

"牧总，挺好，你现在跟我说实话，不错。你刚才说你从农村走出来，我也是农村出来的，在北京也打拼了几十年了。"杨董事长没有生气，牧云勾起了自己的往事，他又抽了两口烟，缓缓地说："牧总，你知道这家公司我是怎么创立起来的吗？"

"您说，杨总。"牧云一看杨董事长把自己当成朋友一样，便认真地听着。

"牧云，今天大家都管我叫杨总，董事长。你可知道我当初刚从湘江老家来北京打工，是干什么的吗？我没文化，九几年时是在海龙大厦给厕所打扫卫生的，一个月就400元，还被人看不起。有一次一位女士从厕所出来，我见她长得漂亮，我用我们湘江的方言自言自语地赞美了一下，结果被那位女士听到，以为我在侮辱她。我赶紧解释我夸她身材好，长得好看。结果那位女士让我第二天换件干净的衣服去1208房间找她，说要给我换份工作。第二天我去了，才知道她是海龙大厦一家硬件公司的老板。就这样我在她公司担任送货员，一个月有800元。当时我很满足。可是年底公司组织年会，公司的销售人员上台领了1万多元奖金，我当时傻眼了，奖金怎么可以有那么多？我一年的工资也没有那么多。于是我就想在公司内部转销售，结果女老板不同意。后来我就跟公司的销售沟通说他们不愿意聊的客户我来聊，那个时候还是电话销售，就这样我慢慢走上了销售的道路。后来被女老板发现，她很不高兴，把我给开除了。因为那次年会的奖金刺激，我找了一家很小的电脑公司做起了销售，一个月1200元，我辛苦忙了一年，帮公司挣了很多钱，结果年底时老板自己换了一辆路虎，只把我的工资上调到每个月4000元。在那家公司时，我认识一位大学信息中心的主任，那位主任从我们公司买了几十万的电脑，对我也很认可。我为了感谢那位主任，拿着新发的4000元工资，想请他喝酒，主任还以为我过去是给他送回扣去了。那天晚上我和主任喝了很多酒，因为气愤公司分配不公，我借着酒劲把4000元全部摔到了饭桌上，和主任说明了真实情况。结果主任让我第二天去他办公室，他给我一个120万元的新项目，让我注册公司自己出来单干。第二天我酒醒，回想起主任的话，以为是酒话，没有过去。结果主任打电话过来问我为啥还不过去，我才意识到是真的。于是我用那张120万的单子，成立了中奥达，后来慢慢地发展起来。牧总，你知道吗？我有一次签了一张500多万的硬件合同，兴奋得一夜都没有睡着觉。再到后来，因为胆子大，生意也越做越大，直到今天。"

牧云像听故事一样，怎么也想不通眼前这位杨董事长的出身如此寒微，但是又觉得杨董事长没理由编故事骗自己，便说："杨总，您真是好运气，我相信除了好运气，也与您后来的努力是分不开的。"

这次"面试"基本变成了杨董事长一直在说自己和自己的公司发展、困境、梦想等，牧云则变成了一位倾听者。

两个人又聊了两个多小时，最后杨董事长说："牧总，你的公司不是在珠江摩尔嘛，离我这里也不是太远。下周方便的时候我带一位股东去你的公司看看。我觉得我

们两家可以考虑合并，正好你做软件，我做硬件，之前我公司养过一个40多人的软件团队，花了我几百万啥成果也没做出来，被我全开了。你也可以把你的公司股东一并叫来，大家见面聊聊。中奥达这边我就可以做主。我占公司80%的股权，另外三个股东，有两个你上周见过，他们所有人的股份都是我赠送的，很多事情也都是我安排好他们去执行，你要是能够加入，咱们可以在生意场上左右开弓，拿回生意则由软、硬件团队的人员落地，岂不是更好？"

牧云万万没有想到，中奥达的面试居然可以为自己的融技面来两家公司合并的机会，心中十分激动，感觉心脏都快要跳出来了。他赶紧表态说："没问题。咱们两家公司距离不远，您随时可以过去实地考察。只是我们公司很小，是个LOFT，合计才100多平，只有您一个办公室大。不过我们在Q城有个研发中心，那边有十几个人。"

和杨董事长分开后，当晚牧云便打电话给汤程和姜涛说了此事。他俩一听也觉得这是好事，便订了周一一早的高铁来北京。

周二上午，杨董事长带着其中一位股东，按照牧云发的位置来到了融技公司。进来屁股还没坐下，就跟牧云说："兄弟，你这公司太小了，客户来了看见你的规模都不敢把大生意交给你来做。"

牧云尴尬地赔笑说："是，是，现在公司是小了点，这不也是省下钱去搞产品研发了嘛。"

杨董事长多年生意场打拼，能够一年做3个亿的生意，肯定不是光凭运气和胆量，也是有大智慧的人。他嘴上说着，但是心里还是很信任牧云以及融技，尤其是看到了办公室、软件合同、融技股东以及融技的部分工作人员。

当一切心中有数之后，杨总直接问："牧总，咱们商量一下，两家公司合并吧，正好你的股东都在，你们商量商量你们占多少股份？然后所有人员的工资由我来发放，当然收益也全部归到中奥达，咱们半年或者年底分红一次，但是分红的钱不能影响公司的大局发展。"

这正中牧云的心思。姜涛和汤程来之前，牧云就跟他们介绍过中奥达公司的情况，大家也从网上查阅了一些资料，都认可合并事宜，融技一年才做几百万的单子，人家中奥达一年做3个亿左右的生意，就算利润再薄一年也得有几百万的纯利润，合并后融技是躺赢呀。三位合伙人在目标一致的情况下，商定合并后融技占新公司的20%股权，三个人按原股权比例再分这20%。新公司80%股权归中奥达，那边同样由那四个人原有的股权来稀释这80%。杨董事长是一个雷厉风行的人，直接打电话喊一位中奥达的常年法律顾问过来。律师为了杨总更改了航班半夜起飞，他头脑聪明、语言干练，一直陪大家从上午谈到下午4点多，把一条条的合并细节都通过律师的语言落实在合同上，双方签了字，盖了公章，算是完成了合并法律流程。因为中奥达那边还差两个股东没在现场没有签字，所以合同没有立刻生效，但是大家对新公司的经营基本满意，中奥达注入800万现金，用于日常各项开支，所有生意流水只能走新公司中奥达，牧云、姜涛和汤程的工资在这次合并中每个人又增加了5000元。通过在谈判中你来我往，牧云再一次被震撼到，中奥达办公的整层写字楼，牧云以为是人家租来的，实际上是杨董事长全款买下的，总共4000平方米，公司还有3辆奥迪A8，2辆路虎，还有十多辆工程车，主要分布在内蒙古和新疆的多个项目上，同时中奥达公司名下还有一栋别墅，这些都作为中奥达的全部资产作资到新公司那80%的股份里面。

牧云、姜涛和汤程已经高兴得合不拢嘴，觉得这次是捡到大便宜了。而那边杨董事长因为生意做得大，觉得这800万现金也不是什么大的数字，没花什么钱搞定了一家软件公司，为自己日后更大的生意版图开拓提供了支撑，心里也非常开心。便让一块来的股东打电话给司机，开两辆奥迪A8过来接人，直接去聚湘楼喝酒。湖南人的确心很齐，北漂哪怕彼此不认识也会用实际行动相互支持。不一会儿，珠江摩尔的楼下就停了两辆黑色奥迪A8，牧云看着两辆合计200多万的车子，心中突然感觉人生太过于梦幻，怎么突然之间公司就合并了，以后好像不用再操心员工工资了，办公室也一下变成了明亮的高档写字楼，自己也可以专心去搞客户、攻克更大的生意了。

"牧总、伍秋你俩跟我一个车。牧总的合伙人坐另一辆，今晚好好喝一顿。"杨董事长一贯的大嗓门把牧云的思绪从"迷幻"中拉了回来。坐上奥迪A8，发现伍秋是杨总的合伙股东，但是感觉更像贴身保镖。两辆车在专业司机的驾驶下风驰电掣地直

奔聚湘楼。那一晚双方都十分高兴，除了汤程没喝太多外，姜涛、牧云、杨董事长、伍秋四个人各喝了一斤多白酒，大家就像打了胜仗归来庆功一样，大口喝酒，大口吃肉，好不痛快。

公司年会撒现金

喝完酒的第二天，杨董事长就带着牧云去云城出差。上了飞机后，牧云被杨董事长拉到头等舱，现场给空姐1200元现金升舱，就是两个人挨着坐聊会天。聊了不到半小时，杨董事长有些困意，就闭目养神休息了一会。留下牧云，心里感慨万千。

飞机落地，云城当地开发区的产业地产投资公司派人开着埃尔法来接机。牧云一路上听杨董事长和那位开发区房地产投资老板孙董聊着他们的私人别墅、干细胞防衰老针、墓地风水，全程都保持礼貌的沉默。

来到城区后，牧云和杨董事长直接被拉到开发区新建的产业园区参观。牧云跟在杨董事长的身后，听他们聊着这片地要建什么楼，给哪个大企业用，将来园区可能促进多少就业，贡献多少社会价值，以及跟哪所北京高校成立了研究院，将来会有什么科研成果等。此时的他突然觉得融技做的那点生意，格局实在是太小了。

孙董对杨董事长说："老杨，我跟你说，我这个园区和其他的产业园不一样。其他园区都是BOT①运营模式，或者用产业作为诱饵，以极低的价格购买土地，并要求配套

---

① 编者注：Building 建设、Operation 运营、Transfer 销售给政府或企业。

大量民用住宅规划，这样来盈利和快速回笼资金，俗称产业勾地。而你现在看到的园区我采用园中园模式，这3000亩开发区荒地，我自己不作为主要建设方。我用高层领导资源从政府拿到这片土地后，加价后出售地块，至于地块购买者用购买的土地是建医疗园，还是大数据产业园，我都不关心。这样我的利润可能没有建设园区的长期收益大，但是我的资金盘子大，回笼快，对企业是好事，政府也更喜欢这种玩法，因为产业园中园的规模更大了，政绩也自然不一样。"

"孙总，你别光说这些。这样，你这个3000亩地的地块上所有的智慧园区，比如路灯、布线、摄像头啥的都给我来做吧，你看有啥问题吗？"杨董事长对着孙董事长脱口提着几千万上亿的生意要求。

"到时候会正常招标。到时我跟底下人打个招呼，放心吧。但是不可能全都给你，因为有一些领导的亲属也关注这块业务。"孙董事长没有继续说下去，杨董事长听完后也是心知肚明，大家都很有默契，点到为止。

"走吧，你这刚落地。我得给您和牧总接接风，顺便让你们体会一下云城夜晚独特的美。"孙董事长边说边笑呵呵地对着老杨，他知道杨总忙活生意，但是一点也没耽误娱乐这块的时间分配。

"走，牧总，跟着哥喝酒去。"杨董事长可能是怕冷落了牧云，冲牧云说到，几个人又回到埃尔法，司机开车驶向了云城唯一一家五星级酒店。

孙董事长给牧云和老杨提前开好了房间，让他们在房间简单梳洗一下，便直接去了酒店的餐厅包房，并喊来几位集团的副总一块作陪。牧云一看晚宴那叫一个精致。珐琅彩铜火锅每人一个，菜品，有顶级日本神户和牛，市价得3000元一斤，还有摆成盆景造型的珍稀菌菇，很多菌菇牧云都没见过，只能认出东北的野生松茸，还有一头的黑金鲍等，目测这顿饭至少1万元起。桌子中间还摆放了两瓶茅台和一瓶大拉菲。看到这一切，牧云心里默默地念叨太奢侈了。

杨董事长担心喝醉，去不了二场，便一个人喝了一瓶拉菲，没掺茅台。牧云心里觉得真是太浪费了，大拉菲全球一年才生产20万瓶，在中国市价9000元左右，那还是普通年份的。他看着老杨就这么把大拉菲当啤酒给干了，心里一面说着太浪费了，一面忍不住真心地羡慕。牧云和孙董事长以及孙董的下属喝的是茅台，几轮下来，两瓶茅台就被地产大佬们"令狐冲"式的喝法给干光了。由于速度太快，牧云几乎要醉了。每人或多或少吃了一碗颇具地方特色的酸汤面片遮一下酒劲。吃完面，孙董事长便拉着老杨和牧云直接去酒店楼上的夜总会。牧云跟着逢场作戏地玩乐到夜里11点多。老杨觉得孙董事长这一天又是亲自接机、又是安排园中园参观、又是茅台和牛的宴请，不好意思让孙董事长继续结账，便从手包中拿出美元，每个姑娘给了两张100美元的纸钞。

这时牧云的酒也清醒了许多，忽然听到一位姑娘生气地说："老板，我们陪你玩了这么久，你怎么能拿死人的钱骗我们呢？"

牧云和孙董事长听完，哈哈大笑起来，这帮没见过世面的姑娘！孙董事长说："傻丫头，还不谢谢老板，这是美元。还死人的钱，真是头发长见识短！能不能别给云城人丢脸？"

但是那姑娘仍然不肯要美元，还是坚持要人民币，没办法，还是由孙董事长结的账。老杨这次出门手里没带那么多现金，这次手包里的美元也是前几天在北京送一位领导去美国，打算给领导拿到美国用的。但是海关最多允许带5000美元，所以老杨手里还剩余1.5万美元没来得及处理。结果被夜总会的小姐当成了死人的钱，搞得老杨好长一段时间拿这个当成笑话来讲。

第二天一早，杨董事长和牧云吃过早饭，便在酒店租了一辆广本七座商务车和一位随车司机告别了孙董事长，一行人去红色革命圣地——西山城。牧云不解来云城的目的到底是啥，路上才知道，原来就是跟孙董事长把园区的生意定下来。牧云突然觉得自己做的生意太辛苦了，辛辛苦苦折腾几个月甚至一年多，签约的单个项目金额不过才几十万，老杨他们昨天下午到半夜一直在喝酒，并没有正式谈判，价值几千万的生意就这么定下来了。这一刻牧云开始怀疑这个世界，很多人努力一辈子都实现不了的梦想，在少数人那里，只是随口一句话的事。

这里是煤炭大省，冬天户外到处满眼灰黄，常年来来往往的多是运煤车，路两边以及房屋都被蒙上了黑乎乎的煤土。老杨和牧云因为昨夜醉酒和二场Happy多少有些疲惫，有一搭没一搭地聊着天。牧云从老杨口中得知，马上要去的是西山城，那儿有个项目中奥达中了标，过去也是跟那边的副院长一块见个面。老杨没说过去见副院长啥事，牧云多少也猜到了，要么是过去送钱，要么就是有新项目要过去当面商议，事实也正如牧云所想。

具体谈事老杨没让牧云参加，谈完后老杨和那位窦副院长一块出来的，窦副院长说："现在有规定，不让去外面吃饭，我们院里的食堂楼上专门有几个包房，菜品做得也不比外面星级酒店的差。咱们晚上不出去了，就在院里吃吧，肃静。"

"听你的，窦院长，不过今天得少喝点，昨夜在云城喝了不少。"老杨一边走一边跟窦副院长说。

"没问题，我也不敢多喝。这几天天冷，我有点感冒，昨天还在吃头孢，听说你要来，今天就没敢吃，就怕陪不了你。"窦副院长笑呵呵地说着。

大家从部队办公大楼出来，几分钟便走到了对面食堂的二楼，餐厅的确是别有洞天，刚才一楼食堂还是那种开放式大厅，快餐店的坐椅，二楼走廊也很朴素，但是一进入包房，牧云却被里面的奢华震惊了，他甚至以为现在根本没有在食堂，而是在五星级酒店。大家依次落座，餐桌上摆的也是牧云平时在北京很少吃到的食材，基本全是当地的土特产，例如黄小米、地皮菜、柴鸡、剪刀面等，还有一些叫不上名字的菜品。刚才老杨和窦副院还说都少喝点，结果刚提了三小盅酒，走完了酒桌礼仪，就开始"令狐冲"了，牧云几杯酒下肚，也被这种氛围给点燃，便在老杨面前表现起来，当然也是为了保护老杨不让其喝得太多。

当天晚上大家又喝了不少汾酒30年陈酿，晃晃荡荡地被司机送回酒店。窦副院长给老杨留下了一箱汾酒30年陈酿以及一堆当地土特产。

这几天牧云跟老杨一块出差，除了被老杨的奢华生活震惊，也对他很佩服。他发现，老杨已经这么成功，仍然还这么努力，而且活得十分洒脱，每天都开开心心的。偶尔在电话里面骂公司的员工，也是骂完就算了，做人简单，不瞻前顾后，也不拖泥带水。牧云想起有人说穷人心思多，终日算计那点有限的东西，最后得到了小利，却丢掉了很多无形的东西，从心里有些认同了。

回到北京，已经是2017年，老杨跟牧云说："马上要过年了，周五前我让公司所有的员工都回到北京。我们每年都会搞个年会，公司一共有120多人，今年年会就定在九华山庄温泉酒店。你和你的合伙人也一并参加吧。"

年会那天上午，牧云再次被老杨的现场操作震惊了。老杨让财务在银行取了80多万现金，年会没有什么老套的文艺会演，估计这和老杨的文化水平有关，他不懂得欣赏艺术。会场里就是老杨一个人介绍了一下公司的过去和未来，然后就是根据全国各

个项目的验收情况，直接发成捆的现金。有好几个员工都是老杨的弟弟妹妹或其他关系的亲戚。这有点家族公司的意思。不一会，80万现金就被老杨发光了，有的拿了几千，也有的拿了几万甚至十几万的。牧云头一次意识到，这种简单粗暴的奖励、极简的年会，对员工的心理冲击那绝对是核爆级别的。

年会只花了一个多小时就开完了，80多万现金也尽数散光。细心的老杨告诉大家，中午就开始喝酒，手里现金过多不方便携带的，可以暂存到财务人员手里，周一上班再由财务转账给大家。牧云心想，老杨果然就是要用现金来激励员工在后面的工作中再接再厉。在九华山庄宴会大厅，12张餐桌摆满了酒菜，大家推杯换盏，不知为何，牧云虽然跟老杨一同坐在公司高管的餐桌上，但总感觉自己像个局外人。

老杨看牧云有些心不在焉，便拉着牧云喝酒。老杨很开心，喝了很多酒，明显有些醉意，个别员工有直接喝倒坐到桌子底下的，也有喝睡着的，还有现场喝多了"趵突泉"了的。酒局结束，老杨拉着牧云让司机开着一辆黑色路虎直接去了西山朗丽兹温泉酒店，打算泡泡温泉解解酒气。

寒冷的冬日，户外的温泉池子里，就牧云和老杨两个人，过了好一会，老杨突然问了牧云："牧总，我心里有个事情一直拿不准，你给我个建议呗？"

牧云很疑惑，还有什么是老杨自己不能做主的？便脱口说道："您先说说啥事，看看我能否帮上忙。"

"北疆有个客户领导，我在他办公室时，他当着我的面说让我跟他的一个亲戚在项目上多沟通，他手里有一个上亿的科技项目。我找他那个亲戚聊，结果他的亲戚跟我说给他200万，就可以把项目外包给我。现在我的一辆路虎车就在他手里开着呢。这事已经一个多月了，那位亲戚催得也很急，说如果钱不给，路虎他也不开了，要给我还回来，摆明就是那个项目不想给我了。那个上亿的项目就可能没了。所以我很纠结，要不要出这200万居间费？而且年底了公司资金紧张，我现在很纠结。你有啥建议？"

牧云听完快速转了一下大脑，说："其实这是一个攻守的问题。如果领导当面跟您说了，您也确认领导和那个亲戚的关系，我觉得如果是我，我愿意花这200万去博那一个亿的机会。如果成了，皆大欢喜，如果不成，搞几个项目200万的损失也就回来了，而且那位领导心理上也觉得亏欠，日后也会找机会弥补，否则领导睡不好觉的，所以我觉得应该攻！"

"嗯。"老杨听牧云说完后只是嗯了一声,便没再说话。

几天后,老杨下定决心,攻。让财务拿了180万现金,因资金紧张老杨又从牧云的融技账户借了20万现金,凑够了200万,便和牧云一块去了富丽酒店。门童看老杨、司机和牧云三个人抱着4个公司的手提纸袋,很是沉重,赶紧跑过来要帮忙搬运。

老杨对着门童大声说:"不用,小兄弟,感谢。这是标书,比较重要,我们自己搬就行。"

牧云心说,这哪是标书?每个手提纸袋里面装了50万现金,一共4个袋子,当然不能让门童搬,万一袋子漏了怎么办?心里忍不住埋怨老杨,为啥不买个结实点的布兜子,哪怕蛇皮带子也行,居然就这么随意地用公司装彩页的纸袋子来装钱,太不尊重人民币了。不过从另外一个层面来想,老杨的确把钱这个工具用到了极致。

牧云帮忙把钱搬到酒店房间,便和司机一并下楼了,老杨和那位领导的亲戚谈了什么就不清楚了。几年后牧云和老杨再次见面,聊起此事,老杨恶狠狠地骂道:"收了老子200万,结果只分包给我3000万的项目,而且是利润最低,活儿最难干的部分,什么玩意儿。"

相互持股一场梦

处于公司合并、英雄相见恨晚的蜜月期的牧云和老杨,几乎整天形影不离。牧云跟着老杨不断开阔眼界,老杨希望牧云可以尽快帮其分担手里的人脉资源,进而增加软件生意份额。还有一个原因是老杨现有的三个合伙人,一个是自己的小舅子杨伟

光，主要负责技术管理，不太擅长去开疆拓土搞客户；一个担任公司总经理职位，虽心思细腻但性格柔弱，所以也是天天被老杨骂来骂去；最后一个是内蒙古的官二代也就是那位魁梧的大帅哥——伍秋，三个人基本都只能干执行层面的工作，没法干开拓方面的工作。这也是老杨一直非常欣赏和喜欢牧云的原因。

伍秋是内蒙古人，因为父亲的关系，每年会直接为中奥达贡献2000多万的生意。锡勒盟地处草原深处，与蒙古国非常近，经济发展和信息化相对沿海和内陆城市有点落后，市场街面摊贩管理混乱。近期政府要为全盟上一套智慧城管，预算4000多万，老杨开完公司年会的第二天，便拉着牧云直飞锡勒盟去见市长秘书沟通此事。一方面是年前集中火力做做客户工作；另一方面也是想把关系转到牧云手中由其接手推进项目，同时也是想考验一下他独立操盘大型项目的能力。

牧云最近两周跟随老杨东奔西跑，深度接触，发现老杨表面看起来没啥文化，挥金如土，实际上人精明得很，只是很多时候不在意普通人关注的那些小钱而已。他还发现老杨能够成功除了运气外，就是非常努力，牧云发现自己过去的辛苦努力在老杨面前真的不算什么。当然了，老杨也不是神仙，他也要吃饭睡觉，如此辛苦奔波，其实身体并不累，只能算是心累。老杨不像牧云那样从技术到文档，从商务到宴请，从合同到验收，从交流到结束，甚至开车、订票等所有大小事情都一个人完成。老杨没有文化，基本不关心技术、项目、质量管理等细节，他把这些全部交给了专业的人去做。他出行有2个司机24小时待命，身边还有伍秋帮忙传达和处理各种细碎事务。老杨用手里的资金只做两件事情：维护高层客户关系和指挥公司发展方向。他的辛苦是日理万机，更多的是排兵布阵展望未来。重要的事情就刷刷脸，站站台，具体执行的事情一点也不操心，一切只看结果，有结果就真金白银地给你兑现金钱，看似辛苦，实则清闲，所以老杨才可以喝酒、唱歌、娱乐。

落地锡勒盟机场，牧云惊呆了，这机场的规模比牧云老家的汽车站还要小，有且只有一条起飞和降落跑道，这完全刷新了牧云对于飞机场的认知。出了机场后，一望无际的大草原已被皑皑白雪覆盖，老杨在当地的员工已经开着车在机场外等候，20分钟便到了市区。喝着热乎乎的奶茶，咬着汤汁饱满的牛肉大包子，牧云感觉一下子就满血复活了。老杨在当地租了一个三居室用于办公和员工宿舍，大家在宿舍简单休息了一会儿，快到11点时，老杨约好了市长秘书——吉达主任。

蒙区地广人稀，平时工作事情也不算多，政府单位中午11：30下班，到下午2：30才上班。中午牧云和老杨提前到达酒店，等着吉达。内蒙古人喝酒有个习惯，别人请客都会拉两个级别相同的朋友一块喝酒，吉达带来了市公安局的副局长拉克申和森林公安的同学巴特。吉达一一介绍着这些人，这就难为了牧云，这些名字和汉族名字风格完全不同，牧云是左耳进，右耳出，完全没记住。

牧云敬酒时还记错了名字，因为初次见面，大家也看出了牧云的窘境，为了便于牧云记住，吉达便对牧云说："牧总，巴特在我们蒙语里面是英雄的意思，所以你就记住英雄巴特；拉克申是魁梧的意思，你看拉克申的体格，就记住魁梧的拉克申；我的名字是吉达，意思是一种打仗用的兵器——长矛，你就记住手持长矛的吉达。这样是不是好记一些？"吉达笑着说。

"嗯，这样的确好记多了，手持长矛的吉达，英雄巴特，还有魁梧的拉克申。"牧云心里默默地重复了一遍，笑道。

老杨这时见牧云好像记住了，便开玩笑说："牧总，你每个人敬一杯酒吧，要是再说错名字可是要罚一杯。"

吉达一听这个有意思，便也笑呵呵地附和说："牧总，来吧，看看刚才的名字你是否都记住了。说错了要罚一杯酒。"

因为有了吉达介绍的关联记忆法，牧云不但记住了每个人的名字，还顺代说了一些感谢和祝福的话。他挨个敬完了酒，也要求说："各位领导，我是第一次来到锡勒盟，非常喜欢这个地方，也很荣幸认识各位。由衷地希望能够和大家成为长久的朋友。各位领导能否帮我也起个内蒙古的名字，这样以后我再来内蒙古，就像回到了家一样。"

老杨笑呵呵地看着牧云，觉得牧云这小子很会玩呀，脸上露出了满意的笑容，并没有说话，只是看着大家的反应。

这时旁边的巴特接过了话，用粗犷的语气说："吉达，这个兄弟我喜欢，很聪明，我就认他做我的弟弟了，就叫斯琴巴特，汉语翻译过来就是智慧的英雄，怎

么样？"

吉达说："这个名字好呀，来吧，我们一起跟斯琴巴特喝一杯吧。杨总，你不能光看热闹，来吧，一起呀。"

老杨拿起酒杯，开玩笑说："怎么着，我刚带过来一个兄弟，就这么被你们给收编了？哈哈，来，喝酒，喝酒。"

男人们的快乐就是如此简单，大家开心地一杯接一杯地喝着酒，实际上是火候还没到正式谈事的时候。喝到2点多，吉达说下午还得上班，大家也就散了。牧云去结账，老杨让当地的员工开车把巴特和拉克申给送到单位，而老杨则和吉达在上车前单独聊了会儿生意上的事情。

忙完了中午的饭局，老杨和牧云也打算去盟市新开的一家日式温泉泡泡汤，放松一下。结果在去的路上牧云接到了小兰打来的电话："牧总，有个事情我得跟您汇报一下。"

"小兰，什么事？你说吧。"牧云带着轻微的醉意，漫不经心地听小兰在电话里说着。

"牧总，咱们北京办公室搬到中奥达这边一周多时间了。但是今天我们来上班，突然发现中奥达公司的门禁系统把我们给剔除了。我们刷指纹和刷脸都无法进入办公室，只能跟着他们的员工进出。"

牧云听后很是震惊，瞬间清醒了很多，便问道："为什么呀？我现在就跟杨董事长在一起呢，谁做的这件事情？"

小兰说："我们问了前台，前台说是中奥达的总经理指示办的，他们也是执行命令。"

牧云脸色有些阴沉，这时另外一个电话也一直在呼入，牧云一看是姜涛，便对小兰说："我知道了，我一会了解清楚就解决。你先回到座位上忙你的事情。"

"牧云，我这两天在北京，想着跟中奥达的总经理一块把合并后的财务捋一下。既然公司合并了，咱们得拿一个公司账户的银行U-key，但是中奥达的总经理不给。财务合并这是底线呀，不然合并有啥意义，咱们变成给中奥达打工的了？"姜涛在电话里气呼呼地说。

"行，我知道了。刚才小兰给我打电话了，我马上处理一下。一会打给你。"牧云安慰完姜涛，挂了电话，便问身边的老杨是怎么回事。

老杨听到融技的员工无法通过门禁进入公司，也是十分恼火，表示自己并不知道这件事情，马上打电话问问怎么回事，立刻解决。但是老杨对于公司银行账户U-key事宜表示不能同意姜涛的要求，说："财务不能控制在他手里，我是这家公司的老板和大股东，我想做点啥事还得跟他商量，那肯定不行。"

牧云听完老杨的描述后，觉得双方都有理，但是财务是公司合并经营的一条底线，如果全被一方把控，另一方将来的确会很被动。想清楚缘由后便直接跟老杨说："姜涛那边十分坚持这一条，其他都可以商量，如果实在不行，公司合并的事宜估计难以继续。"说完后他看向老杨。

"牧总，这样，我打电话问问伍秋，看看是啥情况。别急。"老杨安慰牧云，到了温泉后，老杨跟伍秋打了半天电话，说话的声音也是越来越大。

过了好一会，老杨搭着一条毛巾，光着身子找到了牧云所在的玉石汗蒸房，跟牧云说："兄弟，我刚才了解了一下，门禁的事情我骂了他们，已经解决了。但是财务说你们那边的姜涛要求必须拿一个审批的U-key，这事我不能同意。"老杨直白道。

牧云融技的银行U-key在被姜涛控制审批权后，的确感觉有些不爽，但是无论如何，姜涛也是为融技好，说白了也是为牧云好。而牧云和中奥达那边的股东过去不认识，交情还没到位，如果财务上不做控制，将来真的就变成了给中奥达打工的打工仔了。一时间牧云也很纠结，如果合并失败，则又要回到原来的办公室，而且很多工作还要自己亲自抓，无法专心搞客户。牧云思考再三，还是得支持姜涛的做法，便跟老杨表达了因为这点不能接受，公司合并没法继续。但是后面可以以项目合作的方式来合作。那份合同可以撕毁，正好工商变更这块还没有正式办理。

老杨说："兄弟，要不这样，你个人直接来我这里上班得了。我给你一点股权，每个月给你5万元工资，怎么样？"

　　牧云一听老杨心中也在坚持他们财务审批的底线，便诚恳表达了谢意，跟老杨说了一些江湖客套的话，便坐当晚8点多的航班飞回了北京。路上打电话安排小兰和姜涛等人准备搬家的事宜。第二天上午打包完红木家具和公司资料，下午就又搬回了林夕的公司，回归融技之前的状态。牧云本来以为创业至今，上天一直都很眷顾自己，但是当回到珠江摩尔的办公室后，发现江山还是要靠自己打拼，天上不会掉馅饼。

　　跟老杨在一块折腾了几个星期，虽然空欢喜一场，但也让牧云长了很多见识，也不算白忙活。老杨在两家公司分开后第一个星期，便把之前从融技借的20万现金如数归还，并向牧云表示后面的生意保持合作。牧云虽然觉得合并未成空欢喜一场，但是融技签的合同尾款陆续到位，融技的账上还有大约170万的现金。他和姜涛、汤程商量，决定拿出20万中的18万作为大家首年合伙的分红，股东间遵照前期的股权比例进行分红，小兰那边将工资给提升到每月6000元。20万元中的2万元包成16个1000元红包发给员工作为过年红包，最后4000元给Q城办公室的员工用于年底聚餐。融技账上剩余的150万继续作为融技正常经营和发展的资金。牧云安排好了这一切，以为各方都是皆大欢喜，也忘掉了中奥达的事情，便开开心心地准备过新年。

全家澳门庆新年

　　牧云拿着融技给自己10万多的分红，开开心心地去商场想着给家人买点什么，虽然这点分红还比不上在MDI打工时的奖金多，但是创业首次分红的意义却是非凡。有了钱的牧云十分开心，想想创业两年多对老婆、孩子、父母的照顾实在是太少，便想今年过年好好陪陪家人，并给家人做点什么，让这个年过得和以往不一样。于是牧云便独自去了商场。别看牧云平时在生意上全盘思考，分步执行，但是在家庭事务上，就是随性而为。牧云在商场漫无目的地溜达，想着给家人买点什么呢？这一年跟媳妇聚少离多，孩子也没抱过几回，父母在北京就像保姆一样天天重复着同样的事情，牧云越想越觉得亏欠家人太多。为了让媳妇和老妈开心，牧云给两个女人买了两个金手镯，又去盒马买了一盒海参和一只帝王蟹，这四样东西花了牧云四万多元。

牧云回到家，把金手镯给媳妇和老妈一人一个。媳妇埋怨牧云，说之前在周大福买的金镯子还没怎么戴呢，怎么又买一个？牧云的老妈收到了人生中的第一个金手镯，虽然嘴上骂牧云败家子，乱花钱，但是从她不断来回看镯子的动作表情中可以看出，她心里那是乐开了花。不一会儿老妈便在老爸那里抱怨说：老牧同志，我跟你一辈子，你都没给我买过这个。总共就给我买了两个金耳坠，还是我主动要的。我脖子上的金项链是前些年儿子给买的，今天儿子又给买了金手镯。"牧云的老爸只是嘿嘿地傻笑。这也是两位老人多年来形成的默契。最后的结局就是老妈骂累了，每顿饭还是正常给老爸做好端到桌上，留下恨恨的一句话"撑死你"。而老爸则继续保持嘿嘿地笑。

2017年大年三十，牧云没有让父母下厨做团圆饭，上午自己把半干海参和帝王蟹收拾干净，做了小米辽参、清蒸帝王蟹和豉油石斑鱼，炖了一个萝卜羊排，又炒了三个清淡一点的素菜，开了一瓶新疆产的红酒，一家人过了一个快乐祥和的新年。汪红很爱吃帝王蟹，坐在餐桌前足足啃了两小时，一边说累了一边还在用受伤的手继续啃着螃蟹腿。牧云中午陪家人吃完了饭，便打开电脑，学习IPAAS、APAAS等新的技术知识。牧云之所以在大年三十如此用功，主要是融技承接的MDI外企尾单越来越少，利润也大不如前。如今国内信息化市场几乎被BATK等科技企业垄断。国家大力扶持新技术，牧云也认为只有拥抱时代，拥抱新技术，融技才会有未来。大年三十在这个全国人民都沉浸在喜气洋洋的氛围中，打牌、喝酒、旅游、走亲访友、家庭聚会之际，牧云一边看着技术资料和案例说明，一边做着笔记，直到晚上春节联欢晚会播放，才合上电脑陪家人一块欣赏晚会。

无聊的晚会，牧云和人汪红只看了一会，便回到房间里玩起了手机。接收和编辑祝福微信、短信给亲人、同事、合作伙伴、老师和朋友，也时不时地抢红包。牧云也在融技的群里发了5个200元的红包，姜涛和汤程跟着发起红包，员工们一边抢着红包，一边用各种图片表达着对老板的溢美之词，一派其乐融融的景象。

玩了一会，牧云跟汪红说："媳妇，今年融技挣了点钱，要不咱们过个不一样的年。今年就别在北京待着了，除了逛庙会下馆子，也没啥好玩的。咱们出京玩吧？"

"不是我说你，做啥事都得提前规划。机票酒店你不提前买，提前订，现在订那么贵，你能不能别想起一出是一出。"汪红觉得牧云太不靠谱，嗔怪着牧云。

"媳妇，你先别骂我呀。咱们先商量一下，想去哪。有几个目标后，我们再看看机票酒店，只要不是太离谱，过年期间多花一点也是正常的。平时你上班哪有时间呀？你又不像我，时间那么随意。"牧云说服着汪红。

"老公，你要是真想出去，咱们去珠海吧，那里有长隆海洋王国乐园，果果肯定喜欢。我看了机票和酒店，咱们可以先飞到广州，机票1000多元一位，还能接受，然后坐高铁1个多小时到珠海。珠海的度假村五星级酒店1500元一晚，含两个人的早餐，毕竟是五星级酒店，硬件、软件都不会太差。从酒店到长隆乐园包个车过去也就一小时就可以到，咱们不用在园区里面住。"汪红在手机上翻了半天直接给了牧云一整套旅游方案。

牧云乐呵呵地拍着汪红的肩膀说："媳妇就是厉害。行，那咱们明天就飞广州，你来做导游，我来做钱包和司机，到了珠海我租一辆车，带着大家游玩也方便。"

"你一天天的啥也不管，甩手掌柜，又没啥钱，还净瞎指挥。人家真有钱的老板，都住在长隆里面的酒店。"汪红继续挖苦牧云，牧云则傻笑不回应。

"媳妇，我看珠海离澳门不远，正好我爸妈还没出过国呢。咱们去澳门一趟吧，港澳通行证前两年和父母都办过，还没过期，你之前不是去过香港嘛，咱们过去转转吧？"牧云想着要是可以带父母出国转转多好呀。

"你的地理是体育老师教的吗？澳门也是中国的好不好，还出国？没文化真可怕呀。再说咱们一家人跑到澳门去干啥？购物不如香港，澳门全是赌城，老人和孩子去那边有啥玩的，赌博吗？我真是不理解你的脑回路。"汪红想不明白牧云为啥要去澳门。

"我出钱，一定要去澳门，我就是想带父母去外面的世界看看，就过去一天。咱们还住在珠海，上午去晚上回，好不好吗媳妇？"牧云继续软磨硬泡。

"哎，真是不明白你，行行行。"汪红虽然嘴上倔强，但是最后还是答应了。

于是大年三十晚上牧云和汪红急急忙忙地订下了6晚酒店和大年初一上午飞往广州以及七天后回京的航班。他俩又让父母赶紧准备过去要穿的衣服和行李。父母也是被夫妻俩兴之所至的出行计划给弄得没能安安静静地看完春晚。吃完了大年夜的饺子，就赶紧收拾行李，一边收拾，一边骂着儿子不靠谱，乱花钱，但是机票酒店已经订好，只能选择跟随了。

大年初一一早，一家子开启了一场说走就走的旅行。牧云父母陆陆续续接了几个拜年的电话，客套完了便在电话里抱怨说孩子们不省心，大年初一非得折腾去珠海、澳门玩。但牧云听得出这是父母在电话里向亲戚朋友炫耀儿子有本事，带着全家人出游。

大年初一也是牧云母亲的生日，到了机场，牧云对妈妈说："妈，今年给你过个不一样的生日，一会儿生日午餐咱们在空中吃。"说完呵呵地笑着。

牧云的老妈头一次坐飞机，她像小孩子一样，被牧云指点着找到座位，不敢乱动。空客A380超大型飞机，飞机起飞及飞行过程已经十分平稳了，但是3小时的飞行区间，难免会因为气流导致飞机产生波动，这可把牧云的老妈吓得不轻，那种脚不着地给心理带来的严重不踏实感，让她一直紧紧地抓着扶手。虽然她心里知道没事，但是面部表情还是十分僵硬。后来空姐发了快餐和饮料，老妈紧绷的神经才得以慢慢放松下来。下了飞机，老妈很是开心，儿子很优秀，沾了儿子的光坐飞机去南方过年，这件事情回到老家肯定可以炫耀一段时间。牧云和老爸基本上是全程当苦力，推着婴儿车，拉着大包小包行李箱，但是爷俩儿没有任何怨言，辛苦并快乐地为家人服务。

大家在机场换了夏天的衣服，直奔喜来登酒店。第二天一早，全家人吃完早餐，便去外面溜达，结果碰到平时只有在电视上看到的舞狮表演，牧云老爸抱着果果冲到人群最前面，兴奋地看着狮子摇头晃脑最终咬到白菜，白菜谐音百财，一边跟孙女

说，这是狮子，舞狮子。与全家人外出过年，换了一个环境，没有工作的牵绊，心情十分放松。汪红这两年带孩子同时还在上班，也不轻松，人瘦了很多。父母天天在北京买菜做饭打扫卫生照顾孩子，也是不容易。如今外出旅游，一家人心情愉悦，身体的疲惫一扫而空，这可能就是牧云努力奋斗想要的结果吧。

当天下午，一家人便乘高铁去了珠海长隆乐园。父母每天一到吃饭时就是同样的话语——我不饿，别点太多，这儿的菜太贵了，吃点小吃就行了。这就是中国普通老百姓，我们朴实的父辈。一家人在长隆乐园看了烟花秀、花车巡游、水上飞人、动物表演等，大人都被长隆高品质的景观和表演惊艳到了，果果则在汪红的怀中看着夜空中绚丽的烟火，没有任何表情。汪红和牧云说，孩子太小，看不懂，白来了，她见这么多人这么吵反而还有些害怕。牧云则紧紧地抱着媳妇和孩子，静静地看着烟火和灯光秀。牧云觉得此时的幸福感觉，说任何一句话都显得多余。

牧云带着全家人从珠海拱北口岸去了澳门。因为之前在MDI时跟老板金总带着团队来过一次，当时就被这个纸醉金迷的城市给迷住了，想着以后一定带着家人体验一下这种奢华。牧云故作熟络地带着家人逛了威尼斯、葡京、银河等赌场，还去了澳门牌楼和小吃街。但是全家人都吃不惯澳门的甜食，这里无论是糕点还是肉制品，都带有浓浓的甜味儿，吃完肚子撑但是感觉还没吃饱也不是很舒服，所以说北方人北方胃就得吃北方菜。牧云带着媳妇换了1万元人民币筹码准备到赌场里面摩托变奥迪，媳妇虽然不太同意，但是既来之则依之，就由着牧云去折腾一把，两个新手赌徒只花了半个多小时，就把筹码几乎全部赠送给了百家乐棋牌，最后留下1000元去敲老虎机，虽然最终也全部输掉，好歹在老虎机面前敲了一小时时间。至此春节全家人游玩便圆满结束，7天时间一共花了5万多元。牧云父母和媳妇都十分心疼，牧云因为项目来钱容易，虽然觉得花几万块玩几天有点贵，却也觉得值，唯一考虑的是后面要更努力挣更多的钱，让父母和媳妇都闭嘴，别再因为花钱而不断在絮叨，着实让人烦躁。

离职员工多米诺

牧云带着全家人度过了一个愉快且不一样的新年，开开心心回到北京，打算新年新气象，一定要把销售额做上去，带着融技的全体员工大干一场，产品做出来，找到融技真正可以全身心投入的长久可持续的业务发展线。所以初八一上班，牧云就早早地来到了办公室。公司有将近20名员工，放养一天就要多花一天钱。结果Q城研发中心那边陆陆续续地有员工给牧云打电话或发邮件提出离职。牧云想不明白是为什么，年前发红包、聚餐，大家都挺高兴的呀。带着疑惑他赶紧打电话给汤程问原因。

"牧云，员工离职原因很多。但是大部分员工是私底下商量好的，他们今天也都在公司找我谈了一下，我正准备给你沟通呢，你的电话就打过来了。"汤程给牧云解释。

"噢，那你说说这帮小子是什么情况？"牧云直接问。

"像咱们公司薪水最高的刘勇，他当时来公司是对企服大管家的技术发展路线很感兴趣。现在公司决定不做这块了，他不想留在公司干一些Java外包开发的活了；那几个大学生是觉得公司过年只发了1000元红包，没有一个月的奖金啥的，再加上日常工作学习的对象刘勇要走，他们也不想干了。他们年前面试了一些单位，有的Offer给的薪水还不错，有的是BAT这样的大公司。还有的是别的公司高薪挖人，他们经不住诱惑，加上其他人都离职，自己也人心惶惶……所以就大部分都离职了。"汤程平静

地介绍着离职员工的情况。

牧云听完，也觉得无力回天。但是那个曾经提薪500元的大学生和曹伟业做Java开发，牧云从公司技术团队完整性考虑还是想留住他们，便分别打电话给他们，决定工资每月提高1000元，来年年底最少多发一个月工资作为年终奖。但是仍然没能留住他们，只收到了诚恳的歉意。很快姜涛也知道了此事，便跟牧云商量对策，牧云安慰姜涛，现在项目上倒是不需要太多人，这些人离职反而节省了公司的支出，后面我们想清楚并找到了公司新的强劲的业务发展线，将来他们想回来就没那么容易了。牧云也不知道自己哪里来的勇气对姜涛说出如此自负的话，也许是创业两年多以来的自信心，也许是对大部分员工集体离职的不满说出来的气话。

牧云心想，要想挣到钱，就一定需要朋友，但是要想挣到大钱，就需要敌人。如今员工的离职，就是摆在牧云眼前无形的敌人——困难，只会让牧云更加强大，这些根本击不倒自己。牧云这样安慰着自己，但是未来的出路到底在哪里，他的心里也是一片茫然。

既然曹伟业留不住，牧云要求公司把他的女朋友也一并开除，Q城都没什么人了，不需要行政人员了。两个美工也开掉一个吧，或者问问朋友公司帮她找好下家。这样公司也可以每个月再节省1万多元。但是曹伟业的女朋友不愿离职，说找不到工作，要继续留在公司拿每个月4500元的工资。牧云实在想不明白，一个研究生毕业的女孩子，就算学的材料专业再差，找份工作应该挺容易的，怎么就心甘情愿地耗在融技拿这点工资做行政？牧云想不明白，但是股东一致同意开除她，只好按原计划进行。结果女孩威胁牧云说要去劳动仲裁告融技，汤程和姜涛一来气，直接强硬地辞退了那个女孩，把公司账号、邮件、门禁等全部清除。最后那女孩也没有劳动仲裁，估计是找到新工作了吧。通过这件事，牧云发现，无论是老板还是员工，当彼此利益受到威胁时，没有人是圣人。只有当一方成为企业家或者有一方只关心诗和远方时，才会以圣人的姿态去化解纷争吧。

牧云上班第一天，本来憋足了要大干一场的劲头，直接被多名员工离职来了当头一棒。目前融技就剩姜涛、汤程、牧云、会计小兰、开发技术徐龙、研究生美工小葛、系统工程师王剑以及后期接收的牧云老家亲戚的孩子、刚毕业的大学生高朋，还有一位只拿半薪的兄弟——林夕。一共八个半人，这半个人就是林夕。这里简单说一下，林夕自己的康网在他们四个合伙人的经营下，过去几年一直做得不错，挣到的钱都投入在公司上面，还买了一辆新捷达车作为公司的公车。林夕有事没事就约牧云一块喝酒，聊天，谈未来，一来二去，林夕便在心里认了牧云这位大哥。看牧云生意做得不错，也想跟着牧云开开眼界，学习学习如何做生意，并希望打破那种天天跟百度推广来的客户被动谈判的局面。这些业务客单价基本在几万到二十万之间，利润不高，林夕称他们这种生意模式为守株待兔。他希望跟牧云学习一下如何扛着猎枪去森林里主动打猎物，打大猎物，让康网可以突破年销售额200万的魔咒。

2017年新年伊始的员工离职风波打击了牧云的积极性，但并没有击垮他继续战斗的决心。客户基本都是过了正月十五才正式上班，这几天牧云除了安排公司内部事务，跟林夕一块喝酒，还约了刚之门公司的王方王总。牧云当初靠王总的关系解除了问鼎银行的合同危机，说明其人脉资源不简单，王总开着宝马740，住在京西的别墅，有社会地位，人脉广资源丰厚。牧云认为多跟这样的人结交应该进步会快。前几天牧云经广州去澳门玩，王总经广州去香港玩，俩人在微信朋友圈相互点赞，还说回京后要一块约酒。

正月初十，牧云打电话给王总："王哥，您回北京了吗？想着您要是回来了我请您喝个酒，请您给我指点迷津。"牧云电话里客气地说。

"牧总，你好，我昨天刚到北京。指点迷津不敢当，你来给我布布道我看行。"王总做人做事滴水不漏，也十分客气地说。

"哈哈，王哥您就别笑话我了，您是牧云特别佩服的大哥。您看明天下午您有空吗？咱们先喝会茶，晚上我请您喝酒？"牧云问。

"没问题，明天下午你来我公司吧，到了哥这块，哪能让你请，明天你就随时过来吧。"王总电话里开心地说。

"好，明天见。"牧云其实也不知道见面到底聊点啥，只是觉得王总厉害，想多接近一下，要是有啥项目可以一块参与那就更好了。

第二天下午牧云先是在王总的公司里一块喝了半天茶，两个人闲聊了一会。因为没有明确目的，又觉得王总是前辈，牧云带着学习的心情很虔诚地跟王总求教，把融

技目前面临的发展困境和员工离职的情况都做了介绍，并表示剩下的人也是公司的技术基本班子，还可以做一些事情。

牧云跟王总说："王哥，您看看我现在应该怎么办呀？我创业两年多了，虽然每年也能签下来几百万的合同。但是最近员工纷纷离职，我静下心来仔细复盘了一下，发现我自己并没有什么特别的本事，公司的客户群体也是东一榔头，西一棒子，没有固定行业的客户。公司之所以能够一直不温不火地有生意活下来，我觉得主要原因，一方面是我有融技这个公司实体，方便朋友和前MDI同事用它过单，自己人觉得踏实可信。另一方面就是我懂技术，也干过销售，有MDI厂商资源平台，在监控运维这个行业里有一定知名度，所以很多朋友认可我们的实施服务性价比，主动外包给我们来干。再有就是我胆子相对来说比较大，不愿意待在舒适区，骨子里又不服输，一直在折腾，做了一些同行不知道的生意。说实话，真要是比情商，比智商，我是真不行。我要是情商高，当初从MDI离职后早去BAT干销售了，我要是智商高咱们也不可能认识，我现在估计正在电脑面前写代码，调试BUG呢。但是我发现，创业这两年我见了各种人，做了各种事，受到了各种折磨，不断跨界融合，感觉现在好像才真正有了点真本事，但却又发现德不配位了。总觉得道行是上来了，但是财气不行了，唉！"

王方见牧云如此坦诚，便说："兄弟，你这哪是跟哥诉苦呀，你这是在哥面前夸赞自己呀，哈哈。不过这两年生意的确是越来越难做了，我的公司前些年卖一台笔记本利润几乎是百分百，那个时候真是暴利呀。以前我主要做系统集成，每年也可以做个大几千万，但是现在一方面是生意不好做，另一方面我也过了那个看人脸色给别人服务的年纪了。哥哥我现在快五十岁了。我大女儿在德国上学。她学习不好，高考肯定没戏，便送到了德国。我小儿子现在上小学，老人也都健康。到了我这个年纪，不愿意天天被客户呼来唤去。所以前两年把公司的人员都辞退了，唉，当时也是很不甘，但是没办法。所以你每次来，会看到公司很大，但是人没几个。我现在呀，把精力都放在投资上面了，在逐鹿省有一个产业地产我作为小股东参了点股，目前一年多了还看不到收益呢；另外跟着我们别墅小区的一位大哥一直在折腾一个文化产业基地，那位大哥已经投了10个多亿了，我跟着一块疏通当地的领导关系。我主要是以资源入股，将来营业了，每天分个门票钱。你可能不知道，现在文化这块可是挣钱的生意，有些寺都已经被上市企业收购了，日进斗金。公司现金流方面主要靠我这边的历史客户，每年还能有一些生意，基本上都是我弟弟在打理，我就帮着把关系铺平。对了，近期逐鹿省的一位领导来京我们喝酒时，说他们那里有一个400多万的网络安全设备采购和人员驻场运维的项目，正好我这边也没有技术人员，你要是能接一块弄一下呗？"

牧云听王总说完，感觉王总前些年的确是挣到了钱，但是现在针对公司的未来发展也很迷茫。两个天涯沦落人，有着相同的心境，彼此的心也越来越近，便说道："王哥，没问题，我让我这边的汤程马上跟进一下，看看技术上有没有问题，如果可行我一定帮忙！"牧云信誓旦旦地说。

"那行，一会我把我弟王平的电话给你，你们直接沟通。过了正月十五，我打算去一下逐鹿省原平市。你要是有空可以跟着我一块见见客户，客户那边要是还有啥生意你也可以当面沟通，客户关系这块你不用担心，都是我哥们。"王总想着牧云懂技术又是销售，客户关系又抓在手里，多个人过去充当刚之门公司的门面，也不是坏事。到时把活分给牧云公司一点就好，而且他觉得牧云这个人很有才，也愿意折腾，也许将来能成事。

"那太好了，正好咱们合作过那边的问鼎银行，争取这次过去把这个客户也搞定，哈哈。走吧，王哥，咱们喝酒去，边喝边聊。"牧云邀请王总去喝酒，同时把王平的电话给了汤程，让汤程立刻跟王平沟通下项目技术需求，并要求汤程过了正月十五跟着自己一块去逐鹿省原平市。

京西玉泉山周边王总比较熟悉，他顺手从公司拿了一瓶茅台，直接带牧云来了一处果园风格的温室酒店，室内全是各种绿植以及小桥流水。王总跟这边的老板很熟悉，直接预订了小桥流水旁树下的一个陶瓷桌椅，两个人坐下边喝边聊。两个人推杯换盏很快就喝光了一瓶茅台，因为高兴，又喝了两瓶啤酒，才尽兴而归。

没两天王总又跟牧云说他们在逐鹿省礼县还中了一个博物馆的安防监控项目，因为王平的时间精力有限，牧云这边要是有人手，可以外包一个人过去做项目经理，主要就是当监工盯工人布线、安装摄像头。牧云立刻答应，并直接安排林夕尽快跟王平沟通，派人过去现场支持20多天，把项目Close。林夕第一次从牧云手中接到任务，跟

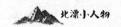

王平沟通后，便欣然前往，顺利Close了项目。这个项目牧云并没有收王总的钱，只让王总把林夕的差旅费给报销了。王总通过这件事情感觉牧云这个人不一般，出了力还不收钱，有情怀、有想法。上次牵线帮牧云搞定问鼎银行的项目，其实只是正常传了一下话给问鼎银行的董事长，牧云就给了自己一大笔好处费，他觉得牧云只是把钱当工具，并不是那种钻钱眼儿的人，将来没准能成大事，值得深交。

逐鹿省产业新城

2017年正月十六的下午，牧云陪同王总一块坐高铁前往逐鹿省原平市，汤程也从Q城直接出发到原平市与大家一块聚齐。牧云此行的目的是帮助王总搞定交通行业的400多万的安全项目。王总完全不懂技术，但是有很强的客户关系。2个多小时的车程，两人边喝边聊。

在聊天过程中，牧云知道王方这两年除了投资产业地产和帮助同别墅区的邻居大哥推动文化基地的事情，其实也在不断地寻找各种新的生意机会，但是一直没有什么进展。有句话说"书中自有黄金屋，书中自有颜如玉"，当一个人碰到困境，找不到出路时，可以停下来多看看书。看书不一定能够帮你指明出路，但是却可以让你的心静下来。正所谓山重水复疑无路，柳暗花明又一村。

王方花了40万报了中国人民大学的MBA。一路上不断地跟牧云介绍MBA的课程，说读这个班如何助力自己思考，班里的同学如何优秀，有保险公司的高管，有年轻的富二代小姑娘，有中建投搞投资的，还有来镀金的各地官员。王总说自己现在担任组织活动部部长，经常组织游学和喝酒活动。他建议牧云抽空也抓紧上个MBA，好好学习。牧云就当故事听着，心想，等自己挣到钱了，肯定会花90万去报个长江商学院（企业家居多）或者中欧商学院（职业经理人居多）。牧云以前的MDI同事曲兄离职创业挣到大钱后，经常晒在长江商学院里面的同学聚会照片，有知名歌手、演员、知名主持人等，看得牧云好生羡慕。牧云心里也想通过商学院提升一下自己朋友圈的质量，没准还能对融技的生意以及融资产生非常大的帮助。当然目前这些都是牧云一厢情愿的想法。

牧云和王总两个人喝着啤酒，你一句我一句地闲聊，很快就到了原平。下了高铁后，王总的朋友潘伟已经派司机开着别克商务车在车站停车场等候了。

"王总，您好，潘董让我过来接您和您的朋友。晚上已经订了老城门儿会馆，您看您是先回酒店还是直接去饭店？"司机小李请示着王总。

王总看了看表，已经5点多了，便说："直接去饭店吧。牧总，你跟汤程说一下，咱们就不等他了。"

"好的，王总，汤程那边得晚上10点多才到这里，就不用等他了。"牧云回答，这时司机小李过来接过牧云的行李装上车。

原平市是逐鹿省的省会城市，因为正好赶上下班高峰，从高铁站到新区的老城门会馆平时只需要15分钟的车程，愣是在路上堵了40分钟才到。司机小李拎了两瓶茅台在前面带路，牧云随王总一块进了饭店。这家饭店外表装修十分普通，但是一进入大堂，就发现别有特点——中国古代的奢华与现代的时尚结合得相得益彰。会馆门口一座精美的戏曲凤冠在射灯的照射下显得格外亮眼。往里面走，首先呈现在眼前的是一张可坐10人的花梨木茶台，穿过茶台可以看见一楼的全貌，用餐大厅和几个包房均是有年头的老木头采用榫卯技术构建，墙上挂着的一块块牌匾和角落里放着的各种木箱子，一看就是从各地淘来的老物件。一楼用餐大厅中间还单独留了一个实木造型的亭子——牡丹亭，一位年轻的豫剧演员正端坐在亭子里对着镜子画着油彩。到了二楼的包房，潘伟和身边的朋友张力、宋鑫早已经在此等候了。牧云看见桌子上已经起了凉菜，三个人一边喝着茶，一边抽着雪茄聊着天，十足商业大佬的气派。

见王方和牧云进来，张总笑呵呵地起身，爽朗地说道："哎呀，王总，你迟到了，一会要罚杯酒。"边说边走过来和王总握手。

"哎哟喂，张总也在呀，早知道我带两个模特一块来吃饭。"王总见张总也在，知道张总好模特这口，便打趣地说道。

"你现在叫你的大长腿过来也不晚呀，我们可以等的。"张总和王总两个人打着嘴仗。

"张总，给你介绍一下。牧云牧总，融技的老板，之前在外企MDI工作。"王总侧过身向张总介绍身后的牧云。

"张总，您好，以后还请您多关照。"牧云也不认识这位张总，便客气地说。

"牧总，这位是产业新城的潘董事长。刚才的司机就是潘董派过去的。"王总又向牧云介绍潘董。

"潘董，您好，给您添麻烦了，感谢！"牧云继续客气地说。

"牧总，这位是产业新城的宋鑫副董事长，潘董他俩搭班子。"王总继续介绍。

"宋总，您好。"牧云继续上前握手。

"牧总，精英人士呀！我们园区的产业互联网创新基地就是你们MDI给创建的，一会儿咱俩得好好聊聊，看看怎么把后续的创新基地给盘活了。现在我们很愁呀，MDI弄完就走人了，一会您帮我们看看如何让它先聚人气，再有名气，最后生财气。"宋副董事长开心地说。

"宋总，您抬举我了，要是有啥我可以效力的，您随时吩咐。"牧云心想MDI的触角够长的，跟产业新城的地产都搭上关系了，没准逐鹿省这边的MDI销售自己还认识呢。

这时张总打断道："今天就咱们五个人，也没外人，就都别客气了。坐吧，坐吧，牧云，你也别客气，来，坐吧。"

"服务员，抓紧起菜。"潘董也喊房间内的女服务员。

通过一段时间的谈话，牧云才知道这位张力张总的能量不一般。张力创立的金草地在逐鹿省房地产行业排名前五，也是中国第一家海外上市的房地产企业。金草地主业是经营住宅地产，并配以产业园区的建设和运营，搭着政策扶持的东风，挣得盆满钵满。金草地的融资渠道广，这几年四处拿地，张总还兼职做起了投资人。酒局结束后王方在回酒店的路上跟牧云说，张总的公司在美国上市后，曾经向美国的哥伦比亚大学捐了3500万美元，校方给了他每年两个入学名额，所以他儿子才能顺利上世界名校。张总前两年还帮助了一位领导的子女也上了哥伦比亚大学，所以拿到了海湾新区的地块，不然以他一个地方性的房地产企业，怎么可能跟头部地产商竞争？

牧云深吸了一口气，心想："我就是开个小科技公司，怎么有幸跟这些商业大佬一块吃饭，他们做的生意估计我这辈子也做不了，接触上面的领导更甭想了。"

潘伟潘董在中原做过三任领导秘书。正是因为做了三任领导的秘书，所以身份很尴尬，往后没有领导再敢用他做秘书。背后的原因估计是他知道了太多秘密，难免会和前任高升的领导私底下保持沟通，又因一直没有合适的职位进行调动，所以潘董的老领导邱书记就让潘董下海，去运营市里投资了2个亿的产业新城项目。当时规划了1000多亩地，目前只建设了1/10，2个亿就快花光了，如今面临资金链断裂的窘境。市里要求严查，认为园区建设里面一定有猫腻。没办法，潘董跑到美国躲了三个多月。其间园区的贪腐的确惩罚了一批人。但是潘董不一样，因为邱书记位高权重，手眼通天，最后对产业新城的处理结果批示要求，就是拔出萝卜就不要再处理那些"泥"了，并把潘董归到"泥"类。所以在美国吃了三个多月的汉堡包的潘董才可以安全回国并继续坐镇产业新城的工作。今晚的饭局本来是潘董、宋总和张总一块吃饭，张总的金草地想把产业新城的经营权从政府那边给买过来，用市场化手段来进行建设和运营。王总因为和潘董同为邱书记的小弟，认为产业新城有官方投资和站台，又有自己的大哥在背后操控，应该可以挣到钱，所以当初也投资了500万现金。没想到现在张总要入股，大家以前也很熟识，不如借此机会撤股得了。

张总希望产业新城由金草地作为大股东，日常建设、开销和运营资金全由金草地提供，潘董仅作为产业新城的名誉董事长，不用管理具体事务，每年仍然提供80万的薪金，但是厅局委办的关系需要潘董来帮忙对接一下。

宋总是潘董的同学，原来是大学老师。两年前潘董弄这个产业新城时，便把宋总从体制内给拉了出来，给自己帮忙，产业新城的很多具体工作都是宋总在负责。宋总和牧云两个人年纪相差不多，初次见面感觉比较投缘，喝了三两茅台后，大家便熟络

了起来。

宋总虽然和潘董、张总、王总都很熟，但是因为背后领导资源不强，所以也较难参与到他们的对话当中，便对牧云说："牧总，您这次来原平市待几天呀？要是有时间我接您到我们园区看看，我们专门盖了一栋两层的办公楼给你们MDI用于产业联网创新基地，挂了联合实验室的牌子，花了800多万买了你们MDI两箱软件，但是现在就是一个空壳，没有任何效果反馈。市里领导还在追责这个事情，您过来帮我们出出主意？"

牧云心想，这很符合MDI一贯的风格：依靠MDI这金字招牌忽悠客户下完单后，如果客户还想要效果，那就需要再拿数倍于一期的资金才行。他快速在脑子里想着，虽然园区运营和自己的业务不搭边，但是要真能把运营的业务拿下来，年年有钱拿，对融技也是好事一件呀。想到这，他便快速组织语言，结合刚才宋总说的人气、名气和财气，开启了忽悠模式，说："宋总，我在MDI待了多年，比较清楚他们的玩法。他们这些年搞的智慧城市没有一个落地的。很多项目都烂尾了，估计他们跟您说过如果想要效果，还得再花一大笔钱对吧？"

"对，对，他们说后续效果还得再投入2000多万元，之前的800万元没有效果，后面的钱市里领导肯定不会批的。"宋总接着牧云的话说。

"宋总，其实刚才你提到人气、名气和财气呀，我给您出出主意，您看看可行吗？"牧云大脑开始飞速运转。

"您说，牧总。"宋总带着期待的眼神。

"宋总，您当务之急不就是想把人气给搞起来吗？让领导来参观时看到创新基地里面有人对吧？首先我对MDI比较熟悉，逐鹿省的人也能够对上话。MDI呀，每星期都有项目REVIEW，每个月都有新产品新技术培训，每个季度都有团建等活动，而且每个季度MDI还会组织金融、政府、企业的用户聚在一块开用户新技术交流大会，还有每年都会选择一些城市搞新产品发布会等。这些活动我都可以跟逐鹿省这边的Brand Manager（品牌经理）沟通，请他们每周、每月、每季度不断地来咱们产业新城的基地开会，人气不就上来了吗。咱们只要提供一些免费的咖啡、茶点、会议服务，再弄个展厅放点MDI的前沿科技设备，装饰一下广告墙，弄个大屏，不就可以提升人气了吗？领导来了也觉得有生气。除此之外，我还可以把北京的一些创新创业大赛引入到咱们园区。例如投资机构、创业者、媒体、与会者等，咱们只需要提供免费的场地就行了，到时媒体一宣传，这不就相当于给园区做免费广告了吗？我在北京还参加了一些私董会，我也可以跟他们沟通沟通，定期组织他们来园区开会和考察，您的核心诉求不就是卖楼卖地吗？私董会里面的老板们来了不就是现成的看房团吗？这些基本不用花什么钱，是不是就可以把人气给聚起来，市里领导那边也好交代了？"牧云一口气说了半天，停下来看向宋总。

"牧总呀，没看出来您还是这块的专家呀。这么专业，看来我今天是问对人了，来来，咱哥俩喝一杯。"宋总听牧云说完，心里觉得牧总既可以对接MDI，又可以免费把人给拉过来，要是真行，市里领导那边就好交代了，再批钱也会容易些。

喝完了杯中酒，宋总亲自给牧云斟好酒，牧云继续说："名气这块呀，主要得把名企、名人拉到园区来，像当初你们拉MDI进来也是因为它的知名度对吧。这两年国家大力扶持科技企业，可是你们融资、拿地、盖房子是专业的，园区要想引入一些知名科技企业，你们的朋友圈资源就显得捉襟见肘了，正好我这些年一直做IT行业，认识很多IOE和BAT企业的中高层，以及一些细分领域的头部科技企业。我们可以一块配合，用咱们园区的一些优势，大的方面我不知道，但我知道园区肯定有一些针对入园企业的税收、办公优惠，甚至是资金奖励吧。我来帮着对接资源，咱们一块跟一些企业谈，北、上、广、深、杭的人员工资那么贵，房价那么高，很多企业也在转移下沉到二、三线城市，咱们省内高校资源多，我觉得这的确是一条路，您觉得呢？"

宋总听得入神，没有打断牧云，继续听着牧云说："至于财气，我觉得企业入园或者买楼买地自建楼是大事，不是见个面喝个酒就可以立刻谈成的，需要天时、地利、人和以及咱们的引导和各方面的政策倾斜。但是我觉得我们给产业新城盖一个智慧园区的'大脑'，通过信息化手段，先将园区的风、火、水、电等能耗控制住，这样既节省了不必要的成本开支，还给外界展示了科技园区的风貌。同时再上线一套入园企业一站式服务平台，入园企业的工商、税务、社保、法务等业务我们都可以通过线上服务平台来承接，既为入园企业提供了便捷服务，还增加了收益，这不是挺好的

吗？今天我就是想到哪说到哪，有不对的地方您指正。"牧云客气地说，同时见好就收，担心说太多有不专业的地方反而适得其反。

"牧总，我真得把您留下来了，您一定要去园区现场看看，咱们好好商量商量。潘董，牧云对于产业新城和园区运营想法很活泛，人脉资源也很多，咱们这两天邀请牧总过去一块聊一下吧？"宋总十分肯定牧云，并转向潘董问询。

潘董在陪王总和张总聊天时，一边听着，也偶尔听了几句牧云和宋总的谈话，觉得牧云有科技厂商资源、对MDI非常了解，其他名企、名人和俱乐部资源也比较广泛，的确可以聊聊，便端起酒杯说道："牧总，我们宋总这么认可您，这两天哪天时间方便邀请您来园区坐坐？王总，你看你们这次来哪天时间方便？"

王总也没想到带牧云吃个饭可以谈出个生意机会，便说："明后天我们得先去省交通局办事，办完事我们再约吧。牧总在MDI工作过多年，现在做企业经验也丰富，你们的确可以多交流交流。"

"好，那咱们这两天随时电话沟通。行了，咱们别光喝酒，欣赏一下传统艺术吧，姑娘，去把你们唱戏的角儿给请过来唱两曲。"潘董见大家也喝了不少，便让服务员去喊那个戏曲演员上来。

不一会儿，戏曲演员便穿着华丽的戏服，满脸油彩，头戴凤冠进了包房，把写有曲目的扇子递给潘董：说："老板，您想听哪一段，可以从扇子上面的曲目中选，一段300元，3—5分钟。"

潘董常来这个地方，还没等演员说完，便打断道："姑娘，我常来，不用介绍了。来，张总，您选个曲子吧。"说着便把扇子递给了张总。

"好，我看看，嗯，我点个《穆桂英挂帅》吧，希望金草地在潘董的协调下可以早日挂帅上阵冲锋呀。"张总说完便笑着看向潘董。

服务员调好了音响，演员便随着伴奏表演了起来，举手投足间尽显专业，可谓"上场伸手似撵鹅，回手水袖搭手脖；飘飘下拜如抱子……"，演员行腔酣畅自如、表演本色自然，很好地表达了穆桂英代夫出征的内心情感。牧云此刻也是听得如痴如醉。喝着桌上的佳酿茅台，品尝着精致美味的佛跳墙、国宴开水白菜、上汤焗龙虾等，听着专业戏曲演员演唱豫剧，跟着一众商业大佬学习生意之道。牧云醉了，不是被茅台给醉倒了，而是生而为人被这世界的美好给醉倒了。

网络项目暗操作

第二天一早，牧云和王方很早便起来。王方儿时的朋友李蒙来了希尔顿酒店，跟牧云和王总一块吃早餐。汤程昨晚到得晚，又加班到后半夜，早上多睡了一会便没吃早饭。原来王方想开拓逐鹿省的交通生意，但他大部分时间在北京。李蒙这两年从质监局停薪留职下海经商，一直也没折腾出什么波澜，也愿意跟老大哥王方合伙在逐鹿省这边推动交通生意。王方负责协调高层资源，李蒙则干具体的执行工作。王方为了方便迎来送往，专门买了辆奥迪A8放在这边。

吃过早饭，李蒙便开车把大家送到了交通厅大门口。王方打了一个电话，门卫做好了登记，牧云、汤程和王方便直接走了进去，李蒙则在厅外等候大家。

"伊处，又来给您添麻烦了。给您带了一盒茶叶，不成敬意。"王方边打招呼边把茶叶放到茶几下面。

伊处起身相迎，看着王总把茶叶放在一边，然后说："王总，你真是客气。哪天来的？"

双方说了半天的客气话，王方把牧云和汤程介绍给伊处长，说是刚之门公司的销售总监和技术总监，并表示刚之门很重视这次的项目，看看如何有机会合作成功之类的客套话。

因为之前分管科技的牧副厅长已经给伊处长交代过这个项目，所以伊处长也没把

王总当外人，便直白地说："王总呀，你说就这么一个400多万的小项目，好多家公司的老总找到了不同的厅长打招呼，真是让我为难呀。不过你是牧副厅长介绍过来的，我一定得好好配合。这样，我把负责这个项目的三位科长叫过来，大家一块沟通一下。"说完，伊处长直接把蔡科长、张科长和刘科长喊了过来。

三位科长过来后，伊处长直接带大家去了会议室，先把项目做了一个大体介绍，定了调子，实际上是做个姿态给三位科长看，让三位科长识趣些好好配合刚之门公司的王方一行。其实这个项目因为太多厅长找伊处长打招呼，伊处长十分为难，但是他很聪明，县官不如现管，牧副厅长是自己的直接领导，分管科技，得罪谁也不能得罪直属领导呀。正是因为这个项目有太多厅长关注，所以伊处长自己并不插手这个项目，避免引火上身。为了落个清静，他直接交给底下的科长具体承办，将来有火也烧不到自己头上。三位科长一看领导意图这么明显，也不敢怠慢，便把项目的技术需求、招标时间、招标参数等详细地给牧云和汤程做了介绍。汤程看了技术需求，觉得这就是一个安全SOC（Security Operations Center，安全运行中心）的项目，采购一堆安全硬件，然后整合进安全大数据软件中心进行集中分析，同时每年提供人员驻场开发和维保。这事说难也难，说简单也简单。说难是因为要把各类安全警告全面整合实现智能分析，需要大量且长时间的开发，且要有多年的病毒和攻击的知识积累。很多安全厂商都是卖标品，没人愿意长年为某一个项目搞开发，何况客户的钱那么少，实在不值得。说简单是因为这类项目太难落地，一般都是最后安几个酷炫大屏，安全效果显现一点新意就算交差了。

通过交流和看招标参数，牧云和汤程知道这个项目基本上已经被个别安全厂商把招标参数给写死了。既然伊处长没参与，那就说明这三位科长至少有一到两个人跟厂商私下沟通过了，想再改参数很难。正在交流时，牧副厅长也来到了会议室，伊处长赶紧给领导打招呼，简单汇报了大家正在进行的项目技术讨论。牧副厅长满意地点了点头，同时走向王方，亲切地握手，说了句感谢刚之门公司来支持厅里信息化安全建设的客套话便走了。明眼人都看得出来，牧副厅长是亲自来站台的。牧云和汤程包括王总都认为项目肯定是板上钉钉的事了。但是事情总是变化的，厅里为限制个人去主导招标参数获私利，便规定技术需求交流由厅里的技术部门负责，招标参数则由厅里的二级单位设计院的人员来写。设计院只负责写招标参数，其他一概不管。表面上看这个项目的各个环节均被打散了，没人可以跨部门控标，但实际上设计院作为厅里的单位，多少也得听甲方的意思，所以最终又回归到采购部门的几位科长和上面的领导来建议招标参数。

牧云和汤程把分析的结果告诉王总，说招标参数被特定的厂商给写死了，直接投标没戏，要么安全厂商不给授权，要么出货价格很高，没啥利润。通过这两天交流感觉应该是某位科长跟厂商串通好了。王总听完，直接打电话给牧副厅长和伊处长汇报了这些事。此时距离发标还有3个月时间，改招标参数要经过三位科长和设计院的专家重新评审和走正式流程，理论上已经不太现实。

听了王总的汇报结果，伊处长直接打电话给三位科长，说这次的招标参数有失公正，请王方的技术团队协助在技术上修改一下参数，可以加速重走一下流程，一定要做到公平、公正。当牧云和汤程再次去厅里找三位科长沟通招标技术参数时，海归的刘科长和张科长都十分配合，但是蔡科长表示了强烈的抗拒，全程没有笑脸，以苦大仇深的状态配合着汤程。最后的结果就是，牧云和汤程愿意怎么改就怎么改，蔡科长完全不管了，连一块儿核对文档的工作都不参与了。至此牧云和汤程明白原来是蔡科长跟厂商串通好了，如今修改招标参数就意味着更换中标单位，那蔡科长之前和厂商沟通好的利益和思路，就全成泡影了。

3个月后，项目如期挂网公示招标。由于是省厅的项目，对于竞标的公司资质要求都比较高，刚之门无法直接参与，但由于事先已经左右了招标参数，所以王总心里很踏实。为了避免其他公司捣乱，他还找了国内3家头部集成商代为投标。本来大家都以为招标就是走个流程，但是几百万的项目，一半以上的利润空间，蔡科长支持的厂商和公司肯定也没有轻易放弃，他们依托蔡科长了解修改后的招标参数，及时做好了应对，他们投标的公司是省内非常有规模和影响力的科技公司，跟各个安全厂商多年来也是深度合作。虽然王总跟安全厂商谈好了出货价，但是作为厂商来讲，最好的归宿就是谁也不得罪，反正你们谁中标都从自己这里采购，他们都没损失。评标现场蔡科长也作为评标专家直接参与了评标，现场评标结果出来后，逐鹿省执行力科技有限公司中标。代表刚之门投标的三家公司均没有中标。这件事情惹火了王总，他直接将此事上报了牧副厅长。牧副厅长装作不知道结果，打电话问询伊处长项目结果怎么样，表示很关心厅里的信息化安全工作。伊处长冰雪聪明，便说底下的科长工作做得不扎

实，已经严肃批评了他，同时也安排人跟中标的执行力公司董事长沟通过此事，对方愿意将此项目的3/5分包给刚之门，大家共同把项目做好。就这样，王总一系列野蛮操作半路拦截抢标，仍然夭折，但是中标方迫于甲方领导的压力不得不出让项目利润。其他几位科长都陆续升为了科室主任级别，蔡科长因为工作悟性不够，在仕途上则原地踏步了3年时间，一度很是抑郁。

正所谓王者伐道，智者伐交，兵者伐谋，工者伐术。刚之门王总的一系列操作，也让牧云见识了权谋的厉害，商业在权谋面前真的啥也不是。不过在牧云看来，王总也只是这个项目游戏规则"做庄"之人，并不是"坐庄"之人。做庄实际上是人与人之间的博弈，例如博信息，博资源，博关系，博实力，通过博弈最终来决定获胜一方，王总就是这次项目"做庄"里面的赢家。但是"坐庄"就不一样了，它的高度又完全秒杀"做庄"，因为"坐庄"的核心游戏规则是世袭制，不像"做庄"一样每次都要博弈，所以这个项目真正"坐庄"的是牧副厅长。

王总成了项目的最终赢家，牧云和汤程只是提供了技术上的支持，差旅酒店全部由融技来支付，牧云出钱出力，任劳任怨，一无所求，像雷锋一样，这深深地打动了王总。王总把牧云的融技当成刚之门公司的免费技术部门，而且用得非常舒心，不用像以前那样养那么多的技术团队，只要有牧云和汤程这两个特种兵全都够了，一个销售全能，一个技术全通。

项目后期的实施全部由安全厂商提供，融技根本参与不了任何技术工作，招标中要求的长年驻场人员，王总在当地招聘了一名员工来担任。其实就是放一个人，客户有需求时直接跟安全厂商联系，当个传话筒而已。

这个项目融技出人、出钱、出时间并没有获得任何回报，王总记在了心里，接下来不断找项目合作感谢牧云。牧云坚信凡事皆有因果，认为只要在"因"上付出了，"果"是自然而然的事情，不用刻意强求。

几个月后，融技和刚之门两家公司合并了，牧云帮助王总分担工作，或者说分担人脉资源促进项目。有一次牧副厅长来北京开会，牧云开着王总的宝马740Li去接。中午他和牧副厅长单独吃了慈禧贴身御厨厉老爷子的孙女创办的厉家菜，正宗宫廷菜，味道惊艳，牧副厅长吃得很开心，和牧云也交流了很多。牧副厅长见牧云只比自己的儿子年长几岁，做事却如此优秀，便要求牧云有空多帮帮他的儿子牧野。

会所茅台纯洁女

王总带牧云和汤程去潘董的产业新城，到地方了，王总便和潘董沟通金草地的张总入股后自己撤股的事宜。宋总则带着牧云和汤程在园区里参观，边走边热情地给牧云做详细的介绍：

"牧总，我们这个园区一共规划1500亩地，园区的地理位置非常优越，铁公机（高铁、高速、飞机）一应俱全。园区是按照721模式进行规划（70%是办公用地，20%是住宅配套，10%是商业配套）。目前一共建了5栋小楼：其中一栋就是前几天我们喝酒时说的MDI产业互联网创新基地；还有一栋目前正在跟一家国际数据库厂商沟通中；还有一家台湾在大陆的Call Center呼叫中心也在洽谈中；剩余的两栋其中一栋留作会议中心，将来可以组织2000人的会议；另外一栋计划做创新孵化器，目前正在跟国内的一些孵化器品牌洽谈。走，我带您看看MDI的创新基地。哎，这个基地目前我们相当于花了800万就买了一个牌子挂在墙上，单独做那个牌子只花了200元，这也是市里领导对这件事情很生气的原因。"

牧云听着介绍，像刘姥姥进大观园。搞了十来年的IT技术，从来没接触过房地产，行走在这些冰冷的钢筋水泥当中，忽然觉得自己何德何能，可以参与到这么大盘子的事情中。同时又想，这不就是摆在眼前的翻身机会吗！思想的转变进而激发大脑飞速旋转，他快速构建了一套体系，然后跟宋总说："宋总，您看呀，您建楼也是为科

技来服务。现在这个时间点又符合国家大的政策方向，市里也全力支持。咱们联合推动一下，共同引入科技企业，为园区插上腾飞的翅膀。"

"牧总，您这个比喻很好。科技助力传统地产，插上腾飞的翅膀。"宋总边走边小声念叨着。

不一会，宋总就带着牧云和汤程来到了MDI的创新基地。宋总兴奋地介绍每层的功能和各个房间区域的分布情况，说："现在咱们园区的台子已经搭好了，就差有人来台上唱戏了，怎么样？牧总，咱们一块研究研究，下一步怎么搞，把人气给聚起来。"

"好的，宋总，我们大体了解了。我和汤程回去跟公司内部讨论一下，出个详细的方案。咱们再约时间详细沟通，这样会更深入一些，您看呢？"牧云毕竟没做过产业地产，更别提运营了，如果立刻说恐怕会露怯，还不如以退为进，回去有充足的时间去查阅资料，估一个价格，到时再过来商议，能成最好，不成就当增加阅历了。

参观完了整个园区已接近中午，潘董说已经订好了饭店，大家一块吃个午饭。司机小李又带了两瓶茅台，牧云和汤程相视一笑，心想，参观半小时，接下来就是喝酒3小时呀。一行人不一会就来到了一个"神仙吃饭"木屋别墅。为啥说这是一个神仙吃饭的地方呢？因为这个园区是一个历史悠久的生态枣园，占地6500多亩，园内400多年的大肚古枣树就有9000多棵，是国家三A级景区，五星级园区。进入生态园区，让人感觉如同行走在神仙居住的地方。园区内只有一家餐厅，有两个木屋别墅，最多也就容纳8桌客人用餐。

潘董边往里走边说："这个地方，很难订到桌的，郭台铭来这边出差，省里的领导也是在这个屋子里宴请。我们之所以可以订到，是因为产业新城的对公账户直接存了一笔钱，可以享受优先。"

牧云走进包房，发现餐厅除了全实木外并无特别之处。餐厅没有菜单，全部是园区自养自种的食材制作的菜肴，根据人数定制菜品，有啥吃啥。大家围坐的桌子中间是一口大锅，锅里炖的是园区池塘里的鱼，锅台一圈摆满了各式各样的园区特色菜，有机韭菜炒土鸡蛋、凉拌野菜、蒲公英、有机萝卜、有机黄瓜蘸酱菜、辣子炒鸡、园区里养的鹿肉和古枣树大枣炖肉等。看上去很普通，吃起来就是小时候的味道，非常鲜美。牧云突然想起了央视《舌尖上的中国》里的配音：中国人对食物的感情，多半是思乡，是怀旧，是留恋童年的味道。

此次逐鹿省之行，王总是收获最多的一个人。交通厅的项目经过牧云和汤程的支持，结合牧副厅长的帮助，后面不过是走个形式而已；产业新城的500万撤资事宜也已谈妥，虽然两年时间没有收益，但是拿回本金加8%的利息收益，也算是全身而退；牧云和宋总洽谈创新基地运营合作的事宜，如果后期真有结果，以他和潘董的关系，项目还得交由刚之门来总包。想到这些王总非常开心，觉得牧云是自己的福星。这也为后面两家公司的合并奠定了基础。

回到北京后，王总经常让牧云陪着自己一块参加各种酒局。时间久了牧云才知道，王总是逐鹿省驻京办的秘书长。当然了，这个称呼是逐鹿省领导间小圈子私底下给王总的头衔。逐鹿省这些年在京做高官的较多，而且大家心特别齐，经常相互走动，相互帮助。王总是邱书记的小弟，平时总是代表邱书记去见一些邱书记不方便见的人，处理一些事情，也偶尔用邱书记手里的资源挣些钱。牧云这才知道当年问鼎银行的项目实际就是邱书记直接找问鼎银行的董事长的。

这天牧云正和王总在办公室里喝茶聊河北省的能源项目合作事宜。王总突然接到邱书记的电话，说是逐鹿省的几位厅局级的小兄弟要来北京看望自己，让王总订个餐厅，晚上一起吃饭，帮着照顾一下大家。王总挂了电话，赶紧拉着牧云回到别墅拉了两箱茅台，并订了中关村的白家大院最大的包房。这家饭店原是清太祖努尔哈赤次子、首任礼亲王第八子祐塞第三子世袭王爵后建造的"礼亲王花园"，并在民国初年转给了同样声势赫赫的乐家，后被财团白家购买，也就是今天的白家大院饭店，主打宫廷菜系和古代园林风格，服务员全部是清朝格格和阿哥的服饰，用餐时伴有宫廷舞蹈。

晚宴陆陆续续来了很多人，牧云从他们个别人的年龄、衣着和走路形态断定，应是平时经常在电视里看到的那一类领导。晚宴正式开始，一共16个人，按照逐鹿省的座次规矩，邱书记坐在主位，左右两边分别是原平市的组织部部长和省电正司的厅长，卧龙县的县长正好这几天在京城党校学习就一起来了。满屋行政级别最低的是卧龙的县长，只见他来回不断地给各位厅长、局长、书记倒酒，像个服务员一样，和电视上的形象判若两人。没办法，官大一级压死人，这位县长是在领导面前用服务和

拼酒来刷脸呢。另外也是因为桌上尽是政府官员,不便让酒店的服务员在旁边服侍,避免服务员传递信息,给各位领导的仕途带来麻烦。除了这些官员,就剩下牧云和王总这两位搞企业的,还有三位做产业投资母基金投行的人,其中有一位女士。大家在邱书记的带领下,频频举杯,邱书记每次只是浅浅沾一小口。王总作为邱书记的小弟,酒桌上的活跃分子,仗着酒量过人,先是在邱书记的授意下用一壶茅台敬了在座的每个人,没吃一口菜。吓得牧云赶紧让王总多吃点菜压一下,这一圈下来可就是8两白酒下肚呀,之后其他人陆陆续续回敬王总,牧云才知道没有点酒量,真心做不了副省级领导的小弟呀。王总估计是喝得很开心,便向邱书记提议让牧云也拿一壶茅台敬大家一下。其实王总是想把牧云在这种场合推荐给大家,先混个脸熟,后面再找大家聊项目也会方便一些。这哪儿喝的是酒呀,分明喝的是生意场上的人情世故呀。但是邱书记并没给牧云这次刷脸的机会,这也让牧云既尴尬又庆幸,尴尬是被邱书记拒绝没法在大家面前豪爽刷脸;庆幸是因为如果按照王总刚才那样的敬酒套路,估计中途牧云就得现场"趵突泉"。邱书记看见那个做风投的女士一直不怎么喝酒,便提议让她敬大家一壶酒。副省级领导让你敬杯酒,那是给你机会也是给你面子,女士嘴上说着不胜酒力,脸上表情也是十分纠结,但是迫于邱书记的压力和厅局级领导起哄,没办法硬生生地倒满了一壶。此时大家都喝了很多酒,牧云看出了女士的为难,便端着酒壶跑过去故意与风投女碰了一下,导致风投女的白酒洒了一半,牧云干了壶里的酒,风投女也一闭眼干了。事后牧云也为自己的鲁莽感到害怕,自己有啥本事,居然敢出头,幸好邱书记也没有要惩罚牧云的意思,大家就这样继续喝酒。

随着酒局一波波进入高潮,一群穿着格格服饰的女子踩着音乐节拍进入包房,跳起了清朝时期的舞蹈。牧云此时也是喝得有些醉意,顺着格格们的舞姿看向房间外面的石桌石椅,四五个领导的司机在那里嗑着瓜子,瓜子皮一地,与屋里的歌舞升平,佳肴美酿形成了鲜明的对比。牧云不由得轻轻摇头,真是同人不同命呀。

那一夜,王总任凭酒量再好,1.5斤53度的茅台下肚,走起路来也开始晃晃荡荡,但是他仍然能够记起让牧云帮着拿着他的TUMI包一并离开。那位女士因为感谢牧云的江湖救急,也跟着他们一起离开了白家大院。

　　第二天牧云的酒意还没完全消散，王总又打电话让牧云晚上跟着他一块去南四环的会所吃饭。说是逐鹿省的几位局长过来了，其中有个民革主席是位女士，让牧云从公司带过来一个会喝酒的女孩陪着这位女主席，避免一帮老爷们儿让人家女士尴尬。一行人里有一位司局级领导，主管全国地方志，争取和这位老领导聊聊，看看能否用虚拟现实等技术助力地方志的展览展示。

　　晚上牧云带上了融技北京这边新招聘的一位刚毕业的女大学生——柳源，之所以带她去是因为牧云觉得柳源年轻漂亮，爱说话，可以活络气氛，应该能够跟那位民革女主席聊得来。柳源开始很开心晚上可以跟着牧云下馆子吃好吃的了。结果到了京城南四环会所后，突然变得心事重重。因为这里跟以往牧云带她们吃饭喝酒的地方不一样，不是饭店，也没有牌子，不对外营业，是别墅区里面的独栋别墅。牧云刚一进别墅，几个五十多岁的男子一边抽着烟一边斗着地主。走进餐厅，又有几个人在抽烟、喝茶聊着天，其中包括那位民革女主席。

　　人到齐了，大家落座。牧云让柳源去开茅台酒，然后给大家倒入分酒器，但是柳源折腾了半天也没搞定。牧云见大家都在等着酒开席，便走过去看看咋回事，心想难道是不会开茅台吗？走到跟前，柳源背对着牧云，不断地吸着鼻涕，像感冒一样。牧云伸手拿过茅台，一看柳源已经哭成了大花脸。牧云瞬时明白了，原来柳源没经历过这种在别墅会所里面的饭局，自己脑补了很多情节，以为给她下药灌醉弄到楼上房间供这些老男人玩乐。

　　想到这儿，牧云在柳源耳边轻声说："晚上你不用喝酒，有人灌你酒我会帮你挡。你马上给我去洗手间洗洗脸，回来正常吃饭。"

　　"牧总，我没事。"柳源说着转身用披肩发挡住脸去洗手间调整状态。

　　不一会，大家的酒都已经斟满。那位司级领导开了头后，大家便在酒桌这个秀场秀着各自的才华，轮到牧云敬酒时，牧云也客气地端起酒杯，跟这些完全不认识的人说道："各位领导，晚上好，有句话说得特别好，鸟随鸾凤飞腾远，人伴贤良品自高。我跟王总主要是做企业的，也希望各位领导以后有机会多帮衬帮衬我们。这样，今天初次见面，为了表达诚意，我先敬一壶酒，祝各位领导官运亨通，更上一层楼。"

　　说完话后，牧云一闭眼一仰脖学着昨天王总喝酒的模样，喝光了壶里的茅台，一条

辛辣的火线直达肠胃。这晚牧云喝了很多酒，尽情在酒桌上谈笑风生放飞自我，但是不知为何内心却怎么也高兴不起来。表面上的快乐盖不住牧云内心的无助，融技的未来将何去何从？会所为啥会给人如此神秘的感觉？员工为啥会误解自己？推杯换盏是不是无效社交？这些牧云都不知道，他知道的是，自从见了红山周副市长之后，融技一直没有实质性的签单，账上的资金不断被消耗，员工大规模地离职，MDI外企尾单凤毛麟角。局外人看到的牧云是灯红酒绿，风花雪月，声色犬马；牧云自己的感受则是群处守口，独处守心，满腹烦恼。

棒打狍子瓢舀鱼

一转眼就快五一了，年初到现在牧云天天陪王总转战各种酒场，大都以配角出现，见人速度每周以两位数增长，基本天天晕晕乎乎的，合同是一单没签。本来以为MDI创新基地可以为融技带来数百万稳定可持续的运营生意，为此牧云和汤程使出浑身解数，整理了大量的PPT方案和详细落地运营资料，结果不过是给产业新城的潘董事长和宋副董事长开阔了运营思路。政府不愿再继续为产业新城提供资金，同意金草地集团全面入资成为大股东，来接管产业新城的建设和运营。融技拥抱地产的梦就此破灭。连续两年多没日没夜的超负荷工作和饮酒熬夜，牧云十分疲倦，只有在酒精的催化下人才变得精神。作为东北爷们儿的牧云，在心里认为就是近期太累了，休息一段时间就好了。正好媳妇跟他聊天，说孩子已经4岁（虚岁）了，马上就是五一假期，想请10天年假，带孩子回姥姥家待一段时间。牧云想最近公司也没啥事，自己的身体也是十分疲惫，便同意陪汪红和孩子一同前往汪红的老家——龙江省东俄县。

东俄县接壤俄罗斯，距离俄罗斯边境只有30分钟车程。但是东俄县与内地交通十分不便，县城对外部进出只有一条国道，没有高速，没有高铁，更别说飞机了，连客运火车站都没有，只有一条运送木材的货运火车站。县城及周边没有知名的旅游景点，四周全是大山和原始森林，一年中有半年时间处于寒冷的秋冬季节，经济相对落后，木耳和松茸算是当地的土特产，丰富的木材算是县城主要的创收来源。但正因如此，东俄县及周边风景十分秀美，大山大河大川，号称东北小江南。牧云的岳父家在城乡接合部，四间大瓦房，还有个半亩地大小的院子，院里种了很多只施农家肥的蔬菜。

牧云和汪红带着果果先是从北京直飞牡丹江，为了安全没有坐长途大巴，而是选择了绿皮火车，慢慢悠悠地坐了4个小时到临近县。当绿皮火车慢慢悠悠行驶在蓝天白云下面的千里沃野黑土地上时，牧云彻底被这沿途的自然风光征服了。4月的天气还有些寒凉，远山中还有积雪覆盖，湛蓝的天空，肥沃的黑土地，天地间如此空旷纯粹，让人神清气爽。远处连绵的青山点缀着些许白雪，近处高耸的白桦树整齐笔直地矗立在厚厚的落叶之上，火车驶过的高架桥下是清澈见底的河流，不远处可见一座座整齐的红砖瓦民房和木屋，飘荡着一缕缕人间烟火。牧云贪婪地看着窗外这如画的风景，心旷神怡，心里赞叹道：原来没有被城市和工业污染的地方是如此的纯净，纯净得有些不真实！怪不得旅行家徐霞客曾经说过："大丈夫当朝游碧海，而暮苍梧。"火车到了绥芬河火车站后，又坐30分钟的出租车，终于到了果果的姥姥家。

牧云和汪红拿着行李带着果果走出火车站，汪红的二姐夫已经在车站外等候多时，牧云突然发现不用遵守时间去发现沿途的美好居然也是一种享受。

汪红的二姐夫早年混迹于东北的江湖，如今孩子都已经考上了大专院校，而他仍然保持着一身匪气。他在出站口看到了妹夫和小红，挥舞着手用一口地道的东北话喊道："牧云，小红，这儿，这儿。"

牧云上一次见到二姐夫还是在7年前，那时候牧云刚入职MDI还没正式上班，刚刚经历人生的重要转型，二姐夫还在一家催账公司上班，借助一些灰色的手段帮助老板在

各地索要欠款。最近两年没什么事情做，天天就是和一帮狐朋狗友喝酒、打麻将度日。

汪红走到车旁，一边跟牧云把行李往车上拿，一边笑呵呵客气地说："姐夫，给你添麻烦了，又让你跑一趟，其实我们自己打个车回去就行。"

"麻烦啥，都是自己家人。你赶紧带孩子上车，车里暖和，我跟牧云俺俩弄行李就行。"二姐夫一口浓重粗犷的东北方言，让牧云备感亲切。

路上二姐夫一边开着车一边对牧云说："牧云，这次你们回来会多待一段时间吧？"

"姐夫，这次待的时间会长一些，小红请了10天年假，这回没事咱们可以好好喝点。"

"嗯，牧云，我跟说你呀，就你这小酒量估计第一场你就扛不住了。这次你们待的时间长，我给你们弄点山货。你们在外面平时吃不到。"二姐夫边开车边炫耀着。

二姐夫车开得非常快，一路上不停地超车，很快就到了果果姥姥家。姥姥家还有几位亲戚听说汪红和牧云带孩子回来，也早早地在院里嗑着瓜子等着。牧云下了车后，被汪红和岳母介绍着这个叫啥，那个叫啥，牧云面带微笑机械地和这些亲戚打着招呼。

牧云的岳父岳母文化程度都不高，但是培养的两个孩子都考上了研究生。汪红考上了国家公务员，小舅子也通过自己的努力进了央企造飞机，这可能是两位老人这辈子最大的成就吧。

岳父岳母因为姑爷姑娘和外甥女回家特别开心，在饭店订了一个大包间，请了亲戚们一块过来吃饭，牧云和汪红飞机、火车、汽车的从天亮到晚上，有些疲惫，但是此刻也不得不被动"营业"。在饭店里，大家频频地端着酒杯，你一嘴，我一嘴的，嘻嘻哈哈地聊着天。突然亲戚中有位混社会的大哥举起满杯白酒，应该是高兴的吧，非要跟牧云喝个满杯白酒。

"来，牧云妹夫，大哥跟你干一杯。"大哥豪气地举着酒杯。

"大哥，咱们喝一口吧，这一杯下去估计我就不行了。"牧云很是为难。

"怎么着，不给大哥面子是吧？"大哥有些生气，江湖气立刻上了头，执意要牧云陪着一块干了杯中的酒。

"大哥，要不这样，这杯酒我喝，但是别让我一下干了，我真是干不了，一会结束前我肯定会喝光，可以吧？"牧云客气地说着，并看向大哥，其实心里有些生气。

"几个意思？你就说你喝不喝吧？"大哥说着话，江湖气立刻上来了，准备拿起酒桌上的啤酒瓶子揍牧云。

还没等牧云说话，岳父生气地看向这个外甥，压低声吼着说："牧云，你不用喝，不用理他。大刚子，你怎么回事，给我把杯放下。"岳父年轻时打架也是不要命的主，这个背景亲戚们都知道。大刚子也立刻老实了，酒桌上的气氛顿时尴尬了起来。

这时汪红开服装店的姐姐刘莹打破了酒桌上尴尬的气氛，笑着说："牧云，小红，欢迎你们回家。小红，明天没事去姐的店里，挑几件衣服，姐送给你。"

这时二姐夫也高声道："明天中午还是今天这些人，咱们在小红家里吃，我带酒带菜，再给大家整点肉食。"

"好，好，有肉吃，有酒喝。"大家都跟着附和。牧云因为喝了不少啤酒，身体也兴奋了起来，一天的行程也不觉得那么疲惫了。好久没有这么一大家子围坐在一张桌子上吃饭了，这不像生意酒局那样心累，在那儿既要拼酒还要保持大脑清醒。牧云此时此刻，觉得有人爱，有事做，有希望，很是幸福，他搂着汪红，抱着果果，哼着北京小曲《照花台》晃晃荡荡地往岳父家里走。

因为旅途劳顿，牧云和汪红第二天上午9点多还没起床，二姐夫便风风火火地在院子里喊："牧云，牧云，姐夫把肉给你拿过来了。"

牧云迷迷糊糊地起床，披着外套走到院里，一看，好家伙，6斤多的花鲢，还有一小盆红尾鱼，一盆山里的松茸，一大块狍子肉，还用红柳穿了20串俄罗斯大肉串，4瓶东北著名的君妃酱酒，两大提12大瓶俄罗斯啤酒。牧云看着二姐夫一趟趟地往院里搬，很是感动。

"姐夫，这么丰盛，你这也太破费了。"牧云由衷地表达着感谢。

"牧云，姐夫就这么大能力了，都是山里面的。一会我来做，今天咱们好好喝点。"二姐夫人很实在，直肠子，心里有啥就说啥。

"好的，姐夫，今天这真是过年了。"牧云过年都没吃过这么豪横的味道。

二姐夫作为主厨负责煎、炒、炸、炖，二姐和岳母等女人帮忙洗菜收拾，忙活到中午12：30，所有的菜才全部摆到桌子上。亲戚们也陆续到了，大家从中午开始喝，4瓶君妃白酒很快就喝光了，又开始喝俄罗斯啤酒，就这样在小院里一直喝到了晚上，又开始生火烤俄罗斯大肉串。从中午到晚上，喝光了所有的啤酒、白酒，觉得还不过瘾，二姐夫又张罗着要去KTV唱歌，在KTV里面大家边喝边唱一直搞到半夜才晃晃荡荡地回家休息。

第二天一早牧云头痛欲裂，浑身难受，刚开始以为是喝多了，休息一天就好了，结果在家啥也不干休息了两天也不见好。不但头痛，身子特别虚，看所有的物体都显得特别大，容易心惊，哪怕门外一声狗叫或者汽车喇叭声都会惊一下，手机一响人也一激灵，整个人感觉就像脆弱的玻璃一样，甚至内心产生了一种担心自己会猝死的想法。睡不着觉，大脑总是停不下来胡思乱想，感觉心脏脉动十分无力，跟汪红说她也不理解，以为就是喝多了。没办法牧云就找了一家私人诊所，让医生把了一下脉，看看啥原因。

医生把完脉，说："你这脉象太虚弱了，不光是喝酒弄的。从脉象看，你应该是长期劳心劳神，熬夜，又休息不好，已经严重耗伤气血，心劳过度，影响了五脏六腑。脾虚也很严重。你现在面色萎黄，心脾两虚，而且伴有心悸症状。你是做什么工作的？"

牧云听不太懂中医的一些专业术语，便直白地问："我这两年在创业，事情的确比较多，医生您看我这病好治吗？"

医生说："你现在就是亚健康比较严重，但是问题不大，你只要按我的方子，吃三个月的中药，就可以完全康复。"

牧云身体不适，也不具备太强的分析能力，又不懂医学术语，但是听医生这么一说，心里反而轻松了很多，便先抓了一周的汤药，花了500元。可是吃了两三天也不见效，还一直拉肚子，每天拉十几次，最后没的拉直接拉稀水。牧云觉得医生的诊断挺靠谱，但是药力跟不上，于是便打电话给北京北医三院中医科主任医生，通过微信视频把症状描述了一下，又伸了舌头给主任看了一下，同时也把当地医生开的方子给主任拍照片发了过去。

主任看完后说："牧云，你就是严重的亚健康，那位医生的诊断大体没错。不过开的方子纯属骗人，他把两周就可以治疗完成的药给你稀释成了三个月治疗，放了很多没用的草药滥竽充数。我估计呀，他就是为了挣钱。这样，我给你重新开个方子，一周7副汤药，你最好去当地抓药，品质会好很多。另外你要多休息，少胡思乱想，看看风景，放放空，发发呆，对你的身体恢复有好处。你听我的，估计两个星期就应该有好转。你先吃一个星期，等你回北京来我这里，我再给你巩固调理一下，别有压力，放松心情。"

牧云听完了主任的诊断，心里踏实了很多，心情不再那么沉重，但是心悸、虚弱、拉肚子等症状依然存在，吃了主任的中药、西药，第四天之后才有缓解，并向好发展。这次得病让牧云十分害怕，从头到脚没有一处不难受，五脏六腑长时间操劳，体力严重下降，还有抑郁倾向。别人抑郁都是有想死的念头，牧云抑郁总是担心猝死，听不得别人聊天聊生老病死。

就这样，牧云每天吃完饭就在岳父家的菜园中喝茶晒太阳，看着园子里的菜发呆，或者去房后不远处的河边走走。他打电话把一些工作都交代小兰、汤程去处理，让他们没有紧急重要的事情尽量不要打扰自己，手机也调成了静音。就这样舒舒服服地在汪红家待了几天，身体逐渐恢复，临走的前一天他还独自去对面山上的关帝庙烧了香，祈求富贵平安。这次生病，头一次让牧云内心有了一种危机感，再加上近期网上发布的春雨医生创始人张锐过劳猝死的新闻，让他越发害怕。从这次生病之后，他喝酒、熬夜都不再像以往那样无所谓了，学会了控制和适量适度，这也算坏事变好事。

好聚好散退投资

　　牧云一个人在岳父家园子里安静地喝茶时曾思考，这个世界没了自己同样会转，所有他觉得很重要的事情，只是自己觉得它很重要而已。他问自己：到底是喜欢远离都市，逍遥自在的生活，还是喜欢出人头地，成为人中龙凤，继续北漂奔波忙碌？这其实是很多北漂的人都会面临的选择题——一面是诗和远方，另一面是现实和苟且。

　　回到北京后，牧云会刻意放手公司很多事情让姜涛、汤程、小兰等去负责，并继续吃着主任重新把脉后开的中药，身体变得越来越好，心情也不再那么抑郁。但是此时公司股东却出现了分歧，姜涛要撤资，汤程要退股。经营两年多的融技面临艰难时刻。姜涛认为牧云当初吹嘘的产品梦没能达成，风险融资也成了泡影，ToB软件生意从开年至今快小半年了也没有新的签单，仅有少得可怜的历史项目回款，一直这样下去，资金很快就会消耗殆尽，融技最终的命运是破产。汤程也觉得继续跟随牧云没有前途，他认为牧云在研发产品上意志不够坚定。另外还有一个更重要的原因牧云半年之后才发现，那就是汤程和韩晓丰在合伙鼓捣区块链技术，背着牧云共同成立了一个新公司，希望在区块链的应用创新上取得突破，在市场中占有一席之地。汤程后来还把Q城研发中心的所有技术人员和美工全部转到了那家区块链公司。韩晓丰属于第一批比特币持有者和区块链技术追随者，很早就活跃在各大区块链的社区和论坛，依靠早期持有比特币和空气币，如今已从负债（房贷）屌丝成为身家千万的程序员。

　　其实牧云心里很清楚，天底下没有不散的筵席，只是没想到和股东们分手会来得这么快。牧云认为姜涛在融技的角色只是一个财务管理者，除了当初的投资对公司发展有帮助外，后期对公司便不再提供任何实质性的帮助和支持，离开也不会对融技造成任何影响。他只是发愁如何归还姜涛当初的200万投资。汤程是融技的技术担当，如果汤程也撤股，那么融技基本就名存实亡了。为了不让汤程离开，牧云又跟汤程进行了多次长时间的沟通，回顾过去携手成长共同走到今天的不易，许诺提升工资让他有实质性的获得感……好说歹说汤程同意在技术上支持到10月底，到时无论如何都会退股，而且是净身退股，融技未来的收益全部不要，未来的风险也不承担。无奈，牧云也只能接受。不得不说，拥有丰富运营和管理经验的汤程的确很聪明，表面上是净身出户，却让牧云在接下来独立运营融技后，独自承担了公司经营带来的赔款和官司。

牧云身体完全恢复后，又被王方不断拉着一起喝酒，不是见中广核的专家聊技术谈合作，就是跟牧野一块喝酒谋未来。生意基本都是在酒桌上聊出来的，和之前不一样的是，牧云没有再像之前那样端起酒杯就"令狐冲"，而是把自己变成了一位"诗人"，说多喝少，押韵和宜的话语同样为酒局助兴不少。

和王总合作了几个月，王总也给了牧云一点小生意，但基本都是利润极其微薄的人员外包，就像鸡肋，食之无味，弃之可惜。王总和牧云在一起时间长了，发现牧云的技术团队能力很强，每个人都可以独当一面。牧云做事靠谱，做人重感情，个人综合能力也很出众，在销售和技术上更是"能文能武"，客户范围也很广，有金融、政府和企业各类型的客户，还有MDI外企尾单生意倾斜优势。心想要是自己的关系一旦倾斜给牧云，那未来的生意应该具有很大的想象空间。就这样两个人聊着聊着，就聊出了火花，都有了将两家公司从合作到合并的想法。

王总有诸多高层客户关系，但因为没有技术实施能力，只能做一些"搬箱子"挣差价的低利润系统集成生意；融技以软件技术交付为主，自己作为特种兵销售又可以直面客户、开拓生意。二人一拍即合，王总和牧云两个人最终决定把公司合并，融技全员并入刚之门，刚之门负责支付全员工资和社保，融技公司新签约的生意合同也全部并入刚之门。融技占刚之门40%的股份，利润部分大家六四分。同时为了表达合作诚意，王总额外提供50万现金用于并购融技，并通过个人账户直接转给牧云，在转账备注中标注"借款，用于收购姜涛股权"，但是双方公司的并股合同以及工商股权变更等事宜，王总一直以忙为理由拖了几个月未签。但公司的很多项目实施工作都让牧云

安排技术团队一个个去实施。

融技自己账上凑了150万，再加上王总汇来的50万并购融技补偿金，正好200万。牧云让小兰拿着撤股协议请姜涛签了，牧云也将200万元支付给姜涛，大家好聚好散，也解决了牧云的一个心病。从表面上看谁都没啥损失，实际上是姜涛没有任何损失，而牧云则是用签约项目的利润所得，支付了过去"不切实际的梦想"进而独自承担全部员工工资和房租水电，相当于为创业梦想买单了。

这次合并，牧云觉得王总有文化，有人脉，有规矩，是一个值得信赖的大哥。王总跟中奥达杨董事长的风格完全相反。杨董事长做事简单粗暴，解决所有事情就一招，拿钱砸，如果钱搞不定，就砸人民币数量。但跟刚之门合并几个月后发生的事情却很戏剧化，有文化的人反而更流氓，杀人于无形，没文化的人反而讲道义，看重信用二字。这也是牧云因为不懂法律，在创业路上又交的一笔昂贵学费。当然这是几个月之后的事情，当下二人珠联璧合，过着公司并股后甜美的"蜜月期"。

因为前期在技术上帮助刚之门中了交通厅的项目，王总和牧副厅长走得比较近。牧副厅长每次来京开会，儿子牧野也会跟着一块来，牧云和牧野年纪没差几岁，一来二去，关系处得还可以，经常一块喝酒聊天。牧野留学毕业回国后，在外企工作了半年，受创业浪潮鼓舞，总想依托家族深厚的政府关系做点事情，但苦于没有技术支持，事业做得不温不火。熟识后牧云和汤程共同支持牧野推动一些项目，毕竟当初牧副厅长也交代过，让牧云多照顾一下他的儿子。牧野凭借家里的关系很快就找到了一个新的商机——农业担保平台。

2017年国家为了扶持农村农业发展，由各省财政厅出资，银行和保险公司等参与，每个省都成立了农村担保服务平台，主要服务"三农"。初衷很好，但是银行和省财政却不愿意把钱贷给农民，主要是农民没有资产提供担保，就算有点规模的养殖业的那点资产对于金融机构来说也不值钱。所以如何把钱贷出去，既真正支持农业农村发展，后期又能把贷款收回来，是摆在各省农信担保平台面临的头疼问题。事情要做，而且很紧迫，所以大数据技术"精准扶农"就应运而生。通过对小微农户用电、用水、银行交易流水、学历、资产、债务等一系列数据进行综合分析，然后根据模型提供合适的资金扶持，并拉银行和保险公司一同参与，利润共享。当然如果贷出去的钱最后没了，各家也按比例计为坏账，即风险共担。

　　牧野老爸是交通厅厅长，岳父更是副部级领导，母亲也是群团里面的中层领导，爱人年纪轻轻也已经是处级领导，所以通过家族的关系很快就直接对接了逐鹿省农业担保平台的一把手——窦总。窦总是牧野岳父曾经的手下，在老领导打了招呼后，窦总便亲自安排业务部门的主任和技术专家配合牧野进行技术交流，交流完后还特意订了包房请牧野、牧云和汤程等人喝酒。牧云再一次发现领导安排下来的事情总是会颠覆传统谈判甲、乙双方所处位置，作为乙方的牧云以前都是主动请客户吃饭人家还未必有空。

　　本以为这个项目上有国家政策支持，下有主管领导安排配合，再加上牧云和汤程制定的前沿大数据精准分析技术支撑，应该会顺利签约，而且一旦项目试点成功，非常有可能在其他部分省份进行标杆辐射。牧云、牧野也在心里意淫公司未来的业务规模。但是残酷的现实又给他们上了一课。原因是国家在2013年提出要把权力关在笼子里，对权力辖内交付项目要进行严格监管和事后追责，所以农信担保平台配合的主任怕花大资金草率应用新技术，万一不成功，事后要承担责任，毕竟牧野是领导给推荐过来的，择不干净。于是便不断地安排技术专家跟牧野进行方案讨论，针对每一处细节都打破砂锅问到底，这样操作就难住了牧云和汤程。牧云和汤程懂技术，但是不懂业务，而客户对于自身的新业务还处于摸索学习阶段，也不懂。汤程讲的技术又过于专业，客户既听不懂，也不关心，双方在均不懂业务的情况下来来回回讨论了两个月，没办法，牧云和汤程只有不断逼迫自己去了解业务，但是水平只能一直停留在接近答案的路上，最后窦总碍于老领导的面子，安排手下只给了牧野一个小几十万的咨询项目。大家这才意识到，已经"变天了"，卓越的产品和真正解决问题的能力在项目中变得更加重要。

　　自从有了牧云，王总不用再去各个厂商找人支持，基本上所有的事情都交给牧云来推动。为了方便牧云工作，他把那辆宝马740Li也交给牧云来开。相处久了，牧云发现，王总前些年多少是挣了点钱，但是表面上看荣华富贵于一身，实际上一只脚已经在破产的边缘。他住的别墅是小产权，两年前用北京朝阳区早年购买的一处房产和刚之门公司共同抵押，通过银行内部朋友的一系列操作，获得了5000万元的贷款，每个月要还20多万的利息。这两年女儿留学，儿子上私立学校，媳妇全职在家，弟弟和弟媳都在自己公司里拿工资上班，老家的老人也需要自己来养。前期投资的500万产业新城，其实出自这笔贷款，如今撤资收的利息还不够还银行的利息，刚之门公司近两年

的生意利润还不够支付5000万元的年贷款利息。眼看马上要到还款期限，王总通过过桥资金还了本金，然后又通过银行的朋友内部操作又额外增加了一年的延期还款。整个就是拆东墙补西墙。

　　牧云通过查看刚之门公司的财务账目，大体了解了公司和王总的实际情况，但是并没有过多关心，他觉得人家再没钱，花钱再厉害，5000万怎么现在还剩4000万吧，只要能够给融技的技术团队发工资就行，没必要想那么多。正所谓智者循因，凡夫求果，牧云接下来就要品尝苦果了。两家公司合并之初，融技的几位技术人员并没有把劳务关系转到刚之门，主要是因为融技之前办理的国高新认证必须得有一定员工的社保缴纳记录，所以员工按照王总要求都跟刚之门签了合同，工资也由刚之门发放，但是财务上变成刚之门把钱借给融技，融技再支付这部分员工的社保和公积金。问题就出现了，王总把明明是给员工发的工资，在财务上变成了融技从刚之门借款。牧云一开始就发现了这个财务隐患。但是王总却说没问题，还说这是从财务上做给国税看的流水账，不会真的跟融技要。牧云虽然觉得这样操作非常不利于融技和自己，为了在法律上踏实些，不断催促王总尽快把并股合同签了，王总每次都是笑呵呵地说最近事有点多，忙过这阵就签，一向好说话的牧云选择了相信。

团建太行开篇难

　　融技公司和刚之门公司合并过程十分迅速，姜涛撤资退场，小兰和汤程觉得王总虽然财力上不如中奥达的老杨，但是做事细腻度和人脉资源上不输老杨，一致认为这次公司合并应该靠谱，融技公司应该很快再次看到光明，大家又都非常努力地工作着。

牧云跟王总建议，年初到现在融技这边员工离职，股东撤股，团队士气有些涣散，正好借双方公司合并的契机，找个地方团建，鼓舞一下士气，方便员工协力工作，王总双手赞成。接下来各类开销全部从刚之门支出，融技那边还完了姜涛的200万天使投资，账上就剩了几万块。公司还有小几十万应收账款，以及待签约的新合同。小兰现在除了作为牧云的助理外，同时兼做王总的助理，在新合并的公司里，大家心里也都形成了共识：王总是公司一把手，牧云是公司二把手。牧云自己也是这么认为的。唯独汤程此时的地位有些尴尬，虽然是公司核心成员，但是只负责技术，股份也被稀释，在公司中的角色也基本被忽略，这可能也间接导致他萌生了去意吧。

正当大家发愁去哪里团建时，王总说就去他们MBA同班同学魏总投资兴建的度假村，就在太行山脚下，从北京开车过去大约5小时。牧云安排小兰通知汤程和Q城研发中心的所有员工和原平市刚之门那边的员工一起来北京，大家一起租一辆考斯特，再开上宝马740Li和沃尔沃XC90前往。牧云和王总带了两箱海之蓝和一箱红酒，牧云精心准备了PPT，誓要重整员工士气，带领新融技再次出发。小兰也是忙里忙外联系各方，准备各种物品。汤程带着Q城研发中心的技术人员在北京新办公室里，对未来又重拾了信心。

三辆车，19个人，下午1点从北京出发，一路前行，到达度假村时天已擦黑。度假村的魏总已经带领员工在酒店门口大堂等候。大家品尝太行山的特色美食，大盆猪肘子炖土豆、山野蔬菜、烤全羊……魏总还赠送了一箱汾酒，让大家晚上玩得尽兴。度假村刚开业没多久，白天绿植满山，泉水瀑布，景色还值得一看，晚上山里全是黑乎乎的，仅有的几位零星客人也早早地待在酒店房间里。王总和牧云带领员工在餐厅大快朵颐地吃着肘子，啃着羊腿，跟大家一块开心地喝着酒，聊着天，气氛非常愉快。魏总又叫员工把KTV的设备给搬到了用餐大厅，大家在这伸手不见五指的太行山深处，借着酒劲，高兴地扯着嗓子纵情欢唱，歌声响彻山谷。

王总喝得有些醉意，高兴地拉着牧云说："咱们兄弟俩努力干，论本事论能力，咱们没服过谁，那些身居高位的领导，什么厅长、局长、处长的，其实啥也不是，大多是土鳖，他们都是被时代赋予了机会，屁股决定脑袋。唉，没办法，生意还是得靠他

们这些土鳖。咱们这次团建完回京后，我一个个跟他们约见面，谈合作，共同快速把项目推动起来。来，跟哥干一杯。"

牧云难得听王总酒后吐露心声，也微醺着跟王总说："没错，咱们呀，其实本事能力都有，就差一个机会。当然了，这个机会不能光坐在这里等，我们得去主动创造机会。来吧，王总，兄弟齐心，公司明天一定会更好，干。"说完牧云和王总一块干了杯中的福根。

牧云看着员工推杯换盏，很是开心，借着酒意喊大家回到酒桌上，说道："兄弟们，兄弟们，来，来，我说两句话。平时各地的同事们沟通都是电话、邮件和钉钉，大家都很辛苦。有句话说得好，山中一日，世上千年。这两天我们在这里啥也不用想，就是好好地放松。当然，我们来这里还有一个目的，就是希望大家在日后的工作中拧成一股绳，劲往一处使，一块儿打造出一家厉害的公司。公司也会为大家提供晋升的通道和匹配的薪水，让大家更好地照顾家人，实现自身价值。正所谓，心有执念，方能远行，来，我们一起为了刚之门美好的明天，干一杯。"

大家也借着酒意，一块喊着，干，干，干，一直喝到半夜12点，才都跌跌撞撞地回到各自房间。其实此刻牧云也不知道公司的未来在哪里，只是觉得抱上了王总的大腿以后或许有机会。而王总那边也认为有了牧云和融技的团队，生意上应该可以更快速地开疆拓土。

因为半夜有些轻微头疼，牧云第二天早上7点，便起来吃了早点，去山里跑了一圈。6月的太行山，青山巍峨，漳渠澎湃，早上山里还有一些凉爽，牧云跑了一会儿步，还是出了一层细汗，头痛减轻了许多。他随便溜达着四处走走。突然看到路旁坡上面有一处长满杂草的平地，平地上有一些堆砌的石头墙，他随手拿了一根木棍好奇地走了过去。走到跟前，发现这些石头墙原来是一处荒废久远的老房子遗址，旁边还有几棵估计有几十年树龄的梨树和枣树，牧云在石头周边查看，居然发现一个被石板半盖住、不到两米深的地窖。看着眼前已经荒废、杂草丛生的老房院，牧云很是感慨，昨晚开车进山弯弯绕绕十几公里才到达，真不敢想象在物资极度匮乏的战争年代，这家人是如何在这大山深处生活繁衍的。

创业两年多，牧云对这种原生态的地方总是特别神往，置身其中，就感觉哪哪都特别舒服，连呼吸都是甜的，总是憧憬着有一天公司真正挣到了大钱，就找个山清水秀的地方，过上劈柴喂马的俭朴生活，就像自己的名字所表达的意境一样。牧云，经历世间繁华，像孩童一样在云朵之上放牧牛羊，品山泉，观山川，那简直是神仙的生活方式。牧云甚至都为心目中那个神仙地方想好了名字，锦绣川。正当牧云安安静静舒舒服服地遐想时，电话响了起来。

"牧总，吃早饭时我没看到您。马上快9点了，大家都在酒店的会议室等着开会。您还得多久能到？"小兰在电话里急切地说。牧云昨晚就告诉小兰，通知大家今天早上9点开会，下午大家自行去逛山里面的景点了，如百里泉，红色遗址等。

"好，好，我离酒店不远，几分钟就到。"牧云收回了思绪，立刻往酒店方向跑去，因为一早跑步伸展筋骨排了体内大部分的毒（指酒），头也没那么疼了。

到达酒店，大家都已经齐聚在会议室。王总先介绍了公司主要的两条业务发展线，软件和系统集成，并希望今年通过大家共同的努力，可以实现2000万的销售目标，其中系统集成1200万，软件800万。当然了，这个目标是来之前王总和牧云在办公室里面根据手里的商机和对未来的期望拍脑袋定出来的。

接下来的时间便交给了牧云，牧云作为公司的总经理兼销售总监，打开了事先准备好的PPT。在牧云看来，公司要想发展，老板作为火车头，要引领方向起到带头作用，更要激发员工的上进心，要把整个团队整体推动成"高铁动车组"才行，要让每节车厢都自带动能，这样各车厢同频起来火车才可以跑得更快更稳，公司也会发展得更好。牧云这些年做演讲、做交流讲PPT，无论是演讲风格还是内容都越来越抽象，高度也越来越像一位老板。牧云清晰地记得以前做工程师时做的PPT是一堆文字配一堆图片，让人看不到重点，后来转型做销售之后介绍PPT就采用总—分—总的结构，如今这些工作全都省了，基本就放几张全屏的图片，个别图片上会配上一两个词，视觉冲击性强，也会让人印象深刻，之后全靠个人现场讲解。多年的复合工作经验，无数次讲台讲演实战，让牧云明白上台讲PPT不能像大学老师一样填鸭式教育，而是要把台下听讲的人的内心小宇宙给彻底激发出来，并播下一粒粒种子，让员工们在以后的工作中自发地茁壮成长。

此次会议，牧云的第一张片子，是一张五位特种兵浑身泥泞地坐在寒冷的泥水

里，大家双手高举托着一根很重的圆木，如果谁承受不住放弃托举，那么自己和队友都会被圆木所伤。牧云缓缓地说："在刚之门公司，为了正向发展，永远是扁平化管理结构，公司永远拒绝办公室政治，员工间永远保持教练帮带成长模式，无论是公司还是我们每个人都要永远保持创新，针对优秀员工公司永远会提供晋升通道和丰厚的期权激励。"

牧云的第二张片子是一个狮子在后面拼命追、羚羊在前面拼命跑的图片。牧云说："企业间的竞争，是人与人之间的竞争；企业的发展，也是人的发展。我们在座的各位有的是职场经验丰富的狮子，那就要持续不断练习奔跑和狩猎能力，才能一直成为领域里的王者，不至于在残酷的职场竞争中饿肚子。有人是初入职场，那我们就要像羚羊一样不断奔跑，因为只有你越跑越快，生存下来的概率才会越高，成长也才会更快。"

第三张片子，是英国的船舶博物馆收藏的一条船。它没有泰坦尼克号这么出名，但却是英国人心中的神话。牧云说："在英国皇家船舶博物馆里收藏了一条船，这条船下水后，138次遭遇冰山，116次触礁，27次被风暴折断桅杆，13次起火，但它一直没有沉没。由于它被主人奋力保护、全力挽救、苦心经营，虽一次次地遭遇挫折、一次次地遭遇打击，但它却一次次地航行在波涛汹涌的大海上，一次次地驶向了胜利的彼岸。所以我们在接下来的工作和生活当中，一定会碰到各种困难，但是大家在心里一定要不断告知自己，never give up，永不放弃，大家记住，高手之间过招，比的就是谁坚持得更久一点！"

第四张片子，是电影《阿甘正传》中的阿甘一个人在66号公路上跑步的图片。牧云用这张片子告诉大家，无论是打工，还是作为老板，都要做一位"一直奔跑的老司机"。首先你得在自己的领域成为"专业司机"，成为专业司机后你仍然要持续奔跑和学习，而且还要保持循环往复一直奔跑，才能不断带领同事，带领大家到达更有成就的彼岸。在前进的道路上，我们不要被各种诱惑干扰，要学习电影里的阿甘，无论路途如何艰辛都一定要达到当初设立的目标。

第五张片子，是多匹骏马共同在草原的河流中向前奔腾水花四溅的图片，图片上配了24个字"向内看，看长远，负责任，有追求，正能量，懂人性，戒定慧，术法道"。牧云对这些字词进行了深入的讲解，希望大家可以像图片中的一匹匹骏马一样，不断成就自己，进而形成强大的团队协作之力。并以20世纪亚洲唯一一位在法国时尚之都获得了全球认可的设计大师山本耀司，说的一句话——"当自己只有跟很强的、可怕的、水准高的东西相碰撞时，才知道自己是谁。"来激励大家。

最后一张片子是汉高祖刘邦的图片，牧云介绍："时势造就了英雄，英雄也造就了时势。希望大家在公司这个平台，为了自己去打拼。自己好了，公司自然会好，如果公司不能给予你对应的付出，你可以选择更好的平台。我相信我和王总也会思考是我们哪里做得不好导致没能留住优秀的你。"

牧云口若悬河地介绍了一个半小时，结束后，大家报以了热烈的掌声。王总也是非常兴奋地说："牧总呀，你说的就是我心里想表达的呀。大家以后一块好好干。我和牧总保证，我们会用公司全部的力量，为大家提供学习和发展的平台。"

中午大家一块吃了午饭，小兰组织员工集体去百里泉、红崖洞、瀑布群等景点游玩，而王总、王总儿时的朋友李蒙、牧云还有汤程则在酒店外的茶亭里泡了一大壶茶，来讨论公司接下来的业务到底该如何开拓，才能够确保年底能够完成2000万的销售目标。

雪茄红酒假空姐

王总、李蒙、汤程和牧云在凉亭里激烈地讨论了一下午，最后也没讨论出来一个明确的方向。牧云认为系统集成虽然利润很低，但是项目少则几百万，多则上千万，

王总又有那么多高层领导关系，应该可以很快把销售额做起来，确保公司的现金流是正向良性循环。王总做了十几年的系统集成生意，经历过卖一台笔记本电脑挣一台的利润，也经历了卖一台安全设备可以收益几倍的利润。但是如今系统集成在云计算时代被全面绞杀，做好了利润也能够有百分之二三十，而且中标了还要押款占用公司现金流，客户领导那边还要提前用真金白银去打点，一旦客户付款延期一个月，项目整体利润就会少一个百分点。要是碰到利润只有几个点的项目，就很容易赔钱。所以王总十分不看好系统集成，希望牧云以及融技可以在软件上多发发力，或许可以为公司创造高额的利润。

另一方面，王总和逐鹿省多位市长、厅长接触，获知国家在高速公路上正在酝酿提速降费、互惠互通的国家战略。王总希望可以在高速公路"在途不停车称重"的细分领域上，抓住历史机遇提前布局，同时依托逐鹿省和各地市交通口厅局委办的客户关系，研发衡器产品，局部试点，进而全面推广，去挣朝阳产业的钱。这也是李蒙跟着王总鞍前马后的原因。但是道路"在途不停车称重"这块业务并没有太多软件需求，主要由称重衡器和传感器组成。王总跟李蒙新成立了一家公司，服务这方面业务。这块业务跟牧云和汤程并没有关系，不过牧云和汤程也没多想，认为既然合伙，就要全力支持，帮王总也是帮自己，依然在后面全力协助。

四个人没有为公司讨论出来一个清晰的方向，但是当下的项目和潜在的商机还是要不断向前推进。融技前期给刚之门公司提供的各类项目支持，牧云已经陆陆续续帮助刚之门签下来700多万的合同额，并在河北省的能源项目中增加了一定比例的软件份额，王总也非常认可软件部分的利润空间。王总和牧云白天泡在客户单位，晚上陪着各类客户或者领导在酒桌上推杯换盏寻找生意机会。

一次别墅会所的酒局上，牧云认识了杜松。杜松年长牧云几岁，在MDI进入中国时首批入职做销售。在中国经济高速发展的浪潮中，经过多年打拼，他合作的客户已达省市的银行行长、市长等级别，前几年位至MDI中国区的中高层领导。因为能力突出、业绩优秀、人脉资源广，被智囊中国民间政策研究院给挖去任职副院长，依托研究院对政策方向的研究成果，借助自己的人脉关系和研究院平台布局大型前沿项目。杜松得知和牧云同在MDI工作过，看模样混得好像还不错，在得知牧云做的业务方向后，便说最近江苏省那边有个3000多万的软硬件融合的项目，但是利润不是太高，问牧云想不想参与。牧云大体问了一下需求后，觉得这个项目还真可以接，但是在酒局上大家来来回回地喝酒，也没法细聊，便约杜松这两天方便时单独喝茶详细聊一下细节。

过了几天，牧云约好了杜松的时间，希望能把那个项目给拿过来。但是牧云也很头疼带杜副院长去哪里谈事，无论是杜副院长还是牧云自己，这些年来大大小小的饭店都吃过了，两个大老爷们去会所光喝酒吃饭又觉得没啥意思。要想把项目接过来，就得快速深度搞定这位杜副院长，怎么搞定他呢？牧云觉得要想搞定这个项目，得在喝酒前有个舒服的地方跟杜副院长把事情细节聊透，同时把杜副院长的份额提前敲定，然后再简单喝个小酒，借着酒意，给杜副院长安排个美女陪会儿，这个事儿就成了。但是考虑到杜副院长的身份和级别，肯定不能去夜总会这种地方，而且北京这边这方面资源牧云又不太熟悉。正纠结时，牧云想起了之前北京有个陌生的女孩加了自己的微信，介绍自己是做会所的，看她在微信发的朋友圈里有高档的雪茄吧，红酒吧，茶室，餐饮包房，最重要的是还有年轻貌美的姑娘。有时牧云刷到这个陌生人朋友圈发布的图片或者视频，都有一种想过去体验一下的冲动。他决定带杜副院长去这个会所。为了验证一下会所的档次和姑娘情况，也是为了确保陪杜副院长过去时别出差错，无论如何不能影响3000万的生意，牧云用微信问好了价格，感觉一个人一次消费也就两三千元，而且雪茄吧、红酒吧、茶室、用餐等都可以免费使用，想跟姑娘滚床单再额外消费。为了搞定一个3000万的项目，花个万儿八千的去搏一把，也是值得的。为了把服务做到位，牧云又要求对方微信直接视频看一下会所的环境，验证之后，便把地址发给了杜副院长，并说两个大老爷儿们就别去饭店喝酒啦，去朋友开的会所坐坐吧，并暗示杜副院长这个会所有美女。

杜副院长信任牧云，觉得不会有啥问题。他也知道牧云找自己是聊那个3000万的项目，心想这个项目交给谁做，都会把自己那份钱给留出来，有意想帮牧云一把，加上好奇牧云说的姑娘，便答应赴会并按照牧云给的地址直接过去了。

牧云打车提前一小时到达会所，预先熟悉环境，确保不出差错。会所坐落在北京朝阳区的繁华街道上，牧云停好车看了看门脸倒是中规中矩，便跟随门口的迎宾小伙上了二楼，进入大堂后，立刻被奢华的装修给震惊到了。它不是五星级酒店那样富丽堂皇大气磅礴，而是宫廷风格，亭台楼阁，小桥流水，实木、石头、薄纱、暗色调的灯光，有几丝神秘感，同时也让人想入非非。牧云还在欣赏这会所的装修时，一位身材高挑、空姐服饰的美女笑盈盈地向牧云走了过来。这位假空姐的裙子侧边开衩处几乎开到了腰间，在昏暗的灯光中若隐若现，让人浮想联翩。

"牧总，是吧？刚才您在微信里面联系的就是我，您叫我小琪就行。"小琪让迎宾小伙回去做自己的事儿，便热情地将牧云引往旁边的明代式样的官帽椅上坐，并安排其他服务人员给牧云沏了一壶茶水。

牧云一看小琪如此年轻貌美，一身空姐服饰在这种环境氛围当中，立刻明白了这个地方大体的功能，便笑呵呵地冲小琪说："姑娘，我一会要招待一位贵客，你得帮我照顾好。"

"哥，没问题，您放心吧，来我们这的客人还没有说不好的呢。"小琪自信满满地说。

"小琪，你带我看看微信上说的雪茄吧、红酒吧。"牧云想在杜副院长来之前再熟悉下环境。

"好的，哥，那您跟我来吧。"说着立马起身带牧云一间间房间介绍，说这些雪茄吧、红酒吧、茶室和餐吧都可以免费使用，但是要事先充个会员才行，否则单次消费价格不太划算，纱帘后面是一些独立的洗浴按摩房间。

牧云十分好奇，便要求小琪带去里面房间看看。当牧云看了几间房后，墙壁全是质感的大理石，大厅中央是一个圆形自带按摩功能的双人鸳鸯浴盆，浴盆旁还有一张长条按摩水床，水床后面是一张四方实木的古典风格大床，并在床顶上吊着粉红色的薄纱，房间点着熏香，弥漫着勾魂的香气，环绕着空灵梵音音乐。牧云觉得今天算是来对地方了，各方面都符合自己的设想，在这种环境里，大雪茄一抽，小酒杯一碰，空姐制服小姑娘儿在怀里一搂，3000万的生意就八九不离十啦，相信也可以让杜副院长耳目一新。他指着房间问向美女小琪："姑娘，这里面怎么消费呀？"

"哥，刚才我说了。要想来这里按摩，得充卡才行。"小琪心想，这不用引导自己就往里面跳呀。

"姑娘，咱们能别揣着明白装糊涂好吗？"牧云想知道如何消费，这样一会杜副院长来了，也好有的放矢。

"哥，我们这里有规定，不充卡，不能来房间里消费，而且领导也不让我们介绍消费金额。哥，要不你就办一张会员卡吧？"小琪按照事先准备好的话术引诱着牧云。

"行吧，我看看你们的会员卡怎么充值，要是太贵我们就不消费了。"牧云假意说着。

"哥，您看，我们这里的会员卡是3万起充，往上还有5万、10万、20万和50万的卡，您看您充哪个？办了卡，每次每个人也就消费几千元左右。"小琪拿出iPad向牧云介绍着充值卡的级别。

"你们这会员也太贵了！"牧云心里的确觉得有些贵，内心十分纠结，最终还是没有充值，这导致小琪多少有些不悦。牧云接着说道："你们这卡充值太贵了，这样吧，我们按次消费吧。"

小琪一看牧云没有办卡的意思，便开始游说牧云，但是牧云始终没愿意。一会儿就到了约定的时间，杜副院长准时到达。按照牧云排练好的流程，他先拉着杜副院长在雪茄吧里面两个人抽雪茄，烟雾缭绕地喝着红酒，俩人先是互相吹捧，慢慢引入话题最后把项目的各种细节就很轻松地敲定了。聊着聊着就到了晚饭时间，小琪拿着菜单走进房间，问牧云吃些什么，吃完了可以换个房间安排两个姑娘按摩。牧云一看事情也谈好了，很快就可以挣到钱了，难得能够定下来如此大的项目合作意向，那今天就高消费一把，也算是犒劳一下自己。他和杜副院长吃了个简餐，又喝光了一瓶红酒后，便被小琪带进来的两位年轻美女给带走了。美女解释说，为了保护私密性，二位会被安排在独立的房间里按摩。

昏暗的奢华宫廷风格房间里，空气中飘荡着勾人魂魄的熏香味道，牧云换上了房间里宽松的大褂和裤衩舒舒服服地躺在按摩水床上，准备享受一把宫廷待遇。小琪走了进来，两位美女晃动着大白腿在牧云面前走来走去，共同给牧云按摩。

小琪一边按摩一边问牧云："哥，我们这里怎么样？还满意吗？"

"小琪，你们这里好是好，但是姑娘都不让碰一下，你这样让哥下次还怎么带朋友过来消费呀？"牧云因为搞不定姑娘十分难受，担心隔壁房间的杜副院长和自己一

样，更担心影响3000万的生意，便试探性地问小琪，怎样才可以跟姑娘亲密接触。

"哥，您和您的朋友要想滚床单，您只要充个10万的卡，我这边就可以马上给您安排，这个房间只是按摩，您充了钱后，我就可以带您去刚才您看到的那些间房屋里面去。您就充了呗。"小琪用一种嗲嗲的声音说，旁边的美女也跟着一起说，并把手伸向牧云的大腿根处，继续撩拨着牧云早已荡漾的心情。

牧云大脑快速地思考着，3000万的生意一定得成呀，现在是箭在弦上，没有回头路啦，而且自己也快受不了了，算了，办就办吧，反正一次一个人才消费三五千元，这个地方还真不错，以后也可以带其他客户来消费，又不是一下消费10万元。牧云心里不断给自己办卡找着理由，最后终于下定了决心。小琪直接让人把POS机送了进来，牧云就这样在美女引诱和项目签单牵引下刷了10万元的卡，小琪又顺时给了牧云两页纸的办卡信息填写单和服务满意点评单，牧云哪有心思填什么单子，在昏暗的灯光下按照小琪的指引快速地签着单子上的内容，只是最后签字时没有用真实的名字，而是随便编了一个"牧佳"在签字处，正是这个签字让牧云在一小时后省了10万元。

小琪拿着POS机和牧云签过字的单子走了，牧云觉得终于可以和眼前这位空姐美女亲热啦，结果美女还是不从。牧云很生气，便喊来小琪质问怎么回事。小琪说刚才牧云只是交了10万元的首付，要想滚床单需要补足剩余的10万元才可以。牧云听完后，第一感受就是上当受骗了，享受一下的念头立刻灰飞烟灭。他生气地穿好衣服就要走出房间，心想，就算是再充10万元，今天自己和杜副院长这床单也是滚不成了。他走到服务台，让服务员把同行的杜副院长也请出来。从始至终，牧云并不知道杜副院长的遭遇是不是和自己一样，但是可以肯定的是杜副院长不会充值。他和杜副院长在服务台见了面后，简单寒暄后送走了杜副院长，便琢磨今天这个事怎么收场。此时已经10点钟了，牧云拿起手机打开通信录纠结要不要给自己认识的派出所所长打电话，但是纠结了半天还是没有拨出去，一方面牧云认为自己和这位所长关系还没深到好朋友那种程度，另一方面觉得这家会所的老板敢在这种寸土寸金的地方做这种生意，一定也是黑、白、灰各方面都打点得妥妥当当的。钱没了可以再挣，万一惹上不该惹的人后面就麻烦了。此时杜副院长也已经安全离开，正当牧云打算离开时，小琪带着一位身着西服，但是明眼一看就知道是那种充当打手的安保人员，这位打手立刻就到了牧云面前，不让牧云离开，要求牧云把剩余的10万元尾款交了才可以走，并声称有牧云的签字，一副黑道白道就是不给牧云让道的架势。牧云心想那个牧佳根本就不存在，你们随便搞，想到这便大喊一声，我现在就走，看你们谁敢拦我。其实牧云心里也没底，觉得这个会所肯定会养一些打手或者社会人员，但是气势上还是做得很足。小琪带来的那位西服大哥居然没敢阻拦牧云，只是让小琪给老板打电话。牧云也不管他们什么操作，便气势汹汹大摇大摆地走出会所，此时红酒醉意早已被欺骗的愤怒给消散掉，他扬长而去。回到家已经11点多了，牧云独自一个人躺在书房的床上，翻来覆去睡不着，心疼这10万元。10万元呀，就只是喝瓶不知道啥牌子的红酒，抽了两根雪茄，吃了个简餐，两个美女给胡乱揉搓了一下身体就花了10万元。他辗转反侧地折腾了两小时，不断自我安慰自己是做大事的人，这点钱无所谓，才迷迷糊糊睡了过去。

第二天打电话给王总说了昨晚的经历，王总说这就是当下流行的骗术，他MBA班上的同学前段时间也被这样的会所骗了20万元。他安慰牧云，别想那么多了，过去就过去了，吃一堑长一智，后面做个项目分分钟就挣回来了。牧云心里也这样安慰着自己，很多年后牧云把这事当成了一个乐子，在酒桌上吹嘘自己当年吃了一顿饭就花了10万，大家羡慕牧云的高消费能力，却不知牧云内心的悲伤。

最后，3000万的项目还是没有做成，倒不是因为那晚的活动未安排妥当，而是杜副院长跟院长等人在合作上产生嫌隙，最后离开了那家政策研究院，导致项目也打了水漂。这让牧云再一次感受到了挫败。后来牧云要报销这10万元会所费用，汤程不同意，说谁犯的错误就要由谁买单，不能让融技来承担这笔费用，其实就是他不会跟牧云共同分担。牧云嘴上没说什么，但是心里非常不舒服，心想，当初姜涛在的时候，我帮助融技挣到钱，分20万元的时候你怎么不说合同都是牧云签的，多分点给牧云呢？如今牧云为了公司生意发展被骗了钱，就全变成牧云犯的错误由牧云承担。牧云想不明白，心里也很不服气，只是嘴上没说什么。这件事情也为本已不太牢固的合伙关系增加了散伙的筹码。

屋漏偏逢连夜雨，还没从生意上受挫的不爽中释怀，小兰又打来电话："牧总，咱们这边给睿信雅达要开发票收一笔回款，但是税控盘给锁上了。我打电话询问国税怎么回事，他们说咱们的工商和税务地址不在同一个区，认为咱们这边税务有问题，把咱

们公司给打到国税的货劳科了。听说那个部门类似于天牢，没有关系的话，咱们的税控盘估计就会一直被锁死，永远也开不了发票，融技公司就变成了一个'活死人'。"小兰知道牧云不明白国税的一些术语，便用一些类比方式向牧云焦急地介绍着。

生意挫败滑铁卢

"怎么会这样？我记得你跟我说过这事，那为啥当初不按照国税要求在一季度前把这个事情给处理了呢？"牧云电话里有些责怪小兰。

"牧总，快到季度底时我跟您汇报过这事。但是当时您说工商地址在昌平区，要是调回海淀区的话，需要咱们在海淀重新租个实际办公地址，您说咱们有办公室，没必要额外租一个办公室浪费公司本来就不富余的资金。"小兰在电话里解释。

"嗯，我知道了，你先去国税找负责咱们单位的所，问问他们有什么解决的渠道吗？另外尽快给我一个处理这件事情的官方操作流程，如果能够解决就抓紧按照国税的流程要求办理，如果不行卡在哪个环节也及时告诉我，我们一块想办法。"牧云挂了电话，心里多了几丝忧虑。

牧云心想客户比较容易搞定，但是跟衙门打交道，可不是件容易的事。如果有关系，事情就可以轻而易举地解决，如果没关系，真像小兰说的那样，那就麻烦了，融技这两年多所有的努力和办理的资质认证就全都没有意义了。最坏的办法就是再重新注册一家公司，但是牧云最近接连经历生意失败，多少有些力不从心。

两天后小兰告诉牧云国税针对最近公司普遍反映的情况，新出了一套解锁流程，但是无法保证百分百能够成功，前提就是需要法人本人拿着身份证去国税办事大厅现场填表、交纳罚金、法人本人重新现场认证，完成一系列操作，然后交由国税内部走流程，再等通知是否可以解锁。可以先不用租办公室，尝试一下看看。牧云了解情况后，第一时间让父亲一大清早从红山老家来北京，他中午顾不上吃饭直接开车去三元桥大巴停靠站接上父亲，二人一起赶往国税上地所。下午1点半国税工作人员上班后，牧云带着父亲拿着融技的营业执照、历史纳税记录、身份证、国税开的处罚单、税控盘、税卡、合同等全套材料，直接上了二楼并通过门牌找到了所长的办公室。

"您好，请问您是所长吗？"牧云十分礼貌地问。

"我是，你们什么事？"马所长望着陌生的两个人问。

"马所，您好，我是一名创业者。有个事情楼下的人解决不了，所以只能冒昧给您汇报一下。这几年我的公司一直遵纪守法，按时交纳税款，因为我们的工商注册地址在昌平区，国税注册地址在海淀区，现在突然就把我们的税控盘给锁上了，导致我们现在无法给用户开发票，有款收不上来。我们马上要发放员工工资和交纳社保，目前因为税控盘问题全部操作不了，您看看能否安排您同事帮我们处理一下？"牧云看这个所长面相良善，便开门见山直接表明来意，或许能够找到一些解决办法，起码比在一楼办事大厅走死循环流程靠谱得多。他甚至想把事先兜里准备的1万元红包拿出来，看看可否曲径通幽。

"哈哈，你们是父子吗？"马所长听明白了牧云的情况，突然笑呵呵地问道。

"是的，这是我父亲。"牧云也感到莫名其妙，这位所长为啥不问正事。

"嗯，我就说看着像嘛，不过你父亲可比你年轻多了，哈哈。"马所长爽朗地笑着说。

"哎，我这不也是这几年创业搞得嘛，劳心劳神。"牧云潜意识里快速地指挥着自己并机械性地回答马所长的问话，还想再说点什么。突然欲言又止，紧接着立刻陷入了无尽的哀伤当中。儿子长得比父亲还要老，这的确是一个特别具有讽刺意味的冷笑话，尤其对于一个30多岁的创业者来说。当然牧云不认为马所长是在拿自己开涮，他自己也承认这个事实，这些年北漂独自买房、装修、打拼、买车、创业等，一年过

得相当于普通人的三年。

"小兄弟，最近像你们公司这样类似的事情很多啊。国家这几年大力扶持创新创业之后，降低公司注册门槛，公司数量呈现指数级增长。但是也滋生了一些问题，一些别有用心的公司利用新政策的不完善去违规违法。北京市国税通过对去年四季度的调查审计，发现一个季度合计偷逃了60多亿的税款。所以这次是北京市国税系统的一次彻底性排查，由各区国税分别执行，只要发现有问题或者交易不正常就会给隔离出来。你公司的事情如果真如你这样说的，我建议你拿着资料去海淀区国税的货劳科看看人家怎么给你处理吧。听说区里这次一共搜出来4000多家问题企业。抱歉，我们这边解决不了你们的问题，好吧？"马所长扫了一眼牧云材料提交的问题，知道了大概，十分客气地给牧云指明了唯一一条出路。

"国税货劳科，哎，小兰可是说一旦融技公司被国税拉进货劳科，基本就永无翻身之日，发票开不了，款收不上来，怎么办？"牧云跟马所长沟通完后，大体知道这件事情的解决难度，心里默默念叨。无奈之下，只能两条路同时尝试：牧云打开手机通信录找各路朋友，准备提供5万元的商务费用，看看有没有人有本事可以搞定海淀区国税；另外一条路只有牧云自己带着全部材料直奔海淀区国税的货劳科，现场随机应变吧。趁着还没下班，牧云又开车带着父亲从上地一路飞驰到苏州桥附近的海淀区国税，问了保安便直奔7楼货劳科。

父子二人中午饭都没来得及吃，下午路过一家麦当劳餐厅随便买了两个巨无霸汉堡对付了一下。

牧云父亲看着手里的婴儿巨无霸汉堡，笑着说："就这我可以吃5个。"

"爸，这个汉堡23元一个呢，咱先垫一下，晚上我再陪您吃好吃的。"牧云笑着说。

"什么，就这破玩意23元一个？你们城里人真是有病，在咱家这个钱可以买11个吊炉芝麻烧饼，比这好吃多了。"因为这个汉堡牧云父亲一路上磨叨了半天。

父子二人来到7楼货劳科，发现楼道外自行排队的人很多，大都是公司领导带着财务人员在跟国税工作人员沟通解税控盘的事宜。牧云让父亲排着队，自己则走到货劳科门口，从开着的门听里面的人交流。这一听，让牧云深吸了一口凉气。只听一家公司的老板正在高声地跟税务人员解释，大体意思就是：我们公司一直都是合法经营，好不容易接到一张大订单，但是需要先垫资买原材料和保证公司现金流用于正常的工资发放，就借了7000万元的高利贷用两个月过渡一下。现在产品已经交付，本来我们可以正常收款，归还高利贷。但是现在我们的税控盘给锁上了，开不了发票，收不了款，高利贷每天上万元的利息，你让我们企业怎么办？

遗憾的是，这家公司的老板和财务人员得到国税工作人员的答复却是："那是你们企业经营的问题，不归我们管，我们这次是通过设定的规则进行区内所有公司健康扫描，你们公司正好在规则之内被扫描到，不光你一家，这次一共查出4000多家，你们或许不存在实质性的偷税，但是你们的资金存在异常，所以也在本次异常公司清单之列，你把材料整理全放到我这里，我提交给局里领导进行集中审批吧。"国税货劳科的一位女性工作人员说。

"领导，能不能尽快跟领导沟通呀，我们这每天都有利息产生，而且高利贷那边一旦违约，是利滚利。"那家大公司做大生意的大老板不断哀求着，财务人员则像蜡像一样站在老板旁边，心里也是十分忐忑，这种事情以前从来没有碰到过，所有操作都不存在财税风险，但是现在就实实在在地被国税给锁上了。

这家公司老板和财务跟国税货劳科的工作人员沟通了半天，也只能把材料留下，等待国税领导集中审核。牧云看着那位老板和财务刚走出房间，另外一位也是老板派头的五十多岁的大哥赶紧走了进去，同样也开始跟国税货劳科的工作人员诉苦。

等了半个多小时，快下班了，终于轮到了融技公司。牧云便向国税货劳科的女士说了半天融技公司各项经营同样没问题，自己在海淀区也有办公地址，只是那个地址已经注册了刚之门公司，还说自己在刚之门公司也是股东，不信可以过去参观之类的话，并提供了全部的证据材料。国税货劳科的女士快速扫了一眼后，说："你们融技的工商、国税地址不统一问题，是一定要解决的，解决这些问题后，你约上负责你们所的工作人员上门实地考察和审计财务系统。如果都没问题，你们也可以解锁。"

牧云不断地表达感谢，并承诺尽快解决地址问题，同时配合国税这边查验，便松了一口气，离开了海淀区国税大楼。小兰的一通介绍和电话一圈朋友了解，本以为货劳科这边很难搞定，但是现在看来有转机。这次货劳科也不全是对的，不然也不可

能一下子冒出来这么多公司来投诉和质疑。不过牧云也理解，一个新事物出现，自然会带来一些新的问题，国税部门已经将风险控制到最小化，同时第一时间把企业服务好，这也是在口号和服务上言行一致，一心一意为创业者提供服务的开始。既然找到了解决办法，剩下的就是时间问题了。租房子这件事情是必须得做了，牧云心想融技明明有办公室，非要再去花钱租一个办公室闲置，真是浪费银子呀。牧云无奈地摇了摇头，没想到有一天自己也会在这个大众创业的时代洪流中激荡。算了，忙了大半天，只吃了个巨无霸，连口水都没来得及喝，嗓子也快冒烟了。他打开了音乐，听着王杰的《谁明浪子心》，一脚油门拉着父亲直奔巴沟村附近的大渔铁板烧，打算喝两壶松茸汤，再舒舒服服地吃一顿生鱼片，安慰劳顿的身心。

牧云让父亲当晚在家里休息，明天再坐人巴回老家，父亲说啥也不同意，坚持在如家住一晚第二天自己回老家。主要原因是父亲特别不喜欢看见牧云的岳父岳母，觉得那二位除了吃饭睡觉其他的啥也不会。这二老在姑爷牧云这边做饭照顾孩子，老两口存的钱都给了自己的儿子，对汪红不但没给过一分钱，还不断地花牧云和汪红的钱，衣食住行、吃喝玩乐、看病吃药全部由牧云出钱，更别提小家买车买房装修了，那更是一毛不拔。

牧云父亲以前在北京和牧云岳父岳母相处时发现，这两个人的嘴是一刻也不闲着。每天固定时间喝牛奶、喝酸奶、吃多种水果补充维C、吃坚果、吃核桃。早上清水白菜粥，晚上菜汤，剩菜坚决扔掉，白天每人4个独立的杯子像摆阵一样，一个杯子喝水，一个杯子喝三七粉，一个杯子喝藏红花，一个杯子喝去火茶，桌子上还有要吃的各种补药和保健品。老两口的饮食起居那是军事化管理，早饭喝粥、午饭有肉、晚饭汤面，几十年如一日。

当然了，这也不能全怪牧云的岳父岳母。本来人家二老过了一辈子苦日子，生活十分节俭，平时去买菜都是货比三家，经常因为几毛钱价格差来来回回跑半天才最终付款，一辈子就围着三尺锅台转，几乎与世隔绝，养成了抠门的生活方式和独特的生活习惯。

二老之所以吃得好，穿得好，每年还跟着牧云和汪红旅游两次，主要还是汪红心疼她爸妈，每年固定给二老花上万块体检，所有的衣服鞋子哪怕衣柜里放不下了，只要出了新款新材料仍然会给老人买，坚果和水果365天几乎天天买，二老怕坏了只有不断地努力吃。但是由于二老一辈子没有太多事，很多事情只能听之任之，这样反而很好地照顾了牧云的家庭生活，让牧云不用花太多时间、精力在家里的琐事上，全身心工作和创业。所以说世间之事有利也有弊。

牧云的父母虽然爱折腾，但是人生走过大半，回首过往，生活也是一地鸡毛，自己买不起别墅，却天天给牧云讲朋友的孩子住大平层的故事。4个老人的脾气、性格都已经固化，相互看不惯对方，但是内心还都希望可以和平相处，可是真到了一块，谈笑间也是"刀光剑影"。为此，牧云和汪红直接把4个老人分开，尽量不给他们见面的机会。

人的一生有命也有运，就像天龙八部里面的段誉和慕容复一样，用"不得"二字就可以概括他们的这一生：段誉生来就拥有大理国，最喜欢的女人王语嫣却跟了慕容复，而慕容复虽然坐拥美人却一心想要复国，参悟出"不得"也是一种境界！其实这些年牧云的性格之所以变得如此佛系，不去与亲爹亲妈和岳父岳母争对错，其实也跟"不得"的心境小成有关。老人们经常用他们的时代认知和经历告诉牧云如何做是对的，而正处于社会中坚力量的牧云，怎么可能用当下时代的认知和经历去与老人来一场辩论，当他内心有这个想法时，就已经输了！所以在牧云看来，最好的辩论就是"不得"，不去辩论！

坐在大渔，牧云见父亲越说越生气，便安慰道："爸，行了，别生他们的气伤自己的身了。我跟您讲，刚开始时我看到他们吃我的、花我的、用我的，车、房和装修他们家没花一分钱，还跟我要10万彩礼钱，还说这是他们那里最低的彩礼标准，我也是一百个不高兴，心想我娶的是他们二老的女儿，可不是连带他们二老一并娶过来的。后来我想通了，人啊，生别人的气是因为自己本事不够，如果你想让别人心甘情愿地尊敬你，听你的话，你自己就得不断强大，人与人之间的气场就是这样，你变得越来越强，他们在心态上自然就变得越来越弱。而且作为大男人不能天天在意家里家外这些鸡毛蒜皮，蝇头小利，男人的心思天天在这上面也很难干成大事，你说是吧？爸，嘿嘿。"

"臭小子，你是说你爸注重蝇头小利，干不成大事是吧？臭小子，还教育起老子来了。不过不管怎么说，一代比一代强呀。我比你爷爷强，如今你比老子强，就行

了。还有，你抓紧给老子再生个大孙子，不然你老了将来谁照顾你呀？"牧云父亲说着说着又开始催二胎了。

牧云一听这个就心烦，心想，你们天天鞭策我飞得高不高，从来不问我累不累。由于最近事情较多，心情也有一点点烦躁，他就给老爷子讲起了道理："爸，以前生孩子是资产，生下来的孩子不用上各种学习班，吃饭穿衣也没有那么多讲究，孩子稍微大点就可以帮家里干活或者挣钱了。可是如今不一样了，生孩子对每个家庭来讲那可是负债呀，生下来孩子，衣食住行外加各种培训班、兴趣班，哪个不要花钱呀，这种情况别说在北京了，老家县城现在不也都是这种风气吗？"

"你不用给我讲什么大道理，我就要孙子，你只要给我再生个孙子，我再给你100万，生下来我和你妈帮你带，你们该忙你们的就正常忙你们的。"父亲根本听不进去牧云的理论，一副我是你老子，你得听我的态度。

牧云无奈，这事每次和父母见面都会聊，牧云没办法，只能应付说挣到了大钱就给你们再弄出个孙子玩，勉强安抚过去。

牧云父亲叫牧云这么一说，心情也没那么糟糕了，他喝了一大杯啤酒，继续大口地吃着肉，生怕598元一位的自助餐吃不回来本儿。

第二天，牧云父亲自行退房，去六里桥长途汽车站坐车回了老家。牧云电话里简单跟汤程说了一下情况后，便直接去找中介打算租一个既能让国税查验人员满意，价格又便宜的办公室。经过一番查看，最后找到了安庄的悦喜商住两用楼，公水公电，可以注册办公地址，户型面积也不大。最后牧云在中介手里租了一间60平方米的独立办公室，此时牧云才发现，隔壁邻居也是刚租完房子正在搬家，也是因为地址问题被国税查。牧云花了8.6万元交了一年的租金，又把在珠江摩尔那边留下的四张方桌八人工位搬过来简单布置了一下环境，使其看起来像一个真正的小公司。他还通知小兰等，拿着笔记本电脑来这边办公两周左右时间。一切布置妥当后，牧云又开车去了一趟国税上地所，邀请了负责的税管员亲自现场查验了小半天，差不多一个星期之后，税控盘解锁，发票可以正常使用了，银行对公账户也可以正常操作，历时一个多月的国税风波，以牧云额外花了近10万元得以解决。

牧云处理完了国税事宜，还没等喘口气，又一堆事情排着队等着。这可能就是创业吧，尽管和当初创业的初衷不太一样，但这或许才是真正的创业，创业者就像一只无脚鸟，要一直飞，一旦停下扇动的翅膀就有可能摔下来。

牧云腾开手就开始弄逐鹿省的智慧粮仓项目。王总通过和邱书记的饭局，认识了逐鹿省粮食局的乔副局长。乔副局长说逐鹿省的粮仓因为缺少科技支撑，工作人员管理又不到位，导致万吨小麦存几年腐烂了。这引起了国家粮食总局的高度重视，决定以此为教训，全面建设智慧粮仓。王总抓住机会，让牧云主体负责。牧云跟汤程调研完市场，整理了一套智慧粮仓的PPT方案，并自行制作了一段智慧粮仓的视频动画，想着向省厅单位局级领导汇报，刚开始的3分钟最关键，用视频动画演示会更加高效。视频呈现了全智能化、全自动化粮仓库房管理，每天定时通过程序远程控制开窗通风，传感器监测刮风、下雨等天气状况并自动关窗，粮仓内实现利用传感器进行粮食气体监测、粉尘浓度监测、干湿度监测等，一旦发现某项指标超标，启动自动化干预系统等。另外为了让乔局长认可方案，牧云还在动画中增加了诱鼠装置，全程演示了发现老鼠、抓捕老鼠并最终消杀老鼠的过程。牧云满意地拿着这一切给乔局长和分管科技这块的王处长汇报，本以为会被表扬进而促进合作的细节，结果现实却是啪啪打脸。

王处长说："我们的粮食储备进行了一系列的机械化操作，粮食都是通过高空作业直接由卷送机械送入粮仓，老鼠根本就不可能进入粮仓。你们还得好好做做粮食口的功课呀。另外，我们粮食行业科技类采购90%的份额是智能硬件，软件部分都是硬件产品赠送的。这样吧，我这边有一些粮食口专门做智能硬件的厂商资料，一会儿你去我办公室拿一下，你们再研究研究，有新的解决方案了我们再交流。"

牧云嘴上道谢，心里知道智慧粮仓的项目机会算是成了泡影了。设计、制造、生产智能硬件的东西，不是一时半会能研究透的。他情绪低落地离开了省粮食局。

正好这几天王总也在逐鹿省带着李蒙和铁科院的专家弄"道路在途不停车"衡器事宜，当晚三人找了一家苍蝇小馆，要了一份水盆羊肉，又点了几个下酒凉菜，边喝边聊公司往哪个方向发力，寻找公司发展的突破口。

牧云呷了一口啤酒，说道："王总，我看现在国家大力扶持科技园区、孵化器。国内目前产业园、科技园至少有几千家，前段时间产业新城也找我这边做园区运营事宜，后来是因为资金链断裂以及股东易主金草地集团，才被迫终止。我看咱们不如考

察一下优秀的园区，看看它们是怎么科技赋能园区运营的。我和汤程只要过去看一眼，就知道咱们可不可以做出来，或许这是一个近两年快速挣钱的机会。"

"嗯，牧云。你说的这个倒是不错，你要是觉得行，就去考察一下，尽快给我一个结果。来，一块喝一杯。另外，以后咱们股东间或者带着员工在一块吃饭，级别高的人买单，咱们内部喝酒就不要从公司报销了，像今天这顿，就由我来请。"王总觉得最近牧云的餐饮报销每个月有近几万元，觉得有些高，便提出了此提议。

牧云在得到了王总的支持后，便立刻发微信给产业新城的副董事长宋总，请他给介绍一个国内标杆的产业园区。牧云觉得一个行业有一个行业的渠道和玩法，宋总既然是经营园区的，肯定知道国内哪家做得最优秀。果不其然，宋总不一会就回了微信，说深圳的天启云城是国内做得最好的，已经成了各省市科技产业园区的朝拜圣地。位于深圳市龙岗区坂田街道的天云城，曾经因为远离繁华市区，几千元一平方米都没有人要。后来华盛的大规模入驻，一下子把当地的写字楼和住宅楼价格抬了起来，导致坂田街道周边经常大堵车，如今这边的地价已经4万多一平方米了。据说当初天云城的一位帅气会说话的销售经理，华盛入驻那年超额完成了出租出售计划，年底光奖金就分了9000多万，现在已经跃居天云城的中高层，还报了清北的MBA开始镀金学习，走上层路线了。

牧云从宋总那里拿到了天云城联系人赵总的联系方式，宋总也提前跟那边的朋友打了招呼，负责接待牧云等人。牧云直接订了第二天一早飞深圳的航班，中午和Q城飞过来的汤程在天启云城碰了面，找了一家风味餐厅，商量下午参观学习事宜。

吃过午饭，牧云和汤程在园区内的一家五星级酒店大堂里，闭着眼睛休息了半个小时，下午2∶30打电话联系深圳这边赵总的接待人，来到天云城的参观展厅等待接待员为牧云和汤程来讲解。通过跟接待人电话沟通，牧云得知天云城的展厅也是由MDI咨询部门提供的整体解决方案，花了2000多万，包含装修、影视展览设备、云桌面、网络和智慧连接等。牧云再一次感受到MDI的强大，有前沿科技的地方，基本上都有MDI。

他们跟随讲解接待员，听其从展厅入口的沙盘开始，介绍着园区在深圳的地理位置、交通情况、政府补贴以及在全国其他省份以品牌加持的方式入股产业园建设的情况。展厅像博物馆一样，墙上、地上有各类大屏，展示园区的智能化、科学化的运营管理。通过数字孪生技术实现楼宇和街道可视化管理，园区的风、火、水、电、气和二氧化碳排放情况，车辆进出情况和车位情况、餐厅的用餐热力图、园区内的会议室租用情况以及历史参观人群情况等，最后都集中到大屏运管中心。气派又专业。接待员不断用iPad来切换大屏幕上的各个展现界面，并对真实的园区运营数据做了全面介绍。最后还提供桌上手机，手机里面安装好了"天云App"，这是一个园区的超级App，美团、饿了么等各大互联网公司的App在园区内均被屏蔽，园区内的人员如果想订餐、订机票、订会议室、坐机场大巴、找物业、报修、注册公司、代理记账、寻求法律服务等，全部都可在超级App来实现。参观到这里，牧云和汤程目瞪口呆，好家伙，这得投入多少人力、物力呀？怪不得是国内科技产业园区的朝圣地，各省市科技部门领导前来参观学习的络绎不绝。接待员最后还带牧云和汤程来到户外，指着大楼中间的巨型屏幕，直接用iPad操作就可以切换园区内的不同摄像头，并接入了正在建设的智慧工地监控（系统）。所有这一切都是由80多人的专业技术团队不断迭代开发交付完成的，还有一个是专门针对园区的20多人的销售团队，这一套理念、App已经形成了品牌产品，如果哪个园区想一键部署的这些能力，1200万一套，两个月就可以交付。

牧云此时心里已经没有心思继续听下去了，人家都已经做成这个样子了，融技和刚之门就这点人力、物力根本做不出来什么好产品，更别提开拓全国的科技园区运营生意了。昨天在省粮食局被王处长纠错打脸，今天看到天云城的智慧园区建设，可谓是创业艰难呀！牧云发现融技一旦离开了MDI的细分领域，探索新的生意模式，必须在天时、地利、人和的情况下，通过长时间的内功积累，找到属于自己的新大陆。接二连三的生意机会探索让牧云备受打击，牧云看清了很多，但也有些迷茫，但是既然走上了创业这条路，就没有退路可言。唯有一直坚持下去，这种坚持甚至不需要理由，当下的困难不过是创业路上的"苦其心志，劳其筋骨，饿其体肤"而已。这种坚持不是"轴"，而是自我的不断思考、摸索和尝试，是创业者内心对事物分析的不断成熟和演练。

离开深圳，牧云在飞机上又准备王总甩给他的卧龙县智慧城管项目，深圳到北京3个小时的空中旅程，牧云一刻没有休息。飞行中工作，牧云的大脑出奇的清醒，航班落地正好完成了投标文件技术部分的全部工作，商务文件因为招标单位对资质要求较高，只能回京再想办法找一个资质齐全的壳公司帮忙。北京一家专业做智慧城管的公司通过部里的专家布局了全国城管市场，寄希望用科学的管理手段为中国县域以上城市提供整洁的城市环境。这个公司以县为单位布局，每个县少则投入几百万，多则上千万资金。它们基本拿下了中国近一半以上城市的智慧城管项目，日进斗金是一点也不夸张。

牧云认为这个项目以王总的关系，中标应该问题不大，卧龙县的县长牛鹏前段时间来北京党校学习，在白家大院的那顿酒局上可是只有倒酒的份儿。牛县长和王总私交也不错，每次王总回老家卧龙县，牛县长知道后都是在县里最好的宾馆开最大的套房，再陪王总喝上两天大酒。当然了，无利不起早，牛县长希望通过王总的关系，尽量多接触那些厅级、副省级领导，走上层关系。在牧云看来，以牛县长和王总的这种"铝合金"式的关系，牛鹏又是一县之长，这个项目他完全可以拍板，项目投标过程估计就是走走形式。但是在牧云信心满满，借用逐鹿省中国电信的资质，从中原市独自开着王总新买的奥迪A8，驱车300多公里到达卧龙县投标现场时，现实又一次结结实实地打了牧云一巴掌，他们排倒数第一。

牧云后来跟王总复盘这个项目，才从王总嘴里了解到原因。原来能够混到县长这个位置，已经是人中龙凤了。但是处在县长这个位置却如刀尖舔血，没点本事、没点后台、没点手段那就只能当个过客。首先，县里各个土生土长的局长是否配合你县长的工作？其次，市里的各路领导，是否经常走动汇报工作？再有，省里领导的各种检查和督查工作是否到位？部里的要求就更不用提了。处在这个职位稍微不慎，就不知道得罪了哪尊大神。所以牛县长虽然和王总私交好，也只是有限度的支持，他自己还要协调各路关系和消化各路压力，很多话很多事没法跟王总说明道透，大家也是心照不宣。县长也不好当，牧云觉得那只能说是见仁见智。有句古话说"三年清知县，十万雪花银"，身为县长，哪怕不主动受贿，也不向上行贿，每年也会有上百万的非法所得，送钱的人防不胜防。矿山资源、水资源、森林资源、旅游资源、招商引资、城市建设等哪项都是大资金投入，无怪乎新闻上曝光贪污上亿元的县长。国家对县域一把手非常重视，中国有一千多个县，县长左手连接着农民，右手连接着城市现代化，对于国家层级管理来讲，县是这个国家的管理末梢神经，起到了至关重要的上传下达作用。县长、县委书记每年都要来京学习深造，做到廉洁奉公、遵纪守法、干好地方父母官，造福一方百姓。

没有中标，失败，路在何方，这三个词从年初到现在半年多，可谓是频繁出现在牧云的脑海中，他每天被各种事务性工作逼迫前行，但实际上却在一直在后退！对未来没有深度思考，一方面要确保公司明天还能够活着，另一方面还要完成手里的一件件细碎的事情，最终慢慢地、被动地带领公司走向灭亡。这时，创业者才会有大把的时间深度思考和复盘。可惜老天不会给太多人第二次机会。创业的路上只有在战斗中学会战斗，并且随时随地让自己进入到战斗当中，而且每一场战斗还必须得赢，能力和运气这两个因素不可或缺。创业艰难，为什么还会有如此多的人乐此不疲呢？实际上很简单，这是一个经济增长率和资本增长率的选择关系。经济增长率就类似于工资，从你刚开始步入社会参加工作，无论如何你的工资多少都会伴随经济的增长而有所增长，只是多和少的问题。但是拥有大额财富对打工者来说都只是梦想，那需要长久积累。而资本增长率中资本金则是以倍数的关系进行增长，这也是为什么很多手里有大量资金的人，越有钱反而越能挣钱，并可以在各种危机中轻松度过。所以很多普通人的梦想，只是有钱人挣钱的工具。

人力外包湘江行

牧云带着遗憾独自开车从卧龙县回到中原市，尽管沿途风光秀美，但是全无心思欣赏，奥迪A8在细雨薄雾的高速上以120迈的速度稳稳地行驶，牧云感叹百万豪车的底盘和操控真的是无可挑剔。到达到中原市后，将车还给了李蒙，便订了高铁票回京。回京的路上，突然接到了雄哥的电话。

"雄哥，难得呀，能接到您老人家的电话，真是亲切呀。有啥指示？"牧云开心地说。

"牧云，我看你微信朋友圈天天各地跑，现在公司做得可以呀！"雄哥跟牧云客气道。

"雄哥，现在生意难做呀。我这天天也发愁怎么办呢。您是前辈，您给我指点一下迷津吧。"牧云继续恭维着雄哥。

"牧云，哥有个事情跟你咨询一下，我现在在湘江有个银行的项目，你知道的，就是当年咱们一块做的那个银行，现在已经做到四期了。可是我这边MDI的运维软件实施工程师现在全部抽调回北京负责秾辗总行那个项目了。我在秾辗总行中了一个2000多万的项目，我得力保这个项目，所以现在项目人手不够。你看看有没有做MDI运维软件的朋友，我外包2—3个月，帮我把湘江银行的项目给Close掉。"雄哥打电话给牧云也是觉得牧云在MDI做过几年销售，认识MDI运维软件方面的技术人员会多一些，便给牧云打这电话试一下。

"雄哥，可以呀，一个项目就签了2000多万。您现在的生意真是越做越大了，您要是不嫌弃，您带着我一块玩吧。我这些年成长进步很大，可以给您做左膀右臂。"牧云一听2000多万的软件项目，心中多少有些醋意。

"牧云，你现在混得也不错，你要是在北京没事来哥这喝茶，咱们一块聊聊，看看哪些客户咱哥俩一块做做。不过当下哥哥这边的确着急找一位MDI运维工程师来帮我把湘江银行的项目给顶上。"雄哥又把话题扯回到最初的问题上。

"雄哥，这是小事，您不用四处找人，我公司这边就有现成的MDI运维软件技术大牛。"牧云底气十足地说，其实就是指汤程。

"真的假的，那太好了，你看看一个人每月多少钱，我估计这边至少需要外包2—3个人，我那边还有两个开发人员，现场会配合你的人。"雄哥没想到打电话给牧云还真找对人了，真是急啥来啥。

"雄哥，我的人可是比较贵呀。您也知道现在MDI运维软件的生意越来越少，这方面的人才大都转型了，所以市场价格也比较高，我说了您别骂我，每人每月得5万元，包含发票税点等全部费用。"牧云知道雄哥生意做得大，也清楚外包方式去了税费和人工差旅不挣啥钱，在恒威华那边合作的项目大都没挣到啥钱，只是可以不用让工程师在家养闲，利润上其实就挣了个寂寞。

"牧云，几年不见，你现在是越来越会做生意了。5万肯定不行，太贵了。哥那个项目一共才60多万，因为做了好几期，客户没法再像以前一样几百万地投入了。市场价都是每人每月3万，我就给你3.5万，行吧？"雄哥没想到牧云狮子大开口，心里多少有些不悦，但是眼下急需一个人顶上，没办法，便耐着性子跟牧云讨价还价。

"雄哥，我曾经是您的兵，销售这条路也是您带我上道的，这样吧，我给您4万，您也知道，来回酒店、机票和税费，再加上工程师的工资，而且我给您派过去的不是小白，是专家，估计用不上两个月就可以搞定，我保证给您从头服务到尾，不干完不回来，超过时间我也不收钱了，这回总行了吧？"牧云多少还是念及和雄哥的旧情，同时也迫切希望拿下这张小单子，尤其在融技账上如此羞涩的时候。

"行吧，就这样吧，你个臭小子。现在做销售的本事是真厉害，你弄个合同吧，我这边随时可以盖章，同时你尽快安排人过去吧。对了，我在那边给技术团队租了两居室作为员工宿舍，你的人过去也可以住我们的宿舍，节省一些费用。"雄哥就想让牧云尽快安排人过去现场支援，便没在这一两万元上做过多争论。

牧云挂了雄哥的电话，便打电话给汤程，要求其去湘江把人行的项目实施完，但是汤程支支吾吾半天，说啥也不愿意过去，找了一堆理由搪塞，还建议牧云实在不行就别接这张单子了，一共才8万元，又不多。牧云心里很是来气，心想："近期刚花了10万元租办公室，公司账上已经没钱了，应收账款加起来也就小几十万，8万元不是钱吗？真是不当家不知柴米贵，要不是现在两家公司合并，工资全部由刚之门支付，估计大家现在工资发放都会有问题。"牧云心里不满，但是嘴上还是客气，再三表示希望他过去。但无论牧云如何说，汤程铁了心就是不去。没办法，牧云便决定自己去，毕竟牧云做了6年多MDI的运维软件实施工程师，技术原理从来没有忘记，只是命令和代码开发会有些生疏。为了这8万元，牧云跟王总沟通了情况，王总没说同意，也没说不同意，于是牧云带着两台笔记本电脑，一台苹果Mac，一台X200的Windows电脑，便订了独自去湘江的机票。

落地湘江，再次来到湘江银行，牧云内心唏嘘不已，2007年，雄哥刚签下湘江银行在全国的标杆项目，因一时招不到MDI运维软件工程师，便把还是技术小白的牧云招聘过来，顶到客户现场，让客户看到已经有人负责技术实施，同时通过公司的猎头四处挖MDI运维专家工程师，遗憾的是挖了一年才挖到一位。一年的项目磨炼，努力的牧云硬生生地把自己从技术小白变成了MDI运维软件的技术专家。因为项目属于人行全国试点标杆项目，技术难点和实施工作量巨大，项目整整实施了一年时间，牧云还顺便和人行的一位小自己6岁叫盼盼的女孩谈了半年恋爱。10年之后，戏剧性地再次来到这家银行，同样还是以工程师的身份出现，不过是帮雄哥在客户处遮挡外包的事实，但是此时牧云已经全然不是当年工程师的心境了。

当牧云提着笔记本走入熟悉的信息中心，发现老旧的银行大楼正在做外墙修饰，而信息中心那些熟悉的人居然还在，科员还是那个科员，科长还是那个科长，牧云不禁感叹，10年的时间这些哥们居然还在原来的工作岗位，还做着原来的事情，技术级别虽然有所提升，但是行政级别居然没有变化，难不成一辈子就这样了？难道他们甘心一辈子就这样活？牧云想不明白。再看看自己这10年，从技术小白，做到了技术专家，从技术专家转型去了外企销售，从MDI外企销售又再次革了自己的命出来创业。虽然这两年多起起伏伏，但是经历的人和事，内心的厚重感，是牧云自己独有的无形财富，这些财富终将伴随牧云一生，或许还会不断缔造更加精彩的新的人生，起码牧云的内心一直这样坚信着。

10年前的银行客户看到牧云，也是十分激动，毕竟牧云是当时为数不多因为需求技术不太容易实现，敢跟客户争得面红耳赤的人，但是客户仍然十分尊敬牧云。因为在他们看来，牧云对MDI运维软件的开发交付能力，已经是大牛一样的存在，大部分客户的技术需求基本全部被牧云一一交付。客户在银行内部的酒店，单独订了一桌饭菜宴请，这让牧云多少有些受宠若惊，倒不是因为饭菜有多高档，而是10年没见过面的客户，还如此热情，牧云心里被这份热情感动得暖暖的。吃过午饭后，牧云打算利用中午时间去当年熟悉的街道走走转转，再找找当年的记忆。遗憾的是，曾经银行对面的胡同已经变成了湘江地标性的高楼建筑，再也没有那种人间烟火的气息。牧云又走到当年租住的三居室小区，那栋老楼还在，楼下那间夫妻现包饺子店也还在，当年牧云做工程师时因为吃不惯湘江的辣椒，基本每天都会吃一顿老夫妻包的饺子。牧云继续往湘江边走，发现步行街还是那么热闹，酒吧依然保持湘江的特色，酒吧街的旁边还有一条青石铺就的老街，如今已变成了网红打卡和美食一条街。牧云还记得当初这条街有一家古色古香的阁楼咖啡馆，牧云经常带着小盼盼来这里消磨时光，在咖啡馆里面两个人相互给对方写信，约好几年后再来看对方写的是啥内容，这些给牧云带来了满满的幸福回忆。再往西走，过了马路，便来到了湘江风光带，虽是中午，广场仍然人来人往，遛弯的、旅游的、听戏的、打牌的，好不热闹。牧云站在围墙处，看着宽阔的江面、来往的船只还有对面的岳麓山，满满的回忆，一幕幕在脑海中回荡。

回到人行办公大楼，牧云庆幸自己宝刀未老，6年多不碰技术，居然还知道如何操作。虽然敲击键盘的速度不及当工程师那会熟练，但是配合历史积累下来的各类实施文档，以及汤程远程的支持，一切工作还算顺利。再加上牧云这些年的思维逻辑和沟通能力已是老板级别，很多工作量方面的事宜牧云三两句话就安排给客户方负责的项目经理，同时协调17个地市州人行的技术人员一块参与梳理表格的工作，就这样，原本要牧云自己做的工作分解为17个客户帮着去做，项目进展顺利得超出自己的想象。对于雄哥来讲，黑猫白猫抓到耗子就是好猫，管他牧云怎么搞，只要把工作搞定就行。牧云白天工作相对轻松，晚上也基本不用加班，无事的牧云便按捺不住内心的骚动，每晚去酒吧街泡吧，喝着小啤酒，观看酒吧内的演出，有时还会上台跟主持人互动玩些刺激的冰桶游戏，偶尔跟随一众男女在台上肆意地蹦迪释放身体里的力量，直至浑身无力后才醉意蒙胧、晃晃荡荡地打个出租车回到雄哥在当地租的宿舍。

就这样工作娱乐两不耽误，过了两周，工作都在有条不紊地推进。到了周末，牧云觉得天天泡吧也没啥意思，于是决定租一辆车，去郊区转转。他在网上查了一下攻略，滑翔伞、直升机空中巡游、实弹射击，这些应有尽有。说走就走，牧云周六上午租了一辆帕萨特，啥也没拿便开车出发了。刚出停车场便见有一位美女拦出租车，牧云停下车，询问要不要送美女一段，隔着车窗两人简单聊了几句，美女真的就上了牧云的车。

"姑娘，你是做啥职业的呀？"牧云一边开车，一边没话找话，同时脑子里涌现出"湘妹多情"四个字，便开始想入非非。

"我做夜场的。"姑娘斩钉截铁地回答，一丁点不觉得自己的职业有啥不好意思

说的。

牧云先是一惊，心想："我就觉得马路边随便拉一个美女上车没这么容易。"他转念一想又觉得夜场女怎么了，人家这么爽快，自己还有啥扭扭捏捏的，便爽快地说："今天周末，我也没啥事，这个车是我在附近刚租来的。想着一会去郊区玩，你要不要跟我一块组个团呀？哈哈，我请客。"牧云想着如何忽悠美女一块去郊区游玩。

"不行，我昨晚陪客户喝了一晚上酒，现在头特别痛，就想回去睡觉。谢谢哥，下次有机会再一起去。"夜场女婉言谢绝了牧云。

牧云还不死心，心想，这骚动的湘江，娱乐的天堂，好不容易有个美女，哪能让她一会就走？便说："要不咱们中午一块吃个饭吧，我知道这附近有一处上百年的老宅餐厅，反正也快中午了，你也要吃过饭才可以睡觉，你一会要是头不痛了愿意去，我双手欢迎，要是不愿意，我就把你送回住处，我自己一个人出去浪去。"牧云爽朗地说。心想就算她不陪自己去玩，一块吃个饭聊会天也可以慰藉一下孤独寂寞的心。

"嗯，好吧，看你也不像坏人，那就一块吃个饭再说吧。正好省了午饭的钱，呵呵。"美女笑了笑。

就这样，牧云一边陪美女吃着剁椒鱼头和火宫殿的臭豆腐，一边听着夜场女聊她的经历。原来夜场女是一位农村人。因为家境穷苦，20岁便早早结婚，生了一个男孩，但是结婚没两年总是吵架，头脑一热，便离婚了。孩子判给了男方。夜场女自己没文化，也没啥特别的本事，为了挣快钱就慢慢被带入了KTV夜场，变成了如今的陪酒女。现在干了两年多，每个月有两三万的收入，可以买自己能力范围内想要的东西，一人吃饱，全家不饿，日子还算过得去。她靠着一身好看的皮囊，跟姐妹们经常混迹于不同城市的夜场，也开阔了自己的视野，打算再挣几年钱，从良后开个服装店，再找个人嫁了，估计一辈子也就这样了。

牧云吃完饭后，内心的欲望之火瞬时扑灭，他礼貌地把她送到了住处，然后跟着导航开车到了实弹射击场。此射击场拿到了省公安厅的持枪经营的牌照，里面有各种各样的枪，都是真枪真子弹，有手枪、有狙、有双管猎枪，还有AK。牧云先买了1000元的子弹，不到50发。牧云按捺不住兴奋，打算每种枪都亲自体验一下。他先用意大利伯莱塔M92F型手枪打了几枪50米外的铁牌子。虽然戴着隔音耳机，仍然感觉到枪支巨大的声响。这种枪每次扣完扳机还会带来一股后坐力。试验完手枪后，牧云又被一位退伍军人射击助手带到后山的射击场。只见在一处凹形山体处，约200米的山脚下放着数百个玻璃瓶子。牧云先用AK步枪三点成线射击，他不敢连续扣动扳机，主要是心疼子弹太贵，每发20—30元，手一哆嗦，可能一两百元就没了，他用AK一发发地点射，体验一下当军人的感觉就好。之后又用狙击步枪打了几发，牧云发现通过瞄准镜的确把目标拉近了很多，但是射击完成后的巨大声音让牧云戴着耳机仍然感觉到耳朵不太舒服，这也颠覆了牧云对狙击步枪声音的认知。牧云最后又体验了一把双管猎枪，一米多的枪身，居然要费很大力才可以端起来。尽管每次提枪打飞盘都很吃力，但是在指导员的指挥下，按照远处山丘中静态红点方向打去，居然还真是打碎了几个弹射出去的飞碟。这让牧云兴奋不已，一高兴，又花了1200元买了30发子弹。

打完了实弹射击，天色尚早，牧云便开车漫无目的地在周边的乡间小路优哉游哉地逛。湘江市周边水系发达，高山不多，都是小山包，很多农民都将二三层的洋房建在山里，很少扎堆，就像国外的庄园一样。这是大城市独栋别墅都无法比拟的原生态自然风光。此时正值七月，湘江天气炎热，但是在这山野竹林的乡间小路上行走居然还感觉到一丝丝的清凉，抬眼望向车外绿油油的稻田，随处可见的溪流，远处偶尔几缕袅袅炊烟，牧云突然觉得自己的内心世界也如这宁静的稻田一样宁静安详，不由吟诵了一首诗：绿波春浪满前陂，极目连云稏稏肥。更被鹭鹚千点雪，破烟来入画屏飞。

当晚牧云驾车来到了靖港古镇，找了一间客栈住下，第二天起床参观了古街，品尝了街边的各色美食和农户自酿美酒。由于车子可以用到周一上午10点，便开车来到湘江边上，找了一把竹躺椅，花20元点了一杯用扎啤杯泡的绿茶，打算在这慵懒的下午，重温10年前作为草根工程师的岁月。正当牧云发呆时，突然两位女孩坐在了牧云跟前，彼此不断用镜头对着湘江和岳麓山拍着照片，且一直没有离去的意思。

"美女，要不要我帮你们俩拍张照片呀？我可是专业的，呵呵。"牧云有意跟两位女孩搭讪。

其中一位高个，模样俊俏但皮肤稍显健康黑的姑娘说："谢谢，不用了，我们就是拍着玩呢。"婉拒了牧云的搭讪。

　　"这有啥呀，来，正好有人给咱俩拍照，呵呵。"旁边矮个子的女孩看了牧云一眼，估计是觉得牧云不是那种坏人，而且这大白天的，还能有啥事。

　　"我也是过来旅游的，我看你们也应该是来旅游的吧？"牧云见女孩愿意说话，便找着话题希望将聊天进行下去。

　　"嗯，我们昨天刚到湘江。我朋友这次回国就待十来天，我俩约好一块来湘江玩几天。"矮个子的女孩心直口快，就这样双方一会拍照，一会聊天，慢慢熟络了起来。

　　聊了半天，牧云也帮两位女孩拍了几十张照片，太阳也快要落山了，三个人便席地而坐，聊起了天。通过聊天，牧云知道矮个子叫许莹，是一位女博士，高个子女孩名叫李晶喜，烟台人，远嫁到德国。这次就是李晶喜回国，许博士陪她·块来湘江玩几天。三个人因为陌生具有一种莫名的吸引力，又因为各方面没有利益冲突，便毫无顾忌地说着心中苦闷的事情，牧云自然聊的就是融技公司的何去何从，许博士纠结的是继续读博士后还是找工作，头疼未来的事业如何发展，只有李晶喜洒脱地看淡一切，只想活好当下的每一天。三个人聊了近4小时，虽然疲惫，但聊得却是酣畅淋漓，身心舒服至极。后来牧云又请两位女孩一块去火宫殿吃夜宵，看戏曲，三个人小酌了两瓶米酒，继续表达着大家对彼此经历的看法、对一些事物的看法，大家犹如通过陌生人进行了一场心理疗法。其实就是当局者迷，旁观者清。大家借着酒意，约好明天一同去爬岳麓山。

　　第二天，三个人如约来到岳麓山下，一同参观了岳麓书院，朱熹祠。三个人边走边讨论朱熹创办的理学到底是对还是错，进而又讨论王阳明创办的心学。大家天马行空用各自不同的观点维度，边走边讨论，不亦乐乎。不知不觉就来到了云麓宫，也许是出于好玩，也许是心里隐隐希望获得一些人生启示，三个人都在道观里请了一支签，这三支签好巧不巧，正好解释了三个人的一生。牧云的是"从心无虑，远达亨衢，道心自在，任意所如"，大体的意思就是做成大事，必然要经历先苦后甜。而李晶喜抽中的签是"随缘处顺，顺理殊胜"，也十分符合她不争不抢、随遇而安的性格。许博士抽中的签是"欲就东兮欲就西，逢人说事转痴迷，登山不见神仙面，莫若归休更勿提"，暗含她想追寻的事业发展，多少有些虚幻。三个人虽然不迷信，但是抽中的签居然如此符合各自的性格，这让许博士和牧云心里陷入了无尽的思考，李晶喜则很快就将此事忘在了脑后。

牧云心想，这次来湘江哪里是来干活的，简直就是来度假了，还有美女陪伴，真是身心放松呀。殊不知背后酝酿的风险正在悄悄地逼近牧云，很快就让他痛苦不堪。

此时的牧云内心唯一惆怅的就是公司的前途。去年年底牧云带着盛京101医院信息中心的王文和姚伟参观了松花江银行，还去了俄罗斯风情小镇游玩，主任也承诺过完年就招标。结果因为院里上半年全力保HIS（医院核心业务系统）和PACS（图片存档及通信系统）系统二期上线，监控运维二期项目就一直拖着，这一拖就过了半年多。

周二上午，牧云收回了玩耍的心，安安静静地坐在湘江银行的办公大楼里一行行地看着雄哥团队移交的程序代码，突然接到了盛京101医院主任的电话，说HIS和PACS系统二期上线了，现在要加紧把这个监控运维二期项目的标发出来，集中保障刚上线的业务系统。牧云挂了电话，心想盛京101医院的项目实施只能汤程出马了，自己干一些依葫芦画瓢的技术工作还可以，如果是从头到尾全面的技术实施和交付，自己是搞不定的。但是当他打电话跟汤程提及马上要中标的医院项目实施事宜时，汤程说自己要退股，且净身出户，融技未来的收益和潜在风险都将不承担任何责任。虽然汤程之前也提过他最多帮助融技在技术上支持到今年10月，但是牧云认为自己已经帮助汤程把工资提升到接近2万元一个月，以为汤程已经打消了退股的念头。没想到汤程退股的念头十分坚定，他觉得再继续跟牧云搞下去没什么未来。这次通话后，牧云再打汤程的电话，十次有八次不接，微信也基本不回了，这让牧云十分恼火。心想这真的是以权利合者，权利尽而交疏。

牧云后来才知道，汤程知道融技公司账上已经没有钱了，也知道刚之门每个月给融技部分员工发的工资在财务上做成了公司间的借款，而当初给牧云个人转账用于公司合并后额外补偿融技股权的50万元人民币从法律上也变成了牧云的个人借款。汤程早就知道这一切，但是作为合伙人他并没有及时通知牧云，而是觉得这些风险反正都由牧云承担，和自己又没啥关系。汤程技术实操能力很强，融技支持刚之门的一些项目中包含软件部分的工作，刚之门的王总离不开汤程，他担心软件部分交付不好会得罪客户，便单独给了汤程一笔钱。汤程近期还偷着出差帮助王总Close项目，不接牧云

电话。王总觉得跟牧云合伙了几个月也没签下新合同，对新公司发展的作用不大，于是萌生了抛弃牧云的想法。反正公司合并还没有在法律层面生效，只要财务发现融技账上有钱，王总就让财务人员催促牧云把融技账上的钱转到刚之门公司的账上，这让牧云越来越感觉不太对劲。

汤程一边挣着刚之门王总的工资和额外的项目外包费用，另一方面也做好了全面退出融技的准备工作，他将Q城剩余的全部工程师和美工以及办公室各类物资背着牧云偷偷转移到了和韩晓丰新成立的区块链公司。牧云人在湘江，融技基本名存实亡，只剩下当初招聘的一号员工小兰还死心塌地地工作，Q城的员工被汤程带走了，北京的员工关系在公司实质上合并时就基本转入了刚之门，王总全盘接收员工，但公司合并的股权变更协议一直拖着没有办理。

创业梦碎惹官司

为了弄清楚那50万元"借款"的问题，牧云特意咨询了做律师的朋友，朋友说刚之门那50万的银行转账，从法律上明确认定为牧云的借款，是一定要还的，除非牧云可以拿出证据表明当初刚之门王总借的50万是用于收购姜涛的股权，或者是两家公司合并后给牧云的补偿。公司间转账用于代发工资被王总在报表上改成借款，虽然没有明确的协议或者工商股权变更，但是有一系列证据可以证明是王总单方面改成的借款，可以不用归还。证据链包含了公司间的邮件往来、钉钉办公记录、微信聊天记录、财务审批、入职纸制合同等，说明是正常的员工工资，而非借款。但是最终结果得由法院来定夺。

牧云此时是人在湘江心在京，无法静下心继续面对电脑调试程序，便打电话给汤程，希望汤程在这个时候可以站出来，跟自己一起按照融技股权比例共同承担。他安慰汤程说，50万也不算多，搞两张单子就回来了，以后还是会发展起来之类的话。但是此时所有的话在汤程面前都显得十分苍白，汤程语气十分强硬，说自己不再跟融技有任何关系，马上就要办理股权退出协议，以后融技就算挣钱了，他也不眼红，如今融技面临的麻烦，他也不会分担。创业这两年多，牧云一直都在谋发展向前看，要搁之前，对于这50万牧云并不会太在意。但现在生意难做，半年多没开张，一时间上哪里找钱填上这50万的窟窿？万般无奈，牧云的头脑也变得迟钝，他同意了汤程的退股协议，并且一个人把融技的收益和债务全部承担了下来。具体协议签约细节，他安排了小兰特意去了一趟Q城办理。完成了退股协议签订，他将汤程退股的份额直接转赠给小兰，一方面是感动于小兰对自己的不离不弃，另一方面也是希望融技如果东山再起，小兰可以跟随牧云一同享受福利。牧云安排好湘江银行的工作事宜，跟客户请了一周的假回到北京。他约了刚之门的王总在公司面谈，希望做个了结。

"王总，我在湘江这一个月。很多事情我也大体知道了，咱们公司合并的事到现在快半年了，您一直拖着没办，我们也帮您做了七八百万的项目实施工作。既然现在没法合并，那咱们好聚好散，后面的项目有机会再合作吧。"牧云此时也不愿意继续合伙了。他已发现王总资金并不宽裕，而且还背负巨额债务，万一真合伙了，有了王总在财务上的流氓操作，说不准哪天会稀里糊涂地陪着一块分担他那几千万的债务。

"没问题，牧总。咱们好聚好散，后面可以经常联系。"王总在会议室里也十分客气地说。

"王总，但是有两笔钱我得说一下，一笔是刚之门每个月转给融技的工资款，我很早就跟您说过这事财务上标注借款是有问题的。这个钱是正常支付的员工工资，这你没问题吧？"牧云觉得既然分家，就要把账算清楚，省得后面麻烦。

"这是我支付的员工工资，放心，我不会要。"王总斩钉截铁地说。

"另外当时您转账给我的50万元，那笔钱是当初咱俩商定好的，公司合并后

您额外给融技的资金补偿以及新公司股权互持，而且我们融技这半年多帮您实施的七八百万的项目，也一分钱利润都没有分。"牧云的话还没说完，便被王总打断了。

"牧总，那50万当初说好是你从我这里借的，用于回购姜涛的股权。那可不是我赠你的，而且咱们是有银行汇款记录的。"王总十分严肃地说。

"王总，咱们做人得凭良心吧，当初您说的话怎么现在就不认了呢？我当时没必要收购姜涛的股权，姜涛也可以不用收回他自己的投资，股权就那样一直挂着对他对我都没有影响。当初咱们公司合并，我跟您沟通我们融技品牌作废，所有员工全部转入刚之门，帮您完成各类项目的交付。当时谈好的50万是用于融技收购股权的额外补偿。"牧云有些生气，觉得当初双方谈好的，如今却变成了牧云自己借钱回购自己的公司股权。牧云此时彻底明白自己被王总忽悠了，但他一想到律师的说辞，有些沮丧，可能还真得还那50万。

"牧总，那50万是你从我这里借的，银行转账都有记录，谁也抹不掉。"王总坚持牧云要还这笔钱，但是可以给个还款期限。

牧云见王总如今大变脸，既悔恨当初没有强硬推动公司间的股权变更，又痛恨自己不懂法带来的恶果。没办法，他转换口气跟王总说："行，既然您都这么说了，那咱们算算这半年签下来的七八百万的合同。您这边没有技术团队，所有工作都是我们帮你做的，咱们分一下利润吧。"

"牧总，那些合同都是刚之门签的，跟你没一点关系。技术工作都是员工做的，我给员工发了工资，跟你也没有关系。"王总一副我懂法我有理的架势。

牧云一看王总如今拿着法律作为武器，不要脸得有理有据，自己当初跟王总谈的全是口头承诺，没有任何证据支撑，着实是哑巴吃黄连有苦说不出。万般无奈之下，便同意在3个月内归还50万，否则3个月后则按银行两倍利息付息，除此之外牧云和融技没有任何收益，相当于从王总这里领了半年的工资，给王总打了半年工。双方在会议室谈妥之后，便约定牧云下次过来还钱时，一并把终止协议签了，就此一拍两散。牧云离开了刚之门，心里十分难受，觉得创业两年多，的确挣了不少钱，但是都花在了买红木家具、给员工发工资缴社保、租办公室以及各种交通工具和宴请客户上面，到头来不仅没剩下钱，还欠了50万的外债，公司又变成了创业之初的皮包公司，唯一的好处就是服务了这个社会。牧云满心的苦水，不知该向谁倾诉。但是此时他没有太多时间去料理"创业伤口"，而是需要迅速理清当下的一个个问题，进而快速地去签约新合同，寻找新生意机会，Close现有项目，收回为数不多的尾款，开源节流。

所有人都离牧云而去，融技只剩下牧云和小兰，小兰也搬到了牧云为了应付国税刚租的悦喜办公室。小兰仍然主要负责行政和财务的工作，其他的工作都压到了牧云身上，为了把各类琐碎的事情一件件处理明白，他用Excel表格罗列了二百多条任务清单，并标记是紧急事务，还是重要事务，然后就开始一件件地去解决。他一会外出跑工商税务，一会在京东上买电脑安装各类软件，一会儿联系老客户催款验收，一会儿联系老客户准备交流新的生意机会，一会儿给小兰发工资和报销，一会儿学习当下流行的大数据技术寄希望为公司找到新的发展方向，一会儿又在网上招聘新员工。此时的他既要思考未来的发展，又要快速解决当下的一件件事情，饭也来不及吃。小兰也是忙得四脚朝天，在网上订了外卖，饭到了也是一边吃一边拿着鼠标处理各类事情。牧云"三头六臂"，扮演销售、财务经理、售前工程师、实施工程师、外勤专员、司机、HR招聘专员、员工入职培训讲师等各种角色，灵活运用Photoshop、PPT、Excel、Word、VISIO、XMind等，还有各类MDI运维软件工具。牧云突然发现自己好牛，啥都会，但是也好心酸，居然还是什么事情都要自己亲力亲为。

多少让牧云宽慰的是，盛京101医院的项目很快就会签下来，融技就会有钱进账。汤程已经离开，需要再招聘一位技术大牛搞定后面的项目实施。有技术大牛在，牧云才能够抽身出来去谈更多的客户，寻找更多的生意机会。牧云意识到自己不能再继续趴在湘江银行的项目上了，得赶紧招聘一位技术大牛代替自己。哪怕新员工技术没那么专业，通过专业培训，加上各类现成文档辅助，放在项目上历练一下应该问题不大。有了这样的想法，牧云便安排小兰抓紧招聘技术人员，并给小兰打气，说只要大家熬过这段时间，公司的员工一定会再次慢慢变得多起来。

小兰选择相信牧云，也坚信融技公司在牧云的带领下，可以再次壮大。小兰很快就从网上筛出了很多合适的人，并把简历打印出来做了标记。牧云拿到简历，看完后立刻约面试者当天到公司面谈。结果可想而知，融技公司面积不到60平方米，一眼

就看到全貌，好几个人跟牧云在公司见了一面，便直接表达了没有兴趣。牧云也不气馁，心想当初没有办公室都走过来了，现在虽然小点，但很快可以发展起来的。这些人不识货，哪天融技做大了他们想进来还得看牧云给不给机会呢。牧云对面试者坦诚相待，从职业发展维度以一个过来人的身份介绍要如何找工作，未来要如何发展，然后交由面试者自己决定是留在融技，由老板亲自培养，还是去大公司变成一个螺丝钉每天干重复的工作。经过牧云一顿走心经验交流和引导，一位曾经就职保险公司的外包Java开发人员赵伟愿意加入。小伙子非常年轻，在外包公司做了两年多一直没有太大成长，所以出来找工作，希望趁年轻可以多学一些东西，牧云的话打动了他。牧云也非常喜欢这个小伙子，便给他制订了一个5天的培训计划，即刻上班，培训完成，7天后就可以跟随牧云一块出差湘江银行的项目现场。小伙子也非常刻苦，每天在公司按照牧云的培训资料搭环境，搞测试。牧云十分满意，认为这个小伙子如此刻苦，将来没准可以在融技独当一面。跟赵伟沟通出差湘江没问题后，他在12306网站上订了两张夕发朝至的软卧，如今融技账上资金紧张，牧云没舍得订飞机，而是选择了火车。7天之后，牧云拉着行李在火车站等赵伟一块儿去湘江时，收到了赵伟的短信："牧哥，我跟家人商量了一下，家人还是希望我去稳定一点的大公司，抱歉！"牧云那一刻就像一个人站在没有遮挡的漆黑的茫茫草原上，暗夜的天空中还下着大雨，突然天空划过一道闪电正巧击中了自己。他愣在原地半天没有缓过神来，心痛，莫名的痛。他在心里不断地质问老天，自己到底是做错了什么，为什么要这么折磨自己。他像个傻子一样拉着行李，灵魂像被抽空，机械般往检票口走去。到了车厢，牧云眼里已经满含泪水。他看着窗外，突然觉得如此的无助、无奈。当售货员推着小车经过时，牧云买了6罐啤酒，一包花生米。此时内心所有的凄苦，只有手里的啤酒懂了。平时酒量还不错的牧云，喝了两罐后却怎么也喝不下去了，他觉得这啤酒从来没有这般苦涩，苦到无法下咽。泪水控制不住地往下流，又不敢哭出声音，只好坐在过道窗户边，整整一晚没有睡觉，因为根本就睡不着，就这样呆呆地看着窗外。

第二天7点多，一夜未合眼两眼通红的牧云，赶到湘江银行。项目还得做，融技公司的前锋是牧云，后盾也是牧云。即便内心再痛苦，当下的事情还是要做的。回到银行办公大楼，牧云快速把前面的表格工作跟客户项目经理核对完成，通过正则表达式等技术手段批量进行数据的替换和修正，然后再批量录入系统，并跑批程序验证……一切工作有条不紊地进行着。去厕所的时候，他拿起手机在招商证券上仔细筛选着股票，此时的他已经开始赌了。

牧云已经没办法了，虽然雄哥已经汇了5万元到融技的账上，但是公司开销不同于个人开销，十万八万在公司账上就相当于个人手里有个万八千一样，不知不觉就会花光。当小兰告诉牧云有啥款项需要立刻支付后，账上没钱牧云就把个人的钱转到融技账上，满足一些必要性的支出，同时确保小兰的工资不能有任何延误。牧云决定为了维持公司正常运转，并且还要招聘新员工来应付接下来马上会中标的盛京101医院项目事宜，便把手里的20万现金全转到了股市，购买了梅花股份和中信国安两只股票。他认为自己已经够走背运的了，老天应该不会再折磨自己了。他看梅花股份的股票一直相对稳定，很少大起大落，觉得相对安全，心想挣个5%左右就出手。他再看中信国安也已经连续跌掉了30%多，打算抄底。结果中信国安连续3周继续下跌，而且没有止跌的意思，牧云每天死死地关注着寄希望于触底反弹，但越来越失望，最后感觉这只股票是无法雄起了，只好选择了止损割肉。本想在股票市场赌一把为融技创造一点收益，结果梅花股份来回拉锯，几乎零收益，中信国安暴跌35%，不但没挣到钱，反而又赔了几万块，让本就捉襟见肘的账面又雪上加霜。

牧云马不停蹄地在湘江银行加班忙碌，不到半个月就完成了剩余的全部工作，跟雄哥现场的工程师以及客户交接完后，便回到北京，继续招聘可以代替汤程的技术大牛。牧云觉得MDI运维软件这方面的专业人才社会上并不多，而且没个三五年以上的项目实战经验，将来也不可能把项目靠谱地交付，便决定从熟悉的公司挖人。他利用自己的人脉资源，最后从睿信雅达公司挖到了一位MDI运维软件领域的中级水平的人——文龙。牧云许以公司每年2%的股权奖励，相较他之前每个月提升了2000元的工资，技术总监的职位，同时承诺继续招聘配合他的助手工程师，为公司培养未来的技术力量。文龙虽然知道融技的公司规模很小，但是基于对牧云的了解，很珍惜这份工作，因为他在睿信雅达只是一个负责执行的工程师，在融技则是从零创建公司的技术团队。文龙的加入，让牧云吃了一颗定心丸。文龙的技术很专业，参与过多个海外项目的实施，很刻苦，加入融技后不断按照牧云的要求扩充相关领域的技术能力，在招

人选人上面，以及技术人员的培训上，都非常用心。

　　牧云回京后忙了一周多，总算搞定了新的技术团队。盛京101医院的标也发了出来，因为事先已沟通好，所以投标只是走个流程，融技顺利地中了标。中标后牧云特意跑过去问了主任，确定这个项目要怎么做。因为主任的办公室隔音不是太好，主任聊了半天闲篇后才步入正题。牧云将项目实施的思路写在纸上，让主任自己选择：如果全面细致地实施，居间费会少一些；如果普通快速实施，居间费会多一些。当牧云把纸条摆在主任面前，主任想都没想便用手轻轻指了一下多的。牧云收起了纸条，心里也清楚地知道后面的实施工作会进行得相当快，只要把面上基本的工作做完，这个项目就可以顺利验收结项。项目中标后，牧云并没有特别宽心，因为又有一个新的难题摆在他面前。签合同时有一项条款是零首付，即先实施，验收合格后再全款支付。这就相当于让牧云的融技垫资实施。牧云虽然自认为和主任把商务事宜都谈妥了，项目走了政府采购招标流程，不太会是假的。但是他心里犯嘀咕，万一实施完了医院不付款，到时自己也没有任何办法。签还是不签，牧云十分纠结。没办法，牧云只好打电话给主任委婉地说明了情况。主任在电话里把牧云训斥了一番，并让他尽快实施，医院会尽快支付全部款项。牧云心一横，干！如果被骗了也没办法，自己还年轻，就当吃亏买教训了。如果客户正常付款，正好可以缓解融技的资金紧张局面。做出这个决定后，牧云便安排小兰签合同盖章，同时安排文龙带着两位新招聘的技术出差去了盛京，并要求尽快实施，每周五给客户和牧云都发送一份周报，注明本周面临问题、解决办法和下周工作安排。牧云远程当项目经理，对项目的各方面进行把控。

　　处理完了项目事宜，牧云多少松了一口气，他想起自己之前和刚之门的王总都是口头沟通，无凭无据，而王总那边不是拥有银行汇款记录，就是财税上标注借款，全是白纸黑字。于是便喊了一位做律师的朋友从中协助，处理刚之门50万银行转账和20万的工资转账事情，最好能落实到协议上。见面之后，形势却急转直下，王总不同意签任何协议和字据，这让牧云很被动，双方来来回回争吵了一个多小时，越吵越凶，牧云一气之下，摔门而出，并放出狠话，爱咋咋地，不管了。话说得够狠，麻烦来得也快，几个月后牧云便收到了法院的传票，估计是撕破了脸，王总不仅连本带息要那

50万，还要把发出去的工资收回，同时还扣押了牧云之前投标的20万保证金。牧云此时深刻地认识到，永远不要用钱去试探一个人的人品。

临时打工梦不断

牧云跟王总撕破脸之后，便将此事放到了脑后。虽然知道王总不会善罢甘休，但是心里也不太相信他真的会走法律途径，接下来的两三个月里一直没有消息，他以为这事可能就会不了了之，这实际上是太过于天真了。牧云每周监督着盛京的项目实施事宜，并给新团队制造了一种加班、学习、赶进度的企业文化。只要大家提前把项目Close，公司将会拿出2万元作为项目奖金。通过牧云这一系列的操作，文龙和技术新手们在现场周一到周日，早上九点到晚上九点，加班加点，只用了一个多月就完成了医院的主机、网络、存储和业务系统的全面监控，并交付了各类报表和酷炫监控大屏。牧云让客户尽快验收，项目就这样顺利交付了。牧云也兑现了当初承诺的2万元项目奖金，只是这笔奖金是和所有员工最后一次工资一起发放的。

牧云签下盛京101医院项目后，仍不断接触新的客户，找寻新的生意机会，但是软件项目都有其自己的生命周期，少则半年，多则两年运作周期，而且MDI外企软件在中国市场当下正处于一个夕阳阶段，生意机会和数量呈现指数级下降。牧云觉得如果继续养着这些工程师，虽然人数不多，但是4个人每个月工资加社保要支出近4万元，融技公司也不是每个月都有4万元的进账。经过内心痛苦的挣扎，牧云做了一个艰难的

决定，开除文龙和技术团队，以后有新项目时再想办法招人，在当下生意不明朗的情况下只有节约开支了。小兰每个月工资8000元，不至于让牧云过分头痛，可以继续留在公司。文龙等技术人员因为都没到3个月的试用期，开除也不会额外产生违约赔偿金，牧云出于江湖道义，避免在市场上留下恶名，提前把3个技术人员的简历整理好，推荐给了雄哥，正好他那边项目人手不够，正在招兵买马。

秋意渐浓，十月的一天晚上，牧云在大家下班正要准备回家时，提出请大家吃一顿羊蝎子火锅。正当大家开开心心地在饭店啃着羊蝎子的时候，牧云艰难地说出了公司发展的实情，并说决定把工资发放到月底，今天这顿饭就是散伙饭。同时为了大家有个好前程，不至于中间有空档时间，他把大家推荐到了雄哥的公司，每人工资都在现有基础上增加了1000元。文龙等人听完后，脸色十分难看，本来团队刚磨合好，想着融技可以慢慢成长，大家也都可以作为创业元老，结果试用期还没过，就失业了。好在牧云已经帮大家找好了下家，并提升了工资，文龙等人也说不出什么。接下来的时间，大家都不怎么说话，只有牧云一个人东一句、西一句自顾自地说着话，连他自己都不知道该说什么，能说什么，最后大家在沉默中结束了这顿羊蝎子火锅。

牧云开除了文龙等几位技术人员，公司就剩小兰一个人了。小兰仍然每天早到晚归，忙碌着各种琐碎的工作。牧云大部分时间则不在公司里面。此时的牧云觉得融技一定还会有生意，只是生意的时间不受自己控制，所以融技一定要继续经营下去，但是为了发展融技、兼顾家庭，归还50万元债务，牧云决定先找份工作，保证每个月有固定收入，凭借自己现在的本事，找份工资还算高的工作，养活小兰同时照顾好家庭应该问题不大。在打工的过程中再慢慢想办法寻找融技的出路。想好了就干，牧云重新整理了一份个人简历，在猎聘、智联、中华英才等招聘网站上批量投递，没两天就收到了大量反馈，有猎头，也有企业的HR。

牧云也不知道现在的自己到底适合什么类型的工作，更不清楚要多少钱工资合适，但是他心里十分确定的就是这几年的创业经历，可以给自己加分。牧云收到的第一个面试机会，是中夏幸福产业地产，职位是全国科技BU的主管，主要工作就是依托IT全产业链技术知识，以及行业的人脉资源，用中夏幸福产业地产的平台，在全国通过各种包装从政府手里低价拿地，然后达到以产业地产为幌子卖住宅地产的目的，行话叫产业勾地。牧云在3周时间里，通过了4轮不同部门不同层级的面试，在众多优秀的面试对手中脱颖而出，这主要得益于牧云具备复合型人才优势，即技术、人脉、科技、地产、自信、老板思维等，直到最后HR问牧云希望每个月要求多少薪水时，牧云自己6年多一直是自己给自己开工资，突然被HR问到薪水要求，一时也不知道多少合适，怕要多了人家不给，要少了又觉得这几年打拼不拿个舒服的薪水有些不值得。纠结之下便说自己在MDI时每个月税后有3万—5万元工资，只要不低于这个就行。结果HR大笑，说中夏幸福招聘的是全国科技地产部门的领导，尽管这是一个新成立的部门，目前就你一个人，但是这个部门的人员工资起步是月薪10万，按照7∶3的比例发放，完成总部交代的任务发放100%，完不成发放70%，也就是说工作达不到公司期望月薪也有7万元，年底还或多或少会有一些奖金。牧云听完后表示十分满意，心里也暗暗后悔，早知道地产行业薪水这么高，当年搞什么IT呀，创什么业呀。接下来的一周便由第三方专业背调公司对牧云进行背景调查，这一查不要紧，他们发现牧云还在运营一家科技公司，此次入职便夭折了。牧云得知后不甘心，认为企业招的是有能力的人，经营公司又不影响工作，他立刻打电话给当初面试自己的副总裁，表达自己有公司不会影响工作，还会把业务做得更好，结果对方还是表达了遗憾，说你要是开个饭店或者是养猪的企业，我们都不在意，但是你开的科技公司和我们这个职位是强关联，抱歉！牧云无奈之下，也只能接受现实。

错过了年薪120万的科技地产工作，牧云多少有些神伤。但这几年的打拼，他早已经习惯了迅速调整心情。生活还要继续，中国公司那么多，一定还会有公司欣赏自己，牧云在心里给自己打着气，加油。很快，他又接到了阿猫集团云计算部门的面试邀请。因为过去几年他用心学习过云计算知识，所以面试很顺利，他流利地把云计算技术进行了深入浅出的介绍，用人部门一看牧云对云知识如数家珍，业务方面也有自己的独特见解，并且有着丰富的技术、售前、项目管理、销售和运作大单的经验，用人部门花一个多小时面试后，直接通过，并提供了月薪4万的薪水和一定配比的股票。能够接二连三被国内一线大企业认可，牧云也是非常开心，但是因为中夏幸福的背调，让牧云多少有些担忧，阿猫应该也会对入职人员进行背调。结果真是怕啥来啥，阿猫HR通过第三方背调后，又直接把牧云给干掉了。

正当牧云再次陷入背调的阴影中时，阿猫支付部门也相中了牧云的简历，又是一通如火如荼的面试，面试部门领导除了考察牧云的专业销售、技术能力外，还通过一系列测试来考验牧云处理棘手问题的能力，这些都被牧云一一化解，满分通过用人部门面试，意向入职的流程又走到HR部门那里。HR部门的主管人员之一享瑞，直接打电话给牧云，告诉了他公司拒绝了他的入职申请，并表示其认可牧云的能力，但是公司不接受员工隐瞒自己经营同业业务的情况，他还举了公司之前因为几盒过期月饼开除优秀员工的例子。牧云听完后很绝望，心里也恨恨地骂道，当初你们公司也是泥腿子出身，如今鸟枪换炮，做大了，就要求多了。我牧云是在经营同类业务，但是这并不会影响我的正常工作。我的实力是在市场实战中摸爬滚打一点点干出来的，我能力强，比你们公司现有的人员优秀，我加入，可以为阿猫贡献不可多得的一份力量……牧云在心里肆意发泄着不满，但也只是自我发泄。如今的阿猫，已经比肩世界一流公司，自然对入职的员工在各个方面都有较高的要求，或者说他并不关心入职的员工有多优秀，因为在公司绝对的光环之下，只要这个人不傻不笨，都可以在平台上成就公司，成就更好的自己。

牧云再一次错过在中国市场上如日中天的阿猫，本以为和阿猫就此无缘啦，结果阿猫的GMO部门又找到牧云，这次的部门更厉害，是全球事业部整合部门，将集团内各条线、各事业部的技术通过这个部门进行整合，然后为客户提供完整的解决方案。用人部门看了牧云的简历，感觉如此难得的复合型人才，正是GMO部门当下最缺的。牧云出色地通过了面试，在用人部门表达了十分满意之后，牧云不想自取其辱，便说明了自己被阿猫背调的情况，也说出了自己经营科技公司的实情，但是用人部门的领导并没有因此拒绝牧云，见牧云如此真诚，便主动说愿意跟享瑞沟通。这让本来不抱希望的牧云再次燃起希望之火，但是这团火还没燃烧，享瑞那边直接一票否决。他发现一个月时间里这位叫牧云的兄弟三次通过了阿猫不同用人部门的面试，实在是狗皮膏药，便在阿猫内部系统中对牧云进行了屏蔽，这种屏蔽带来的后遗症就是，牧云直接因不诚实的背调被列入有上千家企业之多的黑名单。这导致牧云再也去不了阿猫以及国内一线的其他主要公司。牧云得知这一消息后，也是哭笑不得，心想，老天呀老天，你到底是要置我于死地呢？还是把打工的大门给我彻底关上，让我专心创业？难不成我牧云坚持创业真的会有一天山鸡变凤凰。

既然一线公司的大门已经关闭，那只好试试国内二线、三线以及很多细分领域的独角兽公司了。这些公司应该会更关注能力本身，而不是其他方面。牧云没有放弃，很快就收到了川西省电鸿的面试邀请。第一次是电话沟通，第二次是视频交流，合计聊了近3个小时，对牧云十分认可和欣赏。

川西省电鸿这次想在北京成立一家系统集成的新公司，需要招聘北京新总部的总经理，集团对这个人选十分重视，在得到了HRD的二次面试认可后，牧云受邀飞到川西省电鸿总部去面试。这让牧云内心有点激动，突然发现创业几年所有的经历阅历，都化成了无形的能力附着在身上。另外他也是头一次体验了坐飞机去面试的感觉。下午2点牧云下了飞机，直接被司机接到电鸿总部大楼的办公室，董事长等几个人轮番提问。牧云也没有刻意准备，他结合自己两年多对公司运营管理、业务开拓、团队熔炼、人员培养等经验，实事求是地介绍了一番，让董事长听得是大为开心。董事长听过太多EMBA商学院讲的东西，那些课程听上去全对，做起来全错，而面前这位相对年轻的小伙子，所讲的内容有血有肉，不是死记硬背下来的，而是在创业的路上一步一个脚印蹚出来的经验，这就是精华。整个面试过程长达3个多小时，牧云直接通过了面试。董事长安排了HRD晚上请牧云品尝一下M城的特色美食，第二天再飞北京，走之前沟通一下入职的细节。

面试很顺利，但是在牧云和HRD共进晚餐时，了解到电鸿属于省国资委企业，说白了就是工资级别发放不是按照市场化机制。牧云担任了北京总经理一职，工资最高每个月只能开到2万元，年底可以根据企业效益有一定比例的分红，但多少是不确定的。牧云虽然对这个职位感兴趣，但是如此低的工资却让他十分为难。经过一晚上慎重考虑，牧云还是决定向钱看，放弃电鸿北京总经理的职位。

一件接一件的挫折摆在牧云的面前，牧云就像打不死的"小强"，生活没有击垮他，只会不断激发他战斗的雄心。所有的一切都是为了活下去，只要活下去一切就都有希望。牧云又接到一家之前没听过的公司——思泉集团的面试邀请。公司HR直接打电话给牧云，说集团主要业务就是做智慧城市，而且已经有服务过国内几个城市的案例，他看牧云也有智慧城市方面的工作经验，便邀请他去公司面谈一下。牧云在网上

查了一下公司情况，心里感觉希望并不太大。但是无论如何面试也是一次机会，过去聊聊也不会损失什么，就去聊聊看吧。牧云抱着这种无所谓的心态去参加了面试，但是外观上牧云还是比较重视，仍然穿上了西裤、皮鞋和黑色羊绒大衣。面试过程相对简单，一位HR女士和事业部总经理两个人对牧云从技术面、销售面和未来生意推演思路进行了提问，牧云全部一一作答。快结束的时候，事业部总经理觉得牧云是一个不可多得的人才，气质也不凡，面相看着有些老，一点也不像职场打工仔，便对着牧云说以你的能力完全可以再启动一个事业部来管理。他让牧云稍等一下，事业部总经理要马上上楼给董事长汇报一下，董事长如果有时间可以再面试一下。结果不到10分钟事业部总经理就回来了，告诉牧云说可以尽快过来上班，董事长的意思如果牧云真是一个人才，希望可以扎扎实实地从底层做出成绩来，再去当领导，而不是直接成为空降领导，这样底下的兄弟也未必服气。牧云听完事业部总经理复述董事长的管理哲学，觉得这位没见过面的董事长做人做事的确眼光长远，没见面，就已经从企业自身做好了最优布局，要是日后有机会真希望可以跟随其左右学习。

牧云此时已知道IT销售人员的工资区间，思泉集团给出了3万—5万元月薪，牧云觉得薪水不算太高，但是对于一家二三线级别的公司，给基层销售开出这份工资也不算太低。况且他的家庭生活和公司运转都迫切需要流动资金，于是就痛快地办理了入职手续。当然了，这家公司的HR在帮牧云办理入职手续时，并没有额外花钱来对牧云进行背调，民营企业的老板深知挣钱不易，没必要花的钱是坚决不乱花；HR和事业部总经理进行充分的面试沟通，他们相信行家一出手，便知有没有。

时隔几年，再次回到写字楼上班，牧云已经不再是几年前那个打工仔了。刚转型去MDI做软件销售时，牧云心里一直不知道是把老板伺候好还是把客户伺候好，如今牧云对于公司内部的同事关系把控、办公室政治处理已是驾轻就熟，就好比是大学生跟小学生在一块玩，简直就是哄孩子，无论是直属老板还是同事或者其他部门人员，都对牧云尊敬有加。这主要是牧云一身能力在各个方面都表现得十分优秀，白天上班处理各种工作上的事情，晚上下班和三五同事一块喝酒撸串，融技公司那边又没有太多花销，牧云突然之间感觉到难得的轻松。

正当牧云身心愉悦地享受这难得清闲的打工时光时，突然接到了一个陌生电话，对方说是受刚之门王总委托的律师，要沟通一下牧云欠王总款项的事宜。牧云一听是律师，便直接挂断了电话，心想，现在手机都有录音功能，甭想在电话里从我嘴里套出什么词来做证据，跟我玩你还嫩了点儿。牧云生气地挂了电话，心中有一丝丝的不安，该来的总会来，看来王总还是请了律师，这场因创业引发的官司估计也搪塞不过去了。那就准备应战吧，于是开始抽空整理之前的各类文件信息作为证据。

在思泉集团工作的日子，事情并不多，主要是牧云的领导，也就是那位事业部总经理，是一位没干过销售的销售负责人，他为了帮助公司打开残联、工会等国家头部群团组织，每天就是让牧云等人收集各类信息，美其名曰知己知彼。说是构建智慧群团生意，就得先了解他们的组织结构、资金来源、信息化布局等各类信息。牧云等人天天就坐在电脑前，帮助这位事业部总经理收集各类信息，然后由牧云制作成精美的汇报PPT，这位事业部总经理便拿着牧云等人百度来的成果制作各类报告，去董事长那边汇报工作进展。董事长虽然精明能干，但是掌管集团四五千人的盘子，根本没时间和精力很细致地帮助这位若干事业部中的一个，牧云就这样天天坐在办公室里收集着群团官网信息，居然干了6个月。当然了，这6个月的时间也没闲着，他收到了东城区法院的传票，应诉，找律师，聊案情，收集证据，忙得一刻不得闲。融技公司有什么一定得见面沟通的事情，都是小兰跑到思泉集团的楼下来汇报。

法院的传票有两张，一张是起诉归还50万的借款，另外一张则是归还被刚之门财务上操作成借款的工资。牧云心里鄙夷地诅咒着王总。整个官司从牧云收到传票，到来来回回的开庭审理，一审、二审，折腾了近一年的时间，最终法院判处牧云归还王总的50万，并附加利息，而那20来万的工资，则判刚之门王总败诉。牧云和王总虽然各胜一场，但是双方均不服，各自上诉，并提供辅助证据，但二审开庭直接维持一审原判，就这样刚之门和牧云之间的战争也因为法院的介入画上了一个句号。最终牧云连本带息再加上法院执行处罚等费用共计支付了55万元，还不算律师费用6万多元，以及为此花费的时间和精力。这次官司让牧云对于创业合作有了刻骨铭心的记忆，发誓以后如果可以东山再起，能单干尽量单干，决不再随随便便与人合伙，也不会轻易拉投资，这也印证了一句老话——一朝被蛇咬，十年怕井绳。

在思泉集团打工期间，牧云每个月拿着工资，也收回了盛京101医院的几十万实施费用，除去交税和兑现主任的居间费外，仍然有20多万的利润。

东北亚银行的信息中心王副主任打电话给牧云，说之前的备份项目做得不错，现在过保了，想着把备份项目和邮件系统等几个MDI软件维保的活儿整体打包成一个项目，交给融技做年度保障，问牧云愿不愿接，钱不多，一共就30万，唯一的要求就是如果各个系统真有问题，一定得帮助行里把故障快速修复。牧云电话里非常感激这位曾经彼此并不认识的同事，如果不是因为MDI销售许桃的引荐，当初不可能成为东北亚银行的软件服务商，更不会有今天王副主任送来的订单。在自己官司缠身，急需资金的时候，王副主任送上门的项目简直就是雪中送炭。王副主任知道牧云曾经在MDI做过几年顾问式销售，在MDI相关软件方面的资源人才调配也应该没啥问题，牧云在电话里也信誓旦旦地承诺，如果行里购买的MDI软件有问题，自己的融技解决不了，他可以协调LAB实验室的专家免费帮着处理，这也让王副主任吃了一颗定心丸。

收回了盛京101医院的全款，又运作了东北亚银行的年度维保服务项目，牧云又忍痛拒绝了北京石油设计院的一张40万的安全设备采购订单。这张单子是刚之门和融技合伙期间由融技代替刚之门中标的，客户关系全部在王总手里，付款需要垫资。此时牧云已经和王总关系破裂，虽然此项目按照合同要求可以挣20来万毛利，但是牧云考虑再三，还是决定作废合同，避免因合同执行到一半时，被客户和王总随便用条款将融技陷入违约陷阱。

蓄力篇

XULI PIAN

. . .

碧草蓝天高尔夫

　　转眼就到了2018年年初，牧云在思泉集团工作试用期的第六个月，如果不出意外，牧云马上就可以顺利转正，但是董事长因操劳过度突然离世。失去了灵魂掌舵人，偌大的思泉集团一夜之间土崩瓦解，妻子和儿子从未参与过企业经营，突然接管企业，不知从何下手，无奈之下选择回流资金、收缩集团业务线，仅留下地产托管销售等利润多的业务部门，出售集团不盈利的事业部。董事长多年持续投入数亿元的智慧城市科技板块在收缩之列，牧云也被迫下岗。

　　由于融技公司仍然没有找到支柱型生意和铁子型客户，牧云决定卧薪尝胆，再找一份工作，让自己和融技活下去。在活下去的过程中再慢慢寻找壮大机会。有了这个想法之后，牧云便继续在网上更新简历。

　　融技公司当下的主要开支就是小兰一个人的工资，压力并不太大，近期历史项目陆续回款，账上还趴着几十万现金，东北亚银行的新项目很快就可以中标签订合同。牧云的大后方，也就是家庭方面，没有房贷，没有车贷，老人身体都相对健康，这让牧云少了很多忧虑。经过创业暂时性失败的牧云心想，要想有所作为，还是得全面提升自己的能力，构建人与人之间的价值桥梁。可是如何向上社交来提高牧云的朋友圈档次呢？想来想去，他认为打高尔夫球或许是一条捷径。

　　有了这个想法，牧云立刻花了1.4万元买了一套国产高尔夫球杆，他十分清楚，很多欧美大牌高尔夫球的装备都是中国工厂代工，这套1.4万元的杆如果贴上国外品牌的LOGO，起码3万元起。心爱的装备到手，牧云内心却彻底迷惑了，这球杆居然有如此多支，什么铁杆、木杆、推杆、小鸡腿、挖杆等。这么多的杆到底在下场时要怎么用？没下过场的牧云一时丈二和尚摸不着头脑。牧云自然而然地在离家不远的清河湾球场办了一张1万元的会员卡，开启了高尔夫球之旅。牧云此时还不知道自己对高尔夫会从憧憬到慢慢摸索，逐渐变成热爱。在以后的日子里，高尔夫球一直陪伴牧云许多年，为牧云带来了健康的身体的同时也陶冶着他的心灵。在创业和后期的企业经营过程中，高尔夫球像两小无猜的伙伴又像一位多年老友和知己，在他碰到各种困难时，时时刻刻激发牧云去与天斗、与地斗、与自己斗，这种不服输的精神也一直鼓舞着牧云，让他经历诸多困难终获成功却依然把名利看得云淡风轻。

春暖花开的时节，牧云的工作一时还没有着落，或者说牧云也并不是那么着急，他没事就去清河湾练习场拿着七号铁一顿抡，凭借自身的运动天赋，打了几个月后，竟然无师自通用一号木杆和铁杆打出了理想中的标准距离。很多人可能会问牧云为啥不找个教练系统地学习一下呀？牧云内心当然也想找教练，在练习场也有教练推荐课程，但牧云囊中羞涩，一节课一小时要交1200元，无论是在心理上还是经济上，牧云都觉得不值。但是他确实需要正规教练指导。活人不能让尿憋死，牧云后来在打完球被美女教练推销时，便跟美女教练聊起了声色犬马，又邀请她一块喝酒撸串。喝了两次酒后，牧云确实得到了美女教练免费的手把手指导，只不过气人的是美女教练不仅没让牧云的球技提高，还让他越打越差。牧云放下球杆思索，突然无奈地苦笑起来，原来是因为天气逐渐热了，美女教练穿着一身超短裙，潇洒地指导牧云要从腿部把力量传递到腰上，然后快速将杆用左臂直直地甩出去等。牧云听完，眼睛就没离开过美女教练的大长腿，他又不好意思一直盯着大腿看，导致内心高度紧张，眼睛无处安放，荷尔蒙迅速升高，哪还记得住美女教练的教授方法，动作自然就变了形。倔强的他仍然在美女教练的教导下玩命地用着那圆月弯刀杆法。

牧云放弃了美女教练的指导，独自摸索凭感觉来练球，他认为要想把高尔夫球打好，就得学会"无噪声打球"。首先得把身体四肢拉伸到灵活的状态，并让自己的心静下来，不要着急打球，也不要想着把球打得多远，而是要学会控制节奏，尽量找到用身体来打球的感觉。铁杆挥杆的姿势就好比在心中打出"对钩"的模样，木杆挥杆就好比打出摆动"扫地"的模样，来来回回地摸索练习，打了有5000多个球，最终才把动作基本固化下来。牧云对这项运动也越来越上瘾，迫不及待地希望可以有人带着下场打一次。在球场练球时他偶尔会发朋友圈炫耀一下，目的是希望给朋友圈中的客户传递一种信号，牧云的融技公司一切安好，生意蒸蒸日上，不然融技的老板牧云哪有空和心思打高尔夫球。牧云也想找位朋友带自己下场体验一下，希望可以快点步入高尔夫球的世界，认识球场上那些开着迈巴赫、阿尔法、路虎、宝马的球友。说不准哪位球友大哥帮衬一下，融技的生意就可以再次起飞。牧云带着这种天真的想法默默地等待着。第一位邀请牧云一块下场的前辈是企业家俱乐部的董总，董总微信邀请牧云一块儿打球，并说打完球会有一个晚宴活动，问牧云是否有空参加。牧云想都没想便接受了邀请。为了遵守高尔夫球的礼仪规则，他特地去商场买了下场打球的五件套——手套、球鞋、鸭舌帽、球衣和裤子。人生第一次下场，什么经验都没有，他又不好意思跟董总说自己是第一次下场，担心人家知道了不带他玩了。

牧云提前一个多小时就来到了金色河畔高尔夫球场。通过这次下场，牧云了解到全世界一共有6万多个高尔夫球场，以欧美国家为主，美国前总统特朗普都带头打高尔夫，高尔夫球运动在欧美国家是一项全民非常推崇的运动。中国的高尔夫球场不多，但北京有四十几个。近些年个别球场还因为手续不全、占用耕地、违规使用地下水等被关停。金色河畔高尔夫球场算是北京性价比最高的球场了，在这个球场打球的球友大部分都是新手，所以在打球现场一定要注意保护好自己，因为小白球经常会从头顶飞过。

牧云提前一小时到达球场，感受真实的草皮球场，防止一会儿在董总面前露怯。牧云找了一处发球台，看前面没有人，用兜里仅有的两颗球，插上球Tee，想试试一号木杆是否也可以像在练习场一样将球顺利地开出去。他回忆着在练习场击球的动作。估计是第一次过度紧张，使出全身力气将一号木杆挥出去，结果人转了一圈，球还在原地。牧云心想一会跟董总等人打球肯定是要丢人了。第一杆失败后，牧云尽快地平复心态，开始尝试第二杆击球，这次虽然击中了，但是球并没像牧云内心期望的那样，小白球右曲跑了十几码。牧云内心很是沮丧，本来想提前热身一下，结果事与愿违。人生的第一次下场，一号木杆就像魔咒一样，让牧云在以后近一年的下场时间里产生了严重的恐惧心理，打好铁杆就打不好木杆，打好木杆就忘了铁杆怎么打，内心不断受到高尔夫球的煎熬，还好身边的球友每次都贴心安慰和耐心指导，让牧云每次在内心崩溃的边缘时又重燃斗志，并暗暗发誓一年之后一定达到95杆左右。

快到1点时，董总开着奥迪A8提前20分钟到达，看见牧云后热情地打着招呼："牧总，来得挺早呀。"

"嗯，董总，我也刚到一小会儿，您一会儿下场要多带带我。"牧云客气地说。

"我看你经常在清河湾练球，你下过场打球吧？"董总直白地问。

牧云内心十分紧张，担心实话实说董总不带自己玩，情急之下便脱口而出："打过呀，不过不多，呵呵。"牧云想隐藏内心的尴尬。

"大家就是一块练练球，我也是过来练球。这个球场跟你之前下过场的可能不太一样，这边是自己手拉车，没有球童和球车，也是北京为数不多的几家自己拉车打球的球场。"董总向牧云简单地介绍。两个人还是牧云做企服大管家项目路演时认识的，好几年没见了，各自找话题闲聊。

不一会，另外4个球友也都到了，董总作为组织者，安排3个人一组，牧云跟着一位开着宝马7系的投资人张总和董总一组，而另外一组的3个人分别是律所高级合伙人关总、古玩拍卖专家刘总和家族办公室投资的秦总，直至多年后牧云也没搞明白这位号称家族办公室投资的球友秦总到底是做啥业务的，但这不妨碍他们稀里糊涂地在一起打了一年多的球，聊得也很投机。

大家到了1号洞发球台，简单拉伸着身体："牧总，来吧，你先开吧？"董总邀请牧云先开球，并问牧云今天带了多少球。

"董总，你们先来吧。我打得少，最后开就行。嗯，我带了两个球。"牧云担心自己一号木开不起来，便想着让董总他们先开，自己再临阵磨枪学习一下看他们怎么开球。

"卧槽，你这么有信心吗？就带了两个球？"董总通过牧云球包里的球已经猜到牧云应该没有下过场，但是也不好揭穿牧云，便简单热了一下身，准备开球。一声悦耳的声音在空中回荡，董总的球开到了沙坑的前面大约有190码。

张总也是刚开始学球，下场的次数一只手就可以数得过来，第一个球虽然开得不远，但是也算安全落在球道上。

轮到牧云开球了，董总和张总都期待着牧云的开球表现，牧云自己内心也是既期待又忐忑，心情紧张到自己都不知道要干什么，只是机械性地学着董总他们那样插上球Tee，放上小白球，用手提起一号木杆，使劲一抡，心想，爱咋咋地，第一次下场这一关是早晚都要过的。但是奇迹还真就发生了，一号木杆将小白球开出200多码并且落在了球道正中，空气中回荡着清脆的击球声波。董总和张总都拍手叫好，此时的牧云还在迷糊当中，仍然不知道自己是如何做到把人生第一次的一号木击出去如此之远。当然了，第一杆一号木杆只能用幸运来解释，因为在接下来的17个洞里，牧云的一号木再也没灵光过，不是右曲到隔壁球道，就是掉水里了，再就是进树林找不到了。还好，同样是小白的张总给了牧云十几个球，让牧云一下午完整地跟着打完了18洞。通过这次打球，牧云知道了球包里的12支杆各自的作用是什么，高尔夫的规矩和礼仪要严格遵守，比如击球有顺序、危球时要扯着嗓子喊看球、果岭不能踩别人的球线、沙坑不能碰球等。董总一边打球，一边给牧云和张总介绍各种球场规则及注意事项，就这样，两组6个人打到了黄昏，结束了牧云人生的第一个18洞，晚上大家一块去了球场附近的艺术餐厅喝酒。

通过这次打球，让牧云从心底爱上了高尔夫球，用绿色鸦片来形容这项运动绝对不为过。享受着蓝天、白云、绿树、红花、草坪、池塘，当打工人还在写字楼里面奋力工作或者宫斗时，这些老板却在球场呼吸着新鲜空气，悠闲地喝着茶水，聊着彼此的生意，愉快地打着球。

当然，牧云之所以爱上高尔夫，主要还是这项运动背后的人脉圈中存在很多未知，这里所说的未知就是球友。牧云如着了魔一样有空就下场打球。他发现，球场上遇到的人，基本上都是各自领域的精英，和这些人在一起打球，那真是向优秀的人学习如何变得优秀。

有了第一次下场，隔了一周就迎来了第二次下场的机会，这次是格云天俱乐部和国内最大的红酒销售商联合组织的活动。牧云现在知道球场规则了，也是初生牛犊不怕虎，他在淘宝上买了100个球做好随时丢球的准备。这次下场变得正规了很多，先是

40位球友集中合影，然后是彩色开球典礼，随后便是4人一组，两人一球车一球童，正式下场比赛，全程摄像跟随。牧云和一位临时成组的球友大姐共同开了一辆球车，用余光瞄了几眼这位大姐后，牧云内心多少有一丝丝失落，心想，哎，不是美女。这姐妹儿的岁数估计应该比牧云大一点，还有些微胖，但绝不是那种虚胖，而是很结实的微胖，甚至隐隐约约可以看到胳膊上的肌肉。但是跟她一块击球、聊天之后，牧云才知道人和人的差距那真是天壤之别。

牧云一边开着球车一边跟身边的大姐闲聊："姐，你这球打了多久了？"

"我打的时间很短，刚4个月。我平时主要滑雪，因为家人生病，所以最近一年没怎么出国，基本在国内陪伴和照顾老人。"大姐爽朗地说。

"噢，你爱滑雪呀，挺棒的，那你玩单板还是双板？"牧云知道滑雪的人身体都相对健康，而且爱滑雪的人多少都有点经济基础。

"嗯，我不玩单板，只玩双板。"大姐直白地回答。

牧云心里认为双板应该就是普通玩家，他认为只有单板才算是高手，便继续问："姐，那你玩中级道还是高级道？"

"我们都是开着飞机去世界各地玩野雪，野雪粉起来才好玩，如果不是因为近一年家里有事，我们每年都会去瑞士、日本等国家粉雪。"大姐没有任何炫耀的意思，很平静很认真地跟牧云聊着天，同时把精力全部放在高尔夫球上。

牧云一时无语，不知该如何将这个话题继续聊下去。开着私人飞机去世界各地滑雪，牧云完全无法想象，他唯一可以确认的就是这大姐很有钱。整个下午牧云和这位爱滑雪的大姐打完了18洞，牧云的成绩惨不忍睹，球童后来都不愿意帮着记分数了。牧云在心里暗暗发誓，回到清河湾练习场一定好好练习，如果每次下场球技都这么烂，那球友估计认识一个就会少一个。

40位球友全部打完18洞后，格云天俱乐部为大家准备了晚宴。晚宴的酒水是由红酒赞助商提供，经过了简单的颁奖环节，牧云发现球友中真有打到80杆的高手。随着酒会进入高潮，红酒供应商也提供了数瓶大拉菲和小拉菲红酒。为了增加兴致，现场拍卖，起拍价均为1000元，价高者得。爱滑雪的大姐坐在牧云旁边，频频举手报价，最后拍得大小拉菲各一瓶，并现场支付了1.2万元。牧云对眼前这位大姐非常有兴趣，好奇这姐们儿到底是什么人，怎么会这么有钱，这些钱是怎么挣来的，牧云迫切希望破译眼前这位爱粉雪的大姐的财富密码。后来牧云才知道，这大姐主要是做投资的，基本都是在日本和欧美国家，用她的话来说就是，中国创业者骗子居多，很多创业者都是模式创新，没有技术壁垒，有了钱后就会迷失方向和初心，因为大量的钱是具备反噬力的，如果创业者的胸怀、格局不够宽广，便会伤了投资人更会伤害自己。爱粉雪的大姐说她们主要在国外投资实业，以度假酒店和滑雪场居多，在日本的世田谷区也就是富人区，在那里就有他们投资兴建的度假酒店，以后去日本就只管订往返机票，其他事情找姐，姐给你全包了。牧云听完后，心底突然有个极其细微的声音回荡在脑海："姐姐，牧云也不想努力了。"当牧云发现自己有了这个一闪念龌龊的想法，也是鄙夷了一下自己。

牧云从大姐的口中了解到，这位大姐因为热爱滑雪，坚持天天撸铁，还在世界各地的雪场周边购置了房产，便于过去滑雪时可以像住在家里一样方便。同时大姐还说自己现在刚考下来游艇驾照，最近出不了国，空闲时还抽空学习飞机驾照，她邀请牧云有空一块儿自驾野炊，还说前段时间刚买了一辆奔驰阿罗斯房车。如果不是因为高尔夫，估计牧云一辈子也不可能有机会跟她一块吃饭聊天。

牧云在晚宴的间歇，看了一下这位大姐的微信朋友圈，有钱人玩的就是不一样，不是品尝限量版名酒，就是出席什么富人晚宴，购买的珠宝也是那种复古经典款，例如赫本戴过的。晚宴后，牧云跟随大家一块去车场开车，那位大姐开着400万的宾利添越SUV，她热情地跟牧云打招呼，说下次有空一块打球，然后一脚油门开车回香山的独栋别墅。牧云挥别了这位大姐，同组中另外一位做艺术茅台生意的大哥，开着300万的宾利，也跟牧云打着招呼道再见。牧云回头看了看自己的沃尔沃XC90，突然觉得自己在这些人面前就是一个穷人，穷得掉渣。但是这种念头很快被牧云打消了，牧云心想，人与人之间最重要的是门当户对，价值对接，既然我牧云无法在财务上跟他们门当户对，那么我就好好地把球打好，只要把球打好了，一样会得到他们的尊重，这种尊重才能够对以后的交往有帮助。牧云暗暗下定决心，要在一年左右时间让自己的球技提升到95杆左右，起码可以正常地陪着球友玩。

当牧云给自己制定了18洞95杆的目标之后，无论是在练习场还是下场，夏天顶着

39摄氏度的高温，入冬踩着零度黄草硬地，牧云都非常努力、用心地打好每一场球，规规矩矩地挥好每一杆。这个过程中他也认识了各行各业的优秀球友。不断进步的同时，牧云慢慢发现，自己就是单纯地喜欢高尔夫这项运动，认不认识那些所谓的有钱人已不重要。融技的未来只有依靠自己，发展好了，其他人才会更愿意锦上添花。一次次不同球场快乐击球，牧云明白自己为啥如此热爱高尔夫。原来自己在创业路上展现的逆商正好符合高尔夫自虐的精神，这是一种永不言败的精神。高尔夫看似简单，用手挥杆把球打出去就行，但是打了一段时间后牧云发现，高尔夫算是所有运动中最难的了，它会让你在每一次击球时，从头到脚，从心到脑，从语文到数学，从战术到战略实现全面综合运用的一项运动，这也是很多企业家特别喜欢打高尔夫的原因。高尔夫是一项可以打到老的运动，高尔夫打球的过程也是磨炼一个人潜质的过程。无论这个人高尔夫打得多好，哪怕是世界球王老虎伍兹或者是麦克罗伊，都可能会打出失误杆，就像做企业一样，总有决策错误的时候，高尔夫的精神就在于，每个球你只有一杆机会，好比人生，如果这一杆出现失误，你要及时调整好心情，打好下一杆，好比企业经营要快速从失败的阴影中跳出来重整队伍再次出发，正所谓天救自救，天助自助。高尔夫本身就是一项不服输的运动，如果一位老板可以打好高尔夫，那他的企业经营做得一定不会太差。

垃圾桶里识简历

下岗的牧云并不轻松。他一方面经常性根据法院和律师的要求，往返法院出庭质

证或者整理辅助证据材料，另一方面开始学习打高尔夫，期望通过高球运动来体验一下富人的快乐，进而打入富人圈子，寄希望于通过富人的资本和资源来帮助怀才不遇的自己重新将融技公司发展壮大。

牧云继续在招聘网站上更新简历，找寻匹配的公司隔空投递中、英文简历，自信的牧云认为凭借自己的经历和能力，虽然一线公司的大门已经被中国的信公司联盟给关上，但是二三线和一些独角兽公司的匹配度应该更高，他可以凭借自身综合能力更好地帮助企业快速开拓业务，而这些公司的规模和成长潜力同样可以助力他有更好的发展。

一切不出所料，牧云很快就接到了几个猎头公司和用人单位HR的面试，其中一家是牧云特别熟悉的公司——神牛集团。这家科技集团是国内早期在主板上市的科技公司，主要做软件开发和实施，也有自主知识产权的软件产品，凭借强大的资本占据了国内分销业务头把交椅，它的主要客户是国内头部的金融、政府和大企业。公司只是神牛控股旗下的一家公司，神牛控股旗下还有4家企业。

牧云这天突然接到一个陌生的手机号码打来的电话。

"我看您的工作经历比较符合我们的招聘需求，能否给我简单介绍一下呢？"HR希望直接通过电话就快速进入面试模式。

"好的，那我就简单介绍一下我的工作情况。我主要有三段工作经历，依次是技术工程师，MDI外企销售和经营融技科技公司，我简单介绍一下每一段的工作，如果您感兴趣哪段经历我再详细介绍。"牧云快速将自己的情况分类后，便开始自信满满滔滔不绝地介绍了起来。

神牛公司的HR听完了牧云的大体介绍，从打工者的角度，对融技创业这段比较感兴趣，心想一位开公司的老板为何会找工作？带着这个疑问，HR问："牧先生，我看您的能力还挺全面的，做过工程师、项目经理、售前顾问，也干过销售，还开过公司，而且我在您的简历里还看到有个别项目跟我们神牛公司合作过，那您现在为啥要找工作呢？"

"噢，是这样的，我创业快4年了，这4年来起起落落。原来我们融技公司主要做IOE外企的尾单生意，刚开始生意还不错，后来随着国家扶持BAT国内互联网巨头，客户侧的技术架构也在整体转型，公司业务量就开始不断下滑。其间我们也发现了这个问题，并努力做过尝试来转型，例如拥抱BAT希望和他们合作，我们自己也在Q城那边成立了研发中心，希望研发新技术新产品来提前布局市场，但是隔行如隔山，我们前后投入了几百万，最后创新产品没有研发成功，还让公司现金流一度吃紧，没办法，才把公司关闭。"牧云如实地向神牛HR解答。

神牛的HR什么大公司小公司的优秀人才面试得多了，但是很少碰到老板来找工作的，心里多少觉得这位牧先生是在吹牛皮，你一个开公司的老板，研发就投入几百万，养活几十名员工，如今却要找一份月薪小几万块的销售工作？因为在HR的知识框架内，科技领域的销售人才，的确有技术转型做销售成功的，大家都称之为技术型销售或者顾问式销售，但是牧云这个家伙又能写代码，又能做咨询顾问，干过销售，还开过公司管过人，技术储备上云计算、大数据、AI人工智能和区块链都懂还不算，还都分别做过实际的项目。HR在心中认为这种人是不可能存在的，我大神牛公司的技术大牛，销售大神，不过都是在某一领域、某一行业浸淫多年才有所建树，你一个三十多岁的年轻人，就敢说自己啥都懂，鬼才信你呢。

神牛的HR带着满心的不信任，很快就结束了面试，并没有问再多问题。但是作为专业的职场人士，HR还是礼貌地说："牧先生，您的情况我这边了解了，我会跟公司领导汇报一下。如果领导那边满意，我们会再约您来公司面试。"

HR这边说完，便拿起笔在牧云的简历上标注："经历比较复杂，真实性有待考究，不符合公司和职位要求。"HR在心里认为牧云在吹牛，就是个骗子，但是手里面的纸制简历和初面评价结果并没有扔掉，因为HR要为所有面试人写上初面总结，交由集团董秘王文澜来做最后定夺。

当王文澜几天后拿到初面结果，一目十行地看着，一边看一边紧锁眉头。很多应聘者的简历看上去很豪华，例如有华盛海外工作经验、政府行业十几年的客群关系积累、科飞区域型的销售经验等，但是这些人都无法进入王文澜的法眼。在他看来，神牛集团也是人才济济，历史上也有很多人来自国内外优秀的头部公司，但是豪华的经历，让这些人变成了打工油子（打工油子类似兵油子，战场上有功无险往前冲，有险无功往后撤。如今指很多人凭借名校和大企业履历，在不同的头部企业里面跳槽混日

子的人），他们已经形成固化的打工思维，每天主要关注商务费用额度是多少，出差标准如何等一些与工作成果无关的事情。这些销售大多是靠依托企业的平台资源，天天对公司内部"销售"（俗称对公司内部讲故事），在客户处则是"打工"（即客户让干啥就干啥，从来不去想为啥干，怎么干，名正言顺地浪费公司资源）。正当王文澜心里懊恼手里为什么只有这些"打工油子"时，突然看到了牧云的简历。他先是看了一眼HR的评语，一看此人不行，便打算看下一个人的简历，但简历上的八个大字挑起了王文澜的兴趣——"智者循因，凡夫求果"。便仔细看了一下，简历上还写着："王者伐道、政者伐交、兵者伐谋。"他想，看来这小子懂点历史呀，懂历史的人做起销售来，格局和视野完全秒杀那些为了销售而销售的销售。这小子也打高尔夫，还能搞定医院的医疗资源，真是人才呀，王文澜越看越喜欢。

王文澜细致地看完了牧云的简历，心底突然跳出来一句话，这个人就是董事长所要的人！王文澜越看越兴奋，迫不及待地想见一见这位叫牧云的人，便拨通了牧云的电话想约个面谈的时间。

牧云这边自从前几天挂了神牛HR的电话之后，心中就十分奇怪，为啥好几天过去了，神牛那边还是没有动静，难不成是他们觉得自己不行？哎，看来又碰到不识货的主了，算了算了。牧云心中多少有点遗憾，但是转念又想，还是尽快调整一下简历吧，把创业那段弱化一下，如果自己是HR也会觉得这个世界哪有老板去找工作的呀？表面平静的牧云，心里各种声音不断在跟自己对话，不知道神牛的最终决断，这让牧云多少有些心烦，于是跑去练习了一下午高尔夫。一方面，挥杆姿势不对震得手指胀痛，另一方面，工作没有着落心情也有些低落，晚上便没啥心思继续练下去了。正当他想着晚上回家要不要改改简历，继续找寻工作机会的时候，突然电话响了起来：

"你好，是牧云吗？"神牛集团的董秘王文澜客气地问。

"你好，我是。你是哪位？"牧云漫不经心地问。

"你好，牧云，我是神牛集团的董秘王文澜，你叫我Jonson就行。"王文澜在电话里热情地说。

牧云一听是神牛集团的董秘，心里的烦躁立刻烟消云散，认真地回答："您好，王总。"

"牧云，我看了你的简历，比较符合我们的要求。想约你明天下午4点见个面，在中关村北四环边上有个孔乙己茶馆，不知你方便吗？"王文澜直接根据自己方便的时间来约牧云面谈。

这个神牛集团的王总虽然十分客气，却给了牧云一种不容商榷的压力，牧云感觉自己只能回答YES或NO。

四月底五月初的北京，天气开始慢慢热了起来，天黑的时间也渐渐地晚了，牧云挂了神牛集团王总的电话，便收拾好球杆回家了，但是回到家后发现媳妇满脸不开心，牧云以为媳妇在工作上又碰到了不顺心的事情，便伸出手去托住汪红的下巴颏，说：

"咋了，媳妇，看你今天有些不太开心呀。来，给爷笑一个。"牧云没心没肺地跟媳妇开着玩笑。

汪红看了牧云一眼，翻了一个白眼给他，并不理会牧云。

"咋啦，媳妇，说，谁惹你不开心了？我帮你收拾他，敢欺负我媳妇，不想混了！"牧云摆出一脸人畜无害的模样逗着媳妇。

"哎呀，行了你，你说你今天干啥去了。"媳妇生气地质问牧云，狠狠地看着他。

"我今天约了人在球场谈事，谈完了顺便就练习一会儿高尔夫。"牧云知道汪红肯定是看到牧云微信朋友圈发的图片了，底气多少有些不足，随口小声撒了谎，以为用跟客户谈事作为理由媳妇应该不会太生气。

"牧云，你现在行呀。撒谎是张口就来，你说说你现在，公司公司不见起色，工作工作也没了，还有官司缠身，如今你都快40岁的人了，孩子都快4岁了。你是一家之主，天天不想着怎么挣钱养家糊口，还有心思去打高尔夫！"汪红越说越生气，越说越伤心，说着说着就哭了起来。

牧云见媳妇鼻涕一把泪一把的，再加上如今的自己从各方面看都是个loser，心情也有些忧伤，只能垂头丧气地任凭媳妇训斥。

汪红每次哭，基本都会让牧云失去招架能力。牧云认为男人让女人哭不算本事，那是丢人。汪红回想着过去生活中的点点滴滴，愈加伤心，批评的话语如竹筒倒豆子一般，一句接一句："孩子现在都4岁了，你说你照顾了她几天？孩子生病我抱着成宿

成宿地熬夜，你躺在那里呼呼大睡；我身边同事都两套房子，还有一套是学区房。咱们呢，将来孩子上学的事情你不得提前考虑呀？我跟你说，这个房子肯定要换成学区房。"汪红不断地刺激着牧云的神经。

牧云每次跟媳妇吵架都是嘻嘻哈哈，装傻充愣，连哄带骗，最后媳妇生气的拳头全部打在了棉花上面。开始时他还会听听媳妇列举的"七宗罪"，后来吵多了，牧云也麻木了，不再往心里去。牧云发现媳妇说来说去就是那几件事，但无论如何也是为这个家好。但是今天媳妇又提出一个新的词——学区房，牧云突然有些不开心了，心想奋斗了十来年，好不容易没了房贷、车贷，家里还有一点点存款，公司业务当下虽然不景气，但是也趴着几十万现金，并且自己也在努力打拼寻找发展的突破口。如今媳妇居然惦记着换学区房。北京的房价之高不同于别的地方，在世界范围内都可以很豪横地排进前十，五环外的房子最低都得5万元一平方米，学区房大都在市里，而且大部分是老旧小区，十几万到二十多万一平方米，整套下来至少千万起。牧云心想北漂了这些年，刚没有压力，想像个人一样放松一下，结果媳妇又惦记上千万的学区房。牧云心中无法接受，便开始跟媳妇摆事实讲道理争论了起来。

牧云收起了媚笑，严肃地说："媳妇，我要是公司真挣到大钱了，有几千万，你要买学区房我也没意见，反正我挣的钱都给你，你愿意咋花就咋花，我也无所谓。但是当下咱家的经济条件换学区房我肯定不同意，而且说心里话，我觉得学区房一点意义都没有。你看呀，你和我都是从偏远的小县城来到北京，从小在农村学习生活，如今不也在北京站住脚了？再说了，孩子在重点学校读书就能考上北大清华吗？就算考上了北大清华，毕了业找工作，她将来挣的钱都未必能够买得起学区房，这是不是一个笑话？还有就是学区房大都是老旧小区，当时的房型规划、室内科技含量和便利程度等都跟现在新建的房子没法比，融技公司要是挣到了上千万现金，我肯定会买个带院子的别墅或者大平层，孩子那边你要是真想让她将来有出息，咱给孩子报个双语学校，或者给报个贵族学校，比学区房的教学质量那好得可不是一星半点。"

"你这个人就是自私，什么事情都是先想着自己，从来不为别人考虑。你以为我想换房子呀，还不是为了孩子将来的成长考虑。你自己没本事就说没本事，别说那些不现实的。我们单位的同事，几乎每个人都是两套房，你再看看咱们，结婚这么多年了，存款没有多少，房子就这么一套。我倒不是拜金，但是我希望你做啥事多为孩子将来考虑考虑。你既然创业失败了，就踏踏实实找份工作好好上班，那些上班的人一样每年也可以挣个大几十万年薪，你好好上班，我们娘俩也可以过两天省心的日子。你跟那位王总打官司，真要是赔款谁帮你还呀？还不是老婆孩子家人帮你分担。你一天天不想想这些正事，还有心思去打高尔夫球……"汪红边说边擦着眼泪，此时的纸篓已经被媳妇擦鼻涕眼泪的废纸填得差不多满了。

牧云心想，既然争论，那就好好争论一下吧，牧云认为，有时必要的"战争"其实是为了更好、更长久的"和平"。牧云快速整理了一下思路，说："媳妇，你别相信你看到的朋友圈内容，那东西都是做给别人看的，我们结婚这么多年你还不了解我吗？首先说一下我创业这事。我把人正经历的阶段分为4层，劳力层、知识层、资本层和资源层。我刚步入社会时，做过苦力刷过盘子住过地下室，处在劳力层。后来通过努力进入到写字楼里面打工，一步一步提升自己，从技术到销售再到管理，那个阶段称为知识层。当我在知识层时，我深刻了解了自己的能力和人脉资源，发现自己其实已经碰到了天花板。我看到了创（创业）投（投资）高（高管）的生活、工作和学习方式，我知道那些人会花更多的时间去思考，然后安排合适的人执行，他们的大部分时间用来享受生活，追求梦想，或者安于宿命，那是我为之奋斗的方向。我创业是希望可以进入资本层，成为创投高角色，更深入地去洞察人心和人性，也让咱们家的生活质量提升一个档次。这几年创业你也看到了，我在没人、没钱、没资源的情况下，仍然养活了二十多名员工，算上当时中奥达合并公司的员工也有近八十人，这对我来讲都是一份难得的人生经历，或者说这些成功和失败的经历也是我独有的财富。我现在找份工作很容易。我非常清楚IT行业干销售合法收入每年有多少钱。我现在每年做两张单子，就可以挣到打工一年的工资。创业维艰，我感谢你这些年在家庭方面给我的支持，让我可以全身在创业这件事情上，如今IOE外企的尾单越来越少，我也在想尽一切办法找出路，并不断做各种尝试，学习新技术、拜访客户找寻生意机会等，其间还在北京外国语大学学习了英语，提升了自己的综合价值。打高尔夫这件事情，表面上你看到我的确是在玩，但是它有三个好处：第一，中国做生意讲究排面，高尔夫多少也算一项贵族运动，客户看到了我的更新，认为融技应该运营得不会太差。第二，学习高尔夫可以结识这个圈层里面的精英人士，4个人打一场球加上往返基本要一天时间，整场球打下来每个人花费少则2000多则上万，这还不算打完球后喝酒、住宿或者赌球的钱。当然我不赌球，也赌不起，人家赌球一场下来几十万就没了。那些上着班的人为了老板的目标在公司的规则框架下努力工作加班熬夜，牺牲他们的身体健康，创办融技之前我就是这么过来的，那些高尔夫球场的精英人群却悠闲地享受阳光和运动带来的快乐。表面上大家在打球，其实顺带着就谈起了生意，投融资、资源对接等，我打球也是希望认识这些优秀的人，换句话说其实是提升我自己。如果不是因为高尔夫，那些成功的企业家，我可能连跟人家平等对话的机会都没有，自然也学不到人家独特的思考、执行力和远见。所以我打得不是球，打的是融技的未来。第三，我的确有点喜欢上这个运动了，它可以让人全身活动，在户外呼吸新鲜空气，既锻炼身体，又能愉悦心情。今天融技是暂时性失败了，但是大公司可以破产，小公司却可以拥有永远不死之身。因为自己法律知识匮乏，摊上了官司，但我无时无刻不在想办法期望融技东山再起，暂时性的失败，是为了日后更稳定的发展。如果我创业真的成功了，那就可以达到人生的资本层LEVEL。其实呀，人这一生草木枯荣，本来就没啥意义，要是可以折腾出点事情来，也不枉此生。退一万步讲，就算几年后没有摸索到出路，创业彻底失败，我也不会放弃奋斗，这种不放弃并不是执着，而是让自己不断在战斗中学会战斗，我相信就算我将来没有太大成就，但是这种奋斗的精气神，也可以影响到身边的人，也是一种财富传承，同样可以影响到咱们的孩子……"

汪红是一点也听不进去，直接一剑封喉地说："你就是那种典型的谈着几个亿的生意，吃着十元盒饭的主。没啥本事，牛皮吹得震天响，咱们能不能务实点，挣得多在生活上就多花点，挣得少咱们就省着点花，我嫁给你没求大富大贵，要是图这个，当初也不会嫁给你。"

牧云和媳妇都没有吃晚饭，双方各自说着各自的道理，都希望对方俯首称臣，但是遗憾的是谁也不服谁。在双方身心极度疲惫的状况下，放弃了争论。来日方长，有的是时间掰扯，夫妻双方各自带着不爽便休息了。不同的是，汪红气性大，许久未能睡着，心里仍然怨恨这个不靠谱的老公。而牧云心里想着明天神牛集团面试的事情，想着想着没一会便打着呼噜进入了梦乡，如此让汪红更是生气，拿起了纸巾又哭了起来。

牧云和媳妇结婚这些年，牧云认为在夫妻吵架这件事情上，男人理性，女人几乎都特别感性，牧云深知在和媳妇的争吵辩论中要是赢了，那在婚姻中就基本输了。所以牧云全程只是说着自己的梦想，只是在学区房这件事情上发表了一下自己的看法，希望媳妇知道并不是有了学区房，孩子就可以蟾宫折桂！路在自己脚下，命运在自己手里，孩子的未来主要靠自己，父母只是尽量铺平道路和提供适时引导。至于其他生活中、家庭里、亲朋间的琐碎小事，全部听媳妇的，但是到了大是大非上面，牧云向来坚守原则底线，没有商量的余地。

谈古论今话春秋

下午3点，牧云坐地铁，提前10分钟便到了孔乙己茶馆。茶馆古朴宁静，室内假山小桥流水，给人世外桃源的感觉，一进门心立刻静了下来。闹中取静，忙碌的城市追梦人享受了片刻的舒宜。

此时王文澜还未到。来之前，牧云在网上查了一下王总的背景，同时也问了在神牛集团上班的老朋友，大体知道了这位神牛集团高管王总的情况。

王文澜是神牛集团董事长的秘书，俗称董秘，也是董事长的心腹。董事长经过近三十年的打拼，才有了如今集科技、投资、金融三位一体的大型民营企业。随着集团业务在中国高速增长的红利大背景下不断壮大，很多曾经跟着董事长一块打拼的人自然而然地实现了财富自由，同时这些人的"事件认知"能力也相继老化，但是在IT这个赛道上，技术更新可以说是每日新日日新。当初创业的老人们占着中高层的职位，不但不能推动集团在激烈的市场竞争中持续创新发展，还形成了前进的阻力。董事长洞察这一切，他通过董事会一系列操作，让董秘王文澜来担任神牛集团的董事长。王文澜上任后，依着董事长的事先安排，手起刀落，经过半年的时间就将曾经追随董事长的老员工尽数开掉，提拔新人和外聘精英团队，并在集团各项业务稳定了半年后，重新将董事长之位交棒。这波操作让牧云联想到了历史上的汉高祖刘邦，刘邦在创立大汉之后，也是狡兔死、走狗烹、天下定、谋臣亡。牧云在想，如果自己有幸站在董事长这个高位，估计自己为了企业发展，为了企业更多人的幸福生活，从企业家的角度考虑问题，肯定也会像这位董事长一样找一位"白手套"来执行类似的计划。

正当牧云天马行空地想着这位董秘王文澜可能是个识人、用人、管人的高手时，王总也进了茶馆。牧云没见过王总，赶紧将目光传递到进来人的目光当中，此时四目相对。

"牧云是吧？"王总冲着牧云问道。

"嗯，是的，王总您好。"牧云客气地说。

"不好意思，有个会议拖堂了，耽误了几分钟，走吧。"王总也客气地说，同时对着服务员说："姑娘，那个探花的包房给我留着呢吧？另外把我存的陈年六安瓜片泡上一壶，随便弄个果盘就行，辛苦啦。"说完，便领着牧云直接进了包房。

"牧云，我看了你的简历，很是精彩呀，我这边有三个职位选择，你看看你喜欢哪个职位，然后咱们再细聊。"王总落座后言简意赅地说。

牧云很喜欢王总这种开门见山的风格，将目光望向王总，说："王总，您说。"

"一是做大客户sales，专攻一些几千万甚至上亿元的项目；如果你不想干一线销售，想当官，我也可以给你一个行业销售事业部来带；第三个就是创业。当然了，是在我们投资的公司内部创业。我们投资了燕北大学首席科学家团队，他们有一些科研成果也获得了科技一等奖。目前这个技术国内外的科技企业都没能研发出来。我看你既懂技术，又干过销售和管理，也经营过企业，要是你愿意也可以来这家新公司代为运营。我们集团出资，燕北出智，结合你的努力，将来有可能做成独角兽的科技企业。"王总快速介绍着三个职位的大体情况。

牧云在大脑里飞速地进行着思考和权衡，有了一个大体方向后，便斩钉截铁地说："嗯，王总，感谢您的赏识。听完您的介绍，我更喜欢第三个职位机会，平台创业。前两个工作职位，我都经历过，尤其在创业之后，更加清楚地知道无论是做大客户销售还是做销售管理，对我来讲都没有啥压力，动力自然就不会太足，而且对于神牛集团这个大平台来讲，并不太依赖个人的能力，而是平台在先，个人能力在后。平台创业的机会，我很珍惜，因为作为科技企业，技术壁垒是企业发展的基石。燕北大学是与清北并列的国内前三的大学，学术能力和成果都是受人尊敬的，如果您愿意相信我，那我会将我全部的能力、精力专注到这件事情上，我也希望通过自己和大家共同的努力，能够和平台共同成长。"牧云觉得第三个职位充满了未知性，有燕北大学技术背书，或许未来前途更加光明。

"好，我知道了。这样，咱们不用像面试这么拘谨，就轻轻松松地聊会天。我看你的简历非常优秀，那么你有什么缺点吗？"王总想听听牧云自己说说自己有哪些不好的地方。

"王总，不怕您笑话，我的缺点挺多的。基本上很多人拥有的缺点我都有，我在打拼的过程中也接触了不同的圈层不同的人，我本人比较喜欢历史，我觉得我的过往成长就像操作系统一样一直在打补丁。例如：曾经的我心胸狭窄、贪财好色、好吃懒做，但是我很幸运，估计可能是内心一直向善，总会往好的方面去想和行动吧，所以曾经的那些缺点，都被我慢慢纠正了。我也不认为这个世界有圣贤，圣贤不过是在人世修行的过程中坚定了梦想，也学会了放下。王总，您别见笑，我就是说说我自己内心真实的想法。"牧云觉得说得有点多，赶紧收住希望继续让王总问话。

"挺好，你倒挺实在的。古希腊三圣贤之一的苏格拉底也说过，认识到自己的无知才是大智慧。从你说的这些话当中，我能够感受到你的确是个有故事的人。没错，真正做大事的人就要有勇气直面自己的问题，也要有智慧和决心解决这些问题，只有让自己不断优秀、强大，才能够有更大的作为。"

牧云觉得跟王总初次见面聊得很舒服，又说："王总，您说的我非常认同，我当时做工程师时，就只知道写代码，后来在MDI做销售时，就只知道完成老板制订的销售计划，只有这几年创业，才从一个棋子的角色变成了操盘手的角色，关注的点也更

加多维，考虑的因素也更加多样，所以我很感谢这几年创业过程中心境的成长。有16个字也跟您分享：王者伐道、政者伐交、兵者伐谋、工者伐术。以前我不理解这16个字，但自从我创业后，虽然融技公司只是一家小得不能再小的科技公司，但是我把它当成一个迷你型的王国来经营，在我与人交往、处理事情时会借鉴历史上春秋战国中的诸子百家，例如法家、墨家、儒家、阴阳家、道家等已经离我们有几千年间隔的古人智慧来经营公司，让我受益匪浅。通过看历史，我可以学习和了解那个时期不同角色所关注的点，融会贯通，当下的企业经营成败就变得没那么重要，主要在于心。'工者伐术'这四个字是我自己加的，主要就是指企业里面的螺丝钉，不需要思考，或者这些人的思考对企业来讲没有意义，因为也不会被发现和重视。不好意思啊王总，一提起历史，我就变成了话痨，这些和今天的面试主题有些偏离！"牧云意识到自己说得有些多了，赶紧把主题给拉回来。

牧云知道自己爱表达，但是没想到在王董秘面前会这么爱表达。估计是骨子里的向上社交想法激发了内心的小宇宙，希望用思想来征服眼前的高层。

见王总没有打断的意思，意犹未尽的牧云继续说："王总，其实我觉得古人比我们的智慧多多了。我们总是用自以为是的所谓的科学的眼睛来审视历史，实际上应该反过来，用历史的眼睛来审视科学。这才应该是一个闭环的科学研究态度。"

"嗯？你说说你的观点。"王总越来越觉得眼前这个牧云有些意思。

"您也比较忙，我就说两个心中不太成熟的想法。先说第一个，我们用今天的眼光来看当年秦始皇追求长生不老，认为古人无知，完全不懂科学。我们接受的教育告诉我们人是一定会死的，生命也是有一定周期的。我就提一个问题，如果秦始皇求仙吃丹药是不科学的，那么经过上千年文明和科学发展到了明朝为何一些皇帝还要吃食金丹呢？换位思考就会发现我们的无知！今天我们国家在凤凰中心发展人体蛋白质研究，国家牵头投入数百亿，不就是在探索生命的尽头吗？"

牧云喝了一口茶，便继续说："还有就是松散的生命。我们都知道人、动物、草本植物等都是有生命的，包括地球也是有生命的，但是我们对生命的认识只是从它的形态和周期上来认识，就好像我们人一样，是由身体的各个器官共同构成了一个个活生生的人。但是您知道吗？我们平时看到的一只只蚂蚁，其实它们或许并不是一个个生命呢？有一本书叫《天才在左，疯子在右》，书里有一段全新的思路，即蚁后是蚁群的大脑，兵蚁是蚁群的防御系统，工蚁类似于人的胳膊和腿脚用于搬运，还有其他类型的蚂蚁。生命本身都是自私的，但是当蚁群遇到危险时，比如火灾、洪水等，它们会形成一个整体，例如球体，蚁后在球的中心，外围分别是兵蚂蚁、工蚂蚁等，在跨火越河时，外围的蚂蚁会一层层死去，死去的那部分会不会只是蚁群的器官的一部分呢？"

牧云看王总陷入了深思，便赶紧把话题收回，说："王总，我喜欢历史，喜欢辩证地去看一些新奇的逻辑闭环的观点。因为这些无论是神学、哲学还是科学的观点，都可以让我在客户面前变得十分有趣。如果销售在客户眼中就是一个单纯卖公司产品的销售，其实就如白条鸡一样，觉得买谁家的都一样。但是如果这个销售很有趣，打高尔夫、写小说、经营会所，客户就会觉得眼前的这个销售如同孔雀一样，总能带来新鲜感，也愿意在一块多交流，您说是吧？"牧云吹了半天牛皮，赶紧把话题带回到这次面试的主题上。

"牧云，你说得非常好。这样，今天因为时间关系，我不能跟你深聊了，主要就是跟你见一面。我这边没问题，你要是也没问题，我马上安排助理跟你沟通入职具体细节，也希望你可以在新的创业平台的团队里尽快带领大家努力依托高校的科研成果，打造成独角兽科技企业。成，今天就先这样，咱们随时保持沟通。"王总说完便喊来茶馆姑娘签单。

牧云也离开了茶馆，心想，这哪里是面试呀，简直就是朋友间闲来无事喝茶聊天，全程王总根本就没有问任何一句跟工作相关的信息，看来企业的高管更多是在找人和识人，而不是关注那些求职者的工作细节，真是受教了。牧云觉得这份工作基本就算定下来了，马上又要投入新的工作当中了，后面估计不能再继续当个无业游民打高尔夫球了，不如在上班前犒劳一下自己，吃个日料吧。

燕北大学长见识

　　牧云第二天就接到了神牛集团HR通知办理入职的电话。当初那位不相信不认可牧云的HR怎么也没想到，集团的大BOSS居然会在众多优秀的简历里选择牧云，到底哪里出了问题？牧云的月薪也由之前的3.5万增加到4万。办理完入职后牧云便依HR提供的地址，去了燕北大学面见首席科学家李铁一。

　　见到这位燕北大学的首席科学家后，牧云立刻感觉这是一位绝顶聪明的人，他看待事物的格局和言语表达的精辟，让坐在对面的牧云感觉好像听得懂但又有些追不上。他内心万分激动，这就是自己要接触的优秀的人，而且这种优秀是万金难求的。牧云相信在这国内顶级的学术象牙塔里，以后的日子一定可以收获很多，说不准日后融技都会因燕北学府的一众专家而出类拔萃。

　　李首席跟牧云聊了半个小时后，觉得牧云懂技术又在业务开拓上有一些独特的想法，便领着牧云去隔壁办公室跟手下的科研团队认识一下。这次见面，让牧云结识了日后对融技在企业发展和科技创新上提供了巨大帮助的朱文和乔祥。二位日后成了融技新的技术合伙人。

　　朱文是福建人，因父亲工作原因从小在日本生活，初中时才回国，属于妥妥的学霸，一路过关斩将，轻轻松松就考入了国内前三的学府燕北大学，研究生毕业后觉得没有必要继续读博浪费时间，便直接跟随导师全身心投入数据区块链的研发当中。他属于技术天才，只要是和计算机软件、算法等相关的事儿，只要你想要的他就可以帮你弄出来。如果拿朱文和融技当初有10年经验的开发人员相比，融技的技术团队不过码农级别，汤程的技术能力虽然在码农之上，也不过是码牛级别，而年纪轻轻的朱文则必须要用码神来称呼更为贴切。在技术方面，不管新与旧，只要交给朱文，全部可以搞定，他交付的文档可以直接当作产品操作手册，这让牧云十分尊敬年龄小自己一轮的朱文。别人开发用两个显示屏就已经很牛了，朱文在办公室的工位上搞开发直接连接的是47寸的电视屏幕外加笔记本电脑！通过长时间的沟通和交往，单纯的技术天才朱文非常认可牧云这位老大哥，认为牧云在技术以外的各个方面都有值得自己学习的地方，两个人没事时经常在一块品酒聊梦想。

乔祥是博士后、燕北大学的副教授，年纪比牧云大两岁，跟牧云也是一见如故。乔教授由于读博太拼命，经常熬夜导致身体一直以来有些虚弱。现在已不再熬夜写代码了。读博之前他还用手里掌握的技术创过业，也挣了一些钱，但是因为全部精力都放在技术和客户需求交付上，几百万项目款最后都被合伙人卷走了。这些经历让乔祥在考虑问题时会真正地从多维视角来看待技术、产品和市场三者的关系，糅合起来进行全局的判断。如果说朱文是"术法道"里面"术"的最高级，那乔教授则属于"法"的级别，可以为朱文提供更加清晰的方向。李首席则达到了"道"的层面。朱文和乔祥的日常工作安排都归首席科学家李铁一管，以日后牧云对李铁一首席的深度了解，李首席极度聪明可能还具备双重人格。这点在刚开始时，牧云极度不适应。李首席经常在开会时指着鼻子训斥乔祥和朱文等人，使牧云迷惑地以为回到了曾经在MDI干销售时老板骂人的场景。如果说乔教授是领兵的人，那么李首席就具备领将的能力，正是这些螺旋式的硬实力，让李首席可以当着所有人的面训斥国内计算机软工领域最聪明的一群人，而且这些最聪明的人也只有低头接受批评的份，这可能就是"术法道"里面最高的层级——"道"吧。

此时的区块链市场最为火热，国内外涌现出数千家区块链公司。无论是企业还是高校，研究区块链大体分为两类阵营：币链或者应用链，币链大家都知道，有星星币、比特币、空气币、狗狗币等，因为币类太多，又涌现出大量的区块链钱包和币类交易平台，有些初期坚信区块链技术的普通人一夜之间成为亿万富翁。其实这些人并没有想过区块链可以致富，只是对去中心化技术的狂热追随。区块链应用则是基于区块在交易过程中的分布式记账、可溯源、不可篡改功能，去找寻适宜的应用，例如法院的线上开庭、文玩线上拍卖、食品溯源等业务应用。区块链技术虽然有市场，但只是一种锦上添花的能力，不像云计算这类技术一样构建从无到有的市场空白，虽然发展得如火如荼，却并没有涌现如BAT般的新兴辉煌发展的公司。李首席并没有从这两个方面切入，他主要研究将区块链作为大数据底层支撑的基础设施，构建未来可信的新世界，就像提供互联网宽带一样，谁都可以在这条链上进行数据的流通和消费，可以在上面构建自己的区块链应用。又好像4G网络，运营商提供的是宽带，各家公司在上面开发什么应用运营商并不关心。这种思路面临一个现实的难题，区块链无论是单链、多链都存在技术瓶颈，就是当一个区块计算完成之后才会进入下一个区块的计算。单链如比特币、以太坊等，一个区块完成计算需要数秒或数分钟，多链也可在分钟单位内完成千笔左右区块计算交易。但是在海量大数据的今天，可能每秒就会有几万、几十万甚至几千万的数据交易，传统的区块链技术实现不了。李首席不愿意拿开源的代码来实现自己的未来可信世界梦想，于是创造了双链技术，即一条链是交易链，另一条是记账链，交易链采用DAG有向无环图的方法来实现海量数据实时具备区块计算的能力，而记账链则可以定时定期地进行数据校验。为了增加区块交易的性能，又采用了三三共识等技术手段加速数据的区块计算，即数据量越大反而计算速度越快。除了提升数据区块的处理效率外，还增加了智能合约、神秘算法等能力，这样就真正用技术创新让数据由资源变成了资产，真正实现了在虚拟世界的数据可以做到可信、可管、可控、可感知地进行实时数据交换和交易。为了实现这个梦想，李首席安排朱文、乔祥等人带着研究生团队开发了两年的时间，写就了数十万行的代码，节点布局到天（太空卫星）、地（地面计算节点）、物（物联网硬件设备）并分布在全球五大洲。几年之后，李首席也因为将这套理论变为实践而被评为大国院士。

牧云刚加入燕北数据区块链团队，朱文和乔祥给牧云培训了一周，牧云在得到李首席的首肯下，用自己的思路整理了一个全新的PPT以燕北的名义去各地找政企客户谈合作。第一站是深圳的天云谷组织的中法创业交流年会。牧云以网上、云上、数上和智上的思路，开启了基于大数据的可信区块作为基础设施的讲解，获得一众好评，也因此得到了李首席、乔祥和朱文等人的认可。而后又去塘城、草原大数据局谈合作。但是折腾了半年，牧云发现自己像个大学教授一样，四处讲课，实际签约的合同为零。因为很多政企客户认为燕北的科研成果太大了，大到省市企业都用不上，也用不起来。牧云回到燕北大学跟李首席汇报此事，李首席觉得如果合作的对象级别太低，不具备全国试点条件或者对方只愿意出个几十万、几百万就算了，还不够麻烦的。这就让牧云陷入了两难，有一种拿着金饭碗四处要饭的感觉。他后来好不容易谈了一个上百万的项目试点，结果李首席又觉得客户层级太低，还要占用大量的人员搞定制开发，不具备试点推广的意义，直接让牧云放弃不要再理他了。当牧云亲耳听到李首席把送到手的单子扔掉的时候，心里一万个不爽，但是这种不爽很快变为尊敬，这就是真正搞科研的专家看到地上有钱而不去弯腰的气节，这波操作让牧云见识到了学术大儒的清风傲骨。虽然丢掉了生意，但是牧云内心却对李首席他们充满了敬畏，或许这就是学术和商业之间的区别吧。牧云创业这几年从来没有对客户说过"不"，跟燕北团队一块共事后，头一次发现，说"不"居然有一种莫名秒杀全场的爽感。当然真正说"不"的人要有底气、有方向。

虽然放弃了上百万的项目，但是牧云相信有更大的项目和机会等着自己。牧云没有放弃梦想，仍然投入百分之一百二的精力推动科技创新项目合作。但是因为最近几十年校办企业在经营上各种暴雷，上面一纸文件下来，要求校企分离，高校的定位就是要全身心做好教育和科研，不能再插手企业经营。在得到这个消息后，在极短的时间内，李首席就剥离了市场化路线，全身心在象牙塔里面为国家的数据基础设施进行攻坚工作。牧云很快就再次面临失业。他离开了燕北大学的科研团队，再次回归到市场当中。庆幸的是在这半年当中，牧云在门口仰望了顶级学府的科研能力和思考问题的方法，并和乔祥、朱文等人积累了深度的革命情谊，为日后融技的科研创新提供了最强支撑。

董秘王文澜知道消息后也觉得很抱歉，历史的车轮不会因为某个人停止和改变，他问牧云是否有意来神牛工作，牧云婉言谢绝了。因为此时东北亚银行的维保项目流程已经走完，王副主任打电话通知牧云项目马上就要发标，让他做好准备随时来现场投标。另一方面，之前海瑞介绍的空航航空项目负责人在跟牧云沟通了几次后，也希

望融技承接他们集团的ITIL流程移动门户项目。两个项目又有60万的合同额，利润率接近60%。好事一来就是接二连三，许久不联系的东津汇科技公司还有一个120万的硬件采购项目要求从融技过下单子，提供合同额的22%作为融技的利润并含纳税。

融技目前就牧云和小兰两个人，林夕仍然在经营康网公司，偶尔牧云忙不过来时林夕会提供协助。此时的融技突然之间接到了3个项目，牧云便不再找工作，而是拉着小兰全职在融技的办公室研究这几个项目如何一个个平稳搞定。

东北亚银行维保项目最先发标，牧云拿着三家投标文件带着小兰飞往东三省，下了飞机后，牧云纠结3家公司的投标人目前只有小兰和牧云两个人，分别代表两家公司，第三个人去哪里找呢？正当牧云在出租车上绞尽脑汁地思考如何在东三省当地找一个人帮忙参与投标时，司机不断地没话找话热情地跟牧云和小兰聊天，牧云灵机一动，反正客户那边已经认可自己和融技的技术服务，招标只是走个流程，不如就让这位司机帮忙去送个标书，反正又不用讲标，把标书交上去，签个字，评标人员唱完标事情就结束了。有了这个想法，牧云便立刻跟司机商议：

"大哥，你这一天这么辛苦得挣多少钱呀？"

司机大哥用东北人特有的热情说："老弟呀，现在挣啥钱呀，都被上面的管理公司、保险公司等抽油水拿走了。我们从早上6点干到晚上6点，不停地跑，运气好点也就挣个四五百元，要是不顺，一天也就挣个300元吧。唉，这几年出租车不好干呀，尤其是有了网约车业务之后，很多像你们这样的客户都用手机叫车了。"可能是被牧云戳到痛处，司机大哥止不住地抱怨。

"大哥，我这有个活儿，我给你1000元。你只要帮我个忙，跟我一块去银行大楼投个标。最多一小时就完事，咋样？"牧云想着与其在外面找朋友帮忙，欠人情还要额外请吃饭，不如节省沟通和商务成本，让这位司机大哥代替三家中的一家公司去投标现场送个标书，这多省事呀。

"投标呀，这事我以前拉乘客时倒是听到过。不过我啥也不会说呀，这钱我想挣也挣不到呀！老弟。"司机大哥用东北话回复着。他也很想挣这笔钱，但是又有些担心不懂业务。

"大哥,没事。这个客户对我公司的技术和服务非常认可,你到了现场就做两件事,把你代表的公司的标书跟我一块送到投标办公室,签个字坐在会议室等着唱标就行,全程不用说话。如果有问题就用手机给我发微信。我们现场用微信沟通,但是我们要装作彼此不认识。因为我们三个人分别代表不同的公司。"牧云决意让司机充当第三家公司的工作人员。

"那敢情好呀,我这太没问题啦,老板。你说行,我就没问题。"司机大哥很开心,对牧云的称呼也由老弟变成了老板。

就这样,牧云加了司机大哥的微信,并再三嘱咐了各种细节,牧云、小兰和司机大哥三人分别代表三家公司上楼投标,整个过程如牧云预想的那般,交文件、签字、唱标,各家没有异议,投标结束。当晚牧云就从王副主任那里得知融技中标的消息。这个项目因为是维保项目,如果软件业务系统有问题则需要融技快速响应并解决,如果一年内没有问题,这笔项目款就全变成了融技的利润。就算后期有问题,牧云也不担心,MDI的LAB实验室的技术大牛们,牧云都认识,过去也合作过,给他们点辛苦费,case by case(根据具体情况),帮牧云去客户现场处理就行。客户相当于在融技花了少于大公司的中标价,得到了比大公司还专业的技术服务和保障,如此一来,双方就自然达成合作了。

搞定了东北亚银行的维保项目,牧云又赶紧回到北京去见空航航空的项目负责人——林女士。海瑞和林女士是同学,海瑞他们银行的ITIL项目做得非常成功,一系列的信息建设让他们行从垫底的尾三,一下子排到了前三。海瑞跟林女士聊天时了解到空航航空也上了ITIL,但是缺少移动端门户,海瑞给她看了自己行的移动端门户,林女士觉得这就是她想要的门户。海瑞顺势帮忙推荐了融技公司。

回京后,牧云打电话约林女士见面,介绍公司在这方面业务的专业以及众多的成熟案例。聊完项目,牧云想着更多了解一下林女士的爱好、性格等,方便后面推进工作。林女士因为牧云是海瑞同学,再加上从面相来看五官端正,谈吐也是落落大

方，便跟牧云随便聊了几句。聊了一会，牧云便邀请林女士一块吃个晚饭，深度认识一下。结果点菜时，林女士说自己只吃青菜、花生米以及豆腐，鱼、肉啥的如果点的话只能牧云自己吃，因为她信佛，且已经皈依了。牧云内心一惊，如此年轻的姑娘怎么就四大皆空，看着手中的菜单，为了尊重林女士的信仰，便只点了花生米和大拌菜。两个人就这样继续聊了起来。

通过聊天，牧云才知道林女士的成长经历如此神奇。林女士刚出生，因为是女孩，就被亲生父母丢弃了。所幸她后来被孤儿院收养，儿时又被一户超级有钱的人家收养了。所谓超级有钱，用林女士的话说就是住独栋别墅，房间内各种名表，院里各种豪车。但是林女士从小就对这些不感兴趣，她知道自己的身世后，便皈依佛门。这导致富豪人家更是珍视这个女儿，因为这个女儿对金钱、名表、豪车等都不感冒，大部分时间都用来看书学习，思想十分单纯，做人做事也是极简，给人的感觉就是仙气飘飘，干净纯粹。牧云亲耳听了林女士介绍自己的经历后，从心底觉得她是位值得久处的朋友。

林女士毫不避讳地介绍自己的身世，并说看过海瑞他们行里的ITIL移动门户产品界面，对融技的技术实力也大体了解了，同意跟领导汇报此事，争取项目合作，同时也请牧云一定要把项目做好，后面还可以有更多的合作机会。

牧云心里评估这个项目应该可以中标，后续跟林女士部门的其他人交流也相对顺利。但是快发标时，林女士的领导突然推荐了一家她之前没交流过的公司。林女士虽然信佛，但是不傻，她知道领导推荐那家公司的用意。但林女士综合考察过牧云公司的快速交付能力、合同案例、潜在报价和交流汇报后，已经认可了融技，也口头承诺会促成两家公司的项目合作。如今半路杀出个程咬金，气得她一晚上没有睡着觉，在她看来这种操作对于领导是耻辱，对于牧云是辜负信任。第二天上班，她便强硬地跟领导沟通，表达自己的立场。结果领导也了解林女士的为人和脾气，就放弃了。最后这个项目融技顺利中标，项目不大，三十多万，事后牧云为了表达对林女士的感谢，买了最新款的手机去感谢她。去之前牧云还担心礼物太轻，如果林女士也这么觉得等到收回全款后再表达感谢。结果看到礼物，林女士连连摆手，坚决表示，如果收了这部手机，晚上都会睡不着觉，这个项目就是公对公正常推动。

结合之前对林女士的了解，牧云完全理解并信任林女士可以为了项目PK领导，也完全理解林女士皈依佛门后不屑于人世间的这些礼尚往来，便收回了手机。

林女士说："皈依佛门这些年，生活上自己粗茶淡饭，工作上努力负责，淡泊名利，对生死也不再恐惧。如果哪天世界末日，自己仍然该上班上班，该干啥干啥。"

牧云听完后，内心万分敬佩眼前的这位弱女子，因为她的内心和意念太强大了，牧云发现跟她聊天情绪非常平静，就好像听一位智慧大师在聊红尘俗世中的生存生活哲学。

这个项目牧云尽全力做到了最好。牧云不想再为项目招人，便把海瑞松花江银行的产品原码交给林夕，林夕圆满完成了开发交付工作，也达到了合同中要求的效果，只跟牧云收个了成本价。

空航航空项目实施牧云全面把控，项目交付验收顺利，但是空航内部经营出现了问题。多年不断在世界各地买买买，经营不善出现了上千亿的窟窿，70%的项目尾款拖了很久就是付不出来。空航的财务部跟牧云说，你只有起诉我们才有可能拿到尾款。于是在空航内部员工的支持下，牧云起诉了空航。开庭时，空航的律师说愿意分三个月归还尾款，因为集团资金实在紧张，很多员工的工资都拖欠了几个月。牧云在庭审现场听到这个结果，心里这个恨呀，心想，你们为啥不早点说！如今融技交了律师费，我坐飞机来到这儿，官司还没打就胜利啦，早点说融技还可以省下2万块的费用。官司不战而胜，虽然损失了律师费，但也不能白白飞一趟呀。牧云便订了高铁，打算去海南三亚亚龙湾玩几天，就当是收回了尾款犒劳一下自己吧。

11月是三亚的旅游淡季，正好赶上牧云的生日，牧云租了一辆游艇，在海上玩了半天，并在深海处体验了各种水上项目，什么水上摩托、滑板、潜水等，玩累了便回到游艇上，懒洋洋地坐在沙发上，吃着葡萄，喝着香槟，端起高脚杯对着远方，心里默默地祝自己生日快乐。

头部企业初合作

　　牧云悠闲地靠在游艇沙发椅上放空，看远方的大海，他暗下决心，既然二次创业，一定得干出点名堂来。如果这次再干不出个所以然来，那真是丢人丢到家了。牧云端起高脚杯敬向远方，心里默默地祈祷。二次创业可以让融技东山再起。

　　光祈祷肯定是不行的，牧云知道自助者天助，要想有所成就，就得靠自己亲手打江山，但是又不能闷头瞎干，得有个思路。牧云在心里盘算着，这些年自己像个特种兵一样，碰到一个项目机会就全身心搞定一个，并没有特别熟悉的行业客户，基本上都是通过商务关系和自身综合能力，在不同的行业里具体问题具体分析，集中火力去搞客户，虽然有钱挣，但是生意青黄不接。如果还沿用以前的方式，估计仍然三更穷五更富。公司的现金流没有延续性，就无法招人打磨产品、壮大公司。另外，也不能再继续依赖MDI的平台资源，如今MDI在国内的生意也基本下滑到了谷底，融技在国家经济发展的红利基础上抓住了MDI夕阳的余晖而已。还有，融技不能再依靠传统方式靠搞个人关系来争取项目。关系固然重要，但是必须要有过硬的拳头产品。好在融技虽然还是皮包公司，也没有适合当下和布局未来的产品，但是燕北大学的技术以及外面新兴的独角兽公司的产品和方案是完全可以拿来OEM使用的。只有在战斗中摸索前行，才有机会做到胜者为王。

　　前段时间，牧云从燕北大学那里出来后，李首席专门找牧云谈了一次话，原话是："校企改革的步伐我也没有办法。不过，日后你可以把我这边当成你的一个资源。如果有一些政企头部客户有这方面的技术需求，我们仍然可以合作。这种合作完全合规合法，现在不让校企合作是不让学校和校办企业定位模糊，但是学校的科研成果仍然可以和企业合作。我也知道你心里一直不甘创业失败，期待你的公司可以再次成长壮大起来。"牧云虽然离开了燕北大学，但是获得了李首席的支持，又结交了乔祥和朱文两位兄弟。

游艇随着波浪在海面上轻轻漂动，牧云的思绪天马行空。整瓶香槟也不知不觉中喝光了，此时牧云有些微醺，不知道是被游艇晃荡得晕船还是喝了整瓶香槟，肠胃有些不适。牧云知道，如今中美贸易形势严峻、经济下滑，各行各业发展都碰到了天花板，科技信息化的发展在全球范围内也出现了滞涨。这也符合事物的基本运行规律，没有哪个领域可以在世界上永久地持续向上发展，好比股票证券市场，持续上涨肯定会有横盘震荡和下跌，基业长青只是人们对美好的向往。

为了缓解肠胃不适，牧云喝了一杯橙汁，感觉稍微好受些了。他继续在大脑里规划融技到底应该从哪个领域深度发展：政府行业，需要强关系介入，自己在这方面积累的客户人脉并不多，政府行业细分的每个领域又有其业务的独特性，如果不了解业务就会像前两年在逐鹿省给省粮食局介绍方案一样，被客户现场直接DISS。政府的预算周期长，随着这几年反腐力度的加大，阳光采购平台越来越规范，光有关系很难保证中标。这条线基本可以放弃。金融行业，例如银行、保险、证券，非常有钱。但因为有银保监的强监管要求，他们的信息化项目算是除军工、政府外市场中最大的一块蛋糕。这块蛋糕诱人，但是融技却一点也吃不到，因为这些客户对业务系统和网络的技术要求达到了最高级，不允许哪怕1秒钟的宕机。如果宕机了，要接受监管部门的处罚，相关责任人也会受到降级等严重处分。所以他们对供应商的资质、技术、产品、实力等要求非常高，进门的技术门槛太高，现在的融技只能望着这块奶油蛋糕兴叹。目前看来，进攻国企、央企才是摆在牧云和融技面前最可行的出路。这两个对技术的要求不如金融行业那般严苛，客户群体多、体量大，就导致大量的信息化需求，同时项目金额也不比金融行业小，甚至可能高一些。于是融技新的发展思路就被牧云在游艇上草率地定了下来：先走"贸—工—技"路线，积累了资金和经验后再走"技—

工一贸"路线，树立融技的行业和技术双重壁垒。PLAN制订确实草率，接下来能否成功主要看执行了。

回到北京，牧云整理了中国110家重要的央国企，以及这些央国企下面的二级单位名录，同时也罗列了一些北方区各省头部的企业客户。他还在电脑里翻出之前在MDI搞各种会议时客户留下的上万个电话号码，寻找潜在客户。他决定先从电话陌拜开始。虽然是陌拜，但是牧云内心还是十分自信，当然也做好了被陌生客户拒绝的心理准备。牧云不怕打电话被拒，这种失败对于牧云来说，简直不值一提，这些年比这丢人破财的失败还少吗？再说了，融技公司又不是MDI全球知名公司，客户挂了牧云的电话是正常的。牧云不惧陌拜，他总结了一系列销售攻心话术，比如先建立硬连接，再实现软连接，然后再推动心连接，最后才是谈生意。谁也说不准，也许潜在客户会对这个叫牧云的人和一家闻所未闻的融技公司充满好奇，就好像一个鱼翅鲍鱼吃多的人，想来点水萝卜、黄瓜、苦菊等刮刮油腻。

牧云第一个电话拜访的客户是大成地产，一家全国性的商场、超市、房地产、物业为一体的超大型地产公司。当然了，在拨打电话之前，牧云还是在心里打了一遍腹稿。接电话的如果是主任该如何沟通，如果是工程师该怎么沟通，提前演练确保对方不会挂机，并最终获得一个见面的机会。只要客户跟牧云见了面，那后面一定有办法搞定合作。除此之外，牧云还在企业官网、百度上了解了这类企业的最新动态、发展方向，这些话题的最佳切入点。做好了准备工作，牧云就拨通了大成地产信息中心主任的电话。

"您好，请问是大成地产的宇文主任吧？"牧云自信地问。

"你好，我是宇文。请问你是哪位？"宇文主任电话里很客气，因无法确定对方是谁，没有当成骚扰电话直接挂机。

"宇文主任，您好呀。我是融技科技公司的总裁，牧云。"牧云用一句话介绍自己。

融技公司，没听过，宇文主任此时已经想挂电话了，语气也变得沉重了一些，冷冷地问道："你有什么事吗？"

"宇文主任，是这样的，之前我在MDI上班时，跟咱们企业在ERP上面有较多的合作，当时咱们单位的ERP也是企业的一个交钥匙项目，我们也是集公司全部优秀力量，帮助咱们按时保质地上线交付ERP平台，当时还得到了集团总部领导的认可和表扬。"牧云尽量说一些和大成地产业务相关的话题，希望宇文主任感到熟悉。果然，宇文主任放松了警戒，继续听着，牧云不打算给宇文主任说话的机会，便继续说：

"宇文主任，我2015年从MDI离开，成立了北京融技科技有限公司。这几年先后服务了很多大型央企、国企，保障他们的业务系统7×24小时高效稳定地运行。所以我也想把我们最近的科研创新成果推荐到咱们单位。希望可以助力您的工作，让咱们单位的信息中心可以更好地服务集团各部门的业务发展。"牧云尽量清晰简洁地介绍着，并在介绍中适当添加会引起主任共鸣的关键词，如"科研创新""地产案例""助力信息中心发展""其他央企试点成功"等。

"哦，行。我知道了，你直接跟我部门的王工联系吧。要是有资料也可以发给我先看看。"宇文主任的态度比之前有了一些改观。

牧云获得了去见那位王工的机会。放下电话，牧云无奈地摇了摇头，他想，如果自己在MDI或者在世界知名的大公司上班，哪怕是一个一线小销售，在拨通客户电话后，只要报上自己企业的名称，如华盛、阿里、京东等，都可以轻松获得客户的接见，那些铺垫和介绍都可以直接省略掉。

牧云加了宇文主任的微信，宇文主任把手下王工的手机号码发给了牧云。牧云第一时间表达了感谢，并将事先整理好的PPT资料和技术方案3分钟小视频一并发给了宇文主任。随后便立刻打电话给王工。

"您好，是大成地产的王经理吗？"牧云电话里客气地说。

"是的，你是哪位？"王经理快速地问。

"王经理，您好。我是融技公司的总裁，您的电话是宇文主任给我的，他让我跟您联系一下。"牧云继续客气地说。

"哦，什么事？"王经理心想又是领导推过来的厂商销售，有些不耐烦，但是一听对方是总裁，也不太敢在电话里表现出不爽。

"王经理，这样，电话里一两句也说不清楚，您看明天还是后天方便，我过去拜访您一下，顺便给您带点我们公司的小礼物？"牧云担心电话里说事情会直接被王经

理拒绝，便要求见面聊。

"嗯，具体是有什么事情吗？"王经理不清楚牧云具体要做什么，所以还是想先了解见面目的。

"王经理，是这样的。之前咱们单位的ERP是我的同事实施的。我了解项目交付后或多或少会有一些不稳定，影响集团的产、供、销和销、供、存业务。所以想着帮咱们彻底把问题解决，这样上面的领导问起来，咱们也有科学专业的工具，提前预警进行处理。不然咱们总是替业务部门和厂商背锅。"经验告诉牧云，王工的角色在过去应该没少背锅，所以决定从其痛点出发，增加见面的成功率。

果不其然，王经理来了兴趣，在电话里问牧云公司的技术是怎么实现故障根源定位的。

"你们公司叫什么名字？你们用什么技术来解决这种问题？"王经理连续问了两个问题。

"王经理，我公司叫融技。核心团队来自MDI的LAB实施。我创办企业至今已经快五年了。要不这样，你看这两天哪天方便，我带着技术团队当面过去给您汇报？"牧云见沟通有戏，便继续尝试约见面时间。

经过电话里的开放式聊天，封闭式问话，王经理很快就打消了顾虑和不信任，便同意第二天下午见面。牧云第二天带着一个竹茶具套盒作为随手礼，跟王经理见了面。因为懂技术，在整体沟通中，牧云都在有目的性地引导王经理，最终王经理吐出了实情：因为ERP系统和其他业务系统经常性出故障，自己没少被集团领导批评。但是集团人手不够，又没有多余的招聘名额编制，软件层面的监控工具配套又不完善，王经理使出浑身解数也解决不了所有问题，只能经常充当救火队长，天天忙得焦头烂额，心里十分不爽。

牧云第一次见王经理，便用王经理的"矛"打开了他自己的"盾"。牧云站在王经理的角度来跟王经理沟通，全程并没说自己是做啥的，但是句句都说到王经理心坎上，认为融技就是老天派来救赎自己的。两个人空对空地聊了一个多小时，牧云见自己储备的监控运维理论框架和技术知识也输出得差不多了，便邀请王经理晚上一块吃饭。王经理也有心晚上跟牧云吃饭，他觉得牧云懂技术，从某种角度来讲两个人算是同频。一到了饭桌，便是牧云的主场了，技术工程师王经理像羔羊一样被牧云引导和洗脑，在酒精的作用下，两人甚至有一种相见恨晚的感觉。

通过聊天，牧云知道大成地产因为ERP总出问题，年初提交了一笔80多万元的监控运维预算，今年马上还要发出来一个ERP二期的标。有了这些信息，牧云第二天又去拜访宇文主任。因为已从王经理那里获得了大成地产的痛、痒、卡、难点信息，心里充满了信心。牧云带了一盒水果随手礼，说是给家里老人、孩子吃的，补充一下维生素，宇文主任听着非常舒服，水果也不值钱，便没拒绝牧云的好意。牧云快速地介绍了融技的公司实力，服务的客户案例，并着重介绍自己一人便可以掌管公司的财务。聪明的宇文主任全部秒懂，话也开始多了起来。双方从业务聊到家庭又聊到旅游，牧云发现宇文主任是一个非常顾家的人，也非常注意生活品质，为了深度交流，牧云便邀请宇文主任晚上一块品尝世间难得的宫廷美食。

"宇文主任，咱们单位附近有一家非常特别的餐厅，叫厉家菜。这家菜在全球一共才十几家餐厅，中国只有三家。两家在北京，一家在上海，主打宫廷菜，用的调料都是传统手艺制作的。最初是在咱北京的羊坊胡同，因其没有菜单，一天只做一桌菜，且只服务一拨客人，基本做到了当年慈禧吃的是什么，您吃的就是什么。这家餐厅很有名，很多名人如成龙以及各国驻华大使、参赞都去吃过，还得提前半个月预订。现在他们在元宝胡同还有一家古代园林风格的菜馆，包房较多，不需要预订，咱们今天去品尝一下御膳吧。"牧云用独特美食吸引宇文主任，也是希望快速加固过完年即将发标的监控运维项目。

宇文主任先是客气了一下，后听牧云介绍了半天，也勾起了对宫廷美食的品尝欲望。这一晚，牧云开了一瓶梦之蓝，口吐莲花地和宇文主任聊了很多旅游、子女教育等跟工作不相关的事情，全程没聊工作，让主任非常舒服，两位像老朋友一样愉快地聊天。最后双方分开时牧云就说了两句话：第一句就是，融技的公司是牧云自己经营的，财务上面安全可控，承诺的金额定会言出必行，不像很多大企业的销售，他们的承诺最后因为职位变动或离职而大多无法兑现；第二句就是，这个监控运维的项目，融技可以先干活，满意后再收款。

就这样，牧云与宇文主任以及王经理建立了初步信任。为了夯实关系，牧云在接

下来几个月的中国传统节日里，不断用商务实际行动和持续的技术细节沟通增加中标的概率。最后和宇文主任成了好朋友，并顺利地中标了此项目。牧云拿到首付款后便约宇文主任一块喝酒，建立了深度信任关系。在以后的日子里，牧云请宇文主任一块喝酒，宇文主任也会邀请另外一家央企的信息中心的朋友刘方一起，他帮牧云介绍更多的甲方朋友，助力融技公司签订更多生意，他深知牧云如果挣到了钱，不会让自己白白帮忙。

中了大成地产的ERP二标标的后，之后每年20万的维保合同便自然而然地交由了项目最初的实施方融技来做。对于牧云来讲，维保项目就是送钱。每年四次现场巡检，系统运行稳定，基本没有啥问题，这主要归功于牧云外包的技术团队，毕竟在MDI厂商服务过，所以总是可以花最少的钱，找到行业最牛的人或者团队高质量地完成。牧云一直没有足够的动力给融技招聘新人，这种外包的方法便成了积累资金的最优方法。

通过宇文主任认识刘方后，牧云发现这家主做餐桌农产品的大企业也打算上一套监控运维平台。他们参观了融技给大成地产的交付成果，也有意让融技参与他们单位的监控运维项目。刘方企业的规模比大成更大一些，而且是集团总部先上，有400万元的人民币预算，这让牧云心里十分痒痒，便经常找各种理由请刘方吃饭、送小礼物和开展技术引导交流。一段时间的接触后，刘方也感觉牧云和其他厂家的销售不太一样，觉得牧云做事有格局、有思路、有想法，讲效率，对于自己这边提出的问题，立刻就可以进行答复或提供相应的资料，不像其他厂商的销售，还得去内部协调售前顾问，等协调好了再约客户交流，等答复基本半个月时间过去了。如果交流过程不匹配还得重新走流程。

刘方认可了融技公司，也在一个月时间里出了两道难题：第一是跟牧云借50万元现金；第二便是要求牧云帮助他搞定招标公司的李基。第二个问题相对容易。牧云虽然不知道如何认识并搞定李基，但是多年的销售经验让他有较大的自信。但是这第一个要求让牧云在心底犯起了嘀咕。借吧，万一400万的项目融技不中咋办？不借吧，那400万的项目一定跟融技没有关系了。此时的牧云认识刘方没超过3个月，彼此又不了解，没办法，牧云便使了"三十六计中的第三十七计"——拖，先帮助刘方搞定招标公司的李基再说。

按理说甲方要求招标公司怎么配合，招标公司一定会听金主爸爸的安排。但是刘方所在的企业因为去年刚查处一笔员工贪腐案，集团全面从严管理，替换了服务超过十几年的招标公司，并将项目全过程拆解到不同部门、不同人员来负责，这就让刘方作为项目标的真正使用的部门面临巨大的难题。所有事情都被打散了，一个项目被拆解成了流水线上的任务段，前面的人无法管后面的事，招标公司又是新引入的，刘方作为距离招标环节最远的关键甲方，却说不上话，也不敢对一家新服务的招标公司乱说话。通过几个月的交流，他认为牧云脑子活、人脉广，没准能搞定招标公司，就直接抛出了这个难题。

生意场上老油条

对于刘方的借款要求，牧云一直拖着，不说不借，只说公司财务近期对外支付款项较多，近期有一笔近百万的回款一旦到账便立刻转过去。牧云请对方放心，说自己一直在抓紧时间想办法，打算先搞定招标公司李基。

刘方所在的中保菜篮民生集团和伟信诺招标公司有合作关系，他手里有招标公司的李基的电话，但是没法直接或者说不敢直接跟李基有任何形式的交流。集团反腐现在正是高压的态势，李基也想接近客户刘方等人，以便了解客户真实想法尽全力配合，也是不可能。集团发文规定不允许需求采购部门与招标公司直接负责人有沟通，

他们二者之间的沟通全部依靠集团内其他无关部门来介入。刘方为了避嫌或者怕被人抓到把柄，才让牧云代劳搞定李基。

牧云从刘方手里拿到李基的电话，便直接拨了过去："您好，是李经理吗？"

"哪位？"李基见是陌生电话，便直接问。

"李经理，您好，我是融技公司的总裁牧云。我这些年一直在做中保菜篮民生集团企业的生意，我了解贵招标单位也一直服务他们集团。我们都共同服务过同一个客户，但是一直没有机会见面，下午请您喝个茶您看方便吗？"为了不被李基拒绝，牧云尽量找一些共同话题。

果不其然，李基在听到中保菜篮民生集团的名称后，便猜测牧云跟客户有过项目合作，私人电话号码估计是客户给的，口气也随和了很多。

"哦，牧总是吧，下午稍微晚点没问题。我有个标要开，估计弄完也得4点了吧。你可以直接来我单位，我们单位一楼大堂就有间咖啡室。"李基非常干脆地接受了牧云的见面邀请。

下午牧云如约来到了李基所在的招标公司楼下，在咖啡馆点了一杯卡布奇诺，同时给李基发了一条短信。

初次见面，牧云认为李基这个人估计很难搞定。他快六十岁了，混迹招标圈几十个年头了，算是这个圈子里面的老油条啦，带有一个十几人的招标团队，每年李基一个部门就给集团贡献上千万的纯利润。集团为了表达对中层老员工的感谢，每年除了奖金外还赠送李基海外带薪游。

"李总，您好，初次见面，给您带了一盒茶叶，不成敬意。"牧云起身，客气地将茶叶递给李基。

"呵呵，牧总您客气了。"李基根本没有把茶叶放在眼里，一边客气地接过茶叶，一边和牧云落座。

"李经理，抱歉给您添麻烦了，我这两年一直跟这家企业有合作，刘方经理他们非常认可我们融技的技术实力，有几个项目也让我代为实施。今天来找您，一方面是想认识一下，另一方面也是希望后面有项目咱们也可以合作一次。咱们的目的一样，都是为了更好地服务客户，对吧？"牧云云淡风轻地把自己和客户的关系表述了一下，也是希望李基可以知晓牧云和哪几位客户的关系还不错。

"哦，恭喜牧总呀，能够在这两家央企拿项目，说明客户还是很认可你们的。"李基简单地恭维了一下牧云。

"李总，您看您哪天方便？我拉着刘方咱们吃个饭吧，这样后面一些事情也可以更好地沟通。您哪天方便？"牧云觉得和一位年近六十岁的老大哥沟通，人家可谓千年的狐狸，就不用玩花活了，直接奔主题吧。

"哈哈，下班后我时间都还行，主要看甲方时间吧。"李基直接把球踢给了牧云。

牧云见李基算是基本答应了，便和李基天南海北地瞎聊起来，主要目的也是希望可以洞察李基这个老狐狸有啥爱好。

牧云跟李基分开后，直接打电话给刘方，拨通后便说："刘总，李经理那边我搞定了，但是为了后面的评标安排，您最好能一块吃个饭，我来做东，不在您单位附近。这样后面项目的事情才会更靠谱。"牧云心想两头忽悠才行，让两方都认为牧云很厉害。

牧云这一系列的忽悠的确收到了成效，但是还得刘方个人对项目有想法，同意为牧云在李基面前站个台。后面两人沟通可以通过牧云中转，将来就算集团查电话和微信也看不到二者之间的沟通。一顿业务饭局就这样轻松地定了下来，几天后，牧云和刘方、李基约了一个下班时间，在中关村的碟鱼头餐厅吃了顿饭，搞定了日后的初步合作关系。大家都不喝酒，牧云听他们俩聊了聊单位的各个领导和项目的事情。为了尽快搞定李基，牧云开车直接将他送回了北城的家。路上李基一边玩手机，一边跟牧云闲聊。

"哎，现在美女都在小视频里面。你看这小姑娘，又白又漂亮。"李基不知是自言自语还是在跟牧云聊天，对着手机发表着感慨。

说者无心，听者有意。牧云立刻明白了，这个老狐狸原来好这口呀。他试探性地问道："李大哥，我认识一位模特，偶尔也兼职挣个外快。哪天我约她一块跟咱们吃个饭？"

"再说，再说，大家先把事做好。我这个人呀，无功不受禄。"多年来的做事操守让李基知道，拿人钱财，替人消灾。

牧云一听李基都这样说了，知道接下来要发标的400万监控运维项目有底了。

将李基送回家后，牧云又打电话给刘方说："刘总，李总这边搞定啦，放心吧，后面您这边的项目有啥需要他配合的。您提前两周安排，我保证可以全力帮您搞定，老李头肯定全力配合。"

刘方心想这个牧云可以呀，我就给他一个手机号码，不到两周时间就搞定了，不错。刘方接着问道："牧云，之前我跟你说从你这先借50万用一下，哪天给我呀？"

真是哪壶不开提哪壶，该来的总会来："刘总，这样，我明天到公司问问财务，要是账上资金充足，我就转给你，要是回款还没到账，我再想想办法。哎，最近资金紧主要是公司这边呀被刚之门公司给骗了，现在官司一审结束了，我这边正在上诉，不然50万这点钱真没问题。"官司是真，有心借是建立在刘方可以让融技中标那400万的项目。不想借是项目还没眉目，此时牧云说着言不由衷的话搪塞刘方。

"行，尽快吧，我等你消息。"刘方说完便挂了电话。

牧云挂了电话，心里很不踏实，突然想到MDI前同事欧阳跟刘方合作过，或许知道刘方的一些个人情况。拨通了欧阳的电话后，先是寒暄了半天，快挂断时才平淡地问了句刘方这个人怎么样，现在刘方要跟自己借款，你有啥好建议吗？欧阳直接说刘方之前也找她借过10万元，还跟谁谁谁也借过。牧云听到这些，心中暗暗下了决心不会借钱了，对刘方这个人的信任也增加了一道防火墙。

第二天下午没等牧云打电话，刘方的电话便直接打过来了，问那50万元借款的事宜，牧云按照准备好的台词，花式哭穷，并表示非常想借钱给刘方，但是咨询了律师，法院二审大概率会直接判决输掉官司，项目款回不来，员工工资啥的还要发放等，最后表明非常抱歉，同时直接抛出那个400万元的项目问题，表示如果刘方不愿意融技中标，牧云这边也可以退出。招标公司那边出于朋友情谊仍然愿意义务帮忙。刘方哪能听不出来牧云的潜台词，便说自己再想想办法，后面的项目还正常合作，招标公司一定要把李基服务好之类的话。50万元的借款风波被牧云化解掉了，但是这在双方心里埋下了一粒撕裂的种子，并很快在项目中应验。

为了加固和李基之间的关系，牧云在一次朋友聚餐时邀请了李基，并通过朋友资源找到了一位货真价实的兼职模特夏雨，陪酒2000元，出台5000元，过夜1万元，23岁，1.78米的大个子，皮肤白皙。为了挣钱做这行不久，牧云发现这位姑娘在人多时还是多少有些羞涩，这种羞涩是装不出来的。

在酒桌上，牧云一一为大家做介绍，李基的眼睛就没离开过夏雨，一听夏雨是学生兼职模特，便开玩笑说："姑娘，你怎么认识牧总的？牧总那可是文化人，他能够让小姐从良，让大学生步入风尘呀。"

牧云知道夏雨因为出国读研需要上百万的学费，走这条路也是身不由己，当然主流价值观肯定不能认可，但他想夏雨真的想留学国外，现在提前步入社会，接触一些老板，增长见识，未来或许有帮助。便也打趣说："夏雨，李总最体贴小姑娘啦，你们加个微信，回头拉着李总去逛逛奥特莱斯。"

李基知道牧云的用意，赶紧接过话茬，自然而然地加了夏雨的微信。李基也知道，后面的费用基本不用自己操心，牧云会帮助全权办理好。

后面400万的监控运维项目，得益于刘方和李基安排的专家的支持，融技以最高分中得项目。但是刘方就给了牧云这一个项目，后面的几千万的微软操作系统采购项目、近千万的网络设备采购项目、视频会议软硬件采购项目都给了别家。一方面是觉得牧云的融技公司太小，这类项目注册资金起步就要1个亿，同时还有各种一线企业才具备的认证资质。牧云只做一个金钱的运输工，将刘方承诺给李基的每个项目费用，提前送给李基，李基则尽全力用规则助力刘方负责的项目中标。李基拿到了牧云代刘方送过来的费用后，除了少部分拿回家给媳妇，大部分都用于支持模特夏雨出国留学了。因为经常和牧云见面喝茶聊天沟通项目事宜，李基非常感谢牧云介绍的大学生，说夏雨体贴、温柔、漂亮，哪怕在外地也是随叫随到，唯一缺点就是贵了一些。

不久之后刘方部门又要采购500万的数据库一体机，这东西的利润足足有300多万元，牧云觉得这个项目自己可以参与，虽然资质不够，但是这种设备只有大厂才会有，只要大厂给授权，牧云就可以参与投标。牧云便和刘方沟通此事。当时国内能够做这个的厂商只有三家，剩余全部为国外厂商，所以最终客户内部开会确定只选择国内厂商，三家厂商也都符合招标要求，于是这个项目很快就进入了招投标流程。刘方当着牧云的面支持牧云所代表的厂商，牧云很开心可以轻松挣到200万元，到时候跟刘方一分，想法非常简单。谁知投标当天就出现了戏剧性的一幕，三家厂商授权了三家公司，其中就包括牧云的融技。刘方在评标现场破天荒的暗箱操作，让另外一家厂商中了标。事后牧云才知道，那家厂商提供了340万元的利润空间，近200万元全部分给

了刘方，如此高的利润让刘方决定放弃牧云的融技，在对方参数不是十分满足的情况下，临时修改参数，对于硬件一体机来说，就是低价中标。牧云依仗参数是自己的自信满满地报了一个高价，结果人家报价只比融技低了一点点，轻松中标。

牧云和刘方合作了一年多，还是有一些基本信任的，刘方的小儿子念小学，在区内办理转学都是牧云托教育部门的朋友资源协助调剂的。没想到刘方在这个一体机项目上承诺牧云后又反水，让牧云十分生气。当然了，他也理解刘方的选择，在金钱面前做选择时，能够选择朋友的不多，大多都会选择金钱。牧云在知道投标结果后并没有说什么，刘方估计是迫于内心的不安，第一时间打电话给牧云，表示这个项目跟自己没关系，是上面领导直接做了指示，自己也只是执行的角色，并承诺后面还有一个上千万的机房改造项目可以交给牧云来做。牧云嘴上没有说什么，心里则"哼哼"两声，如果一个人在自己的心里变成了失信的人，就基本没有回旋的余地了。就这样牧云终止了和刘方的一系列项目合作，从此只要是和刘方相关的项目便不再参与。之所以这样做，主要是牧云在参与刘方负责的项目背后都有厂商朋友的大力支持，刘方反水，直接让融技在市场中的口碑受到了严重的影响。

虽然牧云把全部的心思和精力都放在央企客户上，希望可以让融技公司咸鱼翻身。经过一年多的折腾，央企客户这边也的确中了几百万的标的，但并不代表其他行业的客户牧云就不去参与。其间神牛集团的销售知道牧云的融技主要以MDI的全线软件服务为主，认为融技应该有技术专家可以帮助其搞定保险集团的高层领导。

保险集团是国内一家大型的保险公司，历史上购买了MDI的BI报表工具用于将各类数据整合起来，供领导进行宏观数据决策参考。然而这个BI报表分析平台背后的数据库和报表工具总是不稳定，经常莫名其妙地出问题，领导很不满意，MDI原厂的维保又过期了，如果续MDI原厂的服务，价格又非常高，集团内部预算审批通不过。信息中心的人如热锅上的蚂蚁四处找人，希望尽快可以解决这个问题，让领导及时精准地查看报表数据。最终就找到了牧云，融技虽然一个技术人员都没有，但牧云仍然自信满满地应了下来，然后立刻跟LAB实验室的朋友打电话，说先支持一下客户，把当下问题解决掉，然后项目中标后直接拿出20%合同额分包给LAB的工程师。事情经过牧云来回周旋，在得到了客户认可的大前提下，很快保险集团就临时批了一笔50万的数据库报表维保的项目，融技不出意外中了标，并按之前和LAB实验室的朋友的沟通结果，进行了利润分割，这就是言必信，行必果。

牧云觉得如果融技一直这样做项目，站在用户面前进行沟通，依托一大批技术大牛和厂商的支持，双方目标一致，以利相交但各得其所，倒也是一条生路。只要搞定客户，用自身的综合技术能力来做前期的售前咨询和顾问沟通，然后将项目以技术外派或者分包的方式交由他们负责，虽然这样签约的合同会因技术变更等产生一定的风险，但是这个世界哪有没有风险的事情，只要风险在可控范围之内就不是问题。牧云认为做到项目可控主要紧握两个抓手：一个是商务层面搞定客户关系；另一个就是找到行业顶级的技术专家在明确的时间内来搞定此事。这些人虽然身在各大公司平台打工，但是时间相对自由，技术和技术资源又特别靠谱，他们能够从牧云这里挣到数额不菲的外快，内心也是十分愉悦。

证券数字化转型

融技公司在汤程、王总以及其他员工离开后，反而节省了运营和支出成本，签的每一个项目都是纯利润，这让融技又积累了几百万的流水和利润。

家庭方面也相对省心：聪慧的媳妇和办公室上下级关系相处融洽，被单位领导提拔为处长，虽然工作更忙了，但是未来也更有奔头了；女儿果果每天也在健康快乐地成长，城里孩子能有的牧云和汪红都尽量给孩子提供；老爸身体杠杠的，老妈经常抱孩子导致膝盖半月板撕裂，已找专家做了手术，如今可以正常走路逛街，又通过药物和控制饮食慢慢将身体调整到最佳状态，如今二老的身体基本没有大毛病，让牧云省

心不少。

公司账上在合理交税之后还趴着一大笔钱，牧云也不着急找工作了。董总带牧云下场后结识了做古玩的刘总、律所的关总和做投资的秦总，四个人就组建了快乐高尔夫微信群，基本每一到两周就会约一场球，牧云把精力都放在了如何提升球技上，在球技慢慢提升的过程中，牧云也认识了形形色色的球友，有退休5年以上的司局级朋友、有中关村企业家俱乐部的朋友、有茅台镇做高端白酒的老板、有做房地产别墅投资的朋友等。牧云一边跟这些人在球场上打球，一边向优秀的人学习，让自己变得更优秀。

有一次，秦总带来了一位国内头部科技公司大数集团的高管毛总，打球的过程大家随便聊天。毛总和牧云都是一年球龄，水平差不多，沟通和交流多一些，毛总得知牧云的融技主营业务时，便有意把企业内签订的一张坐标Q城证券数字化转型咨询的合同下包给牧云。二人约好下周在公司拉着技术团队，讨论牧云公司的技术方案是否可行，如技术团队都认可，则可以转包给牧云的融技。

牧云提前做好了准备工作，预先学习了大量关于大数据领域的知识，其实所谓的数字化转型，不过就是"低碳、上云、用数、赋智"的一个过程。有关大数据的专业公司特别多，大数集团之所以愿意把这个项目下包给融技，主要有两个原因：一是融技因为公司小，30万元的咨询费价格实在是便宜。这么一个简单的咨询项目其他公司都要80万元，这让大数集团的采购部门觉得不太划算，因为他们当时的中标价才一百多万，除了咨询外还包含基本的产品采购及实施；另一方面是大数集团在跟牧云来回沟通了两轮技术后，被牧云高屋建瓴的思想和流畅引人入胜的语言表达所吸引。最后这个项目在零竞争的情况下由大数集团的技术和采购部门一致同意，立刻跟融技签合同，因为大数集团在客户现场的咨询工程师已经被客户骂得狗血喷头快支撑不住了。

牧云虽然凭借一己之力征服了大数集团的技术团队，获得了认可，但是签了合同就代表了责任，这个数字化转型的咨询就得给人家做好。问题是牧云现在也没有数字化转型的经验，多年后牧云回忆起此事也是心有余悸，心想当初到底是哪里来的勇气敢去承接一个自己只是一知半解的前沿技术咨询的项目。

为了把这个项目做好，牧云向认识的技术大牛朋友们索要了同类数字化转型咨询的word方案和PPT汇报材料。高尔夫球暂时也不打了，一有时间就赶紧学习文档里面的咨询思路，并把这些思路消化成自己熟识的知识体系架构，最后整理了一份完全按照自己的思路完善的证券行业数字化转型思路PPT。思路方面准备妥当后，此时还缺少一位技术人员配合，作为老板，不能在大数集团和证券客户现场一直只身一人出现，总得有一个人对证券行业数据咨询有经验，不然最后的结果就会很尴尬。牧云只懂宏观技术思路和创新技术思路，真要是一猛子扎到证券行业数据咨询的专业领域里去，会因为不懂技术专业术语直接被踢出局，合同被作废，80%的首付款也会全额退回去，甚至还会赔偿一笔处罚金。为此牧云让小兰在招聘网站上寻找Q城有这方面工作经验的人才，"金钱不负用心人"，不到一周就找到了一位刚生完孩子在家待业一年的女士沈秋香，她有这方面经验。Q城毕竟是二线城市，科技企业并不太多，沈女士找了很久，也一直没找到合适的工作，于是牧云就打电话给沈女士，但是有个前提，只外包沈女士两个月时间，每个月1万元，不作为融技的正式员工，同时为了方便沈女士照顾孩子，公司会为她在证券大厦旁边租一套三居室，牧云也住在里面，节省一些酒店费用。

一切谈好后，牧云带着笔记本便动身赶往Q城，此时已经是2019年的7月份，Q城虽然有"三面荷花四面柳，一城山色半成湖"的美誉，但是7月仍然非常炎热。牧云下了高铁后，滚滚热浪扑面而来。牧云直奔证券大厦，并在附近找了链家房屋中介，仅花了一个多小时便在附近租好了房子，他趁着天还没黑，便在附近超市买了一些生活用品，当一切基本收拾妥当，牧云已经累得直不起腰了。此时天色大黑，牧云到楼下找了一处烧烤小店，随便点了小串和"花毛一体"，打开透心凉的泰山七天原浆啤酒，大口大口地享受起来。

牧云一个人住在偌大的三居室里，居然有些许害怕，开着灯睡了一晚。第二天按照大数集团现场的项目经理跟证券客户约好的时间，带着沈女士准时来到了证券大厦21楼会议室。到了现场，牧云多少有些惊讶，好家伙，偌大的会议室里坐了近20个人，说明证券公司对此次集团的数字化转型咨询相当重视，信息中心的各个部门的领导基本全数到场。当然了这种场合已经吓不到牧云了，牧云不紧不慢地打开电脑，接

上投影仪，找到PPT，待大数集团的现场项目经理做完了介绍后，便和证券公司各部门的专家领导进行了初次的碰撞。

"各位领导，下午好，我叫牧云，接下来我为大家介绍我们计划为集团准备的数字化转型思路，大约1小时，如果各位领导有任何问题，可以随时打断我，我和身边的沈工会一一为大家解答。"牧云声音洪亮地介绍。

其实这次会议是证券公司给大数集团的最后一次介绍机会。如果大数集团再次让他们失望，那么双方之间的合作也会就此中止。

牧云见大家不作声，便开始了正式介绍："各位领导，那接下来我就具体介绍一下我这边针对证券行业的数字化转型思路：中国目前一共有130家证券公司，咱们目前排名在TOP50的位置。今天也非常荣幸能够有机会参与贵单位的企业数字化转型的历史性变革。据我了解，咱们单位这些年随着信息化建设的推进，共有200多套各类业务系统、业务支撑保障系统和办公类系统。各类系统后台的数据库表单起码超过20万张。目前咱们单位信息中心有近千名员工，所以如何让有限的人员把20万张表的数据使用起来，就变得特别重要。所以我的数字化转型的底层思路就32个字，大家可以看一下PPT的底部，共建共享，自主可控，整体设计，分步实施，统一标准，先进实用，全景应用，实战为先。有了这个32字总体思路方针，接下来的建设主要分为三个大块，即模型规范统一，打破数据孤岛，分析灵活智能。模型规范统一，主要就是通过强化数据标准统一数据模型与主数据的全面应用与管控，保证数据的一致性与可共享；打破数据孤岛，就是通过改善业务集成，消除数据冗余，归并整合业务系统，实现源端业务系统数据逻辑统一、分布合理、干净透明；分析灵活智能，就是通过汇总、清洗、转换全业务数据，构建统一数据分析服务，实现跨专业数据的高效计算、智能分析和深度挖掘。有了这三个部分的清晰分工，接下来就是最重要的环节或者说是最便捷的环节，就是通过低代码业务开发平台（开发、可视化一体化）来构建开放自主可控的业务开发平台。完成了这个重要环节后，就可以通过数据中台为全企业各部门提供数据智能应用，这样领导无论是做决策分析、业务创新、危机补救、跨业对接等都可以做到简单、高效、智能。这次的数字化转型利用了大数据、人工智能、微服务等技术以自主可控、合作共建、以项目实战代实践的方式打造新一代智慧证券建设的标杆企业，相信通过两年的持续建设，数智化的效果可以切实地帮助我们企业更好地服务toB和toC的客户，也会让我们降本增效，提升行业的市场竞争力和客户凝聚力。"

牧云一口气讲了一个多小时，更多的是站在领导的格局视野在介绍数字化转型的思路，没有像大数集团的咨询顾问一样单纯地介绍大数据里面的各类技术知识。那类知识是最底层的工程师才听得明白或者关心的问题，而领导层面更多关注的是企业历史存在的问题如何破局，当下如何用最少的投入实现收益的最大化并快速落地交付使用而不是搭建一个空中楼阁。同时也要采用新的技术和思路能够无缝对接未来的发展，避免投资浪费。

牧云讲完后，CIO龚总带头鼓掌，各部门领导纷纷响应表达了认可，当然也有一位网络部门的主管王伟表达了不认同的观点，认为牧云吹得太大，落地的路长且远，不太现实。但是龚总直接打断了王伟的发言，直接说：

"牧总的思路挺好，既应用了前沿的技术，又点出了我们单位面临的主要痛点，并提供了解决办法，今天只是一个初步的思路碰撞，接下来牧总的技术团队会去各个部门完成调研和信息收集，之后会有一个正式、系统、全面、细致的汇报。牧总，我们很期待呀，哈哈。我们这边就安排任经理配合你跟各个部门交流。好，我就说这些，大家看看还有什么意见也可以简单提一下，或者牧总这边跟你们部门调研时再系统地沟通。"龚总直接在会上定了基调，算是表达了认可大数集团这边近期做的工作。龚总不知道他们单位的项目已经被大数集团外包给了融技公司。

大数集团的现场项目经理和技术团队经过了两个多月难得在会上明确地获得了客户认可，对牧云也是十分佩服，后面的工作做起来就顺利多了。大数集团现场的人陆续撤场，后续工作放心地交给了牧云和沈女士。牧云每天带着沈女士和任经理挨个约网络部、系统部、云计算部、安全部、数据部、开发部、业务部等部门的技术主管或者部门负责人讨论业务系统的各种细节工作，了解其部门的运营模式。这种空对空的调研，对牧云来说是一件非常轻松的事情，这主要得益于牧云在云、数、智、信全面的技术储备，如果一些技术细节对牧云来说过于晦涩，难于理解，牧云凭借强大的表达和引导能力，通过抽象的思维或者其他视角来讨论，大部分客户会被牧云强大的知识面和看待事情的独特维度给震惊到，纷纷虔诚地介绍各自部门的情况，表达自身对数字化的需求。

其中一位五十多岁的老大哥徐达，倾注二十多年心血投身证券集团的信息化建设，是集团的元老级人物，技术专家组组长，如今已经退居二线。他专注大数据领域的创新应用，为此把一本上百万字的DAMA英文书，读了好几遍，还考了一张DAMA的全球认证证书，考过这张认证的人数全国不超过100位，这个认证的难度和高度可见一斑。徐总对牧云会上的初次表现十分满意，他有些关于数据治理的思路跟牧云有重叠，牧云拉着沈女士和任总一块跟徐总交流时，徐总表现出强烈的交流愿望，几个人相谈甚欢。徐总年纪大了，也没有什么经济上的需求，子女都在国外读书，就想为证券行业做点贡献，想出一本关于证券行业数字化转型之路和长治久安的书，便经常单独以私人名义约牧云一块喝茶、爬山，沟通自己这些年思考的想法。牧云纸上谈兵还行，但是随着交流的深入，明显感觉知识面招架不住，另一方面也觉得虽然徐总无法给牧云的融技提供帮助，但是作为朋友有必要帮徐总一把，于是便当着徐总的面直接打电话给燕北大学博学多才的乔副教授。乔副教授也非常支持牧云，电话里听完徐总的想法，直接点出了数字化社会化价值应用挖掘、估价和流通的一些思路。后来牧云又安排徐总去跟燕北大学的教授、学者见面详细沟通，让徐总一语点醒，从此对牧云更是十分感激。虽然无法直接给牧云生意，但是在证券集团内部的各个部门的项目分析和人员关系上提供了切实的帮助，让牧云后续在证券集团获得了诸多类型的项目，如用户认证项目、大数据分析项目等。

经过20多天的调研、沟通和交流，牧云很负责任地整理了一份120页针对证券集团制订的顶层设计方案，并用历史收集的文档和客户提供的各类表格数据信息，整理了一份800多页可落地的word交付文档，最后给信息中心各部门主管领导集中汇报了整整4小时。畅谈数字化转型升级为数智化转型，将集团的数据由资源变成资产，让数据不再像垃圾一样在库表里堆放，构建证券行业的数据标签，让证券集团有了这些标签，不断定向精准的服务、挖掘手里的客户，实现价值和利润双增长。在这长达4小时的汇报中，牧云得到了信息中心全员的一致认可，龚总在会上直接同意项目进行后续的交付工作。大数集团希望跟牧云继续签约新的合同执行后面的项目实施工作，客户也愿意先拿出800万元来打造一期的数据底座，然而牧云拒绝了大数集团的合同邀请。他也想挣这800万元，但是他深知，做做咨询吹吹牛或许还可以，但是真要落地交付，一方面是对于这样一个项目来说，800万元并不算多，另一方面是融技并没有这方面的技术专家胜任交付。这个领域的技术工程师基本月薪都在4万或者以上，以融技现在的公司规模，根本无法招聘到这样的工程师。这类工程师基本在BAT或者头部、一线科技公司，没有人愿意加入一家名不见经传的小公司。牧云为这个800万元的项目尝试跟燕北大学的乔祥和朱文画过饼，但是被二位婉拒了，大体意思就是一家公司是无法通过一个项目变成强大的公司的，而且仅仅通过一个项目实施也无法开发出来一套成熟且极具市场前景的产品，所有的收入基本都会投到高知人才上面，项目金额看似不少，可以十几个月的项目实施，项目金估计最后都未必够发员工的工资。

融技配合大数集团完成了咨询的全部工作，剩余的实施工作则由大数集团继续和证券集团慢慢协商。龚总对于牧云的咨询工作非常满意，认为牧云的咨询解决了其多年的想法而没有做成的难点，特意安排任经理约牧云带着一众心腹在酒店里推杯换盏相谈甚欢。

那一晚龚总和牧云都喝了相当多的啤酒，龚总借着酒意，说："牧总，你知道吗？这次我们单位做的数字化转型咨询，为了不出差错，同时找了两家企业来做，除了你们大数集团外，还找了华盛公司。你们两家公司都非常让我佩服。你呢，知识够全面，格局够高度，想法很大胆，可以说句句说到了我们心坎上。华盛的专家不一样，他没有这么全面，但是他在具体的技术点上，就像一位博士，可以解答谁都解决不了的问题，所以说你们俩是各有千秋。来，咱们再喝一杯。"

在牧云以大数集团的员工身份给证券集团做咨询期间，他不知道自己的一次咨询操作，直接影响了另外一家上海的软件厂商的生意，让其已经做好了预算的生意愣是延期一年后才招标。这家上海软件厂商名叫天齐，因为证券集团的生意延期导致牧云在天齐软件厂商中挂了名，从老板到销售都对牧云恨之入骨。但是俗话说，不打不相识，谁承想半年之后牧云却和这家细分领域的头部软件厂商牵起了手，并在创业多年后真正找到了长久可持续的行业机会，一点点将融技公司壮大，逐渐成为国内交通行业细分领域的头部科技企业。

行走钢丝公积金

Q城证券的数字化转型咨询项目差不多接近了尾声，为了低成本Close项目，牧云在当地招聘了一个项目制的临时工帮助打下手，自己则既做咨询又做方案还搞汇报，白天交流晚上整理方案学习新技术，紧张地忙碌了两个月，终于完成了最终方案，并得到了信息中心的一致认可。两个多月了没有回北京陪媳妇、孩子，他的辛苦汪红看不到，更感受不到，夫妻二人的关系变得异常紧张，电话里经常聊着聊着就吵了起来，最后总是不欢而散，牧云心情烦躁都不想回家了，尽管很想孩子！

项目上，牧云结合自身历史众多项目磨炼出的全面能力积累和不断刻苦追求前沿技术、新理论，基本上用极低的成本就Close了这个项目，利润非常喜人。但是家庭方面就不太乐观了，夫妻感情出现了裂缝，牧云内心极其不愿意回家，想通过旅游来散心。可是去哪里好呢？牧云拿着手机调研了3小时城际高铁圈，最终将旅游目的地定在了八朝古都开封，一个黄河水平面如今已经高出城区8米的旅游城市，据说它的中轴线和城墙都是精准垂直在同一处的，每次黄河水患结束后或者王朝更替后新的国都就会在原中轴线上继续兴建新的王朝。之所以会这样，主要还是古人比较迷信龙脉风水导致的。

独自一人旅游，一切变得十分自由、随性、随心，为了打发时间牧云上车后买了几瓶啤酒，喝酒让时间变得好快，不一会就迷迷糊糊地走出了开封车站，牧云随便找了个快捷酒店办了入住。牧云办完入住后先去了开封夜市把什么四碗菜、炒凉粉、桶子鸡以及一些叫不出名字看着诱人的小吃统统吃了个遍，而后拍着滚圆的肚子艰难地扫了一辆共享电瓶车直奔清明上河园，欣赏了大型室外全景演出《千回大宋》。在所有历史朝代里面，牧云唯一看不起的就是宋代，初代皇帝赵匡胤之位来路不正，死也成了历史之谜，后面的皇帝没有一个靠谱的，宋朝不断被蒙、辽、金轮番欺负，丢了半壁江山，改国号南宋。本来南宋岳飞等人是有可能收复河山的，但朝廷内斗陷害忠良，结果崖山海战，10万军民被迫跳海，宋朝彻底沦亡，也导致中国的中原历史文化断层。当然这个朝代也不是一无是处，宋朝的科技文明还是在历史的长河中留下了浓墨重彩的一笔，如指南针、活字印刷、火药、数字、帆船等，其中秦九韶的《数书九章》代表了中世纪世界数学发展的最高水平。《数书九章》分大衍、天时、田域、测望、赋役、钱谷、营建、军旅、市易九类81题，其成就之大，题设之复杂超过以往算经，更因为秦九韶年轻时作为民间武装的首领在潼关御敌的经历，书中所涉及的军事问题之多也是空前的。其中的"大衍求一术"领先西方数学家高斯554年，"正负开方术"比英国数学家霍纳的解法早了572年。如果宋朝没有朝政不稳，朝廷内斗，想必会为子孙后代留下更多文化遗产。而苏轼、陆游、欧阳修、辛弃疾等，也不会怀才不遇，醉情于山水、美食和诗歌吧。

牧云看到的《千回大宋》里面仅记录了宋朝的千里江山，万朝来贺等场景，无奈地摇头，感叹连艺术也不忠诚于历史。不知是天热还是消化系统太好了，牧云有些饿意，确切地说是想喝点冰凉的小啤酒，于是又打车去了开封小宋城美食广场。小宋城的规格档次明显高出了夜市，虽然在室内，但是空间巨大，造景美轮美奂，除了各种美食，还有唱戏、杂耍和民间艺人等，再现了京都汴梁当时的繁华景象。牧云被晚上的《千回大宋》演出场景震撼得还未回过神来，又被小宋城的繁华和美食给迷晕了，此时在陌生的城市自由流浪的感觉无比充实和幸福，心想要是媳妇、孩子陪在自己身边就更美了！带着这种小遗憾，牧云随便点了肉串、小菜，独自喝了5瓶啤酒，晕晕乎乎地打车回到酒店。

第二天，牧云很早起床，沿着大宋御河绿化带跑了一圈，消化一下昨晚的美食和酒意。上午去了大宋武侠城，跟随园子里的"好汉"们打卡了一个个宋朝情景剧，最

后在壮观的《三打祝家庄》的实景战斗中结束了行程。下午急匆匆参观了一下大相国寺，在里面看到了《水浒传》里面著名的桥段"鲁智深拔树"的铜雕塑。天色尚早，牧云不知道接下来做啥，突然发现路边有家"剧本杀"的游戏馆，心想这两年这个游戏太火了，大江南北遍地开花。可是"剧本杀"到底是个什么东西牧云并不清楚，只知道年轻人、学生玩得特别多。一方面带着好奇心，另一方面也是想看看如今的年轻人、学生们都是什么想法、都在玩什么，便径直推开门打算体验一把。

一进门，才发现"剧本杀"生意果然火爆，很多学生模样的人在排队等房间。牧云找到老板，说自己一个人，第一次玩，老板便安排了陪玩NPC和一些排队等待的人一块，凑够了剧本的演员人数。大家选好了剧本，老板特意强调这套剧本是新近推出的，由知名编剧写的，说完就让大家去服装区换衣服。牧云扮演一位皇子，其他人分别扮演皇帝、杀手、和尚、太监、皇后等。当牧云穿好衣服，到了古风设计的房间就后悔了。所谓的"剧本杀"不过是几个人拿着各自手里的剧本，扮演并描述里面的角色，然后大家猜测谁是凶手。真是无聊至极，还不如晚上找个地方喝酒撸串或者找个酒吧去买醉呢！玩个"剧本杀"跟在会议室里面开会一样，一玩就花费了3个多小时，累得牧云不断地揉搓着老腰。他中途本想离席，结果陪玩说中途走要包本，就是承包所有人的费用，还要交一定的罚金，虽然也就1000元上下，牧云看在钱的分上，还是倔强地全程完成了陪玩。唯一有意思的是两个小发现：其一，游戏中一个高中的女生，在游戏前和游戏后就像孤独症一样，一句话不说，很不正常。可是游戏开始后，她立刻进入角色，与在座的所有人像多年老朋友一样沟通交流，游戏结束后又打了她的自闭开关，沉默不语。其二，在剧本刚开始时，老板安排了一个时常在店里玩的帅小伙，此小伙高兴地进屋，扫了一圈屋里的人，看了一眼两位女孩，包含那个高中女生，估计觉得不够漂亮，便直接要求老板换个场子。牧云心想，这小伙子也太明显了，别人都是来玩剧本的，他是来钓美眉的。唉，看来我老了，实在是搞不明白现在的年轻人心里一天天在想啥。

在开封自由随心地玩了三天两晚，牧云心情有些缓解，但是倔脾气的汪红一直没有给牧云打电话。牧云觉得媳妇真是一点也不担心老公在外面的死活，心里十分不爽。可是世界那么大，牧云能够去哪儿呢？牧云本来想回东北老家看看父母，但是一想到父母还是像管小孩一样管着自己，便打消了回老家的念头。此时的牧云人是绝对的自由，但是内心却像孤魂一样无处安放。为了让自己心情舒服些，牧云决定找个山沟沟去住几天，让心静下来。一个新开发的古村落——小卧铺村，进入了牧云的视野，这个村在20世纪90年代是有名的光棍村，坐落在大山深处，有个大型水库，村子就在水库的峭壁旁，进村只有崎岖的山石路，连自行车都通不了。前几年，姑娘们都不愿意嫁到这个村，导致很多男人找不到媳妇。牧云到了那里后，发现很多四五十岁的男人因为家境窘迫没找到媳妇，至今仍然打着光棍。牧云跟一些人聊天，实在想不通这些三观五官正常的人，上有80岁的老母，没有媳妇和子嗣，这些年是怎么过来的，想想不由得内心为他们感叹不已。任何事情都有两面性，过去穷得掉渣的封闭村落，如今却因为原生态风貌——很多房子还是新中国成立前盖的，被当地政府申请成了古村落旅游景点。村子还是那个村子，只是摇身一变成了城里人的世外桃源，那二十几户曾经不值一分钱的房子，如今都能收1万元1年的租金，有些城里人手慢还未必可以租得到。

这个古村落，政府投资了800万元，大部分钱用于修建一条只能够容纳单辆汽车进出的柏油路，其他尽量保持原生态。经过崎岖的水库山路进入村庄后，满眼是石头路、石头墙、石头房子。房顶还是20世纪五六十年代的，实木格子门窗已经发黑，村口有一口解放时期打的水井，如今仍然作为村子里的备用水源，井旁是一棵已经存活了上百年的柳树，树上挂满了祈福的红色条带。每家院外都有一个半亩地大小的菜园，蝴蝶在菜园里飞舞，花甲的老太太弯腰掐着菜叶。地势高一点的房子旁就是棵枣树，绿意盎然的叶子，透着艺术的光芒。村子下面几米就是水库，平静的水面，透着碧色的光芒。年轻一点的农家妇人跟牧云说，她老公晚上没事就会坐在窗台或者枣树上钓鱼，最大的鱼有十来斤呢。说话间，一条毛茸茸的小土狗不断地围绕着主人撒娇。抬头看到不远处水库边上的木制水车以及满山的野花和绿色，牧云感觉自己慢慢由欣赏画作，变成了画中人，多日来苦闷的心情也随之烟消云散。

牧云此行并没告诉父母，而是直接从县城租了车去的小卧铺村。他在村主任那里租住了改造后的石头房子石头院。因为旅游刚起步，餐饮等还跟不上，牧云就自己在厨房冰柜里找了一只收拾好的白条土鸡，炖了一个土豆鸡块，又随便在菜地里割了点韭菜炒了个鸡蛋，配着廉价的啤酒，坐在水库边上，惬意地喝了起来。看着宽阔的湖面，吃着农家土味，除了偶尔几声狗叫和不间断的知了声，村子里安静得有些可怕。但是这种安静，却让牧云的内心一下子回到了童年时的快乐时光，感觉无比幸福！没有了城市冗长乏味的交通拥堵，没有每天上满发条的工作时钟，只有静静的山水，日出日落，袅袅炊烟，与世无争，怡然自得。牧云突然不那么埋怨汪红了，他觉得自己在外潇洒，然而媳妇既要上班还要照顾孩子，岳父岳母还要每天在家里做饭洗衣服打扫卫生。牧云的心情瞬间仿佛被重置了。他拿起电话主动向媳妇承认错误，并跟媳妇商量利用她的年假时间，带一家老小去云南旅游，放松一下心情。为了让节俭的媳妇不用担心开销，他告诉媳妇证券的项目小几十万的回款都收上来了，最近又中标了一个一年多前谈的汉江公积金的80万元项目，加起来有几十万的纯利润，一家子出游犒劳媳妇持家的辛苦。

汪红结婚多年从不主动认错，这和她的性格有关，她太刚了！其实这对一个女人来说并不是好事，不过这要是放在创业或者工作上，的确可以建功立业。汪红接受了牧云的嬉皮笑脸、无羞耻、不那么真诚的认错后，也在电话里那边小声气呼呼地说：

"最近正好有个衣服品牌打折，便给你买了两件衬衣和一条裤子。你有空抓紧回家试试号，如果不行得赶紧调个号，或者我就给退了，一天天你贼气人，还得管你，欠你的……"

牧云开心地笑着，心想媳妇还是心疼自己的。唯一的缺点就是这娘们儿嘴太硬。唉，爱笑的女人才好命呀。

牧云收拾行李，带着愉快的心情，回京待了几天。为了节省资金，仍然没有继续招技术人员，他自己带着两台笔记本电脑飞到汉江市，打算独立实施完成汉江公积金的软件项目。之所以敢独自实施，底气也是源自湘江银行和Q城证券的项目的成功经验，他想没有汤程我牧云一样可以。事后很多年，牧云回忆自己已经六七年不搞技术，还敢承接软件项目实施，也是心有余悸——真是太大胆了！

事实也的确狠狠地给牧云上了一课。Q城项目是咨询，不是写代码；湘江项目是软件升级，更多是录入数据，简单用shell脚本写一些小程序即可。但是汉江公积金项目是一个从头开始实施并要按照合同要求交付的项目，操作系统是CenOS，软件是MDI的monitor全线产品，除了安装实施外，还要设计和二次开发，另外还会用shell脚本、Java程序开发以及PL/SQL数据库开发。尽管牧云手里有大量的历史实施手册，但是根据那些文档操作根本达不到手把手指导的效果，最后的结果就是牧云辛苦地干了20天，也只是把软件给安装上了。万幸他的商务能力发挥了巨大作用，他跟配合的客户PM项目经理以及验收的客户科长关系处得非常好。好到什么程度呢？简单举两个例子。PM是个典型的技术男，和牧云在技术和未来职业发展方向上经常沟通，后来成了牧云的崇拜者，下班后经常约牧云去吃当地的特色美食和日料，一些shell、Perl脚本程序直接根据牧云的需求帮着给写完并调试好。另外那个科长更是支持牧云。有一次牧云加班到晚上9点多，还是搞不定一个手机短信自动发送的数据库触发器调用外部的脚本程序，不断调试，结果那个触发器写成了死循环，导致科长手机瞬间收到了4000多条短信告警，直接爆机了。科长打电话给牧云，客气地说明天安排一下技术专家处理吧，晚上就别加班弄了，手机已经被短信打爆了。科长没有一点儿责备牧云的意思，让牧云非常不好意思，赶紧寻找解决办法。这种严重事故要是发生在其他工程师手里，估计会收到警告函或者项目款也会因此搁浅。

牧云明确自己就算把牢底坐穿也搞不定这个项目了。他把项目需求、真实环境规划设计、IP地址、网络情况、对接系统、接口方式、已经实施的内容等全部整理到word文档中，形成了一个近百页的工作说明书，然后打电话给好朋友兼技术大神卫青。卫青是中国monitor领域绝对的大神级人物，手下管理着公司几十个技术人员，同时也是睿信雅达的小股东，国内和海外的monitor项目做过几十个，可以说精通中国的monitor产品的人才大部分是经他手调教出来的。此人不善言辞，不修边幅，没空洗澡，肩上永远有厚厚的一层头皮屑，拖鞋和裤衩是标配，晚上加班到后半夜两三点钟更是家常便饭。他身上最大的优点估计就是只会挣钱不会花钱。牧云创业也邀请过他入伙，但是他觉得睿信雅达目前的股份如果哪天成功上市，起码可以兑现近亿元，不太想放弃。当然主要原因还是融技太小，吸引力不够大。但是彼此友情还不错，卫青欣赏牧云敢想敢拼，这些年也是一直看着牧云不断成功转型，乘风远航。

牧云跟卫青直接在电话中表明了情况，并把整理好的文档发了过去。卫青看完后说这些工作太简单了，他自己干估计1天就可以全部做完。牧云既高兴又震惊，他原本想让卫青每周末飞过来干两天，连续干两个月，结果这大哥说一天就可以搞定。牧云说愿意拿出2万元请他帮个忙把项目给Close掉。卫青说自家兄弟，就收1万元，把机票和酒店给订了就行。于是牧云赶紧根据卫青的时间，订了酒店和机票，并亲自接送

机，全程提供餐饮等管家级别配套服务。卫青果然不负牧云所望，真的只用一天就完成了全部工作。上午10点到达客户现场，为了赶时间中午饭是在电脑前吃的高端营养盒饭。他一直干到晚上10点半，中间去了两趟厕所，接了一个重要的电话，项目就搞定了。网络节点全部采纳监控，事件处理中心全部格式化完成，大屏用以前的图片结合Photoshop改了一下，保证了美观大气，短信告警、邮件告警也全面完成对接和集成。牧云佩服得五体投地，牛人就是牛人。为了表示感谢，晚上牧云拉着卫青吃了特色盱眙小龙虾，同时在京东网上下单，给卫青的儿子买了一个大疆无人机玩具。

在接下来的一周里，牧云拉着客户PM和那位科长，进行了项目正式验收工作。验收结束后，请大家一起吃了江鲜，并每人送了一台室内跑步机，汉江多雨，跑步机方便他们在室内就可以经常锻炼身体。这个项目，牧云可以说是在钢丝上完美地走完了全程，客户开心验收，卫青帮了朋友也挣到了零花钱，牧云Close了项目，屏蔽了合同违约风险，还为融技挣下了一笔可观的收入。艺高人胆大，富贵险中求，其实一切的果，都是有"因"的，今天的小胜利，是牧云的技术、人脉、友情等的集中发力，所以从命运的视角来看，这一切，都是最好的安排。

苍山洱海游大理

小兰每天踏实地帮助牧云处理行政、财务等事宜，通过不断开发票，看到融技公司正在慢慢成长，也体会到老大牧云在经历了前期的合伙人分崩、员工大批量离职后，不再轻易招兵买马的良苦用心：节省资金，手中有粮，心中不慌，为未来再做打算。

牧云忙完了汉江公积金项目，汪红便向单位申请了年假。牧云带着媳妇、老人和孩子一块去大理游玩，看苍山洱海。牧云感激小兰一直以来的不离不弃和认真工作，帮助小兰和其男友一同订了去大理的机票，算是奖励吧。牧云也是觉得人多了热闹，汪红跟小兰见过很多次，也知道小兰在危急关头没有弃牧云而去，也欣然同意小兰和她男友一同前往。

牧云订了一个洱海半山花园别墅，这是一个花园式酒店，小院整体采用大理的白墙青瓦影壁的装修风格。在大理评价一户人家是否富有，只要看他们家的影壁就可以窥之一二，普通老百姓的影壁基本也就一两万块，有钱人的户外影壁高达上百万元。院子里小桥流水，鲜花多肉铺满了花坛和高墙，户外有泳池，露天竹棚茶室，墙角处还有老榆木桌椅和户外BBQ设备。窗户外面不远处就可见传说中的洱海，一切美得不可思议，牧云看着汪红领着孩子新奇地看着院子里面精致的花草，小兰不断要求男友帮忙照相，心里十分舒服，或许这就是自己奋斗的意义吧。

一行人在大理待了5天，牧云租了一辆别克GL8商务车，每天拉着大家转洱海，观花海，逛古城，品美食，游大理寺，玩得不亦乐乎。牧云自从上次病倒后，一直坚持养生，坚持每天练习中国易筋经传承人王老师教授自己的拳法。中医认为"痛则不通，通则不痛"，每天练功可以缓解久坐带来的颈椎、腰椎不适和斜方肌疼痛问题，他还坚持使用北医三院张主任自己研究的养生膏方，身体又恢复到二三十岁的状态，心悸、抑郁、气血虚弱等亚健康症状都在慢慢消失。

牧云找到了一家国营茶园下关沱茶，在茶园里品尝了各种茶后，最后喜欢上了下关沱茶的滇红种，就一次性买了2万元的茶叶原叶，打算回京后让小兰一一打包，在即将到来的中秋节快递寄给朋友和客户。这是牧云创业这几年一直坚持的做法。无论客户是否有生意合作，仍然坚持赠送一些应季小礼物，表达一下小心意。牧云相信，智者循因，凡夫求果。有趣的是，由于云南的滇红茶叶纯天然，是古法炒制发酵，冲泡后有一种出奇的甜香，盛京101医院的主任后来又特意跟牧云要了一盒，说是他们院长喝过后觉得特别好喝，但是盛京周边的茶叶市场都没有买到一样的，她要送给院长一盒，又不舍得把自己的那盒送出去，哈哈。看来国营茶厂还是经得住群众的考验呀。

　　在大理时，牧云有一天发现院子中一位60岁左右的老头在花园里摆弄花草，因为院子中有两朵像荷花但不是荷花的花，淡黄色的花瓣，很是好看和奇异，见多识广的牧云也不认识是什么花，出于好奇便上前礼貌地询问老头。老头看了牧云一眼，便头头是道地介绍起来，说这花名叫姜荷花，是他用从台湾带过来的种子培育成功的。牧云走过去仔细观察起来，和老者闲聊了起来。牧云介绍自己是从北京过来旅游的，这几年IOE的生意每况愈下，公司如今也找不到很好的方向，勉强维持着，他陪家人、带公司员工来云南散散心，思考一下未来的路。其实说是过来游玩，自己只是负责"司机"和"买单"。老者被牧云逗笑了，便放下手中的活儿约牧云一块到亭子里喝茶，并拿出20年的古树春茶招待牧云。

　　原来这位老者是酒店老板，一位《天龙八部》里"扫地僧"般的人物。这个拥有几十栋别墅的酒店是他从台湾来旅游时，被大理的美食、美景所吸引，便买下了地块，按照心中的想法一点点建造起来的，前前后后投资了上亿元。他在台湾仍然有工厂在运营，如今都交给了几个儿子，自己在这边种花、喝茶、养心。忙了一辈子，如今好好享受生活。老者跟牧云聊得很畅快，拉着牧云的手说带他出去兜风。在地下车库牧云直接"石化"了，全球限量版的跑车JAMARA，百公里加速只需3秒，全球排名第八！老者很随意地说这车因为底盘太低在路上开的时候碰了一下，修车就花了70多万。当牧云张着大嘴沉浸在惊讶当中时，老者已经拉着他上了车子。在巨大的轰鸣声中，车子很快开出了地下车库，行驶在马路上。

　　老者一边开车，一边云淡风轻地说："牧云，人生呀，就那么回事，只要自己的心结打开了，就会发现其实一切都没啥意义，活着就是最大的意义！只要去体验，去帮助，去传承，去延续，就会快乐地过完这一生。但是未来是未知的，所以人大多时候会苦恼。例如我们不知道自己会经历多少苦乐、做生意会经历多少波折、何时生何时死，所以会迷茫，甚至迷失。其实过好每一天，不负自己想做的事儿，不负自己所爱的人，这就是最幸福的。我刚听你说，你带着家人、员工一块儿出来旅游，其实是因为苦恼公司的未来发展方向，心里有些隐隐难受。以我一个过来人看，还很年轻的你已经很成功了。科技公司经营了好几年，多少也挣了点钱，照顾好了家人，对得起朋友，生活中拿得起，放得下。真的很不错了，你不开心是因为你想要的太多了！'人'

这个字有两笔，左边的一撇写的是前半生的执着，右边一捺写的是后半生的释然，多看看你拥有的，别苦恼没有得到的。人活到一定岁数，会越来越相信命数，时也，命也。你和我的财富、命运等，这些其实都是和时代息息相关的，有些东西强求不来。但行好事，莫问前程，美好自然会在前面等着你，加油，年轻人。"

牧云听着老者的话，细细地在心里消化着，思考着，回味着。他放松地看向路两边的行人，发现每个人脸上都洋溢着快乐。这快乐或许是美丽如画的大理带给大家的，又或许是身边的人带来的。我们就生活在这样一个世界里，有火炉茶点慢生活的大理，也有车水马龙争上游的北京。环境可以改变一个人，但是真正能够改变自己的，只有自己——只有当自己的心境发生转变，周边的世界才会发生转变，正所谓，心能转境即同如来，心随境转即是凡夫。

牧云没想到大理之行，还能碰到如此成功的世外高人，看来一切果真都是最好的安排！

牧云一行还从大理飞赴丽江，游览了丽江古镇，爬了玉龙雪山，中间还开车去了一趟泸沽湖，看了篝火晚会和参与当地习俗——走婚。两周的时间大家基本玩遍了云南的著名景点，他们发自内心地感叹祖国的繁荣、强大。而国家对严格执行绿水青山的保护政策，让人们有幸能够人在画中游，用脚步去丈量美丽中国。

半个月，花费了十几万元，牧云一点都不心疼，对比创业那几年买东西乱花的钱，他觉得这钱花得很值。

在游玩的过程中，汪红开心，老人满意，小兰兴奋，果果也慢慢对爸爸有了新的认识。她觉得爸爸是个超人，会开车，会带所有人吃好吃的，可以和爸爸一块体验爬山，下河，捉鱼，开船，打枪等，而且走累了还用肩膀驮着自己……十几天下来，果果像小油瓶一样追着拉着爸爸的手指，屁颠屁颠地跟在后面。汪红看在眼里，喜在心间，但是仍然气呼呼地对牧云说："看吧，不是孩子不黏着你，是你平时陪孩子太少了。现在她不是也找亲爹了吗？"

牧云听着媳妇的嗔怪，只有幸福地傻笑。

草原篝火把兄弟

时间就像沙漏，慢慢地流逝，玩乐的时间总是很短。两周时间一晃而过，大家一起回到了北京，各自归位准备继续打拼。牧云接到了好兄弟林夕的电话，说是康网公司准备开展本年度第二次团建。员工们想去大草原，最终大家商定要去内蒙古锡林郭勒盟九曲十八弯的乌拉盖大草原，据说那里有一人高的野草和一望无际的草原韭菜花，美得让人窒息。林夕想邀请牧云一块儿去玩。

此时融技全部项目都已经验收回款，新项目还看不到苗头。云南旅游让牧云玩乐的心如脱缰野马，根本收不回来，汪红收到了牧云给的几十万项目回款，也知道牧云和林夕是好朋友，看在钱的面子上，就放任牧云继续出去浪。女人的心理有时挺难捉摸的，有时又非常简单，只要老爷们儿（指老公，东北方言）把挣到的钱定期交到家里，基本上就不太会去约束他。

牧云、林夕以及康网的员工坐在租来的考斯特上，一路欢声笑语，唱歌打牌，到达了锡林郭勒盟锡林浩特市。一行人入住当地最好的玖苑酒店，刚过旅游旺季，物价又回到了原始状态，没有嘈杂的人声，大家都很满意。

两天时间内，牧云与林夕他们一起看了贝子庙、乌拉盖草原、平顶山火山群。牧云基本上也没什么心情看风景，晚上被这些年轻人喝酒的豪气感染，或者说是奔波了一天，自己也需要喝顿大酒解解乏，总之是每天豪饮，甚至有一天晚上回酒店前还抱着路边的树吐了半天。游玩的心情放松，每天上紧发条工作，半宿儿醉酒，第二天并没有感觉特别头疼，只是精神略显疲惫困乏。

游玩结束，牧云决定留下来去看看自己在锡林郭勒盟的好朋友刘三哥和海龙哥。牧云希望林夕可以陪自己多逗留两天再回京。

林夕同意后，牧云便拿起电话拨通了海龙哥的电话："喂，海龙哥好，我是斯琴巴特，想中午过去找哥哥喝酒，方便不？"

海龙哥一听是牧云很是高兴，但还是假装生气地说："臭小子，你没骗哥吧？你在锡林郭勒盟？啥时候来的，怎么也不和哥提前说一下呢？现在通知哥哥，你这臭小子可是死定了，哈哈！你是住在玖苑酒店吗？"海龙哥一连十个问题。

牧云笑着说："是的，海龙哥。没骗您，不用麻烦您来接了。您看看您在哪里方便，我带个兄弟过去找您吧。中午我请，算是弟弟给哥哥承认错误。下次来锡林郭勒盟一定提前半年请示，哈哈。晚上您要是没事，再给弟弟安排个沙葱羊肉吧。"

"来到这里还用得着你来请？哥这就开车过去拉上你们。我到了打电话给你，你就下楼，哥就不上去了。"海龙哥用锡林郭勒盟方言爽快地说。这地儿方言让人听了特别舒服，语气中自然而然地带有一种豪气、义气。

牧云跟海龙哥之前因为项目结缘，后来海龙哥家里的老人来北京看病做手术，牧云去机场接机，帮忙订了几天的四星级酒店，并提前支付了费用，让海龙哥很是感动。虽然在生意上没能有机会合作，但是感情一直很好，时常保持着联系。

牧云来锡林郭勒盟前，有规划要去见见海龙哥和刘三哥，所以提前采购了一些北京特产和他们爱喝的燕京白啤。

海龙哥到了，将他那辆福特猛禽皮卡，霸气地停到酒店门口："臭小子，我给你说，你死定了。我刚才打电话给刘三哥，他那边已经让厨子准备羊肉了，现在你刘三哥停薪留职，做起了白酒会所生意，咱们直接去他会所。你看刘三哥怎么收拾你！"

牧云虽然被海龙哥训斥着，却感受到了满满的友情和宠爱，他及时介绍身旁的林夕给海龙哥，说这是自己在北京非常要好的兄弟。两人把带来的礼物一并搬到海龙哥的猛禽皮卡上，随着油老虎那轰鸣的发动机声，不一会就到了刘三哥的白酒会所——酣客酒窖。

中午4个大老爷们和海龙哥的媳妇，刘三哥的媳妇，还有新认识的花姐及她的特警老公，像家人一样自由自在地聊天、喝酒。林夕开始有些局促，但是几杯白酒下肚，气氛立刻热闹了起来。来到内蒙古，喝酒唱歌是必备节目，林夕也很快融入其中，大口喝酒，大口吃肉，并被哥哥们要求，嫂子们起哄，唱起了一首马句的《一生啊》，牧云最近非常喜欢这首歌，如此的沧桑厚重有力，用蹩脚闽南语动情地唱着：

> 我放荡了一生
>
> 笑看世事险人心
>
> 二字啊相挺
>
> 是非甘讲会真
>
> 我执迷了一生
>
> 啊轻谈尘缘情
>
> 风霜夜雾深
>
> 漂泊不归人
>
> 一杯酒干落去
>
> 敬着浮华的年纪
>
> ……

大家推杯换盏，你来我往，很快就喝光了几瓶醉客好酒。花姐和其特警老公说还要回去上班，便先走了。海龙哥和刘三哥时间相对自由一些，大家到一楼茶室喝茶，聊天，去去酒意，顺便打了一会掼蛋纸牌。

海龙哥一边打牌一边说："牧云，晚上呀，咱们这些人去我一个同学那里。他在郊区盖了个小别墅，咱们去那边户外烧烤，自己烤肉吃。那边还有菜园，里面的蔬菜都是有机绿色食品。"

牧云来到内蒙古，基本全听海龙哥的安排，哪敢自作主张，便说："哥哥，听您的，但是别给您添乱。我听说咱们这里的《蒙古马》演出挺不错的，晚上我和林夕先去看一下，再过去吃烤肉？"

"哎呀，明天再去看吧，正好你花姐分管那块的演出，我让她给你们留两张好位置的票，今晚先喝酒。"海龙哥跟牧云商量着。

"哥哥，我这次来就是多留下两天看看您和刘三哥，我订好了明晚的机票返京，今晚您就让我去看吧，看完我再把欠大家的酒给补上，行吧？"牧云央求海龙哥，并眼神示意刘三哥帮忙说说话。

"臭小子，行吧。这样，你和林夕休息一会，然后开我的猛禽去看《蒙古马》演出吧，去那边是山路，开哥这车如履平地。晚上我发个位置给你，你们看完演出直接过去，我们在别墅小院等你。我马上给你花姐打电话，让她给你们留两张好位置的票，票钱你就别管了，你花姐自己搞定。"

"得嘞，一切听哥哥的，有哥哥真好。四个九，要不要？"牧云见晚上可以欣赏《蒙古马》，便继续打起了手中的扑克牌。

酣客人脸典藏酒的确不错，大曲纯粮固态发酵，大家虽然喝了不少，这酒不上头，身体也不难受，还散发着浓浓的酒香，要知道很多不好的曲酿的酒，喝完后身体是臭的。牧云、林夕和哥哥们喝了一下午茶，天黑前酒意也散得差不多了，于是牧云开着车拉着林夕便直奔半山上的《蒙古马》演出现场。

路上牧云对林夕说："兄弟，哥都快40岁了，现在酒也醒了，有个事情想跟你说。"

林夕说："哥，有啥事就说吧，咱们也认识几年了，哪还需要铺垫呀。"

"是这样的，这几年咱们业务上有合作，有困难咱们一块都给扛下解决了。正所谓路遥知马力，日久见人心，在钱上，在事上，我很认可你这个兄弟，估计一会看完演出，晚上又有一场硬仗，趁着现在哥清醒，哥想跟你拜把子，成为有福同享，有难同当的兄弟。"牧云开着猛禽走在颠簸的山路上，一字一句清晰地说着自己的想法。

"啊，这是我的荣幸呀，这些年跟着您我也学到了很多，我心里一直把您当成大哥，要是拜把子，我太愿意了。"林夕开心地回复牧云。

"好，这样，一会看完《蒙古马》的演出，我们参加海龙哥的酒会后，咱俩再单独搞个小仪式，就咱俩，好吧？好兄弟，一辈子。事业上共同努力，生活上相互扶持。另外呀，我公司申请了几个酒水的注册商标，想着哪个商标最后申请成功了，为了纪念我们的兄弟情，以后我们就喝自己品牌的六年纯酿好酒。其实最开始我想申请'锦绣川'这个商标，但是这个名字被济南一家酒厂给注册了，后来我想了二百多个商标名字，从各种诗词、成语和历史中找来的。哥哥我真的见识了中国的商标文化，二百多个商标名字居然全部都有人注册了，最后实在没办法尝试申请了几个商标，执梦、在祀与戎、朝游碧海、落花人独立、羁商等。"牧云很开心，初中毕业后，再也没有拜过把子。初中时拜把子是因为香港古惑仔电影看多了，一时热血玩玩。后来求学、工作，儿时的兄弟这些年只是偶尔有联系，大家在不同城市打拼，相聚不多。

"我比较喜欢'执梦'和'落花人独立'这两个，希望别被商标局给驳回了。哥哥，您有空把那几个商标名字和商标名字的潜在意义都发给我，我让设计师给设计几个瓶贴，到时商标下来后，咱们就可以有自己的品牌白酒了！再也不用给那些大牌酒厂交品牌智商税了。其实我爸以前就搞过白酒，10年的洞藏纯粮老酒如今市场上也就200—300元。"林夕也是好酒之人，一听牧云正在申请白酒商标，以后可以喝上自己品牌的纯粮好白酒，心中满是憧憬。

花姐看到海龙哥的猛禽开到停车场，便带着助手上前欢迎，简短寒暄后便引领牧云进入会场，并给安排到了前排的沙发座上。牧云深刻地体验到了贵宾的待遇，不用掏钱，直接进场坐VIP座位。林夕也觉得跟着牧云大哥很有面子。

《蒙古马》演出的确精彩，180匹训练有素的马，300多位学校学生和专业演员，八个场景，人与马、人与战争的剧情逐步推进，战马在偌大的场馆里全速奔腾，牧云和林夕全程看得热血沸腾，一下子被带到了一代天骄成吉思汗铁骑弯刀横扫欧亚大陆的遥远岁月。

带着观演后胸中汹涌的感受，牧云开着猛禽拉着林夕来到郊外的别墅小院，花姐也一并跟来了，到了现场牧云看大家已经喝嗨了。海龙哥、刘三哥等立刻拉着林夕也加入了喝酒大战，牧云和林夕简单吃了几个肉串后，提杯就干。每次碰杯就是半壶直接喝光，喝得后来别墅里的老人家把酒藏了起来，生怕喝出事情来。十来个人喝到晚上十点多已经喝了十几斤白酒，在老人的干预下，大家才作罢，又被一一送回市里。

牧云和林夕和海龙哥道别后，并没有立刻回房间，而是从酒店超市又买了两箱啤酒，叫了一辆出租车，两个人去了市政府对面的公园。

在成吉思汗的雕塑前，两个人打开啤酒，在皎洁的月光下，双双下跪，对着成吉思汗的雕塑，望着月亮和满天的繁星，大声喊道："自今日起，牧云，林夕，结为异姓兄弟，从此有福有享，有难同当，兄弟间永不欺骗，否则天打五雷轰。"

说完，二人对着天地磕了三个头，就着花生米，豪气地喝起了啤酒，一直喝到后半夜三点多，牧云感觉身体已经扛不住了，眼睛都快闭上了，说要回酒店睡觉，但林夕此时已经彻底喝嗨了，拉着牧云还要痛饮三百杯。最后两个人喝光了12瓶啤酒，话都已经说不清了，仍然难掩心中的兴奋，晃晃悠悠，跟跟跄跄，迷迷糊糊中居然走回了酒店。整晚放飞自我喝酒，第二天，牧云头痛欲裂，林夕直接起不来床，难受得要死。两个人逼着自己喝了一壶热腾腾的蒙古奶茶，身体才算暖和了一些，但是仍然头痛、难受，彼此相视苦笑。

内心迷茫返家乡

锡林郭勒盟之行，牧云收获满满，接近不惑之年，多了一个志同道合、肝胆相照的异父异母的亲兄弟——林夕，日后融技公司做大做强之后牧云最重要的合伙人。

回到北京，牧云梳理了一下近期和中、长期的项目商机，发现除了一些已经实施完成的项目每年有固定维保收益之外，短期内没有什么靠谱并可以快速签约的软件项目。这让牧云很焦虑，他半躺在班台前面的罗汉床上，不知该干些啥。他拿起手机胡乱刷着，突然被一篇《人生短短900个月，A4纸人生表格》的文章吸引。文章作者分析了普通人这一生在儿时、上学、工作、爱人、孩子、父母、朋友等人的时间分配，牧云不由得心生感触，自己这些年漂泊忙碌，对妻儿照顾较少，对父母更是亏欠。为了留在北京，一直在学习、工作，很少回家陪伴父母；即便是后来工作稳定了、结婚了，又想着提高生活质量，继续努力打拼，陪父母的时间就更少了；这几年没日没夜地创业，试图一夜暴富，更没有陪父母的时间了。他在心中果断做了决定，回老家看看父母。

牧云静心回首创业这几年，当初德财不配，但是得益于MDI厂商平台的生意倾斜和自己的历史积累，融技公司得以快速膨胀发展。经过多年突破创新、忍辱负重前行，现在，德行相对于当初提升了一定高度，但是财气后劲不足，未来发展看不到方向。或许在老家那个五线小县城，让自己慢下来，慢生活慢思考好好梳理一下优势特长、人脉资源、国家发展方向，再出发，找找新的机会。

牧云老爸爱喝酒，平时舍不得花钱买好酒，牧云从一位专业做茅台二十年的老大哥的店里，拿了两箱飞天茅台。为了不让老妈吃醋，又去屈臣氏买了两套百雀羚护肤品，扔到了后备厢，跟汪红请示好，便踏上了回家的路。

事先没有跟父母说，突然独自回到家，牧云着实把父母吓得不轻，心想这孩子怎么了，难道和媳妇吵架了？还是公司又碰到麻烦了？牧云刚到家的前两天，二老如履薄冰，小心翼翼地伺候着，生怕这孩子想不开。经过几天吃饭、聊天，才知道牧云啥事也没有，就是回来看看。老妈立马恢复了元气，开始给牧云上课，进行思想教育，大体意思还是跟以前一样，找个工作上个班多省心，非得创业，如今公司也没搞起来，还弄出几场官司，以前挣钱不知道珍惜，没事招聘那么多人，浪费钱，要是省下来现在兜里不就多出来几百万了。

如今的牧云已不像几年前，回老家后天天往外跑，找那些狐朋狗友，喝酒到半夜，被父母不断打电话催才醉醺醺离场，回到家里抱着马桶一顿呕吐，搞得二老伺候他，觉还睡不踏实。

这次牧云回来，早上不让父母做饭，强拉着父母去外面吃早餐三宝——烧饼、羊汤、豆腐脑，顺便再逛逛早市，买些山野特产，中午陪着父母做饭，确切地说是陪着说话聊天，母亲在厨房里外忙活，父亲扫扫地，剥剥蒜，拿碗筷。父子俩不断被母亲批评，依然笑在脸上，幸福在心里。这才是生活本来的样子。一通忙碌，四菜一汤摆在桌上，牧云偷偷打开一瓶飞天茅台，父亲看到后一边嘴上骂着败家子，说茅台这么贵哪是自己这身份可以喝得起的，一边不自觉地拿起酒杯浅尝一口，说："的确是好酒，入口柔，一线喉，比我平时喝那些几十元的酒好太多了。"牧云适时地安慰父亲说："只要是纯粮食酒，不勾兑，坚持传统工艺，用好粮好水固态发酵，在酒窖里面慢慢进行微生物菌群发生变化的，都是好酒，茅台等酒不过是被炒起来的，商务宴请需要面子，实际所有好白酒自身酒体最初成本都不超过100元，但是一系列产业链条叠加让成本增加很多，再加上品牌溢价，就更贵了。但中国人就是这样，周瑜打黄盖，一个愿打，一个愿挨，不光白酒这样，楼房亦如是，鞋子亦如是，翡翠亦如是，不胜枚举。"

吃完中午饭，母亲在厨房里收拾，同时准备晚上的饭菜，父亲则美美地打着呼噜睡了一个午觉，牧云下楼在小区里溜达晒晒太阳，发会儿呆。晚上牧云陪家人吃完饭，又去楼下不远处的市政府广场溜达，看热闹。县城的老年人不像年轻人沉迷于网络，他们更愿意扎堆参与活动。广场上数百人热热闹闹地分成若干个方阵，有跳鬼步舞的，有敲锣打鼓扭秧歌的，有一排排自带板凳小桌打牌、跳舞、踢毽子、带孩子玩的，还有和牧云一样看热闹的，熙熙攘攘，好不热闹。此刻，牧云的母亲最开心，含辛茹苦忙碌了大半生，此刻老公和儿子陪在身边，每每碰到熟人都要聊上几句，并指着牧云跟对方说，儿子休年假回家看我，我不让他回来，他非得回来，等等。

牧云行走在夜市广场上，看着跳舞玩乐的人群，心中有种说不出来的放松。牧云知道，在这个中国五线小城，月均工资3000多元，物价不断上升，百姓的生活只是刚好解决温饱，大部分人其实都在努力坚强地活着。但是看他们现在的状态，只有快乐，没有烦恼，或许他们也有吧，只不过是牧云只看到快乐的表象罢了。牧云突然想起苏轼的一句诗：人生如逆旅，我亦是行人。的确，人生在世，无论贫富，皆在苦海中游荡、徘徊、迷茫、奋进、挫败、踌躇，直至死亡。

当牧云还沉浸在这种天伦之乐中时，手机响了起来：

"喂，你好，请问是牧云牧总吗？"电话那头客气地问。

"你好，我是牧云，请问你是哪位？"牧云见是陌生电话，客气回应。

"你好，牧总，我是天齐公司的销售总监，你方便接电话吗？有个事情想跟你沟

365

通一下，我听你那里比较热闹。"对方礼貌地说。

牧云快速跑离广场，找了一处安静一点的地方，说："现在好多了，抱歉这几天我在老家，你有什么事吗？"

"牧总，我自我介绍一下，我是天齐公司的销售总监，负责整个公司的销售。我们前两年一直在跟一个Q城证券公司的项目，经过了客户交流、POC测试、预算申报等工作，公司投入力量和资源也很多，本来马上要发标了，结果项目突然被客户高层叫停了。我们老板很着急，让我找到是哪家公司，谁操作这个事情，先跟您声明，我打电话决不是兴师问罪。我了解到你的资料，也看到了你当时汇报的PPT方案及Word资料，非常棒！这才知道你是大数公司的人，所以想跟你商量一下，看看能否有机会加入我们公司？"天齐的宫总直接在电话里说明了情况。

"噢，这样呀，感谢你们的赏识。那个项目已经结项了，现在也没有什么不能说的了。其实那个项目是大数公司外包给融技的，我当时是那个项目的总负责人。不怕你笑话，融技是我自己创办的公司，这两年一直不温不火，目前就是个皮包公司，就剩我和一个女助理了。其实你们公司是做可观测性监控运维运营里的头部公司，挺厉害的，除了Q城证券项目外，其实汉江公积金项目我们也用不同的技术层级产品服务过客户。"牧云因为知道天齐公司，只是没和他们直接打过交道。但因为都在监控运维运营领域，人家是独角兽企业，有几个亿的风险投资，口碑不错，拳头产品占据了金融行业80%的市场份额。

"是这样呀，那太好了，汉江那个项目就是我手下的销售做的。这样，你哪天回北京，我们见个面吧，详细聊聊，可好？"天齐的宫总不想电话里说太多，觉得还是见面沟通更好。

"行，没问题，我预计后天回京，你要是有空，咱们去我朋友的茶馆一块喝茶，细聊一下。"这几年牧云说话越来越直，越来越真，没有弯弯绕绕。他发现，越是这样，对方越会感觉到你的真诚，时间成本的消耗反而越少。

"好的，牧总，那你回来后咱们随时约，我过去找你，咱俩先加个微信，方便后面沟通。"天齐的宫总爽快地说。加了微信后，看到牧云朋友圈不是炫台子（茅台），就是打高尔夫，心想这哥们是上层人士，大销售呀！

几天后牧云回到北京，拉着林夕一块同天齐的宫总在会所见面。初次见面，牧云并没有任何兴奋。宫总个子不高，一身优衣库的衣服干净朴素，说话也是直奔主题，看不出来有什么过人之处。基于职业素养和基本的做人城府，牧云还是虚心地听他详细介绍天齐公司发展历程、业务规划等。大体意思就是目前天齐公司的产品很牛，技术很牛，但是销售团队比较拉垮，主要也是公司创始人都是技术出身的原因，天齐的产品虽然占据了金融行业80%的市场份额，但是近两年一直没有新的突破，股东和投资人都比较着急。

林夕坐在旁边安静地喝着茶。牧云听出了宫总的来意，也明白了天齐的痛点，他也真诚地介绍自己。只是这次不是像以前为了找工作而介绍，而是像久别重逢的老朋友在聊天：

"宫总，感谢您的赏识。我也很愿意加入贵公司，但是现在融技账上应收款还有几百万，未来还有一些已具潜在意向的项目。我要是个人应聘到天齐，估计贵公司也不放心，我自己精力也有限。我先说说我自己的情况，您看看是否满足您公司的要求，然后再提供两个方案，供参考。好吧？"牧云坦诚地说了脑海中快速整理好的想法。

"请讲，牧总。"宫总认真地说。

"我这些年做过技术，干过销售，开着公司，中标了几十个项目，也经手过几千万的资金。很多客户最后都成了朋友，自认为能够洞察人心和人性。经过这些年各方面资源、人脉的积累，都可以作为攻关客户的一部分。其实我自己也总结过，我最大的能力就是逆商和爱商，也就是我的开拓精神和能力，也就是说无论客户我是否认识，我都有资源、有方法、有手段，可以快速地搞定客户，也可以说一个客户我见了三次基本上就可以判断这个项目我是否可以拿下。"牧云真诚地说，通过多年的项目实战，牧云的确有十足的信心。

"牧总，我信。不瞒您，我也通过很多朋友对您做过私人背调，也知道这些年您的能力和战绩，您就说说您的那两个方案吧。我不能百分百立刻做主，但是我的建议

老板基本都会听。"宫总说。

"嗯，我的两个方案：第一个方案是天齐收购融技，按照正常的财务和项目情况制定一个打包价，一方面增加了天齐的案例和财务盈利，另一方面我也可以心无旁骛地为天齐做事。第二个方案是双方协商一个天齐公司想开拓的领域，您支付我一笔顾问费，我来协助开拓，双方签订协议，如果行业开拓成功，产品用您的，服务由我的融技做，而那笔顾问费就当成我的项目开拓经费，我每周给您汇报项目工作进展，如何？"牧云直接说出了两种方案，无论哪种都对融技有利，如果卖了融技，牧云也算是变现离场，否则拿一笔顾问费，用别人的钱开拓双方共同的目标也不赖。

"牧总，非常感谢，我听明白了。这样，我把情况跟老板汇报一下，同时我约个时间，您和老板见一下，如果你俩聊得各方面和目标都没问题，咱们很快就能把这事定下来，好吧？"宫总觉得这事必须得老板才能定，便直截了当地跟牧云说。

宫总办事效率很快，一周后天齐的老板便从上海飞来北京，见面地点定在了西三环的香格里拉，主要是乔老板晚上在香格里拉有个商务局，吃完饭顺便见牧云喝个咖啡聊一下。两人从晚上8点一直聊到10点多，基本上是乔老板问，牧云回答。这次合作考虑宏观，层次清晰，人脉匹配，执行可信，但最终合作的方式还是花费了两个月才确定。本来开始双方谈好了以400万的现金收购，牧云全职加入天齐公司，融技过去及未来的所有项目全部迁入天齐，利润也全归天齐。结果谈了两个月，牧云还带着小兰飞了上海几次，又是对项目，又是对财务，最后天齐背后的股东不同意，认为融技就是一家皮包公司，有套现嫌疑，收购融技对天齐的主营业务发展并无太大帮助，终止了收购。最后乔老板说服股东和投资人，以顾问的方式邀请牧云场外加入，全力开拓大交通行业，年薪税前80万元，融技优先处理天齐生意，合同期两年，其间融技不能独立签约新的项目合同。就这样，牧云卖身给了天齐，小兰仍然继续留在融技，正常工作。

全国集采过亿单

拿人钱财，替人消灾。天齐公司做事也是雷厉风行，十分敞亮，签好合同盖完章，一周后就将80万元以工资名义打到了牧云的账户上。80万元年薪说多不多，说少也不少，牧云仍是自由身，只是融技被戴了紧箍咒，两年内不能再签新单，两年后是否合作取决于双方的合作进展。

牧云经过和刚之门的官司，在合同和钱财上变得十分小心，签了合同，双方聊清楚，便真诚地为天齐做事情。牧云日常工作跟宫总沟通，重大事项再找乔老板。时间久了，牧云发现小个子的宫总有着巨大的能量和胸怀，简单来讲就是在做人做事上，能够将"上善若水"的意思发挥到极致。水善利万物而不争，这种胸怀在钩心斗角的写字楼里面可是金子般的品质。正是这种品质，让牧云与天齐的合作沟通十分顺畅。牧云十分认可、尊敬这个老大哥，真实、善良、格局大、不做作。

刚加入天齐，乔老板觉得天齐现在是成也金融，未来也有可能败在金融上，所有业务都放在一个篮子里，风险太大，希望牧云可以帮助天齐开拓大交通行业作为天齐的新兴辅助行业。所谓大交通，按照乔老板的定义包含的面很广。铁路、公路、轨道交通、飞机算作交通行业，运营商、电力等也算作交通行业，前者是载人载物，后者是运输数据和电力。这些行业规模体量足够大，对业务稳定性、即时性、可靠性要求也越来越高。虽然目前还达不到金融行业那般有银、保、监的强监管，但是如果网络

断开或者业务不可用，影响的就是国计民生，所以核心业务系统的全链路端到端实时状态可观测性和根因定位就变得十分重要。这正是天齐的生意机会点。

牧云的特长在于，你只要给他一个方向，剩余的事情他可以全部搞定。牧云快速梳理自己交通领域的资源，突然想到之前和刚之门公司合伙时服务过牧副厅长，并且跟他的儿子牧野一直有来往，还曾在技术上免费支持过很多次。于是便谋划如何自上而下，通过牧副厅长、牧野打开逐鹿省交通厅的大门，先签两个单子回来。

牧云在心中规划方案，宫总打电话给牧云说，因为他的薪资在公司中是最高的，甚至比老板们还要高，而且是一次性预先支付，公司股东颇有微词，现在是交投名状的时候了。

"牧云，公司这边的销售都只能做几十万，最厉害的也就几百万的软件项目，现在运营商有个2个亿的软硬一体机全国集采。公司现有的销售肯定没戏。这个项目咱们前期没有介入，近期才被客户主动联系交流，估计也就是被拉过去陪着围标。这样，我把联系咱们的一位客户工程师的电话给你，你来跟进吧，需要调配公司什么资源你直接跟我说就行。"宫总给牧云安排的第一个项目，就是一个额度巨大，十分艰巨的任务。

"好的，没问题。"拿到客户名称、工程师电话，牧云并没有立刻打电话，而是先了解了客户单位的股东关系情况，便于接下来通过自身人脉资源找到合适的助力者。

移联电公司是中国最大的ISP运营商的全资子公司，主要负责信息化服务，每年差不多帮助ISP花掉500亿左右的科技预算，这个数字还在逐年递增。在了解了移联电这家公司的大体背景后，牧云在自己有着2300个电话号码的通信录里查找有ISP资源的朋友。很快，郭敬郭总就浮现在牧云的脑海中。郭总60岁出头，老北京，外企在中国最辉煌的时候加入，从一线销售慢慢干到中国区销售总监，跟各大运营商、电力集团的高管均是朋友，如今功成身退，爱人和孩子已经移民加拿大，自己留在中国，说是留恋故土，实际上是留恋中国的美食。老郭啥都有，就想着尽快把钱和时间花在美食上，和牧云认识也有几年了，因为都在外企工作过，惺惺相惜，郭总欣赏牧云的拼劲，感觉能够从牧云身上看到自己年轻时候的样子。

牧云抱着试试看的心态拨通了郭敬的电话，一番寒暄后，邀请他来会所出来坐坐。老郭很爽快地答应了。会所见面后，牧云先是跟老郭喝茶闲聊。"你小子今天找我肯定有事，说吧，我看能否帮上忙？"老郭直截了当。牧云惊讶于老郭北京爷们的爽快仗义。

牧云拉着模特，跟郭大哥在会所沟通了好几轮，郭大哥表示愿意帮助搞定移联电的高层，正好他们之前都很熟悉，这些高层都是北邮系过去的，过去也合作过很多次。牧云担心有高层支持，底层地基不稳，自己便主动将电话打给了工程师，很快就将那位工程师约了出来，也算是有了一定的进展。不到一周时间，牧云将整个项目的组织架构关键人从上到下全部勾画出来了，并描述了每个人的背景情况，个人诉求，同时向公司相关人员反馈，这个项目是标后测试，就算中标了，如果测试不通过，仍然会出局，所以产品必须过关。他向公司承诺，自己可以提前拿到招标技术参数，这样保证公司可以提前在一些不达标项上进行功能开发。牧云通过跟客户各个层级的沟通，发现天齐公司资质很全，但是仍然无法直接投标，主要是招标中商务部分要求历史合同案例超过5000万元的项目不低于10个，还需要一些很偏门的认证，如企业健康管理体系认证等，并且投标文件会超过8000页纸，天齐不具备参与这样规模的投标经验。也就是说不仅要求公司规模为一线，而且还要求能够抽调几十个人专门为这一个项目准备1—3个月的时间。最后宫总和乔老板看牧云只用了不到两周时间就将项目人员架构、具体细节全盘掌握了，就开了内部股东高管会议，通报此情况。经此一役，对牧云有微词的人也彻底服气了，愿意全面听从牧云的安排。

通过跟工程师的几次深度沟通，牧云的人品得到了工程师的认可，而牧云和单位高层的关系也让他很服气，便将最终稿的技术参数发到了机密邮箱，让牧云下载完即刻焚毁。牧云拿到参数后抓紧让公司远在上海的研发团队按照要求一一开发。他还找到国内运营商领域的头部科技公司，面见了董事长，双方谈好分配比例，便由专业的公司做投标准备。

事情进展一切顺利，天齐上上下下也快速接纳了牧云，认为这才是大销售应该有的样子，大家应该向他学习，经过半年多的努力，项目最终正式挂网发标。由于前期准备充分，客户那边在技术、价格等各个方面十分满意，代表天齐的公司直接中标，接下来就是测试了。只要测试通过，天齐就将迎来高光时刻。牧云十分激动，看来一

个科技公司有技术领先的产品，的确有无限的想象空间。

　　开标前一天牧云整晚没有睡觉，一直在等技术团队几十个人通宵上传8000多页的投标方案，凌晨5点多牧云给出了一个觉得合适的价格。因为价格分比较高，又是全国集采，一旦中标，以后年年扩容均会直接采购，所以牧云报了一个投标价40%的价格，也就是8000万元的投标价，因为软件是天齐自主开发的，成本可以忽略，硬件就是一台工控机，成本不过几万元，批量买还会更便宜，几百台的采购量对于天齐、投标公司、郭敬等人而言利润丰厚。上午9点，开标后有两家公司被废标，牧云猜测应该是竞争对手找的陪标公司，主要用于拉价格分，所以牧云这边的投标公司价格分最高，商务客观分满分，技术应答均有截图，总体无差错，一举中标。

　　知道消息后，牧云和天齐公司上下人等均很开心。这对大家来说是一件值得骄傲的项目。然而，不到一周时间，事情发生了巨大的反转，如此大的项目，参与的公司都是业界翘楚，谁家的关系不能触达高层呀？对手做了两年的局，和客户关系也不差，最终正式公布的结果是此次投标有效，但是排名有所变动。其中一家投标公司自废武功，说自家的合同案例以及合同发票有问题。这个时候就变成客户内部神仙打架了，有客户站出来说，在国税网站查过税号，那张项目合同发票没问题，投标公司仍坚持说有问题，说那个项目被废标了，客户要求终止合同，所以发票要退还。明眼人都知道怎么回事，但是客户里有高层的人帮对手说话，于是代表天齐中标的公司重新排序被排到了第三名。

　　接下来就到了标后测试环节，牧云不甘心，再一次跟天齐公司商量，决定走简单粗暴路线。公司同意后，牧云拿着100万元约了天外研究院的测试工程师喝茶，虽然牧云知道测试过程全程录像，并且在指定的测试环境，但为了中标这是唯一的办法了。牧云的商务攻关结合人民币的力量，的确很管用，第一名、第二名的公司在测试过程中不出意外地出了意外，都被测出了小问题，牧云再一次看到了光明，结果天齐的产品测试也是问题一堆，工程师很生气，但是收了钱还是要办事，测试拖了三四天没出结果，把一些小问题都通过了，但是有些标星的参数，天齐上海研发团队竟然没开发出来。但他们前期却告诉牧云产品都开发好了，内测也没问题。事已至此，就是太上老君出手也无力回天，90分还可以接近100，但现在没有这些参数，这是原则问题，最后天齐错失大标。但是这个过程中，牧云向大家交了投名状，证明了自己的商务能力和控单能力。

天齐公司因为自己内部人员失职的黑天鹅事件，损失了接近公司过去一年100%的业务流水，上海高层为此开了一周的反思会。通过这件事情，牧云也知道，一个2亿的标的，可以养活公司多少人，这些人背后是多少个家庭！一个项目可以让一家公司拿到上市的钥匙，也可以让一家公司走向破产的边缘。而甲方内部因为利益纠葛，各个层级暗里较劲，开启神仙打架模式，表面上则是在冠冕堂皇地保护公司利益，暗地里则是紧密协作配合工作。神奇的世界，神奇的人类。

定位交通谋未来

与ISP的项目失之交臂，牧云潜在损失了近200万元的销售业绩提成，但这是没有真正到手的钱，牧云心里也没有太大的波动，只把这次失败当成融技创业这些年里众多失败中的一次而已，并未介怀。他快速收拾好心情，继续将全部精力放在布局逐鹿省交通厅的项目运作上。

由于牧云现在在天齐公司是一种全新的工作状态——编外模式，牧云自身的融技公司就小兰和牧云两个人，其实真正可以推动交通业务具体工作的基本就牧云孤军一人。小兰主管后勤的全部工作，如果把牧云比喻成刘邦，那么小兰着实有点汉初三杰萧何的意思。

俗话说，一个人浑身是铁又能打几根钉，牧云意识到要想成事必须得有人才，有靠谱的人加入融技跟随牧云一块奋斗人生才有机会翻身。牧云坚信，只要自己勤奋，凭借自身多年积累的一身本领，再加上天齐公司提供的资金，融技账上也有着充足的炮弹，虽然当下IT市场整体处于夕阳早期阶段，但是只要自己全力以赴肯定可以搞定一张张单子，快速打开交通业的大门。

在开拓交通业的初始阶段，兄弟林夕是牧云首先想到的战友。草根出身的牧云一直觉得，想好就干，失败并不可怕，可怕的是把自己关在小屋里，天天对着手机和电脑畅享未来，停留在想的过程当中，没有行动。

林夕一听牧云愿意拉着自己一起做生意，没有任何迟疑，只是简单说了一句："大哥，我这边怎么都行，你定。"

兄弟之间的沟通就是这么简单，不需任何铺垫，不需任何多余的话语，融技新的合伙人很快确定下来了。牧云重新分配了融技的股权，小兰因为对牧云始终不离不弃，获得赠送的6%最终股权，月工资也由原来的几千元提升到1万元。牧云认为林夕在业务开拓和技术交付方面起到很大的助力作用，同时林夕还愿意带10万元现金注资，牧云综合考虑后赠给了林夕24%的股权，其中感情成分较大。剩余70%融技股权归属牧云，之所以这样安排，也是便于后期融技万一有资本介入，哪怕稀释一定股权也不会影响牧云对融技公司的绝对控制权，避免融技和牧云未来被资本绑架。牧云对小兰和林夕就一个要求，工作以外大家是兄弟姐妹，工作时希望每个人把融技的事情当成自己的事情来做。

牧云一直以为人才分为"钢""铁""锈"三个类型，而小兰和林夕就是具备"钢"特性的最佳人选。

完成了融技的股权分配和内部分工，牧云便拉着林夕去京南茶城采购了茶叶礼盒、茶具、茶盘等随手礼，踏上了奔赴逐鹿省的征程。

牧云和林夕到了逐鹿省后，先和牧野见面，大体沟通了一下情况，表达要为交通行业在科技创新上做出一番成就来，请其在牧副厅长那里多吹吹风。科技创新的技术和人才支撑就是燕北大学的教授和产品，但是无论如何科技创新，最终都会将天齐公司的产品给包进来，因为在核心业务系统的基础运维运营可观测性上面，天齐的产品相当于"软件的基础设施"的重要组成部分。逐鹿省交通厅如果采用融技打包的前沿技术方案，既可以在交通行业树立细分领域的技术标杆，并在后续深度融入与燕北大学的合作，例如成立研究院等；还有可能通过前沿技术落地和燕北大学的品牌影响力和教授资源，帮助牧副厅长再往上提升半格，拔副为正。当然这是牧云给牧野灌输的一厢情愿的想法。

牧野十分聪明，哪能不明白这只不过是牧云画的大饼。但他认为：燕北大学的品牌和科研成果以及教授团队在细分领域或许真的能够做出一些特色来。交通厅的科技壁垒其实不高，很多产品也都是带瑕疵运行，但进入交通厅大门的商务壁垒却很高。如果牧云真的可以做出一些成绩，自己不过是通过先天资源提供了技术和商务引荐，最终牧副厅长及厅里的领导班子和团队还是可以甄别出牧云推荐的技术方案是好是坏。万一真被牧云给做出来了，将来可以跟随他一块做一家细分领域有优势的科技公司，回国这几年创业迟迟没有起色，真成功了也可以抚慰一下心底那无名的痛。

有了牧野跟老父亲牧副厅长做铺垫，加之此前也认识，牧云准备好心中的"锦绣"便将电话打给了牧副厅长：

"牧叔，您好。"牧云诚恳地问候。

"噢，小牧呀。你好你好，我听牧野说了，最近咋样？"牧副厅长心里也希望牧野可以多跟牧云一块玩，多些社会经验，而不是单纯地活在家族的政治光环之下，便用长辈那种和蔼可亲的态度跟牧云聊天。

牧云也把牧副厅长当成邻家大爷一样放松地聊天，继续说道：

"牧叔，您好，好久没跟您联系了。相信牧野也都跟您汇报过了，我们想用燕北大学的科研成果以及全链路端到端可观测性技术来为交通事业的科研创新贡献微薄力量。俗话说，做人有三分运气，六分努力，一分贵人扶持，这几年经过不断努力，我已经得到了九分，各方面也成长了很多，就差您这一分贵人扶持了。您放心，您只要把我和牧野扶上马，后面的路我们一定会走好，不给您添乱，我们会加倍努力工作，给您长脸。"牧云适时地把牧野拉到自己的阵营，希望让牧副厅长感觉后面要做的事情是牧云和牧野一块要做的。

"哈哈，没问题。有什么我能够帮上忙的，你就直接说，只要对厅里有帮助，我

肯定全力支持。"牧副厅长深知自己的位置，说的每句话，都有可能会被外界过分解读，虽然牧云是儿子牧野的朋友，自己也认识牧云几年了，但是这几年基本也没有太多联系和交流，所以回复得中规中矩。

"牧叔，是这样的。燕北大学有个科研成果，服务了黔西国家大数据试点省份，解决了48个局委办之间数据卡脖子的痛点，打通了信息孤岛，让数据实现了互联互通互信，最明显的效果就是彻底解决了老百姓去政务服务中心办事难，办事慢等问题，真正在国内首家实现了一门一网一次的最高层目标。因为技术创新和落地效果，还受到了国务院的点名表扬，所以我也想着将此技术引入咱们逐鹿省，让数据助力省内交通，实现惠民、优政、兴业、强国的目标。同时我们还有一款软件服务了中国近80%的金融行业，但是我通过调研发现目前在交通领域还未有成功案例，所以想着可以助力高速上的核心业务系统，实现秒级定位故障根因，分钟级指派相关人进行故障处理。我听说交通运输部要求4小时内解决故障，我这边推荐的技术可以大大降低解决问题的时间。"牧云也不知道牧副厅长关注哪些方面，又不能讲得太过于专业怕他听不懂，所以便采用了组合拳的模式，将各种技术归纳总结，用非技术语言、领导能够听得懂的话语，深入浅出地介绍，希望某个点可以打动他。

果不其然，当牧副厅长听说可以实现故障根因定位，立刻来了兴趣，便在电话里跟牧云说："全国高速重新启用时，其实高速的联网收费核心业务系统是有问题的。底下人不断给我上报问题，我也督导多个技术部门去排查，到现在也没有给我一个清晰的原因。你们要是可以帮助解决这个问题，我可以在工作范围之内帮助你们内部推荐一下。"牧副厅长正在为系统故障找不到原因而苦恼。

"嗯，牧叔，您看这样行吗？我最近人就在逐鹿省，要是方便，您帮忙介绍手下具体负责技术的专家给我认识，我带着技术团队详细给他汇报一下，我们也可以在厅里做一个功能性验证测试，我不光说，还会做出来让大家看到，保证不给您丢脸，您看行吗？"牧云见终于有一拳打到了牧副厅长的心坎上，便继续追问，希望争取测试机会，通过测试来验证效果。

牧云心里清楚，随着科技的发展和技术迭代，厅里这些年对硬件监控、基础资源监控、应用监控或多或少都在做，但是针对业务全链路端到端可观测性监控肯定还没有做。所以在此基础上，将硬件监控、基础资源监控、应用监控和马上要测试的业务可观测性监控全部作为底层监控供给数据，上层通过运维PAAS中台结合大数据技术全面收集、格式化各个单元的数据，并通过各类机器学习算法、递归神经算法、卷算法等20多种开源算法实现离散的数据分析，最终实现大一统的故障根因定位。牧云觉得这样一来，基本上没有哪个厂商可以和自己竞争。这一方面因为每个厂商的研发方向、财力和精力有限，只能研发一个细分领域的拳头产品；另一方面这样完整的方案，也只有具备成熟经验的咨询公司才可以提出来。带着这种方案、思路和愉快的心情，牧云去见了牧副厅长给引荐的第一位陌生人，丁总工。

"丁总工，您好，抱歉给您添麻烦了。"牧云礼貌性地微笑着打招呼，并让林夕将带来的随手礼——茶叶礼盒和茶盘一并放到丁总工的办公桌上。

丁总工是逐鹿省高速的总工程师，级别和地位都比较高，头发半白，拥有独立的办公室，办公桌上凌乱地放着各种文件和书籍。丁总工是一位精通技术的专家，办公桌的对面墙上挂着一张逐鹿省的交通地图，可以宏观了解路段、里程等信息。拜访丁总工之前，牧云还在百度上特意搜索了一下，发现了很多丁总的信息和新闻。其中最让牧云感兴趣的就是央视的采访。江湖中流传着"布鞋总工"的称号，原因是丁总工长年穿布鞋坚守工作岗位，布鞋并非市场购买，而是母亲生前亲手做的。母亲去世时，丁总工还奋斗在高速一线上，没能回去给母亲奔丧，单位和媒体在知晓此事后，专门采访了丁总工，主要目的也是弘扬正能量，希望全社会都学习丁总工舍己为大家的工作作风，于是"布鞋总工"的称号就这样流传了下来。由此，牧云对丁总工有了更感性的认识。

"牧总，牧副厅长跟我电话里交代过了。我这边马上有个会议，您有啥事就直说。东西还请拿回去，单位有纪律，这个不能要，请您理解。"丁总工本身的确很忙，但是牧副厅长给介绍过来的人又不能不接待，马上有会议也的确让丁总工有些着急。他琢磨着，牧副厅长也没少往自己这边推荐人，也许就是应付一下将人甩过来的，那我也就先应付一下吧。

牧云示意林夕听从丁总工的安排，收回随手礼。二人双双就座，并拿出提前打印好的彩色PPT，快速地给丁总工介绍了一下方案，并强调牧副厅长那边比较认可，希

望可以有机会在厅里的联网收费核心业务系统上实际验证一下。

丁总工一边听着牧云的介绍，一边不断地看着时间，在会议延迟了大约20分钟后，不好意思地叫停说再约时间详细交流，材料可以先留下，自己先看看，便去了会议室。

牧云多少感觉到了丁总工的应付，但是初次见面，人家有会议且延时了20多分钟，也觉得是情理之中，就这样又过了一周。牧云再约丁总工见面，丁总工很是客气，但是以忙为由没有答应见面。牧云不知道丁总工是真忙还是不愿意见，便打电话给牧副厅长以汇报工作为由，委婉表达进展缓慢，希望牧副厅长可以帮忙在丁总工那边强调一下。

很快牧云就接到了丁总工下属汪主任约见的电话，这表明丁总工意识到牧副厅长是真心在推荐牧云的技术方案。汪主任说丁总工前段时间很忙，出差和开会，牧副厅长那边也比较重视这个事情，特意询问了进展，他问牧云上午时间方便吗，可以来办公室详细交流一下方案。于是牧云和林夕又来到厅里与汪主任及其团队详细做了交流，希望可以在厅里的业务系统上进行测试用以功能验证。汪主任把交流情况向丁总工汇报完后，丁总工觉得在生产系统上测试非同小可，想了想便说要上报省高速董事长，获得批准后才可以测试。

丁总工单独把事情的来龙去脉给省高速一把手汇报完后，深谙官场升迁之道的省高速一把手许董事长听丁总工介绍牧云是牧副厅长推荐过来交流技术的，而且牧云和牧副厅长姓氏相同，觉得这里面肯定有说不清的关系，于是让丁总工召集省高速各个部门的一把手，给那位牧总半个小时汇报方案时间，然后由大家在会上共同定夺下一步的计划。这样既给了牧副厅长面子，同时方案是否有用又可以让各个部门集体来决定，两不影响。

丁总工给许董事长汇报的时候，由于接近中午，所以牧云和林夕决定先回酒店，下午再打电话听丁总工做下一步安排。哪知二人还未到酒店，丁总工的电话便打给了牧云：

"牧总，您好，许董事长听完汇报后说下午2点30分，可以给您30分钟时间再汇报一次。我们听完后再决定下一步的工作。"

林夕开着车，牧云听完电话后突然变得十分焦虑，心想，一旦下午30分钟的汇报许董事长不感兴趣，那么后续项目和规划就有可能出师未捷身先死。想到这儿，牧云便立刻拨通了牧副厅长的电话：

"牧叔，不好意思中午打扰您。许董事长让我下午做一个30分钟的汇报交流。我担心交流30分钟后许董事长要是不感兴趣，那么我们是不是就没办法后续继续推动了？"这次汇报是牧云想到的唯一办法，也不知道牧副厅长会不会帮助自己。

"嗯，小牧，我知道了。下午你们好好汇报就行。"牧副厅长挂了电话，便立刻用座机拨通了省高速一把手许董事长的电话：

"许总，吃完午饭了吗？要是有空你上楼来一下。"牧副厅长表面上在关心询问，实际上是一种命令语气，这就是官大一级的力量。

牧云这边内心十分忐忑，心想离2点30分只有两个多小时时间，之前的PPT肯定要改一下。他让林夕订个快餐送到酒店，自己马不停蹄地修改起了PPT。下午两点钟的时候，终于改完，这才简单扒了几口饭，而后急匆匆地让林夕开车去厅里预定好的会议室做准备。

当牧云满头大汗地到达会议室时，眼前的景象令他惊呆了，会议室很大，目测有200多平方米，坐满了人，那位许董事长坐在中间，其他各个部门的领导簇拥着许董事长，大家正轻松地闲聊。牧云立刻意识到，看来中午给牧副厅长打的那个电话起了作用。

牧云上前和许董事长握手，递上名片，简单介绍了一下后，时间也正好到了2：30，便开始了讲解。此时牧云心里有了底气，并不关心是否只有30分钟，反而采用总—分—总的思路，将PPT的内容结合自己对高速的了解，做了详尽的汇报。没想到汇报中大家热情地参与讨论，整个会议持续了两个半小时。席间许董事长还不断拿笔记下牧云所讲的重点内容，如网上、云上、数上、智上，硬连接、软连接、心连接、路畅通，低碳、上云、用数、赋智等。

交流结束后，会议室里欢天喜地，最后许董事长做了总结性发言，说："牧总感觉比我这个接手省高速一年多的人还了解高速信息化呀。非常不错，受益匪浅。"

然后扫视了一下大家，继续说："牧云总的方案非常不错，你们也多跟牧云总交流

和学习。中午牧副厅长特意叫我上楼沟通了一下技术方案，接下来丁总工你看看牧云总这边后续有什么计划，要多多配合，争取拿出一些成果来，好吧？"许董事长的总结性发言，算是定了调子。

丁总工庆幸自己没有拒牧云总于千里之外，频频点头并承诺全力配合，当着牧云的面立刻安排汪主任会后和牧总详细讨论后续事宜。这一场有惊无险的交流最后被牧云圆满完成，至此省高速上上下下也全面认识了这位初来乍到的牧云牧总以及融技公司。这为融技后续进驻省厅打下了坚实的基础。

酒盏花枝遍山河

会后汪主任拉着牧云和林夕到他的办公室，又叫上负责技术的几个人一块交流后续工作。就这样，牧云便把天齐公司的产品引入到交通厅，并在核心业务系统上进行了POC测试，用以验证根因定位的功能。测试验证，说明丁总工、汪主任等人虽然听命于领导，但是也深知最终技术把关还是在自己身上，只有看到实效后，将来才可以既不影响和领导的关系，又不会因为引入垃圾产品给后期审计带来风险。而牧云之所以主动要求测试，也是天齐公司的产品之前的智能解码经验全都在金融业务系统上，没有高速的智能解码经验，再加上前不久他们竞标ISP项目上海研发中心项目出现失职，只有事先测试完后，保证各方都看到了效果，才好往前推进。

天齐公司的老板和宫总得知可以携带服务器和自研拳头软件产品进入交通厅核心

业务系统进行测试时，内心也是非常受鼓舞，觉得这笔顾问费花得值，牧云花了一个多月时间，就可以打开公司想开拓的交通行业的大门，直接对接厅长和高速总工，以及一众高速各部门人员。"特种兵销售"果然名不虚传。如果让天齐公司现有的销售人员来叩开交通行业的大门，这些"白条鸡销售"除非找当地的代理商协助，自己肯定搞不定，而且就算有代理商帮助，客户处没有明确的生意，也不能全力帮助天齐公司硬推产品以及解决方案，最后的结果就是这些"白条鸡销售"慑于天齐公司老板们的淫威，一天天、一周周、一月月地讲故事，浪费钱和时间。牧云虽然贵一些，但是见成效呀！

牧云为了把项目金额做大，既保证有厅长可以看得懂的内容和科技创新，也要保证让那些务实做事的工程师觉得工具、产品有帮助，他将天齐公司的产品作为主力测试功能项，还拉入了零信任、微隔离这种在云环境下衍生出来的安全产品，以及自己非常认可的未来智慧化监控方案PAAS运维中台产品等，最终形成一套闭环的方案。这对于客户侧来讲就是一个完整的产品，牧云私下和几个厂商做好了沟通，他们各自负责产品测试验证，最后由林夕让康网公司的技术团队开发大屏，全部接管各产品界面。

在牧云利用自己多年积累的各个厂商资源，协调了十来个工程师先后进场进行测试，汪主任那边全力配合，并安排白经理提供即时配合。测试持续了一个多月，这期间牧云也没有停歇。他深知整个交通厅只是认识牧副厅长一个人，其他人的商务关系和技术工作还需要自己推进。如今的社会，权力在笼子里，工作流程透明，要想最终签约项目，肯定不是牧副厅长一句话就可以搞定的。所以在工程师测试期间，牧云和林夕白天在厅里各个部门轮番拜访，无论是主任还是科长、工程师，均带着不同的随手礼，既了解了厅里的近期科技规划，又增进了私人关系，每个部门都混个脸熟。晚上二人就分别拉着沟通更加亲切的客户喝酒吃饭，牧云让林夕在厅附近找一些私人会所，这样可以规避客户在吃饭时碰到熟人。

这一个多月牧云和林夕都泡在逐鹿省，商务工作也取得了长足进展。最具代表性的就是一些主任会在下班后主动拉着牧云去当地有特色的饭店品尝地方小吃。技术工作那边各个厂商也以能够进入交通厅布局核心业务系统的工具软件引以为豪，白天晚上卖力地加班测试。牧云心里十分愉悦，心想这种模式真的很棒，融技不用招聘一兵一卒，不用出一分钱的费用，就将国内细分领域最优秀的厂商产品，一一在客户处测试。看来商业世界永远的规则就是，谁手里有客户，谁就拥有话语权。不过牧云也深知，要想将融技做大，这种代理商模式肯定不行，一定要打磨出自己在细分领域的拳头产品。成本虽然会上去，但是在市场上竞争的壁垒也会提高，有了产品才有说"不"的实力。加油吧，如今的融技只是权宜之计，借各厂商的"鸡"，来孵化融技的"蛋"。

晚上牧云和林夕一块跟汪主任三个人喝了两瓶汾酒，都有些醉态，牧云想拉着汪主任一块去夜总会唱歌，打算拉汪主任变成自己人。结果汪主任说啥也不去，说那种地方一旦被拍到照片，自己的仕途可能就此终结。牧云也理解，没办法，便给汪主任叫了一辆神州专车，目送汪主任消失在夜色中。

牧云因为近一段时间对各方面工作非常满意，带着坏坏的笑意，醉醺醺地看向林夕，说：

"林夕，怎么样？哥哥威不威武？"牧云借着酒意，把积藏在内心多日来排兵布阵无人知的心酸，吐露出来，别人看到的是牧云的商务能力和高级别客户关系，但是谁知道牧云在做一件很难的事情。这件事情就是，没有教科书指导，也没有人教授牧云该怎么做，就好比唐僧一样，李世民只是告诉你要去取得真经，回来教化民众，没有告诉他怎么去，怎么回，怎么应对困难，怎么解决问题……

那些厂商工程师的工资不由牧云发放，自然不会听命于牧云，牧云如何让他们听话？那些客户刚认识牧云，在保证工作合规的情况下，多说一句少说一句直接影响着牧云的下一步工作，如何让客户为自己发声，如何协调资源来应付？牧云虽然拿到了天齐给的顾问费，融技账上也有一些闲置的资金，但是牧云和林夕两个人的衣食住行都由自己承担，加油、住宿、宴请、成箱的茅台和汾酒三十、那么多人的随手礼或便宜或名贵，这些都是钱呀，今天花几千，明天花几万，如何省？如何顾及面子？都是牧云要考虑的问题，不像那些大公司，设定好了规则，规则下有各个部门和人员相应配合。所以这段时间林夕的陪伴至关重要，但是碰到问题都要牧云自己想办法解决。

牧云和林夕两个人，紧张密集地忙碌了一个多月，客户这边看到的却是十几个人的现场团队，背后是有强大实力的公司支撑，产品效果也的确对厅里的技术工作有较大的帮助，而且牧云作为老总也非常重视，每件事情都亲力亲为。只有牧云和林夕知道，所有一切的核心，其实就两个人，核心中的核心就是牧云。没有人告诉牧云后面的路该怎么走，明天该干什么，牧云每天要做的事情就是左手温暖右手，砥砺前行，随机应变，广交朋友，深思熟虑。智者循因，凡夫求果，把里里外外各项工作做扎实，生意是自然而然的结果。如果最后生意没"果"，说明在"因"上还有哪些是牧云和林夕做得不扎实、不深入的地方。

牧云这段时间身体累，心更累，突然身边没有了客户，精神的松懈让牧云的眼神变得有些迷离和呆滞。

林夕这段时间形影不离地跟着牧云，看得出大哥的辛苦，也看得出各种能力于一身的牧云的疲惫。他跟着大哥学到了很多东西，时常反思如何消化吸收，用于管理和推动康网的生意。此时他看着大哥满脸倦容，便笑着对牧云说：

"哥，最近您是辛苦了。我看很多事情都步入正轨了，就等着后面如何跟厅里领导沟通资金和项目发标事宜了，现在也没啥太多事情要做，不如晚上咱哥俩出去放松放松，喝个花酒去？"

"哈哈，懂我者林夕也。哈哈，兄弟，走，今天咱们自己奢侈一把，找家姑娘质量最好的夜总会，你给那个模特小惠打个电话，让她给咱们推荐一下。"牧云内心也想放松一下，连日来每天都紧绷着神经，的确很累，便想到了这个主意放松身心。

小惠是之前通过朋友认识的夜场美女，高个子，年轻漂亮，还是985名牌大学的学生，但是家境贫穷，又想出国留学改变命运，便剑走偏锋了。刚开始只是在夜总会里面坐台挣些钱，因年轻漂亮，又是在国内的高端场所，所以每个月坐台唱歌挣了几万块。但后来，经受不住金钱的诱惑，有了钱大部分都用来高消费了，买钻石珠宝，买一线大牌包包，用昂贵的化妆品等。钱来得容易花得也随意，本来以为干个一年挣够出国的钱就收手，结果只是在手上过一下就变成各种物件了，挣钱心切的她便开始又往前走了一步，做起了援助服务，钱来得更快，人也彻底滑了下去。网上曾经有新闻报道，失足女大学生做援助两年，挣了300多万元在成都买了房。看来这方面的例子不少。

牧云当时在夜总会认识了小惠，几次打麻将都喊小惠一起，佩服这孩子的人脉资源，在夜场的圈子里混得风生水起，认识的姐妹和资源遍及全国。于是牧云便留心了一下，心想当哪天客户有需求，也可以让小惠给安排一下。当林夕想去唱歌，便让林

夕联系小惠帮助给引荐，首先小惠引荐的场所不会太差，其次小惠肯定也会从场所那里得到中介费，各方皆大欢喜。

林夕跟小惠电话沟通完后，不一会小惠就将夜总会的地址、联系人等信息发了过来。牧云和林夕叫了代驾直奔夜场，路上林夕把钱直接转给了小惠，这样去夜场的钱就由小惠来远程结算，因为信任，所以大家都比较舒心。

本来林夕和牧云跟汪主任喝了两瓶汾酒，都醉了，但是当二人来到金碧夜总会，迷离的眼神看着数十个空姐服饰的公主，牧云和林夕立刻觉得又能再喝一箱啤酒，于是二人挑选了各自喜欢的人，欢快地玩乐起来。喝酒、唱歌、色盅、蹦迪，如此反复，直至后半夜3点多，才带着疲惫的身体回到酒店，酣睡到第二天中午。

中午牧云迷迷糊糊醒来，头有些微痛，仔细回想了昨晚，嘴角不由得微微上扬，心想："看来林夕昨天是真的喜欢上那位姑娘了。但我这位大哥也看不明白，别的男人喜欢美女都是搂搂抱抱亲亲，尽量多吃一些豆腐，林夕这家伙对着中意的女孩，居然在夜总会昏暗的灯光下，两个人用手机下围棋。"牧云也是醉了，想想不由得摇了摇头。这一摇头，不由得让头疼又加深了几分。

牧云打开手机，发现一上午有十几个未接电话。喝酒误事呀，他仔细查看哪个重要先回复哪个，突然在未接电话中看到了牧野打来的电话以及发来的微信：

"牧云哥，我这周周末正好从北京回逐鹿省家里办点事情。你最近不是一直在逐鹿省吗？我想着你要是周末方便，咱们一块去我家里见一下老爸，把近期的成果给老爷子汇报一下？"

牧云心想，这是好事呀，之前见牧副厅长都是打电话或者去办公室，如果能够去家里，那说明人家已经初步认可咱们啦，去家里见和办公室见的力度绝对不一样。牧云想都没想，便微信回复说："哥哥昨晚陪客户喝多了，后来又搞了二场，刚开机。没问题，正好周末两天我们也没啥安排，你啥时候到逐鹿省，把车次告诉我，我让林夕开车去接你。"

发完了信息，牧云心想，不能空着手去牧副厅长家里，便喊醒了林夕，说：

"兄弟，周六牧野从北京过来，让咱们去他家里见见老爷子。我觉得这是好事呀，但是咱们带点啥过去好呢？"

林夕估计还在睡梦中跟姑娘下围棋，被牧云喊醒后，蒙蒙地说："带两箱牛奶和坚果过去不就行啦？"

牧云被林夕的单纯给逗笑了，强忍着头痛说："大哥，你能清醒一下吗？咱们见的是厅级领导，不是看望贫困群众。我结婚前跟一个局长女儿谈朋友，她跟我说自己拿一箱箱牛奶泡澡，咱还送牛奶？你是猴子派来搞笑的吗？"

林夕被牧云一顿数落，仔细一想也觉得自己的回答太草率了，便说："大哥，你定吧。我也不知道，定好了今天下午我去采购。"

牧云也很纠结，到底买什么合适呢？既要体面，还要用心，同时也不能太过于贵重，太贵重牧云也心痛，毕竟现在只是测试，项目到底多少钱，最终能不能拿下牧云心里也没谱，只是当下的一切都在向既定的目标发展。

第二天下午，牧云和林夕去车站接上牧野，三个人便一块去了牧副厅长家里。牧云和牧野在前面走，林夕拿着采购好的礼物跟在后面。

"来了，小牧。来来来，不用换鞋，过来坐。"牧副厅长亲切地招呼牧云，心里也认为牧野跟着这位正经做事的牧云，比那些同为官二代不着调的狐朋狗友强多了。

"牧叔，抱歉周末还来家里打扰您。理解您平时工作忙，我给您带了非遗文房四宝套装，砚台是中国四大名砚之一的甘肃兆河砚，毛笔是汝阳传承人刘好奎纯手工做的，就是想着您平时工作忙，节奏快，累了的时候写写毛笔字，或许可以静静心，对身体应该会有好处。"牧云觉得对于一位快退休的老人家，送这种文化艺术品，应该没错。对于牧副厅长而言，家里茅台、好茶应该都可以开烟酒店了，送那些只能石沉大海，没有一点波澜。

牧副厅长看了一眼牧云的文房四宝，便转过头继续邀请牧云和林夕坐到沙发上，并没有针对牧云送过来的东西做任何推辞。牧云突然觉得牧副厅长没按中国商务套路对话，怎么着也得说些感谢或者推辞之类的客套话吧？居然啥都没说，牧云将礼物递给牧副厅长夫人的同时，用余光看了一眼牧副厅长，发现仍然是进门前那种不外露的淡淡的开心之情，忽然理解了，相信这些年送礼的人都快把门槛给踩烂了。除非送的是影响工作的礼品，否则牧副厅长基本不会拒之门外，这把年纪，浸淫官场数年，见多识广，便不再浪费口舌。

　　紧接着，牧云又让林夕把精致的小盒子拿过来，对着牧夫人说："阿姨，第一次跟您见面，也不知道您是否喜欢，我自作主张，给您选了一份缅甸老坑冰种碧玉的手镯。天下玉，揭阳工，这个玉镯是揭阳知名大师打磨雕琢的。上面根据玉石天然的老皮，雕刻了喜鹊枝头，寓意喜上枝头，您气色这么好，戴上后肯定喜事越来越多。"牧云边说边把头转向牧野，并继续笑着问向牧野：

　　"你得抓紧了，赶紧给阿姨生个大胖孙子。"牧云知道牧副厅长功成名就，仕途如果不出意外也就在副厅这个位置上干到退休了，唯一的希望就是尽快抱上孙子。

　　"这孩子，这么贵重的礼物阿姨不能收，心意阿姨领了，这决不能收。"牧夫人和牧云两个人来来回回撕扯了半天，没争出结果，于是牧云就将花费了12万元购买的玉镯暂时放在茶几上，故意没有合上盖子，希望不时地可以勾一勾牧夫人的心，只要走的时候直接留下就行。正所谓龙胆大，蛇胆小，不下重注赢不了！通过刚才来回撕扯，牧云明显发现牧夫人这位年过55岁的女人，在看到种、水、色、瑕、功都不错的玉镯时，眼神中立刻明亮了很多，而且一听是揭阳工，牧夫人止不住多看了几眼。正所谓金有价，玉无价，而且人一旦上了年纪，更愿意戴玉，不愿意像暴发户一样戴金银，毕竟玉养人，人也养玉，石美则为玉，玉会让人的富贵气质更加突出，也更显高贵。

　　牧云和林夕见牧副厅长坐在沙发上，才跟着一块在正对面沙发上坐了下来，厅长夫人把水果摆在茶几中间，热情地让牧云和林夕尝几个车厘子，然后便落座在沙发主座上临时当起了茶道师，给大家煮工夫茶。牧野则拿了个小凳子坐在茶几外围玩起了手机游戏。

　　"小牧，我听丁总工、汪主任他们给我反馈了。你们的工作做得还是很扎实的，不错不错！不知道你有没有跟他们一块吃吃饭、喝喝酒啥的呀？"牧副厅长因为工作会经常性听取下面的人员给他汇报工作，大体也了解了牧云这段时间做的事情，总体上还比较满意。但是生意肯定不能光看公务层面，他也想看看牧云有没有在商务层面花些精力，在中国商场、官场，只有客户愿意跟你一块单独外出喝酒谈心，工作才算真正做得扎实。

　　"牧叔，是的，汪主任和韦主任等几个中层，我倒是经常有约他们一块喝酒，而且汪主任还带我去过一次上合会议各国领导人去吃的那家面馆。不过丁总工和许董事长那边我一直没能约出来，不过后来送了一些小礼物，表达了心意。您放心，不会给他们的工作添什么麻烦的！"牧云如实地汇报着情况。

"嗯，好，那几个主任都是承上启下做事的人，你跟他们好好沟通。工作上有问题或者困难也可以给丁总工、许董事长和我及时汇报，只要你们的产品技术过硬，我们都会全力支持的。"牧副厅长点了点头，算是初步认可了牧云的商务和技术能力，紧接着牧副厅长又问道：

"你们这个产品测试效果和方案，包括你们做的那个5分钟的小视频，牧野也发给我看了，除了产品，我还比较关心服务部分。我看里面有长年服务，我就在想，这从长期来看可持续性的确是好事，但是有个问题，我们如果购买了你们的产品，为啥还要年年购买你们的服务呢？这个情况你得给我说明一下。"牧副厅长觉得两者之间有冲突，相信厅里其他人也会提出疑问。

"是这样的，牧叔。我当时规划的方案是专业的人干专业的事情，厅里科技领域各个部门的情况我也大体了解了。现在技术发展日新月异，不断迭代，现在的部门都是为了满足之前的技术需求多年沉淀出来的部门，而这次我们采用的运维运营PAAS中台其实有用到大数据、算法等前沿技术，现有的部门和人员技术水平是难以覆盖，而且各个单元的数据量巨大。所以我们想着把专业的事情交给专业的人，我们懂产品、技术和服务，我们来代运维运营保障联网收费核心的业务系统。产品这块我们可以不要钱，采用长年租赁的形式。我当时的方案是，如果租赁超过8年，也就是说厅里支付8年的租金，产品我们就赠送了，这样厅里既可以不用一次性花费太多资金，同时又有一支专业的团队可以7×24小时结合前沿技术工具和手段以及知识库能力，实时保障高速核心业务系统，真正做到秒级发现故障，分钟级指派相关人员进行处理，一旦预警故障后，可以实时通过离散的海量数据和模型、算法共同定位故障根因。当然了，我们也支持产品销售模式，那样就是前期厅里资金投入较大，当然产品交付后首年服务是免费的，但是第二年软件是要正常收取维保费用的。考虑到咱们的工作人员日常工作量太大，精力有限，我担心这些前沿的技术工具和平台现有的人员用不起来。我简单总结一下，我们的总体方案就是希望利用厅里已经采购的各类软件工具，通过我们前沿软件和平台的部署，让工具平台化，平台组件化，组件服务化，安全感智化，这

样逐年螺旋迭代发展，就会形成厅里面自主的知识产权和运维运营经验知识库，从而一改这些年在软件、硬件上不断买买买的尴尬局面。"牧云见牧副厅长这么忙，还抽空仔细看了前期牧云和林夕整理的视频以及相关资料，十分感动。其实当时做的初衷也是觉得领导忙，没有充足的时间听一个多小时的PPT详细汇报，便把测试成果截图剪辑成视频，再结合音乐和解说，领导们随时随地都可以查看，而且效果上也会更震撼。

"嗯，原来是这样呀，思路倒是挺创新的。不光是厅里，省里也统计过，近三年光省里就上了超过5000套软件系统，但是随着技术的快速发展和升级，很多已经落后了。前段时间我去省里开会，省科技厅统计过，有3500套系统是僵尸运行，浪费了大量的资金。如果按照你所说的，不用一直买买买，确保工具平台化，平台组件化，组件服务化，还有那个什么化，就像乐高积木一样，接口规范标准，这样不断螺旋式迭代成长，的确可以节省大量资金。现在看来新的技术生产和运用，的确需要组建新的部门来管理，否则依托现有部门规划和人员技能体系的确很吃力，之前我跟你说的那个恢复收费后的系统慢问题就是活生生的例子。"牧副厅长虽然不懂技术，但是业务方面是绝对的权威，厅长这个级别在选人、识人和用人方面确实有独到见解。

"牧叔，您刚才用乐高积木的举例太贴切了，就是这个意思。"牧云适时地拍拍牧副厅长的马屁。

"成，那你跟丁总工他们约个正式的汇报时间，我这边要是有时间也会去，听听你们的详细汇报和测试成果。"牧副厅长这算是对牧云前期的工作做了肯定性的总结。

聊了一会工作，大家又闲聊了一些其他看似无关的话题，实际上牧云知道，看似唠家常的闲聊，背后都是对牧云的知识、胸怀、能力、资源、家境、心境等的考察，牧云都谨慎地做了回答。厅长时间宝贵，哪怕是周末，没空陪几个晚辈在这闲聊浪费时间。

大家差不多聊了两个多小时，天也慢慢地黑了下来，牧云觉得事情说清楚了，便要拉着林夕离开，顺便问牧野是跟我们一块出去喝点还是在家陪陪父母。牧云觉得牧副厅长作为长辈，自然不会跟这些晚辈一块喝酒吃饭，他坦诚地向牧副厅长及厅长夫人告辞后便要走，担心影响牧副厅长吃饭和休息。

结果厅长夫人说不行，晚上要一块吃饭，去饭店，不在家里做了。牧云觉得厅长夫人就是客气一下，结果一看牧副厅长和夫人都回房间换了衣服，便也不敢推托，临出门厅长夫人还给了牧云两盒上等的好茶。

林夕开车把大家送到厅长指定的餐厅，厅长夫人说这里是省里定点的餐厅，主要用于接待，生意不全指望零散用餐客人。牧云跟随厅长等人由车库坐上电梯，才发现餐厅基本没有什么广告，也没有人接待，且饭店在写字楼中间楼层的两层，外人的确不太会来这家没什么广告招揽和介绍的餐厅。整个餐厅看起来非常大，一进门整面墙就是一个海洋馆的热带雨林水族箱，整整一面墙的面积，里面还有两条一米多长的娃娃鱼，穿过雨林墙后，一层是开放的水族馆餐厅，二楼全是包间。外面低调，里面装修虽然不算奢华，但是把整个餐厅在写字楼里面装修成水族馆和热带雨林，应该所费不少。估计是老领导们比较喜欢这种风格吧，这可比那些华而不实金碧辉煌的装修费钱太多了。

饭菜全由厅长夫人选定，也不需要牧云买单，饭菜口味那自然没的说，临出门前厅长夫人拿了两瓶茅台，她觉得牧云、牧野和林夕三个年轻人，怎么也得喝点，她让牧云几个人放开喝，一会她帮忙开车。

其实这种饭牧云吃得还是比较拘谨。事实也如此，在饭菜启菜时，牧副厅长一边淡淡地喝了一口茶，一边跟牧云说：

"你们最近各方面工作都做得不错，其实呀，不是每个人都有机会跟高层领导汇报的，你们这也算是走了后门，所以后面要更加细心些。"牧副厅长平时是不可能跟一家名不见经传的小公司老板吃饭的，而且还是厅长请客。之所以这样也是希望牧云多带带牧野，同时也比较认可牧云他们这段时间的努力，以及牧云背后燕北大学的前沿科技创新能力。至于什么文房四宝、翡翠手镯啥的在牧副厅长看来都不重要。

不知为何，牧副厅长的这句话，一下子激起了牧云的反攻潜意识。牧云认为，您级别高，我是不容易见到，但是我们也的确是希望帮助厅里的工作在科技创新上有突破呀。以我对国内前沿技术发展的理解，这次创新很有可能会成为交通行业在细分领域的标杆。牧云觉得大家应该是平等关系，便委婉地说："牧叔，我给您讲个发生在我身上的真实故事。这件事对我的心境转变影响非常大，我刚创业时，一个项目中标了但是客户不付款，要废标，后来我找了王总，您也认识，他帮我找了问鼎银行的董事长，结果合同就正常执行，款也收回来了。从那以后我就想，认识大哥太有用了，所以我在创业时也会投简历，应聘总裁、总经理等高管职位，希望可以向上社交，认识

高人。后来在面试和创业过程中自己不断成长，但因为公司发展太激进，太快，忽略了一些风险，被一些所谓的大哥给骗了，所以在经过这些事情后，我一直要让自己成为大哥，而不是去刻意认识太多大哥。其实逐鹿省这个项目，我希望打造成部里的试点标杆，咱们逐鹿省还没有像浙江的阿里猫、北山省的浪潮兴、安徽省的科飞等省里重点科技企业、全国知名企业，所以我们当下做的事情虽然很小，但是我们希望融技通过这次的项目成功交付，后期可以布局全国其他省的交通行业。如果天时、地利、人和能达成，我们希望把融技从北京迁到逐鹿省，现在咱们省里还没有一家像其他省一样的知名企业。"牧云是有雄心抱负的，也希望厅长能够支持他，因为一旦牧云成功，那么也代表牧野实现了华丽的转身，不用含着金汤匙在写字楼里面打工了。

因为牧副厅长只喝茶，牧云和林夕虽然看着眼前的15年茅台口水直流，但是也不敢喝太多，牧野他们三个人连一瓶酒都没有喝完，其间大家一直在东一句西一句地聊天，长辈和晚辈之间的聊天，让牧云和林夕很是拘谨。不过通过聊天，牧云也知道如今的厅长夫人正好赶上国家55周岁退休的年龄，很是潇洒。厅长夫人退休前在单位负责群团的工作，一身文艺细胞，经常组织单位同事唱唱歌，跳跳舞，如今退休没事干，大部分时间都跟着同期退休的同事一块自驾游祖国的秀美河山，彻底放飞了自我。如果不外出游玩，就去听听戏，而且戏路还很宽，像什么豫剧、京剧啥的都是票友。

交通现实保底线

牧云和林夕跟牧副厅长吃完饭后，也是大受鼓舞，觉得这个项目后续不过是走流程了，只要跟丁总工、汪主任等人对接好就行了。二人周日没啥事，便开车去周边省份旅游去了，花了两周多时间，玩遍了平时只有在电视上才看得到的知名景点。拜访了少林寺，欣赏了音乐大典，去了洛阳古都，打卡了龙门石窟，参观了白马寺、关帝庙，还去了山西的皇城相府，大同的云冈石窟，距今1300多年的华严寺等。喜欢历史的牧云玩得真是不亦乐乎，二人一路上走走停停，累了就找家酒店入住，晚上喝点小酒，白天要么游玩，要么就是开车在路上，一边聊天一边开车，主打一个随性游玩，很多景点和目的地也都是在路上临时查看随时前往，身心自由，好不惬意。

在游玩的路上，突然有一天丁总工打电话给牧云，说是厅里面正在设计1+N挂1的整体方案，希望牧云可以将方案追加进去。目前设计工作是部里指派的设计专家博士团队在主导，且刚开始做顶层设计。如果牧云能够将方案加进去，则项目资金就可以解决了。因为高速每年拿出3%作为各项开支，今年的预算已经审批完毕了，要想今年做这个项目，只有加入厅里那个大的规划里面去。

牧云得知这个消息后，第一时间汇报给牧副厅长。牧副厅长电话里说知道这个事情，部里的设计专家也是自己的好朋友，很多省的交通科技顶层设计都是他们给做的，可以介绍牧云跟专家博士认识一下。牧云便在牧副厅长的引荐下，赶紧去北京和逐鹿省两地不断接触龚博士。由于有牧副厅长的引荐，再加上牧云有技术背景傍身，与龚博士的沟通十分高效。龚博士及其团队将整体规划和盘托出，看看牧云这边怎么提供重要的组成部分。

顶层设计方案也是牧副厅长的要求，说高速是个重资产物，这些年国家大力发展智慧交通，包括取消省界收费站等一系列举措，都是希望让科技给高速插上提速保安全的翅膀，全省近万公里的高速，不能再路段、区域中心、省中心、厅管理部门、监督部门、科技部门、通信部门等各自为战，不断重复兴建系统，要形成"一盘棋、一张网"来服务每天路上行驶的数十万车辆和行人。最后龚博士通过两个多月的调研，给出的思路是1+N挂1，即一个管理和调度指挥中心加N个平台再挂一个安全防护。牧云在大体了解了1+N挂1的思路后，给龚博士提供了一个1+N+2的思路建议，前面的1和N不变，那是高速整合的重中之重，但是之前的"挂1"只是考虑了安全，没有考虑到360度对1个中心和N个平台的全链路端到端可观测性保障，所以加上保障功

能这个"1"之后，整个顶层设计方案就闭环了。

龚博士听了牧云的介绍，拍手叫好，说：

"我们呀其实都是高速业务专家，IT的顶层设计也都是从业务角度出发，IT知识的深度肯定不如您，您这么一说我的确觉得我们在设计方案之初，光想着如何建系统，没想到系统交付后的运行维护工作。您提供的方案，正好可以解决这个问题，好呀。"龚博士也很坦诚，没有在牧云面前遮遮掩掩。这个品质也让牧云和龚博士两人惺惺相惜，后面成了很好的朋友。

龚博士长期熬夜加班，写方案和材料。要知道政府文件都非常严谨，容不得半点马虎，龚博士逐字逐句地斟酌，长期熬夜不活动导致身体亚健康严重，一次下楼梯不小心还把腿弄骨折了，牧云赶紧在北医三院给找到运动医学专家，给龚博士进行细致诊断和治疗。这让龚博士对牧云更加感激，再加上有牧副厅长的诚信背书，后面的1+N+2方案完全按照牧云整理的材料撰写，只是措辞上由龚博士团队完成，整个预算做了1200万元/年，先运行3年，3年后全部交接给厅里使用。

之所以定每年1200万元，是因为牧云认为这个预算对于副厅长级别来说应该不算高，较容易批复，同时也不会因为额度太大招惹太多更高层领导以及外围领导远程干预。而对于牧云来说，去除天齐公司和其他细分领域头部小厂商的产品200万元采购成本，融技差不多有近1000万元的毛利，扣除人工、税费、二次开发、接口对接、前期投入和后期商务费用，也有近400万元的纯利润。如果最终结果真如规划这般美好，融技未来发展交通的雄心壮志，将燕北大学的技术大神挖到融技自研核心技术产品，都是有可能实现的。

因为最近几个月不断跟交通运输部、交通厅、设计院、细分科技领域头部厂商一些高管应酬喝酒，牧云和林夕在北京朋友的会所没少买好酒，牧云一统计，发现自己居然花了20多万元采购白酒和宴请。这也让会所的邹总十分感谢牧云，因为牧云除了自己用酒外，还经常在会所约一些IT圈的大佬喝茶谈事，一些大佬发现会所地处市中心，交通便利，各种名酒一应俱全，再加之有牧云的诚信背书，也在会所里面为公司采购少则几十万元，多则上百万元的酒水。

邹总为了感谢牧云，跟泸州老窖和郎酒集团要了几个名额，约牧云一块去酒厂参观，品牌酒水利润不是太高，全靠量大，也算是对牧云表达一下感谢。邹总陪牧云吃喝玩乐几天，全程不用牧云花钱，到了酒厂住酒厂自建的准五星酒店，还可以喝几十年的窖藏原浆。牧云没推托，但是跟邹总要求，反正还有名额，希望可以再加上两个人：牧副厅长的夫人，以及牧副厅长夫人自己带一个好朋友。这样安排可以确保她们二人路上不寂寞，也省得让自己花太多时间、精力去照顾。

牧副厅长夫人一听可以深度参观酒庄，吃传承菜，还能在酒庄自己调酒，也欣然前往。这次的品酒之旅，让牧云大开眼界。投资百亿打造的郎酒庄园依山地势而建，纯天然形成的洞穴天宝洞、地宝洞，里面储藏的都是几十年甚至上百年的老酒，酒缸旁还能够看到酒蝎子爬来爬去。最重要的是可以不限量直接品尝三十多年的洞藏老酒，像什么二十年青花郎酒每天三顿饭都随便喝。三顿饭是中午、晚上和消夜，全部在郎酒庄园里面。此时正赶上一年之中最热的时段，少雨干旱，南方山火频发，用电紧张。牧云和邹总站在郎酒庄园的空调房里，手握用青花郎调好的鸡尾酒，窗外山脚下是著名的赤水河，亦称美酒河，隔着落地玻璃窗望向山对面的酒厂，想着现在自己的生活，牧云突然想起了杜甫的一首诗：朱门酒肉臭，路有冻死骨。心头感慨万千。

参观结束，牧云为牧副厅长夫人和朋友安排好飞逐鹿省的商务舱航班，并托运了一些川西省当地的土特产，然后把航班号发给林夕，让他开车做好接机服务。一切安排妥当，牧云打算回北京陪陪汪红和孩子，飞机刚落地北京，就又收到了郎酒庄园的销售发来的微信，说是感谢牧云一行参观郎酒庄园，一路旅途辛苦，飞机安全落地后可以随便找个酒店，发下地址，郎酒集团北京销售部会闪送两瓶青花郎，饭费提供发票、照片就可以由销售直接微信转账报销，牧夫人那边也是同样的安排。这种服务到骨子里的精神让牧云着实学习了，那么大的企业，没必要对每一位到访郎酒庄园的客人都这么好，但是这种细心，这种对你的好，好到让你不好意思！导致牧云后来很多年只喝郎酒，都不忍心再喝其他品牌的酒了。同样都是一线大牌高品质名酒，牧云此行不光品尝了美酒，学习了酿酒文化，也深刻感受到了郎酒从上到下印到骨子里的企业文化，并将这种文化精神注入到了所有员工的心里。在体验式参观的几天里，牧云从每一位接待服务的员工的精神面貌上就可以感受到她们主动工作的那种快乐，快乐是无法靠演技演绎出来的！

在郎酒庄园数百人的宴会大厅里，牧云曾看到一位经理模样的女士看见一扇玻璃门上有可以忽略的污渍，直接从兜中拿出湿纸巾，主动擦拭干净，然后继续安排接待人员把用餐的客人服务好。全程陪同牧云和牧副厅长夫人的美女讲解员，介绍说郎酒庄园其实是她的本职工作，所有员工都是和来郎酒庄园的客户一样，吃住行等均无差别对待，节假日和生日还会为大家举办生日会，并送出贴心实用的礼物等。小事尚且如此，其他的各种流程安排、参观体验等更是无可挑剔。

牧云心想，如果融技日后壮大了，也要通过愿景、使命、价值观将文化注入员工心底，再实实在在地拿出公司大部分利润给员工以生活保障，只有员工心底安稳了，才会用心对待工作，而不是抗拒和应付。当然了，这一切的前提都需要融技要有拳头产品和行业客户群的支撑。牧云这次郎酒庄园行表面上是参观游玩，实际上可以称为一石三鸟：既游玩放松了，又让牧夫人体验了旅游团所无法给予的享受，还收获了国内头部企业经营的文化理念。

时间过得很快，从测试到设计运作周旋，转眼已过半年。交通运输部设计院龚博士团队提供的方案，来来回回改了好几稿，不是牧副厅长不满意，就是一线技术人员不断提意见，说方案太虚，没落到实处，后期落地堪忧。这一点牧云和龚博士都清楚，如果文档写得太技术牧副厅长肯定看不懂，太专业技术人员又不知道如何落地。但无论如何，事情总有解决办法，牧云建议龚博士抓大放小，先搞定牧副厅长，技术方面再逐个开细节讨论会，又来回磨合了一个来月，方案才最终通过，并逐级上报各个处室，处室签完字再由厅长签字。一切就绪，也只是把省交通厅内部的流程走完，要做事情就涉及花钱，总体方案已经规划了过亿元的预算，钱从哪里出？只能财政拨款来解决。于是项目设计方案又被转到省发改委、省大数据局和省财政厅。省大数据局负责统筹规划，并制定标准数据规范接口，省财政厅负责调整预算再给批复，当两个省厅协作完成审批后，再上报省发改委拿批文，有了批文，财政拨下来的钱才能够名正言顺地由交通厅自主发标。发标也不代表融技百分百能够中标，因为投标过程担心有高层领导干预，投标又采用摇号方式选择中标候选人，然后再进行价格、商务、技术打分，最后确定中标方。如果其间有人投诉项目，再拿出一点点所谓的证据，整个招投标工作还要作废重走。这是整个项目的流程，牧云虽然知道了这些，乍一想也觉得太难了，但是静下心来又一想，难是对那些没本事的人，这些所谓的规则都是人设置的，过程和结果也是人来执行的，人是这个世界上最不可控的因素，还是那句话，智者循因，凡夫求果。

整个招投标的流程还没到"上听"阶段，目前在其他三个省厅，牧云是一点办法也没有，只能等，哪怕是牧副厅长也无法加速推进其他省厅的工作。牧云心想，那就等吧，不过是时间问题而已。哪知越等越没底，省财政厅也不是吃素的，看着各个省厅报上来的预算，心想你们把省财政当成印钞机了吗！几千万几个亿张嘴就提，伸手就要。省财政连想都没想，所有上报预算腰斩一半，并让大数据局来查验，如果存在项目技术功能项重叠部分，则要砍掉雷同的项目。这一波操作下来，每年1200万元的预算，最后只剩余480万元。唉，不管多少，总之还是有肉的，牧云心想大不了一期先不上太多功能，保证天齐和融技的利润是第一位的。万般无奈之下，各方只能继续等待，这一等就又等了半年多时间。其间又是高温，又是水患，政府各个局委办就像救火队员，24小时应付各种突发情况。如此多的大灾大乱，政府财政吃紧，加上最近几年中美贸易摩擦，全球经济下滑，国内经济持续低迷，房地产也已经到了饱和状态，政府没有了主要的现金来源，财政连年亏空，项目款也是迟迟无法批复。最终这个项目不出意外地出现了意外，居然不了了之，没有完成批复，但是也没有说设计方案不行，就一直在那里挂着。

此时的牧云有些不淡定了，前期各个厂商，包含天齐都在全力投入资源和人，说白了就是投钱呀！当然了也是基于对牧云的信任，毕竟大家看到了实实在在的客户支持和认可，牧云自己也投入了几十万真金白银，一年多时间连个影子都没看到，天齐的老板和宫总每周追问牧云进度，还要求牧云带着一块见客户高层，其他公司销售总监也不断用电话、微信询问进展，牧云只能如实解答和安抚。其实他内心也是一塌糊涂，这个时候也没法找厅长。财政没钱，别说牧副厅长了，省长也解决不了问题呀！

当然了，各家厂商还是理解的，都是老中医，多年项目经验大家心里都清楚，项

目哪有百分百靠谱的，但是大家总得给公司和股东一个交代，所以自然而然的需要从牧云口中获得项目里程碑和下一步动作。

项目虽然停滞不前，但是郎酒庄园那种对人好，让人好到不好意思的做事方法，被牧云学以致用，尽管项目没进展，看不到希望，但是逢年过节，牧云还是正常采购一些小礼物快递给客户，搞得一些客户十分不好意思，觉得忙了半天也没帮上牧云什么忙，还总是吃喝牧云的！当然牧云这边心里也苦，但是牧云知道，大家都是文化人，文化人都要面子，自己再难也要坚持，这是一种态度，因为别人心里亏欠的，日后一定可以加倍收回来！

腾飞篇

TENGFEI PIAN

· · ·

科研课题燃新机

　　牧云心里知道交通厅运作的项目最终一定会成，只不过是时间问题。但是如今这时间拖延了这么久，导致牧云内心的确有一点点焦虑。牧云每隔一段时间便会跟牧副厅长以汇报工作的名义询问一下进展，毕竟高层领导是有渠道最先了解到项目流程真实状态的，总是听底下人捕风捉影地猜来猜去，以讹传讹，肯定会浪费时间、精力和财力，最后得不偿失。

　　自从一年前牧云全身心投入逐鹿省交通项目中，其他项目投入的精力，如果不是评估十分靠谱的，基本不会花费太多时间。现在融技公司除了一些应收账款、正常的年度维保款项（这些合同和款项当初在牧云和天齐的合同中是允许的，天齐只是不允许融技去新签合同），近一年新的项目收入基本为零。不过在牧云看来倒是也无所谓，融技没有太多人要养，财务支出压力也不大，除了小兰一年十来万的工资，融技基本没有支出。牧云这两年创业挣的钱，再加上天齐公司给的钱，全数都上交给了汪红，家庭方面也没给他太大压力，聪慧的汪红日常跟牧云聊天对钱连提都不会提。她相信好好过日子，才是最重要的。生活不过就是穷则穷过，富则富过，这两年牧云给家里上缴的钱，对保持各方面生活品质不但没有太大影响，还实实在在地存了一笔钱，甚至连果果都知道老妈手机里是有钱的。

　　只要在北京，牧云不忙的时候，要么约高尔夫球友一块打打高尔夫聊聊天，要么跟林夕随意找个旅游城市，来一场说走就走的旅行。如果生活能够一直保持这个状态，牧云倒也接受。

玩的这段时间，牧云也在等逐鹿省交通厅的设计方案审批。断断续续等了这么久，一直这样等下去肯定是不行的，牧云决定在年底前去当面见一下丁总工，看看还有没有别的办法。他和林夕结伴踏上了开往逐鹿省的高铁。

"丁总工，您好。好久不见了，您的气色看起来比前段时间好多了。"见到丁总工，牧云刻意缓解着气氛，希望为接下来的沟通创造一个愉快的氛围。

"牧总，您坐，喝红茶还是绿茶？"丁总工邀请牧云、林夕入座，边冲茶边笑着说：

"唉，这一年到头来主要工作就是开会，真正工作的时间基本在晚上，哪还有时间锻炼。我现在为了能够锻炼锻炼身体，中午都不休息了，拉着单位年轻的小伙子一块打乒乓球。每天中午打一小时，出出汗，把体内堆积的淤堵和湿毒都给排出来，人的确感觉清爽多了。上下班也不开车了，改成坐地铁加走路，总之就是尽量多动。不过，这样也带来了后遗症，每天下午三四点钟的时候，人呀特别容易犯困。唉，最终无论如何做，都逃避不了能量守恒定律呀。"丁总工因为和牧云彼此熟络了，便很轻松地聊了起来。

"是的，俗话说，珍爱生命，远离IT，哈哈。谁让咱们选择了这一行。不过现在这种经济形势，各行各业都内卷，我感觉大家都比以前忙多了。对了，丁总工，我在北京认识几位师从国内泰斗的中医大家，有两位都在北京三甲医院里面任中医主任，咱们的身体呀都是亚健康，您要是有空去北京，我让主任给您系统调理一下，您平时爱运动，身体肯定会越来越康健。"

丁总工和牧云虽然熟络，但是不接受任何礼物，在事情上倒是也帮忙，只是在做事上一直规规矩矩，哪怕自己可以拍板的事情，也要向许董事长和牧副厅长汇报后获得同意才会去推动。一把年纪了还如此谨慎，又是在官场，肯定是有利有弊呀：利是永远不会在工作本身出事，弊就是什么事都让领导决策，不主动帮助领导分担和推进，导致一把年纪还在这个技术最高岗位上止步不前。牧云估计没有意外丁总工也就在这个位置上干到退休了。而一些比他工作激进的下属，有些人因主动帮领导分担和推动工作，已经被安排下放挂职去了，回来后就可以快速升迁了。唉，这就是官场，

拼的是智商和情商，还有胆量和运气，总之职位越高，风险越大，职位越低，工作越累，那些不上不下的，在体制内躺平后反而过得最为快乐。

"成，我有需要去北京一定麻烦牧总。牧总，我知道您这次来是为了厅里那个大的规划设计项目事宜，我听说现在财政吃紧，很多经费都暂停了。今年一年下来我们单位也没发几个标，大部分花钱的事情都被领导给压住啦，之前推动的事情我看一时半会也不会有进展。不如这样，我知道年底前厅里在弄一个科研课题，科研课题预算基本在100万元左右，要不您看看先走科研课题这个途径做个试点：一方面调配的资金较少，流程上简单很多，不需要厅外审批，厅内审批就可以；另外课题做完了，大家看到了初步试点效果，再全省推广，钱也可以快些批下来了。你看怎么样？"丁总工回归正题。他结合着对厅里的情况和判断，以及前期牧云团队现场的测试成果，认为牧云的方案对厅里的运维运营保障还是有非常大的帮助的。当时测试完集体汇报时，大家在实际的测试环境中发现了一个突发海量数据瞬时上涨的问题，如果不是那次测试，厅里可能永远不会知道，以为只要系统运行，数据上传就正常呢！

牧云抓住了丁总工说的关键字——科研课题，便和丁总工详细地商量了起来。最终仍然决定由汪主任牵头来对接这个事情。当然了，汪主任也不干具体工作，他将一切都交代给了白科长。白科长也认识牧云，这工作又是丁总工和汪主任交代下来的，他一刻也不敢怠慢，赶紧约上牧云及天齐那边的售前顾问，一块讨论申报科研课题的汇报材料等事宜。

申请科研课题不需要太多技术内容，就是写个几页纸的汇报材料，要包含课题名称、面临问题、研究范围、研究费用、时间和成果收益等内容，而成果除了技术创新外，还要包含经济收益、影响力收益等领域的内容。这种文字性的工作技术工程师们肯定写不出来，给专家看的东西一定要用"人话"把事情说明白。这些专家大多是高速或者各领域的业务专家，让这些五六十岁的IT老炮，去评IT领域一些前沿的技术，本身就很离谱，但这就是当下的现实。不过你要是从另外一个维度去看，就会化悲愤为动力。如果一个真正的技术专家，不光对技术有深度理解，还会将其转化为不懂技术的高层领导能够听懂并理解和支持的语言，就有机会在任何单位成长发展，变成领导。而那些只会抱怨领导狗屁不懂的技术人员，永远只能在一线艰苦干活，甚至成为背锅侠!

　　牧云将情况同步给了天齐的宫总,让宫总安排一位售前工作人员提供技术文献支撑,而自己则亲自操刀撰写科研课题的汇报材料。总共只花了半天时间,便将文档发给了白科长。白科长看完后,委婉表达说文档过于技术,其实就是没看懂,便发给了牧云一份过去的科研课题申报材料做参考。不气馁的牧云一边参考,领会别人科研课题的风格,一边继续修改科研课题,说是修改,其实基本相当于重写。

　　牧云火力全开,全程一个人,完成了Photoshop作图、计算报价、文档内容撰写和格式调整,措辞既做到了让不懂技术的专家看得懂,还做到了保持课题名称和研究技术的先进性。这种先进性还不能天马行空,因为最终专家验收时要根据文档里面的前沿技术交付内容一一核验并签字。写文档不难,但是写这种既要说鬼话,还要让人听得懂,最终吹的牛还要落地可查验的文档,的确给牧云带来了不小的挑战。

　　但是中国的文字博大精深,牧云和白科长改了十几稿,有成果后再跟汪主任和丁总工逐条核对。此时牧云又碰到了当初龚博士碰到的问题,白科长满意了,汪主任全面推翻了;汪主任满意了,丁总工又提了意见,但是最终评判科研课题的人,都不是这些人,而是那些牧云没见过面的专家。牧云内心多少有些无语,心想人类最宝贵的时间都花在了这些既有用又无用的工作上,真是可悲。但是看着这么多领导百忙之中抽出时间为这个科研课题跑前跑后,出谋划策,牧云内心又十分感激。

　　经过来来回回几十稿修订,文档终于获得了丁总工、汪主任、白科长的一致认可,万事俱备,就等正式的专家评审了。

　　专家评审那天,牧云和林夕早早地来到逐鹿省。本来接到通知牧云说专家评审只能两个人入场,结果丁总工和汪主任为了避免这次科研课题出现意外,临时从其他会议上出来,跟随牧云一块应对专家评审,这其实也是给专家们一种态度:就是我们单位已经认可了融技的方案,过来给站个台。请各位专家高抬贵手,让融技通过吧。丁总工之所以这么上心,也是觉得牧云做了这么久的工作,没有实质性进展,自己作为承上启下的领导,在许董事长和牧副厅长那边也不好交代。后来汪主任也说,丁总工这么多年就没有为任何一个项目这么身体力行、真正上心过,说得牧云非常感动。

牧云本来以为没几个项目，来到会议室外面，才发现有一百多个单位申请科研课题。为了节省丁总工和汪主任的时间，白科长一直在现场跟组织部门沟通，把汇报的时间给调到了下午4点，这样就不影响领导们的工作了。牧云到了现场一看这阵势，明白这不是走表面流程，必须高度重视。上百个科研课题，背后上百家公司，每家或多或少都会有些中高层客群关系，如此一来，科研课题就存在一定失败比率。上百个科研课题，如果每个课题都是100万元人民币，那么就是1亿多元的财政开支，这笔钱还只是局部科研试点，以后如果在全省推广，将会是天价。

尽管有丁总工等领导的站台，牧云还是不敢掉以轻心。在等待进场的间隙里，牧云在心里构思如何言简意赅地在有限的时间里说清楚。因为每家评审全程只给10分钟时间，5分钟项目介绍，剩余5分钟由专家问答。

终于到融技了，丁总工、汪主任和牧云一一进场，林夕和白科长在外面等着。进入会议室后没有任何客套，不用讲PPT，专家拿出牧云等人事先提交的纸质科研课题材料，让牧云直接进入正式的介绍环节：

"各位领导和专家，下午好，我是融技公司的创始人牧云。本次我们汇报的科研课题名称是实时研究业务全链路数据，进行根因定位和价值挖掘。我们采用国际上通用的网络旁路技术，通过智能解码引擎，结合大数据和AI人工智能算法，将解码后的业务信息自动装订成逻辑端到端视图，全链路囊括软件、硬件和业务逻辑。简单总结，我们就是为高速的业务部门、科技部门和外包厂商等人员，提供一个画圈的功能。大家别小看这个画圈功能，交通运输部要求4小时定位故障根源，采用我们的技术可以实现秒级预警定位故障，分钟级指派相应技术人员去处理。最终T+0实时获取的业务数据，通过我们为高速定制的模型和算法，可以实现数据在合法合规的基础上，做到价值创新，最后的成果也是响应国家号召，让数据由资源变成资产，持续发挥数据潜在价值，助力高速数字化、网络化、智能化再创新高，让民众出行更加舒适便捷。"牧云知道只有10分钟时间，为了让专家少说话，牧云故意介绍了六七分钟。

牧云介绍完，丁总工满意地笑了笑，心想别看牧云年纪不大，这么一总结，倒是把事情讲得很清楚。一个画圈的技术，愣是道出了全国交通的痛痒卡难，用数据说话加速推进部里规定的4小时处理完成故障工作，拿出测试截屏给各位专家看，可谓有图有真相呀。

"嗯，不错，你们的技术我们提前也大体看了一下，采用一种技术方法，实现各领域软硬件的可观测性，的确不错，如今技术上也是支持的，那你们的预算就是文档上写的这些吗？"李副厅长坐在专家中间，率先提出了问题。

并没人发言，首先大家都听明白了，不像前面那些公司支支吾吾讲不清晰，另外看到丁总工和汪主任给站台，大家都是一个系统的，或多或少都认识。大家都等李副厅长带头发言，李副厅长是这次的专家组组长，实际上李副厅长只是级别到了副厅级别，目前还是二级巡视员。

"我们这次的科研课题是100万预算，先试验其中一个路段。"牧云回复李厅长的问话。

"行，我没问题了。其他人看看有没有问题？"李副厅长看向两边的专家组成员。

其他4位专家一看李副厅长只问了钱，没问别的问题，也没有任何质疑，便都说技术挺好，期待真正可以如文档中所述，能够交付，真交付了起码可以申请省级科技奖项之类的好听的话。

"好，大家没问题那就下一家吧。"李副厅长直接让会务人员喊了下一家。

虽然没有在会上得到任何确切信息，但是通过丁总工的状态，李副厅长和一众专家的态度，再加上丁总工等人亲自站台，牧云认为评审结果不出意外应该直接通过了。

到了下班时间，牧云便让林夕分别送丁总工和汪主任回家，牧云自己则蹦蹦跳跳地走了起来，准备找家饭店晚上和林夕好好喝点提前庆祝一下。

结果在欣赏沿途满地泛黄的落叶时，突然接到了丁总工的电话：

"牧总，刚才会场有位专家跟我认识多年，有些交情，他说咱们的课题很好，但是李副厅长认为不符合这次的科研创新。当然了，也是我这边工作忙，没顾得上细看，这次的科研课题其实是省科技厅组织的，不是咱们交通厅组织的，每个科研课题都是至少上千万预算的项目。抱歉，抱歉。"

牧云听完，直接僵在了原地，想一想为了打开交通厅的大门，做个项目，先是从之前的1+N+2设计方案，各种测试，劳心费神，好不容易弄完了，结果财政没钱，项目挂起来了。在一年的等待中又迎来了科研课题，结果丁总工他们因为忙给理解错了，修改了几十稿文档，底下人又是走流程又是汇报，结果最后乌龙，项目也白忙活了。此时铺满马路的黄叶，在牧云心中再也没有先前的浪漫，而是变成衬托牧云无处安放的失魂落魄凄凉的心。他在心里不断地咆哮着，老天呀，为什么这么难？为什么我牧云投入了这么多的时间、心力、金钱，最后是这么一种结果？他像泄了气的气球，一下子没有了精气神，艰难地走在路上，心里只有一个念头——喝酒，一会要和林夕喝个天昏地暗。

交通标杆新机遇

林夕返回来就发现大哥的表情有些不太对劲，一个多小前牧云意气风发，神采飞扬，送客户一个来回的时间，到底发生了什么？怎么大哥突然间憔悴了好多，像换了一个人似的。作为弟弟的林夕，平时话就少，也没有过多的询问，只是默默地陪伴着大哥，轻声地问大哥现在去哪里。因为林夕知道，如果大哥想说，一定会告诉自己的。林夕这些年跟牧云朝夕相处，发现牧云在这个世界上，除了父母以外，最信任的两个人就是嫂子汪红和自己了。

"这附近有个小螺号海鲜啤酒，走，林夕，今晚陪哥哥好好喝上一顿。"说罢，牧云便用手机导航，让林夕开到了小螺号餐厅。

"服务员，两个人，我们坐在那边靠窗的位置，给我们来一个海鲜大咖。微辣，再来一打蒜蓉烤生蚝，拍黄瓜和油炸花生米各一份，一份蘸汁大肠。再拿上两箱泰山七天啤酒，一箱冰的，一箱常温的。"牧云进入饭店，伸手比画了两个人的手势给服务员，快速点好了菜和酒。

"哥，泰山七天原浆是720毫升的，两箱是24瓶。太多了，你们喝不完，我先给你们上一箱吧？一会喝完了再上，可以吗？"服务员小心翼翼地跟牧云请示。

"让你上你就上，是我们哥俩喝又不是你喝，快点。"一向好脾气的牧云此刻也变得蛮横无理。

唉，牧云此刻心里委屈呀！动用了牧副厅长的关系，得到高速一把手的关注，获得全省总工的支持，对口部门主任的全面配合，具体执行科长和各厂商也是大力支持，经过一年多的沟通、交流、测试、汇报、喝酒、熬夜，结果最后啥也没有了！自己像小丑一样上蹿下跳了一年多。到手的鸭子飞了，而且还是到手了两次飞了两次！牧云前期注入了太多的精力和财力。在四十不惑这个年纪经历了人生种种，很多事情轻易是不会出手的，但是牧云内心一直有个企业家的梦想，为了达成梦想，这次真的使出了洪荒之力，将这些年积累的人脉资源、技术积累、前沿科技把控、商务全面开拓等全部投放到这一个篮子里，结果最后竹篮打水一场空，连篮子都给丢了，真是欲哭无泪。

人呀，有时真的不怕没有梦想，太多人被社会磨平了棱角后，也一样简单平淡还幸福地过完了一生。可是人最怕的就是有了梦想，梦想就像暗夜里的火光，遥不可及，偏偏上天还给了你那么一点点抓住梦想的机会。这就好像麻将，开局起手就有五个小对，赌徒的脑海中已经潜移默化被植入了"这么好的牌，一定得赢把大的"。然后，在接下来的牌局中大概率不断支持七小对，进而放弃很快可以上听的屁和，到最后牌打得差不多了，想着补救能和就行，结果连屁和的机会都没有了，还点了个大炮！谁能理解这种悲哀呀！如今的牧云终于深刻理解了"既生瑜，何生亮"那句话背后的无奈、心酸和痛楚。

牧云这些年的失败不计其数，他没有气馁，反而越挫越勇。当然了也不全是失

败，大大小小的成功也有，只不过如过眼云烟。但是在牧云心里，自己从一个没有任何背景的草根，在交通细分领域未来科技上投入这么大，在他看来这是一次人生难得的机会。结果命运就像一个爱开玩笑的家伙，它像小孩子一样以胜利者的姿态站在牧云的面前，笑呵呵地说：

"牧云，起来呀！你不是厉害吗？你不是认为你自己是全才吗？你起来呀！你不是号称逆商高吗？来呀！站起来呀，别尿，让我看看，你到底有多强大！不行了吧？哈哈，你以为你是谁呀！你不过就是从农村出来的千千万万穷小子中的一个，学历平平，模样一般，你有什么资格在国际一线大都市混？你还想凭借一己之力，天真地认为出那么一点点力，就想布局交通细分领域，还妄想做到全国科技前三？我告诉你，你就是个笑话，哈哈。"

海鲜大咖很快就被服务人员端了上来，放在桌子中间。此时的牧云直愣愣地看着海鲜大咖，觉得它也在看着自己，眼神中充满了不屑、冷漠和鄙夷。

"服务员，赶紧把酒拿上来！"牧云生气地大喊。

"大哥，你消消火，我去拿一下。" 林夕看大哥突然如此生气，也意识到应该出了什么大事情。

以前大哥无论是被刚之门的王总做伪证告上法庭，合伙人分崩离析，还是车子在内蒙古的冰面路上打滑发生追尾事故等各类事情，大哥也只是嘿嘿一笑，云淡风轻，好像在说别人的事情一样。林夕第一次看到大哥发这么大的火，知道肯定发生了大事。

不一会，林夕和服务员各搬了一箱泰山大七天，服务员拿了两个大的扎啤杯，林夕倒酒。牧云直愣愣地看着金黄的啤酒一点点地注满扎啤杯，心想：

"我今天低头行了吧？你们都厉害行了吧！我啥也不是行了吧？我不弄了，我躺平行了吧，这就是你们想要的吗？让我看看，高高在上的命运，你们到底有多厉害！我牧云带着1500元从东北农村来到北京，苦哈哈地当北漂，正是靠着这股闯劲，留下来并扎根在了这里，买了房子，娶了媳妇，有了孩子，开了公司，纳了税，创造了就业机会！我没有依靠任何人，全是靠自己的刻苦和韧劲！但是，我告诉你——命运，我压根就不喜欢这里，也不稀罕什么荣华富贵，老子喜欢的是朝游碧海，而暮苍梧！老子喜欢儿时农村的青山绿水！老子喜欢妻儿老小都在身边，一家人平淡快乐地生活！你知道吗？你们所谓的商品房，那就是个商品，不是房子更不是家！你们所谓的液体黄金茅台，老子不稀罕，这个世界最好的酒是兄弟的酒。"牧云在心里撑天、撑地、撑空气。

酸楚、不甘、愤怒、迷茫各种情绪掺杂在一起，只有端起酒杯，畅快地喝下去，才会感觉舒服一些。双方碰了一下杯，共同说出了：

"来，干。"说完，牧云脖子一仰，便一口气干掉了杯中的啤酒，浓浓的麦香和冰凉的口感，直达胃腔，那冰爽的凉意立刻安抚了热燥的心，牧云瞬间感觉放松了下来。

平时爱说话的牧云，今天没有任何说话的欲望，因为怕把心里的委屈说出来，会控制不住大哭起来。林夕虽然不知道原因，也大体猜出了一二，便安慰牧云说：

"哥哥，胜败乃兵家常事。你已经很厉害了，我真的挺佩服你的。这一年来，我觉得我们真没做错啥！你看呀，客户咱们以前不认识吧？现在我们从上到下都认识了！高层关系开始也比较弱，不断商务推动现在也加深了！底下人开始也不支持咱们，现在不都客客气气地跟咱们配合吗？还有那些外围的厂商，也都在全力配合咱们！融技这边历史的项目和尾款每个季度都多少有些进账，有啥不开心的。另外，咱俩这一年多，深度游玩了多个省份！挺好的，我觉得咱们真的做得挺好的！就算这次科研课题有问题，但是我觉得客户心里也有数。他们心里欠咱们的，以后有机会一定会找补回来的。来吧，今天弟弟陪你一醉方休。"

其实此刻牧云的心情可以用网上改写苏轼原诗的一首歪诗来形容：心似已灰之木，身如不系之舟，问汝生平功业，吃饭喝酒泡妞（黄州惠州儋州）。

"来，弟，陪哥再多喝几杯。"说完两人又是一顿豪饮。

牧云用迷离的眼神望向面前的林夕，突然觉得自己好幸福，无论碰到什么困难，在任何时候，林夕永远站在自己这一边。是呀，胜败乃兵家常事，赢了又怎么样？输了又怎么样？历史上那么多优秀的人物，又有谁可以一直成功？千古功巨商鞅助力秦孝公推行新法，最后不也是被新君五马分尸了吗？

成功只是一时的，一直成功那是神话，不是现实。现实中的一切都是随机动态的，有努力的成分、有运气的成分，无法强求，但是又不能不求。人生的意义不过是

让自己找到使命感，一旦内心建立了使命感之后，便会驱动自身及周边的资源为之拼搏。正所谓，智者循因，凡夫求果，做的事情只要不亏心，哪怕失败，也一样是在不断成长。融技公司近两年风雨飘摇，看不到未来的希望，天齐公司不还是认可了牧云的个人能力，预先支付了一年80万的顾问费用吗？天齐公司对牧云的认可基础是什么？不就是看重牧云的项目开拓和特种兵式的全面攻关能力吗？牧云深知，自己这些从0到1再从1到100的能力并不是天生的，而是过去做工程师、做销售以及创办、经营融技，不断地尝试，经历成功或失败，一点点积累起来的无形财富。这种财富，不就是失败里面的成功典型吗？

牧云和林夕一杯接一杯地喝着爽口的泰山七天原浆，心里也没有那么痛楚了。牧云再次端起酒杯，打算跟命运妥协，就妥协今天这一天。啥也不干，就是喝酒，就是放松，喝多了可以吐，可以哭，可以笑，可以疯，但是明天，牧云会擦干心里的眼泪，调整心态再次出发。牧云知道，如果向命运低头，那就真的输了！只要不低头，就有成功的机会！只要虚心学习，研究宏观找微观，审时度势，决不放弃，融技就有可能再次成长壮大。而那些曾经失败了的人，失败了的公司，一旦再次有机会成功，那就有可能会是这个世界上又一家伟大的公司。因为之前受过的所有伤痛，都会转化为强大的内功。

这一晚牧云和林夕喝得酩酊大醉，把小螺号的服务员和领班都吓得够呛。他们生怕这两个家伙醉酒闹事儿，时刻关注着。然而牧云和林夕只是一杯杯地喝酒，由于心情不好，喝得又快，二人很快就醉了，牧云借着醉意，让林夕再给小惠打电话，今晚订个夜总会，晚上好好吼上几嗓子，用啤酒和音乐，把心中所有的苦闷、不爽，全部发泄出去。

日出日落，世界每天都在变化，但是每天又好像都没有任何变化。几天的时间就这样过去了，牧云暂时还没跟天齐公司汇报情况，主要是不知道该如何汇报。

在内心极度纠结的时候，牧云突然又接到了丁总工的电话：

"牧总，上次的事情因为我这边忙，没细看，把省科技厅的科研创新项目申报给当成了咱们交通厅的科创申报了，让你和团队白忙活了半天。我跟许董事长又汇报了一下，我们每年有两次科创申报的机会，再有1个月就会完成交通厅里所有的申报，我觉得你们公司的产品的确帮助我们解决了根因定位和可观测性的问题，另外数据价值创新挖掘也是大家非常期待的新研究方向，所以经领导班子开会，把你们直接加进了这次的科创项目，文档也不用重新写了，就用前几天的文档，按照交通厅这边的固定格式模板简单改一下就行。这次咱们先拿一个路段试点，有效果后咱们一块再给厅长等领导汇报，领导们只要认可，再全省推广，怎么样？"

牧云被丁总工这猝不及防的喜讯直接给整蒙了，几天前项目电话里突然"宣判死刑"，这突然又给通过了，弄了一把乌龙。牧云真是哭笑不得，心想，这真的是山重水复疑无路，柳暗花明又一村呀。

他爽快地回答说："嗯嗯，感谢啊。丁总工，我也不知道说什么了！您的支持和帮助，牧云记在心里，后面一定会安排技术人员用心做，把前期的规划全部落到地上，让大家看到，感受到。"

挂了丁总工的电话，牧云便把局部试点的情况跟宫总汇报了，让他尽快安排技术专家进场，把软件部署实施上，进行全面深度解码、分析。这次科研课题想要获得省级科技奖，一定得有前沿创新技术，牧云便和林夕开车火速跑到燕北大学，当面找乔教授请教，如何用燕北在大数据领域的科研成果，解决数据卡脖子的问题还有实现数据可流通的经济效益问题。

乔教授经过前期的并肩战斗、交流，彼此也是惺惺相惜。他也愿意把自己的科技成果在市场化中推广，这也是每个科研人员最开心的事情，就像自己养的孩子突然有了成就一样。乔教授见牧云已经打开了全国高速的一个小口子，只要用上自己研究的数据互通引擎、数据价值模型和AI人工智能算法，如果数据量大，再用上当今世界上最先进的英伟达算力服务器，一旦用真实数据跑起来，那么结果肯定可以惊艳到交通领域的用户，甚至成为全国交通行业的标杆也说不定。

牧云听完了乔教授的介绍，在燕北的展厅里真实体验乔教授团队用数百台树莓派和廉价智能手机通过互联网抓取的各大电商平台数据生成的成果，终于明白为什么很多大的互联网公司，一直声称自己不只是科技公司，而且是一家数据公司，原来数据真的可以像石油一样成为生产力。参观完，牧云对天齐公司与燕北大学携手共同交付科研课题，充满期待。

牧云像开足了马力的机器一样忙碌，丁总工那边快速推动着签字流程，同时安排汪主任、白科长等和融技签约科研创新合同。牧云将喜讯汇报给了牧副厅长并得到认可后，安排天齐技术团队直接预先进场实施，这样尽快完成解码获得数据，其他业务系统数据互通、互联、互信以及后续的数据价值挖掘，就可以尽快用乔教授的科研成果来进行验证。

各方面进展都出奇地顺利，牧云心里也乐开了花。但是内心深处仍然没有忘记几天前的痛楚，以及过去一年多的辛苦付出。他知道过去这么多年的努力只为这一次机会。所以在面见各种人、谈各种事情时都谨慎小心，三思后行。尽管有很多人、很多专家介入到这个科研项目中，但是牧云仍然坚持自己扎在项目中，努力学习乔教授、天齐公司的科研成果和技术产品。一方面是要掌控全局，另一方面最终给厅级领导汇报的最优人选就是自己。有乔教授代表燕北大学站台，有天齐公司稳定的产品，团队作战才能够解答从厅长到科长的全部问题。还有一点，也是最重要的一点就是融技必须要有自己的拳头产品，否则永远只能挣些产品间的差价，很难有更多的发展和想象空间。

牧野很快知道了牧云中标的好消息，他在电话里不好意思地跟牧云商量：

"牧云哥，最近单位领导追得紧，想让我尽快签约两个优质的项目资产包。但是我们单位毕竟是省级的资产公司，平台和资金有限。最近我大领导贴身秘书好友，给我介绍了一位国有资产集团局级领导——侯局。我想拉拉他的关系。但是你也知道，我一个月就1.8万元工资，之前请客喝的茅台都是每次我从家里背到北京的，人家要唱歌啥的我都不敢应。你能不能帮我应酬一下？正好你也跟他聊聊，看看侯局那边是否有机会可以合作？"

牧云一听立刻明白了，这牧野就是让我过去帮着埋单的，还美其名曰给我介绍侯局认识。但戏还是要按照套路演下去，他没有迟疑，爽快地说：

"没问题，等我收到首笔项目款了，给老爷子那边多送点'台子'过去。另外也给你留几箱，这次我先从邹总那边拿一箱茅台，再带两瓶雷司令红酒。那天我开车一块过去，大家聊聊看，主要是帮你把跟侯局的关系做深。我这边随缘就好。"

挂了电话，牧云便打电话给邹总让其把茅台和红酒准备好，到了约定的那天，牧云开车过去赴宴。当牧云看到那位瘦高个的侯局时，一看那尖嘴猴腮的面相，便在心里有了个大概猜测，这厮不一定靠谱！果不其然，大家那晚喝了两瓶茅台，侯局中途又临时打电话叫来几个他自己的朋友，于是大家又开了两瓶茅台，牧云内心十分尴尬但是依然假意热情地和他们称兄道弟。喝完后侯局又嚷嚷着去唱歌，到了国贸一家也算是比较高档的夜总会，侯局放肆地搂着姑娘喝酒唱歌，玩了没多久，便领着姑娘消失了。牧云后来结了4万多元的账，才后知后觉侯局这厮带着姑娘去楼上酒店额外消费了，所有的费用都记到了牧云身上。牧云心想见过不靠谱的，没见过这么不靠谱的，林子大了，真是什么鸟都有呀！

后半夜两个人从夜总会出来在长安街上边走边吹吹风，去去身上的酒气，牧野不好意思地说：

"哥，这个人情我后面一定找其他项目给补回来。"

牧云看了看牧野，说："没事，小钱。以后咱们离这种不靠谱的杂碎远点就行。不过你明天还是要打电话给侯局，吃、喝、玩咱们都给办了，一定得让他弄个小的资产包缓解一下你单位的燃眉之急呀。不然今天的钱不就白花了吗？"牧云觉得牧野比一般的官二代单纯，但比他们好的一点就是多少还有那么一点点良心。

钱没了可以再挣，人心一旦没了，身边的朋友也会慢慢远离。

头部学府喜加盟

牧云每个月基本在北京和逐鹿省两地来回跑。交通厅的科研项目进展也都十分顺

利，用了差不多两个多月时间，就完成了数据采集、解码、格式化、业务逻辑视图、前中后台调用链和全链路溯源的T+0实时可监测性交付，运行之后每天发现的问题也都由AI人工智能自动生成报告发给厅里相关的技术人员。同时乔教授也安排几个在读的学霸硕士生，长期待在逐鹿省交通厅里，用乔教授自主研发的大数据模型和智能算法，实时调优跑批天齐公司这边获得的解码数据，并结合其他业务系统的数据集合，进行几大类的数据标签制作，生成了很多业务创新数据视图，实现了好多令人耳目一新的小目标。简单列举几个。

省中心实时数据稽核：通过对比收费联网自身业务系统和网络捕捉解码后的收费数据，对漏逃收费数据进行对比查验。项目正式运行第一周就查验了741辆车的高速收费对比存在异常，通过与西交所的联网收费业务系统开发人员联合排查，帮助省高速追回了数万元丢失的高速费，虽然钱不多，但是这个事的意义却很重大。

偷逃高速费筛查：通过燕北大学乔教授为交通行业定制的模型和算法，每天都能够发现一些违法违规车辆，如大车套小牌，小车套军牌，称重跳磅，沿途干扰RSU和虚拟流收费站设备正常计费等，每周直接挽回损失约8000元，有效地打击了高速违法犯罪情况。

危化品车辆的在途实时监测：监测长期停留在服务区或高速路旁的危化品车辆；对危化品车辆进行了分类，如高峰时间段、主要输送城市、司机驾龄、车辆归属是国有企业还是私人企业等进行了全面的统计分析。让领导可以实时查看，并进行优化管理和安排。

车辆轨迹实时追踪溯源图：通过摄像头拍摄的大量在途车辆照片数据，再由图像识别算法提取车辆信息，然后根据车牌等信息依托电脑程序对每辆车的轨迹进行路线自动装订。每天行驶在路上几十万辆车的数据拍照，会形成海量的大文件照片，对计算机存储空间和网络传输都造成了巨大的压力。所以这次科研创新乔教授还使用了潜心研究多年的车辆优化图片处理技术，相较之前节省了90%的存储空间和网络传输占用带宽，就可以实现每一辆车当下和历史的行驶轨迹，为车辆管理、服务配套、公路执法部门人员编排、犯罪追踪等都提供了科学专业的数据信息。

除了以上客户主要关注的业务大数据实时分析视图，还提供了一些其他数据供科研人员宏观研究、疫情防控时期人员车辆追踪等功能，再如城市间的运力分析、各省车牌分析、车辆类型、轴重、超载超重分析等，甚至可以精确到每一辆车子每天、每周、每月在逐鹿省高速上的详细行驶情况分析。这也为后期高速费打折优惠，可信数字化金融等提供了有效支撑。

乔教授看到自己的科研成果一个个在逐鹿省交通厅落地生根，并在高速公路车辆管理、收费稽查、轨迹追踪、社会价值分析和科学研究等领域呈现出来成果，非常有成就感。这些年他在象牙塔里研究的东西虽然自己认为是有价值的，但是在真实业务环境中运行才发现，科技创新的确在潜移默化地改变着人们的出行方式、交通职能部门的管理方式，以及发展数字交通金融征信等，他不由得也感到前景十分光明。

天齐公司在牧云身上只投资了80万，就打开了全国交通领域的大门。通过这小小的一角窥视，让天齐公司看到了交通领域是一个完全可以并行于金融领域的巨大市场机会。谢总和宫总也分别从上海和北京赶往逐鹿省交通厅，一方面表达对牧云工作的认可，另一方面也想亲眼看看自己创业16年公司的自研产品，在交通领域的表现能力。毕竟这次科研创新课题的成立，为在逐鹿省全省推广奠定了坚实的基础，同时天齐也决定继续和融技深度捆绑合作。因为牧云除了在逐鹿省交通厅拥有商务资源外，与交通运输部设计院龚博士团队也有很深入的商务关系，接下来可以通过龚博士的团队在其他各省的交通领域进行推广。

谢总也对牧云诚恳地表示，只要逐鹿省全省推广的项目得以进行，后面就不会对融技签约新项目有任何限制，融技可以恢复为独立自主的公司，并愿意让融技成为天齐在全国大交通领域的总代理商。这样一来，任何省份的交通项目订单，都会从牧云的融技公司下单，他还为牧云提供了极具吸引力的折扣空间。谢总并不傻，这样的操作看似是助力融技发展，实际上也是限制了牧云与天齐同类的竞品公司合作的机会。不过对于牧云来讲，这的确是一件好事，日后公司账户上财务的流水健康，对于后期融资和股权议价都是非常有利的。

经过两个多月的实施，一个月的试运行和细节调试，所有的系统均已经达到稳定运行，且数据精准可靠，牧云让林夕用康网的前端和设计人员专门为交通厅定制开发了统一合署可观测性大屏，将天齐的产品界面、数据和燕北大学乔教授那边的算法之

后的数据结果，全面整合到一张大屏上，还配套提供了微信小程序移动访问界面，方便所有人随时随地查看。在跟丁总工和汪主任商量后，也接入到了逐鹿省交通厅全省统一指挥控制管理大屏，并得到了交通厅技术工程师的全面认可。在一切都准备妥当后，牧云专门拉着燕北大学的乔教授、丁总工、汪主任共同去牧副厅长办公室做了验收总结汇报，并在牧副厅长的电脑上直接打开了各方面交付的界面。尽管牧副厅长所处的级别不必懂IT上面的技术细节，但界面上所有的业务信息、业务数据、大数据分析结果、人工智能呈现的效果，他还是一一浏览并细致地查看，还不断针对一些具体数据进行询问。如：每天可以发现数百辆车的收费信息存在问题，占比达到多少？危化品车辆的风险预先规避措施等。

作为主管全省高速每天数十万辆车行驶的厅级领导，牧副厅长十分关心每年数百亿的收费金额里面1%—3%的损失费，询问是否可以通过此次科研创新有效地解决？同时强调高速365天运行安全无重大事故也是部里主抓的重中之重，最后牧副厅长通过查看天齐的全链路端到端可观测性的历史追溯功能，可以查看到自科创项目实施交付后，收费系统存在的慢、卡等问题，已经得以精准预警发现，并可以实现历史状况原景重现，并通过业务逻辑链路图以及应用调用链，全面清楚地从业务视角、IT视角查看故障根因，算是彻底解决了各部门、各厂商之间推卸责任的问题。

牧副厅长细致地查看了20多分钟，并问了诸多问题，最后表示十分认可大家的工作。这时丁总工也适时补充说：

"牧总这边的技术交付效果的确很是惊艳，还解决了业务人员和技术人员重复工作的问题，加上燕北大学在大数据领域为咱们厅里定制的交通模型和AI人工智能算法，让数据由资源变成资产在全国交通领域也成为首个现实可能。牧副厅长，我觉得可以让牧总再辛苦一下，我们部门也会全力配合，一块去申请省里的科技奖项，保二争一还是很有希望的！"

丁总工凭借自己对牧云交付效果以及省里科技奖项的了解，再加上对全国其他各省交通厅科技创新上的参观学习综合评估，觉得此次科研创新得奖的概率应该会很大。

丁总工并不是完全帮助牧云，其实也是帮助自己。因为一旦项目在省里的科技创新上获得奖项，这对于自己来说也是实实在在的政绩，说不准还可以在退休前职位上再往上调动调动，没准还会受到交通运输部的嘉奖，反正活儿都是牧云的融技和底下人去做，何乐而不为呢！

牧副厅长听了丁总工的建议，当场做出批示："同意，抓紧去做。有困难及时跟我汇报。"

牧云此时也补充道："牧副厅长，我们现在把前期PPT汇报的成果也基本实现了，但是通过实际验证，我们发现数据挖掘的后续潜力还是巨大的，刚才您也看到了，数据就是生产力，我和乔教授沟通了，乔教授也可以代表燕北大学，跟咱们逐鹿省交通厅在这次科研创新的基础上，联合成立一个'逐鹿省交通数据创新研究院'，这样乔教授这边可以不断对数据进行深度算法挖掘，并将其他科研成果在厅里进行试点验证。这样厅里在科技创新上相对于其他省来说，就会一直处于前沿探索阶段。如果一些成果经济效益、科学效益、社会效益明显，还可以向部里推荐，进行全国推广，您看可以吗？"牧云认为成果就摆在那里，有燕北大学在国内的地位和前沿科研成果，乔教授也愿意支持，对牧副厅长来说的确是一件好事。没准可以让牧副厅长在退休前的几年里，从一把厅长位置上退休。那样牧云也算帮助牧副厅长实现了人生最后的仕途抱负。

当一切成果实现背后的科学带头人均摆在牧副厅长面前，他一改之前的谨慎小心，便说这个提议非常好，他很快会跟大厅长讨论可行性及细节，同时也会将成果上报省里和部里，希望得到更多上级单位的支持，让大家在科技创新上不怕试错，大刀阔斧地去研究。

人逢喜事精神爽。牧云和林夕、小兰忙着申请软件著作权、专利，争取拿下省里的科技奖项，丁总工则起草全省推广的汇报材料。方案和预算很快就被许董事长、牧副厅长以及一把厅长批复。预计七八月就可以招标，纯软件预算800万元人民币，虽然不算巨资，但仍然让牧云和林夕乐开了花，这不光是简简单单的项目有钱挣，而是融技从此有了稳定的行业客户，资金收益也会逐渐稳步增长，自研细分领域的拳头产品也可以此为基点，逐渐打开市场。另外，融技公司的软件项目额度一直没有超过200万元的魔咒从此彻底打破。下半年签完合同的那一天，牧云激动得一个晚上没有睡觉，回想过去种种，就像做梦一样。一时间牧云也搞不清楚，到底是运气还是努力，还是二

者兼而有之？

　　转眼就到了年底，喜讯接踵而至，省里科技奖获得了二等奖，12月底前全省推广的项目实施也全部顺利交付完成。全省数据的实时根因定位和大数据分析，让厅里和省里的领导十分满意，要求明年3月在海城全国交通科技展上，由融技公司拿这个交付的科研成果，代表逐鹿省交通厅去进行科技展示，供其他省厅观摩学习。

　　人呀，不管级别是厅长还是科长，心里其实都是个孩子，好胜心人人有之，厅长也不例外。经过半年的开会讨论和高级别领导推进，燕北大学和逐鹿省交通厅的联合研究院也揭牌落成。为此，牧云特地从北京飞到广东揭阳，给自己和林夕分别请了一块正阳绿的翡翠度母观音，并找大师在背后雕刻了"见贤思齐"四个大字，时刻提醒着兄弟俩当下和以后心态不要飘，要不断向优秀的人学习，让公司和自己持续向上向好发展。牧云知道，这一切只是开始。

　　时间就像沙漏一样，不经意间就流逝了。转眼到了第二年春天，随着这些年政府用心治理，北京的蓝天白云越来越多，城市也越来越美。牧云和林夕、小兰一早就到达了北京大兴国际机场，带着愉快的心情飞往海城参加全国一年一度的交通行业科技盛会。国家每年在高速上综合投入达到近万亿元，所以这次盛会有很多重量级的客户参加。牧云有在北山省举办的中小企业局的展会经验，这次也非常重视海城会议。他联合逐鹿省交通厅租下会场一进门的大展厅，并通过VPN技术，实时接入了逐鹿省全境交通的效果大屏。牧云想，玩就玩真的，让各省参会领导看到真实的数据，才会形成巨大的冲击。牧云知道，这些数据背后代表的是科学的管理、巨量的高速费和交通运输部要求4小时解决问题的实际效果。

　　为了这次会议，牧云还在北京玉流馆专门宴请了龚博士团队的核心成员，并给他们订了往返机票、酒店，一同来海城参会，希望可以通过龚博士在交通运输部设计院的专家身份，协助逐鹿省交通厅和融技共同来推广科创产品，快速在其他各省开花结果。

　　展会一共两天，第一天上午牧云陪同牧副厅长、许董事长、丁总工早早地来到会场。他们参会一方面是给自己的逐鹿省交通厅站台，另一方面也是学习其他省以及各家交通头部科技企业的最新产品，更好地发展本省的交通事业。

　　上午9点，海城市委领导和海城交通局局长依次做了开场致辞，主持人隆重邀请了交通运输部的领导上台讲话。这要放在以前，牧云会觉得那么遥不可及的领导，跟自己没啥关系，肯定都是一些客套话。但是今时今日不一样，牧云这次是有一个展厅的。他本想着将科研成果向其他省推广，但是既然交通运输部的领导也在这里，那一定要想办法邀请领导来我们展厅参观一下。

牧云脑海中有了这个想法，第一时间就想到了交通运输部设计院的龚博士以及当天现场的电视台媒体。他让林夕赶紧在会场中找到龚博士，并由他来给领导介绍，牧云辅助讲解。他还让小兰去外面ATM机上取了1万元并买了个红包，打算复制当初在北山省展会的套路，用这1万元红包让电视台给自己的展厅录像、拍照，方便后期的企业宣传。

一切准备就绪，领导在海城市委领导的陪同下，计划参观一下个别展位，实际上也是部长秘书或相关领导提前已经安排好的展位，流程化地进行参观指导，后面的电视台媒体和摄像则跟在后面持续拍摄。在领导等人路过牧云展厅时，交通运输部设计院的龚博士和牧副厅长赶紧上前跟领导打招呼，并邀请领导移步看看逐鹿省交通厅在省钱、大数据、赋能上面的科研创新成果，以及联合燕北大学成立的研究院在未来交通数据价值挖掘上面的探索。

于是领导便在龚博士作为主要讲解、牧云配合展示时，仔细地查看大屏上面的真实数据，并表示逐鹿省作为全国的交通大省，几百亿的收费在全国也是排名前十。自从各省交通联网后，全国取消省界收费站，每个省每年或多或少会有几千万到上亿元的损失。如今看到逐鹿省在这方面的探索成就，背后又有燕北大学的科研支撑，的确为全国交通领域构建了模范标杆。他还转向身边的人说，大家要多向逐鹿省学习。电视台摄像机对着领导、牧副厅长、龚博士和牧云等人实时拍摄，小兰个子不高也在人群后面被林夕抱起来拿手机一同拍摄，大家都很激动。

这对牧云来讲的确是意外收获，本想着通过这次展会安利一下其他各省，进而获得多一些的项目机会。没想到领导的到来，让逐鹿省和融技一下子站到了聚光灯下。这的确是一件值得庆祝的大事件。

然而让牧云更没有想到的大惊喜还在后面。晚上7点23分《新闻联播》播报了今天全国交通年度展会领导在逐鹿省展厅驻足参观，主持人介绍了领导对逐鹿省在根因定

位和数据价值挖掘上面的科研成果，以及肯定了与燕北大学成立联合研究院的模式。

此时牧云正在海城的世博园里陪同牧副厅长、许董事长、龚博士等人在湖边吃火锅品茶，几个人都被辣得浑身是汗。突然牧云接到乔教授的电话：

"喂，牧云，恭喜你呀，厉害厉害。"乔教授难掩心中的兴奋。

"乔教授，怎么想起我来了？我这正在跟牧副厅长一块吃饭呢。最近牧副厅长还提起你呢。"牧云也不知道乔教授这喜从哪里来，便客气地聊着。

"嗯，代我向牧副厅长问好。我打电话是要告诉你，你两分钟前上《新闻联播》了，今天你们在海城全国交通的展会上，领导跟你们交流的事情上了《新闻联播》了，估计后面你的生意会越来越好呀，提前恭喜你！另外你哪天回北京，我有个想法也想跟你当面沟通一下？"乔教授第一时间向牧云传达了这个喜讯。

"啊？"牧云愣在了原地，不知该说什么，牧云当时本想让电视台给拍些片子后期加工一下，制作成融技的宣传片，没想到压根没用上，居然就这么轻松地上了《新闻联播》。牧云清楚上了《新闻联播》对融技意味着什么！也就是说融技会变成一家细分领域的知名公司。

牧云很快回过神来，他想起乔教授说的话，便回复回京后第一时间过去看望他。

原来乔教授看到融技上了《新闻联播》，便把心中埋藏了多年的想法跟媳妇和盘托出了：在燕北大学工作工资不高，两个孩子的学习和生活成本又居高不下，学校的科研经费和研究成果要遵从学校和院里的主攻方向。很多前沿新技术探索会受到一些体制限制，闭门造车和市场衔接不通畅，导致无法判断成果的实际应用效能。融技虽然现在还是个皮包公司，账上流水和利润却比较喜人，但是他的核心产品全是乔教授的科研成果。如果乔教授带着这些科研成果和手下快毕业的几个优秀研究生加盟融技，结合牧云的特种兵商务攻关能力，应该很快可以做成一家细分领域的独角兽企业。如此一来，可以继续自己的研究方向，研究的环境也不是闭门造车，可以直接在市场化的环境中一边飞行一边探索。

女人都是理性动物，平时乔教授说下海创业媳妇肯定不同意，扔掉铁饭碗和光鲜的社会地位，风险还是很大的，毕竟家里还有两个孩子要抚养，创业三更穷五更富哪说得准呀？但是当乔教授的媳妇看到《新闻联播》上面的牧云，觉得这次对老公和家庭或许的确是一次机会，便同意了乔教授的想法。

而牧云那边也不知道乔教授找自己啥事，便继续跟牧副厅长等人转述刚才大家上了新闻联播的事宜，建议一会回酒店在网上看看回放。大家继续品茶小酌，并欣赏这迷人的南方夜色山水。湖的对面，是一座郁郁葱葱的小山，山的上面，三个七的LOGO在夜色灯光照射下十分醒目，这家企业的摩托车还是牧云父亲在20世纪90年代买的第一辆摩托车，至今还在老家楼下的车棚里放着，而这家企业曾经是海城效益最好的，如今已经破产重组和业务剥离，继续在商海中浮沉。

创造商业乌托邦

大家都吃得差不多了，牧云便叫服务员撤下饭菜，泡上自带的十六年年份的白茶，刮刮油腻。平时每个人都很忙，这次开会难得置身于这么美的风景中，大家便围坐在竹楼岸边的竹椅上悠闲地喝着茶，每个人都望向平静湖面对面的远山，如此宁静舒适，每个人都默契地不再说话，静静地欣赏山水海城之美。

牧云望着湖对面的远山，看着曾经当地知名的企业发呆之际，心里突然想，中国为什么少有百年以上的老店或者企业呢？

纵观改革开放四十多年，以92派为代表，在祖国大地上，各行各业涌现出了一批大家耳熟能详的企业和受人尊敬的企业家。但是这些企业大多是踩在了历史给予的发展红利时期，才得以快速发展。然而在复杂多变的政治、经济和人文环境中，目前只

有少量企业和企业家幸存，这些幸存者有一个共同的特点：那就是当企业做到一定规模后，这些企业家都在历史成长中拥有国际视野，家国情怀！

可是对于像牧云这样的中小微创业者来说，在中国有数千万之多。这些小微企业就像海洋中的微生物，为社会提供了大量的零散就业，解决了中低端人群的收入，间接支持了和谐社会。但就是这些中小微企业在残酷的市场竞争、资本围堵以及复杂政治环境下，大部分企业的存活都很难超过3年。3年的时间在中国对于创业者来说就是一个生死线。

当然了，其中也有大部分创业者是在金钱、利益中迷失自我作死的。无论如何，创业公司是创业者的，这点毋庸置疑！但当创业公司成长为独角兽之后，变成上市企业之后，进而发展成国际化大公司之后，这家公司还是创业者的吗？还是创始团队的吗？牧云这些年看了太多新闻，也有幸接触和拜访了诸多上市公司的高管，就像看到了湖对面远山上那家企业，眼见他起高楼，眼见他楼塌了。自己这些年用性命去拼搏事业，到底在追求什么呢？懵懂中牧云觉得公司应该是社会组成的一个零部件，当这个零部件为社会创造的价值越大，这家公司的规模和影响力也应该越大。经过这些年的创业，牧云慢慢认识到，自己创业的终极目标，实际上是在为自己、为他人、为社会创造价值，大家都会因为创造出来的价值而感到幸福，挣钱或者赔钱只是一个结果，不应作为目标来追求或规避。

牧云问了自己很多问题，比如：

天齐公司自研产品服务了中国80%的金融领域16年之久，一直在细分领域处于引领地位，可以说是有钱、有人、有技术、有产品，但是却打不开交通领域的大门。谢总是绝对聪慧之人，员工待遇和福利全面对标国际一线外企，疫情防控之时再难也没有少发几百名员工一分钱工资，还不断为员工采购防疫物资。

再看交通领域，那些在一线工作的科长大多是来自985、211的名校高才生，甚至海归高科技人才，但是却无法施展才华。曾经他们也怀揣梦想，迫于社会现实选择了所谓的铁饭碗，但是"一进宫门深似海"，梦想离他们也就越来越遥远！

而那些管理这些科长的厅局级领导，在科技创新的大时代背景下，他们虽然听不明白云、数、智、信到底是什么，但是多年浸淫官场，他们只要学会御人之术就可以稳坐泰山。有句话说得好，人不懂钱懂，在科技创新上只要选用规模大、品牌大的科技公司，便不会有风险！于是几千万几个亿的项目大笔一挥就签给了这些头部科技公司，而这些公司最后不是交付了几个App软件和网站，就是建设一座现代化的智算超算中心，无论是App还是平地而起的智算超算大楼，使用率和利用率都不会超过10%，政绩不过是仕途的垫脚石，最后审计追责时这些领导被清算，他们死都不知道当初到底做错了什么。

牧云这些年做过技术，干过销售，开过公司，相对于很多普通人来说，也算是经历过成功和失败。他不断跳离舒适圈，有幸见识了这个世界的劳力层、知识层、资本层和权力层，也理解他们每个人的身不由己。

很多政府项目技术选型时，他们跟牧云说过最多的话就是，最好的结果就是"被动的选择"，它好过主动的选择！我们没法帮你说话让你中标，只有大家都认可你，你又正好中标，才是没有问题的！牧云相信这就是他们口中的"被动的选择"！这是一种从非黑即白的青葱岁月转型为人到中年的无为而治，换个说法叫中庸。体制内的白科长是，丁总工是，许董事长是，牧副厅长也是。牧云在跟他们酒至微醺时，他们拍着胸脯豪气地说要为中国的交通事业做出一些成就，给子女树立成功的榜样！但是酒醒后，这些人仍然选择无为而治，依文办事。

千千万万如牧云般的创业者、商人、企业家则在残酷的市场竞争中打得头破血流，却也练就了一身武功，或者说这些"三无"人员（没资源、没背景、没金钱）不是因为生活所迫和心中的那团锦绣，谁愿意把自己逼得一身才华。牧云发誓，如果融技这次再次成长起来，再也不要走前人走过的路，一定要改变这可笑的商业规则！

谁说企业有钱了就一定要租高档5A级写字楼？谁说企业一定要融资上资本快车道才会在竞争中快速脱颖而出？谁说商务攻关一定要用金钱和美女去打开局面？谁规定当了老板就一定要剥削压榨员工？为什么我们的办公环境总是滋生各种潜规则、各种钩心斗角？

牧云决定这次回北京之后，一定要在云、数、智、信这个科技大飞跃时代，开创一种全新的科技公司和商业模式：

要让员工和老板的心中都有使命感，同时为使命感全身心做事，让使命贯穿始

终，金钱只是践行使命过程中自然而然的结果！杜绝办公室政治、谄媚、内耗等不良风气，让大家能够像在谷歌那样的企业一样专心工作，不用在意别人的眼光、不用在意领导的喜好，只需要把心思放在工作上，专注研发和创新！

要让大家可以在大自然、花园里工作，时刻享受阳光、碧水、蓝天，让工作如度假，从心里爱上这份工作，让每个人脸上都洋溢着健康的气色，而不是在钢筋水泥的格子间里面被996的工时掏空身体健康，痛苦地做一天和尚撞一天钟！牧云坚信人只有活在自然里才会幸福，头脑也会更加清醒，或许可以更好地激发每个人的创新细胞。牧云认为人应该追求自由，融技也要顺应自然、顺应人心，不应该用社会上那种无形的"绳子"拴住每个人。只有大家身心自由，以诚相待，不被牵绊，共同在偌大的商业环境中打造一小块属于融技人的乌托邦，才会在技术创新上回归本真，创造奇迹！

要让员工因为融技公司的文化、优厚的待遇、领先的产品，在无论面对厅长还是科长时，都可以做到不卑不亢，有理有力有节，专业而自信！因为牧云认为，当虚伪在社会上、公司中盛行时，真正的清醒反而会被当成罪过。牧云希望日后的融技人人人清醒，不会为一时舒服而忘记初心。

要让客户通过跟融技的员工接触，可以感受到一种全新的文化，那就是自由、自信、专业、用心！而真正要做到这一点，除了要投入重金在研发创新上之外，还要规律化组织各种活动：读书会、生活会、户外活动、社团活动等。融技会提供一定的经费，让大家除了在工作上有进步，内心和精神以及家庭方面都能够得到友爱、关爱、互助的正能量注入。

要让融技研发出来的前沿科技产品，不单单解决用户的价值创新，还要遵循社会的伦理创新。让用户从业务需求转为业务追求，并最终成为融技产品的粉丝，以此来彻底更改传统依靠人、依靠关系的销售模式。牧云厌倦了销售人员每天对内销售（指销售人员因业绩不达标为了不被公司开除，商务攻关公司内部领导）和对外销售，使用各种糖衣炮弹的手段，不惜一切代价只为拿下项目。牧云要让新生的融技公司，重构新的商业体系！

牧云并不是有了钱后一时心血来潮。创业多年，他见到和碰到了太多不公，如今不过是把心中思考了许久的想法，通过融技来付诸实践。

牧云觉得光做好上面这些工作，也不能保证融技可以长久持续发展，更别提打造百年企业啦。牧云深知，企业只是国家和社会的一部分，要想将融技打造成百年企业，实现企业在社会中的责任和担当，就要紧抓中国这百年未遇之大变局的机会，顺应国家发展方向，共同为中国式现代化发展而努力进行融合科技创新。现代化的基础支撑就是医疗、军工水利、交通能源，它们分别代表了健康、安全和经济发展。在经济发展这条大道上，大交通就是经济发展的基础设施，所以融技用科技和人才深度拥抱和布局交通，肯定是正确的，也契合中国式现代化方向。牧云认为，融技如今有了钱、有了行业客户、有了资源，要用这些多年积累的战绩全面深度拥抱国内外高校，共同探索大交通领域的前沿科技成果，通过不断积累，让融技由学习者慢慢转变为领导者，最终成为交通领域的拓荒者！牧云突然发现，原来这就是企业家精神呀！情系民族，心系时代！牧云非常开心自己创业这些年一路走来，经历的各种困苦折磨，原来一直在是打磨心境，这种被梦想驱使的幸福感，和创业初期金钱驱使完全不可同日而语，以前是为自己的小家而奋斗，如今是为了大家而奋斗。

牧云希望融技可以在这个时代，像暗夜中的萤火虫一样，通过点点光亮来吸引更多微弱的光亮，聚合进而点亮夜空，让大家共同建设一个全新的、理想诚信的商业化环境。在这个环境中，诚信不是挂在嘴边，而是大家身体力行的，困难也不再是一个人的事情，而是一个团队的事情，最终变成一个社会的事情。当然，牧云知道这件事情会很难，但是这就是牧云再次发展壮大融技公司的使命，哪怕最后飞蛾扑火，只要去做了，去影响更多的，就一定可以成为星星之火，总有一天可以呈现燎原之势！历史的进程总要有人去推动！

忙完了两天的全国高速展会，牧云回京第一时间去见了乔教授。没想到乔教授给了牧云一个天大的惊喜。他决定带着5个马上要毕业的学霸研究生加入融技，并说这些孩子去BAT公司搞算法，刚毕业就可以拿60万元年薪包，但是他们不愿意做航空母舰上的一颗螺丝钉，他们想打造新的航空母舰！所以愿意低薪加入融技，只要融技保证大家的基本生活就好，至于乔教授自己则让牧云看着给就行。

牧云听完后喜出望外。海城两天的展会上就已经有其他省的交通厅领导跟牧云交换名片，希望可以将成熟的方案引入到他们省的高速系统。《新闻联播》一宣传，牧

副厅长也介绍给牧云很多厅级朋友，很快就已经有5个省有意想尽快复制逐鹿省的科技创新业务系统了。本来牧云正愁招人的事宜呢。如今乔教授不但要求主动加入融技，还带着一众码神加入，这些人可都能以一当十呀。不对，以一当百！

牧云在脑海中快速整理了一下思路，说要跟乔教授提出三点，只要这三点乔教授同意，那么牧云非常愿意大家的加入。乔教授先是一愣，心想，牧云呀牧云，我们作为国内软工领域最优秀的人，加入融技不奢望高薪水，你还要提出条件？我倒要看看你葫芦里卖的是什么药。

乔教授笑着说："牧云，你说吧，我听听。"

其实正是因为牧云每次都不按套路出牌，乔教授才特别欣赏他。而那些厅长、局长、总工、董事长，会和没有任何政治背景的牧云一块喝茶，谈笑风生或许也是因为这个原因吧。

牧云郑重地将自己前两天在海城隔湖望山时的想法，跟乔教授说了："第一，融技要做新时代科技公司的样板，不希望大家整日在灯光空调房里写代码。我希望大家可以像人一样，在舒服自然的环境里愉快地工作。所以我不会租豪华的写字楼，因为在我心里，最豪华的写字楼应该是在阳光下、公园里，一边喝着咖啡、一边敲击代码，大家快乐地工作。每个加入融技的人都要有使命感，而不是单纯为了钱。大家要为打造细分领域国内前三，甚至在国际上有影响力的公司，专注地做好产品，让产品代替销售人员说话，而不是销售人员使用糖衣炮弹去商务攻关用户。这其实也是国家由这些年高速发展转向高质发展的初衷。第二，我希望咱们融技公司和产品越小越精专，不希望公司规模为了扩大而扩大，也不想被资本裹挟，起码现阶段不想。因为现在融技账上的闲置现金只有几百万，但加上马上要签约的其他省交通厅的项目，预计明年可以入账3000万元纯利润。我们手里有多少钱，办多少事。大家专心研发未来产品，资金不够我来想办法，等融技在细分领域占据了一半的市场份额，我会考虑引入资本，那个时候话语权完全在咱们自己手里，大家的梦想和努力也不会成为资本收割机下的韭菜。第三，薪水和待遇方面，创业初期，咱们还是要把钱花在刀刃上，给这些研究生30万元年薪包，基本生活肯定足够了，还可以谈个恋爱。您这边呢，50万元年薪包。我知道这点钱不多，以您的能力在市场上应该是200万元年薪起步。但是融技的技术和产品都是您创造的，这部分差额我给您变成股权。目前我在公司是大股东，占股70%，林夕占股24%，小兰占股6%，我让您来做大股东，我出让51%的股权给您，你来做CEO控股。那5位研究生只要在公司待足5年或者有突出贡献，每个人可以获得3%的原始股权，我最后只占4%就可以。我希望乔大哥你可以把融技打造成一家技术驱动的高科技公司，咱们一块儿用拳头产品来净化中国的商业环境！你看可好？"

乔教授被牧云的慷慨和梦想所感动，是呀，钱是永远挣不完的，有了钱，没了梦想，就会出问题。而眼前的牧云可以做到出让控股权，出让公司管理岗位，说明牧云希望大家可以一起走得更远，而不是追求一个人暂时的富有！毕竟牧云如果只是为了挣钱，以现在融技的发展态势，不出三年，光交通领域项目上的现金收益，就可以给自己带来几千万的利润。如果没有大的抱负，这点钱找个二线城市富足终老完全没有问题。但是牧云希望探索技术的星辰大海，净化不诚信的商业环境。如此格局，估计也只有任老爷子、玻璃大王等人才具备，佩服！实在是佩服呀！这才是我放弃铁饭碗、低薪且心甘情愿跟随的领袖。

情商的最高境界就是不需要问对方要多少，而是直接给出超越对方心理期望的回报价值！牧云并没有采用商业上的那一套方法，用什么智商、情商、逆商和爱商去和乔教授谈判，而是真诚地希望乔教授可以跟自己、林夕、小兰和研究生们一块共同打造一个全新的融技。

乔教授内心油然生起敬意，他深知这份信任和肩上的压力，内心突然很激动，那种感觉就像回到了初恋时代，心中甜美，周身充满了无穷的力量。

乔教授也没有跟牧云争执，只是伸出双手，紧紧地握住牧云的手，说：

"给我3年时间，技术你放心，我和孩子们一定会在细分领域打造出国内一流的产品。公司经营上我肯定不如你，技术听我的，公司大方向听你的。公司所有的事情，你拥有一票否决权，我坚定地站在你这一边，咱们共同为了使命而去经营融技，发展融技，创造融技，推进中国科技交通的新进程！"

牧云和乔教授二人紧紧地握着对方的手，眼神中充满了彼此打拼多年都没有过的真诚、感动、希望和梦想。

牧云之所以这样做，一方面是对乔教授人品的信任，能力的欣赏，同时也希望林夕、小兰都可以在乔教授的带领下，按照牧云心中规划的去学习、进步！其实牧云通过多年奋斗对自己的了解，发现自己的愉悦点并不是挣钱，也不是做老大，而是不断地去探索新的环境，挑战自己。回想第一次中标了800万元的软件项目，之所以激动得一晚上没有睡着觉，不是因为挣到钱了，而是经过26个月的日日夜夜努力、折磨和煎熬，在客户没有需求、没有预算、没有关系，自身也没有政治背景的前提下，最终把事情做成了，并且还能以此辐射全国其他各省，助力全国高速的科技发展，为中国交通事业用技术带来了革命性的改变。牧云真正享受的是这个过程。

牧云有时琢磨自己到底像历史中的哪个人物呢？想来想去，觉得自己更像明朝协助朱棣开创永乐盛世的姚广孝。牧云推举乔教授站在融技的聚光灯下，让乔教授名利双收，而自己则可以成为乔教授、林夕、小兰和五位码神背后的"黑衣宰相"，运筹帷幄，这感觉让他心驰神往。

当下，牧云还不能立刻放手，但是在不远的将来，他可以放心地把融技交棒给他们。不能放手是因为在顺风顺水的当下，要尽快把各省的项目签回来，为融技创造充实的现金流，让乔教授他们可以专心搞研发。可以放手是因为，融技本来就没几个人，乔教授接手，林夕和小兰心服口服，大家可以一条心共同发展。

一切都在有条不紊地进行着。牧云在朝阳公园租了个两层楼外带两亩地的草坪作为融技总部办公室，满足让大家在公园里、大树下、喝着咖啡搞研发，敲代码的梦想。在公司内部的花园里，牧云做了一个大大的立体字——锦绣川，矗立在花园中央，希望大家通过潜心努力，在融技这个平台实现心中的那团锦绣，最终将各自的锦绣汇聚成川，成就这个时代一家伟大的公司。

乔教授也是尽一切努力将融技的资金最大化利用。长远目标宏大，当下则采用螺旋迭代式研发，小步快跑，阶段性成果不断推陈出新，各省交通厅的客户也是不断慕名前来取经和交流，大大小小的合同如纸片般飞来。

牧云除非各省交通厅一些高级别领导来公司考察去接待，大部分时间都用于新的充电学习。他同时报了两个班：北京外国语大学的英语专业和长江商学院的EMBA。牧云此举并不是为了结识人脉。自己没本事认识再多的人也没用，牧云深知这个道理。选择长江商学院，只因在中国两个顶级的MBA选择里面，中欧主要针对企业高管和经理人，而长江则是培养企业家、老板，更贴近牧云内心想当企业家的梦想。

去读一个EMBA，并不是为了学历镀金，也不是听那些没有做过企业的老师和学者讲授他们从世界各地企业那里听来的商业精华理论总结。牧云真正想在这里吸取的养分来自EMBA班上的同学。这些同学大多是各个领域的商业精英、企业高管，他们都是从水与火的商战中历练出来的真正的商业英雄，他们身上的特质、他们脑子里的方法才是牧云真正感兴趣的！

牧云加入长江商学院，的确认识了很多精英。这些人也因为牧云身上拥有的独特气质，同时也是了解了融技及其团队后，非常愿意跟牧云交往。牧云"王者伐道、政者伐交、兵者伐谋、工者伐术"的多层次分析事情的逻辑，非常有助于同学们的企业经营，这应该也是在实战中总结出来的全新商业理论。

EMBA的同学每个季度都会组织去国内外一些知名企业游学。晚上也会一块儿品尝各地的美食美酒。记得有一次，牧云在中国香港拜访了长江实业，见到了儿时就崇拜的偶像李嘉诚先生，他非常激动，晚宴上便多喝了几杯，结果不知是高兴还是激动，心中感慨过去这么多年的努力，终于有幸可以与最优秀的商业领袖面对面交流、学习。酒过三巡，当其他同学面红耳赤、推杯换盏交流业务合作时，牧云一个人站在香港中环皇后大道长江实业大楼宴会厅的橱窗前，望向对面灯火璀璨的维多利亚港，流下了激动的泪水，心中默默地念了起来：

吾放浪形骸混迹于京华数载

仰愧于天

俯愧于地

有辱师门之赫赫忠义

然有幸自省己身

北漂廿载

经拼搏努力

今得以照顾好父母妻儿

对得起兄弟朋友

于微薄之力造福于社会

牧云

你真英雄也

北漂是个没有硝烟的战场，北漂小人物在拼搏的过程中总有一种无形的力量，不断由内向外激发，成就每个北漂人独有的心境，也慢慢将每个北漂路上的修行人从"我执"的心境转变为无我、无常、无时。

有人说人生没有意义！还有人说把事做成就是人生的意义！其实人生哪有那么多意义！意义的"意义"又是什么呢？正所谓千山暮雪、海棠依旧，明心见性，见性成佛，奋斗可以成就你，奋斗也可以毁灭你，人生的意义就藏在每位努力奋斗的修行人的心境里。

创业永远没有结局，因为时代的车轮永远会滚滚前行，创业要想成功就要清晰地知道企业只是社会这个细胞的组成部分，细胞会随着身体的新陈代谢而被更替掉，企业亦如此！所以创业如同修行，会一直在路上！创业只有过程，永远没有结果，但是创业路上碰到的一个个人，一件件事，会教会你如何成为一个优秀的人！如何做出一家符合当下社会需要的正能量公司！在这个学、悟、用的过程中，我们会慢慢参悟出人生的因和果！